欧洲学术丛书

孙周兴 冯俊 主编
赵千帆 执行主编

狂飙时代：
陈铨德国文学研究论集

The Age Of Rapture:
Chen Quan's Essays on
German Literature

陈 铨 著
韩 潮 编

同济大学出版社·上海
TONGJI UNIVERSITY PRESS·SHANGHAI

图书在版编目（CIP）数据

狂飙时代：陈铨德国文学研究论集/陈铨著；韩潮编. —上海：同济大学出版社，2023.12
 （欧洲学术丛书）
 ISBN 978-7-5765-0584-9

Ⅰ.①狂… Ⅱ.①陈… ②韩… Ⅲ.①文学研究—德国—文集 Ⅳ.①I516.06-53

中国国家版本馆CIP数据核字（2023）第001860号

"十四五"国家重点出版物出版规划项目

欧洲学术丛书

狂飙时代：陈铨德国文学研究论集

陈铨 著 韩潮 编

丛书策划	熊磊丽 张 翠
责任编辑	尚来彬
责任校对	徐春莲
封面设计	张 微

出版发行	同济大学出版社 www.tongjipress.com.cn
	（地址：上海市四平路1239号 邮编：200092 电话：021-65985622）
经　　销	全国各地新华书店
印　　刷	上海颛辉印刷厂有限公司
开　　本	710mm×960mm 1/16
印　　张	28.25
字　　数	565 000
版　　次	2023年12月第1版
印　　次	2023年12月第1次印刷
书　　号	ISBN 978-7-5765-0584-9
定　　价	128.00元

本书若有印装质量问题，请向本社发行部调换
版权所有　侵权必究

编委会

主　　编　孙周兴　冯　俊

执行主编　赵千帆

编　　委　（按姓氏笔画为序）

叶　隽　冯　俊　刘日明　孙周兴　杨　光　吴建广　吴树博　余明锋
张尧均　张振华　陆兴华　郑春荣　居　飞　赵　劲　赵千帆　赵旭东
柯小刚　徐卫翔　韩　潮　谢志斌

学术支持　同济大学欧洲思想文化研究院

总　序

欧洲曾经是一个整体单位。中古基督教的欧洲曾以教会和拉丁文为基础形成相对统一的文明形态。文艺复兴前后，欧洲分出众多以民族语言为基础的现代民族国家。这些民族国家有大有小，有强有弱，也有早有晚（德国算是其中的一个特别迟发的国家了），风风雨雨几个世纪间，完成了工业化—现代化过程。而到20世纪的后半叶，欧洲重新开始了政治经济上的一体化进程，1993年11月1日，"欧盟"正式成立。至少在名义上，又一个统一的欧洲诞生了——是谓天下大势，分久必合，合久必分么？

马克思当年曾预判：要搞社会主义或者共产主义，至少得整个欧洲一起搞——可惜后来的革命实践走了样。一个统一的欧洲显然也是哲人马克思的理想。而今天的欧盟似乎正在一步步实现马克思他老人家的社会理想。虽然欧盟起步不久，内部存在种种差异、矛盾和问题，甚至有冲突和分裂的危险，但一个崇尚民主自由的欧洲，一个重视民生福利的欧洲，一个趋向稳重节制姿态的欧洲，在今天的世界上是有特别重要的地位和价值的。

马克思之后，欧洲文化进入到一个全面自我反省的阶段。哲人尼采发起的现代性文化批判尤其振聋发聩，但他依旧怀有对"好欧洲人"的希冀。而20世纪上半叶相继发生的两次世界大战，更是彻底粉碎了近代以来欧洲知识人的启蒙理性美梦和欧洲中心主义立场，从此以后，"世界历史"进入一个全新的阶段。但另一方面，我们也不得不看到，欧洲的哲学—科学—技术—工业—商业体系，至今仍旧是在全球范围内占统治地位的知识形态、文化形式、制度设计、生产和生活方式。这就是说，今天世界现实的主体和主线依然是欧洲—西方式的。现代性批判的任务仍然是未完成的，而且在今天已成为一个全球性的课题。

欧洲已经是"世界历史性"的欧洲。有鉴于此，我们当年创办了"同济大学欧洲思想文化研究院"。也正因此，我们今天要继续编辑出版"欧洲学术丛书"，愿以同舟共济的精神，推进我国的欧洲文化研究事业。

孙周兴
2017年8月25日写于海口
2023年4月27日改写于杭州

前　言

陈铨（1903—1969），四川省富顺县人，又名大铨，字涛每[1]，号选卿。1921年，考入清华留美预备学校，读书期间开始翻译和创作。1928年赴美留学，入美国奥柏林大学。1930年获硕士学位后转赴德国，进入基尔大学。1933年，转入柏林大学，完成博士学位论文《德国文学中的中国纯文学》，获博士学位。1934年回国，任教于武汉大学。同年9月，转赴清华大学外国语文系。1937年，随清华大学南迁，任西南联大外文系教授。1943年，离开清华，任重庆中央政治学校英文教授，兼任重庆正中书局总编辑、青年书店总编辑。1946年，回到上海，任同济大学外文系主任。1952年，调入南京大学外文系。1969年，于南京逝世。

陈铨一生的翻译和创作数量颇为可观，仅长篇小说就有7部。他的文名则主要来自戏剧创作和"战国策派"主要代表的身份。其实，陈铨在德国哲学、戏剧理论和文学批评上也着力不少。陈铨是现代中国德语文学研究和比较文学研究的奠基者之一。他的学术任职历经清华大学、西南联大、同济大学和南京大学等国内主要大学的外文系，除

---

[1] 一说：原名大铨，字涛西，参见张岱年主编《中国哲学大辞典》，上海辞书出版社，2010年，第895页——编者注。

了开设德语文学相关课程、培育德国文学研究的后辈力量之外，同时也发表了为数不少的德语文学研究的论文，为现代中国的外国文学研究做出了重要贡献。

本书汇集了陈铨有关德国文学研究的论文，他致力于从异邦借镜，为中国文学与文化开辟新路，其研究视角、研究方法、批评理论至今依然值得重视。

陈铨的德语文学研究包括了以下几个领域：首先是关于德国文学史上重要人物即歌德与席勒的研究；其次是关于德语戏剧的研究以及德国文学批评理论的引介；当然，还有陈铨的博士学位论文所关涉的中德文学比较研究领域。

歌德和席勒是德国文学中交相辉映的双子星座，也是陈铨所推重的文学天才。陈铨有关歌德与席勒的论文主要完成于20世纪30年代在清华大学外文系任教期间，大多发表在《清华学报》上。

陈铨的歌德研究主要有两个方面：一是歌德对中国文学的认识，这是其博士论文的一部分；还有就是《浮士德》研究，其中《歌德浮士德（上部）的表演问题》一文尤其精彩。在这篇长文中，陈铨指出《浮士德》（上部）搬上舞台时遇到了表演困境，如果浮士德被分裂成年轻的恋爱者和老年的学者，无论是由两角分饰还是统一由颇具天分的演员扮演，都不能令人满意。这种困境的形成，说明一般读者对浮士德性格分裂的理解是有偏差的。陈铨认为，《浮士德》（上部）的主人公乃是一个青年，他具有统一的人格，他在饮药酒之前的自白，已经包含了"激烈的感情，无穷的渴望，少年的气概"，绝不是一个"老夫聊发少年狂"的"老头子讲的话"。这样的少年浮士德，显然是时代的产物，具有狂飙突进的时代精神。这一点，可以从歌德对《浮士德》最初酝酿和设计时的思想状况得到确认。陈铨认为，把浮士德分裂成一老一少的理解，主要是基于浮士德饮女巫药酒的一场戏，但是，这场戏的酒不是很多人所理解的返老还童的药酒，而是刺激情欲的药酒。如果药酒没有返老还童效果，那么歌德设计浮士德饮药酒的情节应该另有缘故。陈铨研究歌德的传记资料，认为浮士德和格雷琴的爱情悲剧有着歌德自身经历的影子。歌德早年曾经抛弃过一个天真活泼的女友，他对其不无内疚，因此格雷琴也被塑造成一个非常令人同情的女性，其中寄寓着歌德的忏悔之情。但是，浮士德是一个具有伟大追求的人物形象，歌德并不想读者和观众对其进行过多的道德谴责，因此，他将浮士德的"始乱终弃"部分归咎于女巫药酒的刺激。这就是药酒一场戏的创作动因。陈铨从极为具体的表演问题入手，详细考察了《浮士德》问世以后的舞台表演史，考证《浮士德》（上部）不同时间的修订版本，进而联系歌德的自身经验、创作的时代背景，对《浮士德》（上部）中主人公形象性格分裂的问题作出了很有说服力的判断，即性格分裂问题并不存在，只有一个代表着狂飙精神的少年浮士德。

席勒是陈铨极为推崇的戏剧家。陈铨视其为德国戏剧第一人，称其为"德国的杜甫"。《席勒麦森纳歌舞队与欧洲戏剧》是陈铨研究席勒戏剧的重要论文。在这篇长文中,陈铨又一次从一个非常具体的问题——席勒一部戏剧中的歌舞队安排——入手,精彩地分析了席勒的戏剧创作手法和戏剧观念,进而对欧洲戏剧和现代戏剧的发展方向提出了自己的看法。戏剧中的歌舞队源于古希腊,影响绵延至今。但随着戏剧的发展,歌舞队的重要性逐渐降低,到18—19世纪,歌舞队已经渐渐从戏剧舞台上消失。席勒却逆潮流而动,他有意识地在《麦森纳》中恢复歌舞队。陈铨对席勒的这一改革评价很高。19世纪后期,文学的"自然主义"(这个概念在此类似"现实主义")盛行,文学只是人生准确的记录,一切创作都切合实际人生,陈铨认为这不是文学创造的"正轨",他对席勒戏剧中歌舞队的推崇和研究也是建立在对"自然主义"的反动之上。按照席勒的文学观,艺术既是理想的又是真实的,既要超脱实际又要切合实际。"歌舞队的增加,刚好能够使悲剧成了理想和实际的调和,实际的超脱和实际的切合,同时并立。"在戏剧舞台上,歌舞队替观众筑了一道围墙,把悲剧圈起来,使它同实际世界隔绝,从而使诗人能够自由地在戏剧中构筑理想世界。歌舞队中抒情的诗句,能够进一步提高悲剧语言的声调,加强悲剧的力量;歌舞队用旁观者批评的态度来目击戏剧行动,则代表了普遍的观念,使观众从全身心参与退回到能够冷静观察的距离。因为盲目的感情是最高的艺术要取消的,"假如悲剧不间断地激动我们的感情,引起我们的幻象，那么我们的悲哀痛苦，就会占据我们全部的精神。我们再不能有自由活动的能力，我们一定受人生的支配，而不能超脱人生"。陈铨指出，在破坏"幻景"这一点上，席勒的戏剧观正和中国戏曲有着某种内在的一致性。席勒的戏剧观可以从他的艺术思想上得到进一步说明。他把艺术视为理想的教育手段。艺术是一种游戏，在游戏中，人类一方面严守规律，一方面又不觉得被束缚。艺术是一种娱乐，在娱乐中可以养成人类道德的习惯。戏剧正是最能够影响人的艺术形式，观众在看戏时，能够从具体个人复杂紊乱的现象中，达到抽象普通有条理的道德原理。在席勒为达到艺术教育的高尚目标所进行的创作实践中，歌舞队正是这样的一个尝试。他并非亦步亦趋地模仿古希腊悲剧中歌舞队的形式，而是进行了大幅度的改革和创新，以适应他理想艺术教育的目的。

  陈铨对歌德、席勒推崇之要点，在于他们建设了代表民族灵魂的文学，将德国文学从法国新古典主义的束缚中解放出来，认识到德国自身的民族性，其作品和批评都是德国民族精神复活的表现。从陈铨对歌德和席勒戏剧的深入分析可以看出，他在戏剧理论方面颇为用力。除了在研究这两位德国文学巨人时体现了很高的戏剧理论素养，陈铨对德国戏剧理论浸润颇深，他还撰写了一系列相关文章，其中对德国19世纪戏剧家赫伯尔的研究和对德国批评家《哈姆莱特》研究之研究都是比较有分量的论文。

《赫伯尔之悲剧观念》《赫伯尔玛利亚悲剧序诗解》都将这位戏剧家的悲剧观念作为研究中心,对其戏剧理论详加辨析。陈铨对赫伯尔悲剧观念评价很高,称之为"真正能开一新纪元者"。按照欧洲文学史的发展脉络,陈铨认为有三种悲剧观念次第发生真正影响。第一种是亚里士多德的悲剧观,其中心点是"神",或者说是"命运",这代表了古希腊悲剧。第二种是莎士比亚的悲剧观,其中心点是"人",人有自由之选择,人类之百转千折主要原因由于自身的举动思想,这代表了文艺复兴以后的戏剧。第三种就是赫伯尔的悲剧观,其中心点是"时代精神","悲剧之发生,不原于运命之前定,不原于人类行为之错误,而原于时代精神之冲突。悲剧之主人翁,即时代精神之代表"。正如席勒戏剧观受康德影响,赫伯尔的戏剧观可以看出黑格尔历史哲学的深刻烙印。

陈铨虽将赫伯尔悲剧观念称为"代表人类近百年来世界观最彻底、最亲切有味之学说",但是,他对这种学说却持保留态度,原因在于他认为此悲剧观(世界观)有很大的弱点,没有超越性,不能带给人希望。"从赫伯尔而今百年中,上帝死矣,英雄死矣,社会力量日益膨大,个人生命,在重重压迫下,日益微末而无意义。夫信上帝可以希未来,信自己可以伸豪气,唯既不信神,复不信己,无安慰,无幻想,无美化,世界一沙漠,人生一赘疣而已,尚何精彩之足云哉。"在这种感慨中,陈铨对尼采超人哲学的服膺和召唤也就呼之欲出了。

陈铨认为,德国戏剧、德国文学是在自觉到德国的民族特性、民族精神的基础上，才发展出了优秀的创作和有力的批评。这种自觉是从德法和德英民族性的对比中得来的。莱辛首先指出，德国民族性近英国而远法国，他推尊莎士比亚，号召德国文学向其学习。后来黑格尔、歌德这些德国巨人也都推重莎士比亚，使其在德国产生深远影响。同时，德国批评家对莎剧也有着深入的探究，《十九世纪德国文学批评家对于哈孟雷特的解释》一文就说明了这一点。

虽然偏好德国悲剧中代表了激情、追求、理想的狂飙精神，肯定德国悲剧中对道德问题的终极拷问、对时代精神的深沉反映，但是，陈铨也能够欣赏另一种气质很不同的文学。在"德国戏剧理论"部分，特别将一篇似乎有"跑题"之嫌的奥斯汀研究论文作为附录，就是最具说服力的证据。奥斯汀作品中具有反讽意味的智性的笑是其最显著的特点，在《迦茵·奥士丁作品中的笑剧元素》一文中，陈铨条分缕析地说明，和菲尔丁、狄更斯依赖身体方面不合比例造成的"下等喜剧"和"滑稽剧"不同，奥斯汀敏锐而娴熟地在小说中揭示人物性格方面的不合比例，创作出品格更高的"上等喜剧"。

陈铨的德国文学研究论文主要写作于清华任教时期（20世纪30年代），评论文章则大多写作于"战国策"时期（20世纪40年代）。在这一时期，陈铨的文学主张更为清晰、明确，他将文学批评视为建立民族文学的重要手段。他认为，德国狂飙运动所代表的感情至上、反抗现状、追求自由、呼唤天才，正是中国文学所缺乏的，值得拿来借镜。

这一观点，是《五四运动与狂飙运动》一文反复申说的。陈铨对五四运动的基本判断是，"没有认清时代"，因而"陷入泥潭，难于自拔"。首先，将需要"整军经武"的"战国时代"误认成需要"会盟交涉"的"春秋时代"，从而削弱了国家力量与民族意识；其次，将集体主义时代误认为个人主义时代，从而使个人庸碌无为，缺乏爱国情绪和战斗意志；第三，将"非理智主义时代"误认为"理智主义时代"，过于肤浅地想要凭借理智来解决人生一切问题。而狂飙运动恰好与之形成对比，它是感情的，不是理智的，是民族的，不是个人的，是战争的，不是和平的。德国民族在政治文化外力支配下，通过狂飙运动认识自己，发展自我，摆脱了束缚。这正是处于相似境地的中国需要借镜的。

《中德文学研究》是陈铨早年在德国的博士论文，原来的题目是《德国文学中的中国纯文学》。在这部中德文学比较研究的开山之作中，陈铨就已经借由文学比较开始思考中德不同的民族特性、民族精神，为之后大力介绍德国文化、致力于从异邦借镜埋下了伏笔。陈铨观察到，孔子在18世纪"光明时期"（即启蒙运动时期）开始受到欧洲人的关注和崇拜。莱布尼茨佩服孔子哲学，以为中国的自然宗教可以遏制欧洲的道德败坏、欲望膨胀。19世纪的歌德则从中国文学阅读中锐利地得出中国人人生观的判断："在他们一切都比我们明白纯洁道德一点。在他们一切都是可了解的，平民的，没有激烈的感情，没有诗意的震荡……白天老是光明欢畅，晚间老是明白清楚。"这是一种丝毫不带浪漫性的人生观。一个人理想的生活，就是一种安居乐业、光明清楚的生活；一个人只需遵循圣人的教训，身体力行，就能够达到人生最高的目的，即道德的完成。可以说，孔子和中国文学受到德国以及欧洲的注意，正是因为和启蒙运动所提倡的理性主义有内在的一致性。也正是由于这个原因，当启蒙运动结束之后，欧洲对孔子的关注就大大下降。

在《中德文学研究》中，陈铨主要对18世纪之后德国对中国文学的翻译、接受和误读加以梳理和论述，侧重考据和学理上的辨析。在《文学批评的新动向》一书中，陈铨提出了自己一套完整的文学批评、文化批评理论。他的命意是用德国文化之优长来补中国文化之缺失。陈铨将影响中国文化最为关键的儒、道、释三种思想，分别用合理主义、返本主义、消极主义来概括，它们对中国文学的塑型起到了至关重要的作用。陈铨承认在儒、道、释三种思想影响下的中国文学取得了伟大的成绩，但是，一个时代有一个时代的文学，中国固有的思想传统已经不再适应新的时代，这就需要向外来文化学习，取长补短。在影响中国文学、文化的三种思想中，显然儒家的"合理主义"的影响力又远远超过后两者。陈铨认为儒家思想限制了中国小说与戏剧的成就。他分析，儒家的人生观，一切都清楚明白，最适宜于说理的散文，其次是客观描写自然风物的诗，但是不宜于戏剧。因为戏剧离不开冲突，而"合理主义的人生观产生出来的戏剧，没有激烈的冲突,没有严密的结构,没有深刻个性的描写"。不过,中国戏剧往往用诗句写成,因此可以由诗歌的抒情性来加以弥补,从而创造出伟大作品。但是,小说不能用诗来写,因此成就有限。儒家推崇理性,就不能在文学中为"感情"与"天才"留下太多空间。而陈铨判定新的时代是"非理智主义时代",所以必须向中国输入狂飙运动之精神,以复活中国文学、文化之生命力。德国戏剧中对人类精神世界的探索,对个人与个人、个人与国族、个人与时代之激烈冲突的探究,因此也成为中国亟须借鉴的文化资源。

陈铨的文化批评、文学批评及提倡民族文学的主张,以及他以长篇小说和戏剧为主的创作,都与他的德国文学研究有着深刻的内在一致性。他的观点虽不乏争议性,但这也正是他独特的意义所在,他的文化视角、对德国文学的独到理解以及关于五四运动和中国文化的判断即便在今天仍有可资借鉴之处,在其中我们或许可以看到陈铨超越时代的洞察力。

需要特别说明的是,原作距今已近一个世纪,世事巨变,文字也与今天有诸多隔阂,今人读起来难免有几分艰涩。但为了尊重作者,更为了保持原作的风格,我们除了笔误等硬伤,尽量不作文字改动。

韩潮
2021 年 12 月

目　录

总序 ·· V
前言 ·· VII

歌德与席勒研究

歌德《浮士德》（上部）的表演问题 ······················· 3
浮士德的精神 ·· 50
歌德与中国小说 ··· 58
狂飙时代的歌德 ··· 64
席勒在德国文学史上的地位 ··································· 71
席勒《麦森纳》歌舞队与欧洲戏剧 ·························· 76
狂飙时代的席勒 ··· 131

德语戏剧理论研究

赫伯尔之悲剧观念 ·· 145
赫伯尔《玛利亚》悲剧序诗解 ································ 150
19世纪德国文学批评家对于《哈孟雷特》的解释 ········ 175
附录：迦茵·奥士丁作品中的笑剧元素 ····················· 199

评论·书评

Georg Jacob und Hans Jensen: Des chinesische Schattentheather ········ 245

Die Analogie Von Natur und Geist als Stilprinzip in Novalis' Dichtung ······ 250
德国浪漫诗人罗发利斯及其青花 ···································· 262
青花 ··· 265
狂飙时代的德国文学 ··· 268
五四运动与狂飙运动 ··· 277
文学批评的新动向 ·· 284

中德文学研究

绪论 ··· 299
第一章　小说 ·· 308
第二章　戏剧 ·· 343
第三章　抒情诗 ·· 383
总论 ··· 420

参考书目 ··· 424
编后记 ··· 432

歌德与席勒研究

歌德《浮士德》（上部）的表演问题

1 表演的历史

要讨论歌德《浮士德》（上部）的表演问题，我们先研究它表演的历史。[1]

歌德写悲剧《浮士德》（上部）的时候，并没有想到它能够在剧台上表演，因为《浮士德》剧中包含许多表演的困难，当时德国剧台导演家不能解决，所以剧作出版后差不多二十年，都没有人去正式表演它。歌德在《浮士德》（上部）出版后两年（1810 年 11 月），就想到要把《浮士德》在魏玛剧院上演。那时歌德自己就在魏玛剧院中做经理，所以这应该不成问题。歌德请求泽尔特作音乐，结果被拒绝了，歌德也就把表演的事推到以后。1811 年 2 月 28 日，歌德同友人通信，自称浮士德的表演是"轻率的举动"，可见歌德对于《浮士德》能否表演，还没有十分的信心。

1812 年 10 月，歌德教他的学生演员渥尔夫做一个布景，把《浮士德》（上部）分成五幕。但是这个计划，也没有考虑剧台的可能性，所以一点都不能够证明是帮助《浮士德》搬上舞台。1814 年，王子亚慈威尔来拜访歌德，打算演奏他作的《浮士德》音乐，因此歌德又重新鼓起他的希望，把悲剧《浮士德》搬上舞台，但是仍然没有成功，结果王子写了一些新的歌曲。[2] 1815 年，歌德想把《浮士德》（上部）中间浮士德两段自语和地神一出，做成一本歌舞剧，因此加作了十二行

1　Georg Witkowski: Goethe's Faust, Leipzig, 1906, Bd. II S.177 ff.
2　ibid. Bd. I S. 373. ff.

诗。[1] 他很希望由这本歌舞剧的成功，渐渐使全剧表演获得成功，但是事实上仍然没有办到。1816年，歌德决定，把剧本部分发行，头一次试读也举行了，但是结果仍然失败。在1817年4月12日，歌德辞去了魏玛戏院经理的职务以后，他自己再也不打上演这部剧的主意了。

除歌德自身以外，还有两次的努力，也没有什么多大的结果，第一次是王子亚慈威尔同柏林宫廷1819年5月的私自表演，歌德也曾加入。1820年5月24日，又重来一遍，把上部演完。第二次是1820年3月29日柏丝劳戏院把书斋起首几场拿来表演，但是连第二遍机会都没有，全部的表演与成功，当然更谈不上了。

以后又隔了八年，歌德不谈上演《浮士德》的事，其他的人也不谈。1829年，公爵伯朗希魏要求伯朗希魏戏院经理克林满设法上演歌德的《浮士德》。克林满对于这一本戏剧，已经留心很多年了，这次他也就下定了决心，要把它在舞台上实现。他写信去问歌德有什么意见。歌德回信说："你要把我《浮士德》怎么样就怎么样！"歌德既然说出这样的话，克林满只好照自己的意思去导演。1829年1月19日，即《浮士德》（上部）出版后整整二十年，《浮士德》才第一次公开上演。序诗没有，其他难于表演的想象太丰富的部分通通删掉了。只有格雷琴悲剧成了全剧的中心。1829年6月8日，汉洛瓦宫廷戏院，也效仿伯朗希魏戏院，上演《浮士德》。歌德八十岁生日时，又有三个戏院，陆续上演。1829年8月27、28日，在坠斯顿和莱布兹[2]两城上演梯克研究的《浮士德》，但是因为宗教和宫廷的忌讳，改动了很多。在魏玛，歌德把演员聚在家里，把《浮士德》（上部）全书读给他们听，并且特别详细地指导表演魔鬼一角的演员莱若希，所以1829年8月28日，魏玛戏院，表演居然出人意料地成功。

---

1 ibid. Bd. I S. 372. ff.
2 现通译为：德累斯顿和莱比锡。——编者注

这一些成功以后,《浮士德》(上部)在戏台上演出已经不成问题了。但是演出虽然很多,一直到现在,还没有一种演出能够令一般人公认可以排除一切的困难,代表歌德真正的原意,表现出歌德原书真正的价值,因为上文已经说过,歌德写《浮士德》(上部)的时候,并没有想到要把它拿上戏台去表演,因此中间有许多表演的困难。关于剧台方面的困难,经过了这一百多年导演家们的努力,已经渐次减除了,但那时关于歌德原意的解释,至今还有许多解不开的谜团,歌德原书真正的价值,也永远不能显现。表演技术方面的困难,固然是戏剧专门学校和剧台老板的事情,表演意义方面的解释,却也是大学教授和文学科学家义不容辞的工作。

2 表演的困难

歌德的《浮士德》(上部)最后决定的形式,当然是1808年出版的《浮士德》。但是1790年,歌德还出版有《浮士德残本》。1887年1月5日,史密斯教授在坠斯顿又发现歌德《浮士德原本》。所以按照时间的次序,我们一共有三本关于"浮士德"的书:《浮士德原本》《浮士德残本》和《浮士德》(上部)。这三本关于"浮士德"的书代表了歌德的三个时期,书中的主人翁浮士德,因此也有三个不同的形象。在《浮士德原本》里,浮士德是少年学者。[1] 在《浮士德残本》里,浮士德本来是一个老头,饮了药酒,变年轻了三十岁。[2] 在《浮士德》(上部)里前后不一致,在序诗里,浮士德就像《浮士德原本》中的年轻

1　Urfaust V. 361.
2　Faustframent V 2341-42.

主人翁一样。[1]但是在后文开场，浮士德却是胡子已经花白、当了许多年教授的老头，后来饮了药酒，浮士德忽然又变成了年轻的恋爱追求者。

因为剧本前后这样不一致，所以我们在同一表演里，似乎不能不同时有一个年轻的浮士德和一个年老的浮士德。如果我们只表演年老的浮士德，后来一切举动都好像很不自然；如果只表演一个年轻的浮士德，似乎与开场的自白，又有许多的矛盾。并且一个能够表演年轻浮士德的演员，声调、举止、气魄和态度，又不符合老年浮士德的身份；一个能够表演年老浮士德的演员，同样在浮士德返老还童以后一切的性格举动上的表演，都很难令我们满意。所以历来浮士德的表演，观众总觉得前后不一致，只能够有一部分成功，不是老年浮士德演得不好，就是少年浮士德演得不妙，要求老少都演得尽情尽致，在演员人才方面，当然十分困难。有些导演就是因为这一种困难，异想天开，用两个演员，分别表演浮士德，但是结果简直成为笑柄。就算同一演员，能够同时拥有能老能少的表演天赋，把剧本各方面都演得满意，然而全剧的统一又因此破坏，而且全剧如此重要的变化，全靠一杯药酒，也似乎不是一部伟大戏剧应有的廉价动机。

到这种地步，浮士德真成了解不开的谜团，过不了的难关，我们到底有什么办法呢？

要研究一本戏剧的命意，不能单就剧本本身去搜寻，应该从戏剧起源的历史中去探讨。因为一个戏剧家写一部戏剧的动机，同他写这部剧本当时当地的情致，才是这部剧本的生命灵魂。导演的人如果能够把这一点生命和灵魂抓住，把它贯注到全剧里边去，表演起来，自然有一种统一性，貌似的矛盾，也不成其为矛盾了。

关于歌德《浮士德》起源和进展的历史，德国学者早已经详详细

---

[1] Faust I Teil.V 300–11.

细从各方面搜寻出来了。[1]但是一直到现在，还没有一个人，不管是研究歌德《浮士德》起源的历史，还是研究它起源的动机，并且就起源的动机，来解释歌德《浮士德》应当怎么样表演。

歌德写《浮士德》的动机是什么，根据这一种动机，浮士德的人格以后也随着歌德的人格，有机地成长变化。这一人格的统一性，历经变迁仍然不失掉的统一性，我们在去表演《浮士德》的时候，一定要把它表现出来。但是这一动机、这一人格的统一性，我们不能仅仅在《浮士德》剧本中去追求，应该从歌德最初写《浮士德原本》的少年歌德精神生活中去探讨。

少年歌德有些什么思想呢？他的心情怎么样呢？他的时代怎么样呢？歌德写《浮士德》是一种什么动机呢？以后这一种动机，又怎样在他戏剧中成长变化呢？我们要表演《浮士德》（上部）时，对老年浮士德与少年浮士德的问题，应该取什么态度呢？这些都是我们现在要研究答复的问题。

3 时代的影响

要明白歌德写《浮士德》的动机，我们可以分两方面来研究：第

---

1 Otto Pniower: Goethe's Faust. Zeugnisese und Exkurse sa seiner Entschungsgeschichte. Berlin, 1899.

　Hans G. Gräf: Goethe über seine Dichtungen. Versuch einer Sammlung aller Äusserungen des Dichters über seine poetischen Werke. Frankfurt a. M. 1904.

　Ernst Traumann: Goethe's Faust. München. 1919.

　Robert Petsch: Goethe's Faust. Leipzig. 1924.

　Friedrich Lienhard: Einführung in Goethe's Faust. Leipzig. 1918.

　Jacob Minor: Goethe's Faust. Entstchungsgeschichte u. Erklärung. G. v.

　Loeper: Einleitung zu Goethe's Faust. Hempelsche Ausgabe.

一，是时代的影响；第二，是个人的经历。

歌德所处的时代，正是德国文学界和思想界经过一场激烈变化的时代。德国文学在欧洲本来比较落后，在 16 至 17 世纪意大利已经产生了裴加克[1]，英国已经产生了莎士比亚，法国已经产生了莫里哀，西班牙已经产生了罗迫达·魏嘉[2]，德国的文学除了马丁·路德翻译的《圣经》及一些抒发宗教情绪的诗歌而外，还远谈不到什么有价值的贡献。因为德国的文字在那个时候，还没有经过文人的锤炼洗刷，根本还不够有弹性地来表达错综复杂的情感。在 17 世纪的初年，有一批学者，以阿匹慈[3]为领袖，出来倡导一种新文学运动，他们的运动虽然偏重在语言方面，讲到文学理论不免肤浅并有抄袭之嫌，但是也还勃勃有生气。只可惜接着就是三十年之战，土匪式的军队，到处杀人放火，使德国的人口减少了三分之二，民生憔悴到这种地步，当然没有文学发展的机会了。

后来战事平息了，人民生活稍为安定，又有一批学者出来提倡文学，想继续阿匹慈的工作。当时文坛上影响最深、野心最大的，要算葛歇德[4]。他虽然对法国文学的了解并不算十分透彻，然而他却认为法国文学是一切文学的模范。法国文学首先有成熟漂亮的语言，其次还有整齐严肃的规律，这都是德国文学所望尘莫及的。葛歇德的工作，第一，就是洗刷德国文学里边芜杂的语言；第二，就是排除德国文学里紊乱的情感。一切都要明白，不要晦涩，要简单不要复杂，要文明不要野蛮，要规律不要任意，要模仿不要创造，总括一句话来说，就是要法国不要德国，凡是法国的东西都是好的，凡是德国的东西都是坏的。他不管德国的民族性是否同法国民族性一样；他不管法国文学的规范、模式是否能够表现德国人的思想情感；他也不问除了法国文学

---

1 现通译为：彼得拉克。——编者注
2 现通译为：洛卜·德·维加。——编者注
3 现通译为：奥皮茨（Martin Opitz）。——编者注
4 现通译为：戈特舍德（Johann Christoph Gottsched）。——编者注

以外，是否还有其他民族的文学，可以作为德国新文学的借鉴。他一切都不管，只想尽量把法国文学的一切都介绍到德国来。

当时因为德国文学还没有什么基础，德国民族的意识还没有发达到相当的程度，所以经葛歇德这样提倡，法国文学成了衡量一切的标准。一般人的心目中，好像觉得除了法国就根本没有文学。不但法国的文学，甚至法国的语言，也成了一种时髦的装饰。佛雷坠宫廷里讲的都是法国话，读的都是法国书，甚至延请的宫廷诗人也是法国的福禄特尔[1]。

但是在18世纪的初年，德国文学界对于法国文学的势力，已经渐渐有一种反动。葛歇德还没有死以前，他的门生信徒都反叛他了。反对法国文学最有力量、最有成绩的人，要算德国的批评家雷兴[2]。雷兴第一个明白清楚地指出，德国民族性和英国民族性近，同法国民族性远。德国人如果要学，应该要学莎士比亚，不应该学科勒尔。雷兴是第一个证明法国作家处处去求合希腊规律，结果却只学着希腊的形式的人，英国的作家整个不管希腊的规律，却暗合了希腊的精神。还有一层：简单明白固然是文学，复杂磅礴也是文学，拿德国民族性来说，根本就喜欢复杂磅礴，而不喜欢简单明白。在这种地方，雷兴自己虽然仍站在古典主义的立场，仍是一个光明运动[3]者，但是他无形中已经走上狂飙运动的路径了。

狂飙运动的领袖，要算黑尔德。雷兴虽然摆脱法国新古典主义者的规律，但是并没有摆脱亚里士多德的规律，到了黑尔德，简直抛去一切的规律，打破一切的束缚，主张民族的文学，天才的文学，创造的文学。第一，黑尔德以为一个民族有一个民族的语言、历史、风俗特性，也就是一种特别的民族精神，一个民族的文学，也就是这一种民族精神的表现。如果一个民族，不根据它自己本来特别的精神去创造一种新文学，只想去模仿别人，那么这一个民族永远也不会有希望的。第二，黑尔德

1　现通译为：伏尔泰。——编者注

2　现通译为：莱辛。——编者注

3　现通译为：启蒙运动。——编者注

以为文学是一种天才的表现。天才是什么呢？天才是一种力量，天才的表现，就是力量的表现。理想的大小，是天赋的，是自然的，是不能隐藏的，是不可捉摸的，同时也是绝对不能仿效训练的。天才自己可以创造规律，不受外界任何规律的束缚。所以文学的创造，应该只是天才力量的表现，不是诗匠精心构撰的东西。第三，黑尔德以为文学是创造的，不是学习的，模仿的。因为是创造的，所以一定要别出心裁，一定要同别人不一样。法国古典主义者只想求与古人相同，狂飙运动者却只想求与古人相异。相同是模仿，相异是创造，但是除开创造，就不成其为文学。

这是从文学运动方面来讲，狂飙时代，正是德国文学摆脱一切束缚，自己认识自己的时候。歌德这个时候，正是一个少年，后来同狂飙运动的领袖黑尔德成了莫逆的朋友，所以狂飙运动的时代文学方面的运动，对于歌德精神思想，都有极大的影响。这一种极大的影响，促成了歌德写《浮士德》的动机。

但是狂飙运动，不仅是一种文学运动，同时也是一种思想运动，因为狂飙运动的目的，并不是只想创造一种新文学，它主要的目的，是要创造一种新的人生观。在狂飙运动以前，欧洲的思想界大部分都受光明运动思想的支配。光明运动源于英国，遍及欧洲，在德国有莱布尼茨和渥尔夫[1]作它主要的代表。这一种运动的人生观，完全建立在理智上面。人类相信理智能够解决世界上一切的问题，因为理智是判断世界上一切是非、善恶、长短、大小的标准。科学的研究，人事的得失，甚至于宗教的信仰，他们都想要用理智来做唯一达到目的的工具。他们都相信理智，而且他们又都相信，人类个个都有理智的本能。正有点像朱子所说："人心之灵，莫不有知，而天下之物，莫不有理，唯其理有未穷，故其知有未尽也……必使学者，即凡天下之物，莫不因其已知之理而益穷之，以求至乎其极，至于用刀之久而一旦豁然贯

---

[1] 现通译为：沃尔夫。——编者注

通焉，则众物之表里精粗无不达，而吾心之全体大用无不明矣。"欧洲的光明主义者，虽然没有梦想到一旦豁然贯通的境界，但是他们尊崇理智，信仰理智，同中国的儒家的态度是一样的。他们的人生观也同中国儒家的人生观一样，是一种光明空阔的人生观，这种人生观，没有浪漫的情绪，没有模糊的幻想，没有热烈的感情，没有神奇的感觉，他们的宇宙中间，常常都是青天白日，很少有淡月疏星。他们所得快乐，是一种静观自得的快乐，不是紧张陶醉的快乐。

但是人类的生活是复杂的，他的思想情绪也绝不是单纯的。在人类的生活中间，理智固然占重要的位置，但也不能占绝对重要的位置。因为支配人类最大的力量，除理智以外，还有感情，实际生活中间，感情的重要，甚至远过于理智。但是感情是复杂的，不是简单的，是可以体贴的，但是不可以判断的。理智老是冷酷，感情老是热烈，冷酷是不近人情的，热烈是合乎人性的。至于世界上的事物，理智有可以知道的，也有永远不可以知道的，理智的力量，是有限的。光明主义者，相信理智可以明白一切，判断一切，因为他们并没有仔细观察人生，所以判断错了。欧洲第一个思想家，发现了光明运动的弱点，登高一呼，全欧响应，这个人就是法国的卢梭。卢梭是一个最富于情感的人，他对光明运动主义者的理智主义，处处都感觉不对。到后来他忽然觉悟，认为人类理智之外还有感情，脑之外还有心，无脑之人不能生存，没有心的人更不能生存。站在感情的立场来看当时的文化，卢梭觉得整个欧洲的文化是腐败的、虚伪的、不自然的，一切都应该根本推翻重新建设。这一种新的人生观与这一种新的社会思想，立刻风行一时。德国的哈芒[1]、黑尔德与歌德都受了很大的影响。德国的狂飙运动，固然不是完全由于卢梭，但是卢梭思想在狂飙运动中的影响确乎是非常之大的。

从思想方面来说，狂飙运动主张感情生活，崇拜自然，不满意社

---

1 现通译为：哈曼。——编者注

会上一切的文化制度，想从根本上去推翻它，改造它。即如贵族与平民的区别，个人与社会的峙立，法律与人情的冲突，狂飙运动都用种种方式表现出来。当时风行一时的剧作，如席勒的《强盗》和《阴谋与爱情》，歌德的《葛慈》和《少年维特之烦恼》，瓦格勒[1]的《杀婴的女人》，克林额尔的《狂飙》，都是当时时代思想的反映。

所以从文学运动的方面来说，少年的歌德正处在德国文学摆脱一切束缚、自己认识自己、极端自由的时候。从思想运动方面来说，歌德主要是因为受了卢梭的影响，正处在激烈地反对光明时代的人生观——把一切建筑在理智上面并想创造一种新的人生观——把一切建筑在感情上面的时候。处在这个时代的人，对于文学上以往一切的规律，都认为束缚，对于社会上一切的社会风俗习惯都持根本怀疑的态度。每个人都叹息着过去，反对着现在，希望着将来。每个人的情绪都是紧张的，每个人的思想都是自由的，每个人的希望都是无穷的。每个人都像浮士德一样，有很大的野心，想知道一切，研究一切，寻求宇宙最后的真理。少年的歌德，处在这样一个时代，生活在这种新的人生观的空气里，心中当然有许多的感触。这一些感触，成了他创造文学的动机。所以他的文学作品，是个人的感触，同时也是时代的反映。

因此我们不要忘记：歌德就是处在这样一个时代，动手写他的《浮士德》的。他写《浮士德》的动机，就是受了这样一个时代的影响。

4 个人的经验

从一个方面来说，时代的影响，对于一个作家艺术的创造，固然

---

1 现通译为：瓦格纳。——编者注

很重要，但是如果没有个人的经验，这一些时代的影响，无论怎样伟大，也还不能促成一个作家创作的动机；从另一方面来说，歌德动手写《浮士德》的时候，个人的经验对于本文研究——歌德《浮士德》（上部）的表演问题，尤其有密切的关系。因为歌德在这个时候的个人经验，就是这一部悲剧的主人翁浮士德人格的来源。找出他人格的来源，我们才知道应当用什么方法把他搬上舞台。就算浮士德的人格以后随着歌德的人格成长变化，但是他的人格一定有一种统一性，这一种统一性，除了在歌德动手写《浮士德》的时代影响里去找寻，还要在歌德个人经验里去研究，如果我们能够找出浮士德人格的统一性，那么我们表演的问题，也就不难有相当的把握了。

谈到歌德个人的经验，同他决心写《浮士德》的动机，我们可以分成两部分来讲：第一是预备的经验，第二是同时的经验。

大凡一个作家要创作一部伟大的作品以前，他一定有许多的经验，事先把他的心境安排、准备到某一种状况。只有在这种状况之下，他才能够接受某一种刺激，产生某一种感想，决定某种计划。歌德在动手写《浮士德》以前，他有些什么预备的经验呢？

1765年的秋天，歌德离开家庭，到莱布慈去上大学。他本来想到葛庭恩去学文学，但是他父亲一定要他到莱布慈去学法律，结果听了一些法律的演讲，通通是他不爱听的，后来几乎就不去听了。他又学习逻辑，但是他发现逻辑不过是一个玩意儿；他学哲学，他认为哲学只是空谈。他觉得他知道的同教授知道的一样多。[1] 他最大的希望，是想师从大名鼎鼎的格勒忒教授，但是格勒忒教授似乎对书法比文学还更看重。歌德说："他所需要的，是一个判断的标准，但是大学里边没有一个人有这个东西。"[2]

在这一种情形之下，歌德对大学教育持根本怀疑的态度，他认为

---

[1] Werke XXVII. 53.
[2] Werke XXVII. 6/.

读书求学根本不能寻求真理。在1767年10月12日的一封通信里，他说"感情是最值得崇拜的真理"。这一种观念大概来自卢梭1750年的奖金论文。在这一篇论文里，卢梭不但提倡感情，并且反对学者。卢梭认为文明是腐化，文学科学以及其他一切的教育，都驱迫我们离开自然，失掉天真，成天骂人，去做无意识的工作。卢梭把读书和自然，认为是两件极端相反的事情，这种观念，同歌德当时经验思想起了共鸣，后来反映在他《浮士德》悲剧里。[1]

1768年的夏天，歌德得了失血症，回家休养。因为疾病到了生死攸关的地步，所以歌德的思想也变得比较深刻。他写信给他的女朋友，说他得到了许多他在世界上的任何地方得不了的知识。[2] 这一种知识当然是指他自己从克腾柏女士那里得来的宗教观念。这个小姐极力拿宗教来感化歌德，歌德虽然不能承认他自己是一个罪人，但是也受了不少的影响。[3] 这一些宗教的情绪，后来在《浮士德》里也有相当的表现。[4]

比宗教经验还要多的，就是他研究魔术和炼冶术。歌德的医生是相信炼冶术的，并且他自称他炼得有万应丹，不过怕法律惩罚，他不敢用。1768年12月，歌德忽然病得很厉害，眼看快要死了，他的母亲没有办法，请医生用他的万应丹，医生起初不敢用，后来经不起再三求救，他才敢用一种盐质的东西。歌德的病果然立刻就减轻了。病退以后，歌德拼命读医生替他介绍的书籍，并且自己设了一个试验室来做各种试验。从他阅读的书籍里边，他的重要发现是：自然是互相连贯，互相和谐，每一部分同整体都有关系，这同浮士德冥想的小宇宙相关。但是最重要的发现，还是自然是有精神的，自然是神圣活动的表现。歌德从小就觉得上帝同自然很接近，上帝可以同人类发生密切

1　Faust L.386–446. 1064–1125.
2　Werke. XXVII. 201.
3　Brief am 13. April 1760. Briefel. 232.
4　Faust 1771–1785. 1178–1185. 1210–1219.

的关系。这些书籍，更引起歌德许多的幻想。

此时的歌德对于大学教育是不满意的，对学者是不相信的，对学问是根本怀疑的。他注重感情，崇拜自然，他有一些实际上宗教的经验，魔术和炼冶术使得他想去探求宇宙的秘密，他心中常常都有许多的幻想。就在这一种心境状况之下，傀儡戏里的浮士德，对歌德才能够发生深刻的影响。歌德觉得浮士德寻求真理的努力，也就是他自己的努力；浮士德不满意现状，也就是他自己不满意现状；浮士德心中所有的酸甜苦辣，都是他自己心中所有的酸甜苦辣。所以在歌德1769年2月13日的通信里，他把自己同晚间沉思的魔术家相比。无怪乎歌德后来在1831年6月1日写信给泽尔特说《浮士德》第一次的构想，是在1769年。

有了这一些预备的经验，所以歌德感觉得他自己就是浮士德，这是他要写《浮士德》剧本的动机。但是已经有了这种动机以后，又还有一些同时的经验，来帮助他发展形成创作的工作。

1770年的春天，歌德的病好了，他又到司加斯堡大学去继续学法律。就在那儿他凑巧认识了黑尔德。黑尔德比歌德不过大五岁，但是学问、见识、著作、声望，已经远在歌德之上。一直到现在，歌德对文学、哲学、美术、历史、社会、政治，都还有没有系统的思想。固然有些时候，他对于以往的思想，有许多不满意的地方，但是大体来说，他还踯躅在旧式的思想形式中间，没有找出一条新路。同黑尔德接近以后，他仿佛进了一个新天地，对于各方面都有一种新的看法，一种新的了解，一种新的生命。上文所说时代的影响，好像都从黑尔德那里，一下整个地传到歌德，改换了歌德的人生观。法国的文学不学了，光明运动的理智主义不要了，自然、天才、力量、创造、感情……这一些当时流行的口语，固定了歌德要走的新方向。

如果歌德以前一些零碎的、预备的经验，已经够引起了他写《浮士德》的动机，那么现在这一种激烈的思想转变，在他要写或者已经动手写的《浮士德》里边，当然要发生伟大的影响。所以中世纪的魔术家浮士德，在此时就不能不变为狂飙时代的浮士德。狂飙运动中的许多主张，歌德都借浮士德来发表，所以浮士德此时简直成了狂飙时代的象征、狂飙运动的代表。这都是由于歌德同黑尔德认识的结果。

除了黑尔德的友谊，歌德同他的女朋友弗雷德锐克的恋爱，也是他生活上最重要的事情。弗雷德锐克是一个乡下牧师的女儿，歌德认识她的时候，她才不过十八岁，但是她天真活泼，歌德一见面就爱上了她。他们的感情，越来越浓烈，谁都以为他们要结婚了，但是歌德忽然觉悟，他自己高尚的精神生活、艺术兴趣，需要他急流勇退，因此他也就同弗雷德锐克分手了。因为同弗雷德锐克恋爱，歌德过了一段自然、美丽、天真的感情生活；因为同弗雷德锐克分手，歌德虽然有他不得已的苦衷，心中却免不了有痛苦的追悔。在他少年的四本戏剧中间，他都表现出差不多同样的关系：就是一个天真、简单、纯净的女子，爱上了一名男子，这个男子如果计划结婚，就要有很大的损失，所以结果两人只好分手。在《葛慈》里边，男的吃毒药死了，女的嫁了一个更好的丈夫。在《克拉维朵》里边，女的伤心死了，男的却被他的哥哥杀死。在《哀格孟特》里边，男的仍然忠实，女的因为爱情的关系也随着男的一块儿牺牲。在《浮士德》里，女的遭际最惨，母亲被自己不小心毒死，哥哥被情人杀害，自己失身生子，为顾全名声起见，她只好把婴孩害死，但是自己因为杀了婴孩，法庭又把她判成死罪。女的受了这样多的痛苦，男的却并没受到什么惩罚，但是因此更增加了他自己良心上的痛苦。所以《浮士德》（上部）的女主角格雷琴，可以说是弗雷德锐克的影子，歌德就是浮士德的化身。歌德同弗雷德锐克恋爱的心境，也就是《浮士德》的来源。浮士德决不能是老年的浮士德，浮士德应该是像歌德那样少年的浮士德，狂飙时代的浮士德。浮士德人格的基础和它的统一性，也就应该在这个地方来寻求。至于他以后如何成长变化，也应该从这一立场上来观察和研究。

但是歌德生活的经验，还不只是黑尔德的友谊和弗雷德锐克的恋爱。1771年他获得了学位，到魏茨茅[1]去实习法律。在那儿他认识了一个已经同别人订了婚的女子，歌德对她产生了诚挚的感情，同她很快乐地来往。她的未婚夫不久归来，歌德同他成了莫逆的朋友，但是歌德对这位女子仍然恋恋不舍，经过长时间内心的挣扎，最后他才下定了决心，离开魏茨茅。这一个女朋友，我们都知道是绿蒂布夫。歌德之所以喜欢绿蒂布夫，据绿蒂布夫的未婚夫说，第一，由于绿蒂布夫母亲死了，遗留下许多弟妹，绿蒂布夫居然代替了他母亲的位置，并且是一个很慈爱能干的"母亲"。第二，绿蒂布夫生性天真活泼，虽然家庭的事体很麻烦，她自己并不因此减少了她对人生快乐的追求。天真活泼的性格和理家的本事，就是歌德崇拜绿蒂布夫的原因。[2]但是这两种特点，我们在《浮士德》的女主角那里也可以发现。格雷琴也有天真活泼的性格，她也是生活在一个小世界中间，具有一种纯洁少女家庭生活的魔力，浮士德也没有法子逃避。我们都知道歌德因为魏茨茅生活的经验，两年后写了一部小说，叫《少年维特之烦恼》。少年维特恋爱一位已经同别人订了婚的女人，虽然结果他没有歌德那种自制的力量，终于牺牲了他的性命，但是他的生活、思想、性情，大部分是歌德的化身，同时也就是狂飙时代的代表。如果歌德在魏茨茅的经验也是形成浮士德人格的泉源，那么歌德直接抒写那时经验的小说《少年维特之烦恼》，自然也成了浮士德人格研究重要的资料。实际上浮士德性格中间，有不少少年维特的性格，少年维特的思想里边，也有不少浮士德的思想，这是事实上有目共睹的事情。因为浮士德和维特都是少年歌德的影子，歌德在狂飙时代的一切思想感情，就是创造

---

[1] 现通译为：韦茨拉尔。——编者注
[2] Kestner an v. Hennings. Wetzlar. Den 18. November 1772.
Goethe und Werther. Briefe Gorthes. meistensaus Seiner Jugendzeit.
Mit erläuternden Dakumenten. Herausgegeben von August Kestner.
Aufl. Stuttgart und Augsburg. 1855.

浮士德和维特一切的原动力。明白了这一点，那么歌德个人的经验和浮士德人格的来源和它的统一性也就很容易明白了。

但是上文已经说过，歌德的《浮士德》一共有三个版本：第一是1887年1月5日斯密斯教授在堡斯顿发现的《浮士德原本》，这一部《浮士德原本》是我们所知道歌德《浮士德》最早的版本，写成的时间，正是少年的歌德还生活着的狂飙时代。第二是1790年，歌德出版的《浮士德残本》，这一部《浮士德》，同《浮士德原本》形式和内容已经大不相同，这个时候的歌德，已经不是狂飙时代的歌德，已经早变成了古典主义的歌德。第三个版本是1808年出版的《浮士德》（上部），也就是我们现在通常看到的《浮士德》（上部）。这个时候，已经是五十九岁的歌德，不但同狂飙时代不一样，就连与古典时代的歌德相比，也有些不相同了。

这三个时代的《浮士德》后边，明明有三个时代的歌德。根据上文的分析，浮士德是狂飙时代的产物，是少年歌德的化身，浮士德人格的泉源和统一性，应该在狂飙时代的影响和少年歌德个人的经验里边去寻找。就算歌德的《浮士德》有三个不同时代的版本，每种版本里边体现了不同时代的思想感情，但是如果我们承认浮士德形象的产生是由于狂飙时代的歌德，并且承认浮士德的人格统一性，就要在狂飙时代的歌德性格里边去寻找，那么我们表演浮士德，当然应该表演出一个少年的浮士德，一个狂飙时代的浮士德，而老年的浮士德和因为要表现一个老年的浮士德而利用一切装出老态的舞台技术，在这里通通不能适用了。事实上《浮士德原本》里边全都是一个少年的浮士德，从来没有任何一句话谈到浮士德年老的事情。浮士德在原本里边人格完全是统一的，之所以分出年老的学者浮士德和年轻的恋爱者浮士德，这是在后来1790年出版的《浮士德残本》和1808年出版的《浮士德》（上部）才发生的事情。

在上文我们虽然从动机方面，从时代影响和个人经验方面，去搜寻出浮士德的人格统一性，得出仍然应该是《浮士德原本》中的少年浮士德，并且认为少年浮士德这一解释，就应用于《浮士德残本》和《浮士德》（上部）时理论上都没有什么不通之处，但是为正确起见，我们还不妨更进一步，把歌德最后出版的《浮士德》（上部），就是我们现在通常要表演的剧本拿来，从这一个立场来分析研究，看少年浮士德的解释在理论上载事实上还存在什么困难的地方。

5 剧本的分析

《浮士德》（上部）里边最容易使我们联想到老年的浮士德，就是女巫的那一场。魔鬼领浮士德到女巫的家里，女巫给浮士德一杯药酒吃。接着浮士德对格雷琴就产生了爱情。导演们通通认为这一杯药酒是返老还童的药酒，浮士德年龄本来很大，就是因为吃了这一杯药酒，他才变年轻，才有年轻人的情绪，要不然老年的学者浮士德怎么在街上见着格雷琴就会一见倾心呢？这就是使浮士德人格统一性破裂的原因，也就是一直到现在舞台上分老年和少年浮士德的根据。但是这一种根据，到底靠不靠得住呢？

这一场戏，是歌德在意大利写的，[1] 在 1790 年刊印的《浮士德残本》中，并没有分老年的浮士德和返老还童的浮士德。浮士德上场的时候，就是年轻的学者，如果从他自己感慨的自白，来归纳他的身世，大概已经在大学里边教过了十年的书。如果我们要勉强就这一点来定他的

1　Vol. Otto Pniowor: Goethe's Faust. Seite 31–33.
　　Hans Graf. Goethe über seine Werke II.2. Seite 43.
　　Constantin Rössler: Der Dresdener: Faustf und die Entstehung des Faust. Prense.Jahrt. 61.1388 H.6. Seite 593 ff.

年龄，浮士德也不过是从二十五到三十岁。[1] 歌德完全没有理会浮士德民间的传说，他只是自己随便决定他剧中主人翁的年纪。麦慈说："这一位浮士德不需要女巫的药酒来返老还童。依照《浮士德原本》，他也可以直接从书房走上大街，把他的手腕献给他第一个遇见的美丽女郎，来护送她。"[2] 但是为什么这一位浮士德不需要返老还童呢？自然的答复就是：女巫一场在《浮士德原本》中间还没有。现在既然有了，而且因为有了这一场，其戏剧表演却产生了新的困难，我们就不能不仔细地研究。我们要研究这一场戏来源的历史，我们就要先把这一场的剧本拿来客观地分析它所包含的事实。

返老还童的药酒，减少了浮士德的年龄，在一场戏里，最重要的就是第2 341行、第2 342行、第2 348行、第2 597行和第2 603行。这几行里边只有第2 341到第2 342两行里浮士德讲："三十年恶劣的肴馔，离开了我的身子。"好像直接表示浮士德的年纪。如果这一句话完全可靠，那么浮士德的年纪，大概是五十岁。[3] 但是这一点可靠性，我们可以怀疑，因为浮士德这句话是在对魔鬼生气的时候讲的。希密式已经指出这一点的不可靠，他说："那一句讲到三十年的生气话，一点也没有证明的力量。"[4] 其实在《书斋》一场里边，已经有一句差不多同样关于浮士德年龄的暗示。但是这一个第361的暗示和第2 342行的暗示，以往很不容易调和。[5] 这一种矛盾情形已经成了反对这两处暗示浮士德年龄可靠性的论据。并且根本上这两个地方对于揭示浮士德的

---

1 Wilhelm Creizenach: Die Bühnengeschichte Des Goetheschen Faust. Frankfurt a.M. 1881. Seite 10.

2 Adolf Metz: "War Schon im Urfaust die Rettung des Helden vom Dichter bealsichtigt?" Jahrb. Der Goethe-Gesellschaft VII.Seite 45 ff.

3 Eugen Kilian: Goethe's Faust auf der Bühne, Beiträge zum Probleme der Aufführung und der Inszenierung des Gedichtes. München und Leipzig 1907. Seite 28.

4 Expeditus Schmidt: Goethe's Menschheitsdlichtung in ihrem Zusammenklange mit uralten Sagenstimmen und im Zusammenhange ihres gedanklichen Aufbaues. Seite 7071.

5 Vgl. Georg Witkowski: Goethe's Faust Bd. II. Kommentar und Erläuterungen S. 203.

年龄问题，都不十分重要。譬如一个人等人等得生气的时候，他本来等一个小时，这很容易让他觉得等了两三个小时，甚至于他还可以说他等了半天，或者等了几十年，来表示他的气愤。这个并不像莎士比亚的《哈孟雷特》[1]里边那样清楚地暗示哈孟雷特的年龄。哈孟雷特问挖坟的人，他已经挖了多少次的坟，挖坟的人说，自从哈孟雷特国王战胜弗廷白那斯那一天。哈孟雷特问有多久了，挖坟的人说，你不知道吗？就是小哈孟雷特降生的那一天。下面挖坟的人又说他已经当了三十年挖坟的人了。从这一种语句，我们当然可以毫无疑义地断定哈孟雷特是三十岁。但是浮士德的话却从来没有这样清楚的线索，我们却不能勉强去推断它。并且如果我们相信了女巫一场中这几句不一定可靠的话，就断定浮士德是五十岁，那么在登场一段，浮士德当然应该是年老的学者，他下一段的自白中所包含激烈的感情、无穷的渴望、少年的气概，简直是狂飙时代的精神，我们也不能不认为是一个老头子讲的话，而且少年歌德的这些情绪也不能表现，因为一表现，就会出现与年龄问题冲突、矛盾的现象，因此也就绝对不能避免，而且歌德这一部戏本来的意义，因此也一定会完全失掉，这是多么可惜的事情！

《女巫》一场和药酒的功用的用意，并不要使浮士德返老还童，因为浮士德本来就不是老年的浮士德，饮不饮返老还童的药酒，对于《浮士德》戏剧的结构，并没有什么影响。如果要真正饮了返老还童的药酒，对于浮士德人格的统一性，反而有破裂的危险。并且拿戏剧的结构来说，如果浮士德年龄性格的变化完全靠一杯药酒，也未免同中国戏剧里当主人翁无可奈何的时候总是找观音菩萨来搭救，以及欧美近现代的电影里遇着主人翁要结婚时总是有一位有钱的叔父死了，给他遗留下了百万的财产，同样地廉价。歌德是第一流的诗人，《浮士

---

[1] 现通译为：哈姆雷特。——编者注

德》是第一流的戏剧，论理不应该如此，而且事实告诉我们，这一杯药酒，并不是返老还童的药酒，乃是刺激情欲的药酒。第 2 597 行和第 2 603 行，都描写女巫药酒迷人的力量。"一会儿你就会内心充满了快乐地感觉得爱神在活动，来去跳跃"，"服了这一杯药酒，一会儿你就会在每一个女人身上都看见海伦"。这还不够明白，这一杯药酒，是刺激爱情的药酒，不是返老还童的药酒？

但是浮士德为什么一定要饮这一杯刺激情欲的药酒呢？歌德为什么一定要加写这一场戏呢？加了这一场戏，对于全剧的进展，又有什么好处呢？

《女巫》这一场戏，是歌德在意大利写的。这个时候的歌德已经不是写《浮士德原本》时候的歌德。那个时候，他已经在魏玛朝廷做了许多政治的事业，爱情方面已经受过斯坦茵夫人的陶冶，哲学方面，他已经研究了斯宾洛沙[1]，在意大利青天白日的风景，充满了古典艺术的空气之下，他已经渐渐走上了古典主义的途径。他的感情与理智是平衡的，他的态度是冷静的。在他写《浮士德原本》的时候，他抛弃他的女友弗雷德锐克一场公案，使他内心感觉深沉的追悔，所以他把一切的责任都推到浮士德身上。现在时间隔得远点，他的追悔也没有从前那样激烈，所以他一提起笔再写《浮士德》，就不愿意再把一切的责任，都加在浮士德一人身上，并且浮士德的人格天才，他也不愿意因为对格雷琴的追悔，加上了许多愁云惨雾。但是歌德既然有这一番意思，他对于继续写的《浮士德》，必然有一个新的计划，《女巫》这一场戏就是他新的计划的开场。

明了这一点，女巫这一场戏有什么功用，歌德为什么一定要浮士德到女巫那儿去喝刺激情欲的药酒的问题就可以解答了。按照歌德在意大利时的看法，浮士德是一个好人，他一生都想寻求真理，因为他

---

[1] 现通译为：斯宾诺莎。——编者注

这样诚恳地想寻求真理，他有很好的心愿，所以上帝始终喜欢他。如像勾引良家妇女，同她发生身体的关系，结果又抛弃她，这明明是一种不道德的行为，浮士德在头脑清楚的时候，当然拒绝合作。魔鬼知道他的为人，因为要引诱他犯罪，所以不能不引诱他到女巫那儿去喝刺激情欲的药酒。喝了这一杯药酒以后，浮士德才可以在每一个女人的身上都看见海伦；才可以在街上一看见格雷琴，立刻就爱上了她，不顾一切，强迫魔鬼用种种的方法来把格雷琴弄到手。所以这一杯药酒，在全戏的进展上成了不可缺少的东西，《女巫》这一场戏对全局有不可脱离的关系。

但是事实很明白。假如浮士德对格雷琴一切犯罪的行为，都是由于他精神在一种麻醉状态之下，或者在一种疯狂状态之下，那么他自己道德上当然不需要负多大的责任，他的良心也用不着十分地责备自己，经过这一番事变之后，浮士德的天才人格，也不会因为对格雷琴的追悔加上许多愁云惨雾了。

这当然是歌德一种很巧妙的方法，把浮士德全剧的计划，不费力地通通改变，但是这个改变的计划，实行起来确是有许多困难的地方，因为浮士德始终是狂飙时代的浮士德，他的灵魂，他的感情，他的思想，都是狂飙时代的结晶，都是少年歌德个人经验的反映。现在想轻轻一下要把狂飙时代的浮士德改变成古典主义的浮士德，这是谈何容易的事情！歌德后来大约也觉得他新计划实行的困难，越弄越写不下去，所以到 1790 年，他对浮士德似乎已经没有多大的希望，所以才把稿子题名为《浮士德残本》，毅然发表了。如果歌德相信能够完成《浮士德》，他何至于着急地要发表残本。而发表残本，不啻表明他原先写作《浮士德》的计划，已经走到了绝路。

所以从歌德写《女巫》一场戏的动机方面来研究，浮士德饮的不是返老还童的药酒，乃是刺激情欲的药酒，尤其特别明显。浮士德既然没有饮返老还童的药酒，所以在剧本里他不能有老少之分。固然歌德加入《女巫》这一场戏的动机是想改变狂飙时代的浮士德,成为古典主义的浮士德,但是他的计划失败了。浮士德到1808年最后的剧本里,仍然充满了少年歌德的情绪,无论讲到题材、语言,还是人物,无不带有狂飙时代的色彩。所以要表演浮士德不能表演老年的浮士德,不能表演冷静的浮士德,因为浮士德如果是老年冷静,那就不成其为浮士德了。

《女巫》一场是歌德改变计划的第一场,但是歌德后来渐渐发现他的计划不能够成功。我们现在要问的,就是歌德写完《女巫》一场以后,继续增写的几场,是仍然照着它改变的计划,还是恢复到他的原计划。换言之,就是歌德继续增写的几场里边,是否把浮士德分成了两个浮士德?是否可以从这里找出任何的证明,里面还有一个老年的浮士德?歌德补写《浮士德》(上部)的时候,他自己固然早已经不是少年的歌德,他的思想早已不是狂飙时代的思想了。他写的浮士德是否跟着他自己变成了老年的浮士德,还是老年的歌德心目中仍然看见已经定型了的少年的浮士德,这两条路当然都是可能的事情。克奈增那对于这一个问题的答复很简单,"一个这样破坏浮士德性格的必要,我们找不出来,只有在《女巫》一场里边,我们才第一次知道浮士德必定已经满了五十岁——'把三十年恶劣的肴馔离开了我的身子'——至于以前的几场,并没有包含任何理由,可以禁止我们想象浮士德在起首的时候,不过三十岁,同作者差不多一样的年纪,作者把自己的思想感情借给了他"。[1]克奈增那简直不承认《女巫》以前的几场中有任何暗示浮士德是一位老头子的语句。浮士德只有在《女巫》一场里边,才第一次变成了五十岁的老头子,在这一场以前,他还是年轻的学者。如果克奈增那的话真正靠得住,那么我们只需把《女巫》一场里边,第2 341至2 342两行——"把三十年恶劣的肴馔离开了我

---

[1] Wilh. Creizenach: Die Bühnengeschichte des Goetheschen Faust Frankfurt a.M. 1881. S.10.

的身子"——划掉，浮士德就是少年的浮士德，我们表演的问题也就迎刃而解了。

事实上是不是这样容易，因为克奈增那没有详细证明，我们还得分析研究。

歌德1797年的序幕，同他在第2 055行写老年长胡子的浮士德，这分明是歌德看见老年的浮士德这一条路走不通，所以又恢复到少年的浮士德的证据。第300至307行，魔鬼讥诮浮士德永远不满意，上帝却饶恕他的仆人，他认为浮士德的不满意，只是他少年时候的奋发："园丁也知道，如果一株小树绿了，花果就会装饰他将来的年龄。"花果当然是在将来，浮士德还年轻，就好像一株刚才发绿，还没有开花结果的小树子。就像园丁对于小树子，希望它将来可以开花结果，上帝对于年轻浮士德也希望他将来可以从盲目的努力，到清楚的认识。[1]

就像《女巫》一场，歌德减轻了浮士德的罪恶，认为他是受了魔力的支配，饮了刺激情欲的药酒，对于他的行动，不能负完全的道德责任，现在在序幕里，按照上帝的言论，浮士德的罪恶，也成了在寻求真理的途径中不可逃避的错误。浮士德一生不断地寻求真理，但是因为他是人类，他不能免除错误，而且就是因为经历了这些错误，他才可以渐渐地走上光明之路。从经历错误到走向成熟，浮士德的生活，当然要经过许多阶段。在这儿歌德似乎已经想到《浮士德》（下部）的计划。《浮士德》（上部）不过是浮士德全部生活中的一个阶段，这一个阶段，当然是少年的浮士德，是狂飙时代的浮士德。

《书斋》第一场，歌德在《浮士德残本》中，把《浮士德原本》中从开始一直到"假如他找着了蚯蚓，他就高兴了"差不多完全没有改变地搬运过来。至于1808年添写的第601至807行，同前面的文字、语气，也完全一致，明罗甚至说："新的自白每行都相当于旧的自白。"[2] 地

---

[1] Jakob Minor: Goethe's Faust. Entstehungsgeschichte und Erklärung II. 27.S.91.
[2] Minor: Goethe's Faust II.S.109.

神出现以后那一段呼喊"我，上帝的影子"，也重新采取扩大，尼卧威曾经把这一个关系明白地研究了出来。[1] 第 623 至第 651 行，浮士德想到人类命运的不同预测，也同歌德写这一段自白时的人生观相合。并且浮士德讲这样一段话，也是因为地神再指点他在狭小的人世里求生活，在全场的组织上来说，也是情文相生，没有勉强凑合的毛病。无论如何，我们用不着老年的浮士德来讲这一段话。只有第 640 至第 643 行那几句话，分明是成熟了的歌德在同我们讲话。[2] 老年歌德自制的人生观，同少年的浮士德幻想的人生观恰好成反衬。但是浮士德思想的突变，拿剧情来说，正当浮士德看见地神出现以后，也并没有什么不可能的地方。因为地神出现时是那样巨大，浮士德精神上一时变更了平常的态度，似乎也是很自然的事情。

至于浮士德自杀的举动和孩提的感情[3]出现在少年浮士德身上，也比在老年的浮士德近情理得多。利亚认为自杀的动机，在歌德少年的时候，已经想好了。[4] 他举出一些证据，魔鬼自命为浮士德的救命恩人，如第 3 207 行魔鬼所说："如果不是我，你已经早离开这个地球了。"因此利亚认为歌德本来的计划，是想使魔鬼在浮士德正要自杀的时候出现。这一种解释，也许有它的道理，但是这始终是一种解释，我们还不能认为是绝对的事情，不过自杀的动机却是在狂飙时代一个讨论最激烈的问题，只看歌德《少年维特之烦恼》的结局，和它各方面所引起的反响，也就很清楚了。

在《复活节散步》一场，浮士德在第 1 070 行以下对着斜阳讲的话，同《书斋》一场里边浮士德对着月光讲的话，虽然写成的时间不

---

1 Vierteljahrschrift für Literaturgeschichte IV. 5.318 f.
2 Wenn Phantasie sich sonst mit kühnem Flug und hoffnungsvoll zum Ewigen erweitert. so ist ein Kleiner Raum ihr nun genug. Wenn Glück auf Glück im Zeitenstrudel scheitert.
3 Vgl. V. 1585: Rest von kindlichen Gefühlen.
4 Goethe-Jahrbuch XX. 1899: Johannes Niejahr: Die Osterszenen und die Vertragsszene in Goethe's Faust. S.160.

同，作者精神态度却是完全一致的，就是浮士德仍然是少年的浮士德，并没有变成老年的浮士德。从第 1 110 行起，浮士德讲的话同浮士德上场的自白"我也没有财产和金钱，荣誉和世界的光荣"似乎互相矛盾，我们不能不承认这一段话不适合于年轻的浮士德。但是同样的矛盾，在《浮士德原本》中间已经发现了，浮士德的学生说他是"我们大家提起他名字就要肃然起敬的人"，这当然也是前后不相符且十分明显的证据。像这种矛盾的情形，只要无关大体，我们不能太认真。

《书斋》第二场的开首，浮士德的感情态度，又经过了一种根本的变迁，这一种根本的变迁，年轻的人当然比年老的人来得容易，因为年轻的人思想没有固定，而年老的人，对于人生宇宙，早已经有一定的看法，变迁起来自然不是这样随便。但是当然也有人主张，一个人如果有激烈的感情，有容易变化的性格，那么他一直到老年也是一样的。[1] 这当然是很有道理的说法，但是《浮士德》(下部)告诉我们，老年的浮士德同少年的浮士德不一样，就算是有他本来统一的性格，他本来统一性格的表现，也采取不同的形式。浮士德固然有他统一的性格，但是这一种性格的成长变化，也一定有线索可寻，一定有不同的改变。在《浮士德》(上部)里，浮士德始终还是少年的浮士德，不能无缘无故，忽然又变成老年的浮士德。

在《书斋》第二场中，我们找不出暗示浮士德年龄的字句。至于浮士德读《圣经》里《约翰福音》，也同少年的歌德写《浮士德原本》时候的精神一致，因为发动狂飙时代的领袖哈曼与黑尔德，都很喜欢《约翰福音》，《约翰福音》成了那个感情时代的时髦读物。[2] 歌德在这儿不过继续哈曼和黑尔德的工作。至于浮士德用"力量"和"行为"来代替"文字"和"意义"分别出它们的高下轻重，也完全是狂飙时代的精神主张。

1　Siegfried Jacobsohn: Max Reinoardt. Berlin.
2　Jacob Minor: Haman. S.49 ff. und Herder in seinen Erläuterungen zum neuen Testament 175.Vgl. Jahrb.VI.S.308 ff.

第 1 546 至第 1 547 行，浮士德说："我太老了，不能游戏，我太年轻了，不能没有欲望。"这里讲的年轻、年老，完全是相对的话，不能作为浮士德年老的证据。并且我们仔细体会这两句话写浮士德的语气，我们觉得浮士德应当是刚好成年的人，所以"太老了，不能游戏"，这正是歌德写《浮士德原本》时候的精神、思想，刚好他当时已相当地成熟，对人生又有许多不满，对他少年的放荡，刚好抛弃。同时他年龄并不大，所以他说"我太年轻了，不能没有欲望"。

在《书斋》第三场浮士德同魔鬼在学生上场前后的谈话，也并不指明浮士德是老年的浮士德。[1] 就是 1808 年才第一次印行的第 1 503 至第 1 769 行，同《浮士德原本》里的浮士德，大体来说，也并没有什么不一致。费歇尔同若斯勒都曾经指出以上两段内容不一致的地方。[2] 其实这段根本来说，写的浮士德仍然是少年的浮士德，并没有什么的冲突。

《酒店》一场在《浮士德原本》已经大体写就，在《浮士德残本》《浮士德》（上部），歌德不过就原本里的情节，增写得充足一点了。最重要的改变，就是在《浮士德原本》中，浮士德自己是魔术师，自己做一切的行动，在《浮士德残本》里边，浮士德不做任何事情，完全处在旁观的地位，对于这一段学生的瞎闹，取一种鄙弃的态度。在这儿歌德明明不愿意他的有意大利生活经历的浮士德去做那《浮士德原本》里所做的事情。旁观的态度，在老年的浮士德身上，自然比年轻的浮士德更适当一些，但是同时这一种反对肤浅享乐的态度，精神生活稍为高尚一点的人，无论在什么年纪，也一样地反对。

从上面的分析讨论，我们发现，在《浮士德原本》里的浮士德始终

---

[1] V.1770-1850 und 2051-2070—Zahlung in der Sophienausgabe. V. 249-329 und V. 530-551—Zählung im Fragment. Faust.Ein Frag. Ment von Goethe. herausgegeben von Bernhard Seuffert. Heilbronn 1882. Deutsche Literaturdenkmäler des 18.Jahrhunderts in Neudruchen herausgegeben von B. Seuffert.

[2] Kuno Fischer: Goethes Faust. Constantin Rössler: Die Entstehung Faust. Grenzboten 1883 Nr. 52.

是少年的浮士德，是狂飙时代的浮士德。后来大家之所以对浮士德有年老的观念，完全是因为歌德在意大利的时候，加写了《女巫》一场，大家因此产生误会，以为浮士德饮了返老还童的药酒。其实据我们的考察，浮士德饮的，并不是返老还童的药酒，乃是刺激情欲的药酒。就是歌德后来增写的部分，也都并没有表现出年老的浮士德。大体来说，完全遵循他《浮士德原本》里浮士德的观念。所以我们在表演浮士德的时候，尽可以把上部中的浮士德认为是年轻的浮士德，不用经过返老还童这一番过程，使浮士德性格因此破裂。我们尽可以把上部中的浮士德，作为整个浮士德人格成长变化中的第一个阶段。在这一个阶段中，浮士德是狂飙时代的代表，是少年歌德的化身，是感情的结晶，是奋斗的符号。这样的浮士德，才是歌德《浮士德》（上部）中的浮士德。

但是我们以上的分析讨论都是根据歌德所处的时代、歌德个人的经验和歌德所写的剧本，来证明浮士德本来是少年的浮士德，这样去解决《浮士德》（上部）表演的困难。但是究竟表演的时候，有些什么困难，这些困难要怎样去解决，我们不能专从文学史和剧本方面去凭空立论。我们不能不抛开书本，走近剧台和演员，来研究这一个难关。因为一本戏剧真正的困难，只有搬上舞台的时候，大家才能够看得清楚。

所以我们现在要从表演方面来研究《浮士德》（上部）。我们第一要研究浮士德性格分裂的来源，第二要研究两种代表的表演方式，第三要研究演员的个性对表演的影响，第四要研究表演者为了表演浮士德统一的性格所做的努力。

6 浮士德性格分裂的来源

因为《浮士德》（上部）里一个完整的浮士德被大家分裂成一个年轻

的恋爱者和一个老年的学者，所以一表演起来，总不能令人满意。历来批评《浮士德》（上部）表演的人，不是批评太忽略了恋爱的浮士德，就是批评太忽略了学者的浮士德，好像这两个浮士德，在同一晚上，同一剧台，同一演员，顶多只能表演出一个，而相比而言，另一个表演上总感觉要差点，结果当然没有一个表演能够令人满意。就是历来表演《浮士德》（上部）最著名的演员，如格汝亚（Grua）、恒坠希（Hendrichs）、德沙（Dessoir）、龚德（Günther）、马可夫斯基（Matkowski）都受人批评，浮士德表演的问题，似乎成了攻不破的难关[1]。

如果因为浮士德性格分裂，一个演员同时表演不好两种性格，那么有人想把浮士德在饮药酒以前和饮药酒以后分成两部，由两个演员分担，结果也不容易。克乃增那认为这一种提议根本错误，因为会把表演弄得更坏更糟。[2] 艾斯林认为这种尝试，是不会实现的事情。[3] 但是1921年4月24日，在克尔戏院，果然有这样一个尝试，浮士德由两位很有天才经验的演员来表演：亚伯成表演老年的浮士德，亚尔瓦表演少年的浮士德。亚伯成和亚尔瓦都是当时克尔一班子人认为最成功的演员，亚尔瓦尤其是表演浮士德的专家。但是他们两人那一晚的合演，结果是一个大大的失败。

在另外一方面，因为两人表演浮士德容易闹笑话，有人想仍然用一个人来表演浮士德，不过这个人一定要是一个多才多艺的演员，能够将年轻、年老的浮士德都表演到出神入化的地步。但是这样的一个演员，事实上很难寻找，就算寻到了，剧本又如上文所说，又要发生许多讲不通的地方。

歌德对于《浮士德》（下部），虽然曾经主张海伦这一角色应由两个

1　Benno Hattesen: Literatur und theatergeschichtliche Beiträge zur Auffassung der Faustrolle. Kiel 1928. S. 45.

2　Wilhelm Creizenach: Die Bühnengeschichte des Goetheschen Faust. Frankfurt a.M. 1881. S.11.

3　Adolph Enslin: Die ersten Theater-Aufführungen des Goetheschen Faust. Berlin 1880.

女演员表演，因为很少有一个长于歌唱同时又能够出演悲剧女主角而做到尽善尽美的演员。[1]但是我们不能因为歌德对海伦有这样的意见，就认为《浮士德》（上部）一定需要两个人来表演浮士德，因为海伦在《浮士德》（下部）中的性质，同浮士德在《浮士德》（上部）中的性质迥然不同。海伦根本上就没有年轻年老的分别，海伦表演上的困难，不过因为歌德在《浮士德》（下部）从悲剧改变成歌舞剧，所以有歌唱的困难，并不是根本性格有任何的变化。这完全是技术的问题，不是性格的问题。

最值得我们注意的，就是歌德在1818年在筹备假面具游行，庆贺女皇斐阿多诺那，自己也把浮士德分成两个。一个是做过多年学问的老博士，穿一件灰色的大衣，一双很长的手臂在博士衣服的前面，同他的徒弟瓦格勒；还有一个，欢快文雅，穿一身漂亮衣服，戴一顶有羽毛的帽子，同他小孩子样儿的格雷琴正拿一本祈祷的书，从教堂里走出来，浮士德正要去迎接着她。[2]从这一次游行来看，《浮士德》在还没有表演以前，歌德自己早已经因为一时开玩笑，把浮士德分成一个有胡须的学者和一个年少年文雅的花花公子了。

歌德还不仅在假面具游行里把浮士德分成两个，并且还在剧台表演的时候，用语言声调来把浮士德分成两个。当时魏玛表演魔鬼的演员那若希曾告诉我们，歌德怎样念《浮士德》："浮士德一直到他在女巫厨下饮了返老还童的药酒以前，他用比较老年人的低声来诵读，从第2 599行起，一直到完，他用洪亮高朗的少年声调。"[3]

1　Gespräche mit Eckermann. 25. Januar 1827.
2　Journal des Luxus 1818.Seite 722.siehe "Faust und Mephistopheles als Rollen" in "Die Press" 21.Jan. 1883. wieder aufgedrucktem literarischen Skizzenbuch gesammelte Aufsätze von Joseph Bayer. Prag. 1905.
3　Dieser Bericht ist der Einleitung. Die K.J. Schröer zu seiner Ausgabe des Faust gibt. entnommen. Die Angabenüber die Vorlesungen Goethe's sind von Schröer nach der mündlichen Erzählung La Roches niedergeschrieben. Siehe Einleitung zur dritten Anflage. 1892.S. CXIX.

我们要留心的，就是歌德对于浮士德表演问题的态度，他对于魔鬼一角，的确同那若希仔细地研究，什么小地方都用了心思，但是对其他的角色，并没有同样地卖过气力。他对少年时候的浮士德的性格怎样，应当怎样适当地表演，并没有十分注意。[1] 在1802年，席勒已经称他为"年迈鬼气的博士"[2]。1819年6月2日，他给伯爵伯锐尔的信说，《浮士德》是狂飙时代的英雄，"老年的魔术家"的自白。他对艾克芒博士的谈话也说："上部完全主观，一切都从一位比较有成见的，有感情的个人出来。"[3] 这些地方，歌德明明白白地告诉我们浮士德是狂飙时代的浮士德，并没有分裂浮士德的性格，同他表演《浮士德》的方法，要把浮士德变成两个，岂不是自相矛盾吗？

因为杜庠（Angust Durand）在魏玛戏院表演浮士德，亲身受了歌德的指导，所以我们还可以把他作为歌德忠实的学生，他表演浮士德的方法，也完全依照歌德的意见。浮士德从学者变作恋爱者，他也用不同的声音态度来表示，就像歌德诵读剧本的时候一样。浮士德上场一段，也一定要杜庠注意同时演奏的音乐，差不多用一种歌剧的声调来诵读它，何尔泰（Holtei）对于杜庠这种表演方法，曾经激烈地反对，歌德对他反对的意见，只是说："对了，你们少年人，总知道得好些。"

歌德对于《浮士德》（上部）表演的意见的"是非"，我们只要想到老年的歌德，对于少年时写成的《浮士德》已经隔阂的事实，就可以明白。歌德那个时候，已经快70岁了，隔狂飙时代已经快50年了，50年后的歌德，对于50年前的浮士德，不能够清楚认识，这当然不是什么奇怪的事情。克乃增那已经发现，如果演员不太严格依照歌德的意见，还好一点。[4]

1　Schröer S. CXXII.

2　20.Februar 1802 Schiller an Goethe: Schillers Briefe VII 355.

3　Gespräche mit Echermann II.185 f.

4　Franz Fapp: Goethe's Faust auf der Bühne. München 1920 Seite 11.

在伯朗希魏和魏玛戏院第一次表演以前，就已经有著名的演员去研究浮士德的表演问题了。根据泽尔特的报告，勒蒙（Friedrich Wilhelm Lemm）是德国第一个演员，专门表演浮士德。[1] 泽尔特完全拿他的印象来批评表演的角色。头一次的试验，只是把《浮士德》头几场来诵读。王子麦克仑布演魔鬼，泽尔特对他的表演完全满意，认为他的表演差不多到了极致。但是对于勒蒙，泽尔特却找不出什么好处。但是在泽尔特听勒蒙试演的时候，勒蒙在剧台的名誉达到了最高点。他是著名导演家意夫南训练出的最成功的演员。关于他表演的本事，歌德无言地告诉我们："弗勒克同意夫南对他的影响是很明显的。凡是他所发现的，他就忠实地谨记，他对每一个动机、每一句话的含义，都用全力在语言、动作方面来准确表现。每一句话的声调，每一个字的重音与次重音，说这个字的时候，臂、手、足动作的程度和速度，身子每一次弯曲，头每一次鞠躬，面部的表情，一直到面部每一条筋肉、眼光表示的方向、眼毛的闪动，每件事情都用心体会，准确表现。"[2] 像勒蒙这样有天赋的演员，对于表演又这样用心，他来表演浮士德，宜乎应该有很大的成功，可以作为以后扮演浮士德的模范，然而结果却出人意料。泽尔特说：勒蒙在王子的旁边，就像驴子在马旁边一样。[3] 为什么勒蒙会差到这样的地步呢？大概是因为王子扮魔鬼，说话流利轻快，勒蒙是一个极用心的演员，因为要想扮演年老的浮士德，所以举止、动作、声音、笑貌，通通变成了老人，结果同剧本中年少的浮士德讲的话全不符合，所以也就大大地失败了。

除了勒蒙以外，最值得我们注意的，就是渥尔夫（Alexander Wolff）。他曾经扮演过二十次浮士德。他是彻底受过歌德训练的演员。

1　Goethe Zelter Briefwechsel II 213–15.
2　E. Devrient: Geschichte der deutschen Schauspielkunst.
3　Ludwig Eisenberg: Grosses biographisches Lexikon der deutschen Bühne im XIX Jahrhundert. Leipzig 1903.siete "Lemm".

歌德制订的《演员规则》，照歌德自己说，渥尔夫是最能遵守规则的人，后来他就没有真正地犯过规。[1] 我们当然可以相信，渥尔夫表演浮士德，一定能够处处依照歌德的指导。

歌德制订的演员规则，是戏剧界最有趣味的事情。歌德认为戏台最重要的目的，不是在用幻象的方法来仿效人生，它应该把人生作为一种材料，用真理把人生锤炼成艺术。换言之，歌德不赞成自然主义表演的方法，他赞成艺术表演的方法。艺术不一定合人生，合人生的不一定是艺术。艺术有一定的规律，人类有艺术的意志，规律就是人类意志，应努力求其形式的表现。所以艺术最重要的就是要有一种风格，这种风格，不一定完全同人生一样，但是它表现了人生的精华，它是从真理得来的结晶。歌德因此主张戏台上的一切都要"风格化"(Stilisierung)。

其实要真正明白歌德的意思，我们最好看一看中国的戏台，因为歌德的主张在德国始终没有彻底地实现，但是在中国素来就不知道幻象的利用，因此戏台上的一切，通通走到"风格化"的路径。中国戏台的规律是世界上最严的，无论讲一句话，抬一次手，弯一次腰，转一次身，甚至于拂一拂须，睁一睁眼，喜怒哀乐爱恶欲，无一样的表情，没有一定的法度。在这些普通法度之外，又还有师傅的法度，每一个著名的演员，都有他特别的家法，他教的弟子，也要坚定不移地遵守他的家法。这一些剧台的规律，都是离人生很远的，都是极不自然的。譬如笑吧，通常人笑，也不过兴之所至，随便笑笑，哪有什么一定的规律，但是在中国剧台上面，老生有老生的笑法，武生有武生的笑法，小生有小生的笑法，其他如黑头、青衣、小丑、老旦、花旦，笑起来通通有一定的规则，不能随便乱笑，但是这一些笑法，听戏程度不高的人，听见了一定觉得非常奇怪，有时简直自己也忍不住笑，但听惯戏的人，在那一种空气中，又立刻感觉某一种角色，非有某一种笑不可了。

---

[1] Max Martersteig: Pins Alexander Wolff. Ein biographischer Beitrag zur Theater und Literaturgeschichte. Leipzig 1879. S.76.

这一种极强烈的风格意志，在中国剧台已经尽量地表现，但是在欧洲一直到现在，都还没有发展的机会。歌德是欧洲第一个导演家，想把剧台严厉地风格化处理，他的《演员规则》也就是这一运动的法程，但是当时不仅没有成功，反而闹了许多的笑话。渥尔夫是受过歌德严格训练的，但是渥尔夫表演的方法，拿来同中国演员比，当然已经有天渊之别，但是在当时德国，大家已经觉得他不自然。他演歌德的《浮士德》，因为处处要严守歌德的规矩，所以对狂飙时代的浮士德那种激烈的感情、少年的气魄，不能表现出来。渥尔夫虽然是受过歌德严格训练的演员，但是古典主义的歌德，努力求形式求风格化的歌德，始终不能代表狂飙时代的精神，渥尔夫的表演因此也不能令人满意。

　　《浮士德》在伯朗希魏戏院的第一次表演，使大家相信《浮士德》在舞台上有表演的可能，在《浮士德》表演的历史上是很重要的。但是表演的本身，似乎并没有什么可称道的地方。当时伯朗希魏没有多少报纸，因此也没有什么记载。我们所知道的，表演浮士德的演员是叔滋，颇能令一般人满意。[1] 马尔演魔鬼。到后来，即1831年6月29日，马尔同叔滋在汉堡戏院第一次演《浮士德》，又都是主角。在这一次表演中，浮士德同格雷琴一场，浮士德居然是花花公子，格雷琴也是娇憨美人，使大家完全忘记了开幕时严肃老迈的学者浮士德。但是叔滋在他第一次表演《浮士德》的纪念本上面，写了一首诗讲要如何样表演浮士德。[2]

---

[1] Creizensch S.83.
[2] Nur praktisch.
　　Willst Du den Faust in seinen Tiefen fassen.
　　Greif in die eigene Brust hinein.
　　Denn von Gelehrten Dich belehren lassen.
　　Wird doch nur trocknes Wissen sein. —
　　Faust ist der Mensch, mit seinen Höhen und Tiefen.
　　Dein eigner Pulsschlag sei Dir Kommentar.
　　Gedanken, die im dumpfen Fühlen schliefen.

　　　　踏实

要想抓住浮士德的深处，

必须搜寻你自己的心灵。

因为学者给你的教训，

只是干燥无味的规程。

浮士德是一个高深的人，

你的脉搏就是他的解释。

混沌感觉中睡卧的思想，

剧本领导你到光明之城。

凡是你不了解的你不能利用，

因为这属于纯粹的智识。

你一定要跳进热烈的人生，

你能够你就有资格演戏。

　　这一番话，表示叔滋对表演浮士德想用自己的心灵、自己的热情来体会浮士德。他走的途径，我们不能不说是很正当的，只可惜他仍然没有多大的成功。

　　除掉上列几位演员最初的努力而外，以后演浮士德的演员，不知道多少。但是浮士德这一角，始终是最难表演的一个角色。因为要演浮士德首先就要面对浮士德性格分裂的难关，这个难关似乎没有法子可以渡过。浮士德这一角色，不像格雷琴同魔鬼那样容易，这两个角色，在演剧史上，明显有进步的过程，至于浮士德这一角色却始终谈不上什么进步。我们一直到现在，所能够讲的，就是浮士德有两种代表的表演方式，这两种表演方式，都是建立在年轻与年老两个浮士德的基础上面。一个代表，就是德沙；另一个代表，就是格汝亚。

7 两种代表的表演方式

在一个文艺笔记里，拜尔讲他约莫 45 年以前听见德沙朗诵《浮士德》。[1] 德沙平常在柏林戏院演魔鬼一角，这一次在一个旅行剧团里边，他却特别高兴来朗诵浮士德。拜尔认为德沙这一次朗诵的确很成功。字字句句都细心斟酌，有美丽的节奏，有镇静的态度，简直好到不能再好的地步。并且没有世界上任何返老还童的药酒，能够把专门表演个性的演员德沙，表演的学者和魔术师浮士德，变成轻浮的花花公子。

拜尔还不知道，这一位专门表演个性的演员德沙，一年以前，在他第一次表演魔鬼以前，曾经用心地尝试过浮士德这一角色。拜尔发现德沙表演的浮士德，无论世界上任何返老还童的药酒都不能把他变成轻浮的花花公子，这表明他对德沙确乎有深刻的了解，因为德沙是专门表演沉郁伟大如阿塞罗那样的个性，对返老还童以后的浮士德，追求女性的浮士德，对同天真烂漫的女子讲爱情的浮士德，以及把学者的态度完全抛弃的浮士德，根本没有法子表演。

德沙在起初演戏的时候，也曾经尝试过英雄和恋爱者的角色，但是通通没有什么成功。因为他表演的工具，只有没有变换及没有和谐的声音，不到中等高度的身材，一点不美的面孔，这样的天赋去演一个花花公子，当然没有什么希望。他 1849 年到柏林以后，他差不多专门演个性的角色。只有间或演一演个性角色和恋爱角色合成一人的时候，如哈孟雷特，亚科斯达，波林布克，他才勉强扮演。[2] 弗仑泽尔猜想，德沙相信了一位朋友的忠告，以后才决定专演个性的角色。弗仑泽尔因为反对德沙这一位朋友，所以连德沙也一齐反对，他说德沙

---

1 Joseph Bayer: Literarishes Skizzenbuch, gesammelte Aufsätze (Zuerst gedruckt: Die Presse 21.1.1883.) S.81.ff.

2 Karl Frenzel: Berliner Dramaturgie II. Hannover, 1877.S.284.

"并不是什么伟大的演员,不过是一个沉思默想的脑袋"。这其实等于说,德沙是一位聪明有思想的演员,不过不是适当的人性表演者。这种批判,似乎南道也很同意,讲到德沙表演的人物,他说:"他的人物……一起首就有一种鲜明的特性,以后也不改变。他们保存一种零碎事变的个性,是一个人生一个灵魂里边的断片,不是这个人生,这个灵魂。"[1] 德沙是一个富有智识的演员,他认为演员的责任,应该是把戏剧创造的精神内容由他表演,在戏台上十足地表现。所以他对剧中人物的个性进行了细致的研究,没有一句话不用心。他知道怎样用明白的特点,去表现一个鲜明的个性,但是这一个鲜明的个性虽然是原作者的意思,但是没有原作者整个的生命、整个的灵魂。德沙的人物,都太用心了,太做作了,都太受思想的支配了。[2]

固然德沙在表演浮士德的时候,知道怎样去表示一个对世界、对自己不满意,自己苦恼自己的学者,固然德沙对于《浮士德》剧本有很聪明的解释,但是这始终不过是浮士德的一部分,至于整个的浮士德,要想用德沙有限的天才,从学者的浮士德再变成恋爱者的浮士德,都表现到满意的境界,这当然是不可能的事情。若歇尔是崇拜德沙的人,他称赞德沙对表演浮士德的贡献。他说,就是在女巫那儿饮了返老还童的药酒以后,没有休息,没有安静的浮士德,我们仍然不能否认。并且"恋爱者的浮士德,不是近代的恋爱者"。[3] 若歇尔这句话并不是想贬损歌德《浮士德》(上部)中恋爱的价值,他主要的意思,是在称赞德沙虽然在演作为学者的浮士德,对于恋爱者的浮士德仍然在努力表现,不过这位恋爱着的浮士德,仍然没有失掉他学者的风味,只是同近代的恋爱者性质不一样罢了。但是若歇尔甚至进一步称赞德沙懂得去表现一幅图画的统一性,因为他能够在恋爱者的浮士德上面,

---

1 Paul Landau: Mimen. Historische Miniaturen. Berlin. 1912. S.136.
2 Frenzel. Seite 286.
3 Hande und Spenersche Zeitung, 6. Ⅶ. 1850.

再加上学者浮士德的精神，那么若歇尔所举出来的事实，不过是德沙表演了返老还童的浮士德，性格精神仍然像从前年迈深思的学者浮士德。这样情形，正表明德沙所表演的浮士德，既不是历来传统的浮士德，年轻年老，判然为二，又不是我们所讨论出结果的浮士德，在上部里完全是一个狂飙时代少年的浮士德，在全部《浮士德》剧本中，占一个成长变化的阶段。若歇尔虽然说德沙表演的恋爱者浮士德不是近代的恋爱者，但是在浮士德同格雷琴在一块儿的几场戏中，若歇尔也希望德沙能够"更热烈一点，我们可以说，更南方一点的色彩"。平心而论，若歇尔对德沙太捧场，弗仑泽尔对于德沙太看不起，两人的议论，都失之太偏。若歇尔同德沙都是分析家，他们对浮士德的个性，确曾作过很精密的分析工作，但是也就是因为他们分析太精密，也就缺少了浮士德应有的生命力量。

德沙成功塑造一种浮士德的表演方式，就是注重浮士德强有力的个性，把整个的重心，都放在书斋几场，这几场戏的成功，当然是一种演员表演技术的成功，但是对于整个的戏本、戏剧家本来的目的，并没有完全体现。浮士德的自白，是狂飙时代的产物，是少年歌德心灵的表现，中间的感情、思想、态度，处处都需要一种青年人的力量才能够充分表达。许多的人早已经感觉到，要把浮士德同格雷琴进场演好，一定要一个年轻人特点的演员，但是有年轻人特点的浮士德要入场几场，又是一种障碍。固然根据我们上文的研究，浮士德是应该要有年轻人特点的演员，但是年轻人的特点，一定要合乎狂飙时代年轻人的特点，不然仍然是要失败的。

德沙用老年人的精神来表演浮士德，已经算失败了，但是另外一个演员，用少年人的精神来表演浮士德，仍然不能成功，这一个演员，就是格汝亚。

格汝亚是德国最初少数成熟的演员，对于表演，也非常地用心。他演的浮士德，最成功的就是浮士德同格雷琴的几场，所以格汝亚成了德国演恋爱者浮士德的代表。

与格汝亚同演的演员是赛德曼，赛德曼演魔鬼，在当时获得了十足的成功，各方面对他都有很好的印象。格汝亚演的浮士德，虽然有一部分的成功，但是比起赛德曼，他却差得很远，因为格汝亚素来就以演柔软的性格著名，浮士德个性中所需要的革命的精神、人格的力量、激烈的感情，他完全没有。所以格汝亚同赛德曼一上台，观众都好像觉得魔鬼是主角而浮士德是配角。因为赛德曼表演的魔鬼，有强烈的人格，格汝亚表演的浮士德，只能在温柔恋爱的情景中见长，所以一到正经的谈话，人格表现的时候，相形之下，浮士德立刻就被他的副角压下去了。

格汝亚1819年就从事话剧演出了，他的嗓子本来很好，他以前歌唱时都能引起人的注意。他柔和的声音，常常令观众特别喜欢，到1833年他从达蒙希塔[1]到柏林，他已经是一个成熟的演员了，因为他优美的声调，演恋爱者角色，大受一般人的欢迎。但是叫他演浮士德，确实是错误的，因为他只能演浮士德同格雷琴几场，演其他部分，力量就不够了。

若歇尔在他的《浮士德》评论里，常常都讲到作者自己的宣言，这一本剧作永远包含"一个人类精神发展的历史"。因此，他也承认这个可能性，"歌德，我们已经知道他在少年的时候就有了《浮士德》的观念，描写他少年时候的感情思想，求知的冲动和情欲的要求"。但是这一种知识，并没有使若歇尔主张，一个表演浮士德的演员，也应该有少年歌德那样的感情的思想。他极力称赞格汝亚愈演愈高的本事，他说到格雷琴悲剧，格汝亚一切的本事，都到了最后的阶段。[2] 到后来若歇尔把他对格汝亚的批评，总括起来说："格汝亚先生演浮士德差不多完全没有可以指责的地方，他重现给我们作者的意义，没有

---

[1] 现通译为：达姆施塔特。——编者注
[2] ibid 1833 Nr.144.

扰乱、反抗、不自然的朗诵。但是在他的表演中，就是在他的朗诵中，我们缺少使浮士德的话成为一个个人生活的表示的色彩。格汝亚先生演浮士德只是一个明白的朗诵者，不是一个真正的表演者。"[1] 若歇尔批评格汝亚的朗诵缺乏真正自然的人生，大概是指浮士德上场几段。我们很容易了解，格汝亚的天才与个性，在浮士德上场几段，不能够完全做好。关于浮士德抒情的几段，也许格汝亚还算相当的成功。古慈可就说："格汝亚适宜于表演浮士德抒情的悲哀，不适宜于表演强烈伟大的个性。"[2] 老年的浮士德和少年的浮士德通通用柔和的声音来表演，古慈可认为从老年的关在屋子的浮士德忽然变成少年恋爱的浮士德的反衬，没能够明显地表现出来。但是在这儿我们并不能说，格汝亚是有意地要把两个浮士德变成一个浮士德，做一种浮士德统一性的努力。实际上是因为他语言表达的能力有限，不能够把不同的神气用声调表示出来。即如浮士德入场一段，浮士德不但要有少年的声调，而且要有一种特别激烈严重的声调，来表示狂飙时代的精神态度。

因为格汝亚偏重少年的浮士德，把格雷琴悲剧演得特别成功，所以一般人对《浮士德》（上部）渐渐也就只注意格雷琴悲剧，把其他重要的地方忽略。格雷琴一角越来越重要，舞台上有许多女演员，因此得了很好的名誉。特别是色巴黑，她演的格雷琴，在德国简直开了派别，在德国舞台上占据了重要的位置。色巴黑甚至于想演浮士德，干脆从格雷琴悲剧演起。《浮士德》这一部剧差不多成了纯粹的浮士德和格雷琴两人恋爱的故事，《书斋》各场，简直成了绪言。这样不但浮士德的表演不能令人满意，而且歌德这一伟大诗剧的本来面目，也因此完全失掉了。

1　ibid 1845 Nr.231.
2　Karl Gutzkow: Öffentliches Leben.S.162.

8 演员的个性作为表演根据

专门演个性的演员来表演老年的浮士德，专门演恋爱的演员来表演少年的浮士德，这两种方式，一直到现在，仍然是很方便的办法，但是结果我们总是感觉到它只能表演浮士德的一部分。如果用两个演员来表演，使他们各尽所长，结果笑话还闹得更厉害，我们在上文克尔戏院的表演已经讨论到了。这个问题根本的症结，还是在大家对剧本没有深切的认识，对浮士德人格的统一性，没有搞清楚，始终不肯抛弃两个浮士德的观念，所以结果将就了这一方面，又将就不了那一方面。

在这种左右为难的时候，忽然又异军突起，想用另外一种方法，来一锤敲破这一个解不开的连环，这就是用演员的个性来作为表演的根据。这一种办法，在西洋方面，本来是不常见的事情，在中国方面却成了极普通的现象。中国舞台上，剧作家占最不重要的位置，导演根本就没有，整个戏剧的生命，完全建筑在演员上面。一个演员好，戏剧立刻就有精彩；一个演员坏，整个戏剧就毫无价值。有时一个最无意识的剧本，最无趣味的词句，遇着一位著名的演员，只消他一张口，一睁眼，一挥手，一转身，立刻就有一种特别的神气。所以剧中主人翁的统一性，我们可以不在剧中去找寻，完全在演员人格中去发现。因为观众的心目中，不是在看剧中的主人翁，是在看这一位精彩动人的演员。

浮士德在剧本上也许可以有年轻、年老之分，但是如果我们能够遇到一个演员，有他自己特别的性格，特别的天才，特别的艺术，那么大家也许在看戏的时候，可以整个不想到浮士德年轻、年老的问题，把整个的注意力都集中到演员个人的人格上面。这样一来，浮士德性格分裂的问题，岂不是在这里就迎刃而解了吗？

德国有两位最负盛名的演员，一位是戡慈，一位是莫以西。他们两人在德国的舞台都已经建立了不朽的名誉，甚至于国际上都受人欢迎。他们在德国一出场，无论在什么地方，群众都热烈地追捧。他们两人无论演什么戏，都鲜明地表现出他们自己特别的风格。戡慈常常是以柔弱敏捷，莫以西则以富于音乐成分的语言，处处都受人称誉，他们无论演哪一个角色，都有出神入化的效果。但是他们演浮士德，仍然不能令人满意。为什么呢？

第一层，因为歌德是世界上伟大的诗人兼剧作家，《浮士德》是世界文学史上伟大的名著，无论你演员怎样知名，无论你演员有天大的本事，你也不能使观众真个忘记了歌德和他的《浮士德》。并且德国一般到戏院里边去看《浮士德》，心目中早就有歌德的浮士德的影子，他们都希望你能够深入体贴地表演他，不希望你任意改变他。你表演不到家，他们固然要严格地批评；你改变了本来的面目，他们更要激烈地反对。如果戡慈和莫以西演一本不知名作家的剧本，那么一般观众，也不会有什么反响，但是他们既然演了《浮士德》，所以《浮士德》中一切的难关，他们就没有法子脱逃。所以，在戡慈未表演以前，大家就怀疑他个性太柔弱，不能表演浮士德的力量；戡慈上台以后，他的缺点更加明显。同时，对莫以西，大家也批评他表演浮士德的能力，比戡慈还更有限。虽然他语言音乐的成分细心体贴，使浮士德的自白梦能够深入一般人的心灵，但是大家仍然觉得他不是战士，不够伟大，没有狂飙时代的革命精神，没有浮士德逼人的力量。总而言之，他所表演的，完全不是真正的歌德的浮士德。

第二层，因为欧洲的戏剧同中国的戏剧，情形大不一样。中国戏剧里边，演员占重要的位置，大家到戏园都是去看演员，至于演员演什么戏，并不重要。德国的戏剧，剧作家坐头一把交椅，大家到戏院，都是去看在戏台上表演的某某作家的剧作，至于哪个演员表演，还是次要的事情。这一种习惯已经迥然不同，一般观众的观念也已经根深蒂固，所以你要想把他们一下子改变，这当然是不容易的事情。戡慈同莫以西在德国舞台上，固然已经早形成了他们自己的特点，但是这些特点，也是由于他们善于表演剧本中的情节，并不像中国演员那样，完全靠自己个人的艺术，去撑持门面。中国第一流的演员，常常演一些最无赖的剧本，仍然能够博得观众的欢迎，保持他原来的地位。戡慈和莫以西对于剧本的选择却不能随随便便，如果让他们勉强去演一个坏剧本，这当然是他们绝不会做的事情，而如果真做，名誉一定要受损失。

还有一层，中国戏剧中的歌舞剧，其主要的本事还在唱功，中间虽然也有对话，但是这些对话，都已经经过最高度的"风格化"，同歌唱差不多完全一样，所以中国戏只要演员唱功好，剧本情节坏，没有多大关系。西洋的话剧，完全是对话，中间虽然也有音乐的成分，但是主要还是在表演，因为要表演情节，所以不能不顾及剧本，剧本不好，演员自然要受影响，剧本没有解释清楚，剧本的情节不能表演出来，演员也一定要受严厉的批评。

这就是为什么戡慈和莫以西，以他们的个性来做表演歌德的浮士德的根据，结果仍然是失败了。

9　浮士德统一性格表演的努力

拿演员的个性来作为表演的根据，不能够成功，因为演员的个性同歌德的浮士德的精神不能一致，就算演员能够利用他自己鲜明精彩的特点，去博得观众的欢迎，这一些特点也已经不是歌德的浮士德的特点，对我们表演歌德《浮士德》（上部）的问题仍然不能解决。但是，在另外一方面来说，如果演员的个性，能够同浮士德的精神一致，由他个性的一致，造成浮士德个性的一致，虽然中间因为剧本错误的解释，也许还有矛盾的地方，但总不能不算差强人意的事情。

演员的个性，要怎样才能够同浮士德的个性一致呢？根据上面的分析，第一，他一定要是少年的浮士德；第二，他一定要能够代表狂飙时代的精神，举凡他的身材、性格、气概、举止，都应该无形中暗合这两个条件。所谓少年的浮士德，并不是通常所想象的花花公子的浮士德：有柔和的声音，俊俏的面孔，美丽的打扮，风流的性情，像这样一个浮士德，虽然年少，仍然不是歌德的浮士德。歌德的浮士德一定要有英雄的气概，伟大的人格，热烈的感情，求真的渴想，大无畏的精神，掀天揭地的力量，总括一句话来说，歌德的浮士德，应该是狂飙时代的代表。没有狂飙时代精神的演员，不能演浮士德，不努力去表演狂飙时代的精神的演员，也不能表演浮士德。

德国有几个演员，凭他们的天赋，表演浮士德居然获得相当的成功，我们现在要批评介绍。

第一个要介绍的，就是马可夫斯基。他1892年4月17日起，他表演浮士德。那个时候，他34岁，但是他的精神身体，仍然完全是少年的"英雄"。[1] 他的天赋，最适宜于表演英雄的人物，他表演的浮士德，要算德国所有表演过浮士德的演员中，最接近我们理想中的浮士德。

拿他的禀赋来说，我们认为是表演浮士德最好的人选。他有高大的身材，他的声音，同他的外貌是和谐的。这一种联合，他同时代的人都认识得很清楚，大家称他为"变成了身体的声音"[2]。有一次，他在坠斯顿戏院演浮士德，巴勒看了以后，写了这样一段批评：在这一个少年那里，一切苛求的内行对于一个演员所要求希望表演少年恋爱者和英雄的禀赋，通通有了。一个高长适中的身材，一个像图画一般美丽的头颅，一对很有表情的大眼睛，一个明朗的声音，燃烧的烈火，

1　Paul Landau. Mimen. Historische Miniaturen. Berlin. 1912.S.176.ff.
2　Julins Bab: Kainz und Mathowshy Berlin, 1912.S.64.ff.

逼人的感情，对于剧本的词句，又能够稳当地驾驭。[1] 根据这一段描写，已经够令我们想象马可夫斯基最适宜于表演狂飙时代的浮士德。同时巴布说马可夫斯基在非常快乐的时候，还隐藏着人生整个的悲哀。斯台茵说马可夫斯基完全是"天才与感情"[2] 的化身。我们更可以想象，马可夫斯基来演有感情的浮士德，想解脱人生的悲哀的浮士德，是没有困难的了。

马可夫斯基的声音，可以从最高变到最低，最刚强变到最柔和，就好像一番狂风暴雨之后，又听见夜莺的歌唱一样。当然，马可夫斯基不是自然主义的演员，但是他常常要求自己，避免声音在一个调子中间停滞。因此，观众常常称赞他身体的动作和声音的和谐。固然马可夫斯基演浮士德的时候，还并没有完全抛弃老浮士德与少浮士德的观念，但是他能够在老年浮士德性格中间，夹杂一些少年浮士德的成分，这样使分裂的痕迹不至于十分显然。同时他讲话的本事，更可以使老年浮士德的话语都充满了热烈的感情，无穷的想望，使语言方面也前后一贯。固然，在老年的浮士德性格中间夹杂一些少年浮士德的成分，也有人反对，但是马可夫斯基的表演，确乎同我们理想中的浮士德相去不远，因为老年和少年浮士德的分裂，本来就不合理，浮士德本来也就只像马可夫斯基所表演的那样的一个浮士德。

马可夫斯基并没有抛弃老年浮士德与少年浮士德的分裂。德国有一个演员，居然敢出来明确主张，抛弃《女巫》一场，浮士德只是一个浮士德，用不着返老还童的药酒，这一个演员，就是韦克（Paul Wieche）。

韦克是极有智识的演员，他生在莱茵区域一个学者家庭里，他小时候也充分接受了人文主义的教育。他的先生都称赞他的学问，特别是德国的语言文字，韦克尤其见长。韦克很早他就喜欢演戏，在学校

---

[1] Blihne und Welt. 11. Jahrgang. April-Heft 1909. Nr. 13. Adalbert Matkowsky von Heinrich Stumke.

[2] Philip Stein: Adalbert Matkowsky, Berlin und Leipzig O.F. 1904.

里边曾经有一次演过沙弗克利斯的《安蒂葛立》，获得很大的成功。从1885年起，他到明兴[1]去读大学，学了两年的哲学、文学和艺术史。1887年他才下定决心做演员，自荐到魏玛戏院。经过了两年的训练，他才开始演重要的角色。几年时间，他几乎成了最受欢迎的演员，尤其是演年轻的恋爱者，是他的拿手好戏。因为他研究海贝尔和克乃斯蒂的戏剧，所以他渐渐倾向于表演具有挑战性的角色，如哈孟雷特、塔梭、曼弗雷德等人物，这一种兴趣的变迁，也是韦克演剧史上最有趣味的事情。

韦克并不是什么有伟大气魄的演员。他的外表是最适宜于演年轻的恋爱者，他演《浮士德》著名是靠他演格雷琴悲剧。年轻恋爱者的语调掺进第一部分照例是老年浮士德的语句中间，当然是最惹人批评的事情。所以他想在浮士德上场几段就不要胡子，然而大家又不让他出现时没有胡子。平心而论，韦克表演的浮士德，并不能代表真正的浮士德，不过值得我们注意的，就是他主张取消浮士德饮药酒返老还童的一段，来使浮士德的性格达到统一。

除了马克夫斯基和韦克，还有凯丝勒（Kayssler）、洛师（Loos）、爱伯特（Ebert），他们都对于浮士德统一性格的表演，有相当的贡献，这里也无暇叙述了。[2]

10 结论

我们在本文里提出歌德《浮士德》（上部）的表演问题：因为浮士

---

[1] 现通译为：慕尼黑。——编者注
[2] Vgl. Benuo Hattesen: Literatur-und theatergeschichtliche Beiträge zur Auffassung der Fanstrolle.

德上场时是年老的浮士德，后来饮了药酒以后，又变成了年轻的浮士德，给演戏的人以无法解决的困难。演好了年轻的一部分，就毁坏了年老的一部分；演好了年老的一部分，又弄糟了年轻的一部分。拿两个人来演，闹的笑话更多；拿一个人来演，又前后不一贯。并且就算两部分都演好了，剧本中老年浮士德一部分有许多词句，又明明是少年人讲的话。所以浮士德自身的矛盾成了解不开的谜团。

本文首先说出表演的困难；接着从歌德写《浮士德》的时候，所受时代的影响和个人的经验，断定歌德的浮士德应该是狂飙时代的浮士德，少年的浮士德；然后再从剧本去分析。歌德在《浮士德原本》以后增加的几场中，有没有可以使我们不能不承认浮士德年老的根据，但是据我们研究的结果，歌德虽然后来增写改变，大体上仍然保持最初写《浮士德原本》固有的精神。并且浮士德在女巫那儿饮的药酒，不过是刺激情欲的药酒，根本就不是返老还童的药酒。就是语句中间，也并没有指明浮士德年老的根据。如果勉强把他说成年老，一定有许多讲不通的地方。

因为一部剧本全部问题的解决，要看它在剧台上表演后的成绩如何，所以我们分析完剧本以后，进一步从剧台方面去研究浮士德性格分裂的来源，再研究两种最时兴的表演方式，不是专门表演个性的浮士德，就是专门表演少年恋爱者的浮士德，但是这两种表演方式，都不成功。另外有一些演员想靠他自己的个性来表演浮士德，使观众从他们的个性里去发现性格统一的浮士德，而不是性格分裂的浮士德；但是很可惜的，就是观众因此也就只看见演员的浮士德，而不见歌德的浮士德。最后我们提出德国两个对于浮士德统一性格表演付出巨大努力的演员，一个是马克夫斯基，他的天才禀赋无形中适合了我们所理想中的浮士德；一个是韦克，他自己明白主张取消饮返老还童药酒一段，来统一浮士德的性格，他们两人的表演，仍然不能算完全成功，因为马可夫斯基有表演的天赋，却没有抛弃剧本的分裂。韦克取消剧本的分裂，却没有表演的天赋。真正浮士德表演的成功，还没有达到。

要怎么样才能够达到呢？本文认为：第一，一定要认清歌德《浮士德》(上部)是狂飙时代的产物，浮士德是狂飙时代的代表；第二，歌德的浮士德不能有少年、老年的分别，他只是一个少年的浮士德；第三，歌德《浮士德》(上部)是整个浮士德生活演进中的一个阶段。这一个阶段，是少年的阶段，是狂飙时代的阶段。这一个阶段中，如果要掺杂老年的成分，不单在上部前后不一，就是在《浮士德》全剧来说，也紊乱了演进的程序。

如果我们对歌德《浮士德》(上部)有这样的了解，再加上演员的天才，那么就可以免去历来表演浮士德许多矛盾错误，真正成功的《浮士德》表演也许就可以实现了。

（原载 1936 年 10 月《清华学报》第 11 卷，第 4 期）

浮士德的精神

歌德的诗剧《浮士德》，是西洋文学中最伟大著作之一。只有荷马的史诗，莎士比亚的戏剧，但丁的《神曲》，才可以同它相提并论。

《浮士德》的创作，占据了歌德的一生。第一部的完成，经过了30年工夫；全部完成，经过了62年。世界上从来没有一部文学作品，经过这样长的时间，也从来一个文人，对于一个艺术创造，花费过这样大的气力。

歌德少年的时候，天才智识，已经超越了常人，《铁手葛兹》和《少年维特之烦恼》，早已取得了国际的名誉。中年在魏玛宫廷，歌德做了许多政治上的建设，晚年对于科学，也有重要的贡献。他是诗人、政治家、科学家，他的人格、教育、经验，使他成为19世纪西洋文化的一个高峰，同时他的诗剧《浮士德》，也就是19世纪日耳曼民族精神最经典的表现。

现在我们要问：浮士德的精神是什么？浮士德的精神，对于目前的中国有没有什么可以借镜的地方呢？

要探讨浮士德的精神，我们先要研究浮士德的缘起。

浮士德大概生在15世纪的末叶，他同时代的人已经有好些关于他的记载，以后继续又有许多传说。到1587年希匹士把这些记载和传说收集起来，写成一本书，在法兰克福城出版。书出后风行一时，第二年已经再版，3年后就有英文的翻译。1593年，英国的戏剧家马罗，根据这一部书写成了一本戏剧在伦敦上演。后来英国的演员到德国演戏，把马罗的剧本肤浅地改变，大受德国民众的欢迎。1599年，意德曼根据希匹士的原书，又增加一些故事，另外写一本更完备的书，在汉堡出版。1674年，斐泽尔改编意德曼的原书，重新问世，引起大家对《浮士德》的兴趣。浮士德的傀儡戏也出来了。1728年，还有一本简短的书，重述这个故事，这一本小书、意德曼的传说和傀儡戏，歌德都曾经看过。

  这一些传说故事，小地方也有出入，但是大体讲，浮士德是当时一位很聪明的学者，他懂得医术和魔术，故很受一般民众的欢迎。人世间的知识，他都知无不尽，但是他仍然感觉失望，他想要彻底了解人生，他要探讨宇宙的奥妙，他的学问并不能帮助他，后来他受不了内心的压迫，用魔术找了一个魔鬼，同他订了24年的契约。在这24年中，魔鬼用一切的力量来供他驱遣，限期满后，魔鬼有一切权利来处置他。根据这一个契约，他经历了许多奇奇怪怪的事情。他到过罗马、康斯坦丁、埃及、摩洛哥、阿拉伯、波斯，他享尽了人间的繁华。到第23年，他对古代希腊的美人海伦产生了爱情，和她同居，生了一个孩子。期限满了的前夜，他心中有悔，把学生叫来，告诉他们，他不愁身体牺牲，只希望他的灵魂能够得到上帝的饶恕。到半夜的时候，忽然狂风暴雨。第二天早上，他的学生进屋，只看见墙壁地板，到处都是浮士德的血肉。魔鬼已经把浮士德撕成了碎片，浮士德身体上没有一部分是完整的。海伦和她的孩子，早已无影无踪。

  这一个中世纪的有关浮士德的故事，自然是代表了当时基督教的人生观。人类应该信仰上帝，安分守己，不要受魔鬼的诱惑，浮士德的惨死，是活该的，是大家应当引以为戒的。但是话虽如此，浮士德这一个人，到底是一个非常人物。他明明知道结果可怕，仍然要同魔鬼订约。明明知道只有24年，但是他宁肯尝试24年丰富的人生，不愿过长时间庸庸碌碌的生活。这一种个人主义的伸张，无形中已经表示中世纪人类对于基督教压迫人性教条的激烈反抗。

  这一种反抗的精神，已经被代表文艺复兴的戏剧家马罗深深感觉到了。马罗悲剧中的浮士德，已经不是中世纪的浮士德。中世纪的浮士德，是一个不可救药的坏人，马罗的浮士德，已经是一个伟大的人物。但是马罗对基督教义还没有摆开，所以浮士德结果，还是遭了魔鬼的毒手。

歌德的浮士德，和前人的认识，全不相同。

1765年，歌德到莱布慈进大学。当时他抱着满心的希望，以为大学教育可以帮助他了解人生，但是很短的时间，他就失望了。法律不近人情，逻辑是无意识的把戏，其他的科学，干枯无味，远不能满足他心灵的要求。他虽然年轻，已经像饱学深思的浮士德。他求真的冲动，内心的悲哀，使他对于这一位中世纪阴沉书斋中的老学究，发生无限的同感。1769年，歌德大病回家，养病期间，自己也读了一些魔法的书籍，并且还布置了一个试验室，来研究中世纪的化学，那个时候他已经下定决心要写《浮士德》诗剧了。

1770年，歌德病好了，重新来希雀斯[1]大学，那儿他会见黑尔德，精神思想上受了这位好朋友很大的影响。他摆脱了传统的法国文学势力，接受了狂飙运动的主张、感情、天才、力量等新观念。当他提笔写浮士德的时候，浮士德已经是狂飙时代的英雄。歌德从浮士德口中，说出他自己灵魂的诉求，描写这个新时代的精神。以后几年中，一直到1775年，歌德第一次写成的《浮士德原本》，实是歌德全部浮士德精神的胚胎。

拿狂飙时代的浮士德来作歌德全部浮士德精神的根据，关于这一点，专门研究德国文学史的人，一定有很多的辩论。四年前作者在《清华学报》上发表的一篇四万字的长文，研究歌德《浮士德》（上部）的表演问题，已经从各方面有详细的讨论。事实上，歌德1775年到魏玛宫殿，因为政务纷忙，没有时间来继续写《浮士德》。以后十几年他和斯坦茵夫人的友谊，斯宾诺莎的哲学，以及意大利的旅行，使歌德

---

[1] 现通译为：斯特拉斯堡。——编者注

渐渐抛弃狂飙时代的主张，学会感情与理智的平衡。等到从意大利归来，重新提笔写《浮士德》的时候，歌德已经变成古典主义的歌德。古典主义和狂飙时代精神上的不调和，使歌德几乎不能完成他的《浮士德》。他没有办法了，勉强在1790年结束了《浮士德》的写作，出版《浮士德残本》。再后十几年，因为朋友们的鼓励，歌德有了新的认识，才于1805年完成《浮士德上部》的写作，然而里面矛盾冲突的地方，到处都是。一般写文学史的人，千方百计想替歌德辩护，其实在歌德也是极自然的事情。

歌德的主张和他文学的形式虽然有变迁，但歌德的人格个性，始终是一致的。不但在《浮士德》（上部）中是如此，就是在1832年完成的《浮士德》（下部）中，也是如此。所以浮士德的统一性，不应当在字句的形式间去找寻，而应当在歌德人格个性上去探讨。狂飙时代，是歌德借浮士德精神在最初的表现，当然是后来浮士德精神一切表现的根据。

歌德浮士德的精神，到底是什么呢？

第一，歌德笔下的浮士德，是一个对于世界和人生永远不满意的人。世界的进步是无穷的，人生的意义是要永远找寻的。天地间最没有希望的人，就是对世界和人生认为满意的人。因为人类只要满意，就立刻要停止活动，活动还有什么意义呢？世界上先知先觉的职务，就是他们能够常常发现世界和人生的缺点，时时刻刻都要努力去改良它。他的努力，也许一时不能唤醒一般的人，但是他绝不灰心丧气。甚至于大家不爱听他的话，讨厌他，痛恨他，残害他，他也置之不理。他要的是进步，是真理，不是糊里糊涂鬼混的生活，假如他牺牲，他觉得牺牲是光荣的，正如黑格尔所说：牺牲是伟大人物的光荣。因为要没有这样一群常常不满意的人，历史就会停滞，人类永远也看不见光明。浮士德和魔鬼订约的时候，浮士德提出的条件是：

　　假如我安静地懒卧于床上，

你立刻让我生命丧亡！
假如你能够谄媚阿谀，
使我看见自己满心欢喜，
假如你能够用享乐欺骗，
那一天就是我最后一天！

浮士德是永远不能满足的人，魔鬼虽然用尽方法，醇酒、女人、金钱、势力，让浮士德走遍天下，尝尽人生，但浮士德始终没有被他欺骗，安静地懒卧于床上，魔鬼始终也没有成功。

第二，歌德的浮士德，是一个不断努力奋斗的人。生活的意义，不在努力奋斗的结果，而在努力奋斗的过程。人生的意义，是不可知的，世界上没有任何人，能够明白地了解它。但是人类的内心，都有明白了解的要求。根据这一要求，不断地努力奋斗，人类的生活就有意义。人生最怕不活动、不工作，只要活动、工作，生活立刻就不觉得无聊。世界上悲观厌世的人，都是有闲阶级，吃完饭不做事，才会感觉生活没有意义。真正提起精神，孜孜不倦，寻求真理，努力奋斗的人，他们的行动，充满了生命力、兴趣、希望，绝不会有这种病态的现象。他们的奋斗努力，也许走错了方向，但是他们本来是人类，他们自然免不了犯错误。错误是没有关系的，世界上最可怕的，就是灰心丧气、安生不动的人。英国的卡尔奈受了歌德的影响，在他的文章中屡次宣传工作的意义，可以说，得着了浮士德精神的三昧。

第三，歌德的浮士德是一个不顾一切的人。一个人要做事，就得不怕事。自己先要有决心，哪怕天崩地裂，也要勇往前进。孟子说："富贵不能淫，贫贱不能移，威武不能屈。"这才是男子汉大丈夫的态度。畏首畏尾，瞻前顾后，这种人一生很难做出精彩的事业。浮士德要探讨宇宙人生的真理，他的野心是很大的，他的工作很困难，同时他冒的危险也是不可想象。因为旁人的冒险，顶多损坏他自己的身体，浮士德的冒险甚至于要毁灭他的灵魂。他想与其糊里糊涂地生，不如清清楚楚地死。歌德笔下的浮士德最初内心烦闷的时候，决心要饮鸩自杀，后来教堂的歌声引起他儿时的回忆，才打断了他自杀的念头。可见他一心一意只要求真理，死生祸福早已置之度外。他同魔鬼订约的时候，没有丝毫的迟疑恐惧。魔鬼还怕他追悔爽约，要他用血来签名，浮士德答复他的话，正可以表示他坚强的意志：

> 神灵不给我答复，
> 自然关闭了大门。
> 思想的线索已断，
> 智识只带来恶憎。
> 让我们到人间去探险，
> 好消除我们的愚迷，
> 让每样奇异揭开面纱，
> 现出它本来的身形！
> 让我们跳入时间的狂舞，
> 随着任何局面的奔腾！
> 这样：欢乐和悲哀，
> 成功和忧闷，
> 都尽力地变更！
> 不断的活动
> 证明真正的人！

第四，歌德的浮士德，是一个有激烈感情的人。人类固然是有理性的动物，但是人生最精彩的事业，多半从感情得来。忠臣孝子、义夫节妇，到了紧要关头，能够牺牲一切，不顾一切，战胜对死的恐惧，全靠心中沸腾的热情。就是科学的研究，也要先有求真的冲动，然后能够推动一切。理智应当是感情的工具，没有真正感情的人，他也许可以说得头头是道，然而并不能使他努力去实行，甚至于他还可以利用他的理智来掩护他的虚假，达到他卑劣的目的。浮士德的爱人格雷琴，问他为什么不进教堂做礼拜，是不是他没有宗教，浮士德的答语是：感情就是一切。这一句话，简直是狂飙时代的口号。因为德国的狂飙运动，主要的就是反对18世纪初期的光明运动、理智主义。浮士德是狂飙时代的产儿，所以也是感情主义的崇拜者。歌德本人，一生最富于感情，后来虽然极力恢复到希腊的古典主义，但是歌德的人格个性，并没有多大的变更。而且歌德的古典主义，和17世纪的古典主义，最重要的分别，就是前者勉强抑制他热烈的感触，歌德的作品，处处表现作者的灵魂；而法国古典主义的作品，往往只是作者笔尖上的花样。所以，狂飙运动和感情主义，实在是全部浮士德的胚胎。浮士德之所以为浮士德，也就全靠他内心有激烈感情的冲动。

第五，歌德的浮士德，是一个浪漫的人。浪漫两个字，在中国到处被人误解。一般人都以为在男女关系上很随便的人就是浪漫，这真是大错误。浪漫主义运动，在西洋历史上，是一种新的人生观运动，浪漫主义者，实际上就是理想主义者。他对人生的意义，有无限的追求，因为人生的意义是无穷的，永远追求，永远不能达到，这就是浪漫主义的精神，德国最富于浪漫色彩的诗人诺瓦利斯，曾经写了一部小说，里面描写一朵青花，或隐或现，若远若近，书中的主人翁不断在寻求，始终没有得到。这一朵青花就是人生最高的理想，歌德的浮士德的态度，就是浪漫主义者的态度，他有无尽渴想，内心的悲哀，永远的追求，热烈的情感，不顾一切的勇气。

以上这五点，就是歌德笔下浮士德主要的精神。

中国数千年以来，贤人哲士，都教我们乐天安命，知足不辱，退后一步自然宽，一旦有人对于世界和人生不满意，认为是自寻烦恼，这种不积极的精神，在从前闭关自守的农业社会，外无强邻，还有相当的价值，而处于现在生存竞争的时代，不改变这种态度，前途就很暗淡了。至于奋斗努力，不顾一切，也是中国的理想，然而却是目前最需要的精神。感情方面，中国人素来就在重重压迫之下，不能发达，浪漫主义者无限的追求，更同我们静观的哲学有根本的冲突。然而没有感情的冲动，没有无限的要求，中华民族怎样还可在这一个"战国"的时代，演出伟大光荣的一幕？

总起来说，浮士德的精神是动的，中国人的精神是静的，浮士德的精神是前进的；中国人的精神是保守的；假如中国人不采取这一新的人生观，不改变从前满足、懒惰、懦弱、虚伪、安静的习惯，就把全盘的西洋物质建设、政治组织、军事训练搬过来，也是没有多大前途的。

在歌德的《浮士德》的结尾，浮士德被救了，天使们把浮士德的灵魂欢迎到天上去了。中国人还想不想得救呢？会不会受天使的欢迎呢？这就要看我们以后的态度了。

（原载 1940 年 4 月 1 日《战国策》第 1 期，收入《文学批评的新动向》）

歌德与中国小说

歌德与中国文学发生关系之最早证据，为1781年1月10日歌德日记中一条：四点才来（指公爵）。读关于神学之通信。啊，文王！

文王之必为中国名字，自不成问题，但歌德所读者，究系何者乎？如吾人之假设不错，则歌德日记所指，盖法国在中国传教士都哈尔德所著之四大本《中国详志》，此书于1747至1749年期间在巴黎陆续印行，其中关于中国政治、教育、地理、民情、风俗、文学，均有详细之记载，集当时欧洲人对中国智识之大成。出版后风行一时，旋被译成各国文字。书中第二卷讲文王不下十余处。1781年，歌德方辅相公爵，对政治欲有一番建设，对文王之化行俗美，自不无欣慕之感，故日记中露惊羡之口气。如此点可靠，则最可注意之第二点，即都哈尔德原书第三卷中，已翻译有《今古奇观》中之（一）庄子休鼓盆成大道、（二）怀私怨狠仆告主、（三）念亲恩孝女藏儿、（四）吕大郎还金完骨肉四篇，如歌德曾读此，则其最初与中国小说发生关系，已在此时。

歌德与中国小说发生关系最明确之证据，为1796年1月与席勒（Schiller）彼此之通信，明白论及中国小说。席勒1796年1月24日与歌德信云：以一著作家，于十日中，忙碌于一小说之悲剧结果，千首短诗，二种由意大利及中国风行一时之小说，可谓得适当之消遣矣。此小说吾人已确知为第二才子书《好逑传》。因此书第一次由一在中国之英国商人韦金生（Wilkinson）于1719年在广东将前三卷译成英文，后一卷译成葡文，1719年彼回英国，并未印行。1736年彼死后，由在英国文学史中以刊行《英国古诗残存》（*Reliques of Ancient English*

Poetry）著名之白尔西主教（Bishop Percy）借出原稿，将原文大加修饰，将第四卷葡文转译为英文，于1761年在伦敦出版。白氏为当时有名文人，其文字亦流利简洁，且为中国第一部译成西文之长篇小说，故出版后极受欢迎，五年后德人穆尔（Heinrich Murr）又将其转译为德文。穆氏译文极坏，故其后席勒对穆译文极不满意，欲重新再译。惜其未竟此志，不然，以席勒之天才，其译文自足千古也。

1817年2月2及3日，歌德日记中载明其读第八才子书《花笺记》。1820年，此书由英人汤姆斯（Peter Perring Thomas）第一次译成英文，歌德所读，即其译本。1827年5月14日及19日之日记中又载其读法国人芮慕萨（Abel Rémusat）1826年所译之第三才子书《玉娇梨》。同年8月22日之日记中载其读法国人大卫（M．M．Davsis）所译之《今古奇观》三卷。第一卷，蔡小姐忍辱报仇，宋金郎团圆破毡笠；第二卷，吕大郎还金完骨肉，怀私怨恨仆告主，念亲恩孝女藏儿；第三卷，庄子休鼓盆成大道。可注意者即其译本中有四篇均已全见于都哈尔德《中国详志》。

歌德所读之中国小说，仅限于此。此数部书中，除《今古奇观》为中国最成功之短篇小说外，其他《好逑传》《花笺记》《玉娇梨》三部内容均极肤浅，不脱一般才子佳人式小说之烂套。中国十才子书之说，不知起于何时？其中包含：第一才子书《三国志》，第二才子书《好逑传》，第三才子书《玉娇梨》，第四才子书《平山冷燕》，第五才子书《水浒传》，第六才子书《西厢记》，第七才子书《琵琶记》，第八才子书《花笺记》，第九才子书《平鬼传》，第十才子书《三合剑》。或谓起于金圣叹，然而金圣叹为中国最有见识之批评家，何至作此等不伦不类之选择？此十部书中，除《三国志》《水浒传》《西厢记》《琵琶记》不愧为才子书外，其余皆平平，甚至庸碌笨拙如《平鬼传》亦号为才子，雄壮精彩如《水浒传》乃列于第五，此皆为通人所不许。而在中国，则除上列四书外，其余虽存在，亦不甚知名，苟非极留心之人，鲜能以此十才子书之名者。鲁迅《中国小说史略》，蒋瑞藻《小说考证》，钱静方《小说拾遗》，均不载《花笺记》，即其明证。然而西洋人与中国接触后，一闻此说，因其易记易懂，遂执之以为评衡中国小说之天经地义，虽闻有一二学者纠正之，然终无法破除此谬误观念，今试一翻阅西洋文中关于中国文学之参考书，或翻译中国小说者之序文，或聆西方读者之谈话，无不有此十才子书谬说之影响也。

歌德所读之三部中国小说，均起于明时，作者姓名均不详。《玉娇梨》叙述诗人苏友白娶白红玉及卢梦梨事。苏友白，因仰慕李太白，故号友白，字莲青，其书以小才女代父题诗起，以苏友白和白红玉新柳诗继，穿插以杨方、张轨如之捣鬼，终以一男二女，使天下有情人皆成眷属。所谓才子者，唯在能作几首歪诗，而其诗又半皆鄙俗不可读，颇令人不能忍受也。

《花笺记》则为一广东人所作，全书体裁系以七言诗间或加以变化写成，颇类坊间流行之唱书，唯此书则出自文人之手，故谓句不若乡间唱书之鄙俗。书中间有广东土语，作者之为广东人，自属无疑义。书中故事，与《玉娇梨》亦颇相仿佛。结果亦为一男二女。唯此书有一最饶兴极之特点者，即书中人物均极善流泪。如某生相思时之对花溅泪，对小姐诉苦时，说到伤心处，旁边丫鬟亦流泪。小姐闻谋生订婚时，毁坏妆台，嘤嘤饮泣。至于自然风景处处与人物心境有相关之变化，表明其无可奈何之境况者，尤淡写轻描，令读者欲笑而又不能全笑。此等感伤主义与德国初期之浪漫主义，颇有共鸣之处。至于其他不伦不类之故事，如文人带兵，大破番兵，杀得尸骨堆山、血水成河者，均以其为韵文，又以作者天真烂漫之态度写法，故读者亦不觉其讨厌。虽不能登大雅之堂，然亦茶余酒后之最妙消遣物也。

《好逑传》以结构而论，以穿插而论，均胜前二者。书中男主人为北直隶大名府之秀才铁中玉，女主人为兵部侍郎水居一之女水冰心。铁中玉之异于其他才子者，则在其虽然"生得风姿俊秀，就像一个美人",而性子却"似生铁一般,十分执拗",而最妙者则"又有几分膂力,动不动就要使气动粗"。水冰心小姐亦异于其他才女,其聪明不仅在能写几首打油诗,而在有应付事变之能力。此等加才子以膂力,赋美人以权能,在中国一般陈腐小说中,自开一新境界。至于与过公子之勾心斗角,风浪频与,则尤见作者有构思之力量。虽其气魄不大,入理不深,不能与中国第一流小说如《红楼梦》《三国演义》《水浒传》《金瓶梅》相比,自亦有其相当价值。1827年1月31日,歌德与艾克曼(Eckermann)谈话时,彼尚未读《玉娇梨》与《花笺记》,其论中国小说,当即指《好逑传》。此谈话为歌德对中国文学印象最重要之表现,今特全译于下。

  同歌德一块儿聚餐。歌德说:"自从我前几天见你以后,我读了许多东西,特别是一本中国小说,我还要继续读下去,我觉得它非常有意思。"我说:"一本中国小说吗?看起来一定很奇怪的吧。"歌德说:"并不见得像大家所想象的那样奇怪。书中的人物、思想、行动、感觉,差不多同我们简直一样,读不一会儿,你就感觉得你自己同他们相仿,只是在他们,一切都比我们明显、清洁、道学。在他们,一切都是可以了解的、民众的,没有激烈的感情同诗意的冲动,从这点看来,很多地方像我们的《赫尔曼与多罗特亚》(*Hermann und Dorothea*),又像英国理查森(Richardson)的小说。但是又有一种不同的地方,就是在他们,外界的自然风物常常与书中人物共同生活。花缸中的金鱼常常可以听见心跳,枝头的小鸟常常宛转唱歌,白天常常都是光明欣畅,晚间常常都是透彻清莹;讲月亮的地方很多,但是歌德不改变他的风景,他心目中的晚景与白天是一样的。屋子里面的情形也像他的图画那样的纤细温柔。例如,'我先听见美人的笑声,见一面,她们都坐在美丽的藤椅上。'于是你的脑海里立刻就有一种可爱的情景,因为你一想着藤椅,绝对不能不联想着轻灵与纤细。书中常常有无数的小故事,穿插在正文中间,同时当格言一样地引用。例如,有一段讲一个女人,她的脚是那样的轻灵纤细,简直能够在花上走而不至把花损坏。又有一段讲一少年,他很端正又能干,30岁的时候,就能够同皇帝讲话。还有一对爱人能够持久不乱,有一次,他们被逼迫着在同一个屋子过一夜,但是他们却整晚都在谈话,丝毫不染。无数像这类的故事,都是关于道德礼教的,但是也就是因为中国人对于一切事情,都这一种严厉的抑制,所以他们能够几千年来保持他们的国家,以后他们也正要借这一点继续保持下去。"

歌德虽由读《好逑传》对中国文化有明确之认识,然彼亦心知《好逑传》非中国最好之小说。艾克曼《与歌德谈话记》中又云,我说:"也许这一本中国小说是中国小说里顶好的一本吧。"歌德说:"一定不然。中国人有千万的小说,他们已经有小说时,我们的祖先还正在树林里生活呢。"

歌德对中国小说之了解程度,及其眼光见识之如何,读者就此一段谈话中自能判断,毋待作者之赘言。唯有一点可注意者,即歌德不以《好逑传》为中国最好小说之一,相信中国尚有千万之小说,而与歌德同时代的其他一般欧洲人,则正好相反。白尔西主教1761年出版英译《好逑传》时,欧洲人均疑为白氏所伪造,其后再版时,乃宣布译者姓名原委,众议始寝。1826年,法国人芮慕萨出版法译《玉娇梨》时,欧洲一般人又疑其出自芮氏之手,其原则如1835年库尔慈(Heinrich Kurz)重以德文译《花笺记》序文中所云"金以为,如此可鄙弃之中国民族,决不能产生如此完美之作品",而库氏序文中,更不惜反复辩论,以解释一般人之误会。以是知一般人之头脑,与此19世纪欧教育最完备之文人头脑,其相去何啻霄壤?而十才子书之说,至今尤深入欧洲人谈中国文学者之心。《好逑传》《玉娇梨》《花笺记》至今仍不断有人重译。而中国之第一长篇小说,全世界最庞大之长篇小说《红楼梦》,至今见于欧籍者,仅有居厉(H. Bencraft Joiy)的译作。1892年之英译本五十二回,1929年王际真之英文节述本薄薄一册。以德国近代最有名之研究中国的学者卫礼贤（Richard Wilhelm），对中国经学及其他方面，成就如此之大，而其所作中国文学史中，对《红楼梦》并不了解，甚至称《红楼梦》为禁书，至今在欧洲尤享盛名之格汝伯（Wilhelm Zrube）之《中国文学史》，其中对《红楼梦》乃自谢不能谈。《红楼梦》既不读，复不译，而论及中国小说之技术，仍处处与北平东安市场说书人之技术相比拟，美其名曰"自然"，赏其妙曰"简单"，惊其行事言论曰"奇怪"，惜其人物刻画曰"肤浅"，使中国民族对小说之最大贡献不见知于世界，而第二流、三流作品乃风行于一时，冠履倒置，珠玉沉埋，与中国国运同一可叹！吾人溯此百余年前，第一次了解赏识中国小说之西方伟大诗人，更不胜其仰止也。

（1931年12月21日脱稿于柏林）

（原载1932年8月22日《大公报·文学副刊》第242期）

狂飙时代的歌德

1

　　狂飙运动，不仅是一个文学运动，同时也是德国思想解放和发展民族意识的运动。在这个运动以前，德国文坛根本没有什么伟大的作家，德国民族也不相信他们能够产生伟大的文学。法国文学的势力风靡全欧，德国的作家都奉之为规矩、准绳，不敢越雷池一步。在思想方面，17世纪以来的光明运动、理智主义，依然盘踞一般人的心胸，文学上的形式主义，思想上的理智主义，交互影响，使德国民族不能认识他们自己，发展他们的个性和天才。

　　经过这一个运动以后，一切都改观了。形式主义成为天才主义，理智主义成为感情主义。伟大的作家再也不受传统和外来势力的支配，努力创造，活动。他们的思想越来越深刻，作品越来越完美。歌德和席勒，展开德国文学史上最光荣的一页。从此以后，德国民族可以骄傲，他们有优美高尚的文学可以和其他的民族相媲美。德国的民族意识因而得到高度的发展。

　　我们研究世界各国的文学史，常常发现，民族运动、思想运动、文学运动同时并进，互相帮助，德国的情形并没有例外。

　　歌德在德国文学史上的地位和在世界文学史上的地位，是世界公认的。这位伟大的诗人，在这一个如火如荼的运动中是怎样看待他自己的呢？他的生活和思想，他心灵上的状态，他努力创作是怎样一幅图画呢？这是一个饶有兴趣的研究。

2

狂飙运动的发生,不是偶然的。在少数的领袖鲜明地提倡以前,许多的青年已经深深感觉一种心灵上的苦闷。少年的歌德,在1767年,刚刚18岁,抱着满怀的希望,进莱布慈大学。他打算借大学的帮助,探讨人生宇宙的真理,但是进学校不久,就非常失望,他发现哲学教授们玩的逻辑把戏,与人生毫不相干。科学的研究,也正如拜伦所说:"知识的树,终非人生的树!"他最佩服的格勒特教授,是一个拘谨的人,会见学生,殷勤地问他们是否到教堂做过礼拜。然而在宗教方面,歌德早已觉得教堂的仪式不能满足宗教情结的要求。别人曾经问歌德为什么不进教堂,不做礼拜,歌德说:"我不是伪君子,我不能做这件事情!"

似狂飙般的热情,在歌德的内心驰骋冲动,使他感觉一切都不自然,一切都是虚伪,一切都不能给他一个安身立命的地方。

1768年他病了,他回家,在病中他的愁绪更多。他感觉他像浮士德一样,什么都知道,什么都经验,然而心境永远不安宁。他和克勒腾伯尔格女士讨论宗教,他试验了中世纪的炼金术,他读魔法的书,他依然得不到满足。第二年病愈,他到司乔士布尔格[1]并再次走进大学。他对大学已经没有从前那样的信仰。然而生活上发生了两件事情,给他留下了一生不可磨灭的痕迹。

第一件事情,就是他新交了一个朋友——黑尔德。黑尔德虽然比歌德大不了几岁,但是在1770年歌德会见他的时候,他已经名震全国,思想成熟,是狂飙运动的重要领袖。从黑尔德那里,歌德学到了狂飙运动的真谛。人类应当遵循自然,所以感情不应当束缚,天才可

---

[1] 现通译为:斯特拉斯堡。——编者注

以创造规律，力量是天才的象征。传统的思想、风俗、政治、文学，一切社会的制度，在压迫情感、天才、力量的状况之下，都必须根本改革。法国的新古典主义，不适合德国民族的性格，英国的莎士比亚，是德国文学良好的导师。原始民族的诗歌，山巅水涯的民歌，是感情自然表现的天籁。

就算一位批评家能够看清时代，影响时代，假如那个时代没有天才产生，或者天才没有受他的影响，那么他的启示也不能开花结果，从来文学史上没有一位批评家和创作家，像黑尔德和歌德的关系那样圆满。经过黑尔德的指导以后，歌德完全变成了另外一个人。他明白自己的天才，也知道自己努力的方向。

另外还有一件事情，在歌德精神生活上发生重大影响的，就是他同他女朋友弗里德里柯·克里斯蒂娜的恋爱。弗里德里柯的父亲是一个小地方的牧师，为人诚朴纯厚，乐天安命，活像英国小说家哥尔德斯密斯描写的威克里牧师。那时歌德正读这一部小说，到他家里，感觉惊人的相同。这位牧师的女儿，天真、活泼、聪明，不久做了歌德的恋人。两人的感情深沉真挚，歌德为她写了好些极美丽的诗歌。但是后来歌德突然离开，两人的关系就因此断了。这一场公案，煞费了文学史家苦心搜寻，始终不能解决，然而从歌德的自传和文学作品里，我们发现歌德这样的感情生活，早已摆脱了光明运动的干燥无味的理智主义，走进了一个有声有色、丰富浪漫的新世界。

3

"感情就是一切"，这是歌德《浮士德》的主张，也就是狂飙时代最有力量的口号。歌德第二段感情生活，是他《少年维特之烦恼》的源泉。歌德曾说："我一切的诗，都是即兴诗。"就是说，他所有的作品都是从生活中产生。《少年维特之烦恼》的女主人翁，实际上是歌德的女朋友夏绿蒂；小说中描绘的情境和歌德实际的经验，的确有好些相似的地方。

歌德第一次在一个乡村跳舞会认识夏绿蒂的时候，她已经订婚了。这位替已死母亲统率一大群小孩的女子，天真诚笃，深得弟妹的爱敬。他们要吃她亲手切的面包，面包的大小，依照年龄的大小。歌德同她朝夕相处，非常喜欢她。不久她的未婚夫回来，对歌德也特别尊敬，三人成了最亲密的朋友。实际上他比小说中的未婚夫的人格高尚得多。到了相当的时候，歌德知道情形不妙，也就决然离开。过了几年，歌德因为新的感触，继写成这一部小说。

《少年维特之烦恼》里最惹人注意的，当然是维特的自杀，然而全书精意所在，倒不是少年维特的恋爱问题，而是他那一套新的人生观。他喜欢自然，常常晚上散步，他爱好真诚，他痛恨社会的虚伪。这样的人格，是超越了时代的。处在当时的时代，他感觉一切都不自然，因此也不自由，即使没有夏绿蒂的感情关系，他也要自杀的。他的自杀，是狂飙运动对传统的思想社会一个激烈的反抗。新时代就要来临，旧时代必须根本改革。这是歌德代表狂飙运动写这一部小说的意义。

旧时代一切都不自然，因为它压迫人性。少年维特曾和别人有一次辩论。他说：假如一个青年，爱上了一个女子，他一定愿意朝夕不离开她，把所有的金钱都买礼物来赠送她。现在却来了一个饱经世故、一切以理智为依归的老头子对他说：青年人！你恋爱是对的，但是你应当分配你的时间。最好星期一到星期六专心工作，到星期六下午和星期日你才去会你的爱人。赠送礼物，也是应该的，不过不要花钱太多。最好把你的收入百分之二拿来买礼物，其余的钱都拿来存储。这样你的恋爱就合理了。

然而这是理智主义的自然结论，也就是对恋爱生活的宣告死刑！

这不是狂飙时代的精神；狂飙时代的精神是自然的、感性的，也是解放的、革命的。在《铁手葛慈》里，歌德描写一个中世纪的英雄，领导农民，反抗贪官污吏的压迫。铁手葛慈和少年维特是歌德狂飙时代的代表，是他第一次取得国际名誉的杰作。后一种是个人的，也是社会的；前一种是社会的，也是个人的。个人要有真感情，社会才有真解放；社会要有真革命，个人才有真自由。

但是《铁手葛慈》还有一个更深刻的意义，就是德国民族意识的觉醒。自中世纪以来，罗马教皇对德国内部政治有绝对支配的力量，神权和政权合二为一。经过马丁·路德的宗教改革以后，德国一部分人脱离了罗马教皇的势力，然而神圣罗马帝国仍然在政治方面维持教皇的权威性。这种外力的干涉，使德国内部不能统一，因为外力不愿意德国统一。这个斗争，一直到后来普鲁士兴起，威廉一世和俾斯麦上台，才彻底摆脱外力干涉而自主独立。歌德的《铁手葛慈》对罗马教皇遣送贪婪教士欺压平民，表示了激烈的反抗。虽然葛慈对于皇帝依然衷心，然而这已经是民族自决的第一步。

4

在1769年，歌德生病居家的时候，他第一次想到写《浮士德》。由考证的结果，我们知道，歌德在1773年到1775年中忙于创作，这大概就是后来发现的《浮士德原本》。这和1790年出版的《浮士德残本》，1805年的《浮士德》（上部），1832年的《浮士德》（下部），代表了歌德精神演进的四个阶段。

《浮士德原本》是狂飙时代的产物，也是歌德全部《浮士德》的根基。尽管后来歌德的精神成长变化，浮士德的精神始终保持。

中世纪浮士德的故事，引起狂飙时代青年最大的兴趣，因为他们的精神有许多共鸣的地方。1770 年，歌德自己说："傀儡游戏中那个意味深长的故事，又在我灵魂中间用各式各样的声音喃喃笃笃。我也曾经尝试过每一种形式的人生，归来以后，更不满意，更不安宁。现在就像许多其他的人一样，把这些事情蕴蔽在自己的心中，在寂寞无人的时候，我在它们里边取得快感，但是没有写出它们任何一部分。"

正当时代转变的开头，青年人的内心，都无形中感觉到一种苦闷。这种苦闷的心情，也就是时代进步的象征。浮士德的灵魂，永远是不安宁的，永远是苦闷的，所以他永远也是进步的。历史的进展需要天才，天才必须不断地进步、活动、创造。世界的文化不应当停滞，因此也常常依赖一批远见之士，对于现况能够不满，替它寻求一条新的出路。狂飙时代的精神，是一种凭借天才不断前进、不断创造的精神，所以也就是浮士德的精神。

浮士德是德国民族特征的表现。浮士德是一个理想的人物，他永远追求理想。黄金世界是辽远的，人类的工作是无穷的，只有不屈不挠，不颓废，不悲观，继续努力，向前奋斗，那么工作本身就有永恒的快乐。150 年以来，德国的哲学、科学、文学、艺术突飞猛进，也就全靠这一种理想主义。所以理想主义实际上是德国民族一切活动的源泉，也可以说，浮士德精神是德国整个文化的基础。

5

狂飙运动是德国民族第一次自己认识自己的运动。在这一个大时代中，歌德充分表现了他自己的天才。他的思想、生活、著作都经过一番剧烈的改变。他不但能够接受时代，而且能够开创时代。卡奈尔一生崇拜歌德，在他的名著《英雄与英雄崇拜》中，他把歌德列为英雄之一，和莎士比亚并驾齐驱。歌德不愧是世界上一流的文学家，他不但有创作的天才，还有超人的见识，对于历史上这样的伟大人物，我们应当借镜，至于狂飙运动中所启示的人生观，对于数千年受儒家传统哲学支配的中华民族，更需要有选择地采纳，来培养我们民族的活力，进取的精神，感情的生活，理想的追求。因为没有这些条件造成一个新的人生观，我们就没有更好的办法来应付目前和今后紧张的国际局面。

（原载 1942 年 7 月 1 日重庆版《大公报·战国》副刊第 31 期）

席勒在德国文学史上的地位

　　一谈到德国文学，第一个令我们想到的自然是歌德，但是第二个使我们不能不联想到的，就是席勒。

　　歌德同席勒两人的性格，有许多不相同的地方，他们两人的著作生涯也代表极端不同的方向，但是他们两人现在差不多已经成了德国民族伟大性的象征，他们建设了代表德国民族灵魂的国民文学，同时他们的著作也达到了德国文学至今还没有达到的最高点。

　　在16世纪的末叶，英国已经产生了莎士比亚，在17世纪的上半叶，法国已经产生了莫里哀，但是德国文学还什么都谈不上。阿匹慈一般热心的学者，在外国批评家手里借了几条古典主义的规律，要想改良德国的语言，来建设合乎古典主义规律的德国文学。但是30年之战爆发了，德国的军人把农民拉去活埋，把房屋拆散了当柴烧，德国的人口活活地减少了三分之二。在这一种残酷萧条的状态下，哪里还谈得上文学。因此，阿匹慈的幼稚肤浅的文学运动也停滞了。

　　战争完了，国内逐渐安定了，渐渐又有一群文人学者起来，想重新开展一种文学运动。但是他们大体还是秉承阿匹慈几条肤浅的规律，拼命在文字装饰方面去用功夫，结果产生了许多芜杂、粉饰、生硬、虚伪的东西。于是又有一群人起来，想用法国新古典主义简单清楚的剪裁修饰来救济德国当时文坛上许多流行的弊病。法国的书，尽量地翻译，理论尽量地介绍，戏剧尽量地改编排演。法国成了德国的导师，法国文学是德国一切文学模仿的模范。

　　在一群人正在狂热地崇拜法国文学的同时，却有几位思想深沉的学者，对于这种现象，根本怀疑它在德国文学上的价值。最初他们怀疑的是，新古典主义者所认为野蛮且不足以效法的英国诗人弥尔顿是真的野蛮吗？最后他们问，德国的民族性究竟是与法国还是与英国相同？究竟德国文学应该走法国的新古典主义，还是英国的与新古典主义背道而驰的道路？

经了许多的批评攻击，新古典主义派渐渐站不住脚了，他们从前受人崇拜的领袖，被人唾骂，连从前忠实的信徒都反叛到对方去了。大家认识到，德国民族与法国民族性格，根本就不相同，勉强去学法国，不啻走向自杀的死路，并且他们发现发法国新古典者所谈的亚里士多德，并不是真正的亚里士多德，他们发现真正能够根据亚里士多德的精神去写悲剧的人，不是法国严守"三一律"的康勒尔，乃是被新古典主义者认为大逆不道的莎士比亚！

这是怎么样一个惊人的大发现！经了这些发现以后，德国民族认识他们自己了，他们认清了德国文学应该走的方向，在他们所需要的，是有天才禀赋而实际从事文学创作的诗人，至于理论方面，他们只差一步，就到了彻底的解放。这一步，就是对亚里士多德也要宣告独立。他们不要任何陈腐的规律，他们受不了任何的束缚，世界上尽管有喜欢戴枷铐锁链跳舞的人，我们尽可以不必理会他们，让他们去自寻苦恼好了。我们要的是天才，我们要的是创造，我们要的是情感，我们要的是自由！

就在这一种呼声中，席勒同歌德都出来了。歌德写了一个打破一切规律的葛慈，席勒写了一个推翻社会一切规律的强盗。他们两人的感情，都是热烈的，态度都是光明的，思想都是自由的。他们都认识到了德国民族根本的精神，他们的作品就是德国民族精神复活的表现。

但是他们两人不是高谈阔论的批评家，他们都是第一等天才的诗人。他们利用他们的作品中充满生气的人物，激烈奔放的情感，来宣传他们的主张，给德国民族一种伟大的暗示。他们的主张实现了，他们的暗示成功了，他们变成了狂飙运动中的中心人物了。

用伟大的艺术品，来解放德国民族精神上的束缚，使他们认识他们自己，这就是席勒在德国文学史第一个伟大的功绩。

狂飙运动解放了德国民族精神上的束缚，他们奔放的情绪，横绝的力量，可以在文学里自由发展了。但是一种伟大的艺术品，不单是要有丰富的内容，还要有美丽的形式；不单是要有力量，还要有力量适当的表现；不单是要有热烈的情感，还要能够把热烈的情感艺术化的本领。在狂飙运动还在风起云涌的时候，歌德同席勒已经深深感觉到德国文学如果真要达到伟大的地步，一定要改换一个新的方向。

歌德去意大利的旅行，使他对古代的艺术有了深刻的认识。在生活方面，经过许多狂风暴雨和惊涛骇浪之后，歌德内心也渐渐安定，他成了自己灵魂的主人。席勒虽然没有到过意大利，然而他自己做人的态度和思想艺术已逐渐改变并成熟固定了。所以他们两人第二次会面，就成就了他们两人终身的友谊，为德国文学创造了一个新时代。

如果说歌德、席勒少年的工作是解放德国文学，那么他们中年的工作就是固定德国文学。他们把第一步解放后所得来的材料，来建筑在稳固的基础上面。从此以后，德国文学不单是有内容，而且有形式了；不单是有情感，而且有理智了。在驾内容以就形式，驾情感以就理智中间，就是歌德与席勒所提倡的古典主义的意义。

可是歌德与席勒提倡的古典主义，同法国的新古典主义绝不相同。法国新古典主义，死守希腊的成法，是拘束的，歌德、席勒想借希腊文学的精神来激发他们民族自我的表现，是自由的。法国新古典主义者偏重形式而忽内容，偏重理智而忽视情感，歌德、席勒却两方面都注重，使它们平均发展，互相帮助并趋于谐和。所以，在外表上我们虽然看见他们体裁的谨严，而字里行间，仍然无时不透露出他们新鲜热烈的生命。

有了狂飙运动，德国民族才能得到解放，自己认识自己；有了古典主义，然后德国文学才有斐然的成绩，所以在固定德国文学的工作方面，席勒与歌德有同样的功绩。

以上讲的解放与固定两样的功绩，是席勒与歌德共同的事情，以下要讲的，就是席勒个人单独的贡献。

席勒对德国文学最大的贡献，莫过于他的戏剧，因为他实在是德国伟大戏剧家。现在据许多人的评论，都说歌德是德国伟大的诗人，但是如果单拿戏剧来说，却不能不推席勒。因为戏剧第一个条件，就是要能够客观地表现，歌德因为是抒情诗人，他的戏剧里边，没有一处不带主观的色彩。往往戏剧里的主人翁，就是他自己，或者是他自己矛盾的性格，分别表现在两个或多数不同人物的身上。这一种处处离不掉自我的习惯，站在抒情诗的立场来看，自然歌德有他伟大的成就，但是拿戏剧眼光来看，似乎不能不说它是一种障碍，也就是因为这个缘故，歌德的戏剧，大部分不适宜于舞台；席勒的戏剧，不但在当时，而且放到现在，也能不断地在戏院里博得千万人的赞同与欣赏。

席勒戏剧里边的英雄，多半遇着不可逃避的内心的冲突，或者外界的战争。席勒平生最崇拜康德，康德的哲学把世界分为二元。理智与理性，神学与宗教，批判和信仰，自我与世界，永远站在不可调和的界限。这个二元的理论，席勒应用到他的戏剧里边来，所以他戏剧里边所表现的人生，充满了冲突，但也只有在一种冲突中，才能表现悲剧英雄奋斗的精神和伟大的人格。

席勒是一个彻底的德国诗人。他戏剧中的英雄，一个个都充满了日耳曼民族横绝古今的气魄，同时内心又包含一种浪漫的、复杂的情绪。所以无论席勒写狂飙运动的戏剧，还是写古典意义的戏剧，他的精神都是一贯的，内容都是丰富的，绝不是英法新古典主义者那样简单淡薄所能够比较的。

席勒不但是一个一流的诗人，同时也是一流的文学批评家，他，曾经在文学批评方面的进行过极精彩的理论探讨。他把世界上的诗人分成两种：一种是天真的，一种是自觉的，天真的诗人一切出于自然，自觉的诗人努力去追求自然。他又研究悲剧为什么能够给人以快乐；再研究用什么方法，可以使舞台成为一种道德训练的地方；最后，他研究怎样可以将美术的原理作为教育的方法，使人类成为美术化的人类。

康德全部的哲学，以伦理为中心，他峻厉的人格贯注了他整个哲学的系统。席勒哲学，师原康德，他自己不屈不挠的人格，与康德也有许多相似的地方，所以康德的美学，道德占重要位置，席勒的文艺理论，道德也坐了第一把交椅。但是康德的哲学，把天理同人欲分得太严，两者差不多处在绝不可调和的地位，席勒却极力把两种调和，使道德上的责任成为人类心中的志愿，席勒想用美术的教育使人类成为自然而然，不带丝毫勉强就肯去完成他道德上的使命。所以在减轻康德哲学的严厉性方面来说，席勒不单是在德国文学批评上，而且在德国哲学上，从康德到黑格尔的过程中，也有很大的贡献。

在这一篇短文里，我所要说明的，就是席勒在德国文学史上，是解放外来的束缚，使德国民族认识自己运动中的急先锋；是固定德国文学，使他在世界文学史上占有不可动摇的地位的基础奠定者；是德国戏剧第一个空前到现在还绝后的伟大戏剧家；最后，他是发挥康德美学的文艺批评者，同时在从康德到黑格尔过程中，他减轻了康德哲学系统中的严厉性，使康德哲学在百尺竿头更进一步。

今年 11 月 10 日，为席勒 175 周年纪念，北平[1]中德文化协会曾经开会纪念，并在北平图书馆设展览室，以后将发行规模宏大的特刊。这一篇文章，只论席勒在德国文学史上的地位，至于其生平著作，以后将另为文讨论。

（原载 1934 年 11 月 28 日《大公报·文艺副刊》第 123 期，1943 年 3 月 20 日以《席勒对德国民族文学的贡献》重刊于《文艺先锋》第 2 卷，第 3 期）

---

1 北京曾用名。1949 年 9 月 21 日，中国人民政治协商会议第一届全体会议上将北平市改为北京市。

席勒《麦森纳》[1]歌舞队与欧洲戏剧

1　绪论

欧洲戏剧里的歌舞队，最初源于希腊，以后经过了两千多年的变迁，一直到18世纪德国古典主义时期，都没有把它完全磨灭掉。许多人都觉得歌舞队掺杂在戏剧中，不但是一种不自然的事情，同时还使戏剧中的动作不断地受许多阻扼和停滞，所以屡次有人想排斥它。到19世纪后半叶，经过自然主义的运动，一切的文学创作都努力要切合实际人生，这类完全不合实际人生的歌舞队，当然也随着剧台上的独语、旁白等归于消灭淘汰了。

但是19世纪以来，大家无形中自然而然地去排斥歌舞队，这中间有一个根本的原因，这个原因使欧洲戏剧上许多有最高文学价值适宜于艺术发展的良好制度都不能存在。如莎士比亚《哈孟雷特》中的独白，描写何等深刻，表现哈孟雷特内心的交战，何等地灵动，然而在近代文学批评者的眼光中，也渐渐认为是莎士比亚的美中不足了。这个原因是什么呢？就是自然主义者相信，文学应该是人生的记录，记录越是准确，价值似乎也越是增高。所以自然主义者整个的努力，都集中在如何使文学的创造成为科学的。文学家的描写叙述，应该像照相师的照片丝毫毕现，应该像医生的诊断一度不差，每一件事物一定要经过实地调查，每一个人物一定不能凭空捏造。文学到了这种境地，人生是准确地切合了，科学的记录也成功了，但是有一个问题我们不能不问的，就是它还算不算文学呢？它还有没有艺术的价值呢？

---

[1] 现通译为：《墨西拿新娘，一部带合唱队的悲剧》。——编者注

文学为什么一定要准确地切合人生？文学为什么一定要变成科学的记录？自然主义者始终没有拿出什么强力有的证据来，事实上我们研究世界各国无论过去和现在的文学，我们发现自然主义者所建设的理论，处处和实际相反。世界上不知道多少文学创作，并不一定是自然主义者所想象的那样准确地记录人生，而且真正合了自然主义者标准的东西，往往却不是文学上最上乘的作品。而且尤其滑稽的，就是自然主义者自以为照他的方法可以描写真正的人生，而实际上照他的方法，我们所得到的不过是人生的断片，而不是人生的全部，并且往往因为片断的准确，反而忽略了全体的真理。在这种关头，自然主义者已经到了山穷水尽，文学的运动又不能不向着另外一个方向进行。

但是先知先觉，常常都站在时代的前面，他们在那里大声疾呼的时候，群众都不明白他们呼喊的理由，经过许多无谓的经验，走了许多冤枉路，越走越不通，然后大家才忽然回想起先知先觉多年以前的议论，发现其中有不可磨灭的真理。自然主义在欧洲风起云涌了20多年，直到20世纪初欧洲的文学才开始转变了新路。德国戏剧家哈蒲特曼，起初是自然主义的先锋，到后来居然变成新浪漫主义的健将，这当然是很特异的，同时又是很自然的事情。然而我们不要忘记，远在18世纪德国古典主义发达的时候，早已经有一位先知先觉，高举起反对自然主义的旗帜，而且在他的作品和理论中，明白地告诉我们自然主义不是文学创作的正轨。

这一位先知先觉就是德国伟大的戏剧家席勒。席勒反对自然主义最明显的标志，就是他在《麦森纳》悲剧中有意识地重新恢复希腊悲剧的歌舞队。

我们说席勒有意识地重新恢复希腊悲剧的歌舞队，这句话是对的，却不完全对。因为席勒在《麦森纳悲剧》里，不但是有意识地重新恢复希腊悲剧的歌舞队，他实际上是借希腊悲剧的歌舞队的恢复，来阐明艺术的使命、人生的真理，要在欧洲戏剧史上发起一种新改革。别人也许可以攻击他，说他《麦森纳》悲剧中的歌舞队，并不是真正希腊悲剧的歌舞队；别人也许可以攻击他，说他《麦森纳》悲剧中的歌舞队，并没有达到他自己所希望的结果，但是席勒这一次改革，对于欧洲戏剧文学的确是有一个极大的贡献。这个贡献，就是他说明了文学与人生的关系，反对自然主义者谬误的见解。

自然主义的潮流，在欧洲早已经过去了。但是世界文学的潮流，到底应该向哪一个方面转变，现在许多人还彷徨在歧路。至于中国，本来对自然主义就没有清楚的认识，但是在一知半解的状态中，一般人的成见反对特别固执，处处摭拾自然主义者流行的名词，来作评衡一切的标准，许多欧洲伟大的作家，皆受其荼毒，至于莎士比亚的作品，亦被许多人误解。那么我们研究席勒《麦森纳》悲剧中歌舞队和欧洲戏剧，对于世界文学潮流的将来和对于西洋文学的了解，都有重要的意义。

2 歌舞队的起源和演变

欧洲戏剧中的歌舞队，最初起源于希腊民族称颂酒神的赞歌。乡间的人，每年在庆祝酒神大会的时候，都穿起羊皮，围绕一个乡间的祭坛，在一个领袖的指挥之下，一面唱歌，一面跳舞，来赞美酒神对人类的功德。又经过一些时间，这一位指挥的领袖，在大家唱歌跳舞的时候，对大家叙述酒神的生平，他忍受的痛苦和他得来的胜利。他一面叙述，歌舞队一面也用唱歌跳舞来表示他们听故事时心中激起的感情：酒神痛苦的时候，他们悲哀；酒神胜利的时候，他们快乐。在这里我们已经有一种戏剧的雏形，领袖和歌舞队，实际已经等于两方面的对话。[1]

后来这一种简单的临时的表演，渐渐有了较完美的形式，歌舞队的歌唱也变成了一种庄严的赞歌。表演歌舞的人，从前不过是乡间好事的农人，现在却成了五十人职业的队伍。所以在歌舞队还没有变成悲剧以前，它已经从平民粗俗的娱乐变成高尚艺术的组织了。后来在指挥歌舞领袖以外，又加上了一个演员，于是演奏时的对话，就不是指挥领袖同歌舞队，乃是指挥领袖和演员的对话。这是从歌舞变成戏剧的第一步，也就是歌舞队渐渐失掉原来意义的第一步。

歌舞队的赞歌，本来是抒情的，他们不过想抒发他们对于酒神敬仰的心思和对于酒神身世的同情。他们根本不是戏剧的，所以他们本身只用歌舞而不用其他戏剧表演的方法来达到戏剧的目的。在这一个地方，我们首先要明白认识的，就是歌舞队是抒情的，不是戏剧的，所以后来戏剧成分逐渐地增加，歌舞队在戏台上也逐渐地失掉了它号召的力量。固然歌舞队在戏台上也有它许多的功用，但是因为它本身是抒情的，不是戏剧的，有了这一个根本的弱点，所以除非有一种新的改变，否则很难在戏台上维持它的存在。

在希腊伟大悲剧家额希那斯[2]开始写他的悲剧的时候，希腊悲剧主要的兴趣，完全在歌舞队的歌舞上面。演员口里讲出来的，或者从演员歌舞对话中讲出来的简单故事，不过是一种连贯各式各样歌舞的线索。但是额希那斯增加第二个演员进去，歌舞队的重要无形中又经过进一步的减弱。因为歌舞队既然和戏剧的故事本身没有什么重要关系，观众的视线也就不知不觉从他们身上转移到演员身上。虽然额希那斯

1　A.E. Haigh: The Attic Theater, Oxford, 1997.
　　L. Campbell: A Guide to Greek Tragedy, London, 1891.
　　H.E. Butler: Post-Augustan Poetry from Seneca to Juvenal. Oxford,1909.
　　A. Chassang: Des essays dramatiques imites de l'antiquite au XIVe et au XVe siècle, Paris, 1852.
　　E.W. Helmrich: The History of the Chorus in the German Drama, New York, 1912.
2　现通译为：埃斯库罗斯。——编者注

的悲剧，最主要的成分还是抒情的诗歌，对于他以前的悲剧，并没有做十分剧烈的改变，然而从这时候起，歌舞队虽然没有完全赶出欧洲的戏台，但是它逐渐失掉了它原来的地位。

歌舞队逐渐失掉了它原来的地位，我们可以从两方面来讲。第一，歌舞队在全剧中所占的长度逐渐缩短；第二，歌舞队和剧中情节的关系逐渐减少。如现在所存在最初希腊的悲剧，额希那斯的《请求者》[1]，里边主要的是歌舞队很长的唱歌，对话都是很短，不关紧要。观众主要的兴趣，是逃亡的女子，国王和使者不过是连贯这些女子各部分歌唱的工具。但是在《七人战西布》[2]一剧里，戏剧成分就有显明的进步。歌舞队已经没有从前重要，额蒂阿克[3]成了全剧的中心人物。后来在《拍诺麦突斯》[4]一剧里，歌舞队第一次完全成了配角，同后来沙弗克利斯[5]的戏剧和游锐皮狄斯[6]初期的作品中的歌舞队，完全相同。

希腊的悲剧到了沙弗克利斯手里，可以说是达到了最完美的地步。歌舞队和戏剧的关系，沙弗克利斯凭他的天才，给它一个适当的处置。歌舞队在剧情方面的发展，越来越退后了。在好些戏剧里，歌舞队简直不是参加表演戏剧故事的角色，乃是富于同情的旁观者。对于故事表演的进行，他们也有极大的兴趣，但是他们自身并不参与，只是在动作停滞的时候，发表一些对于刚才发生事体的感慨和评论。这一种状况，在公元前5世纪中叶就是如此。歌舞队已经离开戏剧动作扰乱紧张的参加，退居到寥远冷静的观察。

游锐皮狄斯初期的作品，对歌舞队的应用，完全依照沙弗克利斯的办法，把他们作为同情的旁观者，但是在后期的戏剧，他更进一步

1　现通译为：《乞援人》。——编者注
2　现通译为：《七雄战忒拜》。——编者注
3　现通译为：安提戈涅。——编者注
4　现通译为：《普罗米修斯》。——编者注
5　现通译为：索福克勒斯。——编者注
6　现通译为：欧里庇得斯。——编者注

改变歌舞队来适合他的需要。他还不敢把歌舞队完全赶出戏台，但是他把歌舞队作为剧中主角的信托者。在对话停止的时候，歌舞队唱关于神话的诗歌，同剧中的情节只有最少的关系。亚里士多德在他的《诗学》里，已经在埋怨希腊的悲剧家，不应该在悲剧里，掺进许多同悲剧本身无关系的诗歌，他要求歌舞队认为是演员中的一个，全体中的一部分，同戏剧中的动作要有密切的关系，总起来说，应该像沙弗克利斯，不应该像游锐皮狄斯。[1] 但是亚里士多德没有想到，歌舞队根本是抒情的，不是戏剧的，就是从额希那斯以来，因为希腊悲剧中戏剧成分逐渐地发达，歌舞队抒情的成分，就不能不逐渐地减退。沙弗克利斯虽然把歌舞队利用得恰到好处，然而戏剧的趋势越来越厉害，现在要想把悲剧中使用歌舞队挽回到采用沙弗克利斯用过的办法，已经是不可能的事情。

游锐皮狄斯减少歌舞队主要性的趋势，以后还继续发展。在公元前4世纪的后半叶，歌舞队和戏剧的结构，差不多完全没有关系。4世纪以后，我们就没有多少历史的参考资料了，但是少数的证据，似乎指明在3世纪就已经有取消歌舞队，就算还留下，它的功用也和近代辅助戏台的音乐队差不多。[2]

希腊悲剧中的歌舞队，代表悲剧中主要抒情的成分，这一种抒情的成分要靠诗歌、音乐、跳舞来共同表演。诗歌当然是最主要的部分，跳舞和音乐不过用来解释诗歌。但是希腊悲剧里的跳舞和近代的跳舞不同。希腊的跳舞，完全是一种仿效的性质，它主要的功用，是用适当的手势来阐明解释诗歌的意义。亚里士多德对悲剧跳舞下的定义是："一种用姿势和有节奏的运动来做一种动作，人物感情的仿效。"[3] 这些动作，大体上都很沉重庄严，拿近代的眼光来看，可以说是行动，不是

1　Poetics, edited by S.Butcher, London, 1902 c.18.
2　Haigh: The Attic Theater p.287.
3　Poetics, c.1.

跳舞。希腊悲剧的音乐也很简单。诗歌是由歌舞队一个字一个字地唱。他们的音乐器具，多半只是一支笛子，或者一把琴，音乐器具和歌唱都是诗歌的附属品。歌舞队把诗歌、跳舞、音乐融合为一，因此它对于观众来说，可以帮助他们欣赏美丽的诗歌，用跳舞和音乐激发观众浓厚的感情，并且使他们明了深沉的意义。

但是诗歌音乐和跳舞，虽然在一种意义方面来说，可以帮助戏剧对观众产生影响，然而从根本上讲，它们始终是抒情的，不是戏剧的，所以戏台上始终感觉它们是一种不自然的存在，极力想法子来减少或者取消它们。

罗马人起初对于希腊的悲剧也还发生过相当的兴趣，但是这种兴趣，不久就被政治军事的活动、赛马比武等娱乐的兴趣完全压制下去了。因为罗马大部分的天才，都不将他们的力量用在戏剧上面，所以罗马的戏剧，根本上就谈不上什么发展。喜剧方面，只有伯劳突斯的特仑斯的改编剧；悲剧方面，只有辛力卡[1]的创作。辛力卡的悲剧虽然本身远不及希腊悲剧的价值，但是他在欧洲戏剧史上非常重要，因为他对于文艺复兴时代的悲剧有异常重大的影响。歌舞队在辛力卡的悲剧中，也经过一种明显的变化。自从希腊悲剧变成罗马的悲剧以后，音乐队的队员都用罗马议院的议员来代替，他们照例站在台外，只有在各种动作休息的时间他们才走出来。并且罗马的悲剧，大部分都不拿来表演，只是拿来在悲剧家的朋友们面前诵读，所以歌舞队对于眼前发生的事情，发表的感慨议论，更变得没有意义。

所以在额希那斯，歌舞队起先失掉它原来主要的地位，但是仍然是十分重要的一部分。在沙弗克利斯那里，歌舞队成了同情戏剧的观众，对于剧中情节以旁观冷静的态度来发表感慨和议论，但是他们的感慨和议论，还处处与剧中情节紧密关联，他们虽然不是剧中重要的

---

[1] 现通译为：塞涅卡；前文伯劳突斯和特仑斯，现一般译为：普劳图斯和泰伦斯。——编者注

一部分，但他们至少还是剧中不可缺少的一部分。在游锐皮狄斯那里，歌舞队成了剧中主要人物的信托者，他们常常唱一些神话的诗歌，同剧中的情节极少发生关系，所以他们的有无，在全剧的组织进展中并没有任何的关联。但到了辛力卡那里，歌舞队同戏剧简直完全没有联络，他们的存在不过是传承下来的形式和借他们在休息的时间，补充一点音乐罢了。

在意大利文艺复兴的时代，辛力卡的悲剧起初对拉丁文的戏剧，后来对白话文的戏剧，都有很大的影响。因为那个时候，大家都熟习拉丁文，很少知道希腊文，所以辛力卡的悲剧成了古代戏剧艺术最完美的表现。每一个戏剧，差不多都表现一点辛力卡的影响。长篇的演说，粗野的风格，五幕的分划，特别是歌舞家的利用。[1] 但是在15世纪的后半叶，人们对辛力卡虽然还没有忘记，大家忽然又热烈地喜欢罗马的喜剧。[2] 就是因为这一个运动被介绍到德国，所以德国整个16世纪的戏剧都受这一个运动的影响。但是在意大利，这种热心不久就消灭了，在16世纪，大家又重新仿效辛力卡。因为在16世纪的时候，意大利文学很发达，所以意大利的人文主义者对法国、荷兰、西班牙、英国的文学都有影响，也就是因为他们的鼓吹，辛力卡成了这些国家戏剧的典范。辛力卡的悲剧既然成了各国的模范，当然同他的悲剧相关而来的歌舞队，也成了大家仿效的目标。法国的作家，如约德尔和加力尔，虽然口口声声讲希腊，仍然奴隶式地仿效拉丁的悲剧。所以辛力卡的歌舞队组织，尽管不过是一种传统的形式，同悲剧的正文并没有什么关系，但是法国的作家仍然照样保留，不敢对它有什么改变和排斥。

但是到19世纪，法国的悲剧渐渐注重人的心理变化与个性的发展，这一种毫无用处、有形无神的歌舞队，大家都觉得没有多少存在

---

[1] J. Cunliffe: The Influence of Seneca on Elizabethan Tragedy, London, au XVe Seite, p.61. ff.
[2] A. Chassang: Des essays dramatiques imites de l'antiquite au XIVe et 1893.p.7.

的价值。从意大利转运过来的悲剧歌舞队,既然不受欢迎,那么法国剧台老板就不能不想出一种办法,使它不至于影响观众看戏的兴趣。因此歌舞队在表演的时候照例被取消,一般戏剧家写剧本的时候,也常常不把歌舞队看得重要。歌舞队虽然不被人重视,但它却并没有完全被取消。一直到17世纪的中叶,法国最著名的悲剧家葛雷,想清理法国的戏剧,才把歌舞队完全取消。但是取消了以后,大家似乎又感觉到悲剧组织上存在一种缺憾。我们上文已经说过,游锐皮狄斯虽然不看重歌舞队,但他仍然把歌舞队作为悲剧主人翁的信托人。因为歌舞队可以使剧中的主人翁把他内心的思想感情质直无饰地表现出来;而这些思想感情,剧中的主人翁是不能告诉与他同台表演的其他角色的,所以如果没有歌舞队,他不容易有这样的机会使观众明白他许多的动机。这一种为悲剧英雄自由发表意见的便利,就是16世纪法国悲剧中歌舞队的功用。葛雷把歌舞队取消以后,剧中主人翁的这种便利就没有了,但是法国另外一个伟大的悲剧家纳森,就正式介绍信托人到悲剧里边来弥补没有歌舞队的缺憾。所以信托人一角,固然不是从歌舞队直接演化出来的结果,却是歌舞队取消以后,来赔偿损失的工具。因此我们可以说,信托人是歌舞队的变形,是它一种变相式的存在。

因为意大利、法国文艺复兴的影响,英国伊丽莎白时代的戏剧家,如黎丽、格润、皮尔、克德、玛罗等都在他们戏剧的每一幕完以后,加上歌舞队的歌唱。但是这种习惯不适合英国人的口味,所以后来它的形式又经过许多的变迁。莎士比亚《亨利五世》戏剧中的歌舞队,同希腊、罗马悲剧的歌舞队完全不同,他们对于前一幕发生的事情,并不表示出什么批评和感想,他们对于未来的事件,却有一种希望和预料。他们的工作,是在事件发生以前先散布一种气氛,使观众心里事先有一种预备,同时他们在某种程度以内还可以代替剧台的布景。从前歌舞队的使命,作悲剧同情的观众,现在由丑角或者宫廷的仆人来担任。

至于荷兰方面,也因为法国文艺复兴的运动,使他们最著名的戏剧家胡夫特¹与方德尔²也受了影响。在17世纪的初叶，荷兰的戏剧家都殚心竭力去模仿辛力卡的技术，但是到17世纪中叶的时候，他们对希腊的戏剧都十分留心。胡夫特创作的模范，永远都是辛力卡。方德尔初期的作品，也没有逃脱辛力卡的影响，但1639年，他却抛弃了辛力卡而仿效沙弗克利斯。到17世纪的中叶，荷兰的文学到了全盛时代。德国30年之战停止以后，那时最伟大的戏剧家格锐甫渥斯，就从荷兰胡夫特和方德尔那里，把悲剧的形式贩卖过来。歌舞队的组织和地位，也完全仿照这两位荷兰先进作家的办法。后来葛歇德又从法国新古典主义者那里，把法国悲剧的一切制度也搬运到德国。葛雷固然把歌舞队废除了，但是纳森发明的信托者，葛歇德却没有遗漏，把他介绍进德国的悲剧。

现在我们明白了德国戏剧家对歌舞队是否取消所持的态度。因为只有明白了希腊、罗马文艺复兴以及18世纪以前德国戏剧家对歌舞队的态度和它的源流变迁，我们才能够彻底了解席勒《麦森纳》悲剧歌舞队的特点和席勒这一番重新恢复歌舞队对于欧洲戏剧的意义。

3　歌舞队与德国戏剧

德国因为30年之战，本国文字受了极大的打击。戏剧方面，除了一些英国戏剧和圣经戏剧表演的尝试以外，差不多完全停止。³战争结束以后，一般德国的文人才又重新对戏剧发生了兴趣，但是因为他们本国没有重要的创造，所以不能不在外国戏剧里面找模范来模仿。在

1　现通译为：霍夫特（P. C. Hooft）。——编者注
2　现通译为：马德尔（Joost van den Vondel）。——编者注
3　Goedeke Vol. II S.189.

17世纪后半叶，德国流行的通常有三种戏剧：第一种是平民剧，里面最重要的是丑角和各幕休息时期的乐器演奏，这当然是英国戏剧团到德国后发生的影响；第二种是歌舞剧，源于意大利，最受一般贵族的欢迎；第三种是艺术剧，就是对辛力卡悲剧技术的仿效，大部分是从荷兰，小部分从法国贩来的产物。这一类戏剧在德国虽然远不及前两种那样有势力，但是它却是德国文人从事的对象。

德国17世纪比较最伟大的戏剧家，要算格锐甫渥斯[1]。他是德国第一个专门写悲剧的。他的悲剧都仿效文艺复兴时代最流行的，作品里面讲的多半都是谋杀。悲剧的英雄，多半无辜受戮，临死时都临危不惧，因为他们能够为道德和宗教而牺牲。每一本戏剧，都包含一种道德或宗教的教训，告诉我们，人生是虚荣的、梦幻的、暂时的，道德或宗教才是美好的、真实的、永久的。

上文已经说过，德国17世纪的戏剧家都仿效外国的著作，格锐甫渥斯也没有例外。但是他和旁的戏剧家的仿效有点不同，就是因为他学识渊博，知道的东西很多，所以一会儿在仿效这样，一会儿又在仿效那样，但是影响他戏剧最多的却是荷兰的戏剧，特别是方德尔对他的戏剧差不多每一种都有相当的影响。因为方德尔是仿效辛力卡的悲剧，所以格锐甫渥斯也间接受辛力卡的影响。如果辛力卡的歌舞队已经是不自然、太滑稽、无意义的，那么文艺复兴时代一般流行戏剧中的歌舞队，比它还要厉害。格锐甫渥斯对当时各国文艺复兴时代流行戏剧既然这般熟悉，对于方德尔又这样刻意模仿，所以他悲剧中的歌舞队，简直是最奇怪不过的东西。

格锐甫渥斯悲剧中的歌舞队，完全不管舞台是否需要，不管剧情是否适合，并且他自己根本就不很清楚，到底歌舞队在悲剧中应该怎么样处置，所以他常常随着他的想象，信笔写去，一会儿这样，一会儿那

---

1 现通译为：格吕菲乌斯。——编者注

样，前后不联，彼此紊乱。他对歌舞队的人物、形式、题目做出种种的试验，往往同实际相去甚远，常发生一些奇奇怪怪的事情，不但没有生命，而且对悲剧本身也丝毫没有帮助，甚至还闹出许多笑话。他通常在前四幕每一幕后边，都安排一个歌舞队，但有几个剧中，歌舞队却在幕中间出来。[1] 这一些歌舞队在表演的时候，并不出台，只在每一幕表演完毕以后才上来歌唱。尤其奇怪的是格锐甫渥斯在每一幕完后，多半都有一个不同的歌舞队，当然这些歌舞队不能长久留在台上。有时歌舞队照作者的意思，应该在观众面前，却忽然又变得无影无踪，[2] 有时歌舞队的领袖必须要从云端里降下，把歌舞队从地狱里面叫出来，唱完了，又必须得要回到天上去，[3] 有时候歌舞队简直不知道悲剧故事的进展。[4]

因为歌舞队在戏剧表演的大多时候不同时上台，所以他们同戏剧的内容，当然不能发生密切的关系。就算歌舞队在个别时候同时上台，他们的任务顶多也不过是同情的观众，而不是戏剧的一部分和演员的一分子。有时歌舞队的歌词，固然是对于前一幕发生发生事情的批评和感想，但是这一些批评和感想都失掉了悲剧的力量，因为它们常常由神话中的人物、抽象的观念、死亡的魂灵及各种群众来歌唱，和剧情全不相干。歌舞队这一些人物和悲剧本身既然没有直接的关系，所以他们尽可以从这一个戏换到那一个戏，并不见得会受到什么损失。如在一部戏剧里"道德"教人类要有把握以后，接着就是"死"和"爱"的对话，[5] 这一种对话，当然可以介绍进任何悲剧里边去。

死亡的魂灵、抽象的观念，在希腊悲剧里并没有利用歌舞队来做，但是在文艺复兴时代的悲剧却很普遍。荷兰胡夫特也曾经用过，格锐甫渥斯大概受了这些人的影响。还有一个文艺复兴时代悲剧所流行的

---

1 Leo Armenius III a l. Papinianus II and V. Carolus Stuardus V.
2 Papinianus IV.
3 Papinianus II.
4 Catharina von Georgien.
5 Catharina von Georgien IV.

特点，就是用两个歌舞队，这一种组织，在现在所有希腊悲剧里我们只发现两次，在辛力卡悲剧里也只发现两次，[1] 但是在文艺复兴时代的悲剧里却很寻常。[2] 格锐甫渥斯的悲剧里，也常用两个歌舞队。格锐甫渥斯仿效方德尔。他把歌舞队的歌词分为三部分："正组""反组""合组"。正组开始发表正面意见，反组再发表反面的意见，然后以正反两组共同发表一种道德的教训来结束。

我们把格锐甫渥斯的戏剧拿来实际地分析、研究，会发现他对歌舞队承袭并改变的地方更为显明。

在《勒阿亚门立屋斯》悲剧里，歌舞队虽然没有抽象的观念，但是歌舞队的性质完全是抒情的，对于戏剧的结构并没有丝毫帮助。最初三首歌词，是由一群宫廷侍官歌唱，意思都是思想教训。第四幕以后，我们就看见两个歌舞队的歌词，是歌舞队对第一幕中间发生的事情发表的感想。他们发现巴尔布斯不幸的遭际，完全是因为他言语不慎重，随便对他的谋臣表示他的意见。歌舞队的"正组"就说明语言力量的伟大，世界上一切伟大的成绩都要靠它发表出来，离了它人类生活简直没有意义。"正组"唱完以后，歌舞队的"反组"却说明相反的意义，语言是世界上能够毁坏一切的东西，人类许多悲惨的事情都是由于语言不谨慎的缘故，于是正反两组共同表示道德的教训，就是人类应该谨言，然后才能够免去灾祸。第二幕完后，歌舞队的歌词，性质仍然同第一幕后的一样，对于第二幕中发生的事变产生一些感想。他们看见悲剧主人翁忽然遭遇的灾祸，心悸目迷，免不了慨叹人生祸福无常，前途难料。第三幕的歌舞队，是音乐师和歌唱者，他们不等幕完，在第一场就起首歌唱，但是他们并不上台，他们照剧本应该在皇帝寝室外边站立。这里歌舞队对于剧情的进展，似乎有一种帮

---

[1] Euripides: Hippolytas; Aeschylus; Seven against Thebes; Seneca; Agamemnon und Hercules Oetaeus.

[2] Jodelle: Didon; Garnier; Porcie and Antigone; Vondel; Palamedes erc.

助，因为皇帝是在音乐演奏的时候睡觉。这样舞台上无形中创造了一种安全稳当的氛围，与下文鬼魂出现恰好形成一种反衬。但是很可惜在第三幕完结的时候，歌舞队破坏了戏剧已经成功的印象。在这个时候，一般观众都心紧目张地注意悲剧英雄的生命问题，很想知道他有没有脱逃的机会。但是歌舞队却发表了一些关于睡梦的极平常的议论，这一些议论同第三幕最后一段完全无关，只有对起首一段才能够勉强凑合。这样整个戏剧创造出来的印象，岂不是完全破坏了吗？在第四幕以后，格锐甫渥斯用了两个歌舞队，有两个"正组""反组""合组"。正组由僧侣唱，反组由少女唱，合组由两者合唱。虽然他们唱的是圣诞节赞美歌，对戏剧的动作仍然毫无关系，因为反叛的人进了皇帝的宫墙，在唱第二首圣诞节赞美歌的时候就把他杀掉了。

在《巴比立安鲁斯》悲剧里，格锐甫渥斯用了五个完全不同的歌舞队。巴比立安鲁斯的卫队、裘丽亚的随从、复仇神、宫廷的官吏和伯劳蒂亚的侍女。歌舞队的选择，虽然受到了相当的限制，但歌舞队的应用却又绝对地自由。头一幕结尾的歌舞队，同声称颂巴比立安鲁斯的德操，由巴比立安鲁斯的护卫歌唱。第二幕中的歌舞队是裘丽亚的随从，在表演的时候出现。巴比立安鲁斯把格塔刺杀，逃下台去，裘丽亚看见，立刻就晕倒了。歌舞队目击这一情形，就歌唱他们心中的悲哀与惊骇。歌词采取对话的形式，但是对于剧情的发展，仍然同其他歌舞队幕间上场一样，没有什么重要的帮助。裘丽亚醒过来的时候，她同歌舞队也一问一答，但是歌舞队也只不过同情她的悲哀。等第二个演员上台，歌舞队又一声不响了。在第二幕以后，歌舞队的利用就非常特别。它既不是希腊式的，又不是罗马式的，完全出自格锐甫渥斯的想象。歌舞队是由公理之神和复仇之神两个反面组织而成。公理之神从云端下降，宣布对杀兄弟者的惩罚。然后它叫复仇之神从地狱里面出来，叫他们去替格塔复仇。公理之神一个个地吩咐以后，她仍然升上天去。这个歌舞队，同来自传统的歌舞队都不一样，因为它实际上只是戏里的另外一场，不能算是歌舞队。第三幕完后，歌舞队由宫廷的官吏组织，讲一些关于谋杀的议论，说明犯罪不可脱逃，并且详细描写良心上的谴责。第四幕以后，我们又发现了歌舞队一种奇怪的现象。这一场是描写一群复仇之神和巴西安鲁斯父亲的鬼魂。巴西安鲁斯正睡在一张椅子中间。几个鬼卒抬一个铁砧和几柄铁锤出来，三个复仇之神在铸一把短剑。他们一边工作，一边唱歌，每人唱一首，讲述巴西安鲁斯的罪过和他应受的惩罚，每一首歌唱完，大家又共同合唱一首，合唱的内容也是讲巴西安鲁斯应受惩罚的事情。巴西安鲁斯也表示出对他儿子罪恶的惊骇，他要求复仇之神把短剑送给他，他好去报仇。复仇之神把剑铸完，果然交给他，于是所有的鬼神忽然不见了。他们走了以后，巴西安鲁斯惊醒过来，因为做了这样一个噩梦，他十分悲哀地走下台去。这一场我们可以说，歌舞队和剧中情节有密切关系，因为这些鬼魂在梦中出现，带给巴西安鲁斯精神上很大的痛苦。第五幕有两个歌舞队，一队是巴比立安鲁斯的侍从，一队是伯劳蒂亚的侍女。在巴比立安鲁斯死了以后，戏剧的动作已经算是完结，其余的不过是表达对于他死的悲哀。两个歌舞队都同声惋悼。

格锐甫渥斯还有一本戏，讲述英皇查尔斯上断头台的事情。在这一个悲剧里，格锐甫渥斯介绍四个不同的歌舞队，彼此完全没有任何的关系。他们代表作者用来组织歌舞队一切不同的成分：有活人、死鬼、象征和神话。头一个歌舞队警告英国的人民，教他们不要出现紊乱和反叛。假如他们杀了皇帝，他们一定不可逃避地受到剧烈的惩罚。但是这一群歌舞队，却是由被杀了的皇帝组织成功的。第二个歌舞队的歌词，是色润斯女神[1]追述感慨近代欧洲皇室发生的变故，我们始终

---

[1] Sirens 是一个海岛上的女神。她们专门用唱歌来迷人。凡是航海的人，从她们的海岛经过，听见她们的歌声，就会被她们引诱到海岛上并遭到她们的毒手。希腊的英雄 Ulysses 走那里经过的时候，让与他同船的人用蜡塞住两耳。自己耳内不塞蜡，但是叫他们把他牢牢地绑在桅杆上面，无论如何，不放他下来。

看不出，英皇查尔斯的悲剧同色润斯女神到底有什么关系。第三幕以后有两个歌舞队，一队是少女，一队是妇人，叹息英国的状况。但是她们的感慨，似乎是对全剧而不单是对这一幕而发。在第四幕以后，我们看见的是一个幕间的游艺，不是歌舞队。剧本也是拿来说的，不是拿来唱的。一个女人代表"宗教"，七个男人代表"邪教"。代表宗教的女人首先上台独白，说她打算要离开世界，因为世界上的罪恶太多而且犯罪的人都假借她的名义，现在大家都要假借她的名义来杀皇帝了。她刚要上天的时候，七个邪教人员极力去阻止她。她的大衣掉在地下，七个邪教人员都抢着要这件大衣。最后的话是由代表宗教的女人在云端里说的。七个邪教人员说话也不同声，个个单独地说。第五幕中间，有两个歌舞队在台上出现。一队是少女，站在皇宫的窗前，看见英皇查尔斯走上断头台。她们对于发生的事实，只发表感想和意见。她们都一个一个地讲，只有在砍头的时候才同声合唱，表示她们的悲哀。在查尔斯死了以后，英国被杀的皇帝们又走出来，一会儿单唱，一会儿合唱，叫大家要替查尔斯复仇。

以上详细地分析研究了格锐甫渥斯悲剧里的歌舞队，有三个原因：第一，格锐甫渥斯是德国第一个伟大的戏剧家，他对于歌舞队的仿效和创作影响了后来德国的戏剧。第二，格锐甫渥斯是文艺复兴时代流行戏剧的总和，他一方面间接承受沙弗克利斯和辛力卡对于歌舞队的办法，另一方面又直接采纳文艺复兴时代戏剧家对于古典歌舞队误会的结果。第三，格锐甫渥斯自己对于歌舞队，有许多特别的创造，他应用歌舞队的成功和失败，正好可以做我们分析席勒《麦森纳悲剧》歌舞队成功和失败的借鉴。可以说，在德国戏剧史上，格锐甫渥斯是对歌舞队应用尝试最多的戏剧家，而席勒是对歌舞队了解最彻底的戏剧家。对他们两人的比较，当然是我们在最后阶段最有兴趣的研究。

格锐甫渥斯的戏剧，成了17世纪德国戏剧家的模范，他对于歌舞队的因袭和创作，也就成了他最著名的仿效者罗恩斯坦茵、豪格韦慈和哈尔曼努力的目标。[1] 他们都依照格锐甫渥斯的办法，在前四幕每一幕完结都有一个歌舞队。这些歌舞队多半由神话人物或者抽象的观念来组织，如"公理""道德""复仇""战神""丘比特"等名字。他们有时候甚至于把山水地名都人物化来作歌舞队，罗恩斯坦茵在他的一个戏剧里，把罗马的泰伯河同七个山请出来悲叹尼罗皇帝的暴虐。在第四幕完结的时候，亚洲和非洲也变成歌舞队了。[2] 这些歌舞队的说话等举动同正文毫无关系，都缺乏新鲜的生命。实际上罗恩斯坦茵的歌舞队，因为同戏剧情节完全不合，所以在一幕演完后，常常布景都要变换，歌舞队才能够出来，[3] 豪格韦慈和哈尔曼同罗恩斯坦茵没有多少出入，不过哈尔曼已经受了意大利歌舞队的影响，在他的悲剧里，抒情的成分逐渐比戏剧的成分多，除歌舞队歌词以外，他常常增加许多的歌曲，到最后他简直成了歌舞剧和牧人剧的作者。

　　哈尔曼之所以抛弃悲剧来写歌舞剧，这中间有一个重要的原因。在本章的开场，我们已经指出，17世纪德国通常流行的戏剧，有平民剧、歌舞剧和艺术剧三种，其中影响最小的就是一般文人所写的艺术剧。为使他的作品受观众欢迎起见，当然写成歌舞剧成功的可能性更多。并且像格锐甫渥斯、罗恩斯坦茵他们这些人，还有一些不好的习惯。他们的文字都喜欢夸张、堆叠、紊乱，他们不求条理的清楚，只求文字的装饰，这样一来，他们的戏剧当然更不容易受人欢迎。所以他们提倡的艺术剧渐渐消灭，平民剧和歌舞剧代替了它们的位置。最后比较有希望的两位戏剧家是魏塞和葛歇德。[4] 他们和格锐甫渥斯一类的戏剧家不同，不但文字力求简洁，而且连他们提倡的歌舞队，都抛弃不用，葛歇德甚至于在理论上根本反对歌舞队的存在。

1　Daniel Casper von Lohnstein, August von Haugwitz, Johann Christian Hallmann.
2　Epicharis.
3　Gryphius: Cleopatra nach dem II Aufzug: "Der Schauplatz bildet ab ein lustiges Gebirge" und nach VI Aufzug: "Der Schauplatz verändert sich in eine lustige Gegend am Flusse Nilus."
4　Christian Felix Weise und Johann Christoph Gottsched.

葛歇德是一个极有野心的人，他想领导一个以戏剧为中心的德国文学运动。他对德国当时文坛的贫弱粗鄙非常不满，想借法国文学的力量来打开一个新局面。他对戏剧最努力，但是在他创作、导演、改编的戏剧里都不用歌舞队，这大概是因为他最崇拜的法国悲剧家葛雷和纳森都不用歌舞队的缘故。但是他反对歌舞队有什么理由呢？

葛歇德既然承袭了法国新古典主义，当然不敢明目张胆说古代戏剧家不应该用歌舞队。所以他主张古代的戏剧应当用歌舞队，近代的戏剧却不应当用歌舞队。照葛歇德看来，古代的戏剧，从外表来看，有很清楚的两部分：一部分是唱的，一部分是说的。[1] 说的部分，当然是演员的事情；唱的部分，却是歌舞队的责任。歌舞队在五幕中间出来四次，它的功用很明白地有三种：第一种最重要的功用就是建设道德的教训，因为歌舞队随时都在歌词里边，唱出道德的观察、希望和赞美，同前一幕刚才发生的事实针锋相对。那时一般的人都熟悉这一些道德的教训，在日常生活中，往往把这一些道德的教训当成谚语、格言来应用。第二种功用，就是联络五幕戏剧。因为歌舞队在幕完、幕间的时候，使观众对表演的戏剧，不至于感觉间断。就像我们现在听音乐，有时甚至用跳舞来获得这种结果，完全一样。第三种，歌舞队的功用是戏剧同情的观众。他们在戏剧起首就在那儿，一直到戏完，他们都坚持他们的地位。他们代表事件发生的时候亲眼看见的观众。

歌舞队既然有这三种重大的功用，为什么它又不适用于现代的戏剧呢？因为照葛歇德的意见，一部戏剧的成功和失败，完全看它在实际人生上面有没有可能性。古代的君主，就是古代悲剧的英雄，我们要知道，他们最重要的事情，多半不发生在四围墙垣里边，乃是发

---

[1] Gottsched: Versuch einer critischen Dichtkunst.

生在宫廷的门外，或者公共的市场，在这些地方，当然常常都有观众，对于他们君主的行动、命运发生同情的观感。实际的人生既然这样，当然古代悲剧的作家不能不把大批的群众请到台上。这一大批群众，就是歌舞队的成因。但是后代的君主，把一切的事情都在屋子里边解决，我们不能想象，他们会在众目睽睽之下做出什么事情。因为这一层关系，格歇德不主张在近代戏剧里边用歌舞队。但是葛歇德虽然不愿意把歌舞队掺杂在戏剧里面，但是同时他并没有忘记歌舞队的确有一点好处。葛歇德觉得那是德国一般戏台上在幕间用的跳舞音乐，不仅不能加深观众的印象，反而转移了他们的注意。所以他感到奇怪，到底能不能够照近代歌舞队的组织，在每幕终结以后，出来唱一些对于发生的事情在道德方面的观察。这样毫无疑义地一定能够保持观众已经获得的印象和预备将要接受的事情。这样的悲剧，一定比歌舞剧美丽十倍，因为歌舞剧固然可以使爱好音乐的人喜欢，然而它也在真实性上丧失了可能性。

葛歇德虽然有这一番思想，但是他的计划始终没有实现。同时歌舞队从游锐皮狄斯以来，就有一种特别的功用，就是作悲剧英雄的信托者。悲剧的主人翁，心理有什么感情、思想、意志，都可以质直无饰地对歌舞队表达，间接使观众明了他心中的酸甜苦辣，后来法国葛雷把歌舞队废除了以后，纳森却感觉需要这种功用，所以介绍信托者到他戏剧里来。葛歇德因为崇拜法国的作家，所以把纳森发明的信托者也辗转介绍到他的戏剧中来。

葛歇德在德国的文坛，并没有占据多少的时间，后来的文人就把他攻击得体无完肤，连从前尊敬他的信徒都反过来欺负他了。德国的文人再也不愿意仿效法国的新古典主义者，他们要学英国的莎士比亚，他们要学希腊的三大悲剧家。雷兴是德国最有见识的批评家，他一出来，德国文坛立刻就摆脱了法国的一切束缚。但是我们很奇怪，像雷兴那样热心主张仿效希腊的人，对于希腊的歌舞队却不主张恢复。虽然也很早就有人翻译希腊的悲剧，[1] 后来又有人努力想应用希腊的歌舞队，[2] 但是歌舞队始终不受人欢迎。接着就是德国文学史上的狂飙时代，一般的文人都极力要摆脱文学上的一切束缚，古典主义的规律早就不在他们的眼中，同古典主义相关而来的希腊悲剧歌舞队，当然更不能有存在的余地。一直到狂飙时代过去了，歌德和席勒两人出来提倡古典主义，德国的戏剧才又渐渐恢复到仿效希腊的悲剧家。

歌德对于希腊的悲剧用了许多的工夫，他的《伊斐金丽》[3] 直接使用了希腊悲剧陈旧的题目。因为他感觉戏剧中间，应该也要有抒情的成分，所以他在《伊斐金丽》里边加进了群众的唱歌。至于《浮士德》里无论上部和下部，都有不少变相式的歌舞队，如像在《浮士德》中间的天使，复活节的女人，教堂的合唱、军队、农人、鬼怪、巫人，以及其他神话上的人物，实际上都是歌舞队的改变。1795年，歌德和席勒共同仔细研究希腊悲剧的歌舞队，认为要达到戏剧最高的形式，必须仿效希腊的悲剧。同时他动手写了一部戏叫《解放了的火神》，他想在里面利用歌舞队。1803年，他写了《古代歌舞队的发达》一文。歌德对希腊悲剧的歌舞队，总算是非常关注，而且努力提倡了。

歌德虽然对歌舞队曾经注意提倡过，但是他对歌舞队始终没有建设完备的理论，而且实际应用方面也只是一些零碎表现，而没有在任何戏剧里边做一种严格的尝试和充分的发展。从希腊歌舞队的起源，中间经过额希那斯、沙弗克利斯、游锐皮狄斯及罗马的辛力卡，文艺复兴时代的悲剧家，英国的伊丽莎白的戏剧家和莎士比亚，法国的新古典主义者葛雷和纳森，荷兰的胡夫特和方德尔，德国的格锐甫渥

1　在 18 世纪的初叶，许多德国的戏剧家，翻译希腊的悲剧成德文。1737 年 Johann Elias Schlegel 翻译了一些希腊的悲剧。其余可参看 A.Koberstein: Grundriss der Geschichte der dentschen Nationalliteratur. Leipzig, 1872. Bd. V. S. 260.
2　Jephta Cronegk: Olint und Sophronia. Vgl. Koberstein Bd. V. S. 360. ff.
3　现通译为：《在陶里斯的伊菲革涅亚》。——编者注

斯、罗恩斯坦茵、魏塞、葛歇德、雷兴和歌德，中间没有任何人曾经对于歌舞队，有席勒那样完备的理论，在实际应用方面也从没有任何人，像席勒在他的《麦森纳》悲剧中，把歌舞队应用得那样彻底。不但席勒以前的戏剧家和文艺批评家，对歌舞队的理论和应用没有达到席勒曾经达到的高度，就是从席勒到现在，也还没有任何戏剧家或者文学批评家有席勒对歌舞队那样精透的，做过那样伟大的试验。所以，我们特别把席勒《麦森纳》悲剧歌舞队和欧洲戏剧的关系提出来研究，这也是文学史家不得不担任的事情，何况在歌舞队的理论和实际之外，席勒这种运动对于过去现在和将来的文学还提出了一种新颖的见解，这一种见解可以扫清自然主义运动以来世界文坛上的一些乌烟瘴气，使我们真切地认识艺术、文学、戏剧到底是怎么一回事。

但是要彻底明了席勒《麦森纳》悲剧加入歌舞队的意义，我们必须要先研究席勒对歌舞队建设的理论，再看他对歌舞队实际的应用，然后再从哲学方面来寻求席勒加入歌舞队的原因和他实际上成功和失败的判断。

4 席勒对歌舞队建设的理论

席勒对歌舞队，在他写《麦森纳》悲剧以前，当然在心中已经有许多的理论，但是他还没有系统地发表出来。后来这一本悲剧演出以后，他收到了各种不同的批评，有好些人极力称赞他，说他的试验完全成功，有很多人激烈攻击他，说他的歌舞队完全失败。因为两方面的原因，都没有彻底明了他真正的意义，所以他在1803年6月，写了一篇文章《论悲剧中歌舞队的应用》。席勒一方面说明歌舞队的使命，一方面对于自然主义表示根本的不满。[1] 在第一段，席勒说一种文学作品，本身就是辩护，本来用不着任何的理论来辩护它应该存在的原因，假如一种文学作品本身就没有存在的价值，即便再有如何巧妙的理论，也等于白费工夫。所以，我们尽可以让悲剧中的歌舞队自己去努力生存，不必着急地去勉强维持它的生命。但是悲剧的作品，一定要经过舞台的表演，然后它才能够成为艺术上完整的东西。一位悲剧作家只能供给文字，要加上音乐和跳舞，文字的生命才能够充分表现出来。假如歌舞队缺少了这种在观众感官上强有力的表现，假如在悲剧经济上面，它看起来好像是一种无用的东西，一种无关紧要的赘疣，一种戏剧动作的障碍，一种破坏观众印象的工具，那么我们就不能不在实际的舞台外，再去建设一个"可能"的舞台。因为要建设一个可能的舞台，我们就不能不详细地考虑，这一种可能舞台的建设，只要我们在戏剧上要想求一点进步，就是不可逃避的工作。凡是艺术还没有得到的东西，它就应该想法子去得到，我们不应该让偶然帮助工具的缺乏去限制艺术家创作想象的力量。因为艺术的目标是最崇高、最庄严的，艺术家应当向着理想的路途前行。通常应用的艺术，也许可以舒适地在现状里面休息，但是真正的艺术家却不能这样苟且偷安。

我们常常听说，观众把艺术家降低了，其实是艺术家把观众降低了。无论在什么时代，只要艺术愈趋愈下，就是因为艺术家自己愈趋愈下，观众不能替他负这一个责任。因为我们对于观众的要求，不过是感受的力量，这一种力量无论什么时代的观众都有。他们走到戏台的前面，有各种本能，但是他们并不知道，他们到底要求什么。他们欣赏的能力，尽可以达到最高。假如我们老拿高尚优美的作品给他们

---

[1] 以下参照："Schiller" Über den Gebrauch des Chors in der Tragödie。因为席勒的文章言简意深，不容易一下领悟，所以在这一章里边，介绍席勒的理论，我们不用征引的方式，却用叙述的说明。席勒原文的意义，我们严格地保存，但是我们却处处加以诠释，使读者一望而知其意义。

看，自然而然他们欣赏力会提高，假如他们对于肤浅低下的作品表示满足，那一定是因为我们没有努力去提高他们的嗜好。

我们又常常听人指责，诗人老是向着自己的理想努力，批评家老是照着他的观念批评，但是戏院的经理必须要维持营业，剧台的演员不能不讨观众的喜欢，至于台下的观众，他们所要求的，只是娱乐。如果我们不给他们娱乐，要向他们要求过度精神上的共鸣，那么他们就会不满意，戏院只好关门，经理和演员就没有法子生活。

但是照席勒的意思，戏剧的艺术尽可以提高，戏剧的目的尽可以严重，但是观众的娱乐并不会就因此取消，只是会因此变得更高尚。戏剧仍然是一种游戏，但是它不是通常的游戏，乃是一种艺术上的游戏。一切的艺术，都是为了娱乐，世界上没有比使人类娱乐还更高尚、更严重的工作。真正的艺术就是能够创造高尚娱乐的艺术。但是高尚的娱乐是人类精神上的自由，是在他们所有的力量通通用在活动游戏时所得的精神上的自由。并且这一种精神上的自由，只有在游戏中间才能得着，戏剧是一种游戏，所以它是达到这种自由最好的工具。[1]

每一个人对于想象的艺术，都希望它能够把他从实际生活的限制里解放出来。他可以在一种可能的事体中间尽情享受他的想象，得到一种无拘无束的自由。他最低的希望，至少是他能够忘记他的事业、他日常的生活及他自己。他要在一种特别情形之下去感觉，他要用全副精神去注意人事变迁最奇怪的遭际。假如他是事事认真的人，那么他一定会在舞台上去发现他在实际人生因为种种关系中所不能发现的道德规律。但是他自己很明白，他只是在做一种空幻的游戏，实际上等于在做梦。等他从戏剧的世界又回到真实的世界，真实的世界又用层层的束缚压迫来包围他，他仍然是它的牺牲品：因为他自己仍然是自己，并没有因为看戏发生了任何的变迁。他所经历的，不过一时梦

---

[1] 游戏的观念，在席勒哲学中占异常重要的位置。也就是因为这个观念，对于康德的哲学有一种进步的修正。下文在讨论席勒哲学时再详细说明。

幻的境界，梦醒了，幻景变了，所有的一切也随着消亡了。

就是因为这一种关系，通常一般的戏剧对于人的实际生活，并没有什么大的影响，对于人的品格、德性也没有什么感化的能力。它不过是一种暂时的幻景，它只是一种真理的现象，或者代替真理的可能性，它并不能给我们一种可以把握的真理。

但是真正的艺术，却不仅是一种暂时的游戏。它是很庄严的。它不仅要图人类暂时的解脱，它要图人类永远的解脱，不单是梦幻的解脱，而且是实际上的解脱。因为它唤醒了人类一种精神上的力量，练习它，教育它，使它能够把现象的世界，粗笨原料的世界，压迫我们的世界，推到相当可观的距离，把它变成精神上自由的工作，把物质用观念来驾驭。就是因为真正的艺术，是要达到真实的客观的境界，所以它得到真理的现象，还不能满足，它一定要得到真理的本身。它一定要在自然、稳固、深厚的基础上面，去建筑它理想的屋宇。

真正的艺术，一方面是理想，一方面又是真实；一方面要超脱实际，一方面又要最准确地切合实际。这就是为什么真正的艺术很不容易捉摸，更不容易创造。往往艺术家顾着这一方面，又要顾那一方面，结果两方面都弄不好。有许多人对于实际有明确的认识，但是他却没有想象的力量来超脱实际。他可以算是真实刻板的画家，但是他画的仅仅是偶然的现象，不能抓住自然的精神。他只给我们世界的材料，但是这并不是我们的工作，不是我们精神活动的生产，因此它不能给我们艺术上最高的快乐，因为最高的快乐就是人类精神上的自由。这种艺术家的态度，固然是庄严的，但是他不能令人感觉快活，我们本来希望在艺术中求解放，但他们艺术中描写的日常狭隘的真实，却把我们痛苦地逼迫转来欣赏。

有许多人，有丰富的想象，但是对于实际却没有精密的观察。他们提起笔创作的时候，不管真理，只把世界的材料拿来游戏。他们随意使用他们的想象，把人世间的事物，任意奇怪地搭配。因为他们整个的活动都不切实际,所以他们虚幻的创作,也许可以供给我们一时的娱乐,但是在我们的精神上面,它不能有深刻的影响。他们的游戏也同前一种人的庄严一样,不是艺术的。想象图画凌乱地排列,等于没有理想,实际事物刻板地仿效,等于没有真实。真实和理想,实际的切合和实际的超脱,两者并不是相反的东西,实际上它们只是一个。因为艺术只有离开实际,纯粹理想,然后才能够真实。自然的本身,不过是精神的观念,它永远埋藏在现象的下面,它自己从来不走到现象。只有在理想的艺术中间,它才能够存在。只有真正的艺术家才能够抓住全体的精神,把它放进物体的形式。它自己固然不走到现象,使我们感官能够感觉它,但是靠它创造的力量,摆在想象的面前,因此它比一切的现象还要真实,比一切的经验还要可靠。因为这个缘故,艺术家实际上用不着任何一种像他本来发现的那样成分,他一定要用他的精神把这一种发现的成分来琢磨并使之融化,使它每一部分都是理想的、超实际的,使它有全部的真实同真正的自然完全不差。

以上一大段,席勒极力说明,真正的艺术,一方面是理想,一方面又是真实;一方面要超脱实际,一方面又要切合实际。艺术最高尚的境界,就是两方面的调和。拿近代的话来说:自然主义不是真正的艺术,浪漫主义也不是真正的艺术。因为浪漫主义没有真实,自然主义没有理想。浪漫主义不能切合实际,自然主义不能超脱实际。

建设了这一个理论以后,席勒再把这一个理论应用到悲剧上面来。

席勒以为假如这一个理论在整个的艺术中是真的,那么在艺术任何一方面也是真的,所以我们可以根据这一理论,来讨论悲剧。在这儿我们常常都要同一种谬误的观念宣战,这一种观念,就是"自然"的观念,它刚好把一切的艺术消灭摧残。对于造型的艺术,一般的人虽然不是因为内心的关系,但至少是因为传统的关系,不一定要求它完全合于自然,它还包含有多少的理想。但是对于文学,特别对于戏剧,大家都严格地要求"幻景",就是说在欣赏一件作品、一段表演的时候，观众必须要感觉到作品或者表演中的情节是真实的、自然的，无论如何努力也是很难办到。因为戏剧的外形，无论哪一方面都同这种观念冲突。一切戏剧上的设备，都不过是真实的象征。戏院里面的时间，根本就是艺术的时间，建筑也不过是象征的建筑，有节奏的语言也是理想的语言。用了这些不合真实的工具，我们现在要来要求戏剧上的故事要完全合乎真实，岂不是不可能的事情吗？所以法国的戏剧家，因为他们完全误会了希腊的悲剧，要在舞台上要求地点和时间的统一，好像这儿的地点，不是理想的空间；这儿的时间，不是戏剧结构进行的次序。

戏剧表演中不用平常的语言，用和真实相反的语言，据席勒看来，是艺术上的一大进步。许多戏剧家在这一方面的成功，无形中派出了不少谬误的见解，但是在别的好些方面，一般人的成见还是非常地厉害。他们忍受有节奏的语言，认为这是诗人的自由，但是这不仅是诗人的自由，而是艺术上本来的性质就应该这样。戏剧所用的工具，件件都是理想的，不是真实的，戏剧里边的语言也并没有例外，而且就在这一点上它才能够合乎艺术的原理，达到艺术最高的境界。

歌舞队的增加，是戏剧上同自然主义正式宣战的最后一步。因为它是明明白白同真实相反的，所以它可以替我们筑一道围墙，把悲剧圈起来，使它同实际的世界隔绝，在理想的基础上面去保守它诗人的自由。

大家都知道，希腊的悲剧，是从歌舞队演化出来的。但是我们也可以说，随着时间的推移和历史的演进，从艺术的性质来看，假如没有歌舞队，席勒的悲剧很可以演化成另外一种艺术的形式。把这个在观众感官上强有力的歌舞队取消，用一个无个性无趣味、无精神的信托者来代替，像法国戏剧家和他们的仿效者那种办法一样，并不能算是悲剧上的进步。

希腊悲剧的主人翁，最初都是神圣英雄或国王，所以歌舞队是绝不可少的需要。他们本来在实际生活里边，悲剧作家只是按照实际生活上发现的情形把他们请到台上。这一些神圣英雄或国王的故事和命运，本身就很显明，在希腊比较简单的时代，尤其清楚。因此歌舞队在古代的悲剧里，比起在近代悲剧里更是一种自然的工具，因为它从实际的人生脱化出它艺术的形式来。至于在近代的悲剧里边，它不是一种"自然"的工具，而是一种"艺术"的工具，它帮助表明艺术的特点。近代的戏剧家在实际生活里已经不去发现歌舞队了，他一定要把他要描写的故事改头换面，使它适合古代生活简单的形式。

因为这一个关系，歌舞队在近代的戏剧家比在古代的戏剧家还更重要。因为它把近代平常的世界变成古代艺术的世界，因为它把艺术上我们一切反对的东西，都弄得没有用，因为它把戏剧家压迫到只具有最简单、最原始、最天真的动机。国王的宫殿现在都关着了，法官们也从门退到屋子里边去了，生硬的公文已经代替生动的生活语言了，活跃的群众已经变成抽象的国家了，神明也从天上走到人类的心里了。悲剧作家一定要把宫殿再打开，将法官们再引到户外，神明再请到天空。他必须要像雕刻家一样，把近代的衣服揭开，将一切外界环境的事物摆脱掉，只现出最高的形式，人性的精华。

就像造型艺术家用衣服的褶皱散布在人物的身上，来使他形象的空间文雅美丽；使分立的各部安静联络；使刺激兴奋人眼目的色彩活动自由；使人类的形式蕴藏着丰富的精神、美丽的现象；一位悲剧的诗人也把他严格的结构、悲剧的英雄，用抒情的华服来装点围绕。在这种蓝色而具有魅力的衣服里边，剧中的人物都显出自由高尚，有永恒的威仪，有极度的安静。

在一种高等的组织里边，粗笨的原料或者基本的东西都不应该在物体中呈现。化学的颜色都变成生物自然的色彩。当然原料中间也有它美丽的地方，这一种地方也未尝不可以被纳入艺术的组织，但是它一定要用充实的生命、和谐的节奏，来取得它的地位。艺术家一定要使围绕它的形式显明露呈，它不能用它自己重量对围绕它的形式加以压迫。

在造型的艺术里边，大家都很容易明白这一道理，但是在文学和悲剧里边，也有同样的道理，一般的人往往看不出来。在日常生活里边，凡是理智所讲的话都像粗笨的原料，基本的东西只能刺激我们的感官，破坏文学中的诗意，因为它刚好站在理想和真实分歧的路边。但是人类的天性，老喜欢从特别到普通，从具体到抽象，从事物到道理，这一趋势在悲剧中当然也是不可逃避的事情。所以悲剧中不能只有特别具体的事物，一定同时也要有普通抽象的道理。假如悲剧两种基本的成分——理想与真实，不能够和谐混合，它至少也应该互相影响，要不然悲剧就不会达到艺术的最高境界。如果两种成分偏重到一边，那么它艺术的价值也要受严重的影响。

在这一悲剧最重要的关头，歌舞队走来给我们以最大的帮助。

歌舞队并不是一个单独的个人，而是一种普通的观念，但是这种普通的观念，不是用抽象空疏的名词，而是用具体有力的群众来表示。歌舞队摆脱了戏剧故事狭小的圈子，超过过去和将来，超过时间和空间，超过人类的一切，来指出人生的伟大结果，说明智慧的教调[1]。但是它做这种工作，不是不着边际的空谈，而是用全部想象的力量，用勇敢抒情的自由，在人事的顶点，好像同上帝一样的步骤，加上声调和动作的音乐节奏。

歌舞队因此能够理清悲剧的影响，它把感想和故事分开，就是因为这一种分开，它自己本身有伟大艺术的力量。它就像雕刻家一样，抛弃通常衣服的需要，用丰富的褶纹来把衣服变得惊人的美丽；也像画家一样，他不能不把生人的颜色在绘画中加强，使有力量的材料，好保持它的平衡。一位悲剧诗人，不能不靠歌舞队中抒情的诗句来提

---

[1] 原文如此。——编者注

高全部悲剧语言的声调，加强词句具体的力量。只有歌舞队的存在，才能够替悲剧家辩护，悲剧声调的提高，充满了听众的耳朵，驱遣他们的精神，开阔他们整个的生命感觉。并且悲剧的声调既然比平常增高，悲剧的形象也因此比平常伟大。悲剧里边的人物，成了理想的人物，超出日常的生活，摆脱人生的狭隘，对观众产生了艺术上最高尚伟大的影响。假如我们把歌舞队去掉，那么不但全部悲剧的语言声调因此降低，而且悲剧中一切自由伟大的形象都要立刻变得狭小和束缚。

歌舞队照上文的分析，不单是给悲剧全部伟大的生命，同时它还在悲剧故事里边带来一种高尚美丽的安静。这一种安静，就是一切上等艺术品必要的特点。因为观众在感情最紧张的时候，仍然应该有一种高尚美丽的安静，来保持他们精神上的自由。这一种安静当然不应当夺去观众对于悲剧已得的印象，但是这一些印象应该常常都能够清楚快乐地摆脱感伤的痛苦。通常大家对于歌舞队的责难最普遍的就是歌舞队扰乱悲剧的幻象，破坏观众的感情，但是大家不知道这一种盲目的感情正是最高的艺术要避免的，这种无意义的幻象，正是最高的艺术要取消的。假如悲剧不间断地激发我们的感情，引起我们的幻象，那么我们的悲哀痛苦，就会占据我们全部的精神。我们再不能有自由活动的能力，我们一定受人生痛苦的支配而不能超脱。因为歌舞队使悲剧的各部分保持分立，在激烈感触的时候，发出安静的声音，所以它能够帮助我们摆脱一切盲目的影响，恢复我们固有的自由。同时悲剧中的人物也需要这一种安静，来振作他们的身心，勇敢地战胜命运。因为他们不像平常的人类，处处受一时感情的支配。他们不是单独的个人，他们是人类理想的代表，他们揭露人生最深沉的意义。歌舞队的存在，用批评观众的地位，来目击他们的行事，用简短的表示，来破坏他们的感情，使他们因此行动时有反省的机会，说话时有动人的庄严。他们在"自然"舞台上面，本来就得对旁观者讲话，那么他们在"艺术"舞台上面，更有他们的意义，因为他们很可以把他们的心事对观众发表。

以上就是席勒为什么要重新恢复悲剧歌舞队的理由。席勒以为近代的悲剧中也间或有歌舞队,但是真正希腊悲剧的歌舞队,像席勒用《麦森纳》悲剧中使用的歌舞队,歌舞队是一个唯一理想的角色,在全剧进展的过程中都跟随在场,同歌舞剧中的歌舞队根本不一样,像这样的歌舞队,自从希腊悲剧衰落以后就没有在欧洲戏台上面出现。

5 席勒对歌舞理论的意义

席勒对歌舞队的理论,还有些细微的地方,因为需要席勒哲学、文学全部理论的知识才能够彻底明了。我们在下文还要更进一步解释,但是席勒理论大要的意义,总算可以明白了。他对歌舞队的理论,到底有些什么特点和意义呢?

第一,席勒以为戏剧家不应该受实际戏台的束缚。因为艺术家应该努力向着理想之路进行,他有提高艺术的地位,增进观众爱好的责任,他不能因为一时实际上不能够表演,就抛弃促使他前进的创作。因为这一个关系,歌舞队如果不能在现在实际的舞台成功表演,就并不足以证明歌舞队应该取消,因为戏剧应该在"实际"的舞台之外,再假设一个"可能"的舞台,这一个可能的舞台创造的成功,也就是歌舞队的成功。

席勒这一种主张,正可以为我们现在的戏剧创造提供借鉴。最近欧美的戏剧界,有一个讨论最激烈的问题,就是戏剧家是否应该不顾戏台的需要来写他的戏剧。一方面,在赞成这一种主张的人看来,一般人喜欢且能够表演成功的戏剧,多半没有文学的价值。而且戏剧文学上真正的价值,往往不需要表演,表演往往失掉戏剧原来的艺术价值。所以一个戏剧作家，如果只想得到观众的欢迎，只想着戏台的需要，那么他创作的文学价值，一定会因此降低。所以一流的戏剧都要抛弃舞台的，一流的戏剧多半都不能有令人满意的表演。在另外一方面，反对的人却认为戏剧根本就是写来演的，不能表演的戏剧，实际上就不能算是戏剧。因为戏剧是文字、声音、动作、图画、建筑的总和。戏剧家只供给文学，演员供给声音和动作，布景人供给图画和建筑。假如一本戏剧不用来表演，那不是工作才完成一部分吗？我们又从什么地方评判这本戏剧的成功失败呢？因为这个关系，戏剧家写戏的时候，应该时时刻刻想着舞台的需要，才可以不至于只是创作一些不能表演的戏剧，这类的戏剧，除了给人诵读以外，根本就没有用，它们只能拿来放在书架上作装饰品。

席勒是主张戏剧应该要表演的，但是同时席勒又主张戏剧作家创作的时候，不应该只想着实际的舞台。他应该在实际的舞台之外，再假设一个理想的舞台，这样也就可以不受实际需要方面任何的束缚。因为文学的价值是永久的、基本的，表演的方法，是暂时的、进步的。这就是为什么历史上许多最初不能表演的戏剧，后来经导演家的研究、演员的努力、舞台技术的进步，渐渐都能够表演。如歌德的《浮士德》《葛慈》《塔梭》等戏剧，到现在都需要克服表演的困难，至于他在表演上毫无困难的戏剧，如《克拉维果》《史推拉》[1] 倒反而不是他最好的作品。[2] 这就可以证明席勒见解的正确，而同时反衬戏剧界关于这个问题争执的无聊。

第二，席勒主张戏剧的目的是娱乐，但是戏剧家应该想方设法把这种娱乐提高。关于这一点，欧洲的戏剧界也打了两千多年的官司。许多人都以为戏剧根本为的是娱乐，观众出钱买一张票进戏院，也不

---

[1] 现通译为：《克拉维戈》《丝苔拉》。——编者注
[2] 参照陈铨：《歌德〈浮士德〉（上部）的表演问题》(《清华学报》第 11 卷，第 4 期) 及《歌德〈塔梭〉与斯坦茵夫人》(《大公报》文艺副刊，1925 年 12 月 18 日)。

过是想开心。假如他们坐在台前得不到丝毫的娱乐，只想着一些道德的教训，那么他们一定会感到头痛，就算他们不马上叫戏院经理退票，至少他们下一次也绝不会再来。所以戏剧作家万万不可以板起面孔，在戏剧表演中谈道德。他尽可以让牧师们在教堂里去维持世道人心，他用不着在大家寻快乐的时候干着急。但是另外又有一批人，他们认为人类有道德的要求，一切高尚的艺术都应该帮助维持道德的纪律。戏剧是感化人心最厉害的工具，所以道德家应该要利用它来达到艺术的使命。并且就算娱乐和道德势不两立，我们都应该抛弃娱乐来保持道德，何况这两种事情在戏剧表演中往往并没有什么冲突呢？

席勒也主张戏剧的目的是娱乐，并且他主张一切艺术的目的都是娱乐，他甚至说，世界上没有比使人类娱乐更高尚、更严重的工作。但是娱乐有种种不同的程度、不同的性质。有下流的娱乐，有高尚的娱乐；有肤浅的娱乐，有深刻的娱乐；有暂时的娱乐，有永久的娱乐。艺术固然以供给人类娱乐为目的，但是高尚的艺术，却能够供给人类高尚、深刻、永久的娱乐。这一种娱乐，要在什么地方才能够达到呢？要在人类精神自由中才能够达到。人类精神自由的时候，不是在勉强服从道德规律的时候，也不是在打破一切规律放任自由的时候，而是在游戏的时候。因为游戏的时候，一方面精神上有绝对的自由，另一方面又自然而然地必须要遵守严格的规律。这一种境界，是人类道德最高的境界，也就是人类精神最自由的境界。戏剧是一种游戏，所以它能够引导我们的精神到最高的自由，但是这种自由最需要道德的教训。

所以戏剧是娱乐又是教训，而且娱乐就是从教训得来。戏剧处处在讲道德，而观众不觉得它是道德，这样道德才没有丝毫的勉强，因为凡是带勉强性的道德，就不是最高的道德。最高的道德，要自然，要情愿，要感觉不到。悲剧把道德提到最高，就是因为它能够帮助我们达到这个境界。同时因为人类生来就有道德的本能，道德既然在戏剧里到了最高的境界，娱乐也到了最高的境界。歌舞队在悲剧里，给我们道德的教训，却又能够使我们没感觉到它是道德的教训，所以它在悲剧中有绝对存在的价值。

这样，席勒不但替歌舞队作了一个有力的辩护，同时他还替我们解决了艺术和戏剧上娱乐和教训的问题。

第三，席勒认为真正的艺术，一方面是理想，一方面又是真实；一方面要超脱实际，一方面又要准确地切合实际。歌舞队的增加，刚好能够使悲剧成了理想和实际的调和，实际的超脱和实际的切合同时并立，所以歌舞队成了悲剧里边最不可少的东西。

从18世纪末叶，一直到20世纪的初年，欧洲的文学界有一个最激烈的争执，就是浪漫主义和自然主义。浪漫主义者主张文学要理想，自然主义者主张文学要真实；浪漫主义者极力要逃脱现实，自然主义者却极力要切合现实。因为浪漫主义者不顾实际的事实，所以他们的想象尽管丰富自由，但是因为他们太脱离了人生，所以启示给我们的并不是人生的真理。自然主义者只顾实际的描写，因此他们的观察尽管准确可靠，但是因为他们太拘泥于真实，所以不能告诉我们人生的意义。一种最高的文的作品，一方面要描写人生，一方面还得要解释人生。一个最高境界的作家，不能离人生太近，也不能离人生太远。因为离人生太近会使我们感觉到狭小的痛苦，离人生太远又会使我们感觉到空幻的悲哀。

所以对浪漫主义和自然主义最精当的批评，还是这一位先知先觉最初建设的理论。

第四，席勒发现高尚的艺术里，不单是应该有一种新鲜伟大的生命，同时它还应该有一种高尚美丽的安静。换言之，戏剧固然应该激发人类的感情，但是同时戏剧家又应该使人类保持自身的平衡，不受这一种感情的支配。戏剧固然少不了幻象，但是同时戏剧家也不能使观众完全相信幻象的真实，感觉人生的痛苦。不仅在观众方面，同时在悲剧英雄方面也有这一种高尚美丽安静的需要，来振作他们的身心。因为他们不是单独的个人，他们是人类的代表，他们必须揭破人生的真义。所以他们不能像平常的人处处受感情的支配。歌舞队用旁观者批评的态度来目击他们的行事，用间断的表示来破坏他们的感情，使他们因此行动时有反省的机会，说话时有动人的庄严。

在这里我们涉及欧洲戏剧上一个最主要的问题，就是"幻景"问题。欧洲的舞台，有一个基本的信条，就是戏台上表演的一切，大家一定要相信它是真的，换言之，就是舞台上的事物虽然不是真的景象，但是至少应该是同真实差不多一样的幻景。因为这一个基本信条的关系，欧洲的戏剧无形中一天一天地走上了自然主义之路。歌德在魏玛戏院做经理的时候，已经感觉得舞台的人生不是实际的人生，所以舞台上的表演也应该不完全和人生一样。歌德制订了一些新的规条，亲自训练演员一种新的表演方法，使舞台上的表演不完全是实际的人生，乃是一种艺术的人生。[1]

席勒在这一篇文章里，也公开彻底地反对"幻景"。他故意把歌舞队加进悲剧里边来破坏"幻景"，他认为歌舞队最后的增加，是同自然主义的正式宣战的最后一步。因为它明明白白同真实相反，所以它可以替我们筑一道围墙，把悲剧圈起来，使它同实际的世界隔绝，在理想的基础上面去保守它诗人的自由。

世界上没有一个民族的戏剧像中国那样不现实，世界上没有一个国家的舞台像中国那样不顾"幻景"。中国的戏园里边，观众不断地谈话，小贩不断地来往，台上没有任何逼真的布景。演员的动作是一种象征的动作，演员的语言是一种理想的语言。一条鞭子代表一匹马；四个兵代表雄兵十万；四个将代表猛将千员；兜两个圈子，算是行了千里；上一张桌子，算是登了高山；两个人拿着军器比几个架势，算

---

[1] 参照陈铨：《歌德〈浮士德〉(上部)的表演问题》。

是拼个你死我活；一群人空手赤膊打几个筋斗，算是大规模的战争。最奇怪的就是戏台上的一角，就坐着音乐班子，演员还在表演的时候，就有打杂师在台上替他倒茶，换衣服，拿椅子。中国的戏台，可以说完全没有丝毫"幻景"的观念。这就是为什么在新文化运动的时候，写实主义的易卜生被介绍到中国来，一些根本就没有研究过西洋文学、戏剧的留学生，回来尽情地攻击中国的戏剧，说它"不自然"，不同实际的人生一样，因为实际的人生中间，哪一个像中国演员那样唱，那样叫呢？

这一种肤浅的议论，当然经不起事实的证明。但是近年来，中国的新剧运动中，还很少有人能够超出欧洲承袭下来的"幻景"观念，尤其是摆不脱自然主义的影响。在这一种地方，我们不必一定要把歌德、席勒请出来，替中国的旧戏张目，但是对于他们理论的研究，至少可以放开我们的眼界，打破我们的成见，对于已存在的戏剧，多一番了解，对于未来的戏剧，开一条新路。

6　席勒对于歌舞队实际的应用

席勒在歌舞队建设方面的理论，这种理论的特点和意义，我们已经讨论了。但是在实际应用方面，席勒到底是成功还是失败呢？到底他是否曾经把建设的理论，完全在实际方面应用呢？应用起来有没有什么困难呢？

要回答这些问题，我们必须要先分析《麦森纳》悲剧。

在开幕的时候，麦森纳的国王已经死了三月，他两个儿子，各自带了一部分军队，相互残杀。他们的母亲因为这一关系，出来在宫殿对着朝廷的元老，说她已经派人去请他们两弟兄童漫鹿和童泽沙到这儿来替他们讲和。皇后退转去了，接着就是两个歌舞队上场，第一队是童漫鹿的武士，第二队是童泽沙的武士。第一队说他用敬畏的心情，对故宫道贺，因为从前和平的屋宇，现在都被复仇之神占据了。第二队讲他们心中有最大的愤怒，因为他们看见了仇人，他们已经要预备战争。但是现在可以停战的时候，第一队此时却对第二队表示欢迎，他们说主人既然和善，他们也尽可以相亲，假如在外边，他们早已经打起来了。于是两队就合唱，最末三行，意思就是说假如在外边，他们早已经打起来了。第一队再对第二队说，他们并不惧怕他们，不过他们的主人既然命令，他们就不能不服从。第二队也表示同样的意思，说他们打的是主人的战争，一个忘恩背主的人，不是英雄好汉。两队又合唱最末三句，他们打的是主人的战争，一个忘恩背主的人，不是英雄好汉。于是歌队中间有一个人出来说：他们打仗，完全凭一时的意气，并没有细想，他们不是一个民族吗？为什么他们不能和平相处呢？为什么他们要替外人打仗，做外人的奴隶呢？第二个人又出来说：他们住的地方本来很富足，他们本来可以很快乐，但是忽然来了外来者，他们的国家不能保护人民。第一队接唱，人生的幸福不是平均分配的。他们有肥美的田地，敌人有锋利的刀枪，所以结果他们就被征服了。

  在这个时候，忽然门开，皇后同她两个儿子上场。两支歌舞队同声欢迎她，向她敬礼。先后称赞母亲在儿子中间，是人世上最美丽庄严的景象。皇后给两弟兄调和，两弟兄似乎都不愿意，歌舞队表示战争与和平现在还很难说，但是他们都是准备好了的，要打立刻就可以打。皇后劝大家，说了许多不要进行战争的话。歌舞队立刻就称赞皇后头脑清楚，把人生看得透彻，他们的奋斗是盲目的，无意义的。皇后再劝两人，强迫两人握手，但是两人都看着地下，歌舞队也帮着劝他们息兵。表示假如他们两兄弟答应，他们毫无问题，因他们是臣下，他们必定服从。

  皇后看见劝不转，失望地退下了。歌舞队再劝他们两人息兵。童漫鹿和童泽沙两人经过一番很长的对话，终于讲和了。歌舞队看见弟兄讲和，他们也跟着讲和。

他们刚和好，一个使臣走来对童泽沙说，他要探访的女人现在已经有消息了。童漫鹿看见他弟弟高兴的样子，就对他的歌舞队说，他弟弟一定得到了好消息。童泽沙回头对哥哥道歉，说他要走，并且要告诉他原因，他哥哥却挡着让他不必说。童泽沙就对歌舞队正式宣布，他们的战争停止，同他歌舞队一齐出去了。

他走了以后，童漫鹿和他的歌舞队谈话，童漫鹿告诉他们自己恋爱的事情。他有一天打猎，追赶一只白鹿到一个花园的门口，看见一个修女，他对她立刻产生了最热烈的情感。后来他去探访，知道她还不是修女，她不过是从小寄养在修道院里。只有一个老头知道她的身世，但是这个老头前不久来告诉她，说她的母亲要接她回去。正在要接她回去的前一个晚上，童漫鹿就派人把她抢到麦森纳，安置在一个花园里。童漫鹿命令歌舞队替他赶快静心地准备，他好去迎接这个女子，同她结婚。他出去后，歌舞队互相谈话，起初高兴和平，但是后来他们对于和平却又表示忧虑，因为世界上有一些罪恶是不能忘记、不能饶恕的。童漫鹿这次在修道院去抢人，这已经是一件很大的罪过，加上他的父母的婚姻也是不正经的，所以早该遭天谴。他们两兄弟，从小就互相争斗，这中间不是没有原因。但是歌舞队决定不再多话，看复仇之神怎样处理。以上第一幕就算完了。

席勒原本照希腊的悲剧是不分幕的，但实际上拿来布景的更换和剧情的进展来说，仍然是五幕剧。

第二幕布景在一个花园里边，悲剧的女主角伯亚翠丝，不安静地走来走去，等候她的情人童漫鹿。后来听见声音，她跑去一看，却不是童漫鹿。进来的人是童泽沙和他的歌舞队。童泽沙对她表示爱意，说他自从上次看见她一面后，白昼夜晚都在想她。好不容易今天才把她探访出来。在这里我们第一次明白，他们两弟兄恋爱的对象原来是同一个女子。童泽沙告诉她自己的名姓，说他是麦森纳最高的首领。他不问她的身世，他只爱她本身，要她做皇后。他吩咐他的歌舞队要尊敬她，看守她，他一会儿就回来要迎娶她。他走了以后，歌舞队对伯亚翠丝说了许多称赞庆贺的话。但是伯亚翠丝心中只充满了忧愁惊恐，因为她早听说童泽沙两弟兄是死对头，成天争斗，歌舞队又极力安慰她，说童泽沙是最好的君主，又说童泽沙最幸福，得到了这样美丽的女人，他们要好好替他看护。

第三幕发生在宫廷的里边。皇后和童漫鹿、童泽沙两弟兄在一块儿。皇后很高兴他们能和好，告诉他们，他们还有一个妹妹。从前虽然名义上说已经死了，实际上并没有死，原因是他们的父亲曾经梦见，从他的床上生了两株桂树，枝条交互、连理，中间又生了一株水仙。忽然水仙变成烈火，把桂树枝干焚烧，一会儿整个房子都着火了。他醒了去问一位阿拉伯的预言家，预言家说，他将有一个女孩。因为这个女孩的关系，他的两个儿子不得善终，血统因此绝灭。后来皇后果然生了一个女孩，国王叫人把她丢到海里，但是皇后却靠一个仆人的帮忙，把这个女儿偷着寄养在一个修道院里。现在国王死了，童漫鹿、童泽沙两弟兄又和好了，皇后已经派人去把女儿接回来。

两弟兄听见都很高兴，借这一个机会，他们先后告诉皇后他们已经快要结婚。皇后更喜欢，因为她不但可以得重见女儿，而且还可以得两个媳妇。

一会儿，皇后的仆人回来，告诉她公主已经被人抢去了。皇后听了焦急万分，不顾他们弟兄的询问，催他们立刻去救他们的妹妹。两人心中虽然有点害怕，但是还不敢确定，他们的命运就这样多舛。

第四幕又回到伯亚翠丝暂住的花园。童漫鹿的歌舞队到花园去迎接新妇，发现了童泽沙的歌舞队，双方起了冲突。正在难解难分的时候，童漫鹿进来，把他们喝住。伯亚翠丝就像惊惧的小鸟投入他的怀中，叫他赶快同她逃走。童漫鹿劝她不用害怕，因为他实际上并不是上次告诉她的那个武士，乃是麦森纳国王的儿子童漫鹿，有他在谁也不敢来欺负她。伯亚翠丝听见连声叫苦，知道刚才来的就是她爱人的弟弟。

童泽沙来了。看见伯亚翠丝在他哥哥的怀中，以为童漫鹿欺骗了他，夺了他的爱人，抽出剑来就把他刺杀了。第二支歌舞队，连声叫复仇，第一支歌舞队又准备保护。童泽沙下场，第一支歌舞队也把昏死了的伯亚翠丝抬了出去。以后就是第二支歌舞队对童漫鹿死尸长篇的悲悼。一方面叹息他遭逢的不幸，一方面又诅咒他的仇人，希望复仇之神永远跟着那个人，永远不让他精神上有片刻的休息。

第五幕仍然是在第一幕的宫殿里，皇后正在等候她两个儿子回来。后来第一支歌舞队把伯亚翠丝抬回来，说是童泽沙送来的，皇后看见女儿回来，心中方才放下，以为童泽沙把妹妹救回来了。她告诉伯亚翠丝，她原来是麦纳森的皇后，伯亚翠丝惊骇狂叫，她现在才知道她的两个爱人就是她的哥哥。接着第二支歌舞队又把童漫鹿的尸首抬进来了，皇后抚尸大恸，第二支歌舞队也随声发出长篇的哀歌。

童泽沙进来，经过一些问答，发现伯亚翠丝就是他的妹妹，心中也充满说不出来的悲痛。皇后因为他杀了童漫鹿而气走了，伯亚翠丝也不原谅他。他最后的希望已经断绝，决心自杀，但是歌舞队却极力安慰他，劝他打消这个可怕的念头。经过长篇问答之后，他的母亲和妹妹，此时也想转了，都回来安慰他，劝他不要自杀。起初他不答应，后来他已经答应了，歌舞队也表示高兴了，但是一转念，他又觉得自己是一个凶手，他母亲和妹妹，世界上一切的人，以后永远都要把他当作凶手看待，他精神上永远不得安宁，他终于自杀了。幕终的时候，歌舞队这样唱：

> 我惊骇地站在这儿，
> 不知道应该惋悼还是应该赞美他的命运。
> 但是有一点我感觉认识得显明：

> 生命不是最高的幸福，
> 罪过乃是最大的坏处。[1]

7 《麦森纳》悲剧歌舞队的特点

现在我们回头来看一看，席勒《麦森纳》悲剧歌舞队有什么特点。

首先要注意的，就是这一个悲剧中的歌舞队是演员的一部分，而且同全剧的结构和剧情的发展有最密切的关系。它不像文艺复兴时代和辛力卡悲剧中的歌舞队，只在两幕中间上台，歌舞队的队员大部分的时间都在台上。他虽然用两个歌舞队，但是两个歌舞队都是两位王子极自然的侍从，并不是从神话里边或者道德观念上勉强凑成的人物。并且两个歌舞队在精神方面仍然是一个理想的人物。[2] 他们有时候出现在台外，有时候出现在别的地方，但是这都同剧情有密切的关系，[3] 他们讲话和行动都不是随便瞎讲，都有重要的意义。我们不能够把《麦森纳》悲剧中的歌舞队，看成像格锐甫渥斯悲剧中的歌舞队一样，随便搬到旁的悲剧里去。因为这样一来，不但在旁的悲剧里毫无意义，而且《麦森纳》的悲剧立刻就要受最严重的损失。

其次，我们要注意的，就是《麦森纳》悲剧中的歌舞队常常发出一种道德的教训，使观众在惊涛骇浪中得到一种艺术上最高尚的、美

1　Erschüttert steh' ich, weiss nicht, ob ich ihn
　　Bejammern oder preisen soll sein Los,
　　Dies eine fühl' ich und erkenn' es klar:
　　Das Leben ist der Güter höchstes nicht,
　　Der bel grösstes ist die Schuld.
2　Schiller: Über den Gebrauch des Chors in der Tragödie. Die letzte Seite.
3　ibid.

丽的安静，在复杂紊乱的事变中悟出人生的真理。它提醒我们，启示我们，教训我们，然而一切的意见又是针对剧中的情节而发表，使我们不觉得它累赘，只觉得它自然；不觉得它抽象，只觉得它具体。如收场的两句："生命不是最高的幸福，罪过乃是最大的坏处。"这当然是全剧的中心思想。正是针对剧中的事实而发。席勒想教训我们，一个人犯了罪过，良心永远要责备他自己，他精神上不能有片刻的安宁，除非他摧残了他自己，否则他无法洗净自己的罪恶。剧中的英雄童泽沙，在盛怒之下不问青红皂白，把他的哥哥刺杀了，这当然是他的罪过。他不能不负道德上的责任，因为他完全可以不必这样荒唐。他的哥哥童漫鹿为了爱一个女子，居然不顾一切，派人到修道院里去抢人，这当然是做了犯天怒的事情，以当时宗教的眼光来说，也确是一种很大的罪过。所以在他们俩兄弟刚刚讲和的时候，一切的事体好像都很光明，然而歌舞队因为童漫鹿犯了这种罪过，并且因为他们的父母从前犯了罪过，所以对于他们暂时的和平反而抱着无限的忧虑了。

> 不但海上的船舟，
> 经不起波浪的叫号，
> 就是陆上的宫殿，
> 也受不了命运的动摇。
> 新的和平给我新的忧心，
> 对它我不能完全相信，
> 就好像在火山的石上，
> 不建筑我的茅亭。
> 因为仇恨已经深入人心，
> 严重事实已经发生，
> 没有法子可以饶恕，
> 没有法子可以忘情。

现在我还没有看见结果，

我已经做了惊人的噩梦。

我当然不敢预言，

这个秘密可令我心痛，

这一个不幸福的联盟，

这一种不正当的爱情，

这一番修道院的劫婚。

因为君子喜欢正直的路程，

坏的种子会有坏的果实发生。[1]

后来童泽沙杀了他哥哥以后，歌舞队一方面哀悼他哥哥不幸的死亡，一方面也诅咒凶手的命运。并且说明，一个人犯了罪，一定不会

1　Abet nicht bloss im Wellenreiche.
　　Auf der wogenden Meeresflut.
　　Auch auf der Erde, so fest sie ruht.
　　Auf den ewigen, alten Säulen.
　　Wanket des Glück und will nicht weilen.
　　Sorge gibt mir dieser neue Frieden.
　　Und nicht fröhlich mag ich ihm vertrauen.
　　Auf der Lava, die der Berg gechieden,
　　Möcht' ich nimmer meine Hütte bauen.
　　Denn zu tief schon hat der Hass gefressen.
　　Und zu schwere Taten sind geschehn.
　　Die sich nie vergeben und vergessen;
　　Noch hab' ich das Ende nicht gesehn.
　　Und mich schrecken ahnungsvolle Träume.
　　Nicht Wahrsagung reden soll mein Mund.
　　Aber sehr missfällt mir dies Geheime.
　　Dieser segenloser Bund.
　　Diese lichtscheu krummen Liebespfade.
　　Denn das Gute liebt sich das Gerade.
　　 Dieses Klosterraubs verwegne Tat;
　　 Böse Früchte trägt böse Saat.

有好结果的。

再次，我们不能不注意的，就是这个悲剧里边的歌舞队，不单是演员的一部分，不单是给我们道德的教训，同时它有时还使剧中的情节因此更加紧张，观众已得的印象因此更加浓厚。如童泽沙把童漫鹿杀了以后，歌舞队深沉的悲哀，不但保持观众已得的悲哀印象，而且还使他们已得的悲哀印象更加浓厚。第五幕里歌舞队把童漫鹿的尸首抬进宫殿来，使皇后看见她儿子的惨死。后来童泽沙决心要自杀，歌舞队又再三劝他。这些地方都因为歌舞队的关系，使观众的情绪紧张，增加了不少戏剧的成分。席勒是一位戏剧的天才，虽然歌舞队的性质本来只是抒情的，一到席勒手里，有好些地方，他也不知不觉地把它变成戏剧的一部分。不过因为歌舞队大部分的时间仍然是在旁观的地位，又因为他们不断地给我们全人生的启示，所以使我们对剧中的情节仍然保持相当的距离，达到席勒理想艺术的境界。

最后，我们不能不注意的就是席勒《麦森纳》悲剧的歌舞队，具有从希腊以来悲剧歌舞队一切的长处，同时却免去了它一切的坏处。从希腊以来，悲剧中的歌舞队，有些什么长处呢？大约不外下列几种。

（1）歌舞队是同情的观众，或者是理想的观众。它是演员和观众中的一个连锁。一方面，它以旁观者的地位来给观众解释戏剧的意义，使观众能够明白地欣赏；另一方面，它告诉演员观众的意见，使悲剧的英雄有反省的机会。

（2）歌舞队给我们道德的教训、人生的真理，使我们从具体到抽象，从单独到全体，从个别到普通，从现实到意义。有了歌舞队，我们不但观察人生，还能够了解人生。

（3）歌舞队给观众对于戏剧一种相当的距离。因为歌舞队以旁观者的地位，不断地提醒我们，教训我们，所以使我们一方面欣赏戏剧，另一方面又时时刻刻都能够超脱戏剧本身。我们的精神因此有绝对的自由。我们的欣赏，不是盲目的欣赏，而是自觉的欣赏。这一种自觉的心情与自然主义者的戏剧所努力的方向恰好相反。

（4）歌舞队是演员的一部分，它能够帮助戏剧的发展，成了戏剧里面不可少的人物。

（5）歌舞队能够保持观众已得的感情，并且使他们已得的感情更加浓厚。

（6）在舞台的技术上来说，歌舞队是悲剧英雄的信托人，有许多的话，悲剧的主人翁不能对同剧的人说，不能直接对观众说，但是对于歌舞队却可以尽情发表。因此观众可以彻底明了剧中主人翁心中的酸甜苦辣，一切他不可告人的苦衷。

（7）歌舞队有音乐和跳舞两种美化的成分，因此它能够使悲剧美化。因为经过了美化的过程，所以我们对于悲剧可以发生悲哀的感情，而不至于发生悲哀的感伤。无论悲剧主人翁的遭际如何不幸，无论人生如何凄惨，我们对于生活不会绝望。这一点和上文第三点，歌舞队给我们对于悲剧相当的距离可以互相阐明。

以上这 7 种长处，我们分析《麦森纳》悲剧的歌舞队，认为它都能够包含，因为它是同情的观众；它给道德的教训；它使我们对于悲剧有了相当的距离，同时它又是演员的一部分；它保持浓厚观众的感情；它是悲剧英雄的信托人；最后它有美化的诗词，表演时也曾经有美化的成绩。

至于历来悲剧歌舞队的坏处，它免去了的又是什么呢？

（1）歌舞队不是演员的一部分，同戏剧结构没有不可分离的关系。

（2）歌舞队的人物是道德的象征、神话的鬼神，不是实际生活中有血有肉有灵魂的人物。

（3）歌舞队发表道德的教训太普通，同悲剧发生的事情没有直接的关系。

（4）歌舞队出台的时候，不在剧中，而在幕的前后，所以会扰乱观众对戏剧的印象。

这 4 种坏处，席勒都能够免去，所以《麦森纳》悲剧可以说是欧洲近代悲剧采用歌舞队最完备的悲剧，同时也是用歌舞队最成功的悲剧。

8 对于《麦森纳》悲剧歌舞队的批评

《麦森纳》悲剧表演以后，曾经受到当时普通观众热烈的欢迎。假如戏剧批评家能够像普通观众一样，不顾歌舞队历史的来源，不在理论上去研究它是否存在，只用天真的心情来感受悲剧的力量，那么席勒这部悲剧，在当时柏林、汉堡所受到的欢迎，已经能够证明席勒试验的成功。歌舞队在近代的舞台上面还有它存在的价值了。但是许多的批评家，因为他们历史的知识，造成他们怀疑的态度，虽然观众已经表示了热烈欢迎，但他们还要吹毛求疵来讨论席勒恢复歌舞队的成功与失败。这就是为什么没有一部德国戏剧像《麦森纳》悲剧，因为歌舞队的关系，那样受人欢迎；同时也没有一部德国戏剧像《麦森纳》悲剧，因为歌舞队的关系，那样受人攻击。

席勒自己已经说过，悲剧的作品一定要经过舞台的表演，然后它才能够成为艺术上一个整体的东西。因为悲剧作家只能供给文字，一定要加上音乐和跳舞，文字的生命才能够充分表现出来。[1] 所以《麦森纳》悲剧增加歌舞队的成功，在表演以前，连席勒自己都不敢相信。在他戏剧快写完的时候，他还在怀疑这部悲剧，对于观众会发生什么样的影响。1803 年 1 月 7 日，他写信给葛尔勒："结构自然已经够上戏台了，但是实地描写对于普通的目的，未免太抒情了，凭良心说，对于普通演员的才具，未免太古代了。"[2]

1　Schiller: Über den Gebrauch des Chors in der Tragödie. S.I.
2　Schiller Briefe VII. S.I. Brief an Körner.

但是第一次表演，居然有相当的结果，席勒和歌德都发现《麦森纳》悲剧有存在的价值，同时歌舞队的试验也可以说是成功的。1803年3月28日，席勒再写信给葛尔勒："关于这一部戏中的歌舞队和主要的抒情成分，自然各方面的意见不一致，因为德国观众还有大部分不能够摆脱他们在一个文学作品中自然的散文观念。这仍然是那个旧有的、永远的战争，我们不能够希望解决。在我个人方面，我可以说，在《麦森纳》悲剧的表演中，我第一次得到一个真正悲剧的印象。歌舞队把整个戏剧很巧妙地紧凑连合，一种可怕的严重，贯注了全部的结构。歌德也是这样感觉。他认为，戏台的地面似乎因为这一种现象，提升到更高的境界了。"[1]

接着在汉堡和柏林的表演也非常成功。伊夫南从柏林写信来，告诉席勒，全剧的印象是深刻、高尚及严重的。"歌舞队的歌词，都巧妙地讲出，就像暴风雨一样，降到人间。"[2] 葛尔勒感觉歌舞队提高了戏剧的影响，他还觉得因为歌舞队不同的性格，供给整台戏剧一个丰富的图画。[3] 1803年6月14日，第一次在柏林表演后，一种重要的报纸，对歌舞队的影响十分赞赏。[4]

歌德、伊夫南、葛尔勒和魏玛，以及汉堡、柏林的许多的观众，对于席勒《麦森纳》悲剧中的歌舞队都不觉得奇怪，都觉得它有伟大的影响。但是有好些学者，对于席勒这一番复古却很不满意。黑尔德认为这一部戏中的歌舞队是"一个愚笨的怪物"，浪漫主义者的领袖梯克和奚勒格尔[5]弟兄，对歌舞队和席勒命运的观念进行了严厉的批评。[6]

---

[1] ibid VII. S. 29. ff.

[2] Iffland: Brief an Schiller. den 8. April 1803.

[3] Schiller Briefwechsel mit Körner, herausgegeben von Goedeke, Leipzig.

[4] Die Königliche privilegierte Zeitung von Staats und gelehrten Sachen, den 16. June, 1803. Bellerman: Schillers Dramen, Leipzig, 1908, III. S. 205.

[5] 现通译为：施莱格尔。——编者注

[6] E.W. Helmrich: The History of the chorus in the German Drama. p.66.

还有柏林另外一种报纸，报告1803年6月14日同一场表演，对歌舞队不但不像那位新闻记者那样地称赞，反而说："歌舞队使许多的人自然而然地忍不住大笑，戏演完以后，大家都静静地走开。歌舞队的讲话只能当作开玩笑，不能发生严重的影响。"[1]

尽管黑尔德是很有见识的批评家，然而他也常有错误的时候，如他批评歌德的《葛慈》，说莎士比亚破坏了他，歌德动手写《浮士德》，不敢拿给他看，因为知道他一定会排斥讥诮，那么他对于席勒的创作激烈反对，这也是不足轻重的事情。浪漫主义者根本就不能写戏剧，并且他们对于文学的主张，正是自然主义的另一种极端。自然主义者有真实而无理想，浪漫主义者有理想而无真实，都是席勒所不赞成的，那么他们对席勒应用歌舞队的不满意，我们也尽可以不必深究。至于新闻记者的毁誉，本来也就靠不住。现在对于同一晚上的表演，报告却如此矛盾，我们更不能评判他们说的话多少价值了。

批评《麦森纳》悲剧中歌舞队最重要的是洪博特[2]，他反对歌舞队有两个很重要的理由[3]。第一个理由是，《麦森纳》悲剧中的歌舞队不应该是童漫鹿和童泽沙的侍从。因为他们是两个王子的侍从，那么他们各为其主，对于剧中的情节各有各的立场，各有各的兴趣。因此就不能处在旁观的地位。他们自己既然处处受感情的支配，对于人事就不能清楚认识。换言之，就是他们成了演员中的一部分，所以不能给我们对戏剧相当的距离，因此不能尽理想观众指点人生真理的责任。第二个理由是，他不满意席勒把歌舞队分成两队，因为两队的立场不同，所以他们的意见不能一致。但是歌舞队本来的职责，是要告诉我们宇宙人生的真理和道德的教训，在这种地方，歌舞队不能够分裂，一分

---

1 Berliner Nachrichrichten von Staats und gelehrten Sachen.den 16. Juni 1830. Bellerman: Schillers Dramen, Leipzig, 1908. Bd. III.S.205.
2 现通译为：洪堡。——编者注
3 Briefwechsel zwischen Schiller und Wilhelm von Humboldt, herangsegeben von A. Leitzmann, Stuttgart, 1900. S.309. ff.

裂就会失掉了原来的意义。

洪博特反对席勒歌舞队的两个理由，粗看好像中肯，细看却是错误。第一，《麦森纳悲剧》中的歌舞队，虽然是两个王子的侍从，各人有各人的立场，但是一谈到世界人生的真理，他们还是能够清楚认识，如上文所引："生命不是最高的幸福，罪过乃是最大的坏处。"又如："不但海上的船舟，经不起波浪的叫号，就是陆地上的宫殿，也受不了命运的动摇。"又如："因为君子喜欢正直的路程，坏的种子会有坏的果实发生。"像这一类的话在悲剧中真是数不胜数。歌舞队何尝受感情的支配，又何尝因为他们的立场，就不能尽指点人生真理的责任呢？如果照洪博特的主张，那么悲剧中的歌舞队一定要同剧情没有关系的人物，那么结果恐怕又会像辛力卡，格锐甫渥斯那样，把一些神话上的人物，道德上的象征，来组织歌舞队，他们对于戏剧上的阻碍，我们在历史上已经早就明白，席勒为什么一定要再去蹈他们的覆辙呢？

第二，歌舞队分成两队，席勒已经有最好的说明。他说："我把歌舞队分成两部，并且自身互相冲突，但是这只是在他们像实际的人物，像盲目的群众共同行动的时候，才是这样。在他们作歌舞队，作理想的人物的时候，他们永远都是整个不能分离的。"[1] 这就是说，席勒这一部悲剧中的歌舞队，在不同的时候，有不同的功用。有时候他们是实际的人物、盲目的群众，在这种时候，他们完全是演员之一，戏剧的进展，绝对少不了他们。但是在另外一个时候他们是理想的人物，他们完全以旁观者的地位，来指点宇宙的原理，人生的真义，道德的教训。前一种功用，歌舞队可以说是戏剧的；后一种功用，歌舞队可以说是抒情的。在发挥戏剧功用的时候，歌舞队不但分成两部，简直是平常的演员；在发挥抒情功用的时候，歌舞队不但合而为一，简直是理想的观众。这种双重的作用，洪博特没有明了，所以他产生上面那

---

[1] Schiller: Über den Gebrauch des Chors in der Tragödie, die letzte Seite.

两个疑问。

也许别人可以攻击歌舞队这种双重的作用，不是希腊原来的精神，席勒的复古可以说是失败。关于这一点，我们可以分做三层来讲：第一层，席勒的主要目的并不是完全仿效希腊。世界上任何一流的文学，都是创造，而不是仿效。席勒的目的，是要想用希腊悲剧家自己的形式，来同他们较量高下，既然要较量高下，那么当然自己须得随意增减，才能够表示出自己的特点来。假如席勒写一部悲剧，完全与希腊的相同，一丝不差，那么他顶多是"赶上"，哪能够"超过"希腊悲剧家呢？1803年5月2日，席勒曾经写信给伯克尔："《麦森纳》悲剧当然不合时代的嗜好，但是我不能够抑制我自己，用古代悲剧家自己的形式，来同他们较量较量，同时试验试验古代歌舞队的影响。"[1] 同年4月2日，他写信给伊夫南，也说他大半想着自己，很少想着观众。[2] 席勒既然想着自己，既然要和希腊悲剧家较量较量，那么他创造的歌舞队，不同希腊歌舞队完全一样，对于席勒的伟大，又有什么伤害呢？

再进一层，希腊的歌舞队最初的起源，本来是抒情的，自从它由抒情的赞歌，变而为戏剧的形式，它早已经渐渐地加上了戏剧的成分。就在希腊的悲剧里边，歌舞队和悲剧英雄一问一答之间，早已经不全是抒情的赞歌，而包含有戏剧的意味。除非我们把歌舞队完全用神话的人物、道德的象征来组织。那么，它们既是人类，自然不能不有它们的立场，并且就算他们完全没有人类的立场，然而他们至少在对话之间，已经有了戏剧作用，要是完全没有戏剧作用，那么他们在戏台上存在的可能性，又成了问题。这是歌舞队在戏剧中间本身的矛盾，就是希腊的悲剧已经不能解决，我们怎么能够责备席勒给歌舞队戏剧和抒情的双重作用呢？席勒是戏剧的天才，他对戏剧有超出理论的直觉。就像沙弗克利斯在奥帝蒲斯里边，把歌舞队利用到最完美的

1　Schillers Briefe VII. S.37 Brief an Becker.
2　ibid VIII. S. 34. Brief an Iffland.

地步来发生悲剧最高的印象，席勒在《麦森纳》悲剧里也把歌舞队改革到最适当的地步，来达到他艺术上最高的要求。席勒既然是戏剧家，他自然知道，要搬上一群人物上舞台，这一群人物，就绝对不能没有他们戏剧的作用。虽然说这一群人在戏剧作用之外，还有抒情的目标，但是他们在舞台上，总得要多少做一点与戏剧有关的事情。这一种不可调和的矛盾，也只能用矛盾的方法来解决它。我们只消看，历来用歌舞队的悲剧家在舞台上的失败，席勒这一次的改革，居然能够获得许多观众的喝彩，就连歌德、伊夫南都对此产生了很好的印象，我们就知道席勒的戏剧天才是如何地伟大，同时他对这个矛盾问题的解决，是如何地成功了。

还有一层，席勒在《麦森纳》悲剧中增加歌舞队，他的目的不仅仅在恢复歌舞队，他还要借恢复歌舞队来阐明艺术的真理，替戏剧界反对自然主义，来提倡他的古典主义。他想利用歌舞队的存在来证明：一种最高的艺术是理想与真实的调和，是理想同时又不仅是理想，是真实同时又超真实。理想是艺术的灵魂，真实是艺术的躯体，灵魂和躯体缺一不可。自然主义和浪漫主义，都只得之一方面，古典主义才得之全部的和谐。不过因为浪漫主义者没有写戏剧的能力，所以谈到戏剧，席勒只以自然主义为对象来尽情攻击罢了。席勒介绍歌舞队的目的，既然是醉翁之意不在酒，那么我们所应该讨论的还不仅是歌舞队是否应该存在的问题，而是席勒艺术的理论是否正确的问题。

要解决这一个问题，我们得追溯席勒艺术论最后的根据。

9 席勒艺术论最后的根据

德国的民族性，即对一个问题总喜欢做一个根本的研究，所以哲学思想，在德国无论哪一种知识、哪一种人物中，都很普遍。在别的国家，艺术家、文学家往往不愿意同哲学发生任何的关系，在德国艺术家、文学家却大半殚精竭力，想在哲学上面去建筑他们创造的基础。我们都知道歌德受过斯宾诺沙的影响，浪漫主义者逃不出理想主义的潮流，就连赫伯尔，别人都说他有形而上学的疾病。[1] 克乃斯蒂同康德哲学也结了不解缘。像这样的文学和哲学的关系，在德国文学史上真是最普遍的事情。所以要研究德国文学而不懂得德国哲学，那简直是笑话。

席勒曾经受过康德哲学最深刻的影响，他是最初少数崇拜康德并认识他哲学意义的人，后来康德的道德哲学成了他艺术思想中心的基础。

康德是欧洲第一个哲学家，怀疑人类是否有认识上帝世界的本事，把哲学的中心从上帝世界恢复到人类的本身。结果他发现，人类的智识是优先的，上帝和世界的存在问题，不是人类能够解决的。人类可以从道德的要求上"相信"上帝，但是他没有权利说他"知道"上帝；人类可以在智识活动里知道物的"现象"，但是他没有资格说他知道物体的"本身"。这样康德把整个的宇宙人生，分成永远不可以调和的二元论。现象和本体，智识和信仰，都分别独立，各不相能。

康德全部哲学的基础在"人类"，全部哲学最重要的问题是道德问题，道德哲学就是康德最重要的哲学。康德的人格严厉锋峻，所以他的道德哲学也满布了严厉锋峻的色彩。他发现道德的目标和人类的欲望，永远立在相反的地位。就好像在宗教方面，智识一定要给信仰让出地盘；在道德方面，康德也认为一定要压制欲望，道德才有发展的机会。这样压制人类的欲望来将就道德的发展，从康德严厉的人格看来，尽管认为必要，但在席勒看来，虽然别的地方承受了康德的哲学，

---

[1] 参照陈铨：《赫伯尔〈玛利亚〉悲剧序诗解》，《清华学报》第12卷，第1期。

在这一点上却感觉不十分自然。

席勒以为人类的道德行为，不应该是强迫的，应该是自然的。道德不应当强迫人类去顺从它的范围，人类应该甘心愿意，自己走进道德的范围。这样人类才有精神上的自由，才算是真正的道德。但是要使人类自然而然、高高兴兴去实行道德，而同时又不自己觉得他在实行道德。他一方面服从道德的规律，一方面又觉得他有一种精神上的自由；一方面受到一种束缚，一方面又感觉不到这是一种束缚。要达到这一种境界，一定要靠教育的力量。教育家应该要能够给人类一种训练，使他潜移默化养成一种道德上的习惯，使他以后一切道德的行动都很自然。这样的教育，就是席勒理想的教育。但是要达到这种教育，一定需要一种新式的教育。这一种新式的教育，席勒叫作"艺术"教育。[1]

艺术是一种游戏，席勒发现在游戏里边，人类一方面严格地服从规律，而另一方面又不觉得规律的束缚。他们的精神是自由的，不是勉强的；是快乐的，不是痛苦的。他们心甘情愿去维持一切的纪律，他们并不感觉到有任何外界的力量来压迫他们。这一种境界，席勒认为是道德最高的境界，同时也是艺术最高的境界。

席勒决不反对艺术是一种娱乐，席勒也绝不反对艺术应该教育人类。从娱乐中养成人类道德的习惯，从艺术中达到教育的目标，席勒认为这是最自然而且最有效的事情。席勒是欧洲第一个人，把"艺术"和"教育"四个字放在一块儿，创造出"艺术教育"这样一个新口号。他的艺术教育，一方面减少了康德道德哲学的严厉性，一方面替欧洲近代的教育开辟了一条新的路子。

艺术在各种形式中最受人欢迎的莫过于戏剧。影响人最大的也莫过于戏剧，教育家不应当仅仅在学校的讲台上去谈道德，因为他在那

---

[1] Vgl. Schiller: Über aesthetische Erziehung des Menschen.

儿谈道德，也不过让学生多一种催眠的资料，最好谈道德的地方，就是戏院。戏台上怎样谈道德，同时又不失去一般人渴望的娱乐，这就是教育家的问题。席勒曾经十分努力，想把戏院变成一种道德教育的场所。[1] 席勒的目的如果真正达到，那完全可以替教育界开一个新的局面。

席勒也像康德一样，平生最开心的就是人类道德教育的问题。席勒的心目中认为，假如一部戏剧完全为了肤浅的娱乐，没有丝毫道德教育的作用，就不能算是最高的戏剧。但是一般人在看戏的时候，往往因为"幻景"的关系，把剧台上的情节暂时当成真的，但是戏一结束，他们重回到实际人生，戏剧中一切的情节对他们也就无关紧要了。这样一来，戏剧家一切的努力，岂不是"可怜、无益、费精神"吗？席勒以为戏剧家应该打破"幻景"的观念，使观众一方面觉得剧中情节是真实的，另一方面又能够保持自己精神的自由，超出真实，明了人生的意义，道德的理想。所以艺术应该是真实与理想、人生与道德的总和。观众在看戏的时候，应当能够从具体个人复杂紊乱的人生现象中间，达到抽象、普通、简单、有条理的道德原理。

这就是席勒理想的艺术，也就是席勒理想的道德教育。就是因为要达到这个艺术教育最高尚的目标，所以席勒想借悲剧的歌舞队，来完成悲剧对人类最伟大的使命。

席勒这一番试验，我们看见已经取得相当的成功，就算有一部分人发现了席勒悲剧里歌舞队的任何的弱点，对他有所批评攻击，那他尽可以换一种另外的方式来达到席勒理想艺术教育的目标，只要能够达到这一个理想艺术教育的目标，就可以替人类造最大的幸福，替艺术界奠定一个伟大的基础，至于歌舞队是否应该在悲剧中间存在，倒成了无关紧要的问题了。

1　Schiller: Über das Theater als moralische Anstalt.

10 结论

大凡世界上一流文学家,都有他自己特别的人生观,这一种人生观是他个性的发展,思想的结晶,艺术创作的基础。他精神上一切的活动,都有它的来龙去脉,研究文学史的人,如果不抓住他这一点,那么对他生活和著作中许多的现象,都不能明了。从前的文学史家,往往把文人的生活和文人的作品完全分开,一位文人的作品可以独立存在,把它当成工厂机械的出品,而不把它看作精神的活动。所以他们只想努力建设一些文学上的标准来批评,他们从不想就作家的人生观来了解他精神上活动的现象。结果只在标准建设的问题上面,引起许多无谓的纷争,文学史的研究,始终不能跳出这一条走不通的思路。

最近文学史家受了人生哲学的洗礼,才发现精神科学研究的方法。狄尔泰的《生活与文学》,龚朵尔夫的《歌德》,伯耳嘉的《尼采》,在精神研究方面开一个新纪元。[1] 他们对一个作家,不用外界强力的标准来批评他,只就他内心的成长变化来了解他。因为他们把作家看成一个整体,所以他们往往能够在一个范围本来很小的问题中,研究了解最严重的现象。如从歌德《浮士德》(上部)的表演问题,可以明了少年歌德整个内心的发展;从对莎士比亚《哈孟雷特》的解释,可以探讨莎士比亚对宇宙人生的态度;从灯影戏的人物剧本,可以研究中国文化的特点;从德国人对中国文学的态度,可以知道中德民族精神生活的变迁;从罗发利斯[2]的作品风格,可以悟到德国浪漫主义运动的真

---

1 Wilhelm Diltley: Erlebnis und Dichtung.
  Friedrich Gundolf: Goethe.
  Bertram: Nietzsche.
2 现通译为:诺瓦利斯。——编者注

义。[1]因为精神是人类世界一切现象的泉源。文学的创作，也是精神自身的实现。文学史家的任务，就是要想法子把这一种精神自身实现的过程明白表示出来。

本文从席勒《麦森纳》悲剧歌舞队出发，反溯欧洲戏剧中歌舞队的起源和演变，再看德国戏剧中歌舞队发展的情形，进而研究席勒重新恢复歌舞队的理论和他的理论对于欧洲戏剧的意义。又从他歌舞队在《麦森纳》悲剧中实际的应用，来研究这一种歌舞队的特点。最后从哲学方面，找出席勒要建设歌舞队理论最后的根据，我们明白了席勒是要借歌舞队的恢复，来达到他艺术教育的目标。这样，席勒根本对于人生世界的态度，哲学的立场，我们也可以有相当的了解了。

要指出的，虽然自从19世纪以来经过自然主义的运动，歌舞队逐渐在欧洲戏剧里面消失，但是欧洲的舞台上面，仍然不断有歌舞队的表演，这一种歌舞队，或者取了一种变换的形式，或者就是古代戏剧的重演。最近二三十年来，欧洲的戏剧，因为自然主义的衰落，新浪漫主义、象征主义、表现主义的勃兴，抒情的成分与歌唱的成分已渐渐融入话剧中来。至于中国的新剧，当然还在极幼稚的时代，但是特别值得人们注意的就是近人曹禺的戏剧《日出》里，[2]工人筑地基的唱歌表演，虽然没有上台，然而也富于提醒、启示、象征的意义，其实也就是欧洲戏剧中歌舞队的变相。

（原载1937年4月《清华学报》第12卷，第2期）

---

1 参照陈铨：《歌德〈浮士德〉（上部）的表演问题》，《清华学报》第11卷，第4期。
　陈铨：《十九世纪德国文学批评家对于〈哈孟雷特〉的解释》，《清华学报》第9卷，第4期。
　陈铨：Jacob und Jensen: Das chinesische Schattentheater，《清华学报》第10卷，第1期。
　陈铨：《中德文学研究》，1936年，商务印书馆。
　陈铨：《评冯至 Die Analogie von Natur und Geist als Stilprinzip in Novalis' Dichtung》，《清华学报》第11卷，第1期。
2 曹禺：《日出》，1936年，上海文化生活出版社。

狂飙时代的席勒

1

18世纪后叶的狂飙运动,是德国民族历史上一件极重要的事情。虽然最初发起的是一批文人,但它的影响是在整个民族文化的各方面,都建立了划时代的陈迹。德国民族之所以为德国民族,狂飙运动替它奠下了深厚的根基。一直到现在,德国人的思想性格,都还处处表现着狂飙时代的特色。

在《战国策》第十三期《狂飙时代的德国文学》,我已经把这个运动的特点和当时一些代表作家和代表作品简略介绍了。然而在这个运动中,还有两个最伟大的作家,也就是德国文学史上最伟大的两个人物,我还没有仔细谈到。

大凡历史上伟大的人物,对于时代的进展,往往有双重的作用。他们一方面反映时代,一方面创造时代。这就是说,一方面,时代到了紧要的关头,一般人都感觉需要一种新的人生观,新的世界观,新的文化。伟大的人物,眼光见识比别人深远,感觉比别人敏锐,表现的力量比别人伟大,时代一变动,新的时代精神立刻就可以从他们的生活作品中,鲜明地表现出来。在另外一方面,有许多问题,一般的人,还没有明白地认识,他们的心灵上就已经首先感觉了,把问题的严重性指示给世界,替世界开辟一条新的路径。中国话说,"时势造英雄,英雄造时势",充分地说明这一种双重的作用。

歌德和席勒,都是欧洲文学史上不世出的天才。在狂飙运动中,他们的著作风行一时,他们的人格成了当时德国千万青年的榜样。他们对于狂飙时代有什么反映，有什么创造呢？狂飙运动，对他们的生活上面发生了什么影响，对于这一个大时代的转变，他们取一种什么态度呢？

歌德和席勒，都是德国文学世上一流的作家，然而两人的性格却截然不同。比较来说，歌德是"世界诗人"，他的眼光常常都注意全人类的发展，他问题的对象是整个世界和人生。所以歌德很早就享有了国际声誉，一直到现在，其他各国的人也比较容易了解他，崇拜他。而席勒是"民族诗人"，他的作品比较多地含地方性，他充分发挥德国民族的精神，他有德国民族性格的一切伟大的特点。所以在本国一般人非常赏识他，他同歌德的地位很难分出高下。就在歌德还没有死的时候，德国人已经在讨论歌德和席勒两人谁更伟大的问题，现在德国还有不少的人，对于席勒有更深的敬爱，然而在国外，他的名誉地位，却远不如歌德。

歌德和席勒性格的分别，都有点像中国的李白和杜甫。李白的诗，近三十年来，风行全欧，单是德文的翻译，就已经有十几种，其他零碎散见更不可胜计，著名的诗人如克拉朋、伯特格都以翻译李白的诗而著名；但是杜甫的诗，虽然也有多种翻译，能够欣赏的人就很少了。卫礼贤说："在唐代诗人中，欧洲大家最知道的是李太白，至于在中国，他的位置，同杜甫却常常发生问题。"卫礼贤的话是很对的，中国的确有许多老师、宿儒都特别推尊杜甫，然而他们两人的位置，在外国为什么恰相反呢？这就是因为李太白是"世界诗人"，他的作品大部分以整个世界人生为对象，杜甫是"民族诗人"，如果不彻底了解中国文化的背景，不容易欣赏他艺术的成功。

假如我们承认，席勒是民族诗人，他的作品也地道表现德国民族特殊的性格和文化的背景，那么狂飙运动对于席勒生活和作品的影响，就更值得我们研究了。

2

在狂飙运动高涨的时代，席勒正在学校中受最严格的训练。这一个学校是符腾柏公爵亲手建设的。在1770年，公爵卡尔阿以根集合了一群军官的孩子，在他的一个城堡中开办学校。一切的费用都由他担负，但是入学以后，父母就得把全部责任交给学校。学校的生活完全取军事的形式。吃饭、睡觉、上课、游戏，有一定的时间，服装有一定的样式，课内外阅读有一定的书籍。家长绝对不许来校拜访。校内管理的职员，都是一些军官。学生的举止行动，完全是军人的风度。

这样严厉束缚的教育制度，对于一个天才横溢、热情奔放、爱好自由的青年，当然是不能忍受的。进学校以后，席勒处处感觉压迫。他常常生病，功课也弄不好，特别是数学和法律，他丝毫不感兴趣，他的举动显得呆笨，1775年，刚进学校第一年，席勒差不多是班上最差的学生。

到了第二年，席勒转入医学系，刚开始他还比较有点兴趣，但是他仍然不过是一个平常的学生。在这个时候，狂飙运动经过哈芒、黑尔德、歌德和其他许多人的提倡，已经风行一时。歌德的作品，如《铁手葛慈》和《少年维特之烦恼》，不但大受德国青年的欢迎，而且博得国际上的名誉。这类新出的书籍杂志，在席勒的学校自然是在禁止之列，但是席勒和几个要好的朋友偷偷地组织了一个文学会，设法取得这些书籍，热情地讲读讨论。因为常常讲读文学作品，自己也忍不住效仿。席勒起初作了一些抒情诗，后来他决心尝试写戏剧。

席勒从小就是一个极富感情和想象的人。在学校的时候，他对朋友就是过度的热心。感情一来，就像火山爆裂一样。有一次，他同一个顶好的朋友夏汾希台因发生了误会，就写了一封十几页的长信来解释。信里面说："什么是我们友谊的关系呢？自私自利吗？是轻浮游戏吗？是一种人世的、粗俗的，或者还是一种高尚的、永久的、天国的关系呢？你说！你说！呵，一种像我们建设的友谊，也许可以不朽地存在……就算你，或者我，死了十次，死亡也不应当偷窃我们一点时间！这是怎样一种有光明前途的友谊呀！但是现在！现在！它已经变成什么了？……听着，夏汾希台因！上帝在那儿！上帝听见我和你，唯愿上帝判断！"

信里差不多全是这样激烈的话，而且写得那样长，这可以证明席勒是怎样富于感情。有时他感觉环境和内心的压迫，不免悲观，甚至于愿意死亡。1780年6月，他写信给何汾。何汾的儿子刚死不久。席勒说："有一千次，我嫉妒你的儿子，他正在同死神搏斗，我愿意镇静地抛弃我的生命，就像我到床上去睡觉一样。我的年纪还不到二十岁，但是我可以坦白告诉你，我对世界没有更深的迷惑。想着世界，我没有快乐，几年之前离开学校的那一天，应当是我非常快活的一天，现在也不能再勉强我发生一次微笑了。每走一步，我便老一点，我内心的满足，也失掉得越多；离几年越近，我越愿意我在孩提的时候就死了。"这当然是一个青年人对环境一时不满意的激烈表现，然而这个时间并不是长久的，席勒对于人生始终并没有失掉他的信仰和热情。

戏剧家最需要想象力，席勒的想象力是很丰富的。在学校的时候，席勒极善于模仿别人。有一次公爵叫席勒来模仿公爵自己。席勒起初不肯，后来勉强答应，把公爵的手杖借来，开始模仿他。在仿效的时候，席勒完全忘记了自己，他简直想着自己就是公爵了。他把公爵盘问一顿，公爵有几句答得不好，席勒学公爵的口吻道："呵，你真是一个骗子！"拉着公爵夫人的手臂就走开了。大家看着这种情形，未免啼笑皆非。公爵也没有办法，只好说："好了，把我的太太还我吧！"

在他写《强盗》的时候，想象到剧中人物在紧张场面的时候，席勒忍不住大声叫喊，有时偷偷读几段给朋友听，席勒也尽情表现，不顾一切。

1780年年底,席勒毕业了。他起初以为毕业后可以得着一个独立自由的位置,结果公爵却只派他在军队服务,报酬很少,事务又忙,每天去看病人,每天到上峰那里报告。他必须穿一套军官不像军官、医生不像医生的制服。席勒恨极了,但是无论怎么要求,公爵都不允许他离开。

同时席勒的剧本《强盗》在毕业前早已完成,现在他极力找一个出版的机会。碰了好些钉子以后,他借了些债,自费印发。因为剧本里革命的情绪太激烈,他不敢用真名字。出版以后,立刻传讲一时,有人攻击他,有人称赞他,但是他的力量大家都感觉到了,有一个杂志,甚至于称他为"未来的莎士比亚"。接着曼海蒙戏院又把这部戏搬上舞台,居然获得空前的成功。有个在场的人说:"整个的戏院,就像一座疯人院——观众突着眼睛,握着拳头,跌脚狂叫。不相识的人,哭泣着相互拥抱。妇女们颠颠倒倒地走出大门,差不多快要晕倒。"

这一艺术的伟大成功,给了席勒不少的鼓励,同时却使他对自己的处境更没有忍耐心。他起初还想作博士论文,预备将来做生理学的教授,现在他没有兴趣做下去了。他写了许多的抒情诗,同时又完成他第二部戏剧《斐士葛》[1]。

在《强盗》的第二幕中间,席勒暗设了一部分瑞士的情形。有个瑞士人看了不高兴,要求作者答复。席勒置之不理,这件事体辗转到了公爵面前。公爵把席勒叫来大骂一顿,命令他以后不许再写"喜剧"。席勒写了一封恭敬哀求的信,公爵大怒,说如果席勒再写这样的信,就要逮捕他。席勒逼得没有办法,在1782年9月22日,同一个朋友一起偷偷地逃出了边境。

他好容易逃到曼海蒙,朋友们都大惊失色,劝他写信给公爵,求他饶恕,但是席勒无论如何不肯答应。他很想让第二部剧《斐士葛》

---

[1] 现通译为:《斐耶斯科的谋叛》。——编者注

也得到《强盗》同样的成功，然而戏院经理却不愿意出演。身边的钱快要用完，眼看生活就没了着落。但是席勒是有决心的人，在任何困苦状况之下，他也不和公爵妥协。凑巧这个时候，有个喜欢席勒的老太太，不顾一切危险，欢迎席勒到她家里去住，席勒就去了。

他用假名字躲藏在小村中。他得到许多书籍，用全力进行他的戏剧写作，他的第三部戏剧《阴谋与爱情》，在1783年1月就完成了。他有满腹的牢骚，他发现没有理由可以爱整个的人类。他说："我曾经用最温和的感情去拥抱一半的世界，最后发现我怀中只有一个冷清清的冰块。"

但是不久，这位太太的女儿来了。她年纪还不到十七岁，样子不坏，席勒虽然谈不上爱她，却是很欢迎她。席勒写给她们母女的信里边流露不少的热情。如这样的话："自从你们走后，我好像失了魂魄。要感觉一种伟大生动的快乐，就像望着太阳一样；它仍然在你前，你的脸尽管躲开，你的眼睛完全被微弱的光辉所隐蔽。但是我要非常留心，不要消灭这个舒服的幻象。"

又如："最亲爱的朋友——一个星期过去了，没有你们。这样，十四个星期的一个去掉了。我唯愿时间会极快地过去，一直到五月，以后就可以慢一点过了。"

不过，这种表现，只能证明少年席勒天生具有热烈的情感，根本谈不上真正的恋爱。后来席勒离开这位太太的家庭以后，感情也就渐渐冷淡下去了。

1783年7月，席勒重到曼海蒙，因为那时席勒同公爵的关系没有以前那么紧张。曼海蒙戏院和他订了一年的契约。但是他到曼海蒙以后，一切事体却没有他所想象的那样满意，刚到的时候，曼海蒙的疟疾盛行，席勒好些时候都得忍受痛苦和疾病作战。他第二部戏《斐士葛》的排演，使他费了天大的力量来修改。倒是他第三部戏《阴谋与爱情》，大受一般人的欢迎。然而这本戏的讽刺太尖锐了，当时好些贵族都受不了，设法禁止重演。经济方面，席勒也处处感觉困难。不但以前的旧账没有还清，新赚的钱，因为应酬太大，也不够用。至于情感方面，他也对两个女人先后发生过感情，但是不久都感觉失望。他本来想创造新的戏剧。但是戏院方面越逼迫他，他越没心情写。雇一名戏院作家不能多写戏、快写戏，在戏院老板看来，当然是一件亏本生意。同时席勒自己也因此越是感觉不快。

席勒渐渐明白，假如他要做真正的戏剧家，他绝不能够担任这种不自然的职务。第一年的契约完后，席勒对剧院经理表示，他愿意继续订约一年，他的条件是，他可以在这一年中替剧院创作一部伟大的剧本，同时他还有权利编辑一种戏剧杂志。剧院经理以为席勒已经江郎才尽了，暗示他最好回到医药的职业。那时的席勒真是窘迫极了，要走，一身的烂债，没有法子开销；要留，他同剧院的关系，已经弄到不可挽回的地步。为着戏剧，他会抛弃家庭和职业，然而所得的却是这样的报酬。

在这个时候，席勒忽然想起去年6月，有个同他还不认识的科勒尔和其他三个朋友，曾经自动写信给席勒，对他表示尊敬和友好。席勒相信他们的态度是诚恳的，假如席勒说一句话，他们一定会热心帮助他。席勒写了一封信去，科勒尔立刻从莱布慈寄钱来。席勒把旧账、开销还完，摒弃一切，1785年4月17日，席勒就从曼海蒙到莱布慈了。

从这个时期以后，社会对于席勒的压迫逐渐减少，他的名誉逐渐增高，他的思想逐渐成熟，同时他少年时代的态度也逐渐变更。到1787年，席勒完成他第四部伟大戏剧《唐卡罗》以后，他的狂飙时代的生活就告结束了。许多德国文学史家，甚至拿1787年作为德国狂飙运动的结束。

我们观察席勒狂飙时代的生活，发现席勒是有激烈感情、丰富想象、奋斗精神和艺术天才的青年。他的个性是坚强的，他的行为是纯洁的，他的理想是高尚的，对于旧的社会，不惜鲜明反抗，无论遇到什么危难痛苦，他绝不后悔、妥协、低头。这就是狂飙时代的精神，也就是少年席勒的精神。

3

文学是作者生活的反映，也是时代的反映。从席勒少年时代的作品中，我们可以发现作者对生活和时代的哪些反映呢？

在这一个时期的席勒作品中，最重要的莫过于《强盗》和《阴谋与爱情》。

《强盗》的题材，是写一家兄弟俩，弟弟天生劣性，在父亲面前，说了他哥哥许多坏话；而哥哥因为环境逼迫，去做了强盗的首领。书中的故事，本来是来自叔巴特的一篇小说，情节较为平常。席勒戏剧的特点，倒不在乎剧中的情节，而在乎把剧中主要的人物和整个时代精神，借雄壮伟力的文字来刻画表现。

强盗也能够忠义，这在中外的小说戏剧史上，已经是一种普遍的观念，英国《亚宾胡得》，中国的《水浒传》，都是写一些杀人不眨眼的英雄，同时又都是济困扶危的好汉。但是席勒的《强盗》，和前人描写的强盗根本不同。前人的强盗，不过不满意社会上一部分的现象，席勒的强盗，却满心要把整个制度推翻。剧中的主人翁卡尔莫尔，是一个超群绝类的天才，他有充沛的精力、坚强的意志、不可抑制的感情和无限发展的野心，对于世界、人生，无论政治、社会、经济、法律、文化各方面，都远不能达到他的理想，他立定决心，要打倒一切，摧毁一切，好实现他理想中的世界。

他自己说："我最讨厌这个墨水玷污的世纪。……我得把我的身体压进衣橱，把我的意志束缚在法律中间。……法律从来没有造就一位伟大的人物，但是自由产生伟大和极端。啊，唯愿里尔芒的精神，还在残灰中闪烁！把我放在像我自己这样人的一支军队前面，德国就要变成一个共和国，罗马和斯巴达和它比较，简直是修道院了！"

狂飙时代有两个很重要的基本观念，就是"力量"与"天才"。力量是一切的中心，它破坏一切，建设一切。天才是社会上的领袖，他推动一切，创造一切。然而天才的本身最重要的元素就是力量。天才的表现，实际上就是力量的表现。天才和力量，都是自然，它不能受人为规则的束缚，他也不愿受人为规则的束缚。规则是为平常人设的，不是为天才设的，在天才表现力量的时候，一切规则的桎梏，立刻就被打破了。

狂飙时代天才的观念成了康德美学的基础，力量的观念成了尼采权力意志的中心。康德在美学方面，除了少数基本训练以外，根本反对任何束缚天才的规则，而且再三声明，天才随时可以创造规则。尼采认为权力意志，是人类生存必需的条件。人生的目的，不在求生命的维持，而在求权力的伸张，因为权力意志不能发展，人生就无意义。

席勒《强盗》的主角卡尔莫尔，充分代表狂飙时代的新精神。他喜欢读普鲁塔克的英雄传记，他自己感觉是出类拔萃的天才。他的野心是很大的，他最强烈的权力意志，驱迫着他恨不得把全世界踏平。这一种自尊的精神和征服的意志，可以说一直到现在，还充满着一般德国人的心灵。所以，我们可以说，狂飙运动是造成德国民族之所以为德国民族的最伟大的一个运动。

《强盗》是狂飙运动中整个社会革命的宣言，《阴谋与爱情》是狂飙运动对贵族阶级压迫的反抗。全剧写一名贵族爱上了一个平民的女儿，因为阶级地位的悬绝，一对青年男女，终于成了无辜的牺牲品。

欧洲以前的悲剧，都是拿君王、皇后、贵族来做主人翁，中下阶级的人物，只好做笑剧的对象。在18世纪的初叶，欧洲戏台上鲜有"中产阶级的悲剧"出现。1732年，英国剧作家李罗，写一名伦敦的学徒，因为迷恋一个妓女，抢了主人，杀了叔父，最后被处死刑。他主人的女儿，真心爱他为他心碎了。在序诗里面，作者特意向观众道歉，因为悲剧的主人翁，是一个平常的人：

> 伟大的悲剧之神，
> 喜欢表示皇族的悲情，
> 用庄严华丽的装饰，
> 描写英雄的命运，
> 民族的颠倾。
> 持杖的君王因此熟悉
> 尘世中奇怪变化的情形。
> ……
> 在我们的剧台，
> 你常常看见她，
> 穿起简陋的衣服，
> 只有伟大悲哀的面容。
> 她全凭戏剧家动人的笔调，
> 赢得千万观众晶莹的泪珠
> 这样，鲜明灿烂的宝石
> 代替了庄严华丽的装束。
> 我们的努力
> 要请你们原鉴，
> 赤诚的笔调，
> 叙述私人故事的凄婉。

自从李罗成功以后，欧洲的戏剧界继续产生了许多中产阶级的悲剧。如雷与的《萨亚撤蒙生女士》和《恩迷丽亚加洛蒂》都是成功的作品。但是席勒的作品，不但技术完善，而且充满了反抗的意识。当时一般德国的贵族，都对他们的血统感到非常骄傲，对于一般平民女子，随意引诱，随意抛弃。在这一个剧本中间，席勒代表狂飙运动，对于贵族阶级制度压迫人性、违背自然，加以激烈的抨击。

狂飙时代，本来是对17世纪以来欧洲的光明运动、理智主义根本的革命，所以尊重感情，是狂飙时代最鲜明的特点。席勒在《强盗》中，描写了主人翁奔迸发的激烈感情，在《阴谋与爱情》中，更拿感情来作主题，反抗当时阶级制度的压迫。在两个剧本中，席勒对传统思想、道德、制度、文化，都想加以根本改革。因为席勒代表新时代的新理想，旧时代的一切不但在席勒思想上，同时在他生活上，都压迫得他不能忍受。在生活方面，席勒受尽了学校的束缚与公爵的专制，最后毅然摆脱，奋力闯出一条光明之路。在这一种心情之下，席勒创造的戏剧《强盗》和《阴谋与爱情》，自然成了时代不平的呼声与社会革命的旗帜。

天才是时代的代表，同时也是时代的先锋。天才不但承受，还要领导；不但服从，还要指挥；不但反映，还要创造。那些没有一点自主的能力、创造的本事和革命精神的人，听着别人几句口号，就沾沾自喜，直着脖子狂叫，自命为前进分子，和少年的席勒相去真有天渊之别了。

所以狂飙时代的席勒，不仅是时势创造的英雄，同时也是创造时势的英雄。

（原载1940年12月1日《战国策》第14期，收入《文学批评的新动向》）

德语戏剧理论研究

赫伯尔之悲剧观念

德国 19 世纪最有名之三大戏剧家：一为格锐尔拔慈（Grillparzev），一为路德维（Ludwig），一为赫伯尔（Christina Friedrich Hebbel），格氏纯乎诗人，创作多而理论少，路氏生平最服膺莎士比亚，其理论皆由精研莎翁戏剧而来，然而皆零碎之观察，未成美学之系统。至于赫伯尔则不但为 19 世纪一极有力量之戏剧家，同时亦为一极深刻之思想家。以赫氏之哲学思想与德国理想主义中诸大师如薛陵[1]、黑格尔相较，则自逊其光芒，然而彼诸大师只有理论而未尝置其理论于文学创作中，赫氏则理论与创作互相影响，其作品即其美学之阐明，其美学即其作品之归纳，且赫氏受彼理想主义诸大师之影响甚深，其悲剧理论与黑格尔历史哲学，犹有密切之关系。按德国文学史中以诗人而兼哲学家者，在赫伯尔以前尚有与歌德齐名之席勒。欲了解席勒，非了解康德不为功，欲研究赫伯尔非研究黑格尔不能达，世界哲学家固未有如德国哲学家与艺术关系之深，世界诗人固未有如德国诗人受哲学影响之盛也。

赫伯尔美学中心为文学，文学中心为戏剧，戏剧中心为悲剧，故研究赫伯尔之悲剧观念，即不啻研究其全部美学。

纵观欧洲文学史，关于悲剧之观念，虽千头万绪，而真正能开一新纪元者，亦仅有三：第一即希腊戏剧家对悲剧之观念，第二即莎士比亚对悲剧之观念，第三即赫伯尔对悲剧之观念。

希腊戏剧家对悲剧之观念，盖莫详于亚里士多德之《诗学》中所

---

[1] 现通译为：谢林。——编者注

述。悲剧之功用，在引起观众之同情与恐惧，而于结果洗净其感情，使其得最高尚之娱乐。因欲引起同情，故悲剧之主人翁必为一非常之人物，其死也关系一国之存亡，或为人类一极大之损失，故观众不胜叹息惋悼。因欲引起恐惧，故悲剧之主人翁不能为十全之人，其人格中必含一人类共同之弱点，因此弱点为人类所共有，故观众感觉自身之地位与悲剧主人翁相同，此震心骇目不可逃避之摧残，在观众自身亦时时刻刻有可能性，故恐惧亦油然而生。然而此同情与恐惧，复由悲剧英雄光明磊落之人格，临死不惧之精神，因而提高，至剧终出场，观众之感情，恍若经过一番洗刷，不觉人生世界无意义。悲剧之能为娱乐，其原因在此，观众之进戏场，其目的亦在此。

而希腊悲剧之来源，虽小半基于人类之弱点，而大半乃发生于运命之支配。往往在悲剧英雄未降生之前，其命运即已先为神所决定。神力既如此伟大，人类之奋斗，其意义亦仅止于表示其自身大无畏之精神。此等命运前定之宇宙观，与文艺复兴人类自身支配一切之宇宙，根本不相容。莎士比亚之戏剧，为文艺复兴由神到人之趋势之最高点，故其悲剧之观念与希腊戏剧家亦自不同。

希腊悲剧之中心点为"神"，莎士比亚戏剧之中心点有"人"，中心点为神，则人类意志无自由，意志无自由，则其身即不负悲剧之责任。中心点为人，则人类一切行动有自由之选择，举凡人类之千磨百折，其主要原因乃由于自身之举动思想，虽有失运命亦前定，然而据势横情，亦处处有转圜之余地。李尔王不分国土，马克伯斯不篡位，哈孟雷特内心不交战，罗密欧、朱丽叶不做过情之恋爱，则其悲剧亦无由发生，乃正由其人格之伟大，因其人格伟大，故其悲剧亦"精彩化"，观众觉其可"悲"，而不觉其可"伤"，换言之，对人生即无失望，悲剧对于观众，因此仍能为一种高尚之人格。故莎士比亚之悲剧，虽宇宙观与希腊悲剧不同，而其功用则相同。

至赫伯尔，对于此悲剧对观众心理发生感情洗净之功用，完全置之不理，而另图一新途径。上文吾尝谓希腊悲剧之中心点为"神"，莎士比亚悲剧之中心点为"人"，赫伯尔悲剧之中心点则非"神"非"人"，而为"时代精神"（Zeitgeist），或"时代思想"（Idee der Zeit）。

按黑格尔之历史哲学，人类历史之演进为"世界精神"（Weltgeist）向绝对自由之演进，其演进之方式，则为一"正"一"反"一"综合"之循环前进，故一时代有一时代之精神，一时代有一时代之思想。一时代思想甫占势力时，即有一反抗之思想酝酿其间，与之对立争斗。迨至两种思想综合融洽，发生一新时代思想后，立刻又有一反抗思想发生。马克思阶级斗争说，发源于此。

赫伯尔应用此观念与戏剧，谓戏剧之使命在阐明历史演进之意义，戏剧最好之材料，即在两种时代冲突之时。悲剧之发生，不源于运命之前定，不源于人类行为之错误，而源于时代精神之冲突。悲剧之主人翁，即时代精神之代表。

在黑格尔全部哲学思想中，个人方面往往失之太短。个人不过为凑成世界精神向自由之路演进之工具，其牺牲在黑格尔眼光中，若无关紧要者。然而黑格尔尚仍崇拜英雄，认彼等为时代思想之担任者，甚至于谓"牺牲为伟大人物之光荣"（Es ist die Ehre der grossen menschen zu opfern），其悲剧"精彩化"之活跃于字里行间。

赫伯尔推黑格尔历史哲学于极端，谓悲剧之主人翁，不必为伟人、为英雄、为出色人物。王侯将相可也，贩夫走卒亦可也，美人皇后可也，平常妇女亦可也。果戏剧家能有此等人物中表示出两时代精神之冲突，彼等即足为悲剧之主人翁。赫伯尔悲剧表示此意最显明者为《玛利亚玛克达伦那》（Maria Magdalena）（已由作者译成中文，改名《父亲的誓言》），其悲剧之女主人翁为一木匠之女，全剧人物均属中下阶级，而两种时代精神冲突之意义乃极明了。剧终木匠安通瞠目摇头而叹曰"予再不能了解世界矣"，盖此新世界与彼之旧世界，迥见相同也。

悲剧主人翁由英雄而至于庸人，悲剧题目由个人而至于社会之趋势，在德国文学中，雷兴与席勒已开其端，然彼二人皆未尝有明显之理论，未曾为有意识之提倡，至赫伯尔融合黑格尔之历史哲学，自成系统，而又用以系统于其全部创造戏剧中，而后悲剧之理论，乃开一新纪元。易卜生生平最敬仰赫伯尔，而其戏剧中所受赫伯尔之影响，无处不有蛛丝马迹之可寻，盖易卜生悲剧之主人翁固皆极平常人物，而其题目亦皆轻个人而重社会也。

以上仅指赫伯尔悲剧观念之重要，以下试为赫伯尔悲剧观念之评价。

大凡一种文学观念之产生，均视其发生此理论时代之世界观念为转移。希腊戏剧最早时，一般人对神之信仰最高，其世界观为运命支配一切之世界观。莎士比亚生于文艺复兴之世，又值英国伊丽莎白皇后理政，英国政治、军事、商业、探险、文学、艺术无不蒸蒸日上，人类对自身之信仰，已达最高点，故其世界观为人类支配一切之世界观。赫伯尔生平受尽经济之压迫，其后又因种种关系，不能不牺牲其多年恋爱之女友，在此等生活中，只觉个人生命之微小。而其时又正值欧洲经济制度改变，封建思想渐次倾颓之际，此时代之世界观为社会支配一切之世界观。

从赫伯尔而今百年中，上帝死矣，英雄死矣，社会力量日益膨大，个人生命在重重压迫下，日益微末而无意义。夫信上帝可以希未来，信自己可以伸豪气，唯既不信神，复不信己，无安慰，无幻想，无美化，世界一沙漠，人生一赘旒而已，尚何精彩之足云哉。

故赫伯尔悲剧之概念，实为代表人类近百年来世界观最彻底、最亲切有味之学说，而此世界观之弱点，亦即可由此种悲剧对观众心理影响可明白推知。吾人读希腊戏剧家或莎士比亚之悲剧，觉人生有无上之光荣，读赫伯尔之《玛利亚玛克达伦那》，易卜生之社会问题剧，只觉人生毫无意义，看完前者出戏团后增加生活之勇气，看完后者出戏团后只想用快刀铰喉而已！

五十年前，德国哲学家尼采即高呼"上帝死矣"，而欲自身创造一新文化、新宗教，提高人类之尊严，使之成为"超人"，以"精彩化"此死气沉沉之世界，然而尼采声嘶力竭，转为疯狂，终身寂寞，未获解人。

尼采今日死矣，赫伯尔之悲剧观念，愈逼愈真矣，新时代之产生，将在何时矣？

(原载1934年2月《珞珈月刊》第1卷第5期)

赫伯尔《玛利亚》悲剧序诗解

1 赫伯尔的悲剧观念

赫伯尔著名的悲剧《玛利亚》(*Maria Magdalena*),不但是他少年时代最成功的作品,同时在欧洲戏剧史也是一部划时代的著作。欧洲以前的悲剧,在希腊主要支配的力量是神,人类运命的灭否,个人不负多大的责任,完全以神的意志为转移。文艺复兴以后,人类的尊严渐渐提高,人类成了宇宙的中心,觉得自己有支配自己命运的力量,所以悲剧的成因,往往也不由于神的意志,而由于人类性格的弱点与行动的错误。希腊的悲剧,多半先有神人的预言,如沙弗克利斯的名剧《阿地撲斯》[1],他刚生下来,神人就预言,他要杀他的父亲,娶她的母亲,后来他居然不可避免地演成了家庭间最大的悲剧。但是在莎士比亚的悲剧里,阿色罗[2]完全可以不必那样容易起疑心,国王李尔完全可以不必均分国土,马克伯斯[3]完全可以不必谋朝篡位,哈孟雷特也不一定要替父亲报仇,就算替父报仇,也用不着受精神上那样剧烈的痛苦,悲剧上小部分的责任,也许还有命运的成分,但是大部分的责任,却在悲剧英雄的自己。

所以希腊悲剧的重心是"神",文艺复兴悲剧的重心是"人",至于赫伯尔悲剧的中心又是什么呢?是"时代"。

赫伯尔受了黑格尔历史哲学和当时理想主义潮流的影响,形成了

---

[1] 现通译为:俄狄浦斯。——编者注
[2] 现通译为:奥赛罗。——编者注
[3] 现通译为:麦克白。——编者注

他对于悲剧一种新颖的理论。赫伯尔以为一个时代有一个时代的理想，一个时代有一个时代的精神。但是一种理想，一种精神，一旦成了固定的形式，立刻就有一种相反的理想，相反的精神，来同它发生冲突。冲突的结果，旧的力量渐渐站不住，新的理想渐渐抬起头，最后居然融会贯通，造成了一种新的形式，能够代替旧理想的地位。但是刚刚新的理想取得了旧理想的地位，立刻有一种更新的理想发生，同它对立冲突。历史老像这样一正一反一合地演进，它的目的是绝对自由，但是这一种绝对自由似乎是永远努力，却永远不能达到，因为绝对的自由只有在没有世界、没有人生的原始状况下才能够达到。既然有了世界，有了人生，一切的一切，都是相对的，绝对的自由还在哪里去寻找呢？人类虽然在世界人生里边得不到绝对的自由，但是对绝对的自由却常常都有无穷的渴望。他们就好像上帝贬谪下来的亚当和夏娃，他们还时时刻刻想回到天国，他们又好像青梗峰下的顽石，虽然走遍了花花世界，历尽了离合悲哀，还不断打算要摆脱一切，恢复旧有的自由。

　　人类这点对绝对自由无穷的渴望，就是社会上一切进步的原因，人类整个的历史，就是这一种渴望想继续不断的表现。

　　赫伯尔认为艺术最重要的使命，就是要把人生宇宙的真理表现出来，越是能够表现人生真理的艺术，当然越是艺术最高的形式。从这一点来说，艺术最高的形式是文学，文学最高的形式是悲剧，因为悲剧最适宜于表现人生的真理。但是悲剧要怎样才能够去担当它的工作呢，赫伯尔以为悲剧最好在历史上去取材，悲剧应该把历史上时代的转变，作为它表现的对象。在时代转变的时候，社会上一定有两种互相冲突的理想，旧的理想还在极力维持它原有的势力，新的理想则正在努力要突破旧有的范围。悲剧家的使命就是要借个人当时此地的事实，来表达这两种冲突的情形，因为这一种冲突的发生，实在是人类对绝对自由无穷渴望的表现。所以悲剧作家虽然在写个人，他的目的却是要想借个人来表现宇宙人生的真理。[1]

如果我们承认赫伯尔的这一种看法，那么我们对于悲剧的观念，第一步不能不改变的就是悲剧的发生，支配的力量不是希腊悲剧的"神"，不是文艺复兴悲剧的"人"，乃是新旧理想的冲突，在这种理想冲突之下，双方都有代表，任何一方的胜利，就是另一方的牺牲，这一种牺牲，是必然的，是无可逃避的，上帝固然管不了这些事情，个人无论怎样伟大，也没有多少自由意志，所以悲剧的发生，负最大责任的是时代理想，或者时代精神。

我们既然承认时代精神是悲剧发生的原因，那么我们对于悲剧的观念，第二步不能不改变的就是悲剧主人翁唯一的资格，他必须要是时代精神的代表。希腊悲剧的英雄和莎士比亚悲剧的主人翁，通通是一国的君主或者当权的将相和世家的子弟，从来没有中产阶级或者下等阶级的分子，成为悲剧的中心。这一种观念在欧洲，一直到赫伯尔都没有什么剧烈的改变。在赫伯尔以前，如雷兴的《沙亚散蒙生女士》和席勒的《阴谋与爱情》也用中产阶级的人物来作悲剧的女主人翁，但是他们也不过是兴之所至，并没有作任何有意识的提倡，也并没有任何悲剧理论的根据。赫伯尔是欧洲第一个悲剧理论家，他明确主张，悲剧的主人翁应该能够代表时代的精神，只要能够代表时代的精神，是王侯将相也可以，是贩夫走卒也未尝不可以。悲剧家的工作，只是看怎样可以使他悲剧的主人翁成为时代精神的代表，使他悲剧的表现成为宇宙人生真理的表现。

根据这一种理论，赫伯尔写出了中等阶级的悲剧《玛利亚》。剧中的女主人翁克拉亚是木匠安通师父的女儿，很早就爱上了她幼年的同伴，后来这个同伴去往大学，无形中就把她抛弃了。在这个时候，另外一个男子来向她求婚，这个男子虽然社会上地位不高，但是地方上

---

[1] Tgl. Vorwort zu Maria Magdalena.

的人认为这一段婚姻对克拉亚来说是很值得的事,安通师父两夫妇也赞成他们两人订婚。订婚以后,克拉亚从前的爱人回来了。在一个宴会里边,他们会面,彼此从前的爱情依然炽热起来。克拉亚的未婚夫,在眉目中间,已经发现他们两人的关系了,不由醋劲大发,要强迫克拉亚给他忠实的证明,克拉亚没有办法,只好答应了。哪知道答应以后,自己就怀孕了,同时她未婚夫因为安通师父亏空了女儿的嫁妆,对她感情渐渐淡薄,到后来借她哥哥被人冤枉盗窃的机会,简直同她解除了婚约。安通师父是最顾面子的人,他觉得他儿子盗窃,已经把他的面子丢尽了,他现在唯一的希望,就是他女儿不再丢他的面子,如果他女儿再作什么丑事,他只有抹脖子了。他把这一种话,严重地向已经身怀有孕的克拉亚说,并且强迫她起誓,永远不做丢脸的事情。克拉亚被逼得无法可办,亲自去求她的未婚夫同她结婚,但是她的未婚夫已经在这个时候,同他上司的女儿发生了同样的关系,同克拉亚不再有恢复的可能。克拉亚回家,她从前的爱人来找她并向她求婚,克拉亚不答应他,而且露出她已经失身的意思,她的爱人误会了她的意思,以为有了她未婚夫的存在,她永远不能抬头,所以决定去找他拼命。结果两人都拼死了,克拉亚为顾父亲面子起见,也跳井自尽了。她死了以后,安通师父发现了她是自杀,对于她只有严厉的责备,没有丝毫的同情。在闭幕以前,他最末一句话是:"我再也不明白这个世界了"![1]

安通师父不能明白这个世界,这本来是很自然的事情。他整个生命,都建筑在旧思想上面,他根本就不懂得什么叫作恋爱,什么叫作自由,一切新时代的理想,他完全不懂,直到他把女儿逼迫到鬼门关,他仍然没有丝毫的觉悟。剧中其他人物的言行举动,也没有一处不受旧思想的支配。克拉亚的订婚、屈从、自杀,她的未婚夫的势利、无

---

[1] Tgl. Maria Magdalena.

情、狡猾，她的恋人的遗弃、恐惧、拼命，通通是旧思想在那里捣乱。他们这一群人中间，比较而言，最终觉悟的，恐怕要算克拉亚的哥哥，最后他居然能够摆脱一切，想去创造一个新世界。

处在 20 世纪的时代，我们回头来观察这一部戏剧，也许我们不觉得这一部剧本情节的新奇，因为我们已经看惯了易卜生一类的把戏了。但是在赫伯尔的时代，这一部描写中产阶级的悲剧，实在是一种惊人的事情。除此以外，这一部戏剧的第二个特点，就是作者关于悲剧的理论和他根据他自己的理论造成艺术品的功夫。赫伯尔有点像德国文学史上的席勒，一方面是思想家，另一方面又是诗人，在这一部戏剧里边，赫伯尔作为思想家和诗人的本事，都到了最高点，所以他这一部戏实在是德国文学史上最有趣味的一部戏。赫伯尔别的戏剧，也许还有思想太过的问题，有时不免太把人物来将就思想，因而有些地方不能达到完全逼真的程度，但是在《玛利亚》里，个个都是有血有肉有灵魂的人物，都是从实际生活里描绘出来，没有丝毫的凑合，没有半点儿的牵强。所以一直到现在赫伯尔这一部悲剧，还常常在德国剧台上表演。

赫伯尔写完这一部戏剧时候，他还作了一篇序言，把他对于戏剧的理论详细申说。我们现在要研究赫伯尔的戏剧，《玛利亚》是最好的剧本，序言是最好的文章，因为文章说明他的理论，剧本表现它的实行。但是除了剧本和序言外，赫伯尔还作了一首序诗，是赫伯尔 1844 年 9 月初在巴黎写的。那时候他正领丹麦国王克锐斯丁[1]八世的津贴，到各国游历。为酬谢丹麦王，赫伯尔把《玛利亚》的剧本和序诗一并献给他。可是这一首序诗，不单是一首应酬的序诗和一首歌功颂德的无聊作品，在这一首诗里边，赫伯尔把诗人的使命庄重精密地讲出来。所以我们现在要研究赫伯尔，《玛利亚》是他戏剧艺术最好的代表，序言是他戏剧理论最详尽的记载，序诗是他对于戏剧艺家的使命

---

1 现在通译为：克里斯汀。——编者注

和戏剧创作活动最深刻的研究。

赫伯尔《玛利亚序诗》是研究赫伯尔很重要的材料。但是这一首诗是很不容易了解赫伯尔的一首诗。因为赫伯尔在这一首诗里边，完全用形而上学的名词来解释诗人的使命。我们如果不明了德国理想主义的潮流和赫伯尔个人思想的背景，那么这一首诗读起来简直莫名其妙。1844年9月7日，赫伯尔写一封信给女朋友伊丽莎白·伦辛，信上说："序言你还没有读到，写得好，且有力量；献诗太形而上学，所以坏。"

虽然赫伯尔承认他自己这一首诗差，我们仍然不能不仔细研究，因为了解了他这一首诗，我们才可以了解他对于艺术的态度。诗人的工作到底是什么呢？艺术的目的在哪儿呢？自然和诗人的关系怎么样呢？诗人的创造，到底是玩闹的事，还是正经的事呢？诗人创造，为的是自己寻快乐，还是为了传达重要的使命呢？这一切的问题，赫伯尔都想在这一首序诗里求解答。

2 赫伯尔的性格

但是在解释这一首序诗以前，我们应当先明了赫伯尔的性格。

赫伯尔是诗人，同时他又是思想家。诗人和思想家性格多半是不一样的，多半是互相冲突的，所以赫伯尔的一生，都受了这一种内心冲突的影响，但是他总是不断地努力，想要调和他自己性格中矛盾的成分。然而这一种努力是很困难的事情，因此赫伯尔也时时感觉到生活的痛苦。

诗人和思想家性格为什么不一样呢？诗人对于一件事物只想求表现，思想家对于一件事物只想求意义，表现是具体的，意义是抽象的。譬如诗人告诉我们一朵花，如果他是一位一流的诗人，那他能够给我们描写的不仅是一朵普通的花，而且一定是一朵特别的花，这朵花在某一个特别的时间，某一个特别的环境，引起某个特别的人一种特别的感觉。诗人一定要有这一种本事，能够绘形、绘色、绘影、绘声，他才配算一个真正的诗人。至于一位思想家，他看见一朵花，他所关注的就是这朵花，是哪一类，哪一科？或者它在宇宙人生中间，占了一种什么地位？或者它的本质怎么样？它的真实在什么地方？所以无论怎样抽象的事物，一到思想家手里，立刻就变成空虚；无论怎样抽象的事物，一到诗人手里，立刻就变成具体。因为要具体，所以想象一定要丰富才能够做诗人；因为要抽象，所以思想一定要能够超出现实才能够做思想家。假如一个思想家只发现一些零碎的事实，而不能找出共同的规律，假如一个诗人只有几种理想，而不能创造表现生动的对象，那么他们两人的工作，通通会可怜地失败。

所以照通常的情形来说，一个长于思想的人，往往不适宜于做诗人；而一个长于艺术的人，往往不适宜于做思想家。当然诗人的作品如柏拉图的《自辩》、莎士比亚的《哈孟雷特》、歌德的《浮士德》，中间也仅有高尚的思想、深刻的意义，但是柏拉图、莎士比亚、歌德并不把这些高尚的思想、深刻的意义赤裸裸地表现出来，他们一定要借有血有肉的人物和有声有色的环境来把这些抽象的思想都具体化。并且大部分的诗人都是从具体的现象入手，自然而然地表现出高深的哲理，很少先定下高深的哲理，然后去找具体的现象来表示它。所以大多数一流的诗人，他们都不管哲学的思想，而是让哲学的思想自然而然地呈现在字里行间。

赫伯尔从少年起，就相信艺术应该表现哲学的思想，哲学的思想应该作艺术的指导。在这儿，赫伯尔同柏拉图、莎士比亚、歌德有一个根本不相同的地方，赫伯尔从哲学的思想入手，先研究好了一些哲学的思想，然后再根据这些哲学的思想去创造艺术。柏拉图、莎士比亚、歌德的出发点是具体的现象，他们用艺术手腕来表现这些现象，而哲学的思想，不用勉强，早已经包含在他们艺术作品之中。赫伯尔恐怕要算德国文学史上面最喜欢研究哲学，而同时又下定决心，不顾一切想要把哲学表现在他艺术作品中的诗人。就是席勒，也受了康德哲学很深的影响，对于德国哲学也有很有价值的贡献，但是在他创作的时候，往往能够摆脱一切，直接去描写人生，从来没有像赫伯尔那样有意地把他的艺术来哲学化。在赫伯尔的心目中，文学不过是一种表现哲学的工具，要做诗人，必须要先做哲学家。在旁的诗人那里，哲学的思想是艺术活动最后自然的结果；在赫伯尔那里，哲学的思想是艺术活动一开始认定的目标，而且这一个目标，赫伯尔非达到不可，无论任何牺牲、任何痛苦，在他都没有关系。当然这种勉强的努力成了他痛苦的源泉，所以在他的日记里，有一次他忍不住写道："假如我不这样可怕准确地知道，诗的艺术是什么，我做诗人还可以更进步一点！"[1]

赫伯尔这种双重的性格和他不懈的努力，想求得两种不同性格的和谐——或者我们简直可以用巴尔忒斯的话来说——赫伯尔这种"形而上学的疾病"[2]在这一首序诗里表现得特别清楚。如果爱弥尔顿在他的《赫伯尔传》里边对黑格尔的信徒邦伯格激烈攻击，说赫伯尔《玛利亚》序言里三分之二都染遍了黑格尔概念的狡猾花样，[3]那么这一首序诗里边，比序言的哲学气味更不知还要浓重多少。它的哲学到了这种程度，连最喜欢哲学的赫伯尔自己都不能不承认它坏了！

3 序诗的解释

序诗的全篇，试译如下。兹先列全篇，然后再逐章解释。

1　Tagebuch III 3997.
2　Wilhelm Waetzoldt: Hebbel und die Philosophie senier Zeit, Berlin 1903. S. 60.
3　Emil Kuh: Biographie Friedrich Hebbels. Wien 1877. S. 109.

诗人有天赋的本事，
能够自己沉浸到自己的心灵，
他先远离踯躅在内心的曲径，
然后他才思想到世界的外形；
但是"自然"却选派了他，
指示如何"这样"受"那样"的范围，
并且用清楚的图画表明，
它们怎样互相补充互相发挥。

因为它不像一位人间的画家，
游戏地走回他的桌案，
把画笔和蔼地递给他的爱儿，
因为他早已贪恋地频频偷看。
他爱儿梦想着伟大的事业来娱乐，
粗枝大叶地努力仿效他的名作；

只因为它自己分裂成最简单的事物，
最后必须要重新集中，
在部分中间欣赏了全体，
在结局里面发现了开宗，
只有自己同本体共同联络，
才能够为它创造最高的自乐，
一切下等阶级都不能得到，
纯洁，完全，有条理地现露；

就是因为这个缘故，
它才不毁坏仙杖，送给人类，

在它预备说"好了!"以前,
还要把全世界再看一回,
于是人类要报粗笨原料的仇,
因为它永远对规律退让恐惧,
在关闭了的第一个圈子里画第二个圈子,
它们还只能和谐地互相攻击。

虔敬的艺术家看见高尚的礼物,
起初心里充满了震惊,
不久他明白他要牺牲自己来答谢,
于是他就深深地降下自己的内心;
他不问黑夜是否要把他埋没,
他尽力前进又是害怕又是欢欣,
他领导武装的愚人到和平,
他不敢希望调协也不敢希望光荣!

但是很久他从自己心中,
纺出了能够领导他的红线,
忽然他觉得精神对他请求,
现在把它安放在历史上面!
这真是上帝的宠召,
谁不遵从谁就要毁坏!
我很早已经听见这个诏旨,
我不敢延误我已到来。

当我的目光向远处瞭望,
我的渴想也立刻开舒,

要在广阔里看外形的世界，
但是我发现我没有将扶，
忽然一位神祇站在我的旁边，
从冰块里解脱了我的双脚，
靠这个帮助我现在才敢尝试，
上帝降福如今有了结果。

国王！你就是这一位神祇，
让我用这一幅小小的图画来致敬，
它也许是最简单朴素的画图，
但是这中间启示我世界的运命，
或者这样的礼物不适合宫廷，
我请求你大度宽容，
它是新春第一个符号，
因为是第一个所以我来呈贡！

序诗开场的几句是：

诗人有天赋的本事，
能够自己沉浸到自己的心灵，
他先远离踯躅在内心的曲径，
然后他才思想到世界的外形；[1]

在一起首我们立刻就有了内心的曲径与世界的外形的峙立。照赫

---

1 Dem Dichter ist es an- und eineboren,
   Das ser sich lange in sich selbst versenkt,
   Und, in das inn'er Labyrinth verloren,
   Des ausseren der Welt erst spat gedenkt;

伯尔哲学的观念，真实有两方面：一方面是现象，另一方面是本体。本体是永久的，现象是暂时的；本体是固定的，现象是变化的。世界一切的现象，都是从本体流动而来，经过了相当的时间，现象又归于本体。通常的人，都只知道现象，而不能认识本体。只有诗人——赫伯尔理想中的哲学诗人——才能够明了本体，但是本体在什么地方呢？本体就在诗人的内心，因为诗人是"世界灵魂的代表"。[1]诗人的心中，包含全世界一切现象的本体，在诗人灵感发动的时候，他就得到了世界本体的钥匙。他有这一种天赋的本事，能够沉浸到自己的内心。因为他能够回复到自己的内心，所以他能够在内心里发现世界的灵魂、宇宙的秘密，以及人类的理想的一切现象的本体。诗人一定要先沉浸在自己的内心，认识了世界的本体，然后他才能够根据世界的本体，用艺术的方式来阐明世界的现象和本体与现象之间相互的关系。照赫伯尔的意见，这是诗人创造过程中的第一步。

> 但是"自然"却选派了他，
> 指示如何"这样"受"那样"的范围，
> 并且用清楚的图画表明，
> 它们怎样互相补充互相发挥。[2]

诗人沉浸在他的内心，返本归元，回到世界的本体，他本来可以自乐其乐，不一定要有任何的表现。但是有一种力量来命令他，强迫他去做一种表现的工作。要叫他把本体和现象彼此怎样互相包含、互相补充、互相发挥的状况，用清楚的图画表明出来。本来本体和现象

---

1 Briefe I.S. 176.
2 Und dennoch hat ihn die Natur erkoren,
　Zu zeigen, wie sich dies mit dem verschränkt,
　Und es in klarem Bilde darzustellen,
　Wie beide sich ergänzen und erhellen.

是真实的两方面，有本体一定得有现象，有现象一定少不了本体，而且本体时时刻刻都要流动成为现象，现象时时刻刻都要回复到本体。它们两者没有一刻不是互相包含、互相补充、互相发挥。通常的人没有沉浸到内心的本事，他根本就不知道本体是什么东西，所以他绝对不能担当指示表明的工作；只有诗人才配作这一件事情，所以自然特别把诗人选拔出来，命令他，强迫他去表现宇宙的真理。

但是自然又是什么呢？

赫伯尔对于自然的观念，受了德国理想主义的大师薛陵不少的影响，所以他所说的自然，简直可以说，就是薛陵所说的自然。照薛陵的看法，自然是全世界组织活动的阶级次第。它包含最低的阶级——矿物，一直到最高的阶级——天才。这种阶级次第的分法，完全看它对于世界本体自觉能力的大小。矿物对于世界本体自觉能力最小；天才对于世界的本体自觉的能力最大。天才就是诗人，就是世界灵魂的代表，就是自然最高的自觉。但是这一种阶级次第是活动的，因为自然都是向较高的自觉努力的。赫伯尔说："自然在精神界和在物质界只有一个最高的过程，就是变浓厚的过程，很奇妙的就是在它无限的、常常都向着最高的可能的努力中间，在每一个阶级一定要停留一会儿，并且停留的样子，简直好像要永远在那儿一般。好像一切下等的东西的目的，只是在提炼精华一样。从矿物到植物，从植物到动物，从动物到人类，从人类到天才，都是如此。"[1]

因为自然时时刻刻都不断地努力，想达到对于本体更高的自觉，所以它特别选出了诗人，叫他指示如何"这样"（世界的外形，就是现象）受"那样"（内心的曲径，就是世界的本体）的范围，并且用清楚的图画来表明它们怎样互相补充、互相发挥。换一句话来说，诗人的使命，就是在表明本体和现象相互间的影响，同时也表明自然和自觉

---

[1] Tagebuch II 3192.

相互间的影响。赫伯尔写给爱弥尔·卢梭信里说:"我认为它(诗的艺术)是一种精神,能够降下到每一种生存的形式和每一种生存物体的状况,从前一项得到各种的条件,从后一项抓着根本的线索,然后再把它们明白地表示出来。它解放了自然到自己固有的,人类到极端自由的,我们在他的无穷性里从不可捉摸的上帝到必须的生命。"[1]

因为艺术对人类对自然,有这样伟大的使命,所以它绝不是游戏的事情。在下一章,赫伯尔反对艺术创造中任何随便玩闹的态度。

> 因为它不像一位人间的画家,
> 游戏地走回他的桌案。
> 把画笔和蔼地递给他的爱儿,
> 因为他早已贪恋地频频偷看。
> 他爱儿梦想着伟大的事业来娱乐,
> 粗枝大叶地努力仿效他的名作。[2]

自然同诗人的关系,不像人间的画家同他的爱儿的关系那样随便,那样无关紧要。人间的画家,走回他的桌案,闹玩地把画笔递给他的爱儿,因为他的爱儿很想要他的画笔,拿来作一种游戏的工具。人间的画家,并没有什么特别的目的,他虽然把画笔递给他的爱儿,但是他并不想付托他任何神圣的使命,像自然对诗人一样。他的爱儿也并

---

[1] Briefe I.S. 140.
[2] Denn nicht, wie wohl ein ird'scher Künstler, spielend,
Wenn er zurück von seiner Tafel trat
Dem Lieblingskind, das lüstern darnach schielend,
Schon längst ihn still um seinn Griffel bat,
Ihn freundlich darreicht, auf nichts and'res zielend,
Als dass es, traumend von gewalt'ger Tat,
Sein Meisterstück in toten groben Zügen
Nachbilde, wie es kann, sich zu vergnügen

没有把这一件事体认真对待，他很愿意有这一支画笔，但是他也不过是想拿着玩玩。他并没有旁的目的，他只图娱乐自己，梦想着伟大的事业，努力仿效人间画家的名作。他的仿效当然不能成功，因为他并没有神圣的使命，也没有艺术的手腕。在这儿，赫伯尔很明显地反对欧洲正统文学批评家的老祖宗亚里士多德。照亚里士多德的看法，艺术的起源，是由于人类对自然的仿效。人类仿效的原因，是因为仿效给我们以快乐。照赫伯尔的看法，艺术家创造艺术，并不是仿效自然，也不是要自寻快乐。他唯一的目的，乃是在把本体和现象已经失掉了的统一性，重新恢复起来。这一种统一性的重新恢复，就是自然的重新解脱。自然的解脱，既然要靠诗人，所以诗人的职业，实在是一种神圣的职业，"诗人的每一样创造，都是神圣的启示"。[1]

但是为什么自然要努力去求得对于本体更高的自觉呢？为什么它要把这一种重要的使命给诗人呢？它当然一定有它的目的。在下一章，赫伯尔给我们解释自然的目的。

> 只因为它自己分裂成最简单的事物，
> 最后必须要重新集中，
> 在部分中间欣赏了全体，
> 在结局里面发现了开宗，
> 只有谁自己同本体共同联络，
> 才能够为它创造最高的自乐，
> 一切下等阶级都不能得到，
> 纯洁，完全，有条理地现露。[2]

---

[1] Briefe I.S. 176.

[2] Nur, weil sie selbst, ins einzelnste zerfliessend,
Sich endlich auch doch konzentrieren muss.
Und, in dem Teil als Ganzes sich geniessend,
Den Anfang wieder finden in dem Schluss, （转下页）

自然要努力去求得对于本体更高的自觉，目的是要想获得最高的自乐。赫伯尔说："自然的倾向，就是自乐。世界的万物，都是它拿来品尝自己的舌头。"[1] 在另外一个地方他又说："一切好像都建筑在一个单独的过程上面，完全脱离一直到恨，然后又靠爱重新回转到自己，因为这是到自乐唯一的途径，各种世界是必需的。"[2] 自然在最初的时候，本来是统一的，没有本体和现象的差异。因为要为自己寻求快乐，所以要脱离自己走出来，经过一段时间，在恰当的时候，又重新回复到自己。上文已经说过，自然现象中有各种的阶级次第，从最低的阶级——矿物，到最高的阶级——天才。因为各种阶级次第的不同，所以自乐程度也有高下。最高的阶级对于本体有明确的自觉，所以它的自乐也最大；最低的阶级，对于本体只有浑噩的自觉，所以它的自乐也最小。因此自然要寻求最高的自乐，不能在下等阶级里边去寻求，只能使最高的阶级，得到最清楚的自觉，明了它自己的生存和它自己的目的，把自己同本体共同联络，然后可以得到最大的自乐。这实在是整个自然过程唯一的目的。它起初从整个的自己分裂出来，成了世界上万事万物，又由世界上的万事万物重新集中，再成为整个的自己。因为自己重新集中以后，它明确了部分和全体的关系，所以它能够在部分中去欣赏全体，就是说，在现象中去欣赏本体。在这种情形之下，自然还可以在结局里面发现开宗。开宗就是自然没有分裂以前的状况，那个时候，根本还没有现象和本体的区分。自然在现象中间，有千万不同的形状，就是因为它脱离了本体。但是到结局的时候，自然自己又同本体共同联络，那么自然又回复到它开宗的情形，就是它又重新

（接上页）Der, sich mit der Idee zusammenschliessend,
Ihr erst verschafft den höchsten Selbstgenuss,
Den alle unter'n Stufen ihr verneinen:
Rein, ganz und unverworren zu erscheinen.

1　Tagebuch II. 2173.
2　Tagebuch II. 3466.

恢复了它已经失掉了的统一。就是这样，自然才能够借诗人的力量，对于本体有充分的自觉，一切都纯洁、完全、有条理地现露在它的面前，它的目的，最高的自乐也达到了。

> 就是因为这个缘故，
> 他才不毁坏仙杖，送给人类，
> 在它预备说它的"好了"以前，
> 还要把全世界再看一回。[1]

自然的目的，经过上文的说明，已经清楚了。现在所要讨论的，就是达到这个目的工具。赫伯尔认为最好的工具就是艺术。

赫伯尔虽然受了黑格尔很大的影响，在这里他却同黑格尔有完全不同的立场。黑格尔以为哲学是达到人生宇宙真理最好的工具，艺术是已经被哲学超越了的东西。赫伯尔却以为艺术才是达到人生宇宙真理最好的工具，他在《玛利亚》悲剧序言里极力替艺术辩护。他以为艺术和哲学有一个共同的使命，就是了解与表明本体。两者都努力去进行它们的使命，但是两者用的方法和达到的程度却不相同。哲学努力去把本体直接抓住，把个别的现象倾回到它们内心必然的本体，但是它不把本体重新表现出来。艺术则从个别现象不完全的形式中间，解脱了它的本体。这一个问题，哲学不能够直接解决，艺术却能够用一步登天的方法直接解决。赫伯尔说："艺术是实现了的哲学，就如世界是实现了的理想。"[2] "在艺术里边，世界才得到了它的全体。"[3] "艺术的

---

[1] Nur darum hat sie, statt ihn zu zerbrechen,
Dem Menschen ihren Zauberstab vertraut,
Als sie, bereit ihr: es ist gut! zu sprechen,
Zum letztenmal die weltall überschaut.

[2] Vorwort zu Maria Magdalena.

[3] Ibid=.

想象是达到其他能力所不能达的世界深处的器官。"[1]"文学的主要目的,就是靠每一个象征的人生和进化过程的决定,来帮助人类越来越清楚的自觉。"[2]"我们把艺术从纯洁的理智需要领导出来,因为它对于理智也许比对于感情还更必要,因为它有一个特别的目的:达到关于事物的起源和关系的清楚观念,虽然它是靠一步登天的方法来达到。"[3]"艺术的目的,就是把每样在人类和他在人世地位包含的事物都弄到自觉。"[4]

这一切的语句,都证明赫伯尔把艺术看得如何重要,在形而上学的意义,为什么自然利用诗人来达到他最高的自乐?因为自然要利用诗人,所以它不把它的仙杖毁坏,拿来送给诗人。仙杖就是打开宇宙秘密的钥匙,达到人生真理的工具,就是诗人艺术创造时的灵感,有了它,诗人才能够担负了解和表明自然的使命。在自然付给诗人仙杖以前,它还要很小心地最后地看一看全世界的组织,看有什么差错没有,然后它才说"好了"!再把仙杖送给诗人,让他去启示宇宙的秘密、人生的真理。

> 于是人类要报粗笨原料的仇,
> 因为它永远对规律退让和恐惧,
> 在关闭了第一个圈子里画第二个圈子,
> 他们还只能和谐地互相攻击。[5]

粗笨原料就是现象,它老是或然的、紊乱的、无规律的。它对于

---

1 Schiller und Körner 167.
2 Tgb. Bamberg I. 79.
3 Tgb. Bamberg I. 234.
4 Vorwort zu Maria Magdalena.
5 Und diesser stellt nun, das Gesetz zu rächen
　Am plumpen Stoff, dem ewig davor graut,
　In den geschlossenen ersten Kreis den zweiten
　Wo sie nur noch harmonisch bestreiten.

规律，永远是退让和恐惧的，因为规律要把现象回复到本体。诗人因为要替规律在粗笨原料身上复仇，所以在关闭了的第一个圈子里画第二个圈子。第一个关闭了的圈子就是自然整个的阶级次第，第二个圈子就是艺术。诗人创造艺术，做成第二个圈子，在里边纯洁的本体才可以充分表现。艺术是自然的良心。诗人把艺术创造出来同自然互相对照，然后整个自然阶级次第的目的才完全显明。

这里序诗描写自然、诗人、艺术彼此的关系，算是完毕了。以下两章，讲诗人创造时内心的经验。

> 虔敬的艺术家见着高尚的礼物，
> 起初心里充满了震惊，
> 不久他明白他要牺牲自己来答谢，
> 于是他就深深降下他自己的内心；
> 他不问黑夜是否要把他埋没，
> 他尽力前进又是害怕又是欢欣，
> 他领导他武装的愚人到和平，
> 他不敢希望调和也不敢希望光荣！[1]

自然已经把仙杖赐给艺术家了。因为得了这根仙杖，诗人必须要担当一件重要的工作和神圣的使命，所以他起初看见这个礼物的时候，心里充满了震惊。不久他就明白，如果他要做这一种工作，他必须要

---

[1] Und, anfangs schauernd vor der hohen Gabe,
Wird sich der fromme Künstler bald bewusst,
Das ser zum dank sich selbst zu opfern habe,
Und er steigt nun tief hinab in seine Brust;
Er geht, so ihn auch die Nacht begrabe,
Er geht, so weit er kann, in banger Lust,
Und führt sein Nar rim Wappen die Versöhnung,
Er hofft nur kaum auf sie, wie auf die Krönung!

牺牲自己整个的灵魂和所有的力量。但是他也不推辞。他深深地降下他自己的内心，因为他内心包含了人类的理想、世界的灵魂、宇宙的秘密和一切现象的本体。在这里，赫伯尔所描写的诗人艺术创造第一步内心的经验，同这首诗开场描写的情形完全相同，因为开场的四句是：

> 诗人有天赋的本事，
> 能够自己沉浸到自己的心灵，
> 他先远离踯躅在内心的曲径，
> 然后他才思想到世界的外形。

赫伯尔艺术论的特点，就是诗人不是从世界而是从自身，不是从感官现象乃是从形而上的思想开始。赫伯尔自己曾经说："只有傻子才想把形而上学驱逐出戏剧以外，但是有一种区别，到底形而上学是从人生里边发生，还是反过来，人生是从形而上学里边发生"。[1]赫伯尔无论如何，不愿意把形而上学驱逐出戏剧以外。但是同时我们也不敢说，赫伯尔对于第二条规律也严格地遵守，就是形而上学应当从人生里边发生，不是人生从形而上学里边发生。实际上赫伯尔不仅不能遵守，反而变本加厉。他把形而上学的思想无限延长，想把形而上学的结论应用到人生一切的现象。自杀与犯罪，酗酒与疾病，社会与政治，没有一样，赫伯尔不把它放进形而上学的图案。我们大家都知道，意大利给赫伯尔留下极少的印象。在意大利那个地方，其他的诗人都对美丽的自然风物、雕刻建筑心醉目迷，欢欣赞叹，然后赫伯尔住在西西里那样的地方，却用全副精神在构想他奇怪可怕的莫落希和西西里悲剧。在勒亚拍，赫伯尔也不去欣赏自然的风景、美丽的艺术，他整个的内心却充满他形而上学的思想和社会的问题。

---

[1] Tgb. Bamberg I. 29.

但是如果我们明了赫伯尔的艺术论，那么这一种结果本来也极自然，不足令我们惊异。在这一段诗里边，他不是明明告诉我们，诗人逐步地深入他的内心，也不问黑夜是否要把他埋没吗？他的目的是要调和本体与现象，所以他领导那不容易驾驭的现象——武装的愚蠢到和平，使它不再同本体发生任何的冲突。他完全不敢说他自己能不能够成功，因为他既不敢希望他的调协成功，也不敢希望诗人的光荣，因为诗人用他整个诗人的力量来调和本体与现象，如果调和不能成功，那他还有什么光荣之可言？因为成功、失败都没有一定，所以他感觉又是害怕又是欢欣。一方面欢欣他得到了这样高贵的礼物，一方面他又害怕他艰难的工作不能够成功，因为假如失败，不但他不能得着诗人的光荣，他自己还有失掉自己的危险。

> 但是很久他从自己的心中，
> 纺出了能够领导他的红线，
> 忽然他觉得精神对他请求，
> 现在把它安放在历史的上面！
> 这真是上帝的宠召，
> 谁不遵从谁就要毁坏！
> 我很早已经听见了这个诏旨，
> 我不敢延误我已到来。[1]

1　Doch, wenn er lange so den rotten Faden
　　Aus sich hervorspinnt, der ihn führen kann.
　　So wird er plötzlich durch den Geist geladen:
　　Nun lege ihn in der Geschiche an!
　　Dies ist ein wahrer Ruf von Gottes Gnaden.
　　Und wer nicht folgt, der zeigt, das er zerrann!
　　Ich habe vorlängst diesen Ruf vernommen.
　　Da hab' ich nicht gesäumt, ich bin gekommen.

诗人沉浸在他的心灵许久的时候，在那儿把能够领导他到世界的灵魂、现象的本体的红线纺出来以后，精神就忽然会让他明白，他应该把他内心中所见到的本体，在历史上去找材料来做成艺术的形式。上文已经说过赫伯尔因为受了黑格尔历史哲学的影响，所以历史在他的艺术论和戏剧创造力方面，占极重要的位置。黑格尔想用哲学来解释历史，赫伯尔想用艺术来表现历史，所以照赫伯尔的看法，艺术是"最高的历史著作"[1]。赫伯尔以为诗人在自己心灵中已经抓住了世界的精神，他就应该在历史中去求形式的表现。如果他不遵从世界精神的诏旨，那么他自己整个诗人的事业就毁坏了。但是他并没有延误，他已经下定决心去接受这一个神圣的使命了。

最后两章，才是对丹麦国王克锐斯丁第八的称颂感激：

> 但我的目光向远处瞭望，
> 我的渴望也立刻开舒，
> 要在广阔里看外形的世界，
> 但是我发现我没有将扶，
> 忽然一位神祇站在我的旁边，
> 从冰块里解脱了我的双脚，
> 靠这个帮助我现在才敢尝试，
> 上帝降福如今有了结果。[2]

---

1 Vorwert zu Maria Magdalena.
2 Und wie mein Blick sich lenkte in das weite,
War auch mir flugs die Sehnsucht eingelösst.
Die äussere Welt zu schau'n in die Breite,
Allein der Mittel sah ich mich entblösst.
Doch gleich stand mir ein Genius zur Seite,
Und von der Scholle ward mein Fuss Gelös't,
Und was dies hiess, das hann ich jetzt erst wägen,
Wo sich zur Frucht verdichten will der Segen.

赫伯尔要想把宇宙人生的真理，用戏剧的形式表现出来，但是他的目光还没有在广阔处观察过外在的世界，这就是说他有了艺术的理想，还没有人事的经验来充实它，所以他想旅行去各国，去获得一些可以帮助艺术创造的经验。丹麦国王克锐斯丁第八送给他旅行津贴以后，赫伯尔才能够从旅行里得到观察接触外形世界的经验，得着这一些新经验的帮助，赫伯尔才敢作他新的艺术的尝试，成功《玛利亚悲剧》的新作品。

> 国王！你就是这一位神祇，
> 让我用这一幅小小的图画来致敬，
> 它也许是最简单、朴素的图画，
> 但是这中间启示我世界的运命，
> 或者这样的礼物不适合宫廷，
> 我请求你大度宽容，
> 它是新春第一个符号，
> 因为是第一个，所以我来呈贡！[1]

这一位帮助了赫伯尔的神祇，就是丹麦的国王。为感谢他，赫伯尔把他新创作时期的第一篇作品——《玛利亚》悲剧来献给他。赫伯尔自己抱歉，因为《玛利亚》是一本中产阶级家庭的悲剧，似乎不适宜拿来献给一国的君主，但是他希望国王能够原谅他，因为这本戏剧虽然简单

---

[1] Du warst es. Herr und Fürst! Lass dir's gefallen.
Dass ich zum Dank jetzt dies kleine Bild,
Vielleicht das einfach-schlichteste von allen,
Worin sich mir das Weltgeschick enthüllt,
Dir bringe und, wenn sich's für Königs Hallen
Auch schlecht nur eignet, sei ihm dennoch mild!
Es ist des neuen Frühlings erstes Zeichen,
Und als das erste durtte ich's dir reichen!

渺小，它却能够启示我们世界的运命。从世界的运命这一句话，我们可以略讲赫伯尔对于悲剧罪过的意见。通常我们论悲剧，都要讲到罪过问题，就是悲剧的发生到底是谁的罪过。在文本讨论的开始，我们已经讨论到悲剧发生的责任问题了。我们说，希腊悲剧的发生，负责任的主要是神；文艺复兴悲剧的发生，负责任的主要是人；赫伯尔悲剧的发生，负责任的主要是时代。在这里，我们再从形而上学的眼光来看，本体是单纯的，现象是复杂的，本体一定要变成现象，而现象又一定要复归于本体。由单纯变成复杂这种过程，对于原来的本体是一种错误、一种冲突、一种罪过，它一定要毁灭了复杂，再变成单纯，然后它这种错误冲突和罪过才能取消。所以个人之所以成为个人，对于本体已经是一种罪过，至于个性越鲜明，当然罪过也越大，除非把它个性消除，它永远不能免除它的罪过。所以全世界的过程不过两项，就是个人的产生和个性的消灭。这两项都是不可避免的事情，所以悲剧的罪过，在个人方面，简直可以说是与生俱来的；在世界方面，简直可以说是世界的运命。赫伯尔这种对于个人悲观的看法，在这里已经明显，我们再研究玛利亚悲剧中的人物，就更感觉个人生命的无价值了。

4 最后的估定

经过这一番根据赫伯尔的艺术论与形而上学来分析解释这首序诗以后，诗人的使命、艺术的目的、自然与诗人的关系已经相当的清楚了。依照赫伯尔的意见，艺术就诚如费歇尔所说，"一种科学对于一位数学家一样，是一种技术，一种工具，用来解决问题的"。[1] 这就是赫伯

1　Waetzoldt: Hebbel und die Philosophie seiner Zeit. S.61.

尔艺术论的特点。赫伯尔是诗人，同时他又是思想家。他的艺术论就是他矛盾性格自然的表现。在这儿，我们看见一位特别有天赋的文人，作一种很不幸的努力，他的生涯和他的艺术创造，都深染了悲哀和命运的色彩。

中国诗有云：

> 鸳鸯绣出凭君看，
> 不把金针度与人。

这就是荷马、但丁、莎士比亚、歌德和李太白的态度。赫伯尔不单把他绣出的鸳鸯给我们观看，同时他还对我们说了许多的话，来解释他的金针。

（原载1937年1月《清华学报》第12卷，第1期）

19 世纪德国文学批评家
对于《哈孟雷特》的解释

1 解释《哈孟雷特》的意义

在欧洲文学里的人物，最有趣味的莫过于莎士比亚的哈孟雷特，最复杂的莫过于哈孟雷特，而同时最难解释的也莫过于哈孟雷特。

自从 1603 年《哈孟雷特》第一次出版以后，一直到现在，世界上不知道多少文人学者，曾经努力去研究、分析他，想寻求出莎士比亚真正的用意，他们写出来的文章书籍有千千万万，但是结果还是没有一个人敢说他自己的解释完全正确，别人的解释完全错误。《哈孟雷特》似乎是一个永远解不破的谜团，但是这一个谜团，越是解不破，越是引起一般人的兴趣，不断地努力，想去解破它。

大凡一种文学的创造，同一种科学的研究根本不同。科学注重规律的建设，文学注重个性的描写，因为要建设规律，所以要研究某种类大概的情形，因为要描写个性，所以要表示出某人某物独一无二的特点。科学对于一切的事物，只想去说明和解释它，文学对于一切的事物，只想去表现它；说过一种事物，可以说明解释，已经就没有什么神秘，所以科学的功用往往是在化神秘为平淡。文学家却能在极平常事物中找出它不可思议的地方出来，所以文学的功用往往是在化平淡为神秘。

文学既然要描写独一无二的个性，既然要化平淡为神秘，所以一种伟大的作品，往往不能解释，而且也不必解释，因为一解释立刻就会失掉了文学欣赏的趣味。大凡善于欣赏文学的人，都是"好读书不求甚解"的人。在欧洲，有许多人喜欢文学，但是不喜欢听大学教授的演讲，因为大学教授考据分析的工作，往往令人感觉枯燥无味。在中国喜欢读《红楼梦》的人有千千万万，但是喜欢读蔡元培的《红楼梦索隐》和胡适《红楼梦考证》的人，却是极少数。

　　这一种论据虽然能够指出文学欣赏正当的途径，但是并不能根本上推翻文学批评家考据、分析、解释的工作。这种工作，严格说起来，不是欣赏，不是创造，乃是一种科学的工作。德国话称科学为"知识"（Wissenschaft），大学里文学的课程叫作"文学研究"（Literaturwissenschaft），也就是这个缘故。因为文学本身固然同科学处于相反的地位，但是文学的研究乃是去求得某种知识来解释某种现象，虽然它用的方法同自然科学不一样，它的解释不一定能够处处令人满意，然而它努力的目标，它根本的精神，与自然科学是完全一致的。许多人不明了科学的意义，以为科学只是物理、化学、生物学和数学；有许多人更不知道在大学里还要学文学科学，以为文学系里毕业的学生一定会创作诗歌、戏剧、小说，这都是错误的见解。大学给学生以科学的知识，但是科学的范围并不限于自然科学。文学研究在大学里既然是一种科学，同文学创作根本就是两件事情。固然学文学研究的人，因为多读伟大文学作品可以提高他创作的标准，从而引起他创作的兴趣，但是并不一定能够因此使他成为一位创作家。

　　把文学研究同文学欣赏、文学创作的范围如果划分清楚，我们就可以明白，世界上许多学者努力去解释莎士比亚的《哈孟雷特》，并不是白费工夫。《哈孟雷特》在欧洲戏剧里即使不算最伟大作品，至少也是最少数伟大作品之一。它的伟大性，我们大家都能感觉到，但是剧里许多的情节，我们却不能彻底了解。如哈孟雷特为什么老是徘徊不决呢？他究竟是不是真疯了呢？他对他爱人的态度究竟怎样呢？究竟他是怎么样一个人？他心里究竟又有什么酸甜苦辣？这些情形，凡是读《哈孟雷特》的剧本、看《哈孟雷特》的表演的人，都会很自然地产生好奇心。这一种好奇心是人类一种求真的冲动，我们决不能抑制，而且也不需抑制。如果我们不能给他们一个"满意"的解释，至少我们可以给他们一个"较满意"的解释。

抛开科学的兴趣，来谈《哈孟雷特》在剧台上表演的问题，解释的工作就更重要了。照欧洲剧台的组织，诗人占最重要的位置，其次是导演员，再次是布景员、音乐师，最后才是演员。在中国，剧台表演情形却完全相反。演员占第一，导演、演员同布景员根本就没有，音乐师除了一两位拉胡琴最有名的以外，差不多与剧台表演没有太多关系，至于编剧本的人，更没有人注意他，所以现代中国流行表演的戏剧，都没有作者的名字。在欧洲，大家进戏院的目的，是去看某某著名戏剧家的剧本在剧台上的表演；在中国，大家进戏园是去看某某著名的演员表演他自己拿手的唱作，至于用哪一种剧本，唱哪一场戏关系是很小的，所以欧洲戏台贴的广告，要用大大的字写着"莎士比亚、歌德、易卜生"，中国戏台的广告，只消用金字写着"杨小楼、梅兰芳、余叔岩"。

戏剧家在欧洲剧台既然占这样重要的位置，所以要表演他的戏剧，我们要非常小心，因为一种表演，往往就是一种解释。在表演以前，导演的人一定要把剧本逐字逐句地详细研究，明了作者创作意图所在，然后才能够叫布景的人建造适合剧台气氛的景象，才能够叫每一个演员如何去表演某种动作、说某句话的时候，声音应该怎样疾徐轻重，面部身手应该如何样去表情达意。导演的人本事的高下，就看他解释剧本本事的高下。如果他对于一个名剧不能给它一种合情合理的解释，甚至于根本不能解释，那么他这一碗饭根本就吃不成。

所以莎士比亚《哈孟雷特》的解释问题，是一个不可逃避的问题。

关于莎士比亚戏剧的欣赏研究，德国人要算最卖气力。莎士比亚在英国文坛的地位还没有十分巩固以前，德国就有文学批评家赏识他。后来经雷兴极力地推尊，黑尔德、歌德的崇拜，莎士比亚的戏剧在德国、在世界获得了最高的荣誉。德国浪漫主义者奚勒格尔和梯克把莎士比亚全部的戏剧，用最美丽的文字翻译成德文，从此以后，莎士比亚就成了德国剧台不可或缺的戏剧家。德国剧台的发达，在世界任何国家都不能比拟，莎士比亚戏剧在德国每年导演的次数，世界上无论哪一个国家甚至英国都望尘莫及。

我们现在来看一看，19世纪德国文学批评家对莎士比亚《哈孟雷特》究竟有些什么解释呢？

2 《哈孟雷特》价值的估定

要谈《哈孟雷特》的解释问题，我们就不能不再谈《哈孟雷特》在欧洲文学史上价值的估定问题。

经过快两百多年文学批评家的研究讨论，《哈孟雷特》在文学上有很高的价值，无论赞成或反对的人，都不能不承认了。然而，这并不是两百年以前的事情。1603年，《哈孟雷特》的初本被人剽窃，第一次排印。第二年莎士比亚的手订本出版。当时英国人虽然喜欢看莎士比亚的戏，但并没有认清楚他的真正价值。至于欧洲思想界的名人，更不能了解为什么莎士比亚那样的戏剧，居然能够得到一般英国人热烈的欢迎。

1748年，欧洲光明运动的领袖福禄特尔[1]写了一本悲剧，作了一篇序文。在序文里，他详细比较近代悲剧与古代悲剧，《哈孟雷特》里鬼的出现同他自己剧本里鬼的出现。照他的意见，世界上没有一本悲剧的情节像《哈孟雷特》那样芜杂紊乱：在第二幕里，悲剧的主人翁就发疯，在第三幕他的爱人也是一样，后来甚至于跳水，因为哈孟雷

---

[1] 现通译为：伏尔泰。——编者注

特把她的父亲像要杀一只老鼠一般一刀毙命。在第五幕里，就是埋葬。埋葬以前挖坟的人，说许多关于一个人头骨粗鲁的笑话，哈孟雷特也作了好些差不多同样愚蠢的答语。最后我们看见，哈孟雷特怎样同他的母亲、继父争闹打架、互相屠杀。我们简直可以说，这一本著作是从一个"吃醉了的蛮子"（Sauvage ivre）的想象力中产生出来的。[1]

在另一篇文章里，福禄特尔很自然地质问，为什么在阿狄生写《克图》[2]的世纪，像莎士比亚那样的戏剧，居然还有人看？[3]

现在世界上很少有人去推重阿狄生的悲剧了；莎士比亚我们也不叫他作"吃醉了的蛮子"了；哈孟雷特同挖坟的人的谈话，我们不但不说它是粗鲁的笑话和愚蠢的答语，简直认为它是极深刻的人生意义的探讨与表现了；《哈孟雷特》全部的情节，我们不说它是芜杂紊乱，而是努力去研究它创作意图所在了；许多人都认为莎士比亚是文艺复兴以来最伟大的戏剧家，《哈孟雷特》是莎士比亚最伟大的悲剧。

这一种观念的变迁，不能不归功于少数最先认识莎士比亚悲剧价值的文学批评家。这少数人中，最重要的莫过于雷兴。雷兴是德国第一个明白清楚地认识英国文学的价值并替德国文学开新路的人，是德国第一个攻击法国新古典主义最成功的急先锋，同时也是德国第一个反对福禄特尔，推尊莎士比亚，了解哈孟雷特的批评者。

在1759年2月16日，雷兴在他的文学通信里已经明确指出了德国民族的特性，英、法文学的长短和《哈孟雷特》的价值。当时德国文坛的盟主葛蒂歇德最醉心法国戏剧而弃英国喜剧。雷兴反对他道："他很能够在我们旧剧本里发现我们的嗜好同英国人的相似，同法国人的相反。我们在我们的悲剧里边，要看要想的，比那恐怖的法国悲剧给我们看、给我们想的还多。凡是伟大的、可怕的、悲哀的，比技巧

1　Simiramis. Oeuvres, (1785) Vol. III p.384 ff.
2　此处所指应是约瑟夫·艾迪生（Joseph Addison）所写的悲剧《加图》。——编者注
3　Le plan de la tragedie d' Hamlet, Oeuvres, Vol. LXI p.350 ff.

的、温文的、爱恋的，更能够感动我们。特别简单的情节比特别复杂的情节，更容易使我们疲倦。他应该从这点去研究，这点就会直接领导他到英国的剧台去。"雷兴又说："就是因为他把阿狄生的《克图》认为是英国顶好的悲剧，可以证明他这儿又用法国人的眼光来看了。"最后雷兴居然直截了当地说："自从沙福克利斯的《奥地蒲士》以后，除了《阿塞罗》《李尔》《哈孟雷特》，世界上没有一本戏剧有激动我们情感更大的力量。"[1]

　　1768年，福禄特尔批评《哈孟雷特》二十年之后，雷兴汉堡剧评第一部出版，这里边他有时讨论到《哈孟雷特》的表演问题，特别是关于鬼魂出现的问题，他曾经详细地比较福禄特尔同莎士比亚两人悲剧中鬼魂的分别。他以为莎士比亚同福禄特尔两人悲剧艺术的异点，在这里最明显不过了，雷兴以为虽然在光明运动时代大家不信鬼魂，然而这一点不能拘束戏剧家，使他不把鬼魂领在剧台出现。雷兴说："我们每个人心中，都藏有相信鬼魂的种子，在戏剧家为某些人写的戏剧，他们有这样种子，更是极平常不过的事情。这完全看他的艺术本事怎么样，能不能够使这些种子发芽；他只消用几个手法，很迅速地给大家不能不把剧中情节当成真实的理由。只要他有这个本事，我们在日常生活里也许可以相信我们自己愿意相信的事情。莎士比亚就是这样一个戏剧家，莎士比亚差不多就是这样独一无二的戏剧家。在哈孟雷特的鬼魂面前，不管我们的头发盖着信鬼或不信鬼的脑袋，也一样地要根根竖立。福禄特尔先生想去应用这样鬼魂却闹糟了；他把自己同他的宁禄士鬼魂都弄得可笑。莎士比亚的鬼魂真正是从阴间来的，至少我们是这样觉得。因为他来自紧张的时间，在恐怖的夜晚，有一切相关的联想，我们所有的人从老妈子生下起，没有一个不在等望鬼魂出现。但是福禄特尔的鬼魂，拿来吓唬小孩子的玩意都不够；他不

---

[1] Lessing: Literaturbriefe, den 16 Feb. 1759.

过是一个化装的演员,没有什么,不说什么,不做什么,以及在他那种地位他也许应该有的表示。他出现时的一切情形,没有一样不扰乱剧台的幻象,表露出一个冷静作家的构想,他很想迷幻我们,使我们感到恐怖,但是他不知道他应当怎么办。我们只消想这一点:在青天白日的时候,全国上下正在召开会议,从坟里走出一位福禄特尔式的鬼魂来。福禄特尔曾经在哪儿听说过,鬼魂是这样地大胆?哪一个乡村老妪不能够告诉她鬼魂怕阳光,不喜欢赴阳气太盛的集会呢?福禄特尔当然知道,不过他太害怕,太讨厌去利用这样的情况。他很想显现一个鬼魂给我们看,但是这一个鬼魂,品格一定要高尚一点,也就是这一点高尚的品格,把一切都摧残消灭。这一个除掉了鬼魂身上一切惯有东西的鬼魂,我们觉得他不成其为正当的鬼魂;凡是幻象不需要的东西,都扰乱了我们的幻象。如果福禄特尔曾经在哑剧上稍为留意,他也可以从另一方面觉得叫一个鬼魂在人群里出现,这不是聪明的办法。所有的人,一看见鬼魂一般都要表示惊恐,而且如果我们不要他像跳舞队那样以同样的动作,那一定要他们作种种不同的表示。而在莎士比亚戏剧中的鬼魂只让哈孟雷特一个人挨近他。在哈孟雷特母亲在场那一出,他母亲却不闻不见。我们一切的观察,都集中在哈孟雷特一人身上。我们越是在他的精神上发现恐怖扰乱的情况,我们越是容易相信恐怖扰乱他精神的现象,把它认为哈孟雷特自己认为的东西。鬼魂对我们发生的影响大部分由于哈孟雷特而不由于鬼魂自己。"[1]

雷兴这一番解释,颇能指出莎士比亚令鬼魂出现时的时间、地点选择的意义。如果凭雷兴的眼光和学力,再进而分析《哈孟雷特》的结构和表演等问题,一定还能够给后来人做出许多精彩的贡献。但很可惜,在德国当时并没有《哈孟雷特》的表演。因此雷兴对于《哈孟雷特》的贡献,只有两方面:

---

[1] Hamburgische Dramaturgie. TheiI.Stlick XI d. 5.Juni 1767.

第一，《哈孟雷特》在欧洲文学史上价值的估定。

第二，《哈孟雷特》中鬼魂出现的解释。

3 歌德对哈孟雷特的认识

雷兴是德国第一个明白、清楚地认识《哈孟雷特》的价值的人，歌德是德国第一个分析、研究哈孟雷特的个性和表演方法的人。雷兴帮助我们估定《哈孟雷特》的价值与内容，歌德帮助我们了解《哈孟雷特》的结构和立意。

歌德对《哈孟雷特》的解释问题，最大的贡献就是他发现全剧有严谨的结构。他以为莎士比亚并不像一位吃醉了酒头脑不清楚的人信笔乱写，他曾经通盘筹划，把剧里大大小小的事情，都配合在适当的地方，分出先后、轻重，使它们一步紧一步地发展。福禄特尔认为莎士比亚把《哈孟雷特》写得乱七八糟，歌德的见解却刚好与他相反。

歌德分析《哈孟雷特》时，曾经说了一句最有名的话，他说："这本悲剧是很有计划的，但是悲剧的主人翁却没有计划。"[1]这确是一针见血之谈，明了了这一句话，不但明白了《哈孟雷特》的结构安排，连哈孟雷特本人的个性也可以清楚，但是这句话却怎么解释呢？

我们都知道，歌德讨论《哈孟雷特》最详尽的文字，都载在他的长篇小说《威廉迈斯特》里边。《威廉迈斯特》是一部教育的小说。歌德写这一部小说的目的，是在阐明他教育的理想。他之所以在书里把《哈孟雷特》的题目介绍进去反复讨论的原因，固然是他对《哈孟雷特》发生了很大的兴趣，而最大的理由，还是他认为《哈孟雷特》是

1　Wilhelm Meisters Lohrjahre. Buch IV. Kap. IV. S. 223.

莎士比亚对人生最深刻、最有意义的贡献,了解《哈孟雷特》不但是一个美学的问题和剧台表演的问题,同时还是一个人类教育的问题。

在歌德分析《哈孟雷特》的文章里,首先一个问题就是为什么他不采取迅速有力量的手段呢?为什么他不做他父亲的鬼魂再三嘱咐他,而他自己还庄严地宣誓过的事情呢?为什么他老是徘徊迟疑呢?到底他有什么计划呢?歌德的答案是他并没有什么计划,他根本就没有决定计划的能力。他是一个美丽、纯洁、高贵、最有道德的人,没有英雄果决的力量,所以背着担子不能扔掉,又不能担起走,终归于死灭。[1] 歌德又说哈孟雷特"缺少动作的力量"同"动作的兴趣",没有动作的兴趣,就是因为他没有"人生的兴趣",哈孟雷特所以徘徊不决、不能有计划,就是因为他的整个人生世界在他脑子里都发生了问题。这一个大问题一天不解决,他就一天不知道应当如何样动作,同时人生实际的责任又刻不容缓地逼迫着他马上去解决一切,所以他心里受着激烈的痛苦,同时他自己仍然不能订出任何计划。[2]

莎士比亚的剧本里,我们可以证明,哈孟雷特并不是一个贪生怕死的懦夫,也不是一个无才无识的庸士,但是他没有决定计划的能力,就是因为缺乏这一种能力,所以遇着非常事变就被摧残,也就是因为缺乏这一种能力,所以他成为古往今来独一无二的哈孟雷特。莎士比亚的目的,就是要描写这一个特别的哈孟雷特,这个没有计划的哈孟雷特,但是他却用最优计划的戏剧,来表演这一位没有计划的英雄。像福禄特尔那样的批评,因为看见悲剧的主人翁没有计划,就说莎士比亚的戏剧没有计划,甚至于说作者像一位吃醉了的蛮子,这实在是大大的错误。

歌德不单是从各方面证明《哈孟雷特》是一本很有计划的戏剧,而且对于《哈孟雷特》在剧台上表演的问题,也有十分详尽的讨论。

1　A. a. O, Buch IV. Kap. XIII. S. 216.
2　A. a. O, Buch IV. Kap. XII. S. 214 216.

如最后比剑一幕,依歌德的意思,演员都应该受过特别长时期的训练。还有剧里边许多副角,歌德也曾经仔细地区别研究他们的个性。如像罗生旷(Rosenkranz)和古尔登(Güldenstern)这两个人,随便看起来差不多完全一样,所以许多导演的人,往往为节省时间起见,把他们改成一个,歌德却发现了两人个性完全不同的地方,如果一合并,就会失掉影响和意义。[1] 此外,如婆罗立(Polonius)皇后格处德(Queen Gertrud)诸人,歌德都有很亲切的分析,并且说出他们在剧台上应当如何表演。

4 三种流行的解释

自从雷兴歌德先后推崇解释《哈孟雷特》以后,这一本悲剧在文坛的地位算稳固了。文学批评家对哈孟雷特都发生了很大的兴趣,极力想法去研究与说明他。他们的研究与说明,有一些显然错误的,有一些是很有讨论的价值的。在我们要介绍有讨论价值的解释以前,还要先指出有许多显然错误,在文艺批评界却还占有相当势力的学说。他们对哈孟雷特的解释,共分三种:第一种把哈孟雷特当成贪生怕死的懦夫,第二种把哈孟雷特当成梦想家,第三种把哈孟雷特当成很伟大的哲学家。[2]

第一种解释的代表是伯尔勒(Börne)。他平生最恨歌德,因为歌德《少年维特之烦恼》里边的维特,也是没有果决的能力,没有生活的兴趣,很有些像哈孟雷特,所以伯尔勒也恨极了哈孟雷特。他说哈孟雷特不是一个没有决断能力的英雄,乃是一个贪生怕死的懦夫,他

---

[1] A. a. O. Buch V. Kap. V. S. 265.
[2] 参看 R. Loening: Die Hamlet-Tragödie Shakespeares. Stuttgart. Cotta 1893 S.1142.

只有偷着谋杀别人的勇气。莎士比亚原剧里所描写的哈孟雷特随着鬼魂走的情形，同海盗交战的情形，最后通勒尔蒂斯比剑的情形，伯尔勒完全置之不理。他只是同歌德闹意气，他不是在解释英国戏剧中的哈孟雷特，他是在攻击德国戏剧中的哈孟雷特。

如果哈孟雷特不是贪生怕死的懦夫，仍然徘徊不决，这大概是因为他思想太多。他对于人生、世界一切事体，常常都要思想和研究，所以各方面都看见，有时觉得这样合理，有时又觉得那样合理，因此永远下不了决心。所以《哈孟雷特》实在是一本"思想的悲剧"（Gedankentrauerspiel），剧里的主人翁是一位"思想的英雄"（Gedankenheld）。这第二种解释，如奚勒格尔（A. W. Schlegel）还有许多美学家同黑格尔学派的哲学家，如罗竭尔（Rötscher）和菲歇尔[1]（Vischer）都属于这一派。

他们把一位悲剧的英雄，变成一位深思的哲学家，不痛痛快快提起刀去杀人，却昏昏沉沉翻来覆去地去想哲学，这跟德国所谓"梦想家"（Träumer）差不多，无怪乎1844年佛来利加[2]（Freiligrath）作诗直接呼喊"德国是哈孟雷特"了！

还有一些人觉得哈孟雷特不是一位平凡的梦想家，而简直是一位超萃绝类的哲学家。他有丰富的思考能力。有时他像意大利自然主义哲学家白蕊罗[3]（Giordano Bruno），有时他又像法国怀疑主义者蒙腾[4]（Michel de Montaigne）。蒙腾怀疑思考的方法在当时把思想界造成"信仰"同"不信仰"两个不同的方向。依希特德费尔德（Stedefeld），莎士比亚写《哈孟雷特》的目的，是在攻击蒙腾没有信仰，照费师（Feis）的看法，莎士比亚目的是在反对蒙腾有信仰。

1　现通译为：维舍或维舍尔。——编者注
2　现通译为：弗赖利格拉特。——编者注
3　现通译为：布鲁诺。——编者注
4　现通译为：蒙田。——编者注

在1603年《哈孟雷特》的初版中，哈孟雷特"生还是不生"一段自语，排在另外较前面一个地方，即他同婆罗立的对话，婆罗立问他"我的王子，你在读什么"的前面。在这两出里哈孟雷特上场时手里拿着书诵读，在深入沉思的时候，他讲出这一段自语。里边讲死亡、讲长生、讲自杀的地方令人回忆到蒙腾。后来在同婆罗立的对话里，讲到这本书，伯尔格朵夫（Bergersdorff）又证明给我们，不是蒙腾，乃是黎立[1]（John Lyly）的犹福懿斯[2]（Euphues）。还有一些人以为是罗马诗人裘坟勒[3]（Juvenal），又有人以为是意大利哲学家白蕊罗。

在这里，我们的批评家可没有办法了。到底哈孟雷特讲的是什么哲学呢？是白蕊罗还是蒙腾呢？是怀疑的蒙腾还是信仰的蒙腾呢？到底他读的是什么书呢？是蒙腾，是黎立还是白蕊罗？是散文，是小说还是对话？这些都是很难解答的问题，但是都不是解释哈孟雷特最重要的问题。哈孟雷特的语句中，固然含了不少哲学的意味，但是一定要说哈孟雷特是一位大哲学家，莎士比亚这一部剧是在打哲学官司，这却未免太过了。

拿哲学家解释哈孟雷特的，还有叔本华，但是叔本华却比他们这一群人高明一点。因为他不把莎士比亚的剧本当成哲学论文，不把悲剧的主人翁硬派成哲学家，他只是把剧中的哲学思想引证来阐明他自己的哲学系统，同时再拿他自己的哲学系统来解释哈孟雷特。

叔本华认为生存不能不由欲望，欲望不达到必然有许多痛苦，达到以后，立刻又有第二个欲望，所以生存、欲望、痛苦三样是解不破的连环。但是叔本华虽然极力说明人生是痛苦的，却极力反对自杀，他认为自杀是因为不满意于现世，欲望一个更好的现世，根本还是基于欲望，是接受生存欲望最强烈的表示（Die Stärkste Bejahung des

---

1　现通译为：黎里。——编者注
2　现通译为：尤弗伊斯。——编者注
3　现通译为：尤维纳利斯。——编者注

Willens Zum Leben）。哈孟雷特处在生死的关头，感觉世界的梦幻，想象出死后是何情景，在他自语里边，形容尽了人生的意义。所以叔本华最喜欢引用哈孟雷特这一形象。哈孟雷特因此是他哲学的明例，他的哲学是哈孟雷特的注解。

5 韦尔德的三点论

  哈孟雷特不是贪生怕死的懦夫，不是梦想家，也不是哲学家，我们看见拿这几种方法来解释哈孟雷特的人，都显然地失败了。

  哈孟雷特哈最难解释的地方，就是他矛盾冲突的性格，他有时又像这样，有时又像那样；有时像懦夫，有时像勇士；有时沉思，有时鲁莽；有时积极，有时消极；有时迷信，有时怀疑；有时疯狂，有时清醒，我们越研究越糊涂，到底不知道说他什么才好。无怪乎奚勒格尔（A.W. Schlegel）在他的《演讲录》里边说："这本充满了谜团的作品，好像一些不依理性的比喻，常常总有些不明白的伟大的隔绝，没有方法可以使它解开。"他又说哈孟雷特代表全人类的运命，人类的运命是解不开的谜团，所以哈孟雷特也是解不开的谜团。"人类的运命好像希腊女面狮身有翼的怪物站在那儿，谁也不能解破她可怕的谜，就要受到掉在怀疑深谷的威胁。"[1]

  哈孟雷特是一个解不开的谜团，我们姑且承认了，但是我们还忍不住要问，哈孟雷特为什么会成这样一个解不开的谜团呢？有人说，这是作者莎士比亚的错误，有人说这是批评家的错误。主张前一种说法的是锐麦林（Rümlin），主张后一种说法的是韦尔德（Weider）。

---

1 Vorlesungeh über die dramatischo Kunst und Literaturo（Heidelberg, mohr 1817）Theil III S. 146 ff.

锐麦林说哈孟雷特的个性矛盾冲突，根本是莎士比亚的错误，想把两种绝对不同的个性来强合成一人。一方面，我们看见极端肤浅的民众迷信；在另一方面，我们又看见极端推翻一切的怀疑思想，所以一方面鬼神来得活灵活现，另一方面，连宇宙和人生都变得梦幻空茫。原因是哈孟雷特有两个来源，一个是古代民间的传说，一个是代表文艺复兴时代莎士比亚的头脑。照前一个来源，哈孟雷特是一个复仇的人，依后一个来源，哈孟雷特是一个怀疑主义者。所以复仇的哈孟雷特总不断地去责备怀疑的哈孟雷特；所以莎士比亚的哈孟雷特自己不断地叫苦，证明这一部作品中存在内容根本不相容的地方。拿零碎片段来说，当然是有思想、有趣味，但是拿整个来说，《哈孟雷特》是莎士比亚最不完美的戏剧。[1]

如果我们相信锐麦林的话，我们似乎又走回福禄特尔的老路了。歌德不是已经明明告诉过我们，《哈孟雷特》是一部最有计划的戏剧吗？对这一部戏不能了解，并不是在作者本身，乃是因为历来批评家没有彻底了解的这部戏的能力。我们一直到现在"不能"了解的东西，并不是一定永远"不可以"了解的东西。也许《哈孟雷特》本来就是一部精心结构戏剧，如果我们得到了适当的关键，也许就可以解开这个所谓解不破的谜团。

这就是韦尔德在柏林大学演讲的主题。[2]

韦尔德以为以前的批评家所以不能了解哈孟雷特的人格个性，因为他们有一个根本的错误，他们把戏里边哈孟雷特自责的字字句句用"死"来讲，把它们作为判断哈孟雷特的标准，作为考察哈孟雷特的明镜，其实这些自责并不是"自责"乃是"自叹"。它们并不判断悲剧主人翁的"个性"，它们只是描写悲剧主人翁所处的困难"地位"，一直到现在，欧洲的批评家连歌德也不能除外，都把哈孟雷特所处的"地

---

[1] Shakespearstudien（Stuttgart, Cotta 1866）S. 74 ff.
[2] Vorlesungen über Shakespears Humlet. (Berlin, Wilhelm Herz 1875).

位"同他本身的"个性"弄错了,所以大家没有法子去了解哈孟雷特。

其实哈孟雷特的处境不过如此:哈孟雷特应当替他父亲报仇,这就是说,他应当在世上的人都相信凶手的罪恶且都责备他的时候,哈孟雷特应当去惩罚他。但是世上的人除了凶手本身,并没有一个人知道这段罪恶,所以他一定要想法逼着凶手自己承认他自己的罪恶。如果哈孟雷特像我们批评家所要求的那样,把国王一刀毙命,那么他并没有惩罚了他,而是从千载骂名里拯救了他。"因为报仇要惩罚,惩罚要公理,公理要世界的相信。所以哈孟雷特的目的,不是王冠,他第二步的责任,不是杀国王,他的使命乃是:把杀他父亲的凶手——大家还不能攻击的人,想法使丹麦人相信他的罪恶,相信哈孟雷特举动的公平,然后来惩罚他。这就是一切问题的重要关键。"[1]

清楚了哈孟雷特所处的地位,我们才可以把他的自语详细阅读,看他的自责到底有什么意义。他埋怨命运,加上了他这样大的一个负担,在生气的时候,他回头来痛骂他自己。他说,他没有办法在自己面前像一个贪生怕死的懦夫,一个无耻的流氓,一个梦想的约翰,一个下等的奴才,一切可卑、可耻、可咒骂的样子出现。鬼魂的命令同他自己的宣誓,都迫使他去复仇,复仇是最必需、最公正的办法,但是复仇的先决条件,也一样必须和公正,而在他所处那种情形下却非常困难。他不能,也不敢做他应当和必须做的事情。这就是哈孟雷特所处的铁笼,这就是他打不破的难关。他要做的工作,理智没有力量替他指出一条正当的路径,这个问题往多想一想,可以令人发狂。所以他很自然地想到了装疯狂的观念,自己变成傻子的样子。这就是他所处地位的表示。

但是后来忽然一件事情发生,把哈孟雷特的悲剧弄到不可挽回的地步,就是他在盛怒之下错把无辜的婆罗立杀死了。"这就是全剧的

---

[1] A. a. O. Vorl. II S. 46 ff.

转点,里面包含了解全剧第二个重要的关键。就从这第二点起,我们可以窥见这本戏悲剧意义的深沉同它全部的结构。了解了这一个转点,就是了解了哈孟雷特。一件新的事情发生了,一件惊人的事情我们没有预料到的:哈孟雷特犯错了,这一个错误就是哈孟雷特!但是我们还需要第三点才能把这第二点全部的意义抓住。如果我们把所有三点合拢来看,我们才可以明了全部,我们才知道每一点都由于这一点而且在这一点中间发生。"[1]

韦尔德所说的三点,第一是"主点",就是哈孟雷特所处的地位;第二是"转点",哈孟雷特误杀婆罗立;第三是"结点",就是比剑。这三点都是互相关联,造成全剧紧峭的结构。

韦尔德的解释,表面看起来好像很合理,但是仔细推敲起来又可以发现许多不妥当的地方。从他所讲的主点来说,我们就觉得这完全不是莎士比亚的原意。哈孟雷特全剧里边并没有任何地方说哈孟雷特一定要强逼国王自己公开承认他的罪恶。哈孟雷特父亲的鬼魂只叫他赶快去复仇,哈孟雷特自己也宣誓答应去做,他们对话中从来没有半个字把国王公开承认自己罪恶作为复仇不可少的条件。就是哈孟雷特自语中也从来没有半句话,把这个条件作为他复仇的难关,因此让人感觉到他处于毫无办法的地位。

就算哈孟雷特认为复仇一定要国王自己承认罪恶而有意要强迫他,但是他为什么同皇后对话的时候又想要杀他呢?如果他没有错杀婆罗立,那岂不是他自己毁坏了他自己的全盘计划吗?岂不是如像韦尔德所说,把国王从千载骂名里拯救出来吗?

并且如果照韦尔德所说,复仇要惩罚,惩罚要公理,公理要世界相信,所以国王一定要向世界表明他自己的罪恶,那么莎士比亚这本戏的目的并没有达到,哈孟雷特的计划,完全没有成功,因为国王一

---

[1] A. a. O. VII. S. 161 ff.

直到临死的时候，还在讲假话。皇后中毒倒地的时候，他虽然明明知道她中毒，却说"她昏倒了！"连他自己中毒剑要死，他还不承认，说"我只是受了伤！"

平心而论，韦尔德对哈孟雷特的解释也算有特殊的见识，说了许多中肯的话，但是他的解释，我们仍然认为是韦尔德的哈孟雷特，不是真正莎士比亚的哈孟雷特。

6 鲍孟加的个性论

抛开韦尔德的解释，我们重新回到老问题：为什么哈孟雷特在宣誓复仇以后，老是徘徊不决呢？这个不可解的谜仍然不可解，希腊的怪兽又站在那儿了！

鲍孟加[1]（Baumgart）在一篇文章里很反对韦尔德。[2] 他以为韦尔德所持的观点，讲哈孟雷特所处的地位就根本错误，这一点错误，以后引申出来的一切结论也就都跟着错了。

但是鲍孟加不在莎士比亚原剧里去寻解释，却把欧洲文学史上批评家的老祖师亚里士多德请出来帮忙。他认为哈孟雷特的故事，照亚里士多德的理论，要算悲剧材料里边顶美丽的了。它是复杂的，同时又是伦理的：复杂的，因为它包含一串丰富惊人的情节；伦理的，因为悲剧主人翁行为的态度同他的命运可以从他自己特殊的个性中产生。命运的认识，在哈孟雷特的个性上发生了极大的影响，因此在他祸福转变的机缘中，把他领上灭亡的道路，悲剧的英雄做着正和他目标相反的事情，这样他的摧残也就不可救药。哈孟雷特认识到了他自己的

---

1 现一般通译为：鲍姆加特。——编者注
2 Die Hamlet-Tragödie und ihre Kritik.（Königsberg, Hartung'sche Buchdruckerei 1877）

命运，但是没有认识到他自己同他自己的个性，所以这一个个性不仅是在我们，而且就在他自己也是一个问题。他不知道加在他肩上复仇的担子，对他那样一个思想高尚、感情深挚、行动光明的人，未免太不适当了，所以他自己不能马上去做，只是让事体自由发展。有时他热烈的感情被复仇的观念抓住，他立刻就想动作，但是一回头他高尚的道德思想又用同一的力量把他驱赶回来。所以他老是徘徊不决，主要的事情一点也不去做，只做一些对人生深沉的观察。

哈孟雷特的性情，最好做命定论者的例证，他很像布锐当的驴子。驴子面前，堆有干草，又堆有青草，他吃这样又舍不得那样，吃那样又舍不得这样，终于活活饿死。哈孟雷特也是老站在复仇与不复仇、野蛮时代的要求同文化高尚时代的裁制、感情同理智的中间，结果也是同驴子一样，作了悲惨命运的牺牲品。

如果他能清楚地认识他自己的个性，他知道自己高尚的人格，不能够作复仇的举动，他就会立刻下定决心，拒绝鬼魂的要求，抛弃一切内心的冲突。但是哈孟雷特却并不了解自己。所以他在全剧中，除了排戏来明定国王的罪恶这件事情以外，一点事体都没有做。他所需要的是立刻复仇，但是他的性情却拼命退缩。他的感情驱迫着他向前，而他的力量又不够采取直接行动，所以他把重要的事体永远搁下。[1]

其实哈孟雷特对他父亲的责任，用不着杀人复仇已经就可以尽。实际上他已经尽责了，他父亲的鬼魂也并没有再要求他旁的什么。我们仔细考察一下，到底鬼魂要求哈孟雷特做什么呢？哈孟雷特答应了他父亲要做什么呢？鬼魂临走的时候，不过说："阿德！阿德！阿德！记念我！"哈孟雷特的答语是："记念你吗？是呀，你可怜的鬼魂，只要记忆力还在这个扯碎了的圆体中居住。"这一句答语已经算是把这件事情了结了。哈孟雷特父亲的鬼魂要他记念他，哈孟雷特答应记念他，

---

[1] A. a. O. S.65 66S. 125.

而且后来真正记念他，这还不够吗？[1]

如果我们相信鲍孟加这种解释，那么哈孟雷特父亲的鬼魂这样辛苦显灵，为的不过是要哈孟雷特记念，未免太无意义了。实际上鬼魂的命令同哈孟雷特的宣誓的重要性，远在鲍孟加的意想之上。并且在莎士比亚的原戏里边，我们怎么也找不出哈孟雷特对于杀人复仇同他自己高尚人格冲突，并因此畏葸退缩的地方。鲍孟加心目中的哈孟雷特同莎士比亚的哈孟雷特，因此始终还是判然不同的两件事。

7 病态同禀赋的探讨

格锐蒙[2]（H. Grimm）在他一篇讨论哈孟雷特的性格的文章里，[3] 认为哈孟雷特根本不能解释，而且也不必解释，因莎士比亚写这一部剧的原意，就是要描写出一个不可解释的人来。关于他这一个动机，我们一比较1603年的初本同1604年的修正本中不同的地方就可以看出来，因为在修正本里边，莎士比亚只是极力在把不可解的哈孟雷特弄得越来越不可解。

格锐蒙的意思，哈孟雷特并不是什么人生的谜团，也不像那富含象征意味的希腊怪兽。哈孟雷特的谜团，是心理学或病理学的，我们看《哈孟雷特》的时候，看见许多景象变换，听见哈孟雷特奇怪的谈话，看见他魂不守舍的样子，我们心中常常发生一个疑问，就是哈孟雷特到底是不是真正疯了？如果说他是真疯，那么何以一个疯狂的人居然会讲那样聪明机警又包含深邃的哲学意义的话？居然会排演戏本

---

[1] A. a. O. S. 90 ff.
[2] 现通译为：格林。——编者注
[3] Fünfzehn Essays, Neue Folge. (Berlin, Dummlerrche Verlagsbuchhandlung 1875). 226 ff.

来考察凶手的罪恶，居然会忍耐地坐船到英国，居然会听国王命令同勒尔蒂斯拼命比剑？如果他不是疯，何以他有许多行动又似乎反常？何以他不直截了当去复仇，却又来兜那样无谓的圈子，而结果却又忽然动了杀机，让婆罗立毙命？

哈孟雷特是一个病态的人，他生存在疯狂与不疯狂的中间，有时他是清醒的，有时他是糊涂的，所以他疯是真，不疯也是真。他是一个不可解的谜，就是这一个谜，莎士比亚想表现给我们看。他想用象征的手法，把他常常在英国看见的一种病态描写出来。这一种病态是由于脑子受了太大的刺激，自己怀疑自己。他在精神方面还能勉强保持平衡，他把他的怀疑极力迁移到等待、观察这方面，来防止最后的崩溃。我们通常健康的人很难能了解这一种心理，找出一个适当的答案。

这就是英国最通常的一种"脾病"，莎士比亚写哈孟雷特的目的，也不过就是想表示这种病态。但是如果我们仔细读一读莎士比亚的作品，格锐蒙这样解释似乎又不合理，因为哈孟雷特的疯狂，不是他的疾病，乃是他戏台上的表演，他表演疯狂，我们没有一刻不能在后边找出一个特别的意义来。虽然这一个特别的意义，我们可以有种种猜度，但是总不能以疾病二字来一笔勾销。如果从病态这一条路再追寻下去，我们也许会去研究哈孟雷特身体的构造，我们甚至可以说，哈孟雷特之所以迟疑不决，是因为他太胖的缘故，他母亲在他比剑的时候，不是说"他胖，呼吸短促"吗？我们还可以说，哈孟雷特是染了热症，因为他曾经说："我有太多的日光了！"

这并不是开玩笑的话，确是有人曾经用这样的方法去研究哈孟雷特的禀赋。格斯勒[1]（Gessner）分析哈孟雷特[2]，他说哈孟雷特的个性，是他禀赋自然的结果。哈孟雷特身体方面的禀赋，同他性情方面的禀赋，不相融合。他的性情常常是忧愁的，他的身体太胖，呼吸短促，

1　现通译为：格斯纳。——编者注
2　Shakespeare-Jahrbuch, XX(1883), S.228 ff.

脑袋卷发，同这种性情是冲突的，所以他的行动、思想，处处矛盾冲突。从这一点出发，格斯勒进而分析哈孟雷特说话的方式，自杀的思想，感情的转变，当儿子、当爱人、当王子、当复仇人的态度。

还有一个研究哈孟雷特的禀赋的，是罗林[1]（Loening）。[2]他说哈孟雷特的禀赋包含三种成分，第一是忧愁的成分，第二是迟缓的成分，第三是易怒的成分。哈孟雷特生成一种忧愁的性情，所以很容易悲哀痛苦。这一种性情同他身体迟缓的构造也有相当的关系。他身体胖，呼吸短促，莎士比亚使我们清楚地知道，我们绝不能用旁的样子来表示哈孟雷特。又如他散步的习惯、身体的运动、舞剑的练习，都是拿来防止变胖的方法，对哈孟雷特个性的描写都有烘托的功用。他易怒的性情也是一样地显明，尤其是他自己处在危险的地步或者受别人攻击的时候，表现得特别厉害。

这三种成分，造成了哈孟雷特的为人。哈孟雷特一切的言论行动，处处都受三种成分的支配。哈孟雷特差不多不是有自由思想的人，简直是一个听凭他禀赋捉弄的傀儡。他的理智受他禀赋的管辖，他自己完全没有决定的能力。所以从最初意志到末尾，哈孟雷特对于报仇，也没有准备也没有意愿，他总是觉得时间还没有到，现在用不着忙，可以再等一等。他诅咒，他嗟叹，他忧愁，他痛苦，他愤怒，他不能决定，一切都由于他生性如此，无可奈何。

8 性恶论的研究

关于格锐蒙病态的解释，格斯勒、罗林禀赋的研究，我们也用不

1　现通译为：洛宁。——编者注
2　Die Hamlet-Tragödie Shakespeares, Stuttgart 1893

着再详细讨论了。

还有一位，对于《哈孟雷特》解释问题别开生面的就是鲍尔生[1]（Paulsen）。[2]

叔本华把《哈孟雷特》作为他悲观主义的代表，表明生存是痛苦的，世界人类是万恶的。鲍尔生更进一步，不但把《哈孟雷特》作为悲观主义的代表，简直把哈孟雷特本人作为悲观主义的对象，把悲观主义应用到他本人身上来。《哈孟雷特》全剧的中心题目就是万恶的世界。万恶的哈孟雷特，因此也就成了鲍尔生文章的题目。因为哈孟雷特根本就是一个恶人，就是万恶人性的代表，所以才有他遭逢的命运，所以这一部戏乃是"悲观主义的悲剧"。根据这一个理论，历来把哈孟雷特认为有高尚人格的解释都不能成立。

哈孟雷特恶性的表现就是他的快乐，他残暴的快乐。他发现了别人的弱点、错误、罪恶，他自己感觉着快乐。并且因为要发现别人的弱点，不惜用种种手段把发现的结果拿来作为开玩笑的资料，这就是他一切行为的态度，这就是莎士比亚的目标，这就是哈孟雷特灭亡的缘故。

哈孟雷特是一个看见地狱的人，是一个讲真理的人。他把周围世界里边的欺骗和罪恶完全看穿；不但看穿世界，甚至于看穿自己。他分析自己的内心，发现自己不过是一个自私自利的人，没有心肠，没有情感。他发现他母亲是一个不忠实的妻子，丈夫刚死不久，就可以嫁人。他发现他叔父是一个人面兽心的凶手，把自己亲哥哥杀死，面子却装得慈祥友爱。他发现他自己是一个懦夫，是一个恶汉，是一个下等的奴才。他自己父亲的仇，他不敢报，他最亲爱的情人，他也硬起心肠把她抛弃了。

哈孟雷特因此表现了人性一切的罪恶，同时自己也就是一切人性

---

[1] 现通译为：保尔森。——编者注
[2] Paulsen: Hamlet, die Tragödie des Pessimismus, Deutsche Rundschau, Mai 1889, S. 237 ff.

罪恶的表现。

鲍尔生立说固然新奇，但是也不能令我们满意，因为人类世界不一定如悲观主义者所说的那样坏，哈孟雷特也不一定是像鲍尔生所说那样坏的人。至于哈孟雷特的作者莎士比亚有时表现人生的罪恶，有时也表现人生的光荣。如果把莎士比亚其他一切创作完全抹杀，硬给莎士比亚安上一个悲观主义者，而且是一个极端的，把人生宇宙认为万恶的悲观主义者的头衔，恐怕道理也说不过去。

9 结论

我们对德国19世纪文学批评家对于《哈孟雷特》的解释研究以后，我们觉得非常失望，因为他们每人所想出来的理论，似乎都有缺点，似乎都没有找出真正莎士比亚的本意。哈孟雷特仍然是一个解不开的谜团。既然他们的解释不能说明真正的哈孟雷特，那么他们的解释，岂不是白费工夫吗？不然，他们的工夫并没有白费。第一层，经他们的研究努力，哈孟雷特虽然没有完全解释明白，然而哈孟雷特人格的复杂性，莎士比亚这一部剧的伟大性，却非常地明白清楚了。第二层，他们的研究，代表人类求真的精神，这一种求真的精神，是人类最高洁、伟大、光明的德性。这种精神的表现，倒不一定要研究到了某种程度才算成功。本来一切科学所求得的真理，都是暂时的假设，最后的真理，绝对可靠的真理，不过是人类共同的理想，永远追求，却永远也不能达到。所以真理的追求，乃是一种无穷的工作（Eine unendliche Aufgabe）。人类所以能够还有进步，就是因为大家虽然明明知道达不到，还不肯抛弃这个无穷的工作，永远向前追求。世界一天不消灭，我们相信《哈孟雷特》的解释问题，也一天不会停止。至于

《哈孟雷特》这个谜团，是否有解开的可能性，我们在这里不能讨论，也用不着讨论。

(原载 1934 年 10 月《清华学报》第 9 卷，第 4 期)

附录：迦茵·奥士丁[1]作品中的笑剧元素

1 笑剧元素的定义

笑剧元素，就是一位戏剧家或者小说家用来发生笑剧影响的基本条件。但是什么是笑剧呢？

对于这一个极复杂紊乱的问题，最漂亮的答案，恐怕要算瓦尔波[2]（Horace Walpole）两句有名的话："人生在一个思想的人是笑剧，在一个感觉的人是悲剧。"巴尔麦解释这两句话道，"在一个理智力强的人，站在旁观的地位，用批评的眼光来看人生好像看一群好玩的雕像一样，人生就是笑剧了。它愚弄理智，它似是而非，它是反说同错误的集合……它是愚人们的庆祝大典。一个有迅速感觉的人，容易对同类发生同情，人生在另一方面却变成悲剧了。它触动他的感情，它充满了悲哀的机会。它是一个筵席，有看不见的手永远在墙上写字"。[3] 著名笑剧批评家麦锐底斯把笑剧叫作"健全理性的泉源"，认为笑剧"用理智来笑，因为理智在指挥它"。[4]

伯格森要算近代研究笑剧最成功的人，他分析笑的意义，指出三件明显的事实：（1）笑仅限于人类活动范围里边；（2）笑的时候一定要没有感情；（3）笑包含一种社会的意义，笑是一种社会的制裁。在说明第二点笑的时候为什么一定要没有感情，他告诉我们："除非笑降落在一个完全安静、清楚的心灵的表面上，好像它不能够发生它扰乱

---

1 现通译为：简·奥斯丁。——编者注
2 现通译为：霍勒斯·沃波尔。——编者注
3 Palmer: Comedy p.9.
4 Meredith: Essay on Comedy p.p.92.140.

的影响。冷淡似乎是它自然的环境，因为除了感情以外，笑没有更大的仇敌。我并不是说我们不能够笑一个令我们怜悯，甚至于我们挚爱的人，但是在这一种情形下，我们一定要在那一个短时间内把我们的爱情驱逐出境，把静默强压在我们的怜悯上面，在一个纯然理智分子结合的社会里边，也许还有笑，但是也许简直就不会再有眼泪；同时感情丰富的灵魂，同人生息息相关，每一件发生的事情都用感情来延长反应，就不会知道并了解笑是怎么一回事。如果你拿一点时间去试一试，对于别人讲的、做的每件事情感兴趣；在想象里做别人做的事情，感觉别人的感觉；总括一句话，使你的同情心扩充到最大的界限：好像被魔术竿子接触一下，最肤浅的东西，看起来似乎也立刻变成重要的了，每一件事物上面都染上了悲哀色彩。现在你站在旁边，用旁观者的态度来看人生：许多情节立刻都变成笑剧了"。[1]

由上文的分析，柏格森下了一个结论："要发生笑完全的影响，它一定要要求心灵感觉暂时的丧失。它倚赖的是纯洁简单的理智。"[2]

如果我们承认，笑剧倚赖理智不倚赖感情，我们第二个问题就是，哪一些基本条件可以引起纯洁、简单的理智的活动呢？固然我们承认"人生在一个思想的人是笑剧"，但是一个人也可以思想了一千遍仍然没有发笑。人生里一定有几方面根本可笑的，我们只要用理智清楚看见了这几方面的时候，一定忍不住要发笑。但是这一些基本条件又是什么呢？换句话说，笑剧的元素是什么呢？这一个问题的困难，倒不在于找出笑剧的元素，而在找出适当的名词，把所有笑剧的元素都一个不漏地圈在范围里面。许多文学批评家、心理学家、哲学家都不能够成功地替笑剧元素下一个精当的定义，因为他们容易陷入挂一漏万的错误，他们往往取一个或几个笑剧元素来代替全体。他们的理论建设了，初看起来也好像完美无缺了，但是忽然他们遗漏了的笑剧元素

1　Bergson; Laughter p.5.
2　Bergson; Laughter p.5.

出来，他们的理论无法解释，仍然不能成立。我们现在最好把定义下得非常普遍，非常有伸缩的可能性，我们用最明显不过的事实来起首。

第一层，除非我们看见人生里边"不合比例"的事情，否则我们一定不会笑的。人生里边无论什么事情，都有一定的分际，一定的比例。山有多么高，海有多么深，人有多么大，衣有多么长；在某些时候，在某个地方，对某种人应该讲什么话，应该讲多少话；什么时候我们应该欢喜，遇着什么事情我们应该悲痛，悲痛欢喜应该如何去表示；人生里的事情，差不多没有一样是没有一定比例的，超出这个比例，我们立刻就要闹笑话，别人也立刻就要笑我们。

但是为什么一定要有这种比例呢？这中间也有它不得不如此的原因。人生是很复杂的，复杂的情形时时刻刻都不断地要求我们迅速地答复，迅速地适应。如果我们没有习惯、风俗、预料来帮助简化我们的动作，经济我们的思想，减少我们的努力，那我们的生活不但劳苦不堪，恐怕简直要疲于奔命。这一些习惯、风俗、预料给我们的行动以一定的标准，未来的事情我们早先就知道它们是怎么一种情形，我们应当怎样去应对，我们因此可以少费许多气力，我们用不着对每一样事物都去劳心焦思，这样一来，我们不知不觉地就养成了一种强烈的"比例感觉"。在客观方面，每一件事物一定要有一种大家公认的形状、大小、颜色及比例。在主观方面，每一个人对于他感觉到的、看见的、讲的、做的每一件事物一定要有大家公认的合乎比例的反应。如果我们看见一件东西不合通常的比例，如一个特别大的鼻子，太长或者太短的腿，我们就要笑它。如果我们看见什么人做不合通常比例的反应，如一个"话匣子"，一个悭吝的人，一个傻子，一个太富于感伤的人，一个人正在走路忽然跌倒在街上，我们也要笑他。

这一种对人生中不合比例事物的笑，同我们的生存有很密切的关系。如果没有它，生命一定非常困难或者甚至于不可能。在实际生活里，每件事都一定要简单、平常、意想得到，每一个反应一定要容易、习惯、正确。我们只消想：我们每张开一次眼睛，我们不能不看见千万的东西，同时我们不能不给每一样看见的东西一种适当的反应，再想同样的树木的东西和反应，我们其他感官不能不接受和发出，差不多不能想象，如果每件东西都是新的、奇怪的、出乎意料之外[1]的，我们会感受到多么大的困苦。所以世界上所有的东西一定要有一定的比例。如果它们没有，它们一定要受到我们笑的惩罚，因为它要我们多费精神。笑的功用是人类社会拿来禁止一切与众不同的东西，使每一个人都严格地同社会一致，因此才可能使人生变得容易。柏格森很对，他说笑是"一种社会的手势"。[2]

不合比例的事物，在人生里处处都有。他们也许是物质方面的，也许是精神方面。它们也许是暂时的，也许是永久的。莎士比亚剧中的名角富尔斯达夫[3]肥胖的身体，固然令人发笑，但是他无论处在何种不利的地位仍然有果敢的机智，比他肥胖的身体更加十倍地好笑。希腊《荷默史诗》里的塞尔斯蒂[4]，希腊个个英雄都笑他，因为他总是一个话匣子，但是亚锐师托蕃利斯[5]戏剧里边的酒神，只是因为他想下地狱去请一位已经死了的希腊戏剧家回来娱乐雅典的观众，我们觉得他好笑。哈士离说："假如我们戴一个面具，走到一个小孩子面前，他起初因为面具样子的奇怪，忍不住就要发笑。假如我们走近一点，严重地一个字不讲，小孩子就会惊异，多半快要叫喊。假如我们忽然拿开面具，他就不再恐惧，大笑起来。但是假如我们不把一个熟人的面貌给他看，却藏一个半人半羊的神的头，或者某个可怕的怪相在一个面具后边，这种忽然的变更就不会成为好笑的源泉，它会把惊异变成恐惧的痛苦，就算你

---

1 原文如此，保留作者原有表达方式。——编者注
2 Bergson: Laughter p.20.
3 现通译为：福斯塔夫。——编者注
4 现通译为：《荷马史诗》，陈铨提到的"塞尔斯蒂"应是《伊利亚特》中现通译为特尔西特斯（Thersites）的丑角。——编者注
5 现通译为：阿里斯托芬，陈铨提到的这部戏应为《蛙》。——编者注

证明给他这不过是一件开玩笑的事情,他还要大声喊救"。[1]

这可以证明不合比例的事物,随时随地都有,但是只有在纯洁理智不杂感情活动的时候,才可以发现,才觉得好笑。通常的人不能够完全看见,因为他们不能够完全没有感情去看东西。只有无爱憎、无取予的人生旁观者,才能当笑剧的作家,他才能够使我们注意人生中不合比例的事物,使我们去笑他们。我们当然不知道笑剧作家在做的事情。我们既然看见好笑不合比例的事物,这些事物又是我们自己也许要犯的毛病,结果我们一定会极力去避免它们。这一种过程可以帮助我们去适合社会认为最高尚、最聪明的标准。这就是为什么麦锐底斯说:"笑的感觉是到文明的一步。避免做笑的对象是到修养的一步。"[2] 笑剧既然根本上是一种社会的手势,它的目的既然是在修正不合社会标准的人物动作,所以一位笑剧作家常常都承认世界,他们多半不反对社会,他们根本不是革命者。"如果他取一种反对社会的态度,这一种态度同笑剧恰好相反,他一定没有笑剧的观念"。[3]

进一步的研究使我们明白,人生里边不合比例的事物,笑剧的元素,大部分要受"时间"和"空间"的限制。

在罗马的时候,大家把特伦斯戏剧里边借钱取利的人散宜阿当作一位可笑的丑角,英国伊丽莎白时期,大家把莎士比亚戏剧里的犹太人解拉克也认为是一位最开心不过的人。我们现在读这两部戏,不但不会笑这两位受欺负的人,也许还会对他们产生深厚的同情心,因为时间把我们对这两个人物的态度改变了,他们所处的地位因此也就与从前大不相同。我们刚要想笑,我们的同情心立刻就来捣乱。实际上我们已经养成了这样容易产生的同情心,使我们的笑都不可能了。这当然不是一天两天的事情。它经过了演化的程序。另外一个极好的例,

---

[1] Hazlitt: Lectures on English Comic Writers p.6.
[2] Meredith: Essay on Comedy p.145.
[3] ibid. p.136.

就是笑一个人在街上绊跤。大部分的人现在对这种不合比例的动作还要发笑，但是我们一下认识自己太没有同情心的时候，我们就会立刻去帮助，不会站在旁边笑着好玩。这一个演化的过程，无时无刻都在变化。也许在某个时间，大家认为可笑的事情，在另一个时间大家又觉得没有什么好笑的了。

我们如果谈到"空间"，对于笑剧的关系更明显了。不同的民族有不同的语言、不同的风俗、不同的背景，因此他们也有不同的不合比例的事情。巴尔麦说："一个法国人笑得发狂的事情，一个普鲁士人却对它冷静得像石头一样。一个英国人在亚尔塞斯特里边看不出什么意思来。一个法国人看富尔斯达夫，也不过是一个用不着的大胖子。在异邦里你去装一装怪，恐怕你只能使别人感到侮辱、鄙弃、痛苦、惊惧。一个笑话不能够翻译或解释。一个人生来就领受一种特别的笑话，除此之外的笑话他就不能领受。你不能训练他去领受。在笑剧的国家里，没有改籍的文件。"[1]

巴麦尔对于翻译了解其他民族的笑话，当然是言过其实。因为有许多笑话，外国人也未尝不可以了解到相当的程度，但是空间对于笑剧的关系，的确是很明显的。常常有许多笑话，因为种族文化不同，不能发生同样的影响，甚至往往同一笑话，同一听众，在不同的地方，影响也不一样，这样的例子实在太多，我们用不着白费篇幅了。

现在我们知道，笑剧倚赖理智不倚赖感情。笑剧的功用是在笑人生中不合比例的事物，使我们合乎社会上认为顶好的标准。这些不合比例的事物，可以是物质的，也可以是精神的；可以是永久的，也可以是暂时的，它们大部分都要受时间和空间的限制。

把这一些观念牢牢地记在心里，我们再来看，迦茵·奥士丁在她的作品中间，利用那些不合比例的事情来写她的笑剧。

---

[1] Palmer: Comedy p.l.

2 笑剧作家迦茵·奥士丁在英国文学中的地位

郭立希总括他研究迦茵·奥士丁的结果，说："她的小说没有表现理想主义、浪漫故事、温柔的情绪、诗意和宗教。她自己对于人生这方面的关系，只能在旁人讲她的话，和她的通信著作里边，间或行间字里，去寻求发现。"[1] 安竹郎在他的《给已故作家的信》，对迦茵·奥士丁这样说："你的女主人翁都没有热烈的感情，我们从没看见她们发红的脸庞，她们的头发从来不会乱七八糟。顶能承继你的艺术的人怎么说你呢？……她说迦茵·奥士丁女士：'她的女主人翁有她们自己的性格。她们都有柔和的自尊和诙谐的本事，她们都有强硬的心肠。……恋爱在她并不是一种感情，乃是一种兴趣，深沉安静的兴趣。'"[2]

这两种批评都是对的，但是它们正好拿来称赞迦茵·奥士丁。因为我们一开始就说过，笑剧倚赖纯洁简单的理智。笑剧既然不是心而是脑的事情，作者的头脑也就应该常常冷静。如果他不小心，一旦让他的心来支配一切，笑剧之神也就会马上飞走了。理想主义、浪漫故事、温柔的情绪、诗意和宗教，都是笑剧的仇敌，它最大的仇敌，莫过于热烈的爱情。因为爱情是盲目的，它使我们感觉不到旁人的嘲笑，它使我们感觉不到世界上任何的事情。它是人生里最强烈的感情。它使我们自己一举一动都不合比例，比任何感情都厉害。如果一个作家过于受到这一种感情的支配，或者如果他过于使他的读者受到这种感情的支配，笑剧的魔力也立刻就烟消云散了。无论作者或读者不但没有机会笑，也许自己还会变成笑的对象，被别人笑呢！我们只消想迦茵·奥士丁书里边的女主人翁茵玛或者伊丽莎白有"发红流泪的脸庞""头发乱七八糟"，这还成个什么样子！世界上还有比这样更煞风景

---

[1] Cornish: Jane Ansten, Englishmen of Letters. p.236.
[2] Andrew Lang: Letters to Dead Authors. p.83.

的事情么？

不，迦茵·奥士丁是太伟大一位笑剧作家了，她绝不会做这样的傻事。她头脑常常都是清楚的，她看见每一件事情清楚的轮廓，适当的距离。所以她能够发现人生里边不合比例的事情，我们却马马虎虎地不注意了。

大体来说，许多批评家都承认，英国人看事情不能像法国人那样客观清楚。这一种民族的特性，也许可以说明为什么英国文学里边比较没有多少"纯洁的笑剧"。康格锐夫的世界的习惯差不多在英国戏剧史上开了一个新纪元，就是莎士比亚也没有写"纯洁的笑剧"。巴麦尔说："莎士比亚的人物，不是人生的批评……没有英国伟大的文学史。对于富尔斯达夫，大家并没有判断，只是承受。多格伯锐[1]不是拿来让比他智识高的人开玩笑的。莎士比亚不叫我们嘲笑他，他叫我们变成他愚笨的一部分。富尔斯达夫激发起我们自身中富尔斯达夫的成分。多格伯锐是我们共同的愚蠢，我们喜欢他，正因为他这个可爱的傻子是我们每人中间的一部分。莎士比亚的笑包含有愚蠢和罪恶。他的诙谐，就是自然本身对于她本身一切工作的原谅。这一种诙谐同纯洁笑剧中的批评的笑，刚好极端相反。"[2]

如果我们承认这一个解释，我们就有推翻已经下好笑剧定义的危险，因为在这儿我们好像遇到一种笑，它不是一种社会的手势。观众好像在欣赏放任而不改良禁止人生中不合比例的事情。这一点关系异常地重要，如果这里有一点误解，以后的分析也不可能了。我们仔细来看一看到底毛病在什么地方。

第一步，我们不能不承认，无论我们怎样放任欣赏，富尔斯达夫同多格伯锐仍然表现不合比例的事情。多格伯锐是一个傻子，但是他是一个令人喜欢的傻子。这就是为什么我们放任欣赏他的愚蠢。虽然

1　莎士比亚《无事生非》中的人物 Dogberry，现一般译为：道格培里。——编者注
2　Palmer: Comedy. p.23.

是这样，愚蠢到底还是不合比例。富尔斯达夫的肥胖，当然毫无疑义地是一种身体方面的不合比例。他的罪恶也是精神方面的不合比例。他最可爱的元素，自然是他无敌的机智，这一种机智把他的罪恶弄得这样好玩，这样有趣，这样可爱，我们因此忍不住要欣赏它们。其实我们这样喜欢富尔斯达夫的机智，好像一点也不想要用笑来禁止并改善它们。然而，难道富尔斯达夫的机智不是一件奇怪非常、预料不到的事物吗？难道他讲话每次的转变，不使我们惊异么？笑是一种社会的手势，它常常瞄准着奇怪非常、预料不到的东西，以便保持通常承受了的比例。但是这一个功用自从有人类社会以来每一个人都在行使，我们已经习惯自然，再也不明白想到它。我们忍不住要笑不合比例的事情，但是十次有九次，我们不知道我们要禁止它们。如果我们现在要希望每人每次都有明白自觉的目的，这当然是很大的错误，特别是笑同强烈的求快乐的欲望混在一块儿的时候，我们的目的更不清楚了。笑的功用在通常人的眼光里太微妙了，不能看见，但是如果我们记得，我们笑福尔斯达夫和多格伯锐，是因为他们不合比例，那么笑的意义也未尝不是很清楚。至于莎士比亚，英国的代表作家，什么地方都让他的情感模糊了他的理智，使读者不但不退缩反而喜欢不合比例的事情，已经不啻宣告退出纯洁的笑剧范围以外了。

除了上面所说的民族性的特点，或者就因为这一个特点，英国的散文，常常有伟大的天才，但是很少有满意的理智。安诺德在一篇文章里引了泰罗一段文章，批评道："这一段文章常常被人叹赏，老实说，作者的天才是谁也不能否认的。在我看来，可以说，天才，管领诗歌的圣灵在里边太忙碌了；至于理智，管领散文的圣灵，却不十分忙碌。但是无论何人，只要脑子里有顶好的散文的模型，能够感觉不到它孤陋的声调，缺少简单，缺少节奏，缺少一切最好散文的条件吗？"[1]

---

[1] Mathew Aurnold: Essays in Criticism, First Series. p.51.

因为英国散文里边缺少理智的成分,所以纯洁笑剧产生非常困难。巴尔麦说:"英国的笑剧不会胜利地在阳光下走路。它缺少上等散文的清楚。纯洁的笑剧是一个外国人,他也不愿意加入我们的国籍。其实英国的笑剧,就活像英国的散文。……它不是一个纯洁简单的东西。即使英国有简单的散文,也绝不会有简单的笑剧。"[1]他再比较英国的散文同法国的散文:"一个法国人能够说出他的意思:他曾经发展到写简单法文的艺术。一个英国人不能够说出他的意思:根本上就没有简单英文这么一回事。一个法国人不能够捉摸语言里无穷的和谐节奏,字眼里浸染过千百年空幻的感情,句读里过去时代的音乐。他的韵文也不过是比他通常写的散文要好一点的散文……剪裁得更清楚、更干净。他的亚历山大律的诗,是最好表示健全理性的形式,轻灵清楚。他只说值得说、说得懂的话。在那一方面,英国人却不能清清楚楚地说一件值得说的事情,除非这件事情太深沉了,不能用语言来形容它,除非一个英国人说一件本来很明白、用不着说的事情,我们差不多简直不能了解他。他一动口说什么值得说的事情,他就变得不连贯。他的散文如果还值得读,简直就不是散文。他不能够有理性地讲爱情、仇恨、嫉妒。……他不能够谈话,他只能歌唱。……如果我们要纯洁的笑剧,我们一定要找另外一种语言。只有一个外国人,才能够清楚地讲一件真正重要的事情。一个英国人,如果他不是天才,只能够感觉说不出来的事情,却不能形容它们,只好把它们留给诗人来想办法。"[2]

我们一想到英国的民族性,同英国散文的特点,我们很惊异地发现,迦茵·奥士丁是一个很成功的笑剧作家,她在英国文学史上占据一个很特殊的位置。她是很少真正抓住笑剧精神的英国作家中的一个。麦锐底斯把她放在斐尔丁和葛尔德斯密特两人旁边,但是他们两

---

[1] Palmer: Comedy. p.59.

[2] Palmer: Comedy. p.60-61.

人远不及迦茵·奥士丁。[1]斐尔丁在他的赤心欢笑的下边,藏着对他的人物太深厚的同情,至于他自己的人格也太生动、太令人敬爱,不能做一个客观的人生旁观者。并且他写的人物多半都是想象的,他用的笑剧元素也多半是笑剧的情况和身体的不合比例。他的小说《约瑟安主斯》很像迦茵·奥士丁的《罗散修道院》。前一部是讥诮锐加德生的潘玛那,后一部是嘲笑亚得克利夫夫人的神怪小说。立意虽然这样相同,如果我们比较两本书里边所用的笑剧元素,就会发现它们完全两样。虽然是迦茵·奥士丁立意在嘲笑别人,她小说里边不合比例的地方,仍然处处是人物性格自然产生的结果。斐尔丁却把他书中的人物领到各种不可能的情况,然后开口大笑他们。迦茵·奥士丁从来不让她的人物降下"高等笑剧"或者"个性笑剧"的水平线,至于斐尔丁却真正在写滑稽戏。斐尔丁的是痛快的大笑,迦茵·奥士丁的是冷静的微笑。

葛尔莎斯密斯(Oliver Goldsmith)[2]天然健全的诙谐,当然是有目共赏。他的《威克斐牧师传》是英国文学里边一块小宝石。它是一本奇妙的书,但是它不是纯洁的笑剧。作者良善的性格,贯注了每字每句。牧师是这样一位地道的好人,我们只能喜欢他,不能笑他。正如像富尔斯达夫一样,我们的情绪老在爱与笑中间徘徊。并且我们一直读完全的书,对牧师都有深厚的同情。他快乐我们也快乐,他不高兴我们也不高兴。这一本书虽然有它许多的长处,仍然太英国式了,我们不能放它进纯洁笑剧的疆域来。

那么麦锐底斯又怎么样?他曾经写了那一篇有名论笑剧的文章,他的小说,如《自尊的人》,当然是建筑在他自己的理论上面了。但是麦锐底斯散文的风格,就不是写纯洁笑剧的好工具。它老是不清楚、不简单、不自然。他能够深入,但是不能够浅出。所以他虽然对人性

1　Meredith: Essay on Comedy. p.132.
2　全名即奥利弗·哥尔德斯密斯,其小说现通译为:《威克菲尔德的牧师》。——编者注

有深沉的了解，对笑剧精神有细心的揣摩，对写小说曾经卖过十分的气力，但他仍然太英国式，不能算是一个成功的纯洁的笑剧作者。

我们越研究这一些作者，我们越是惊异迦茵·奥士丁的成功。郭立希批评她没有表现理想主义、浪漫故事、温柔的情绪、诗意和宗教。安诺德批评她不把恋爱当成热烈的感情，只把它当作一种深沉冷静的兴趣。其实在我们看来，这些正是纯洁笑剧的阻碍。英国的民族性往往不能排除干净，所以他们也不容易写出纯洁的笑剧来。迦茵·奥士丁的天才，真令我们惊异，因为她同她一般的英国人完全不同。她把人生看得清清楚楚，她看出一切不合比例的地方。

有了这一种天赋的性情，所以她散文的风格，也和一般英国作家散文的风格不一样。迦茵·奥士丁的散文，恰好是写纯洁笑剧最好的工具。它没有卡奈尔散文奇异的装饰，它没有罗斯金散文图画式的描写，它没有麦锐底斯散文故意的晦涩和人工的气息它没有马可来造句谋篇的方法，它没有狄更斯故意的言过其实，它没有萨克来道德的教训，它没有伊利亚哲学的倾向，它没有师魏夫的牢骚仇恨，它没有斐尔丁的俚俗，它没有哈代悲观的讽刺。她很容易找出一个适当的字，来表示一件适当的事情，并且表示得简单文雅。她表示出来的形象，我们一点也不能犹豫错误。因为她让理智充分自由地施展，所以她的散文里，真有点像安诺德所说的那一种"轻灵的安闲，清楚，光辉"，她的小说里充满了"甜蜜和光明"。[1] 也许我们可以说迦茵·奥士丁散文的风格是最不英国式的，总括来说，她是英国从来产生的最不英国式的作家。固然她生平没有旅行过多少地方，她的经验也有相当的限制；固然她描写的人物生活都是英国的，甚至于是英国国内一个特别地方的；但是她看事情清楚的倾向，和她简单、肯定、文雅的散文风格，却像法国不像英国。如果我们比较莫里哀笑剧种的对话与迦茵·奥士

---

[1] Mathew Aurnold: Culture and Anarchy. p.133.

丁小说中的对话，他们性情和风格相像的地方是很明显的。

既然有了简单作风和冷静头脑这两种工具，所以迦茵·奥士丁能够处处发现人生中不合比例的地方，并且能够描写得比任何英国作家都好。但是我们要记着，她并没有把她所有看见的都通通记下来。这样不但不可能，而且也不艺术。真正的艺术家同旁人不同的地方，就在选择与排列。

"下等笑剧"和"滑稽戏"所利用的元素，多半是关于身体方面不合比例的地方。这些元素斐尔丁和狄更斯两人常常在他们的作品中使用。迦茵·奥士丁是一个"上等笑剧"的作家。她的嗜好太高了，她不能单笑身体方面的不合比例。如狄更斯所描写的人物，红鼻子的斐加忒，笨拙的辟克魏克，迦茵·奥士丁却不十分喜欢描写。她只选择人物性格方面的不合比例。在她的小说里边，差不多没有一个人身体方面有什么可笑的缺点的。就算有，在她书里边也不占重要位置。她书中的女人多半是美丽时髦，男人多半是漂亮文雅。如果他们不太发财，至少他们都能够快乐过活，他们的衣服因此也都穿得整整齐齐，不至于因为外表不合比例，使大家哄堂大笑。

所以迦茵·奥士丁所利用的笑剧元素，不是身体方面的不合比例，乃是精神方面，特别是书中人物性格方面的不合比例，愚蠢、感伤、骄傲、偏见，都是她得意的题目，常常表现在各种不同人物和各种不同状况中间。一方面，有一些性格上的不合比例是永久的，如彭勒忒夫人、葛陵先生、金陵夫人、落锐士夫人；在另一方面，有些性格上的不合比例只是由于书中人物一时的不自觉，是可以变化的，只要他们一自觉，他们不合比例，他们立刻就会更改，如茵玛就是一个最好的例。

这一些个人性格方面的不合比例都清楚有趣，从他们自己语言里或者旁人的评论里表现出来。但是迦茵·奥士丁所用的最成功的方法，就是创造出一些特殊地位使书里面两人或多数人性格的不合比例，彼此发生冲突。书里边顶成功的几幕，多半都是用的这个方法。如达西的骄傲和伊丽莎白的偏见，经过屡次的重述。这比较还容易，因为只要他们个性经过鲜明的表现，其余的也就容易想办法，但是有时要经过好些时候的预备，然后才能够造成某种的地位。如茵玛和额尔敦先生在马车里那一出，在全书第一章里，茵玛自夸她会做媒的时候，已经就早做准备了。[1] 书里还有许多的小事情，许多个性的描写，到后来都慢慢地不可逃避地引到一种可笑的地位。如彭勒忒先生、彭勒忒夫人、伊丽莎白，在葛陵先生求婚失败以后，一块儿在书房里的一出，还有本书开场起，彭勒忒夫人着急地要嫁女，已经就早做准备了。[2] 这一些笑剧的人物和情节是笑剧作者最困难的试验。它们不单是要深沉个性的了解，还要有戏剧的天赋；它们不单是需要选择的能力，还需要排列能力。性格的不合比例固然是有趣味的，但是你如果不把它们排列引领到戏剧的情况，它们往往会变得干燥无味。在这个地方，鼎鼎大名的笑剧作家麦锐底斯又远不及迦茵·奥士丁了。

3 迦茵·奥士丁作品中性格的笑剧元素

柏格森分析笑剧，最令人惊异的结果恐怕要算笑剧是唯一只注重种类而不注重个人的艺术。讨论完悲剧以后，柏格森继续说："笑剧的目的却全不相同。这里普遍性在作品里边。笑剧描写的性格，都是我们曾经遇见过的，并且以后还要再遇见的。它记下相同的地方。它的目标是在把各种各样的人物放在我们眼前。到必要的时候，它甚至创造某种某类的人物。从这一点来说它同什么艺术都恰好相反。就是许

---

1 Emma Chap. XV. p.111–120.
2 Pride and Prejudice Chap. XX. p.100

多最好笑剧的题目，已经表出它们的特点。愤世嫉俗的人、贪婪的人、演戏者、不注意的人，这一些名字都代表某种某类许多的人，就算有时一部性格笑剧，用了特别名词来作题目，然而这一个特别名词也很快地就被剧情的重量扫尽无余，变成一群普通名词了。我们可以说'一个达尔笃夫'，但是我们不能说'一个斐达'或者'一个波立乌特'"。[1]

这个理由是，"在一方面，一个人如果他精神方面没有一种像不注意之类的毛病，没有一种像一个寄生虫一般生活在他的身上又不属于他身体的东西，这一个人一定不好笑，这就是为什么，这一种精神状态，可以从外面看见，还可以想方设法纠正。但是在另一方面，就是因为笑的目标在纠正，所以最好它的纠正能够达到最多数的人。这就是为什么，笑的观察很自然地到普通的事物上面去。它找能够重现的特点，因此也不会同特别某一个人的个性分不开，……是一种可能的寻常的不寻常，这就是说，寻常人有的特点"。[2]

迦茵·奥士丁的著作，如《骄傲与偏见》《理性与感伤》《说服》，这类题目，当然告诉我们，作者在描写种类，不注意个人，同时她把同一题目在各人身上不断地重述，更证柏格森理论的正确。但是我们不要忘记，迦茵·奥士丁是一位形容个性最有名的作家。就是因为这一个关系，马可来把她比成莎士比亚。他说，莎士比亚"遗留给我们动人画像的数目，比所有戏剧家凑拢来的数目还要大得多，并且虽然莎士比亚没有平等和后继的人，迦茵·奥士丁拿这一点来说，可以放在一些最挨近这位大师的作家中间"。[3] 华特勒说：她书中好些对话，可以比得上莎士比亚。他说：也像莎士比亚，迦茵·奥士丁"表出一个令人惊异辨别智愚的力量"。[4]

1　Bergson: Laughter. p.163.
2　Bergson: Laughter. p.169-170.
3　Cornish: Jane Austen. p.233.
4　ibid. p.234.

现在我们怎样可以调和这两种不同的事实呢？如果迦茵·奥士丁是一个真正的笑剧作家，她书中的人物似乎都应该是普通的种类，深刻的个性描写，岂不是把笑剧根本毁坏了吗？她既然是第一流的笑剧作家，何以同时又会以描写个性著名呢？事实上是这样的。无论在悲剧还是在笑剧，里边的人物都有种类的和个人的两种成分。哈孟雷特的忧愁当时是个人的，但是他是一个王子，一个恋爱的人，一个父亲被人谋杀了的儿子。这些都是种类的成分，不单哈孟雷特有，其他千千万万的人都有。茵玛的骄傲当然是种类性质的，但是她的性情、她的举动、她的思想、她的环境，使她成为一个特别的人，世界上没有第二个人同她完全一样。悲剧同笑剧根本的差异，倒不在"成分"而在"注重"。个性的描写在一部伟大的戏剧里边，是除了布局以外最重要的，无论悲剧或者喜剧，都绝对不可少的。

把迦茵·奥士丁作品中最常用的笑剧元素和她最成功的笑剧人物来分析讨论，我们可以把她所写的人物，分成四种。

第一种，也就是平常说的一种笑剧人物，可以完全归纳在"愚蠢"的范围里边。迦茵·奥士丁书里边大多数的人物都属于这一种。顶著名的自然是葛陵先生、彭勒忒夫人、金陵夫人、司蒂尔小姐、巴尔麦夫人、亚希渥先生。这类人物的数目这样大，因为实际人生中这样人物的数目真是不小。因为他们供给笑剧这样多的材料，所以有好些思想家，简直把整个的人生都看成笑剧，这也就不奇怪为什么白郎特描写一整船的傻人。[1]并且不单是他们惊人的数目，供给笑剧家许多不合比例的材料，还有他们愚蠢的性格使他们的动作、思想、感情、言语，没有一样合得了比例。假如我们把迦茵·奥士丁作品中的傻子都抽出来，那么我们立刻就会失掉了她作品最大的部分。旁的笑剧元素在质的方面也许高尚一点，描写深刻一点，暗示丰富一点，但是它们不能

---

[1] Brant; Das Narrenschilf.

像愚蠢那样平常，那样明显，那样能够教训人，那样适合于笑剧的目的，因为笑剧的目的，不过是要借理智的力量来发现嗤笑人生中不合比例的事情。如果麦锐底斯以为，"我们需要一个受了高等教育的男女的社会，在那儿观念流走，观察迅速，然后他（伟大的笑剧家）才能够有材料、有观众"，[1]他也不过只对了一半。因为讲到观众自然要有很高的智力，才能够像作者那样去看人生中不合比例的地方，至于说到材料，麦锐底斯却没有理由一定要把它限制在受过高等教育的男女的社会里边去。固然这种人供给我们细致一点的笑剧，但是我们绝对不能说：除了他们以外，就没有笑剧。

拿迦茵·奥士丁作品成功来说，愚蠢也可以用来充当高等笑剧的材料。她书里有一个著名的笑剧人物，叫葛陵先生，他的愚蠢处处令我们发笑。他严肃的态度，他傻气的谈话，他对加塞因夫人的崇拜，他奇妙的求婚，他安慰彭勒忒先生的通信，给读者一个永远不能忘记的印象。下文就是他对伊丽莎白求婚的话：

> 相信我，亲爱的伊丽莎白小姐，你谦恭的态度，不但没有贬损了你，简直增加了你完美无缺的人格。就算你不扭扭捏捏，你在我眼睛里也不会不一样地可爱。但是让我郑重地告诉你，我已经得了你令堂的允许来向你讲这一番话。你当然不能怀疑我谈话的意思，不过你天然文雅的性情，也许领导你故意地遮遮掩掩，其实问我的注意已经太明显，不能再错了。差不多我刚一进你们的屋子，我立刻就把你选出来做我将来生活的伴侣。但是在我讲到这个题目被感情支配以前，也许最好把我要结婚的理由先陈述一遍。

葛陵先生自制的能力还不错，因为他居然能够一时不受感情的支

---

[1] Meredith: Essay on Comedy. p.75.

配,把一条条的大理由,清清楚楚地讲出来。

> 我结婚的理由是:第一,我认为每一个牧师,家境还过得去——像我这个样子——应当在他的教区里,立下一个婚姻的榜样。第二,我绝对相信,这件事情,可以大大地增加我的快活。第三,这一点也许我早就应该说的,这件事情是维持我生活的一位名贵太太的忠告。她已经有两次亲身下降,对我讲她关于这件事情的意见。——我并没有请求她——就是我离开杭士埠的前一个星期六晚上……她说:"葛陵先生,你必须要结婚。像你这样一个牧师必须要结婚。好好地选择,选择一个好女人,为我的缘故,也为你自己的缘故。让她是一个活泼有用的人,不太娇养了的,但是能够好好的利用一笔小小的进款。这就是我的忠告。找这样一个女人,越快越好,把她带到杭士埠来,我要拜访她。"……现在没有旁的,只有根据我热烈的感情,用最热烈的言语来告诉你……[1]

丽娣亚同韦克望私奔的时候,彭勒忒一家人正在难过,葛陵先生就写了一封信去安慰彭勒忒先生。

> 彭勒忒先生:
>
> 因为你的关系,因为我的地位,我觉得不能不写信来安慰你现在忍受剧烈的痛苦。我们还是从昨天由黑弗得懈来的一封信才知道的。你可以相信,彭勒忒先生,葛陵夫人同我诚恳地对你和你府上所有的人经受现在的痛苦,表示深挚的同情。这一种痛苦,一定是最厉害不过的,因为是由于一种

---

[1] Pride and Prejudice Chap. XIX. p.94.

原因，无论什么时间，都不能洗刷的。我这一方面，绝对不会少了话来安慰你现在遇到这件倒霉的事情，特别在做父母的人，当然是比什么都难受。你的女儿死了，比起现在这样丑事，还算福气。尤其是可怜的，就是你的女儿的举动，我的太太曾经告诉我，我们没有理由说是由于溺爱太过的关系，不过同时为安慰你同你的夫人起见，我猜想你的女儿一定是天性不良，不然她绝不至于在这样小的年龄，做出这样坏的事。不管它怎么样，你是最可怜的，对于这个意见不但我的太太赞成，就是加塞因夫人同她的小姐（我已经详细告诉了她们你的事情）也都赞成。她们都赞成我的意见，你这个女儿的失足，可以影响所有其余的女儿，因为，加塞因夫人亲身降低身份说，谁还肯同这样一个家庭发生亲戚关系呢？并且，从这一点考虑，使我更加满意地回想到去年十一月里的一件事情，因为如果不是，那样我一定牵连同受你的悲哀和耻辱。让我忠告你，彭勒忒先生，努力安慰自己，把你不学好的女儿永远抛弃在你感情以外，让她吃她自己罪恶的果子……[1]

在同一本书里，还有一个同样有趣的人物，就是彭勒忒夫人，她唯一的事情，就是想把她的女儿嫁出去。她着急的心情，同她痴愚的性格，可以在全书开场的时候，同她丈夫一段谈话里看见大半。

"我亲爱的彭勒忒先生，"他的太太有一天对他讲道："你听见勒塞斐尔德的房子租出去了吗？"

彭勒忒先生回答说他没有。

---

[1] Pride and Prejudice Chap. ELVIII.p.261-262.

"但是，真租出去了。"她回答道："因为龙太太刚才到这儿来，她告诉我的。"

彭勒忒先生没有答应。

"你不想知道谁租了吗？"他的太太不耐地叫道。

"你想告诉我，我也不反对听你说。"

这已经够客气了。

"为什么，我亲爱的，你一定要知道，龙太太说勒塞斐尔德的房子是被一位从英国北方来的年轻有钱的人租了去的。他星期一坐了马车来瞧这个地方，他很高兴，立刻就同莫锐斯先生订了合同。他在 9 月 29 日圣米加勒节以前就要搬来，他的一些仆人，下星期末就要搬进屋。"

"他姓什么呢？"

"丙格勒。"

"他结了婚的，还是单身汉？"

"呵，单身汉，我亲爱的，一定的！一个很有钱的单身汉，一年有四五千英镑的进款。这对我们女孩子是怎么样的一件好事情呀！"

"怎么样？这对她们有什么影响呢？"

"我亲爱的彭勒忒先生，"他的太太答道："你怎么能够这样讨厌，你当然知道，我在想他同我们一个女孩子结婚。"

"这就是他住在这儿的计划么？"

"计划？瞎说，你怎么能够这样讲！但是他很可能地爱上了一个，所以他来了的时候，你一定要立刻去拜访他。"

"我找不出工夫。你同你的女孩子可以去，或者你让他们自己去，也许还要好一点，因为你同她们任何人一样地美丽，丙格勒先生也许顶喜欢你。"

"我亲爱的，你谄媚我。我当然有我美丽的分子，但是我不假装特别了。一个女人有了五个成人的女孩子，她不应该再想她自己的美丽了。"

"在这种情形之下，一个女人也没有多少美丽可想了。"¹

葛陵先生和彭勒忒夫人代表迦茵·奥士丁用愚蠢来作笑剧元素的最高点。在我们离开这类人以前，我们还要讲两句关于金陵夫人的话，因为她也是书里边一位最好笑的人物。迦茵·奥士丁描写她是"一位和气、快活、肥胖、年长的女人，讲许多的话，好像很快活，但是有点粗鲁。她常常带着一个笑话袋子，宴会还没有完以前，她已经讲了许多关于自己同丈夫的笑话，她希望他们没有把心留在苏塞格斯，假装看见他们脸红，不管他们的脸有没有红"。²"她只有两个女儿，两个女儿她都已经快活地看见她们结了婚，所以她现在没有旁的事情可做，只想把全世界都男婚女嫁"。³

这样几笔已经够表明迦茵·奥士丁对人生不合比例现象的清楚的观察和她聪明的表达方法。也许我们用不着讲司蒂尔小姐不断地谈"美丽的情郎"⁴，同她在门口偷听她姐姐与爱人的谈话，⁵或者巴尔麦夫人对她丈夫冷淡的态度毫无感觉，⁶或者可怜的亚希和先生的"四十二段对话"。⁷迦茵·奥士丁顶特别之处，就是她处处不让她的感情蒙蔽她的理智，她与其他英国作家都不相同。愚蠢固然可笑，但是也很容易引起同情和怜悯。如果一位笑剧家不小心，严守着它的感情，笑剧之神立刻就会飞去。李尔国王愚蠢地把国土平分给他不孝的女儿，却不

1　Pride and Prejudice Chap. I p.1-2.
2　Sense and Sensibility Chap. VII.p.29.
3　ibid Chap. VIII.p.30.
4　Sense and Sensibility Chap. XXI.p.107.
5　ibid Chap. XXXVIII.p.236-239.
6　ibid Chap. XIX.p.92-95.
7　Mansfield Park Chap. XV.p.127 Chap. XVII.p.144. Chap. XVIII.p.150.

分给他最孝的女儿任何疆土,最忠心的仆人,他拿来充军,但是谁能够笑他?道顿说:"《哈孟雷特》里边挖坟墓的人,《马克伯斯》里边在谋杀晚上开锁的门子,《李尔王》的愚人在草原上大风雨中讲笑话,篮子里藏毒虫的小丑……这些都是滑稽的人物,是创造来引起同情与恐惧的。"[1]

如果愚人是创造家,"引起同情与恐惧",他们已经不是笑剧的人物,乃是悲剧的人物了。他们不合比例的地方,已经不能够清楚地用纯洁理智来观察。这又证明,笑剧倚赖纯洁简单的理智。

迦茵·奥士丁常用的第二个笑剧元素就是骄傲。这一类人最好的代表,就是茵玛、达西、男爵瓦特伊利亚、和额尔敦夫人。愚蠢多半属于天资不高的人,但是骄傲专门找天资最高的人做它的俘虏。严格说起来,每一个人都有一点骄傲,至少会因为自己有好见识而感到骄傲。笛卡尔说:"每一个人都以为他自己有了这样多的好见识,就是那些对旁的事情最不容易满足的人,也不要求比他所有的还更要多。"[2] 就是因为这种自满的心理,许多人变成不合比例。他们不能够看见他自己的错误,他们对外界失掉了感觉的力量。这就是为什么骄傲在笑剧里占这样重要的位置。虽然这一个短处在每一个人都很平常,天资不好、社会地位不高的人,倒还比较少一点。如《茵玛》书里边的哈锐忒·司密斯就是明例。她不要求超过她所应当得的。她很了解自己的天资和自己的社会地位。在茵玛没有用种种方法引起她的骄傲以前,她从来没有同额尔敦先生结婚的奢望,然而就在这个时候,她还很为难地拒绝了马丁先生的求婚。这当然也有例外,不过大体来说,总是对的。

迦茵·奥士丁在一开场的时候,就介绍她的女主人翁道:"茵玛与德豪斯,漂亮、聪明、富有,有一个舒服的家庭,快乐的性格,好像把人间顶好的福气都联合了,她已经在世界上活了差不多二十一岁,

---

1 Dowden: Shakespeare as a Comic Dramatist. in Representative English Comedies. p.658.
2 Descartes: Discourse on Method. p. I.

从来就很少有事情能够让悲哀萦扰她。"[1] 但是"在茵玛的地位，真正的害处就是太私心自用，还有她的习惯，把她自己看得太高"。[2]

笑剧开场，因为茵玛曾经做成了一次媒，她下定决心要再替额尔敦先生做一次。她的父亲同来特勒先生都建议她请额尔敦先生吃饭，劝他多吃鸡、鱼，但是让他自己去选择他的妻子。但是茵玛总相信她有做媒的本事。她用种种方法，使哈锐忒同额尔敦先生两人相互恋爱。她一方面引起哈锐忒的希望，另一方面给额尔敦先生许多鼓励。结果哈锐忒被她说服而拒绝了马丁先生的求婚，其实以哈锐忒的角度来看，她应该接受的。最糟糕的就是额尔敦先生没有对哈锐忒产生爱情，却对茵玛产生了爱情。下文就是茵玛同哈锐忒两人讨论马丁先生求婚的对话：

"你以为我应该拒绝他吗？"哈锐忒注视道。

"应该拒绝他！我亲爱的哈锐忒，你是什么意思？难道你还有什么怀疑吗？我想——但是请你原谅我，也许我错了。我一定误会了你，如果你还在怀疑你答复的内容，我早以为你只是要同我商量怎样措词呢。"

哈锐忒沉默。茵玛态度稍微地含蓄一点，继续道：

"你的意思是要给他一个满意的答复，我想。"

"不，我不，这就是说，我的意思不这样……我怎么办呢？你劝我怎么办呢？请你，亲爱的吴德豪斯小姐，请你告诉我，我应当怎么办。"

"哈锐忒，我不给你什么忠告。我一点也不管。关于这一点，你只能用你自己的感情来决定。"

"我从来没想到，他这样喜欢我，"哈锐忒细看来信道。

---

[1] Emma Chap. I. p. I.
[2] ibid Chap. I. p.1-2.

有一会儿茵玛静默不讲话，但是她起始怕那封信里迷人的谄媚话也许太有力量，她想她最好讲话。

　　"哈锐忒，我把这个定为通常的规律，如果你一个女人怀疑她应不应该接受一个男子，她一定应该拒绝他。如果她迟疑说'是'，她就应该立刻说'否'。这种情形不应该用一种怀疑的感情，用一半个心走进去，我认为这是我做朋友的责任，并且我比你年长，对你说这样多的话。但是不要以为我想要影响你。"[1]

　　这一段劝说，当然足以影响她美丽愚蠢的朋友。在哈锐忒决定拒绝马丁先生以后，茵玛对她说：

　　"完全对的，完全对的，我最亲爱的哈锐忒，你做的正是你应当做的事情。在你没有决定以前，我保持我自己的感情，但是现在你完全决定了，我也用不着迟疑来赞同。亲爱的哈锐忒，我真高兴你做了这件事情。如果我同你断绝了来往，我心里一定很难受的，但是这当然是同马丁先生结婚的必然结果。在你还有一点迟疑的时候，我一句话也不说，因为我不愿意影响你，但是我一定失掉了一个朋友。我不能够拜访亚伯村的马丁太太。现在我永远保持住你了。"

　　哈锐忒倒没有想到她的危险，但是这一个观念打击得她很厉害。

　　"你不能够拜访我！"她惊骇地叫道："不能，你当然不能，但是我以前简直没有想到这一点。这太可怕了！多么侥

---

[1] Emma Chap. VII. p.44-45.

幸！亲爱的吴德豪斯小姐，我不能为世界上任何事情，抛弃同你亲密的快乐和荣幸。"[1]

一直到这儿，茵玛的成功还是很确定的，她确乎使哈锐忒为额尔敦先生留下来了，但是很不幸的，到第二场幕开了，我们看见的不是哈锐忒，而是茵玛，她才是额尔敦先生爱情的目标！

因为要用她的态度来钳制他能够到什么地步就到什么地步，所以她立刻预备用最镇静、最严肃的态度来同他谈天气、谈晚上，但是她刚一起首，他们刚出大门，赶上别的马车，她就发现她的题目被截断，她的手被捉住，额尔敦先生真正地、热烈地向她求爱，利用这一个宝贵的机会对她宣布感情，他想她早就知道了的，希望、恐惧、崇拜，如果她拒绝他，他预备要死，但是他自己谄媚自己，他热烈的情怀，没有比较的恋爱，没有例子的狂热，不能不发生影响，简单来说，他十分确定能够多快就多快地被茵玛接受。这件事情真是这样。没有迟疑，没有道歉，没有任何不相信，额尔敦先生，哈锐忒的爱人，宣告他自己是"她的"爱人。她极力要阻止他，但是不成功，他决定要继续说，一直到他说完。她很生气，但是想到这个时间，她决定说话时克制她自己。她觉得这一半的傻事，一定是由于酒醉，所以希望这只是暂时的事。于是她就半真半假地，她想这样才适合于他的情形，于是答复他道：

"额尔敦先生，我真是非常惊异。这件事对我吗？你忘记了你自己——你把我当成你的朋友。如果你有什么话要转给司密斯女士，我倒是很高兴替你传，但是请你不要再讲给我听。"

"司密斯女士！有什么话给司密斯女士！她到底是什么

---

[1] Emma Chap. VIII. p.46.

意思！"[1]

秘密揭开了，情人气走了，但是不久他就带了一位太太回来。这位新娘子，额尔敦夫人，也是一位第二种笑剧元素的代表，不过她的性情没有茵玛那样可爱。她老喜欢讲她自己，用种种方法来说明她自己怎样地厉害。下面是茵玛同额尔敦夫人的谈话，要算迦茵·奥士丁作品里边对话最好的一段。

"额尔敦夫人，我不问你喜不喜欢音乐。在这种情形里边，一位名门的女子当然不成问题，不过海柏锐的人都知道你自己是一位头等的音乐家呢。"

"啊，不是，真正的不是！我一定要反对这样的观念。一位头等的音乐家！差得远，我告诉你。你只消想，你消息的来源是多么偏袒。我非常喜欢音乐，发狂地喜欢，我的朋友们都说，我倒不完全没有高尚的嗜好，但是至于旁的事情，我可以老实说，我弄的音乐真是平常到了极点。你，吴德豪斯小姐，我知道，弄得很不错。我老实告诉你，我生平最大的满意、舒服、快乐，就是听见我进了一个怎样的音乐世界。我绝对不能离开音乐，音乐是我生活中的必需品，我在玛柏林同巴斯的时候，早习惯了听音乐，如果没有，牺牲未免太大了。额先生同我谈到我们将来的家庭，恐怕我离群索居不痛快的时候，我就老老实实地告诉他；并且讲到屋子的简陋——他知道我习惯住什么——当然用不着怕。当他那样说的时候，我就老老实实地告诉他，我可以抛弃'世界'——俱乐会、跳舞会、戏剧——因为我不怕离群索居。我内心里有了这样多宝藏，世界

---

[1] Emma Chap. XV.p.116-117.

对'我'是不必需的,没有它我也很可以生活。那一些没有宝藏的人,当然是另外一回事情,但是我的宝藏使我十分独立。至于说到住比我习惯的小房子,我简直都不想它。我希望,我够得上做这类的牺牲。当然我在玛柏林曾经习惯了奢侈的生活,但是我却老实告诉他,两驾马车也不见得就是我快乐必需的条件,就是房屋宽大也不成。'但是',我说,'老老实实地讲,我不想我没有音乐社会还能生活。对于旁的事情,我不提条件,但是生活如果没有音乐,未免太无味了!'"

"我们不能猜想,"茵玛微笑道,"额尔敦先生会迟疑地告诉你海柏锐有一个'顶'音乐的世界,我希望你不要发现,他顾虑动机,所以超过了真理,到你不能原谅的地步了。"

"不,当然不,我一点也不怀疑他。我很高兴我在这样一个音乐世界里面,我希望我们能够时常共同享受许多甜蜜的小音乐。我想,吴德豪斯小姐,你同我一定要建设一个音乐会,每周在你家或者我家里常开音乐会。这不是很好的计划吗?如果'我们'卖一点气力,我想我们不久就会有同志。像这种性质的东西,对我一定特别的合意,可以引诱我去练习,因为结了婚的女子,你知道——有一个很惨的故事反对她们。大体来说,她们太容易抛弃音乐了。"

"但是你既然特别地喜欢音乐,一定没有危险,一定。"

"我希望没有,但是真正的,我一看到我认识的人,我就战栗。塞林娜已经完全抛弃音乐了——一次也不摸乐器,她弄得很甜蜜的。同样地,也可以说莱弗勒夫人——那就是克拉亚巴坠已——还有那两位弥尔曼,现在是伯尔德夫人和古柏夫人,还有我不能数的呢。真实,这真够令人害怕。我从前老对塞林娜生气,但是真的,我现在才终于明白,一个结了婚的女人,有许多事情要叫她注意。我相信我今天早上整整半点钟同我的管事闲在屋里。"

"但是那一类的事情,"茵玛说,"不久就上轨道了。"

"好吧,"额尔敦夫人笑道,"我们看。"茵玛看见她那样下定决心,要抛弃她的音乐,也就没有什么话了。[1]

额尔敦夫人的骄傲,使她极力要表现她音乐的天赋,但是偏偏遇着一位不谦让的茵玛,一步也不肯放松,全场布满了笑剧的空气。但是我们要注意,茵玛的骄傲属于一位有聪明但是没有经验的女人;额尔敦夫人的骄傲,却属于一位毫无希望的傻子。这就是为什么茵玛的性情可以增进,额尔敦夫人的性情永远也是那个样子。同样的比较,也可以用在达西先生和男爵瓦特伊利亚。前一个发现了自己的错处,立刻就改过来;后一个一辈子也是那样"一个人,为寻快乐起见,除了男爵名册而外,不拿任何书"。[2]

第三个重要的笑剧元素是感伤。感伤和感情不同,感情是遇着值得用情的时候才用,所以激烈不要紧,丰富也不要紧。感伤,却往往不到用情的程度,所以结果往往可笑。感情与感伤的分别不在质量而在处境时所用的比例,合了比例就是感情,不合比例就是感伤。这一个笑剧元素的代表,最好请玛利亚。她同她的姐姐爱林娜刚好相反。爱林娜头脑清楚,处处用理智来驾驭感情。玛利亚却喜欢过度的表示,热烈地对人;她以为有了真正感情的人,自制是绝对不可能的事;她不满意她姐姐对付她爱人的态度。不久以后她遇见韦罗毕先生了。韦罗毕的性情,无一样不合她的脾味。

要她讲话,只消随便说到一件她喜欢的娱乐。这类事情一谈到,她就不能静默了。他们讨论的时候,她不害羞也不

---

[1] Emma Chap. XXXII.p.248-249.
[2] Persuasion Chap. I. p.I.

隐藏。他们很快就发现，他们彼此都喜欢音乐、跳舞，他们对一切关于这两件事情的判断，大体也相同。从这一点鼓励，她再进一步去考察他的意见，她问他关于书籍的事情，她最喜欢的作家提出来了，讨论得这样高兴，随便哪一个二十五岁的男子，无论以前怎样不注意这类书，此时，也不能不立刻被这类书精妙的地方感化了。他们的嗜好，惊人的相同。同样的书籍，同样的段落，都被每人捧得上天；就算有时一件不同，或者对方有什么反对，顶多也只能够停留到她议论的力量喷发或者她眼睛的光辉射出的时候。他默认她一切的判断，他同情她一切的热心，在他拜访还没有结束以前，他们谈话已经像许多年的老朋友那样亲密了。[1]

后来他们成了爱人以后，玛利亚还表现得更厉害。

他在的时候，玛利亚对任何人都瞧不上。他做的每一件事情都是对的；他说的每一句话都是聪明。如果他们到公园散步晚上再回来打牌，他欺骗他自己和其他一切的人来帮她的忙。晚上有跳舞的娱乐，他们一半的时间都不分开，就算有时不能不分开同别人跳跳，他们也是很小心地站在一块儿，几乎不同别人讲一句话。这一种行动，当然弄得他们自己招笑，但是嗤笑不能使他们害羞，也不能使他们恼怒。[2]

后来韦罗毕忽然离开她了，我们看见她：

整晚上她都是醒的，大部分的时间她都在哭。起来她就

1　Sense and Sensibility Chap. X.p.40–41.
2　Sense and Sensibility Chap. XI.p.46.

头痛，不能讲话，不愿意吃什么滋养品，时时刻刻都带给她母亲、姐妹痛苦，但是她却禁止任何人努力来安慰她。她的感伤有很大的力量。

　　早餐完了以后，她一个人独自出去，在亚伦罕村中游走，沉溺在过去快乐的回忆中，痛哭现在倒霉的情形，一大早晨都是如此。

　　晚上也同样地沉溺在过去的感情里。她每一支替韦罗毕弹过的曲子，唱每一个共同唱过的歌调，坐在琴边，痴望着他替她写的音乐的每行，一直到她的心事这样的沉重，不能得到更大的悲哀；这样痛苦的滋养品，每天都服用。她消耗整个钟头的时间在钢琴旁边，一会唱，一会哭，她的声音常常被她的眼泪打断。在书籍也像在音乐里边，她努力寻求可以使她发生今昔之感的痛苦，她只读他们两个共同读过的书籍。

　　像这样激烈的痛苦，当然不能够长期继续；几天以后，就降成静默的忧愁；但是她日常的动作，如独步沉思仍然有时会倾泻沉痛的悲哀。[1]

　　假如我们替感动下一个定义，是把一件东西的价值看得太高，那么我们也可替偏见下一个定义，就是把一件东西的价值看得太低。照一定的时间、空间的社会标准，每一件东西都有它一定的价值。把价值看得太高或者看得太低，都是不合比例。玛利亚不合比例，我们知道，是由于她把肤浅爱情的价值看得太高，结果她没有给它一些适合比例的反应。这就是为什么她可笑。现在让我们去研究另外一群笑剧人物，他们把某种事物的价值看得太低了。这一点领我们到迦茵·奥士丁用的第四个笑剧元素，就是——偏见。

---

[1] Sense and Sensibility Chap. XVI.p.73.

我们看这一个元素应用在梭尔蒲先生的身上是怎样的情形。

"梭尔蒲先生，你读过《乌多尔夫》没有？"

"《乌多尔夫》！啊，我的天爷！我才不呢。我从来不读小说。我有别的事情要做。"

卡塞茵碰了一个钉子，满面惭愧，正要请他原谅，因为她问了这样一个问题；但是他挡住她，说道："小说都充满了一些无意识的东西；自从《汤蒙琼司》出版以来，就没有出过一本成为像样一点的小说，只有《和尚》还可以，我那一天读了；但是至于旁的，都是最傻气不过的东西。"

"我想你只要读《乌多尔夫》，你一定会喜欢：它真有趣味！"

"我才不呢。不，如果我要读一本小说，那一定是亚德克利夫夫人的；她的小说倒还有意思，值得我们读，里边至少还有点趣味和自然。"

"《乌多尔夫》就是亚德克利夫夫人作的。"卡塞茵迟疑地说，怕惊骇了他。

"不，对了，是的吗？对了，我记得了，确是如此。我刚才正在想另一本，也是一个女人写的，他们都在讲她——她同一位法侨结了婚。"

"我猜你讲的是《卡明拉》？"

"对了，就是那一本书。多不自然的东西。一个老头子玩轩轾。我有一次把第一卷拿起来翻一翻，但是我不久就发现这不行；其实我在看见以前，早已经就猜着里边是什么东西了。我一听见她嫁了一个法侨，我就知道我一定读不完的。"

"我从来没有读过。"

"你不会有什么损失，我可以告诉你。它是你能够想象的顶可怕、顶糟糕的东西。里边什么东西都没有，只有一个老头子玩轩轾，学拉丁文。"[1]

我们听完这一位文学批评大家的议论以后，不妨再来领教领教男爵瓦忒伊利亚反对海军军官的理由。

"对了，有两点我最讨厌的，我有两个最大反对的理由。第一，海军是提拔出身寒微的人到显贵的地方，给一些人他们祖先从来没有梦想过的光荣。第二，海军摧残一个人的青春最厉害。一个航海的人比随便一个通常人都容易老；我生平已经观察得很多了。一个在海军里的人很容易遇着这个危险，就是忽然升起来一个人，这个人的父亲，也许他自己的父亲从前被别人鄙视得连话都不愿意同他说。还有一个危险，就是自己成了自己讨厌的对象。去年春天有一天，在城里，我同两个人在一块儿，简直就是我刚才说的最明显的例子。一个是贵族伊福斯，他的父亲，我们都知道是一个乡村的副牧师，连面包都没有吃。我却不能不让贵族伊福斯坐我的上席。还有一位海军上将鲍德温，是一位你可想象的顶可怜的人。他的脸，颜色像桃花心木，粗糙到了极点，到处都是皱纹曲线，每一边吊九根灰白色的头发，顶上什么都没有只有点粉。'天哪！那个老家伙是谁？'我对一位站在我旁边的人——男爵巴西莫勒——说。'老家伙！'男爵巴西莫勒叫道：'他是海军上将鲍德温。你猜他有多大的年纪？'我说：'六十，或者也许六十二。'男爵巴西莫勒答道：'四十，只有四十，没有那么多。'你只消想象我当时的娱乐。我没法忘

---

[1] Northanger Abbey Chap. VI. p.33.

记海军上将鲍德温。我从来没有看见过海上生活弄得这样糟糕的例子；但是在某种程度以内，我知道他们大家都是一样的！他们都东撞西碰，什么气候什么天气都暴露着，一直到他们看起来不成样子。很可惜在他们没有达到海军上将鲍德温的年纪以前，就立刻撞在头上了。"[1]

我们知道，在《曼丝斐尔园》里洛锐斯夫人对凡丽柏来丝没有同情。她常常把凡丽当作比她表兄弟姐妹下一等的人。他们来告诉他们的母亲和姑母，说凡丽怎么样都不会把欧洲的地图放拢，她怎么样都不能够讲出俄国的主要河流，或者怎么样她从没有听说过小亚细亚，或者她怎么样都不知道水彩色与五色铅粉，洛锐斯夫人老是这样对他们说：

"很对的，真正的，我的亲爱的，但是你们都天生地有超等的记性，你可怜的表妹也许简直一点都没有。记性中间也有许多不同，就像旁的东西一样，所以你们原谅你们的表妹，可怜她的缺点。并且要记着，如果你们自己向前，聪明，你们应当常常谦退；因为你们已经知道很多了，但是你们还有许多要学的。"

"对了，我知道一直到我十七岁，我还有要学的。但是我一定还要告诉你一件关于凡丽的事情，真奇怪，真傻气。你知道，她说她不要学音乐和图画。"

"当然我的亲爱的，这真正是傻气，并且表示出她很缺少天赋和竞争心。但是我们如果各方面考虑一下，我不知道也许应该这样：因为你们知道——因为我的缘故——你们的父亲母亲才肯这样仁慈地把她同你们一块儿抚养，她不一定需

---

[1] Persuasion Chap. III. p.16.

要像你们一样受好教育；另外一方面来说，有个分别，倒也好一点。"[1]

养成偏见，可以有许多原因。梭尔蒲先生的偏见，是由于他没有智识；男爵瓦忒伊利亚的偏见，是由于他的虚荣心；洛锐斯夫人的偏见，是由于她没有同情心。其实所有四种笑剧元素——愚蠢、骄傲、感伤、偏见，互相都很有关系，并且常常在一个人性情里可以找出一种最鲜明、最重要的笑剧元素，拿来作为他作品的题目。达尔笃夫也许还有旁的性格上的不合比例，但是莫里哀只拿他的假正经来作题目。柏锐熊先生也许还有其他笑剧元素，但是拉毕希只把他的骄傲作为主要的笑剧元素。在莫里哀、拉毕希笑剧人物正确的地方，在迦茵·奥士丁的笑剧人物里也正确。

还有一层：我们没有理由，说迦茵·奥士丁仅仅利用了上面所说的四种笑剧元素。此外，还有许多发生笑剧影响的元素，不过它们不像这四种元素占那样重要的地位。之所以是这样的原因[2]，第一，自然由于作者特别喜欢应用它们，还有第二个更重要的原因，就是这四种笑剧元素在实际人生中占有重要的位置。我们应看见这四种元素在我们四围实现它们的明例。如果这四种元素都取消，人生一定大不相同。既然它们存在，那么笑剧之神永远也不会缺乏材料。

4 迦茵·奥士丁作品中笑剧地位的元素

性格的不合比例，单独地看起来已经很好笑，但是如果作者能够

---

[1] Mansfield Park Chap. III. p.16.
[2] 原文如此，保留作者原文的表达方式。——编者注

把它们细心地选择排列，使它们引到一种笑剧的地位，那它们一定会发生加倍的影响。笑剧的地位有两种，头一种就靠笑剧地位本身的元素，第二种却是性格的笑剧元素必然的结果。亚里斯多凡立斯的《群蛙》，葛德斯密斯的《枉尺直寻》[1]，师魏夫[2]的《格列弗游记》，塞尔凡蒂斯的《唐克霍德》[3]里边的笑剧地位，都属于前一种。它们都没有包含人物性格上的成长变化，或者心理上的分析描写；它们的地位就已经很好笑，可以捉住观众或读者的注意力。

后一种笑剧地位，在另一方面，却不能没有性格。这种笑剧，我们常常把它叫作"高等笑剧"，或者有时叫作"性格笑剧"。头一种很容易成滑稽剧，就是一串戏剧的情节建筑在一个不可能的笑剧基础上面，如：《群蛙》和《格列弗游记》；或者也许是一个笑剧包含了不可能的成分，如《枉尺直寻》和《唐克霍德》；或者是一个笑剧里面有许多种类的人物，陈旧的设计，如德伦斯的《两兄弟》和柏克图的《俘虏们》。"高等戏剧"如果成功，一定不能变成上列的任何一种，因为没有鲜明个性的人物，它根本就不能成立。它给作者一件更困难、更细致的工作，因为个性了解和戏剧天才两样都缺一不可。迦茵·奥士丁的著作，就属于这一类。

我们在前一章里已经讲过了《骄傲与偏见》中图书馆的一幕[4]，在《爱玛》中马车上一幕[5]，但是她作品里边，还有许多旁的。在《理性与感伤》中，有一次迦茵·奥士丁把露茜、爱林娜、额德瓦、玛利亚四人集在一块儿。露茜已经告诉了爱林娜她同额德瓦订了婚，但是玛利亚却不知道，她毫不迟疑地把额德瓦当成爱林娜的情人。她的不知道

---

[1] 陈铨此处应指 Oliver Goldsmith 的 *She Stoops to Conquer*，现一般译为：《屈身求爱》。——编者注
[2] 现通译为：斯威夫特。——编者注
[3] 现通译为：塞万提斯的《堂吉诃德》。——编者注
[4] Pride and Prejudice Chap. XX.p.10.
[5] Emma Chap. XV.p.111-120.

和她的热情的性格，使全局非常可笑。

> 那是很难为情的一个时候，每一个人的脸上都表出这个样子。他们看起来都非常地傻；额德瓦好像有极大走出屋子的倾向，不想再走进来。他们心中最恐惧、最想躲避的事情，降在他们身上了。他们不单是三个人在一块儿，并且在一块儿没有另外一个人可以使他们轻松。……所以她只能柔和地看看，以后稍为招呼招呼他，也就不讲话了。
> 但是爱林娜却有更多事情要做。为了他，也为了自己，她很着急地要做好，所以她极力强制她自己，稍微想了一想，立刻就欢迎他，举动神情，差不多自然，差不多公开；再奋斗一点，再努力一点，她更进步了。她不能因为露茜在那儿，或者因为感觉他对她自己不公平的地方，使她不说她高兴看见他，并且很后悔他那天来柏克勒街拜访她时，她不在家。虽然她明明知道露茜在留心观察她，她也不害怕，在露茜眼光的注意之下，给他一些一位朋友，差不多一位亲戚应该得到的注意。[1]

爱林娜的努力，似乎可以减弱当时大家的难为情。她对额德瓦讲了一些客气的话，使他居然有勇气坐下，渐渐感觉舒服一点。很不幸，爱林娜假装说她去叫她的妹妹，走出去休息一会。在这个时候，她的妹妹玛利亚却撞进来，一切的情形，立刻又变得很严重：因为玛利亚看见额德瓦的喜欢同她平常所用的感情一样，一点也压制不住的。她把手立刻伸给他，他非握不可，她叫他的声音，里面充满了一位小姨子对姐夫的情绪。

---

[1] Sense and Sensibility Chap. XXXV.p.210-211.

"亲爱的额德瓦，"她叫道："这真是最大的快活的时候。这差不多可以补救一切的事情。"

额德瓦极力想回答她应当得到关爱，但是在这种严厉监督之下，他连心里一半的话都不敢说出来。他们又都坐下了，一两个时辰，大家都静默起来，玛利亚用最柔和的眼光，有时看看额德瓦，有时又看看爱林娜，只后悔他们两人相见的快乐，被不受欢迎的露茜在那儿压制住了。[1]

后来这种形式，简直达到了焦点，因露茜要报仇，加入他们的谈话。玛利亚说：

"但是，额德瓦，为什么你不在那儿呢？为什么你不来呢？"

"我旁的地方有事情。"

"有事情。但是这样的朋友要会面，还有什么事情呢？"

"玛利亚小姐，也许……"露茜很想报仇，叫道："你以为少年人从来不管他们讲的话，如果他们不愿守信誓，无论大小他们都不管。"

爱林娜心里很激愤，但是玛利亚似乎一点不觉得这句话刺人，她镇静地答道："不是这样的，真的；因为老实说，我很肯定，只有良心才把额德瓦留在哈勒街。并且我相信他有世界上最容易感动的良心——顶留心的实行他所答应的话，无论怎样小，无论这件事情怎样反对他自己的利益和快活。他顶怕引起别人希望，同时也顶怕令别人失望，顶不会自私自利，像他这样的人，我还没有多见过呢。额德瓦，的确是

---

[1] Sense and Sensibility Chap. XXXV.p.211-212.

这样,我一定要说。什么,你从来不愿意听别人称赞你吗?那么,你就不是我的朋友;因为凡是接受我的爱敬的人,一定更受我公开的称颂。"

她公开的称颂,在目前这种形势之下,特别不合她三分之二的听众,对额德瓦尤其不痛快,所以他一会儿就站起来要走。

"就要走了吗?"玛利亚说:"我亲爱的额德瓦,这一定不能如此。"

她把他往旁边稍为拉开,悄悄地劝他,说露茜一会就要走的。[1]

这一幕的成功,顶要紧是由于利用"戏剧的反说",但是如果没有玛利亚的感伤,露茜的自私自利,也不会弄到笑剧的地位,就是因为玛利亚同露茜两人性格上的笑剧元素,互相冲突,所以笑剧的力量也达到了最高点。

另外成功的一幕,就在同一本书里边。金陵夫人问顶小的妹妹,她姐姐情人的名字,玛加锐看着她姐姐,说到:

"我一定不说。爱林娜,可以吗?"

这当然令每一个人发笑,爱林娜也勉强地笑。但是这个劲用得很痛苦。她深信玛加锐看定了一个人,这个人的名字,拿来让金陵夫人开玩笑,她受不了。

玛利亚十分诚恳地同情她;但是她不仅没有任何助益,反而把事体弄得更糟。她面红耳热,怒气冲冲地对玛加锐讲

---

[1] Sense and Sensibility Chap. XXXV.p.212–213.

道,"你记着,不管你的猜想怎么样,你没有权利重述它们。"

"我从来没有什么猜想,"玛加锐答道:"这本来是你亲自告诉我的。"

这句话弄得大家更好玩,都再三要求玛加锐再多说一点。

"呵,请你,玛加锐小姐,让我们知道一切的事情。"金陵夫人道:"这一位先生姓名是什么呢?"

"我不会告诉你的。但是我知道是什么,并且我还知道他在哪儿。"

"对了,对了,我们都会猜他在哪儿,在罗兰德,在他自己的屋子里,当然。他是教区里边的副牧师,我敢说。"

"不,那他不是。他没有职业。"

"玛加锐,"玛利亚生气道:"你知道这些都是你一个人生编硬造的,根本就没有这样一个人。"

"好吧,那么他不久以前死了,玛利亚,因为我敢肯定,从前曾经有过这样一个人,他的名字头一个字母是 F。"[1]

我想,每一位读者都很惊异作者驾驭笑剧地位的本事,但是她成功的顶大原因还是在个性,因为玛利亚的感伤同玛加锐的天真互相冲突,所以笑剧的地位也就戏剧化了。

郭立希认为《曼丝斐尔园》是迦茵·奥士丁最不像戏剧的小说。[2] 比较起来,这句话也含有真理,但是里边有些地方,我们还是看见不少笑剧的成分,很聪明地运用笑剧来发生戏剧的影响。当《曼丝斐尔园》中一群青年男女正在兴高采烈地排戏的时候,迦茵·奥士丁故意让顶厉害且严肃的男爵汤姆斯回来。门一打开,每一个人都吓坏了。朱丽亚走进来,青着脸叫道:"我父亲回来了。他现在在

---

1 Sense and Sensibility Chap. XII.p.52–53.
2 Cornish; Jane Austen.p.127.

堂屋里。"每一个知道男爵汤姆斯性情的人，立刻就打消了演戏的念头。全家的人都走出去迎接汤姆斯。克洛弗一家人悄悄地回去。但是迦茵·奥士丁故意狡猾地把夏芝先生留在后面，深信还要排演，独自一人在戏园里。所以，男爵汤姆斯巡查屋子的时候，就有机会碰见他。

> 男爵汤姆斯看见自己屋子有点燃的蜡烛。已经很惊异；四围一瞧，还看见别的居住形迹和家具凌乱的样子。他的书架从台球室前搬走，特别引起他的注意，但在他还没有多少工夫惊异这些事情以前，他忽然听见台球室里发出更令人惊异的声音。有一个人在那里大声讲话——他不认识这个声音——比讲话还要高——差不多大叫。他走到门前，庆幸他可以立刻发现。把门一打开，就看见自己在一个戏台上同一位狂叫的少年人对立，这个少年人好像要把他一拳打倒的样子。正在夏芝先生看见男爵汤姆斯的时候，做了一个从排演以来都没有做到的最好的惊起。[1]

这一个笑剧的场面当然是作者很明显地故意排列的，但是仍是书中人物性格上自然的结果，男爵汤姆斯的严厉同夏芝先生的满不在乎互相冲突，所以增强了笑剧的效果。

在前面所举的三个例证中间，我们看见个性笑剧元素的冲突，是增加笑剧地位影响最要紧的条件。这一个方法在《骄傲与偏见》里常常使用，其实差不多每次男女主角会面的时候都有。达西先生代表骄傲，伊丽莎白代表偏见。他们讲话老不投机，每次冲突都增加笑剧地位的力量。我们看他们在一个舞会中的情景。

1　Mansfield Park Chap. XIX.p.164.

他们站了好些时候，不讲一句话，她动脑想，他们的静默会延长到两个跳舞的时间，起初她决心不去打破它，到后来忽然想也许她强迫与同舞的人讲话，对他的惩罚还要更大一点，她稍微讲了一点关于跳舞的话。他答应了，但是又静默。几分钟以后，她第二次对他讲话，这样说："达西先生，现在轮到你应该讲话了，我已经讲了关于跳舞的话，你就应该谈谈屋子的大小和客人的数目。"

他微笑告诉她，她愿意叫他讲什么他就讲什么。

"很好，这个答复，对现在已经行了。也许渐渐地我就会说家庭舞会比公共舞会更有意思，但是现在我们可以静默了。"

"那么，你跳舞的时候，讲话都有规则的吗？"

"有时候。你知道，一个人总得讲一点话。如果在一块儿老是静默，未免太怪了；并且，但是，为有些人打算，谈话应该好好地排列，使他们有能够少说多少话就少说多少话的麻烦。"

"现在在这种情形之下，你是在商量你自己的感觉，还是在满足我？"

"两方面。"伊丽莎白狡猾地答道，"因为我常常看见，我们两人思想转变有很相同的地方。我们的性情都是不爱社交，好静默，除非我们希望所说的话能够使所有人惊异，可以遗留到后代，有格言那样地光荣，我们不愿意多讲话。"[1]

在另外一个时候，达西先生走近伊丽莎白，对她说：

"彭勒忒小姐，你不觉得有很大的倾向，想抓住这个机

---

[1] Pride and Prejudice Chap. XVIII. p.81.

会，跳一次苏格兰舞么？"

她微笑，但是不答应。他重述他的问题，有点惊异她的静默。

"哦，"她说："我早已经听见了，但是我不能立刻决定拿什么话来答复。我知道，你想要我说'是'，这样好满足你鄙视我的嗜好的快乐；但是我却老喜欢打破这种计划，化解一个人预谋的鄙夷之事。所以我已经决定告诉你，我不愿意跳一个苏格兰舞，现在假如你敢，你可以鄙弃我。"

"真的，我不敢。"[1]

比较来说，如果一个作家能够看出性格的笑剧元素，这一种排列并不算困难；但是也要有戏剧天赋，才能够使每一幕剧都有力量，尤其是遇着达西和伊丽莎白这种人物，他们的智力都在很高水平线上，如果不在一位大艺术家手里，是非常容易失败的。

5 结论

从上面的比较分析，我们可以像我们起首一样地终结，重新申明笑剧四个基本原理：

（1）笑剧倚赖理智不倚赖感情。

（2）笑剧的功用，是笑人生中不合比例的事物，使我们一切适合于社会上顶好的标准。

（3）人生中不合比例的事物，也许是物质的，也许是精神的；也

1　Pride and Prejudice Chap. X.p.44–45.

许是暂时的，也许是永恒的。

（4）这些人生中不合比例的事物，是随着时间、空间变迁的。

我们能够关于迦茵·奥士丁说的，同上面四个基本原理，有密切的关系。

（1）迦茵·奥士丁是一个成功的笑剧家，因为她全靠她的理智，看见人生中不合比例的事物。

（2）迦茵·奥士丁是一位个性笑剧作家，因为她在作品中所利用的不合比例或者笑剧元素，都是有鲜明个性的人物自然的结果。

（3）迦茵·奥士丁是一个成功的个性笑剧作家，因为她知道怎样排列个性的笑剧元素，并将它引入一种场景，个性的笑剧元素互相冲突来提高笑剧的影响。

在我们离开本题以前，我们还可以引《骄傲与偏见》中的一段，来阐明一位笑剧作家应有的态度。

> "世界上最聪明善良的人，"（达西说）"他们最聪明、最良善的行动——都可以被一个人弄得好笑，如果他这个人生活的第一目的，就是开玩笑。"
>
> "当然。"伊丽莎白答道："世上有这样的人，但是我希望我不是里面的一个。我希望我绝不嘲笑聪明良善的事情。愚蠢、无识、怪想、矛盾，确乎令我感到好笑，我可以承认，我能够笑他们我就笑他们。"[1]

（原载 1935 年 4 月《清华学报》第 10 卷，第 2 期）

---

[1] Pride and Prejudice Chap. VI.p.49–50.

评论·书评

Georg Jacob und Hans Jensen: Des chinesische Schattentheather
Stuttgart　1933

亚可布与鄢森著《中国灯影戏》

（斯图加特，1933）[1]

亚可布教授为德国最著名的东方学者之一。今年 71 岁，其著作几百种大都偏于阿拉伯文字及文化。但是他除了研究阿拉伯以外，曾经用毕生心力，搜集全世界各国的灯影戏，作成了一本《东西灯影戏史》（*Geschichte des Schattentheaters im Morgen-und abendland*），1925 年出版以后，成了世界上研究灯影戏唯一的专著。在写《东西灯影戏史》的时候，他已经注意到中国的灯影戏，他发现世界的灯影共分两派：一派是印度产传来的，一派是中国传来的。印度的灯影是用牛皮作的，没有颜色；中国的灯影是用羊皮作的，上面的图画有各种鲜明的颜色。究竟灯影戏是印度先发明还是中国先发明呢？这一层现在还没有学者能够肯切地断定。在印度方面，找不出很早的证据；在中国方面，很早已经有明白的证据。图书集成载《谈薮》云："宋朝仁宗时，市人有能谈三国事者，或采其说加缘饰，作影人，始为魏、蜀、吴三分战争之象。"《东京梦华录》载："京瓦伎艺，有影戏，有乔影戏，南宋尤盛。"《梦粱录》云："有弄影戏者，元汴京初以素纸雕簇，自后人巧工精，以羊皮雕形，以彩色装饰，不致损坏。"由上列各种记载推知，中国灯影戏在 11 世纪的宋朝，确已发明。因为中国有这样确切的证据，印度没有，所以亚可布在他的《东西灯影戏史》里直接称中国为灯影

---

[1] 原题为德文，现中文标题为编者依德文所译。

发源地（Das Mutterland der Schattenspiele）。

但是当时亚可布虽然知道中国灯影戏的重要，手边却并没有多少中国灯影的材料。他所知道的，一方面是历史上证据的搜索，一方面是近人收集材料的探讨。关于历史方面，欧人最初讲到中国灯影戏的，是法人杜哈德1736年出版的《中国详志》。1767年，因为法国那时受了中国灯影戏的影响，所以叫影戏为"中国的灯影"（Ombres chinoises）。欧洲书籍第一本介绍一个中国灯影戏故事的，要算德国王子汝伯黑。他在他编撰的《亚洲旅途回忆录》里，讲他在北京德国公使馆里看中国灯影戏表演，并叙述他看那一本戏的故事。在他的叙述里，我们知道他看的是《白蛇记》或者《雷峰塔》。关于近人收集材料方面，1901年劳弗尔（Berthold Laufer）从北京一个灯影剧团那里替纽约美国博物馆收集了十九册灯影戏本，差不多一千个灯影人物。并且因为中国灯影也像中国的戏剧，是用音乐歌唱来表演，所以还制了好些留声机片。关于灯影剧本翻译的工作，由德国汉文学者威廉·格汝伯（Wilhelm Grube）担任。格汝伯翻译了大部分，1908年，他不幸去世了。他的两位弟子克锐布士（Krebs）同劳弗尔继续把所有剧本全数译成德文。1915年德国译本在德国明兴出版，中文原本在山东兖州出版，里面一共有六十八本灯影戏。这部书以后成了欧洲学者研究中国灯影戏的基本书籍。

1903年德国可龙大学的教授替可龙戏剧研究院买了三千多个中国灯影人物，是乾隆时宫里保存的东西，后来流落在北京一位贵族人家手里，辗转卖到德国。1932年，阿芬把黑（Offenbach）的皮革博物馆馆长额伯哈忒（Eberhardt）又购买大批差不多五千多个中国灯影人物剪影。这两批新材料到德国以后，因为它的雕工颜色精致美丽，为世界任何国家灯影所不及，所以引起许多德国美术家、学者、鉴赏家的注意。亚可布教授此时才知道中国灯影艺术是这样的高明，内容是这样的丰富，也就下定决心专门研究。

他研究的方法，大概先从灯影人物的名字去追溯他们表演的剧本，再研究剧本的来源。再从这些剧本情节来考察中国的历史民情、风俗、宗教、政治，以窥探整个中国文化的状况。所以灯影剧本来是一件小小的玩意儿，一到了这位伟大的东方学者手里，立刻变成最有兴趣、最重要的材料了。

亚可布自己不懂中文，他有一位克尔大学的同事鄢森教授是研究比较语言学的，能了解中文，同时克尔大学还有一位研究德国文学的中国留学生陈铨，亚可布得了两人不时的帮助，花了两年多苦心的收集考究，完成了现在出版的这本《中国灯影戏》(*Das chinesische Schattentheater*)。

我们翻开这一本书来看，第一件令我们惊异的就是它材料的丰富详尽。作者把关于中国灯影一切直接、间接有关系的材料全数收集来，书里面每一句话差不多都有来历。对这样小的一个问题，他居然肯下这样的功夫，把他全部的精力放在上面，这一种科学的精神，忍苦耐劳，不计荣誉，不计实用的学者态度，很能代表德国学者的特性。亚可布常常叹息，他年龄太大，没有工夫学汉文，要能够学会，他一定还可以发现许多的新材料，因为他知道中国灯影戏还完全是一片荒地，中国简直没有人注意，外国也只有极少数人在从事开垦。

第二件令我们佩服的就是这位老学者驾驭这繁复材料的本事。我们只消看一看亚可布关于阿拉伯的著作的名字，我们就知道作者是一位著作等身的老手。在这本书里，作者把他全身的武事，充分地显现出来。我们只消想，作者有对几千个灯影人物的观察记录，有六十几本灯影剧本要分析讨论，有几十部中国灯影人物剧本来源的小说要检查比较，还有大量关于中国哲学、文学、美术、宗教、民俗、政治、家族，以及关于中西交通历史的书籍。这样复杂材料中，要找出一个清楚的条理，要能够把每一点材料，每一点知识都能够充分利用进去，这是谈何容易的事。但是作者是久经战场的老将，所以他居然能够订下一种计划，一步一步地明白、清楚、详尽、有趣地写出来。他不单是供给我们关于中国灯影的知识，同时也传授给我们研究文学史的人许多有效的法宝。

第三件令我们惊异的就是像灯影戏这样一件东西，许多中国学者都以为不值一提，从来没有人去过问它，甚至有许多人连名字都还不知道，一到了这位德国学者手里，却把它看得这般重要，不惜献上他最宝贵的光阴来研究它。他在里边不但发现了许多惊人的艺术上的贡献，而且从这里研究中国文化各方面的内容与欧洲不同的地方。他这一种研究文学史的方法，我们可以叫作"文化式的方法"。因为他的立场，是想借文学去研究文化，再就文化来了解文学。站在这一个立场上，许多平常不能登大雅之堂的平民文学，往往因此就变成最有趣味、最重要的材料了。

书后附录有鄢森教授从中文翻译成德文的灯影剧本，叫《盘丝洞》，这一本剧本是克尔大学中国留学生陈铨替他从四川演灯影戏的人那里设法请人抄录下来的。因为格汝伯所翻译印行的剧本都是北方的，这一本四川来的剧本，却也别开生面。在戏剧方面，四川戏有它特别的历史，与京剧的戏台制度不同，灯影剧与戏剧紧相关联，所以四川灯影戏，又有它特别的内容，值得特别研究。即如四川的灯影人物就比北方涞洲牛口的灯影人物大两三倍。同样，《白蛇记》在北灯影里，青儿是一位美貌女郎，在四川灯影里，青儿却成了奇丑凶恶的妖怪。北方演青儿用花衫，四川演青儿用黑头。还有四川的戏，演员通常最末一句不唱，让打锣鼓的人接着合唱。小生在北方的地位远不及老生青衣，在四川却坐头一把交椅。这许多不同的地方都可以证明，四川灯影有它独立的特点。鄢森教授翻译的《盘丝洞》，要算是对四川灯影戏第一次的介绍。《盘丝洞》讲《西游记》唐僧取经，路上遇着蜘蛛精的事情。鄢森的译文，明白晓畅。剧本中太粗鲁的地方，均用拉丁文翻译。鄢森所得的四川灯影剧本还有三本，第二本已脱稿，不日出版，第三、第四本他都想全部翻译。

最后，我们觉得这一本书有一个小小的缺点。亚可布因为中国字分四声，用罗马拼音不够，所以在每个拼音的旁边用一、二、三、四来注明平上去入。他这个完全是白费工夫，因为这种四声的注明一点不能帮助不懂汉文的德国人准确发音，就是懂得汉文的德国人，看见了还是没有法准确猜出原来的中国字，那么他又何必多费一番手续把书上的名字弄得糊里糊涂使一般德国读者感觉不快呢？

总之，翻译这一部书是一本开山的工作。它的成就使我们中国学者羞惭，同时使我们恐惧，德国学者那样卖力气研究，德国博物馆那样肯出钱收买，恐怕再隔几十年中国学者要研究中国戏剧史或文学史都不得不到德国去留学了！

（原载1935年1月《清华学报》第10卷，第1期）

Die Analogie Von Natur und Geist als Stilprinzip in Novalis' Dichtung
By Tscheng-Dsche Feng. Heidelberg, 1935.

冯至著《罗发利斯诗歌的风格原则：自然与精神的类似》（海德堡，1935）[1]

此书为冯至先生所著。冯先生在中国北京大学肄业的时候，就从德人洪德生专攻德国文学，并且帮助他把《西厢记》《琵琶记》翻译成为德文。后来到德国进柏林大学，以后又转海岱山大学[2]，继续他德国文学的研究。今年春天，在海岱山大学以德国文学得了哲学博士学位，冯先生专心研究的范围，是德国初期浪漫主义运动。这一个时期，要算德国文学史上最难了解的一个时期，因为那时德国的文人，差不多同时都是哲学家。凑巧那个时候，又是德国哲学的极盛时代，康德哲学正受热捧，又继续产生了德国理想主义的几位大师——费希忒[3]、薛陵、黑格尔。这些都是很不容易了解的哲学家，但是他们的哲学同德国初期浪漫主义运动又发生了密切的不可分开的关系，要了解德国浪漫主义运动，非了解德国理想主义不可。所以德国浪漫主义的领袖，如佛雷奚勒格尔、罗发利斯、哈德林所提倡的浪漫主义，绝不是英国华茨渥斯、雪莱、摆伦所号召的那样简单。冯先生这一本书是专门研究罗发利斯的。许多人都认为罗发利斯是德国浪漫主义最好的代表，因为他生活、思想和作品，无处不表现浪漫主义的成分。

冯先生研究的方法，是从罗发利斯作品的风格去探求作者的主张，

---

1 原题为德文，现中文标题为编者依德文标题所译。
2 现通译为：海德堡大学。——编者注
3 现通译为：费希特。——编者注

再就他的主张来阐明他的风格。因为语言文字本来就是人类精神活动的表现，或者简直可以说是人类精神的实现（Selbstverwirklichung des menschlichen Geistes），因为人类先有了某种精神的动向，然后不能不去找一种实物来表现它。所以一个作家平常最喜欢用的字句，最常描写的风景，最爱表现的事物，处处都是他精神活动自然的结果。这是不能强求的，也是不得不这样的。文学史家懂得这一点，所以往往利用形式的研究（Formale Untersuchung）来做精神的研究（Geistige Untersuchung）。冯先生这一本书，本来是探讨罗发利斯作品的风格，但是他的目标却是罗发利斯的精神，所以它对形式方面有最严格、最科学的分析，但是对精神方面又有最深刻、最明达的了解。这一种精神科学研究的方法，在欧洲还算是很新的方法，也就是冯先生此书第一个特点。

除了研究的方法，要谈此书的内容，这句话就长了。因为中国学术界对于德国思想有隔膜，要详细讲清楚，绝不是这一篇书评就能够胜任的事情，但是我们在这里也可以讲一个大概。

欧洲的哲学，到康德才算是真正掀起了一个大革命。希腊哲学的对象是"世界"，中世纪哲学的对象是"神"，康德哲学的对象却是"人类自己"。希腊的哲学家相信世界是存在的，人类是可以知道世界的，只要人类揭示的世界事物的规律同世界事物相合，这就算是真理。这一种追求真理的态度，一直到康德都没有变更，也没有人怀疑这一个方法有没有错误。不要说康德以前的哲学家，就是现在20世纪的自然科学家，他们都无条件地相信这个方法是追求真理的不二法门，他们更相信他们求到的是真正的真理。世界是存在的，人类是可以知道世界的，这是多么明显的事情，这还有什么可怀疑的地方？譬如化学家告诉我们，世界上有多少元素，这一些元素结合起来，可以得到某种结果，那随时都可以去试验，随时都可以证明化学的规律是对的，这还不算真理吗？

但是康德不是这样容易满足的人。世界是存在的，他承认，但是我们怎样知道世界存在却是问题。至于人类有没有知道世界的能力，这却是大大的问题了。康德把世界事物分成两部分，一部分是"物的本身"（Das Ding on sich），一部分是"物的现象"（Die Erscheinung）。物的本身到底是怎么样，人类没有法子知道，人类所能够知道的仅仅是"物的现象"。物的现象所以成为某种样子，完全是因为人类在某种情形之下用某种方法靠某种器官去观察它，如果一切条件有变换，当然物的现象也会跟着有变换。所以物的现象我们虽然知道，还远谈不到知道物的本身。希腊的哲学家，甚至于现代20世纪的科学家都相信，只要人类揭示世界事物的规律同世界事物相合就是真理，这是靠不住的，靠不住的原因是这些规律顶多只能揭示世界事物的现象，不是世界事物的本身。所以希腊哲学的对象是"世界"，康德哲学的对象却变成"人类"了。人类自己反省自己，有多大的本事能够知道世界，人类明白自己所知道的到底是什么，这就是欧洲哲学一个大进步，同时也就是欧洲哲学一个大的革命。

中世纪的哲学对象是神，在相信神的存在条件之下，一切才有真理，如果神不存在，真理即无由产生。中世纪的哲学起点是神，结果仍然是神，一切的辩论证明，都在神的存在这个问题下面兜圈子。康德是第一个用精密的方法、证明人的智力是有限制的人，神的存在不是人类的智力能够证明的。他把以前一切证明上帝存在的证据都攻击得体无完肤，所以旁的革命不过把帝王宣告死刑，康德的哲学革命简直把上帝宣告死刑。

可是在人的知识方面，康德固然宣告了上帝的死刑，在道德方面，康德却又把上帝从鬼门关请回来。康德说，上帝的存在不是人类的知识所能证明的，但是人类的信仰却可以承认上帝存在。理论上（Theoretisch）虽然不能存在，实际上（Praktisch）却可以存在，人类不断地有上帝存在的要求，人类离开了这种要求，生活就没有意义。

依康德看来，知识同信仰是判然两件事情，有了知识就不能有信仰，有了信仰就不能有知识，他们既然这样势不两立，所以知识一定要替信仰让出地盘来（Das Wissen muss dem Glanben den Raum machen）。上帝的存在，不建筑在人类的知识而建筑在人类的信仰之上。知识所指的对象是在外边，信仰的对象是一个人的心理，所以中世纪哲学的对象是"神"，康德哲学的对象是"人类自己"。从神回到人类自己，在欧洲哲学是一个大进步，同时又是一个大革命。

上文已经说过，希腊哲学的对象是"世界"，中世纪哲学的对象是"神"，康德哲学的对象却是"人类自己"。从世界从神回到人类自己，这是从世界有人类以来，人类第一次的反省。人类自我反省，一方面限制了自己的知识，一方面建了自己的信仰。知识虽然受了限制，但是信仰却是自己建设的，在这个限制建设过程中间，人类自己成为宇宙的中心，一切知识、信仰的泉源，人类的尊严因此也提到了最高点。

康德把人类的尊严提高，是康德以后德国的思想家所赞成的，但是康德把世界分成"物的本身""物的现象"，把神分成"知识"与"信仰"两个绝对不可调和的二元，这是康德以后德国大部分思想家所不赞成的事情。从哲学方面来说，产生了费希芪、席勒、薛陵、黑格尔的理想主义，他们个个都不满意康德的二元论，都想把它综合成一元。这一个运动一直到黑格尔，才算集了大成，把这一种工作造成严密的系统。他的哲学是否能够推倒康德，满足我们，是另外一个问题，但是这一种趋势在德国思想界是很明显的。

德国早期浪漫主义者也是不满意康德把世界分为二元的人。他们也都不断地努力，想补救康德哲学这一点缺憾。他们都直接或间接接受了几位理想主义大师的影响，特别是费希芪的"我"的哲学和薛陵的"自然哲学"对他们有深切的影响。但是浪漫主义者，他们不单是哲学家，同时又是文学家，所以他们的思想，不能有其他理想主义诸大师那样清楚的轮廓。他们的行动、思想、文字都带一种神秘的色彩，要了解他们，有时比研究哲学还要难，但是他们努力的方向是很清楚的。

康德以前，有一位很重要的哲学家，叫斯宾诺莎，他用几何的方法来证明上帝不能不存在。他认为世界上万事万物若没有上帝的存在作根据，简直不能想象。所以据他看来，上帝必定要存在，而且同时在万事万物中间也可以发现上帝，这一种哲学叫作"泛神论"（Pantheismus）。它曾经对歌德发生了极大的影响。康德之后，德国理想主义的大师薛陵，在他努力调和康德二元论的困难中，他忽然感觉斯宾诺莎哲学的重要。他仔细研究康德和斯宾诺莎以后，建立了他的"自然哲学"（Natur-philosophie）。他从自然中去发现精神，自然同精神的关系，得了一个比斯宾诺莎更严密、更深邃的解释。

依薛陵的自然哲学，自然和精神（Natur und Geist）是相类似的。自然界中间，从矿物到人类有高下之分，但是都同精神有类似的地方。自然和精神，是当时哲学界和文学界最普遍的一个题目，罗发利斯虽然是诗人，对于这个问题也非常努力。1797年，他特别到佛来堡大学去研究自然科学。这一番研究对于他的思想，发生了很大的影响。他发现自然和精神类似的地方，因此以后他的作品处处表现这一种思想的痕迹。

冯先生这一本书题名叫作《罗发利斯作品中以自然和精神的类似来作风格的原则》（*Die Analogie von Natur und Geist als Stilprinzip in Novalis' Dichtung*）。在这一个题目中，一方面，我们可以看出从康德而后，德国思想界共同努力趋势对这位浪漫诗人的影响；另一方面，我们可以看见冯先生治学的方法，是就罗发利斯作品中的风格来探讨他的主张，同时就他的主张来解释它的风格。

罗发利斯的哲学思想带了不少神秘的色彩，因为他的思想、感觉、欲望是同时的，是一样的。康德在他三大著作里，把思想、感觉、欲望分得清清楚楚，罗发利斯却处处把他们混为一谈。他想要把全宇宙组织起来，归根到一个最后统一的原理，要实现黄金时代，要创造新的宗教。在他的著作里，一切都没有清楚的轮廓，一切都没有绝对的同异。因为世界上一切的大小、高下、远近、美丑、善恶、日夜、阴阳、空间、时间都是相对的，不是绝对的。换言之，就是他们都是一样的，都是类似的。这一种相对的、类似的存在，罗发利斯在围绕它的世界中去发现，或者在他理想的世界中去发现。旁的带神秘色彩的哲学家，如黑亚克利蒂（Heraklit）、保罗（Apostel paulus）、老子和其他中世纪的神秘哲学家，都有同类的思想感觉。他们喜欢用兜圈子的思想，他们惯用连锁式的句子来表示他们的意思。莱色刚（H. Leisegang）称神秘哲学家这种思想为"圆圈式思想"（Kreisdenk form），理智哲学家的思想为"尖塔式思想"（Pyramidenk form）[1]。因为他们两派思想的形式不同，所以他们所用的逻辑也不一样。神秘家都有神秘家特别的逻辑。[2]

　　罗发利斯自从1797年到佛来堡大学以后，他写信告诉他的朋友，他抛弃了他的诗，专门在自然方面用功夫。从诗转到自然，当然是罗发利斯生活中一个大转变，但是罗发利斯所说的自然，并不是诗人和科学家如歌德所研究欣赏的自然，乃是一种超现实的，形而上的自然。歌德从真实去找寻理想，所以真实在歌德那里一样的有价值，罗发利斯却认为理想比真实还要更有价值。他认为在真实的世界后边，还有第二个看不见的、神秘的、无尽的世界。现实的世界必定要浪漫化，然后可以找出它原来的意义。低级的自己经过浪漫化，然后可以和高级的自己变成一样。所以浪漫化世界，就是从质的方面去提高世界。罗发利斯对于第二个世界有无穷的渴望，他时时刻刻都想要去达到第二个世界，第二个世界就好像盖了面纱的女神，人类应该把她的面纱揭开，去认识她本来面目。这一个揭开面纱的工作，就是人类的工作，所以人类史被称为"自然的弥赛亚"（Messia der Natur）。他必须要把自

---

[1] 原文为 Pyramiden form，疑为 Pyramidenk form 笔误。——编者注
[2] H. Leisegang. Denk form 1928.S. 134ff.

然解放。但是第二个自然又是什么呢？人类怎样才可以解放它呢？罗发利斯在一本小说里告诉我们："有一个人成功了——他揭开色斯女神的面纱——但是他看见什么呢？奇怪极了——他自己。"

所以人类解放自然就是认识自己，人类走向自然就是走向内心，内心达到的时候，就是自然解放的时候。就好像罗发利斯看世界旁的一切事情都是相对的，这一件事物的意义往往就在那一件事物里边，在这里罗发利斯也同样地把内心外界的界限一下打破了。外界的意义，只有在内心里才找的出来。"向内心走"就是罗发利斯努力的方向，内心才是他安身立命的地方，他觉得他在现世界是很生疏的，他努力想逃脱现实走到第二个世界里去，到了第二世界里边他再回头来观察第一世界。所以第二个世界他才叫作"家"，现世界却远没有那样重要。

就是这样，罗发利斯总是站在第二个世界来对付一切，现世界因此神秘化了，自然因此浪漫化而且提高成为一个大生物组织了。他订下大计划来建筑自己，他认为这是他神圣的工作，要实行他一个神圣的工作，那就要靠他提倡的"魔术的理想主义"（Der magische Idealismus）。魔术的理想主义，一方面要建设内心的意义，一方面还要把自然"道德化"。人类是自然的弥赛亚，他有这种力量，能够解开自然一切的谜团。他不但能够了解自然，解放自然，他还能够教育自然，他这种力量好像一种魔术的力量。

魔术能够用意志来驾驭自然，并且秘密地使它有生命。罗发利斯的魔术和旁的魔术不同的地方，就是旁的魔术生动自然造成了奇妙而想象不到的东西，罗发利斯的魔术却看见自然中间黑暗秘密的力量，从而来解决人类的谜团。旁的魔术家是自然秘密力量的奴隶，罗发利斯作为魔术家，却控制、排列自然，并且他能够用哲学方法消除自己，脱身物外，所以能够达到身体、灵魂、世界、生、死，一切的解释。靠他的志愿，他魔术的本事，每一个魔术家都是他世界的创造者。这一个创造世界的魔术和志愿的行动令人想到圣经上的话，上帝要有光明,世界上立刻就有了光明。

在"他"在"我"身外以前,我已经从"我"中间发现了"他",这当然是神秘哲学家最普遍的思想。至于魔术的生命支配生物界,好像艺术品的观念在艺术品成功以前先从艺术家脑子中想出,这也是德国初期浪漫主义者的宇宙观。简单来说,从内心去观察自然,再用内心来同化自然;先去寻求宇宙的大道,再由魔术意志去引申到自然,把自然来"道德化",这就是自然和精神兜的圈子。在这儿,精神是主动的部分,是行动的力量。

这就好比精神等于艺术家,他计划完成,自然就等于艺术家用来变成艺术品的材料。精神努力行动,自然接受帮助。精神创造,自然生长。自然同精神的"结婚",就是罗发利斯和浪漫哲学的主要观念。罗发利斯的精神同自然这样深厚地融合,所以无论在什么地方,我们都可以发现这一种结合的影响。

从这一番的分析研究,作者已经把罗发利斯思想主要的地方找出来了。这一种思想表现最明显的地方,当然莫过于他的作品,他作品的风格当然是他思想自然表现的结果,所以第二步,作者就去研究罗发利斯风格的来源和它的元素。

罗发利斯的风格,作者分散点来讲:第一是他提倡神话,第二是他关于语言的理论,第三是神秘思想的形式。从这三点,作者归纳他风格的来源。第一他提倡神话,是由于他主张把自然当成有生命的对象;第二他关于语言的理论,是由于他主张语言要有图画的成分;第三他神秘思想的形式,是由于他世界一切"类似"的理论。

照罗发利斯的主张,一个诗人的职务是很重要的,他的工作是很神圣的。他的地位差不多等于古代的预言家和僧人一样。他自己就是一个小宇宙。他能够从已知推到未知,不可能的事情他可以弄成可能。他什么事情都知道,他知道自然比任何科学头脑都知道得多。他的诗不需要理智,他反对理智。光明运动时的代表文学是"寓言",里边最需要理智，也最反对理智，所以他认为最重要的文学却是"神话"；因为神话能够给自然以生命，建造一个奇妙的世界，这是理智的寓言所不能办到的事情。

罗发利斯把神话比成梦。神话是第二个世界的梦境，这第二个世界无处不有，但是又什么地方都没有。神话是第二个世界的镜子同时又是它的原始状况。所以罗发利斯认为在神话里边记载的真理比历史还多得多。罗发利斯的意见，浪漫文学应该奇妙非常、变幻莫测，所以神话是最好不过的体裁。神话能够给自然以生命，神话的作者让植物、动物、石头都讲起话来。生命的目的，作诗的目的就是要每样东西都有生命。真正好的神话作家写出来的神话，不一定要让人"懂"得，只好让人"觉"得。

语言中图画的成分，在罗发利斯神话风格里占很重要的位置。但是所谓图画的成分，并不是语言的标新装点，如德国17世纪巴若克派[1]诗人那样，只图粉饰，没有内心的思想。浪漫的诗人对于语言的改革，好像中世纪的神秘哲学家一样，一切都是从内心经验出来的，并且有这种本事用图画的形式把他们表示出来。自然像人类的图画，犹如人类像上帝的图画一般。语言同时也表示人类精神和自然的图画。语言是自然和精神结婚生下来的女孩子。

自从哈芒和黑格尔以来，德国浪漫主义者对语言非常重视，罗发利斯对语言也曾经下了不少的功夫。1795到1796年这一年中间有许多笔记讲语言的用法，对于动词、形容词、同义字特别用心。对于哈芒同黑格尔语言起源的研究，罗发利斯也表示出很高的热情。照罗发利斯的意见，不单是人类才会讲话，全宇宙都会讲话，因为宇宙间"每样东西都是一个报告"。但是人类的语言，是"一个诗的发明"，语言的记号，是根本从人类本性里边产生出来的。罗发利斯把字母和字都

---

[1] 现通译为：巴洛克派。——编者注

当成人物图画来看。他把母音比作眼睛，字音比作面孔。有形的字是灵魂真实的图画，无形的字是字中的气体。罗发利斯常常都想从平常的事物去阐明奇妙的事物，语言中图画的成分最合于这一个目的了。

"比喻"在罗发利斯作品中间也非常重要，但是这完全根据他"类似"的理论。亚里士多德已经发现比喻的元素在"类似"中间。如果第二件东西同第一件，等于第四件同第三件，那么我们可以把第二件来代替第四件。这一种思想的方式，在罗发利斯作品中，到处都表现出来。

前面已经说过，"类似"的理论，神秘的思想家到处都拿来作为他主要的工具。内心与外物的调和，外物的内心化，精神的物质化，一切和谐的神秘思想家，没有"类似"的理论，差不多不能成立。罗发利斯生在正是一般思想家最喜欢用"类似"理论的时代。黑格尔、拿法忒等哲学家，还有许多科学家，都主张自然的一致和到处存在的高等规律。从这些影响：所以"类似"成了罗发利斯重要的思想，这一种思想成了他作品风格的重要元素。

从上面三层的研究：第一层研究罗发利斯神秘的思想，第二层研究罗发利斯的回到内心同他魔术的思想主义，第三层研究它风格的来源，作者已经把关于本题最重要的话说完了。但是没有精确的分析工作，还没有科学的根据，以下就是作者将罗发利斯在他作品中作最常用的字句比喻最喜欢描写的对象，详细地分类研究，中间分章讲：（一）光线、颜色；（二）火；（三）流质——水、海、河、泉；（四）天、星、日、月；（五）空气、风、云；（六）夜、黄昏；（七）植物；（八）禽兽；（九）人类；（十）矿物；（十一）物理化学。从这些标题，我们已经可以看出作者分析的工作是如何地细密了，等我们再往下阅读，更觉得处处同罗发利斯的精神活动有密切的关系。罗发利斯作品的风格和他全部的思想，经过这一番研究，我们的了解也更进一步了。

德国初期浪漫主义运动，著作最多的要算梯克，理论建设最深刻的要算奚勒格尔，但是浪漫主义最好的代表人物却又要算罗发利斯，因为罗发利斯是浪漫主义的诗人，是浪漫主义的思想家，同时又过着充分的浪漫主义的生活。所以要了解德国的浪漫主义，罗发利斯是第一个要先了解的人。冯先生这一番研究在德国已经很难，在一个外国学生来说更不容易，当然要算是德国文学史上难能可贵的贡献了。

还有德国浪漫主义运动，也同德国康德而后的理想主义一样，对于康德的二元论做一种调和的努力。从前面分析罗发利斯的思想中，我们已经可以清楚看见罗发利斯处处要统一、要完整、要调和。康德分能知与不能知，罗发利斯认为一切都能知。康德分"物的本身""物的现象"，罗发利斯正要就现象去指导本身，并且拿类似的理论来说，现象就是本身，本身同现象是分不开的。康德把思想、欲望、感觉分开得清清楚楚，思想是理智，欲望是信仰，感觉是判断。罗发利斯把思想、欲望、感觉混合得一塌糊涂，不愿意把它们分开，并且认为它们根本不能分开。康德只承认自然界才有一定的规律，科学完全是理智的活动，罗发利斯却把科学认为不单是属于理智的事情，同时研究科学就是想研究整个的人生宇宙。

从上面讲起来，罗发利斯的立场根本是一元论，康德的立场根本是二元论，所以两人处处相反。但是有一点相同的地方，就是康德把"人"作为他哲学的中心，人类的尊严因此提高，罗发利斯把"人"作为"自然的弥赛亚"，自然要靠人去解放它，所以"人"在罗发利斯的思想中也坐了第一把交椅，这一种人类尊严逐渐提高的趋势，起源于文艺复兴，到康德才给它真正理论的根据，浪漫主义运动虽然理论上同康德相反，但这一点却替康德推波助澜。到了19世纪，尼采看见工业化的结果，基督教的崩溃，人类自由意志的减少，出来提倡他的超人主义。到了尼采的超人主义，人类的尊严真是登峰造极了，但是尼采的哲学并不能挽回工业化的势力。自从19世纪中叶以后，人类已经不像伊丽莎白时代、康德及歌德时代、浪漫主义运动时代那样有尊严了。现在大家所谈到最时髦的口号就是"遗传""环境""社会分子""民族血统"……至于个人方面的一举一动,无处不是重重的压迫、束缚。人类既然没有什么尊严,个人既然没有什么价值,整个人生宇宙也就没有什么意义可言。

  现在一般人一谈到浪漫主义运动,差不多都认为可笑,殊不知现在的世界正急切需要一种像浪漫主义那样复杂丰富而有意义的人生观。从这一点来讲,冯先生这本书不单是对德国文学、哲学算一种贡献,对于现代的思潮也有它特别的意义了。

      (原载1936年1月《清华学报》第11卷,第1期)

德国浪漫诗人罗发利斯及其青花

德国文学 18 世纪末 19 世纪初浪漫主义运动中，最重要的批评家为奚勒格尔（Friedrich Schlegel），最有力量之作家为梯克（Fohann Ludwig Tieck），而最著名之代表人物则为罗发利斯（Novalis）。罗氏生于 1772 年卒于 1801 年，仅二十九岁，其在文学上的成就尚未到十分伟大之时期，论者好以之与英国浪漫诗人雪莱比，然而雪莱对诗之贡献，固远过于罗氏也。唯罗氏之生平性格作品中，实包含德国浪漫主义中所有重要之成分，故彼为此运动一最好之代表人物，而罗发利斯之名至今已成一符号，闻之即令人联想及此运动之全部主张也。

罗氏幼年多病，九岁时大病几死，终其一生长与病魔结下不解之缘，其后彼曾一度欲从军，亦以病不果。其相貌温文尔雅，面清癯，长身玉立，目黑，灼灼有光，谈吐快平常人三倍，彼实为一有真性情之人。中学卒业后，赴耶纳[1]入大学，彼时德国次歌德最有名之诗人席勒方做教授，讲康德哲学，罗氏崇拜之，然与彼性情终不相合，故一离耶纳，而席氏对彼之影响亦即告终。次入莱城大学，与奚勒格尔为友，其后因此又认识其他浪漫运动之中坚人物，1794 年罗氏生活中有一最大之经验，影响其终身者即为对莎菲女士（Sophie von Kuhn）之恋爱。

莎菲在其姊妹行中年最幼，罗氏初遇伊时年甫十三岁。一见倾心，会面甫一刻钟，彼即告其兄，彼之命运已决定，订婚后，彼此之爱情甚挚，而罗氏则由莎菲巨大可爱之眸子中，发现宇宙中千万美人之形

---

[1] 现通译为：耶拿。——编者注

态。然而好梦不长，未几而莎菲病，未几而罗氏最亲爱之兄长亦病，以一感情最挚之人处此，其心灵上之痛苦，吾人当可想而知。1792年3月，莎菲乃一病不起，4月其兄亦相继以没，从此以后罗氏对人世之希望，似已无恢复之余地，然而罗氏之思想行动乃渐入于神秘之境，死亡之印象，在彼乃为真实，而世界一切之事物反变而为空茫。黑夜也，月光也，恋爱也，美酒也，无可奈何之想望也，古代之欣慕也，宗教之信仰也，举凡一切浪漫主义者所最常用之题目，无不一一见于罗氏之著作思想生活中。

在小说《亨利阿胡廷恩》（*Heinrieh von Ofterdingen*）中，罗氏第一次创造代表浪漫主义中最值人吟味之符号是为"青花"（Diehlane Blume）。此"青花"者，代表人类无穷之渴望，无尽之悲哀，与永远找寻而永远不能发现之理想。盖吾人生活，计有二途，一为光明冷静乐天知命之生活，为欧洲光明运动者与中国孔家之理想；一为神秘热烈波涛起伏之生活，为歌德《浮士德》，莎士比亚《哈孟雷特》，及其他浪漫主义者之理想。前者为长久之生活，后者为集中之生活；前者固可得心境上之安宁，而其失则在生命无精彩，后者当然陷于痛苦，而其生命转因痛苦而丰富。选择之间，是非之际，固全视乎吾人已熔铸成之个性为何如，吾人正不应盲目轩轾，唯此"青花"者，实为中国数千年来极少数人曾努力寻求之物。十余年前之新文学运动，固舍不少之浪漫成分，然而其中之领袖，乃一借合理主义（Ratisnalismus）以打倒权威之光明运动者，故虽能推倒孔教，而其精神乃仍不能脱离孔教，不但不能脱离，乃更高张而恶化之故。其作品只求明白清楚，无感情，无想象，无神秘性，其全部之理想，仅注重于工业化后丰衣足食、禽视鸟息之人生，而未尝有超现世之思想，即19世纪英国最著名之文学批评家安诺德（Mathev wnolol）所攻击之"费力斯特主义"（Phieistinism），即满意于现世，努力于现世，无高尚之精神生活，换言之，即非寻找青花之生活也。

处今日之中国，欲为中国文学开一新境界，非改变中国乐天安命、丰衣足食传统思想不可。中国文学自汉时儒家哲学统一中国以后，在此种人生观之下，除少数天才如李太白之流能脱除其桎梏而开一新境界而外，实无多浪漫之成分。佛教势力鼎盛而后，中国文学始有一新境界，如《封神演义》《西游记》想象力丰富之小说，写实而又超写实之《红楼梦》，以及其他小说、戏剧、诗歌中之神秘成分，均来自佛家，袁子才《随园诗话》中，曾谓有人谓作诗非懂佛学不可，彼用《诗经》《楚辞》以反难之，而不知《诗经》《楚辞》均为儒家鼎盛前之文学也。夫文学最重要之元素，即热烈之情感；文学家之第一资格，即为真性情。夫既有热烈之情感，故其生活必摇动不宁；既有真性情，故常有看不惯一切虚伪之痛苦，而其总和，则对现世常不满意。此不满意现世之态度，实一切文明进步之源，真正文学家必为社会中最进步之分子，虽其自身生涯往往因此陷于极苦痛之境况，而其生活则正因苦痛而有丰富之意义。莎士比亚最著名之爱情剧《罗密欧与朱丽叶》表达此态度最为显明，剧中教士即代表光明主义者之人生观，用理智压制感情，以求生活之安宁永久，而罗朱二人则代表浪漫主义者之人生观，求生活之集中，牺牲生命亦所不惜。希腊《荷马史诗》中之英雄，为争顷刻之光荣，战死沙场，亦所乐为，天下事固有失于此而得于彼者，固非心胸狭窄之人所能了解也。

（原载 1934 年 5 月 17 日南京《中央日报·文学周刊》第 2 期）

青花

（理想主义与浪漫精神）

浪漫二字，在中国现在，已经成了极坏的名词。通常我们规劝一位朋友说："你最好不要太浪漫。"或者批评一个人说："他的生活，浪漫得一塌糊涂。"最使人受不了的，就是报纸上的电影广告，大肆宣传"香艳浪漫"来刺激观众，引起人不高尚的情绪。

这种流行的意义，大概是指放情纵欲，尤其是在男女关系方面，朝秦暮楚，随随便便，注重肉感，抛弃灵魂。假如浪漫真是这个意思，那我们不但要将它排斥出崇尚严肃的文学领域，而且在整个国民生活方面，也应当极力纠正，要不然就是末世文学的气象，是民族堕落的象征。

但是，西洋文学上"浪漫"的意义，实在不是一般流行的意义。

浪漫主义运动，发生于18世纪末叶，流行于19世纪初期，在欧洲各国风行一时，然而影响最大、理论最深的莫过于德国的浪漫主义运动。这个运动中的领袖人物和作家如奚勒格尔、梯克、罗发利斯、何德林，他们的思想都是非常深刻的。深刻的原因是他们和德国从康德到黑格尔一脉相传的理想主义结下了不解之缘。现在我们要明了浪漫主义，就不能不研究理想主义；要研究理想主义，就不能忽略浪漫主义。

理想主义（Idealismus）是从理想（Ideal）一词来的，中国好些作家把它翻作"唯心论"是不对的，因为真正的唯心论，只有英国的伯克勒[1]一套的哲学，纯粹主观，纯粹精神，至于康德到黑格尔的理想主

---

[1] 现通译为：贝克莱。——编者注

义，却是主观与客观并用，精神与物质并重的。浪漫主义既然发源于理想主义，当然不是纯粹主观，至于幻想、热情、悲观、伤感，甚至于色狂，自然也不是浪漫主义的特别情调。

理想主义最重要的精神是什么呢？就是对于真善美无限的追求。康德三部论衡处理三个题目，奠定了理想主义全部的基础，以后的哲学家都不过修正、发挥康德原来的哲学。人类都是有理想的，而且时时刻刻要求实现他们的理想，这一种与生俱来的本性就是人类世界一切进步的源泉。然而真善美都是人类最崇高的理想，人类永远追求，却永远无法达到，这是一个无穷的工作。因为工作是无穷的，追求也是无限。以有限的力量，做无限的追求，所以人类的理想，隔现实始终是遥远的，这是无可奈何的事情。然而历史的演变，人兽的分别，伟大人格的产生，人类社会一切的进化，都靠这一点理想主义的精神。一个人没有理想主义，只知满足生存的欲望，与禽兽一般；一个民族没有理想主义，一定会堕落、腐化、崩溃。

谁都知道，德国理想主义的大师，如弗希忒、薛林、黑格尔、希莱玛黑，都同浪漫主义运动有密切的关系。浪漫（Romanti）二字发源于中世纪的传奇诗（Romance）。这一些传奇诗，写英雄美人，隔实际人生都是遥远的，也正因为他遥远，所以浪漫主义者采用这一个名词来代表理想主义精神。

简单来说，浪漫主义的精神就是理想主义的精神。最好的代表著作，就是罗发利斯的小说《亨利阿胡廷恩》（*Heinrich Von Ofterdingen*）。在这本小说中，作者描写一个人看见一朵青花，若远若近，忽隐忽现，永远追求，永远不能到手。青花是理想主义的象征，也就是浪漫主义精神的象征。

我最近两个剧本《金指环》和《蓝蝴蝶》，都标名为"浪漫悲剧"，是有深意的。剧中主要人物，为了一个崇高的理想——真善美，愿意牺牲一切，甚至于生命亦所不惜。我认为摆脱这一种物质主义的浪漫精神，是中国现代人最需要的。我们目前政治、社会、教育上种种不良的现象，都需要这种精神来拯救。

我在《民族文学运动》（见《大公报》、《战国》副刊）一文中曾经指出，从五四运动到现阶段这二十几年间，虽然思想有交互之分，但是有浓淡之别，因此可以划分为个人主义、社会主义、民族主义三个显明的阶段。至于就哲学思想的背景方面来说，第一阶段是实用主义，第二阶段是唯物史观，第三阶段应当是理想主义。民族主义和理想主义是分不开的，因此民族主义和浪漫精神也是分不开的。

人类的行为是复杂的，人类的思想是不一致的。无论在任何时代，都包含有各式各样的思想，至少有各式各样思想的胚胎。反对这种分割的人，尽可以提出许多的零碎反证，然而时代潮流的大体是明显的。一个思想家，能够指出时代的精神，努力的途径，取得大多数知识分子的同意，就可以转移风气，推进时代。假如他说的不是真理，自然不但一时，简直是永久也不会发生影响。真理需要人寻求，争辩、攻击、仇恨、嫉妒大可以不必，实在是也没有多大工夫去理会。

到底这一朵青花，什么时候才能到手呢？让我们大家保持着浪漫的精神，永远向前努力吧！

（原载 1943 年 4 月 16 日重庆《国风》半月刊，第 12 期）

狂飙时代的德国文学

1

　　德国文学在 18 世纪的后半期，发生了一场伟大的革命运动。文学史家都叫这一个运动为狂飙运动，这一个时代，叫作狂飙时代。

　　狂飙运动，不但对德国文学产生了解放创造庞大的力量，它对德国的思想、政治、社会、宗教各方面都有深刻的影响。没有这一个运动，德国的文学恐怕还在法国新古典主义势力之下，所谓民族文学根本不能想象。没有这一个运动，德国的思想界，虽然有康德这样伟大哲学家出来，但 17 世纪以来的"光明运动""理智主义"，恐怕还要支配若干年。没有这一场运动，德国的民族意识还不能发展，分裂的局面因此不能改善，封建统治者的残暴不能改良，至于社会的不平、阶级的斗争、宗教的束缚也只会有加无减。

　　参加这一场运动的人物，大半都是当时德国青年的作家，如哈芒、赫尔德、歌德、席勒、伦慈、克林格，还有其他无数的文人学者。时代的转变是很奇妙的，刚凑巧在这一个时候，大家不谋而合，心心相感，对于一切旧的思想制度要根本推翻，幻想建设一种更有意义、更有精彩的局面。

　　要说明狂飙运动的意义，我们得先观察狂飙时代以前各方面的情形。

　　在文学方面来说，在狂飙时代以前，德国的文学完全在法国文学势力支配之下。一般德国的文人对于法国文学都认为至高无上，他们的工作只是翻译、仿效。法国文学的理论规律，他们也只是信奉遵守，作为衡量一切的标准。弗雷德大帝的宫廷里面，大家都讲流利的法语，图书馆全是法文书，宫廷的诗人是法国的伏尔泰。他认为德国文字野蛮，他根本不承认德国有什么文学。

莱辛是德国第一个最有见识的批评家，出来反对法国文学。他指出，德国的民族性有丰富的想象、奔放的情感、梦幻的感觉，比较同英国相近，和法国相远。法国的语言清楚明亮，不适合表现德国人的心灵。法国新古典主义者严格的规律对于德国天才更是极端的束缚。德国的文学家，应当学莎士比亚、弥尔顿，不应当学纳森、科勒尼。

除莱辛之外，还有一位从事实际文学创作的诗人，就是克罗卜施托克。他摆脱一切法国传统的枷锁，用崭新的形式、丰富的语言，来表示德国民族复杂热烈的情感。他的《弥赛亚》长诗，在德国文学史上翻开光荣的一页，当时千千万万的德国青年，都热心诵读。歌德自传中，讲他同他妹妹小的时候偷着读克罗卜施托克，读高兴时忍不住大声了，引起父亲的责备。在《少年维特之烦恼》里，维特和绿蒂在暴风雨之后，绿蒂满怀伤感，口里说："克罗卜施托克！"这都可以表示这位诗人在当时的影响，同时也表示狂飙运动的来临。

然而莱辛和克罗卜施托克，始终不过是狂飙运动的先驱，并不是狂飙运动的代表。真正的代表人物，第一个是哈芒，集大成的是赫尔德。加强这个运动，用文学作品表示这一种新精神的，是歌德、席勒、伦慈、克林格、瓦格勒一大批青年文人。自从这一个运动成功以后，法国文学的势力削弱了，德国民族的文学出现了。一直到今天，德国民族敢于说他们自己有文学，不能不导源于这个运动。

2

文学同人生是分不开的。人生的理想有变化，人类整个的文化都有变化。所以一种新文学运动，往往不是一种单纯的运动，它牵涉各方面，各方面也影响了它。而一切变化的根本原因，还是由于人类对人生产生了一种新的理想。

狂飙时代以前，德国一般人对于人生的理想，是根据17世纪以来欧洲各国最普遍的一种思想潮流，历史家通常称它为"光明运动"。这种理想的人生观认为支配人生一切行动的最好的力量，应当是人类的"理智"。人类之所以为人类，就是因为他有理智的本能，世界上万事万物都有一定的条理。人类凭他的理智，了解宇宙的现象，采取应当保持处理的态度，这就是合理的生活，也就是人类至高无上的理想。

这一种思想风行一时，德国最有力量的代表是莱布尼兹和他的弟子沃尔夫。他们不愿意有热烈的感情，他们受不了神秘的思想。他们的人生是青天白日，没有一片的浮云，没有朦胧的景色。代表这一种人生观的文学，当然莫过于法国的新古典主义。法国的文学，本身就明白清楚，加上天才作家严格的洗刷，整齐的规律成了欧洲其他各国文学最高的典型。

但是人类不单是有理智，而且还有感情，人类的行为、动机不单纯，无时无刻都隐藏着无数复杂的现象。世界历史上伟大的人物，则造就伟大的事业，往往不是凭干燥单纯的理智，而是凭热烈复杂的感情。法国的卢梭是欧洲第一位思想家，把欧洲近代的人类，从理智桎梏中解放出来，重新过有声有色的感情生活。

因为要使人类的感情自由，所以凡是阻遏感情的枷锁，都要摧毁。政治不良，暴君压迫，就应当改革政治；法律不良，压迫人性，就应当改良法律；社会不良，阶级悬绝，就应当改良社会；宗教不良，专重仪式，就应该改良宗教；感情是自然的，文化是人为的，就应当摆脱文化的束缚"回到自然"。

至于文学方面，自然的表现是感情真挚的流露、天才自由的发展。古典主义的规律，压制情感，拘束天才，都应该通通取消，才能够产生真正伟大的文学。人类各人有各人的特性，各民族有各民族的特点，不应当抄袭、效仿，应当把自己的特点、特性充分表达出来。这样，天才主义和民族文学也就成了狂飙时代鲜明的口号。

卢梭的主张是德国狂飙运动的源泉，这是文学史家公认的事实，略一翻开狂飙时代德国文人的作品，到处都可以得到直接、间接的证明。不过卢梭的思想，要没有哈芒、赫尔德深刻的引申推论，没有歌德、席勒和其他青年作家的具体表现，没有德国过去文化腐化、肤浅的背景，也不会发生这样伟大的影响。

3

感情是狂飙时代新的人生理想的中心，和17世纪光明运动的理智主义针锋相对，歌德、浮士德口里"感情就是一切"一句话，已经鲜明地表现了这点。我们再看看当时德国政治、社会、法律、经济的状况，我们更可以明了狂飙运动，还有十分重要的意义。

德国当时分裂成千百的国家，每一个国家的君主，对于他的人民有绝对管理支配的权力。他们征收极重的租税，他们可以随时强迫人民去修造工程浩大的宫室花园，他们可以把人民编成军队，送他们去帮助另一个君主打仗，因此得到巨额金钱的报酬。他们高兴的时候可以在田中打猎，任意蹂躏人民。有些国家，在人民结婚的时候，甚至于还有所谓"第一夜的权利"。一位贵族，可以随便同民间女子发生关系，厌倦了的时候，可以把她随便赠送一位有功的军官，这位军官不能不接受，而且还认为是最大的恩惠。

至于法律的规定，也有许多残酷的条文。一位青年女子，随时可以受人欺骗，男子抛弃她以后，婴孩无法处理，留着就羞辱家庭，杀掉就会被处以死刑,《浮士德》里边的格锐琴,就是这种严酷法律的牺牲者。瓦格勒《杀婴者》中女主角,也遭际了同样的命运。

固然当时也有一些贤明的君主,如弗雷德大帝、约瑟夫第二都做了许多改善的工作,尽日夜晚,想替人间谋幸福,然而这样的君主在当时却是少数,大部分的君主、贵族,都横征暴敛,为所欲为。当时的君主、贵族又多,有人开玩笑,甚至说:"王子比民多!"这样重重压迫之下,德国一般人民悲惨的境遇和三十年之战把德国人口消减了三分之二,这并没有多大的分别,因为前一种是"快死",后一种是"慢死",慢死也不过是多受一点活罪。

所以狂飙运动,在当时德国,不但在文学思想方面充满了改善的热诚,在政治社会方面,也浸透了革命的情绪。但是后来政治革命爆发在巴黎,在德国并没有兴起,这当然有其他许多的原因,然而主要的原因还是因为德国当时太分裂,统治阶级太多,分裂导致人民势力太少,人民不容易集中目标团结反抗。又因为狂飙运动以后,德国的政治渐次改良,和缓了紧张的空气。

不管它怎么样,狂飙运动是一种革命运动,是一种反对现状要求自由的运动,而这种运动的基础建筑在感情上面,这是没有疑义的了。歌德的《少年维特之烦恼》风行一时,许多青年因此自杀。《铁手葛慈》也描写一位古代反抗政治压迫的英雄。席勒的《阴谋与爱情》暴露当时贵族平民阶级的分别,至于《强盗》,作者更大胆写一位忠义的土匪头头,来推翻社会上一切的制度。至于复仇的心理,狂飙时代的作家尤其特别提倡。

宗教方面,虽然经过马丁·路德的改革,然而在许多战争之后,人民并没有得到什么宗教自由,不过欧洲各国的君主,决定了他管辖人民的信仰。人民并不能直接和上帝发生关系,教堂的势力,僧侣的贪婪,宗教的仪式,依然是不可磨灭的事实。少年的歌德,不愿意进教堂,别人问他,他说:"我不够虚伪,不能进教堂!"在浮士德中间,格雷琴也问浮士德为什么不进教堂,《浮士德》讲大自然中间,没有一样事物不能使他崇拜上帝,最重要的还是感情。

所以狂飙运动,名义上虽然是一种文学运动,实际上对于政治、社会、法律、经济、宗教,无处不发生革命的影响。只有这样的革命,才是真正的文学革命;只有这样的文学,才是真正的新文学。因为文学同人生是分不开的,人生有各方面,文学也有各方面,离开各方面来专谈文学革命,根本就无意义。所以中国五四时代的作家虽然技术粗浅,他们都有新的精神,他们心里都有话说,后来专在技术方用功夫的文学家,他们根本就无话可说,所以只有搜索枯肠,皱眉苦作,结果还是塞纸篓!他们还摇头叹息,骂时代不了解他们,更令人忍俊不禁了!

4

关于歌德、席勒与狂飙运动的关系,以后当为文详论,这儿要介绍的是一些次要的文人和他们作品中重要的特点,来证明上文所论列的事实。

狂飙运动这一个名称,起源于当时一位作家克林格的一本戏剧的题目《狂飙》。剧中的主角,内心充满活力,无处发泄,一刻不能忍受,终于跑到美国去参加革命。他自己说:"我不能不跑开,逃出这个可怕的不安宁和不肯定。我什么都干过了。我做过劳工,我在亚尔布斯山上生活,我替人牧羊,整天整夜躺在无边无际的天空之下,让山风吹凉我,内心的火依旧燃烧。没有地方休息,没有地方安宁。你看,我充满了冲动和力量,不能够把它发泄出来。我要自动去加入这一个战争;那儿我可以展开我的灵魂,假如他们肯帮忙枪杀我那就更好了。"

这一种激烈的感情，不安定的状况，是狂飙时代一般德国青年共同的感觉。在《双生子》里，克林格写一个人仇恨他的弟弟，把他杀了，那一种报仇的情绪，也是同样激烈。

克林格在他的《浮士德》中间，描写当时农民被压迫的状况。有一天浮士德和魔鬼骑马沿着河走，在一株橡树旁，他们看见一个农妇带着几个小孩，悲伤不已。浮士德问她，她望了浮士德许久，然后告诉他大概的故事：

"过去三年，我的丈夫不能够付清主教老爷的租税。第一年没有收获；第二年，主教的野猪把什么都毁坏了；第三年主教行猎经过我们的田土。因为管事老拿驱逐来威胁我的丈夫，我的丈夫今天要把一只肥胖的小牛和最后一对大牛赶到法兰克福城去卖来付租税。他正赶出场子，主教的厨子走来，要求小牛来供给主教的饮食。我的丈夫告诉他自己的惨状，请他考虑，这多么残暴，一个钱不给，把小牛牵去，他在法兰克福本来可以卖一笔很好价钱。厨子问我的丈夫知不知道，一个农民不许搬运任何属于厨子的东西到边境。他们正在谈话的时候，管事和警察来了。他们不但不帮我丈夫的忙，反而连两只大牛也解开；厨子牵了小牛；警察把我同小孩子赶出门去；我的丈夫失望极了，在仓中抹断自己的喉管。那儿！你看，他在这个被单下面！"

浮士德惊骇道："人类！人类！难道上帝让这个不幸的人降生，使他宗教的仆人好逼他自杀吗？"

浮士德到主教的宫廷，主教请他吃饭。浮士德把路上看见的故事讲出来，席上谁也不理会他。接着仆人端进牛头，主教问明就是自杀农夫的牛头，他说很好，他要亲自分割。浮士德气不过，叫魔鬼把牛头变成农夫的头，睁起眼睛看着主教，主教昏倒了，全席的人都惊骇失色。

最有趣味的，是海因塞的小说《亚丁黑罗》，主张不拘束的自己行动是自然最高的定律。人生是自身本能的表现。感情、淫欲、罪恶是生存必需的形式。或者可以说，在根本意义之下，无所谓罪恶。真正的罪恶就是懦弱；真正的道德就是"力"；最高尚的"善"，就是"美"，就是"力的表现"。亚丁黑罗一生都是谋杀引诱，永远不追悔，永远不失掉自己，充满了生命，充满了快乐。他生平最佩服的就是汉黎堡大将，他勇敢、聪明、残酷，与他打过交道的一百人所有的生命凑拢来，都没有他一个钟头那样精彩。最后亚丁黑罗建立了一个共产国家，里边的特点是：自由恋爱，女子选举，崇拜元素。他书中有一个比喻，阐明全书的主题。一个蜡做的家神，站在烧陶器的火旁边，陶器烧硬了，家神融化了。家神对火埋怨道："你看，你对我多么残暴，那些陶器你使他们耐久，我、你却都毁坏。"火答道："你最好埋怨你自己的本质。至于我自己，无论在什么地方我都是火。"

这一些主张，如"力"就是"善"，罪恶是生存的必需条件，真正的罪恶就是懦弱，和尼采的思想颇有相同之处。至于家神，不埋怨自身经不起火，反而埋怨火把它毁坏，也和尼采"鹰"与"羊"的比喻相同。现在世界上的弱小民族，口口声声呼喊正义人道，终究不能拯救他们灭亡的命运！

瓦格勒《杀婴者》的题材，歌德在自传中说他偷窃《浮士德》的故事，但是这正可以证明当时这个问题引起当时一般人浓厚的兴趣。剧中描写一位军官住在一个屠户家里。趁屠户不在的时候，军官把他的太太和女儿带去参加假面跳舞会。舞会结束以后，带他们到一个不正经的人家，把迷药给母亲吃让她睡觉，他趁机和屠户的女儿发生了关系。他假装答应与屠户的女儿结婚，但是后来也就不管了。屠户的女儿逃出家里，把婴孩杀了，自己因此也被杀，然而这位军官却逍遥法外。

中世纪的浮士德，不满意自己的学问，要探索宇宙的究竟，和魔鬼订约，消灭自己的灵魂也不后悔。他求真的精神同狂飙时代的精神，处处起了共鸣。不但少年歌德想写浮士德，就是克林格和密勒也都写过浮士德。密勒在他的《浮士德》前面,写了一篇序文,他说:"浮士德是我幼年喜欢的英雄中的一个,因为我早就认识他是一位大人物,一位感觉到自己力量的人物,他感觉命运加在他身上的鞍辔,极力要摆脱它,他有勇气把一切阻遏的东西扔掉。难道这不是在人类的本性中极力提高自己、充分地发展自己感觉的可能吗?至于他对命运和世界的埋怨,因为它们压迫我们,强迫我们高贵的品质、独立的意志走进传统习惯的枷锁,这也存在于人类本性中。哪里会有这种下等的永远忍受的生物,他绝不愿意升高,自己甘心退让,喜欢他自己堕落呢?对于这种生物,我无法感觉得到。我应当认为他是一种怪物,早期走出自然的怀里,自然在他中间没有成分。谁不知道,人生有些时候心跳出来了,世界上最好、最高贵的人,不管正义和法律,忍不住忘记了他自己呢?"

浮士德无限追求真理的态度和热烈的感情,使他成了狂飙时代的象征。实际上我们要了解狂飙时代的精神,必须要彻底先了解浮士德。

因为浮士德的精神,就是狂飙时代的精神。

(原载 1940 年 10 月 1 日《战国策》第 3 期,收入《文学批评的新动向》)

五四运动与狂飙运动

1

狂飙运动，奠定了德国文化的根基；五四运动，展开了中国文化的新局面。这两个运动都有划时代的意义。德国民族第一次认识他们自己，摆脱 17 世纪以来的理智主义、法国的新古典主义。中国人民第一次感觉时代的新潮流，开始要推翻数千年来的传统思想。

在历史转变的关头，假如没有先知先觉出来明白指导，历史一定要陷于停滞和紊乱；假如这一些先知先觉对时代的认识远不够清楚，那么历史也会因而走入歧途。一个民族，需要造时势的英雄，正如一群绵羊需要聪明的牧人一样，绵羊尽管有求生的意志，没有牧人，他们就不能到达水草丰茂的地方，甚至于陷入龙潭虎穴。民族尽管有求光荣、生存的意志，没有英雄，他们就不能有崇高的理想，根据崇高理想来建设适合光荣生存目的的文化制度。

英雄与历史是分不开的，历史进展的速迟，就看英雄识见的高下。

中国的五四运动，在历史上价值是很大的，然而中国五四运动的影响和成绩却不及德国的狂飙运动，狂飙运动以后，德国民族完全认清自己，踏上理想主义的途径，以后虽然在 19 世纪中叶时，物质主义风行一时，然而转瞬衰落，其始终不能动摇理想主义的基础，中国的五四运动正在如火如荼之际，忽然一部分领袖转移到物质主义，一直到现在，还陷入泥潭，难于自拔。

这到底是什么原因呢？原因很简单，就是：五四运动的先知先觉没有认清时代。

2

开头第一个错误，就是把战国时代认为春秋时代。战国时代的作风是要整军经武，春秋时代的作风是要会盟交涉；春秋时代，国与国之间的冲突还没有到尖锐化的程度，所以外交还可以有回旋的余地，战国时代，大家已经到了你死我活的关头，只能自力更生，联合利害相同的民族共同奋斗，否则就要遭灭亡的惨祸；春秋时代，国力削弱，还可以讲外交，战国时代，也需要外交，然而外交的推动，需要武力来完成，自己先要配做一个战斗的单位，然后才有外援。所以春秋时代，郑国介于两大之间，有了子产那样的外交人物，还可以使国家保持相当的体面，战国时代，有楚国那样的人口地面，楚怀王居然一再受骗，身死异邦。

辛亥革命的目的是双方面的：一方面在推翻国内腐化的政府，一方面在解放被外力压迫的中华民族。孙中山先生革命的方针始终是他一贯的民族主义，在他临死的遗嘱里，还鲜明指示，他40年革命的目的，是在求"中国的"自由平等，所以在辛亥革命的前后，中国的民族意识，经过革命领袖有意识地提倡，已经有了相当的基础。在民国初年的时候，全国的学校充满了军国民主义，中小学没有体育，只有兵操，学生唱的歌大部分是救亡的战歌。

但是五四运动一来，虽然最初发源于爱国情绪，然而转瞬就把救国的方向转变到国际和平，欧战而后，全世界厌战的心理盛极一时，中国的外交代表，舌敝唇焦，在议场上，力争中国的自由独立。因为国际形势的关系，列强压迫日本退出山东。中国知识领袖们，都以为正义得到了伸张，实际上乃是英美不愿意日本独霸东亚，抢了他们最好的市场。日本也并不是不想并吞中国，不过力量不够，不能不暂时放弃。

现在我们回顾历史上的事实，是很清楚的，然而五四运动的领袖们满以为从此天下太平，只要派两位能言善辩的代表，加入国际联盟，参加太平洋会议，中国的自由独立是绝对不成问题的。著名的报纸杂志上，许多名言谠论都在详细讨论，怎样可以消灭民族间的仇恨，减少各国的军备。青年学生受了这些良善的影响，有时热情勃发，还要来一两次非战运动的游行。

民族主义是狭隘的，战争是残酷的，这是当时知识界领袖们的主张。作者那时正在学校，有一位社会学教授，在班上替我们讲了整整四个星期的世界和平，和平的方法，据他看来是国际联盟和太平洋会议。至于中华民族的自由独立，据我们的教授看来，应当是怎样设法加强这种和平运动，我们的教授，还很沉痛地攻击中国中小学教科书里还有不少的民族思想和好战的言论，我们的同学听了这一番言论以后，到寝室一个个高声朗诵好些时候不读的《吊古战场文》！

谁能说我们的教授不是政治的理想家，然而我们的教授，却不能说是理想的政治家，因为理想的政治家必须把握事实。事实是无情的，违反了事实，整个的国家民族，就要遭受沉痛的教训。

处在战国的时代，自己毫无力量，不积极备战，反而削弱全国的民族意识，养成全国国民厌战的心理，这是五四时代中国思想，是领袖们第一个错误。

国际主义、和平主义和社会主义有密切的连带关系。假如革命的目的，不以自己的民族的自由平等为第一对象，那么彻底的办法当然以全世界、全人类为第一对象，这就是为什么变成五四运动的第二个阶段的思想，抛弃民族问题，侈谈经济史观、国际联合，胡适之成了落伍的人物，李大钊、陈独秀做了时代的英雄。中国的严重的问题，不是国内和国外的问题，反成了国内和国内的问题。内战连年，毁伤元气，迟缓军备，破坏统一。"九一八事变"一起，狼狈不堪，呼号无处，最后卢沟桥战事爆发，然后互相携手，中国不亡，间不容发。时至今日，毒犹未消，这就是五四运动中一些错误思想导致的自然结果。

3

五四运动第二个错误就是把集体主义时代，认为是个人主义时代。

欧洲两千多年以来的政治思想，有两大潮流，一个是集体主义，导源于柏拉图的概念论；一个是个人主义，导源于亚里士多德的实在论。柏拉图以为真实存在于概念，个体不能代表真实；亚里士多德却以为真实存在于个体，概念不过是空虚。拿这两种哲学思想应用在政治，一个注重团体，一个注意个人。罗马民族起初对国家观念最强，大一统以后，个人主义发展，沉溺于生活享受，不肯为国牺牲，因而丧失了战斗能力。中世纪神权与政体合而为一，教皇承袭罗马人的集体主义，把教堂看得重，把个人看得轻，所以天主教的组织一直到现在还是最严密的组织；文艺复兴以后，人的意识展开，个人主义渐渐抬头；18世纪以后，"天赋人权"民治主义逐渐伸张，都是个人主义的表现；但是自从19世纪以来，民族与民族之间，因为经济的发展，冲突越来越激烈，以个人主义立国的国家，渐渐觉得团结不够紧密，使用不灵，行动迂缓，不能应付紧张的国际局面。

20世纪的政治潮流，无疑的是集体主义。大家首要的要求是民族自由，不是个人自由，是全体解放，不是个人解放。在必要的时候，个人必须要牺牲小我，顾全大我，不然就同归于尽。五四运动的领袖们，没有看清楚这个时代，本末倒置，一切以个人主义为出发点，甚至子抗其父，妻抗其夫，学生赶教员，属僚凌官兵，秩序紊乱，组织不成，仇恨嫉妒、傲慢不恭，背叛国家，破坏团体，无不以个人自由为口头禅、护身符，时至今日，大敌当前，学者名流依然埋头考据，羞谈时事，见人写通俗文章即肆意诋毁，青年学生除少数热血分子之外，大部分均习工业、经济，预备入公司、从商业，发国难财，过优裕生活。爱国情绪不高，战斗意志薄弱，这就是个人主义的极端现象。

这当然不是五四运动最初倡导者的初衷，然而他们自始不从集体主义出发，流弊所及，不可避免。

4

五四运动第三个错误就是误认非理智主义时代为理智主义时代。

17世纪以来，欧洲有一种思想潮流叫作"光明运动"，主张人类一切行动，要以理智为依据，道德、宗教、美术，一切的一切都要建筑在理智之上。但是到18世纪的末叶，欧洲思想界渐渐起了反动，法国卢梭从生活体验中，发现人类不但要有理智，而且要有感情；在人类行为中，感情比理智还要重要。德国狂飙运动，继续着各国的浪漫运动，都认为"感情就是一切"。康德是最后一个理智主义者，也是对理智主义进行彻底批判的革命家，他从道德、科学、美术三方面分析理智的功用，在每一类给它一个限度，人类的理智是有限度的，这是康德对于人类思想史一个最大的认识，从此以后，理智万能的学说再也不能成立，叔本华、尼采的意志哲学，黑格尔的精神哲学，柏格森的生命哲学，心理学上的潜意识，文学上的表现主义、象征主义、未来主义，尽管头绪万端，无不以非理智为目的。

这并不是说反对科学，乃是要求发现科学的本来面目，只有认识科学的限度，人类所得的知识，才是真知识。然而五四运动的思想家，只高唱肤浅的科学口号，要想凭借理智解决人生一切的问题，这和17世纪的理智主义完全相似。就介绍西洋思想来说，他们落后了200年。然而这种思想，在西洋是旧，在中国却新，居然风行一时。一般的人没有研究多少科学，却是满口的科学方法，领导的人是这样，随从的人也是这样。结果，科学就没有多大成绩，政治、经济、社会、文化各方面的建设，无不过于肤浅。

我们说：理智主义，在西洋是旧，在中国却新，这句话也许不大妥当，因为中国数千年来受儒家思想的支配，一直就是崇奉理智主义的国家。在欧洲18世纪的时候，"光明运动"登峰造极，当时欧洲的思想家，如莱布尼兹、沃尔夫、伏尔泰，都非常佩服孔子。莱布尼兹甚至说，中国应当派传教士到欧洲；沃尔夫讲孔子哲学，被驱逐出哈纳大学；伏尔泰一再称赞孔子，歌德和爱克曼博士谈话，也讲中国人的人生观光明空阔，没有神奇迷离的景象。朱子说："人心之灵，莫不有知，而天下之物，莫不有理"一段话，彻底表现儒家的理智主义，所以五四运动的领袖，尽管在反对儒家，他们对人生宇宙的根本精神，同儒家并没有分别。

新时代已经到来，五四运动肤浅的理智主义并不能担当新时代的使命，即如民族主义是20世纪的天经地义，然而民族意识发展不是肤浅的理智所能分析的，它是一种感情，一种意志，不是逻辑，不是科学，乃是有目共见，有心同感的。具体事实，一经分析，就瓦解冰消。其他如战斗精神、英雄崇拜、美术欣赏、道德情操，都要靠意志感情和直观来把握事实，才能鼓励人生，见诸行动，拿简单的理智规律来推动复杂的人生，结果全国都养成书呆子，整天研究，整天不能动作，人类一切光明、高洁、伟大的行为，都可以想出理由来讽刺讥评，结果只是袖手旁观，百端待举。

5

拿狂飙运动来和五四运动相较，是非得失，不难推知：狂飙运动是感情的，不是理智的；是民族的，不是个人的；是战争的，不是和平的。德国民族在政治文化外力支配之下，他们要认识自我，发展自我，摆脱一切的束缚，中国的五四运动也有同样的目的，然而我们所走的路线，却刚好背道而驰。狂经过狂飙运动，德国全国上下生气蓬勃，努力创造，奠定了新文化的基础。而五四运动以后，一些错误思想导致一些人或者误入歧途，或者意志沉沉，或者彷徨歧路，或者精力涣散、意志力量不能集中。

我们对五四运动的先知先觉，并不愿意加以严重的批评，他们是有敏锐感觉的，他们是有勇气的，我们并不反对，他们曾经有许多贡献，如对白话文的提倡、新文学的提倡，都是很有价值的，然而在基本方面，在创造一种新的人生观、宇宙观方面，他们的弱点暴露出来了，他们没有深刻认识西洋，他们也没有深刻认识中国，介绍没有正确介绍，推翻没有根本推翻。

尤其错误的就是他们中一些人没有认清时代，在民族主义高涨之下，他们不提倡战争意识、集体主义、感情和意志，反而提倡一些相反的理论，使中华民族在千钧一发之际，没有奋起直追，而是埋头苦干，等到惊涛忽至，举国仓皇，这是非常可惜的。

在每年 5 月 4 日的时候，全国报纸杂志，照例来一次纪念，登一些称功颂德的文章，但是从来没有人给他一个客观的批评，其实批评不批评倒没有关系，问题的关键是今后局面愈来愈艰苦，五四运动一些的思想并不能帮助我们救亡图存，第三期的学术思想已经到来，我们需要一番新的觉悟、新的人生观、新的办法，关于这方面，德国的狂飙运动，孙中山先生一贯的民族主义，都是我们不可忽视的指南针。

（原载 1943 年 9 月 7 日《民族文学》第 1 卷，第 3 期）

文学批评的新动向

1

　　文学批评，在什么时候发生的呢？这个问题在历史事实上很不容易解答，然而在常识推理方面，却非常容易解答，因在世界文学史里边，愈到上古，事实愈模糊，材料愈缺少，无论考据家怎样费工夫也不能断定谁是文学批评的鼻祖。假如我们用笛卡尔思想的方法，先从极简单、极明白且在常识方面谁也不能否认的事实推论，那么我们就可以立刻建设一个不可思议的公理，就是：先有文本，后有批评。

　　这一条本身就清楚可靠的定律，看起来多么简单，对于讨论文学批评又有什么用处呢？就像几何学一样，最初的几个公理，往往就是后来建立一切复杂定律的根基，这一点根基没有牢牢把握，以后的发展推进就会全盘错误。

　　欧洲的文学批评，从希腊一直到18世纪，在某一方面，甚至于一直到现在，中间经过无数的文人学者的研究阐明，然而他们中间，有一个共同的最大错误，就是忘记了这一个极简单明白的事实。假如我们承认先有文学，后有批评，那么相关而来不可逃避的第二个公理，就应当是：文学有变化，批评就有变化。

　　但是在这个地方，我们很惊异，历史上许多伟大的批评家，就是现在许多在文学批评方面努力的思想家都不肯承认。莎士比亚的戏剧出来了，古典主义者偏要说他不合"三一律"；莫里哀的戏剧成功了，博瓦鲁偏要说："假如莫里哀不像他个样子，他是最好的喜剧家。"歌德的《铁手葛慈》风行一时，黑尔德慨叹"莎士比亚把你弄坏了"，葛歇德要把德国戏台的滑稽角色根本排斥；易卜生在第三阶段，用象征的方法描述伟大的超人，批评家说他年老昏聩，力量崩溃。

这一些批评攻击，反映出批评者本身有一种相信，就是：文学是没有变化的，批评的标准也是没有变化的。

两千多年以来，欧洲的文学批评家都殚精竭虑，去寻求文学批评的标准。他们都相信，假如这一个标准找着，文学上一切的问题就迎刃而解了。

然而最大的障碍，就是文学史常常是变化的，一个时代有一个时代的文学，一个民族有一个民族的文学，一个天才有一个天才的文学，批评家不愿意承认这些变化，他们苦苦想用一些过去文学形成的标准，认为是天经地义，来衡量现在和将来所有的文学，他们的困境，随着时间日益增加。每一次新时代、新文化、新天才出来，他们往往就穷尽于应付了。

2

文学批评家对标准的相信，是从哪儿来的呢？

这一个相信，起源于两千多年以前古希腊的时代。古希腊的哲人都相信，世界上万事万物，都有一定的规律，人类有找寻事物规律的能力，人类同世界是分开的、对立的；世界事物的规律，就在事物的本身，只要人类把这些规律找寻出来，人类就能够了解世界，得到世界的真理了。

我们可以说，古希腊的哲学和科学的发展，都建筑在这一个天真的相信上面。古希腊的哲学家，除了柏拉图，有时凭他们的天才冲破这个范围以外，其余的思想家大部分都接受这个人类同世界对立的局面，找寻规律是他们唯一的企图，在文学方面，古希腊人最成功的悲剧，就是描写自然的法则怎样支配人类的命运。这一些法则，不发生于人类的内心，而前定于外界神人提前决定。

古希腊的悲剧家也和其他古希腊哲人一样，是相信自然中有一定规律的，根据这种相信，欧洲第一位最伟大的文学批评家亚里士多德，更进一步分析研究希腊悲剧中的规律。他的努力是这样地成功，他的《诗学》支配了欧洲两千多年的文学批评史！

罗马的文学批评家，差不多述而不作，中世纪因为宗教的关系根本排斥文学，当然没有多少文学批评。文艺复兴时代，主要是恢复古代的文艺，对于亚里士多德和罗马的文学批评家，除了把他们的理论推到极端外，根本上看精神原则没有任何改变。到 17 世纪，再经过法国新古典主义者谨严的表现，古代文学批评的规律，成了一般批评家万世不磨的真理，它们是衡量一切的标准，一种新文学的成功或失败，完全看它对于这个标准的适合或冲突。

希腊人相信标准，建立法则的精神，在 18 世纪还有庞大的势力，就是 19 世纪和现在，中间还有千万的文人学者，拼死命在拥护它、承继它。

希腊人不但相信文学批评有一定的法则，而且相信文学创作也有一定的法则，其实文学批评实际上也就是审定过去的文学，教育现代的作家，要根据什么标准法则来创造新文学。所以一个受了古典主义精神陶冶的作家，往往在动笔之前，费无限的精力，寻求规律，探讨文学创作的秘诀，他们相信得了这些秘诀，才可以产生伟大的作品。至于文学批评家更不用说，自以为他们已经得了这些秘诀，所以苦口婆心，劝创造的作家依照他们的方案，完成不朽的事业。

我们只消看坊间《作诗入门》《小说法程》《小品文作法》《戏剧技术》这些书汗牛充栋，再看美国大学许多关于文学写作的课程和中国大学许多修改作文的先生，我们就可以明白，两千多年前古希腊人的相信，一直到现在，还在施展其深刻伟大的影响。

3

但是文艺复兴,对于欧洲文化的意义是两方面的:一方面是恢复希腊的文艺,一方面却是提高人类的尊严。经过长时期中世纪对人类的压迫,到了这个时候,他们忽然起了一种不可压制的反抗。人类的命运不再让上帝来支配,他们要自己处理自己的事情,自己决定自己的命运。

笛卡尔根本推翻一切外界的规律,从自我的存在重新建立一切的知识的基础。莎士比亚的悲剧不是由于自然的命定,乃是由于悲剧英雄自身个性的弱点,悲剧不是外来的,乃是内心的。

从上帝转到人类,从外界转到内心,文艺复兴的思潮不但推翻了中世纪的上帝,而且无形中推翻了希腊人相信身外的世界。世界同人类不是分离独立的,他们中间有一段奇怪的联系,这一个联系到底是怎样一种状况呢?这是文艺复兴时代以后,欧洲哲学家忙碌寻求的对象。人类一旦感觉到这一个问题,他们立刻就不像希腊人那样天真了!

康德是欧洲第一位哲学家,把人类和世界的联系的问题正式鲜明地作一个有力的解答。

康德将世界上的事物分成为两方面,一方面是"物的现象",一方面是"物的本身"。人类所能够知道的不过是物的现象,至于物的本身是人类的智力所不能知道的。希腊人相信世界上的事物都有一定的条理,这一些条理包藏在物的本身里面。康德认为世界上的事物本来无所谓条理,人类观察事物的现象,不过是心灵中组织成一种条理,勉强加在事物的身上。因为事物的本身,我们没有法子知道,事物的现象,不过是事物在人类的心灵上呈现出来的状态,从这种状态上组织成功的条理,根本不是事物本身的条理,乃是人类心灵上的条理。所以希腊人认为自然的法则,实际上是人类心灵上的法则。

经康德这一番解说,人类所能够知道的世界和人类是分不开的,因为离开人类，就没有任何的意义了。

这是人类思想史上一个伟大的转变！康德在哲学界的地位和哥白尼在科学界的地位是一样。从前的天文学家相信地球是宇宙的中心，哥白尼证明地球是绕日而行。从前的哲学家相信世界是一切问题的中心，康德却把这一个中心从世界转移到人类。从文艺复兴以来，人类的尊严无形中逐渐提高，现在康德第一次给它一个强有力的解说。

假如人类是一切事物的中心，世界上一切规律并不来自事物的本身，乃是人类心灵的创造。那么在文学方面，从希腊以来一脉相传的文学批评家所认为天经地义的规律，就时时刻刻有动摇的危险，因为规律是人类心灵的创造，人类灵心有变化，文学批评的规律自然也就有变化。

在康德美学里边，他最重视天才，他根本不承认艺术上有任何"放诸四海皆准，俟诸百世而不惑"的规律。天才最大的特点就是发明，仿效不是天才，天才一定有与众不同的贡献。规律不能束缚天才，天才随时可以创造规律。一位天才艺术家的作品，我们只能够就它本身的规律来说明它，不能够用旁人预定的规律来指责它。

天才并不是只需广博的智识，天才必须要能够产生崭新的东西。他不能模仿前人，他一定要能够做后人的模范。天才需要有想象，一种富于创造能力的想象，虽然每一种艺术，都有一些基本的训练，没有受过这些基本的训练，想象也许会泛滥疯狂，但是超过基本训练的规律，对天才想象是有害无益的。

天才最重要的就是精神，精神代表生命的原素。一次演说，一篇文章，一位社交上的女人，可以很美丽，但是可以没有精神，一种天才的艺术品不能够"有形无神"。这一种神代表天才特殊的生命。

天才因为民族性的不同，他们有各种特殊的风格。德国人是根，意大利人是顶，法国人是花，英国人是果。

在哲学上康德提高人类的尊严，在美学上康德承认天才可以创造规律，根据这两层的理论，康德无形中替文学批评的新动向奠定了深厚的基础。

4

从康德到黑格尔的理想主义，对于近代文学批评有不可思议的伟大影响，根据这一种看法，两千多年以来古典主义所精心厘定的规律，通通动摇了。我们再也不用希腊悲剧的"三一律"来衡量莎士比亚的悲剧，我们只能就莎士比亚戏剧本身的规律，来说明莎士比亚的戏剧。歌德可以放手写他的浮士德，再没有顽固的批评家根据任何的原理来评定他，就算讥评，并不能淹没歌德《浮士德》的伟大。莫里哀就是莫里哀，中世纪的传奇诗，不是希腊罗马的叙事诗。时代、民族、天才都有它自身的特点，与前人、别人是否相合毫无关系，唯其与前人、别人不相合，所以才有新文学，它们的作家才是伟大的作家。

旧的规律完全打破了。批评家再也不寻求新的规律，因为他们根本不相信任何规律可以作为一切文学的衡量器，文学家再也不寻求创造伟大文学的秘诀，因为他们根本不相信有任何的秘诀可以使傻子变聪明，使平庸的作家变成超群绝类的人物。

然而照普通情理来说，批评必须要有一种标准，没有标准，我们用什么方法来批评呢？我们凭什么说一种文学美，另一种文学不美呢？某一位作家是天才，另一位作家不是天才呢？某一种文学有价值，另一种文学没有价值呢？而且在逻辑上，反对文学批评标准的人，无形中，不可逃避地，他们自己就建设了一些新的标准，根据这些新的标准，他们才有资格去反对从前建设标准的人，他们岂不是陷入了不可救药的矛盾吗？

关于这个矛盾的问题，精研黑格尔逻辑的学者，自然有详尽的解答，我们在这里所要说明的，就是康德本人，并没有根本反对艺术上一切批评的标准。康德所反对的古典主义者和顽固学究们所遵守信奉的标准，其实在他的美学中间，他教我们对于艺术采取一种新的态度，这种新的态度自然包含许多新的标准，不过这些新的标准，再也不束缚天才，使天才有充分发展的机会，同时做艺术批评的人，更能欣赏他们的作品真正的美丽，真正的价值，不至于再受传统观念的障碍，盲目地攻击，鄙视伟大的艺术。

康德所要告诉我们的，即人类是宇宙的中心，一切的规律都是人为的，都是人类心灵对事物现象活动组织的结果。现象不同，规律就应该改变。在文学方面，一个时代有一个时代的文学，一个民族有一个民族的文学，一个天才有一个属于自己的文学，文学的性质特殊，批评的标准也要特殊，拿希腊悲剧的标准来批评莎士比亚，拿西洋戏剧的标准来批评中国的戏剧，拿拜伦、雪莱的诗来批评李白、杜甫的诗，这是康德所不允许的。

康德告诉我们，什么叫作天才，同时他还详尽地告诉我们，什么是美，康德的美学是近代美学开山之作，但是一直到现在，大体上还没有人跳出他的范围。

所以近代文学批评的新动向，我们可以大胆地说，是从康德开始，一直到现在，虽然发扬光大，修正演变，也不过是康德思想的影响和继续。

5

纵观康德以后一直到现代的欧洲文学批评史，虽然千头万绪，派别纷呈，然而除了抱残守缺的古典主义文学批评家以外，能够发明新的理论，指示新的方向的，大概可以分为三派：第一派摆脱传统的观念，不拿外来的标准衡量文学，他们只从文学的本身，找出它的条理和演进来说明它、解释它。在这一派文学批评家手里，文学批评变成了"文学解释"。主张文学解释的文学批评家，最重要的工具就是"精神历史研究法"。康德在他的美学里，曾经提出"精神"的名词，后来这个名词成了黑格尔全部哲学系统的基础。精神历史研究法，主要是根据黑格尔的历史哲学来研究。人类的精神是不断向前发展的，一个时代有一个时代的精神，世界历史就是世界精神进展的痕迹。

因为每个时代的精神不同，所以每个时代的文化形态也不一样，文学是文化形态的一部分，它是随着时代精神走的。文学批评家的责任，并不像从前古典主义者一样，建设一些标准来批评文学，他的责任乃是找出时代精神和当时整个的形态，说明为什么这一个时代产生这一类文学，这一类文学采取这一种方式。应用这一种方法，文学不是一种独立的研究对象，它是文化全体中的一部分；一位文学批评家，一定要能够抓住整个文化的精神，然后才有资格解释文学。

时间对于精神历史研究法，自然非常重要，空间对于这一个新方法，也同样不可忽视。一个民族，因为遗传环境的不同，他们文化的形态就不一样，因此文学形态也不一样。文学批评家一定要了解一个民族特别的精神，然后才能了解他们特别的文学，根据古代文学的现象来阐明近代文学，固然不对，拿外国文学的现象来解释中国的文学，也常常要陷入穿凿附会和武断的弊病。

天才是时代和民族的代表，他们著作的形式和内容，往往就是时代精神和民族精神的反映，但是一旦做到天才，也有他自己特别的精神，他的精神在时代和环境中怎样成长变化，这是饶有兴趣的研究。

在精神历史研究法的文学批评家眼光里，一位文学家的生活和他的作品是分不开的。从前的文学家批评家，可以把文学家当成机器，把他们的著作当成货品，他们可以不管机器，专用鉴别的标准，来批评货色的高下，现在文学批评家可不是这样简单了。他们把文人的作品看作天才的表现，从表现去研究天才的本身。文学家的传记和生活，特别是他少年时代的传记和生活，成了精神历史研究法里最重要的材料。

6

第二派不做解释的工作，也不寻求客观批评的标准，他们只是根据美的原则来"欣赏"文学。一种文学的美丽和价值，也就看它对欣赏它的文学批评家，能够发生多大和哪一种的影响。

"文学欣赏"看起来似乎是主观，然而积许多主观，也就成了一种客观的标准。一种文学美或者不美，并不是个人的意见和客观的，乃是人类共同审美能力判断的结果。

照康德的看法，美分两种：一种是"壮美"，一种是"幽美"。两种美都能够引起我们的快感，但是情况完全不同。一座穿云险峻的山峰，弥尔顿对可怕地狱的描写，使我们快感中掺杂着惊恐的情绪；但是在另外一方面，幽林曲涧，鲜花点缀其间，或者用荷默形容美丽女神的衣带，我们只是微笑欣赏，并没有产生惊恐的感情。因为前者是壮美，后者是幽美。

在欣赏壮美和幽美的时候，我们一定要没有欲望。如果有欲望，就不是审美了，同时我们也没有概念，因为美感是一种主观的感觉，并没有客观事物的思想，因此也没有任何肯定的概念。

因为美的欣赏，能够使我们无欲无思，达到光明空阔的境界，所以后来许多文学批评家认为文学最大的功用，就是帮助我们解脱人生。

生活不能不有欲望，有欲望就会有痛苦，是解不破的连锁，文学和艺术虽然不能使我们永远解脱人生，但是它可以使我们片刻解脱人生。一种文学是否优美高尚，就看他对读者能否发生这一种伟大的作用。

7

第三派的文学批评家，认为文学是一种创造的活动，文学批评也应该是一种创造的活动。真正的文学批评家，必须要设身处地，走进作者的灵魂，想象他当时此地内心的情致，他努力要表达的事物和心境，然后才能够真正了解并欣赏他的著作。

文学批评在这一批人手里，变成"文学创作"了。

这一个方法的运用当然有极大的困难。文学创作需要天才，文艺批评假如也是创造，那么它也同样需要天才。批评家自己必须要具备丰富的想象、崇高的嗜好，甚至于他自己的人格精神中间，也必须要有原作者那样的伟大天分。

将批评家的地位提到这个高度并不是苛求，乃是证明文学批评本身是一件极繁重艰巨的工作，能够担当这一种工作的人是极少数的极少数，失败的机会多，成功的机会少，他的失败是意料之中的事情；他的成功，却真值得我们惊异、佩服。

8

希腊的"世界哲学"支配了欧洲哲学两千多年，希腊的文学批评也产生同样伟大的影响。文艺复兴以后，人类渐渐认识自己，一直到18世纪，康德才根据这一种新精神，建设他"自我哲学"完密的系统。"自我哲学"和"世界哲学"的出发点根本不同，前者是内心决定外物，后者是外物决定内心，人类的尊严，因为这一个转变，才正式提高，后来在19世纪后半叶，尼采的"超人哲学"完成。这一股思想潮流才有登峰造极。

"世界哲学"相信事物本身中有法则，所以在文学方面，要寻求批评的标准，另外从人类性灵方面——审美的能力和天才的发展——去建设自由广博的新标准。

有了新哲学的根基，有了新标准的建设，欧洲的文学批评才产生它的新动向。所谓"文学解释""文学欣赏""文学创作"，都是站在"自我哲学"的人生观、宇宙观的立场，反对传统的规律，展开文学批评的新局面，假如没有康德在哲学上的革命，欧洲文学批评的局面，恐怕仍然要因袭17世纪以来的新古典主义，间接就是沿袭希腊"世界哲学"的人生观、宇宙观。

文化是整体的，文学是文化形态的一部分，它不但和哲学分不开，它和文化中其他一切的形态都分不开。一个时代文化的内容形式一旦变动，文学的内容和形式也要发生变动。假如我们承认"先有文学，后有批评"的基本公理，那么"文学有变化，批评也就有变化"，当然是不可逃避的定律。

近代文学批评的新动向，虽然中间也包含许多新标准，但是这些标准和古典主义的标准，根本两样。它们以人类为中心，人类的智力发展，"物的现象"在他心灵上呈现的范围也在扩大，天才可以随时利用规律，规律绝对不能完全束缚他们。

我们可以说，近代文学批评的新动向，就是对于天才加以解放，对古代的标准加以动摇，人类对世界和自己都有一种新的看法。

许多不明了这一个大转变的批评家，还在那里兀兀穷年，分析诗歌的音节、句法的构造，哪一种事物需要哪一类形容词。他们满以为得到了这些文章秘诀，就可以创造伟大的文学，根据这一些文章秘诀，就可以判断别人。结果他们磨坏头皮也写不出一首好诗，嚼断牙根也达不到天才的创作高度，因为他们根本没有内心生活，所以他们不能从内心去创造精神，他们只能勉强在文字中去寻求规律。他们迂腐学究的态度，摇头摆尾，自以为得了"文章三昧"，其实也不过是令人发三日呕而已！

人类的自我已经发现了，世界已经转变了，天才、意志、力量，是一切问题的中心，创造发展是全世界人类共同努力的方向。我们再不要任何"外在"的规律来束缚我们自己，我们要根据"内在"的活动，去打开宇宙、人生的新局面。

天才们正如巨人一样，从这一座山峰踏到那一座山峰，侏儒们只能沿着山边水涯，慢慢前进。

中华民族的天才！今后批评与创造，尽可不必顾忌学究先生和政治小丑的讥评，因为他们讥评中隐含的规律，根本没有可靠的基础。你们何妨放开脚步，踏到另外一座山峰，让侏儒们在下边埋怨、讥笑呢？

（原载 1941 年 7 月 20 日《战国策》第 17 期，收入《文学批评的新动向》）

中德文学研究

绪论

1 范围与性质

中国文学可分广义的与狭义的两种：广义的中国文学，包括经、史、子、集、戏曲、小说、歌谣等；狭义的中国文学，仅仅指小说、戏剧、抒情诗三项。狭义的中国文学，就是"纯文学"，我这番研究的对象，就是中国的纯文学对德国文学的影响，换言之，就是中国的小说、戏剧、抒情诗，对德国小说、戏剧、抒情诗的影响。

中国虽然很早就同欧洲有接触，但是在文化方面，同欧洲文化能够互相影响，也不过是近二三百年间的事情。一直到17世纪，欧洲的人对中国的文化知道得还非常地少，17世纪之后，才有少数的人渐渐对于中国哲学产生兴趣，翻译介绍了一些著作，至于纯文学，大家却毫无闻知。后来到了18世纪中叶以后，中国纯文学在欧洲在德国才渐渐产生相当的影响。

在后文，我打算把所有最重要的德文翻译、改编、仿效、依赖的中国纯文学，就它们在德国文学上的成就，对中国文学的了解方面来客观地分析研究。至于材料方面，除了《诗经》算是中国西周至春秋这段时期最重要的抒情诗集要详细讨论以外，一切关于中国哲学、历史、绘画、雕刻、音乐、宗教的德文书籍，都只能就它们在中国纯文学方面关系的有无，来决定它们在本文范围里有没有研究的价值。

大凡一种外来的文学，要发生影响，通常要经过三个阶段，或者三个时期：第一是翻译时期，第二是仿效时期，第三是创造时期。固然这三个时期往往不能清楚分开，并且在一个时期里，翻译、仿效、创造常常同时发生，但是大体演进的程序，总可以清楚地看出来。

在最初的时候，当然只有翻译，因为要努力去寻求新字句来表达新材料，从事的人的力量大半也仅能做到翻译的工作。但是翻译的工作为后来的人开新路，替他们奠下了新基础，他们可以就现成随手拈来的新知识，去做一种新的仿效。仿效比起翻译来已经算一种进步，因为它不单是去表达原文的字义，它还进一步去表达原文的精华。

经过了翻译和仿效这两个时期。大家对于外来的文学已经有充分的了解，然后才有天才的人出来，演成第三创造的时期，这个时期的著作，不是用德国的精神来熔铸中国的材料，而是用中国的精神来熔铸中国的材料。

我们如果去考查中国纯文学在德国的输入，同它对德国文学所产生的影响，我们可以说，虽然从最初接触到现在已经快200年了，但始终没有超过翻译的时期。固然这中间也曾经产生过少数仿效与创造的作品，然而翻译的作品还十分不完全，再加上连翻译的人自己对于中国纯文学都还没有彻底的了解，所以就算有天赋、有见解的德国作家也没有法子在这种错误、遗漏的少数翻译作品中去获得对中国文学正确的知识。即如《灰阑记》那样的戏，《好逑传》那样的小说，在欧洲居然能够产生很大的影响，受一般人的崇拜，在一个中国人看起来差不多是不能了解的事情。同样很难令一个中国人相信的，就是像卫礼贤那样深造的学者，对中国文化在德国方面那样有贡献，在他写的中国文学史里边，居然说《红楼梦》是"禁书"，称《玉娇梨》是一篇"短篇小说"。[1]

如果我们再去翻阅在德国最负盛名的两部《中国文学史》，一部作者是卫礼贤（Wilhelm），另一部作者是格汝柏（Grube）[2]，看见他们讲中国文学家名字同作品的稀少，我们也会同样地失望。至于德文里大部分的翻译，都是从英文或者法文转译过来，英文、法文的译者已经

---

1 Richard Wilhelm: Die chinesische Literatur, Wild Park Potsdam 1926 S. 16=7.
2 Wilhelm Grube: Die Geschichte der chinesischen Literatur, Berlin 1908.

就不高明,德译本的可靠性更可想而知。一般译本里的序言,大都是乱七八糟地瞎说。如"好逑"两个字本来是用《诗经》"窈窕淑女,君子好逑"作为小说的书名,因为翻译的人不懂原文的意思,就大胆说《好逑传》是一位好逑先生写的[1]。塔尔(Thal)翻译的中国《短篇小说集》,序文里把明清的短篇小说发生的时间,提早了一千多年[2]。《水浒传》被认为只是一本"滑稽的小说",批评《水浒传》的金圣叹,从来没有写过一章小说,翻译的人却说他续写了《水浒传》五十章[3]。像这类的错误差不多随时都可以发现。

这一种情形,细想起来,也没有什么稀奇。做这种翻译工作的人,他们第一次担任这样艰难的工作,也不应该负多大的责任。拿一个欧洲人来学中国文字,实在是非常地困难。他要学好,一定要费许多年的工夫。同时在德国方面大家对于一个研究中国学问人,常常做许多不可能的要求。他一定要熟悉中国的历史、地理、哲学、宗教、文学、艺术,及其他一切关于中国的东西。知识的范围异常地宽,工作的人数却异常地少。如果一个欧洲学者把"四书""五经"和中国历史弄清楚,他就要费了好几十年的工夫,当然没有多少闲工夫再来研究中国的纯文学。同时还有一种困难,就是一位学者很不容易对中国文学有一个清楚的概念,因为中国很奇怪的有无限的文学作品,却没有一本简洁明了的中国文学史。像介尔斯(Giles)、卫礼贤、格汝柏他们所做的中国文学史都是第一次开创的工作,中国方面近来自己也出版了好些文学史,但是他们还远不能满意。原因是中国的文学材料太丰富,内容太复杂,就是一个本国的学者也还要经过许多年的工作,才能找出一个清楚源流的线索。如果在一个中国学者已经是这样困难,那么我们对一个欧洲的学者要求当然更不能苛刻。从这一些原因里,我们

---

1 Tieh und Pinsing, Bremen 1869 作者不知名。
2 Wilhelm Thal: Chinesische IVovellen Leipzig 1900, Einleitung.
3 Maximilian Kern: Wie Lo-ta unter die Rebellen kam, Leipzig 1904.Einleitung.

可以明了为什么中国的纯文学在德国很久都还没有超过翻译时期。

我这番研究的目的，不单是在指出翻译书籍文字上的错误和仿效作者意义上的误解，我最要紧的使命就是在说明中国纯文学对德国文学影响的程序，同时以中国文学史的立场来判断德国翻译和仿效作品的价值。

2 中国同欧洲到18世纪末叶的关系

我们所知道关于欧洲同远东的关系，可以上溯到公元前。在德国的祖先还在同罗马帝国打仗的时候，中国的皇帝已经谈到罗马的事情[1]。在中世纪的时候。欧洲同中国在中亚细亚总不断发生过关系。马可波罗著名的游记给我们一个当时此种关系最清楚的图画。后来到东印度的海道发现以后，葡萄牙的人同中国开始通商，欧洲人对中华帝国因此知道的更详细。中国输入的瓷器、漆、丝，还有其他的器皿，同耶稣会传教士送回来的报告，引起一般人的注意、惊羡和好奇心，因为这一些东西，他们渐渐产生了对于中国哲学、文学的兴趣。1662年第一次印行郭司达（Costa）用拉丁文翻译的《大学》，1673年出版了英特塞达（Intercetta）拉丁文翻译的《中庸》，《中庸》译本的后边，附录有一篇用法文写的《孔子传记》[2]。

自从这一个时期以后，关于中国的著作与翻译的中国书籍，出版的一天比一天多，但是这些著作的多半是游记，翻译的内容多半是"四书""五经"。至于中国的小说、戏剧、抒情诗却没有引起任何人的注意。一般人对中国的兴趣，只是限于艺术品同孔子的学说，中国的

1　Fr. Hirth: Chinesische Studien, Leipzig 1890, S.1–24.
2　Adolf Reichwein: China und Europa, Berlin 1923, S: 25–26.

纯文学还没有到出头的时期。

孔子哲学在18世纪"光明时期"受欧洲人崇拜，可以算到最高点了。欧洲第一个研究尊重孔子哲学的人，就是光明时期德国最有名的哲学家莱布尼茨（Leibniz）。他非常佩服孔子哲学，他说："照我们现在的见解，我以为在我们道德败坏、无限膨胀的时候，差不多必须叫中国的传教士到我们这儿来教我们自然宗教的目的和启示，不应该我们送传教士到他们那儿去教他们启示的宗教。"[1] 莱布尼茨像孔子一样地相信，人类有一种放诸四海而皆准的道理，莱布尼茨也像孔子一样在实际生活中间寻求宗教的精义。[2]

根据这一种信仰，莱布尼茨努力去综合孔子哲学同基督教义，来创造一种新的宇宙观，但是他在哲学家里边并没有得到多少的信徒，只有佛郎克（A.H.Franke）同渥而夫（Christian Wolff）两人赞成他的学说。

佛郎克对莱布尼茨的主张很同情，他两人曾经通过许多信件讨论孔子的哲学。1721年7月21日渥而夫在哈那大学演讲孔子的实践哲学，引起本校的教授严厉的攻击，他们说他是一个"无神论者"。普鲁士的国王因此下令叫渥而夫在最短时间内离开本国。还算他的运气好，马布格大学收容了他，以后他又得到命令准许他重回普鲁士。

在他的演讲里[3]，渥而夫极力去综合两种宇宙观不同的方向。他一方面信从基督教的教义，一方面又想法去调和孔子哲学中最重要的观念。他想去证明：孔子的道德观念同基督的道德教训是一点儿也不冲突的。他这种议论里当然包含许多为当时哈那大学神学教授所不欢迎的意思，所以一般神学教授都认为他的思想很危险，一定要想法子赶走他。

渥而夫在他文章里说："一个人无论他是受启示真理的驱迫或者受

---

[1] Vorrede der "Novissima Sinica" 169′ 7 von Leibniz herausgegehen.
[2] 参看 Adolf Reichwein: China und Europa S:88–92.
[3] 这篇演讲稿，系用拉丁文写成，1726年在美茵河畔的法兰克福（Frankfurt a.M.）出版。

自然现象范围的真理的驱迫，无论他是基督徒或孔教徒，他总要一样地道德地行动。"照渥而夫的意思，有一块试验人类行动的试金石，这块试金石就是"人性"。如果人类的行动同他的本性不冲突，就是道德的。照渥而夫的眼光看起来，中国人已经通过了这个试验，他们的道德风俗同"人性"是完全相合的。

在18世纪，欧洲一般人对于中国发生最浓厚兴趣的时期中，大家所赏识的只是孔子哲学同中国艺术品，中国的纯文学依然没有人过问。欧洲第一次翻译的中国纯文学载在当时全欧风行的法国人杜哈尔德（Du Halde）于1736年出版的《中国详志》中间[1]。这一本书里面有法文翻译的一本《元曲》，四篇《今古奇观》里面的短篇小说，十几首《诗经》里的诗。这些翻译非常地不全，特别对《诗经》选择与翻译，闹得一塌糊涂，所以后来黑尔德（Herder）选辑全世界的民歌，大概也就因为这个关系，连中国这样一个伟大的民族，却一首诗歌都没有选。短篇小说也翻译得很差，所以在当时没有引起多少注意。唯有这一本元曲《赵氏孤儿》产生了很大的影响。法国的福禄特尔特别就译文改编了一本法国戏叫作《中国的孤儿》，题目下面再加一行解释是："孔子的教训编成五幕。"[2] 福禄特尔改编这本戏的动机，并不是他欣赏《赵氏孤儿》艺术上的价值，而是他对这一本戏所代表的孔教宇宙观找出了同他自己倡导的光明运动的宇宙观有共鸣之点。关于孔子，他曾经说："我已经留心地读过他的书了，我还把里面的一些话摘录下来；我发现里边的话纯粹是关于道德的教训……他只讲德操，他不讲任何显圣的事情，他没有一句可笑的神话。"[3]

对于孔子哲学，光明运动时期的人还发生不少的兴趣，但是中国纯

---

[1] Du Halde: Description geographigue, chrottique, politique et physiquede 1'empire de la chine et de la'Tartarie ChinoiseLa Haye 1736.

[2] Voltaire: Oeuvres Completes, Gotha 1785 XVI S. 85.

[3] Voltaire; A. a. O. XVI S. 85.

文学的美丽和特点，仍然没有人能够欣赏。欧洲第一个开始对中国纯文学有相当认识的人，就是在美国以刊行《英国古诗残存》著名的白尔塞（Thomas Percy）。1761年他刊行第一本英译的中国小说，书面上写着："《好逑传》，或者《快乐的故事》，从中文译出，书末附录：一、《中国戏提要》一本，二、《中文谚语集》，三、《中国诗选》共四册，加注解。"这部小说《好逑传》出版以后，风行一时，1766年由一法国人署名M转译成法文，一德国人名叫慕尔（Murr）的转译成德文。在初版白尔塞没有把翻译人同他自己的名字宣布，他以为"这一部书的特点就可以清楚地证明它是真正从中文翻译出来的，所以翻译人同发行人的名字都无须发表"[1]。后来白尔塞还是把翻译人的名字告诉了读者。

翻译的人叫作韦金生（James Wilkinson），是一个英国商人，在广东居住过多年。1719年，他把《好逑传》四分之三译成英文，但是其余的四分之一，他却译成葡萄牙文。白尔塞把译文加以润色，把第四部分的葡文重译成英文，然后将全书出版。

白尔塞是一个出色的文人，他对于原书了解的能力，就连现在许多欧洲翻译的人都赶不上。原书是一个明朝不知名的作家作的。世俗一般往往叫这本书为"十才子书"中的第二才子书，因为它不但是才子书，而且还在第二，所以有好些人就以为它有很高的价值，这是完全错误的；《好逑传》并不能算中国很好的小说。至于"十才子书"的选择和次序也是毫无道理，在下一章中我们还要详细讨论。这里我要说明的就是白尔塞在当时就有这种见识：不但发现《好逑传》的长处，还发现它的短处，在他书首对苏塞公爵夫人的献辞中说："如果这一书没有维持风化的目标，如果它不能够惩恶劝善，我也不敢请夫人接收。在我们这个时代，全国都充满了淫词艳语，风俗窳败，也许我们借这一本书展示给大家，中国的文人，虽然他们很可怜地不知道我们有而

---

[1] 1774年版本中广告。

不实行的真理，却能够如此地正经纯洁，也许不无好影响。"

白尔塞想借中国文学来提倡道德，维持风化，其动机同18世纪一般赞成孔子哲学的人，还是一鼻孔出气。在这里他还没有说出中国纯文学的特点。但是在序文里，他评论《好逑传》在艺术上的价值，发表了许多精彩的议论。

他说："拿欧洲批评的规律来说，他（白尔塞）认为此书有许多可以指责的地方。我们可以毫不迟疑地说，书中的情节既不够多又不算伟大，想象的力量既不确切又不生动，表示的方法，常常干燥无味，往往在极微小的情节、极不重要的地方，描写过于详细，因此不能引起读者剧烈的情感，不能愉快他们的想象。"

关于这一本小说的长处，白尔塞也讲得很对，他说："我们不能不承认，在这一本书里边，故事的讲述比一般我们所见到东方的小说更有条理、有艺术一点……讲神怪的事情少一点，讲真实的事情多一点。它有一个一贯的结构，书中一切的情节都自然地、有次序地向着一个目标进行，没有什么间断，彼此互相关联。大家对于本书艺术造就的批评，同发行的人没有一点关系，他绝不愿意去隐藏、掩饰原书的短处。他印这一本书出来，并不是叫大家去惊羡它文章的美丽，他不过想给大家一本中国文学奇怪的代表作。"

附录《中国诗选》一共有二十首诗，大部分都是从杜哈尔德《中国详志》里重译来的。白尔塞关于翻译的理论，也很有价值，他本人对中国诗颇有惊人的见解。他说："大凡一个民族同原始时代越相近，他们的风俗观念还简单的时候，我们对他们也越容易捉摸，他们的诗歌，对于别民族的人来说也容易了解，因为它表现的是最平常发生的事情，它描写的风物也大半是从自然界里直接取出。在它一方面，如果一个民族在高等的文化中间生长已经很久了，他们的风俗习惯、生活方式已经达到了最高妙的程度，他们的宗教观念已经变化得很复杂。那么他们的诗歌也充满了他们文化特点的暗示引证，旁的民族因此也就很不容易了解它们。"

"拿上面的观察来应用到我们目前的对象：没有一个民族的生活比中华民族的生活更受政治的限制，没有一个民族比中华民族离原始时代更远。在四千年以前，他们已经动手组织了有文化的国家。他们的民情、宗教、习惯到现在已经变得无穷地复杂，所以他们的风俗的观念、生活的方式，已经变到世界上最虚伪、勉强的程度。因此中国诗歌的美丽，也比旁的民族的诗歌，更不容易翻译成外国文，尤其是欧洲的文字同中文根本不同，翻译起来自然特别地费力。"

白尔塞在抛去成见不强以为知的范围内，发的议论差不多都很对的，但是像他在下文那样地凭空判断说："中国人在嗜好方面，除了花园布置而外，都是有限的、贫乏的，凡是有识者都不能不承认。这一点在他们文学里至少是显明的。"我们却不能不说他武断了。白尔塞说的也许拿来评《好逑传》有相当的真理，但是他不过读了一本中国小说，二十首翻译很差的诗，他绝没有道理去批评整个中国的文学和一切中国人的嗜好。

虽然白尔塞有眼光，有见识，他还差一种直觉的能力，要有了这一种能力，才能够深入中国文化的根本精神。白尔塞的观察是一种知识的观察，而不是一种智慧的观察，所以他看得见中国精神的形式，而没有看见中国精神的内容。只有德国最伟大的诗人，凭他的天才，才算达到了这种地步，只有歌德才能够成功，因为他能够超出一切国家、政治、种族的界限，直接去达到世界人类共同的基础。

第一章　小说

1 歌德与中国小说

德国最初翻译中国小说的人，就是把杜哈尔德法文的《中国详志》翻译成德文的人。法文的《中国详志》在1736年出版，德文的译本先后在1749年出版。这一部书里有元曲《赵氏孤儿》，有四篇《今古奇观》的短篇小说，有十几首《诗经》的诗。德国翻译介绍中国第一本长篇小说的人是慕尔，他在1766年把《好逑传》从英文译成德文。但是德国第一个认识中国小说价值的人，却是歌德。

歌德同中国文学最初发生关系，可以从他1781年1月10日的日记里边"呵，文王！"一句话来证明。文王自然是中国古代的圣主，他的名字在杜哈尔德《中国详志》二卷、三卷里边屡次出现，杜哈尔德这本书在当时算是介绍中国最详备的书，经塞铿朵而夫（Seckendorf）的介绍，在魏玛也很风行，所以大概这一本书歌德也曾经看过。文王是孔子理想的君主，他以德化民，造成了《国风·二南》里所描写黄金时代的政治。歌德当时在魏玛受公爵的知遇，少年揽政，他羡慕惊叹文王的政绩，当然是很自然的事情。

1796年1月歌德同席勒彼此通信，才又讲到一本中国小说。我们知道这一本中国小说就是《好逑传》，因为席勒不满意慕尔的翻译，他想自己重新改编。他已经写了几页，后来不知道为什么又搁下了[1]。

虽然歌德同这本小说已经发生了关系，恐怕他还没有读完。一直到1827年1月31日，歌德同艾克芒谈话讲中国小说和中国文学，这

---

[1] Buchausstellung, das Buch in China Und das Buch über China 1928 Frankfurt am main, Nr, 534, Schiller: Gesammte Werke, historisch.kritische Ausgabe von Goedecke Bd. 15 S.372ff.

一次歌德才真把《好逑传》细心地读完。歌德同艾克芒这段谈话，发表他自己对中国文学的意见，至关重要。

此外歌德还读过的中国小说是英国人汤姆斯（P. P. Thoms）译的《华笺记》（歌德《日记》，1827年2月2日至3日）[1]，法国人锐幕萨（Abel Reemusat）翻译的《玉娇梨》（歌德《日记》，1827年2月14日至19日）[2]，法国人德卫士（M. M. Davis）选译的《中国短篇小说集》（歌德《日记》1827年8月22日）[3]，德卫士《中国短篇小说集》中间包含十篇《今古奇观》的短篇小说。这十篇中的四篇已经在杜哈尔德《中国详志》里翻译过了。还有塞铿朵而夫当时在《提甫杂志》（Journal von Tieffurth）上还发表过十段中国短篇小说，究竟歌德这十段小说读过没有，我们现在已经不能够确切知道了。歌德所读过的东西，当然不能算是中国顶好的小说。歌德当时已经感觉到。艾克芒在谈话里曾经问过歌德，关于歌德读的长篇小说（《好逑传》）是不是中国小说里最好的一本，歌德回应道："一定不是，中国人有千万这样的小说，他们有这些小说的时候，我们的祖先还在树林里生活呢。"

照歌德的意思，中国小说究竟有什么优点呢？或者，广义一点，中国文学的特点，到底在什么地方呢？

歌德说："书里面的人，思想行动感觉差不多同我们相似，我们不一定就觉得自己是同他们一样的人，只是在他们一切都比我们明白、纯洁、道德一点。在他们一切都是可了解的，平民的，没有激烈的感情，没有诗意的震荡，所以同我写作的《黑尔芒和多诺忒》与英国锐加生所写作的小说很相像。但是又有一点不同，就是外界的自然同人物老是同时生活。石缸里的金鱼不断的击拨，枝头的雀鸟不断地歌唱，白天老是光明欢畅，晚间老是明白清楚，他们常常讲月亮，但是他们

---

[1] P. P. Thoms: Chinese Courtship. London 1824.
[2] Abel Re'musat: Ju Kiao Li. Paris 1826.
[3] M. M. Davis: Contes Chinois, Paris 1827.

不改变风景，月光同白天在他们想象里是一样的。"

拿歌德的判断同白尔塞的相比，我们可以看出他们两人不同的地方来。白尔塞讲的是形式，歌德讲的是内容；白尔塞懂得原书的技巧，歌德懂得原书的精神；白尔塞发现了原书作者艺术的纤巧，歌德寻出原书作者在文化里边的意义。并且因为白尔塞把《好逑传》认为有价值，所以他误解了它在中国整个文学里的地位，他以为《好逑传》比其他一切的中国小说都好。这是一种判断，不但是事实上的错误，而且也表现了批评的人不细心，因为白尔塞关于中国小说的知识，仅仅只有这一部。在那一方面，歌德却并不相信《好逑传》是中国一部很好的小说，他认为它不过是一本极平常的书，中国人像这样的书有千千万万。

要知道歌德的判断为什么正确，有两点我们不能不先弄清楚：第一，就是歌德读过这几本小说在中国文学上的位置；第二，就是形成中国文学的中国人的人生观。

在欧洲甚至在中国，有一个很流行的谬误见解，就是"十才子书"的说法。照这一种说法，中国文学里有十部最好的书，依着次序高下罗列起来：（一）《三国志演义》，（二）《好逑传》，（三）《玉娇梨》，（四）《平山冷燕》，（五）《水浒传》，（六）《西厢记》，（七）《琵琶记》，（八）《花笺记》，（九）《平鬼传》，（十）《三合剑》。谁也不知道什么人什么时候特别选出这十部书排列出这种次序。有人说是金圣叹创说的，但是并没有根据，并且金圣叹是一个最有见识的批评家，总不会弄出这样没有见识的笑话。固然他曾经创造"才子"这两个字[1]并，且评点过《三国志演义》《水浒传》《西厢记》三部书，但是却没有人能确切证明才子书是他选定的。其实这十部书里面真正够得上称才子书的，也不过《三国志演义》《水浒传》《西厢记》《琵琶记》，其余比较相差太远，所以实际上只有这四部书在中国大家都知道诵读，其他的几部很少人

---

[1] 金圣叹评点《西厢记》第2卷，第8项。

注意，如《三合剑》差不多许多人连名字都没有听过。

歌德读过的三本中国长篇小说《好逑传》《玉娇梨》《花笺记》虽然列在十才子书里边，我们并不能因为这个缘故就说它是中国最有价值的小说。白尔塞同歌德都不十分重视他们艺术上的价值，总算很有见识。我们对他们两人百年以前正确的见解感到很可惜，到现在大家还不十分注意，最近德国人孔（Franz Kuhn）在他《好逑传》译本跋语里边，仍然拿十才子书的标准来审定《好逑传》在中国文学上的地位[1]。

中国人的人生观最重要的还是孔子的影响。照孔子的学说，一个人理想的生活，就是一种安居乐业、光明清楚的生活。君臣、父子、兄弟、夫妇、朋友彼此间的责任都是明明白白的定出来了的。一个人用不着疑难的思想，只需照圣人定下来的规则去身体力行，并且只有从身体力行上下功夫，一个人才能够达到人生最高的目的，就是道德的完成。这一种人生观里边没有激烈的感情，没有无穷的渴望，没有梦幻的境界，没有神秘的性质。你也可以相信鬼神，相信身后魂魄的存在，但是你一切的责任，却在目前实际的人生。正如歌德所说："一切都是可了解的，平民的，没有激烈的感情，没有诗意的震荡。""白天老是光明欢畅，晚间老是明白清楚。"甚至于晚间的景色，也同日光下面的景色，完全没有分别。

这一种极端光明的、丝毫不带浪漫性的人生观，在中国文学里处处都在表现。"四书""五经"里中国的散文所达到明白美丽的程度，就在世界文学里，也不容易多找出同他们比肩的作品。在抒情诗里，中国诗人凡是受了孔子哲学影响最深配称儒者的诗人，都没有对无穷的渴望，没有对女人浪漫的崇拜，没有似真似幻神秘的思想，没有绝对求真的冲动，一切的诗歌都从一安定的灵魂中抒写出来。

这样的人生观在一方面固然是伟大，但是也很难令一般的人满意，因为这种人生观只看见世界的一部分，而没有看见全体，它忽略

---

[1] Franz Kühn: Eisherz und Edeljaspis, Leipzig 1926 Nachwort.

了形而上的问题，它看清了人类超现实的冲动和灵魂中不依理性的成分。在文学方面，这一种偏见，往往发生不好的影响。它把一切都用理智来解决，因此减少了情感的力量，造成了冷静的头脑，只顾现实而不顾超现实，只顾实际的人生，而不顾想象的人生。这一个缺点侥幸地有佛教、道教来纠正补助。平心而论，宗教方面道教、佛教对中国一般人影响，远在孔子哲学之上。孔子哲学常常都是受君主的提倡保护，至于道教、佛教，却大部分全凭自己本身的力量，深入一般人民的心坎。拿纯文学来说，特别是在戏剧、小说方面，道教、佛教也曾经发生过很大、很好的影响。中国最好的小说、戏剧如果没有道教、佛教的影响，简直可以说很难产生。我们很可惜的就是歌德所读过的三本小说《好逑传》《玉娇梨》《花笺记》的作者，都是代表孔子的人生观的，所以歌德所看见的也只是孔子的世界，至于中国文化里面道教、佛教的成分，歌德没有机会接触。如果歌德曾经读过《红楼梦》《三国志》《水浒传》《西游记》《封神演义》一类的作品，也许他的看法又不一样。歌德关于《今古奇观》十篇短篇小说的批评，我们不知道，但是这并没有什么关系，因为《今古奇观》同歌德读过的三本长篇小说，根本精神实在没有什么很大的分别。《今古奇观》所描写的大抵都是中国中等人家的实际生活，虽然里边包含了不少中国很成功的短篇小说，还是缺少丰富的想象、激烈深沉的情感。不管他怎么样，歌德对于自己读过的小说，有直觉了解的能力，他从行间字认清了作者的灵魂，他仿佛亲身感受到了孔子世界的空气。

2 对于歌德所读小说译本和原文的评价

自从《今古奇观》《好逑传》《玉娇梨》《花笺记》译成西文以后，又经歌德的赏识称赞，它们的名誉也一天天地起来，欧洲的人一谈起中国小说，首先提到的总是它们。我们现在要叙述批评后来德文中其他的翻译，应重新估定原书文学的价值。

"好逑"两字是从《诗经》中第一首诗"窈窕淑女，君子好逑"取来，"逑"是伴侣的意思，"好逑"就是说很好的伴侣，《好逑传》的作者要想描写一段理想的婚姻，一个幽贤贞静的淑女，配得上作君子很好的伴侣，所以把书名取作《好逑传》。慕尔从英文翻译《好逑传》的时候，他不懂此书命名的意思，他以为"好逑"是人的名字，所以他用德文翻为：Die angenehme Geschichtedes Haoh Kioh，意思说是"好逑快乐的故事"。因为他误会了原文，1869年又有一位德国人把《好逑传》自由改编，作了一篇序文，把好逑先生大大称赞，说他是"中国家庭生活小说伟大的作家"[1]。如果慕尔的翻译不好，这位先生的改编更糟。这位先生是谁，我们不知道。他处处极力想滑稽。他感谢"伟丽慕尔博士"，因为他介绍他认识了中国聪明年轻的冰心小姐。他这样地喜欢冰心小姐，有时他简直叫她做他的"干女儿"。但是他滑稽的很，他的作风太浮薄，他的改编没有内容，多无意义。1926年孔又把《好逑传》重新翻译成德文。[2] 孔的翻译比以前两种都好，因为他是从中文直接译出来的，他的文笔流利，但是他的译本仍然不能算满意，因为他对于中国文化还没有精深的了解，对于中国风俗习惯也有许多隔阂的地方。他对中国文化特点了解的程度，我们可以看看他译本的封面，就可见一斑。《好逑传》是一本中国小说，孔却用一张日本木刻图画来做封面，因为他根本还分不清中国和日本。

《好逑传》的作者名姓不详，这本书大概是明朝的产物。书的题目，同明清以来在中国风行的才子佳人式的小说，实际上没有什么分别。书里面总离不了一个出口成章的才子，一位沉鱼落雁的佳人，第

---

1 Tieh und Pinsing, Bremen 1869.
2 Franz Kuhn: Eisherz und Edeljaspis 1926.

三个很要紧的角色一定是一个坏人，他虽然没有资格，他总要想方设计来同才子争婚姻，争不成功就拼命同他们捣乱。经过许多的困难以后，结果有情人才成眷属。最后困难的解决，多半是靠才子点上了头名状元，皇帝下诏书叫他们完婚。至于坏人当然绝不会有享受佳人的艳福，他做了坏事情，也一定要受严重的惩罚。书中的主人翁，当然是一位诗人，书中的女主人翁，不消说也是一位女诗人，一有机会就作诗，他们作的诗大都是味同嚼蜡。他们诗的笑话同他们极端严格的贞操观一样的不自然。中国人诚然因为儒家哲学的影响，男女间非常拘束，但是他们还是人，既然是人，他们仍然有人的情感。读者只消取《红楼梦》《金瓶梅》来读一读，他们里面所描写的是有血有肉有灵魂的人物，不是随作者只会搬弄的木偶，我们就知道中国人到底是怎么一回事了。才子佳人式的小说家却不能了解这一种真理，他们也没有表现这种真理的力量。他们只想要一个一定的方式，一定的人物，勉强填进一些自己作好了的诗歌。他们既不管艺术上的真理，也不管人生实际上的真理，所以他们永远也作不出什么有价值的东西来。

　　《好逑传》虽然也是一本才子佳人式的小说，里面却有许多超越的地方。才子佳人式小说里面的主人翁，大半身体都很坏，总是面如傅粉，唇若涂朱，样子像女人，性情更像女人，他唯一的长处，就是能够作几首歪诗。《好逑传》里面的主人翁，虽然面貌也像女子，两膀膂力过人，性情更是刚烈，说得不对，就要打。女主人翁照例也生得才貌双全，但是她的个性，比通常的佳人要深刻一点，因为她有应付事变的权能，有外交的手腕。

　　全书的内容，大略如下：

　　一个官想替他儿子讨亲，他看中了一位官宦人家的小姐，但是这位小姐的父母却遭了朝廷的谪贬，远在他方。这位小姐不赞成这门婚姻，用种种的方法来推卸，谁知她越推卸，对方求亲却越厉害，到后来简直用武力解决把她抢去。在路上来了一位英勇的少年，路见不平，一阵的拳头，把一群抢亲的人打得落花流水，救小姐回家。原来这位救她的少年也是一位官宦人家的公子，因为求学，所以来到此地。那一位失望的新郎，好事被他冲散，心中含恨，设法在公子入住的旅馆饮食里边去下药，这位英勇的少年因此得了一争大病，几乎把性命送掉。为保障她的救星起见，小姐把公子抬到家里，好好派人服侍他，她自己当然明白，这不是什么名誉的事情，但是事到如今，也没有办法。

因为要保全他们两人的名誉不受损，她从来不到公子的病房，他们只在吃饭的时候谈话，还怕不放心，再用一个帘子来隔开。但后来，他们两人渐渐情投意合，因为一个是才子，一个是佳人，才子佳人会在一块儿，绝不会有不合适的道理。

后来凑巧发现，他们两人的父亲原来是老朋友。小姐的父亲得了救旨回来，他们两位朋友打算要替他们的儿女办婚事，在这个时候，很出乎意料之外的，小姐忽然不愿意，说公子是她自己引进来的，如果同他结婚，是件有伤风化的事情。她的反抗，到后来作者用了一个方法来解决，这一个方法除了中国没有地方可以找得的，就是天子下诏，奉旨完婚。

从这一些主要情节里，我们可以发现这一部小说普通的滥套，应该也跟作者增加内容有关。才子佳人的题目自然是陈旧的，他们的贞操也是做给别人看的。小姐最后的反抗不但可以不必，而且来得不自然。我们想如果皇帝不下诏旨，他们的父母，他们自己，写书的人，用什么方法来逃出这道难关呢？但是除此以外，作者也确有独到的地方。全书的结构比较集中，书里主要人物的性格也刻画得比较细致。如果这部书在中国长篇小说里不能够占第一流的位置，它至少总可以算一部聪明有趣的书，无论从哪一方面说，都比《玉娇梨》好。

《玉娇梨》在1826年第一次被一位法国人锐幕萨译成法文。出版后很流行，第二年已经就有德文译本。[1] 因为大家很重视这一部小说，所以疑心不是中国人写的，是锐幕萨自己写的，假托中国人的名字，因为照他们的意思，锐幕萨才能够写得这样好，一个中国人绝对写不到这样好。他们说："一个像中国那样受人鄙弃的民族，不会产生这样的杰作。"[2] 如果我们留心去研究，我们就知道，他们所谓的"杰作"，实在也很平平淡淡，至于他们认为中国民族可鄙弃，更不值一笑。

此书作者不传，但是大约也产生在明代。书里的主人翁照例是一位诗人，女主人翁也是一位才女。还有第三个从中掀波作浪的丑角也没有缺席。他们三人出场把戏照例开演以后，又出来了第二位女主人翁，不消说她也是一位有诗才的女子。结果丑角当然没有成功，诗人点了头名状元，天子下诏，叫他同两位佳人完婚。书里面加进去许多没有意思的坏诗，顶奇怪的就是作者常常不断地称誉他自己。当锐幕萨翻译这些诗歌的时候，他非常地难过，但是因为他没有判断这些诗歌的能力，所以他说："我怎么能够在每一章诗的后边，自己叫喊道：多么谐和的音节呀！多么美丽的辞藻呀！多么幽美的意境呀！多么不凡的语言呀！像这样天真的呼喊，在中国也许可以，一个欧洲诌诗的人要这样干一定要闹大笑话。"

锐幕萨实际可以说是欧洲第一个中文学者，下一代法国、英国、德国有名的中文学者，差不多都是他的学生。但是他对于中国文学的看法，并不算高明。即如他知道《玉娇梨》这一本小说，乃是由于两个传教士柏锐马（Pre'mare）、罗萨里（Rosalie）的介绍。锐幕萨向两位知道中国文学很少的传教士请教，就可以证明他自己知道的中国文学，真是有限了。锐幕萨是一个道地的法国人，法国人最讲文字训练的，拿法国人的眼光来批评《玉娇梨》，他发现这一部小说的长处，在文笔干净、清楚、漂亮。这本小说，还有一种长处合了法国人脾味的，

---

[1] Ju Kiao Li oder die beiden Basen, Stuttgart 1827.
[2] Heinrich Kurz: Das Blumenblatt, Einleitung, st Gallen 1836.

就是故事发生的地方是陈设得很漂亮的接待室。锐幕萨以为中华民族同欧洲一些民族，最先把小说弄到接待室里边来，他们表示给大家看，一本小说不一定要讲英雄好汉惊天动地的事业，不一定要讲圣君贤相的丰功伟业，它也可以讲文明人日常生活里边的小事情。近时德国莱城出版了一本吴卡毕勒（Fmma Wuttke-Bi-ller）翻译的书，就是锐幕萨法文本的节译本，简陋笨拙，远不及法文本。1827年就法文本全部转译的德文本，还比它好得多。

歌德读过的第三本长篇小说叫《花笺记》。1824年第一次由英人汤姆斯（Peter Prring Thoms）译成英文，1836年由辜尔慈（Heinrich Kurz）从中文原本译成德文。我们不知道作者是谁，大概也是明朝的作品，书里许多广东土语告诉我们，作者是一位广东人。书里面主要的情节同《玉娇梨》也差不多。全书用佳人才子题诗的花笺做线索。结果才子奉旨与两位佳人完婚，也并不是作者创造的事情。这一回侥幸没有丑角从中捣乱，只有严厉的双亲强行做主，几乎拆散了一对好鸳鸯。

但是《花笺记》同《玉娇梨》有一个根本不同的地方，《玉娇梨》是用散文形式写的，《花笺记》却是用韵文形式写的。一切在散文里不自然、不可能的事情，在韵文里大家都不会觉得，因为读韵文的时候，读者不十分注重它的意义；最要紧的是欣赏它的音节。《花笺记》里面的诗歌当然远不及《西厢记》《琵琶记》，但是作者却常常用和谐、美丽的文字，描写人物风景，有时作出悦耳的诗歌。最有趣味的就是书中人物的感伤主义。他们都好像小孩一样，一会儿快乐，一会儿悲哀，只要有机会就大流眼泪。如书里面的主人翁对他的爱人讲爱情的时候，他哭得那样地伤心，连站在小姐身旁的丫鬟也忍不住流泪。人物内心的变迁往往同自然风物相结合。月亮出来了，落花满地，鸟儿也不叫了，一切都悲哀了，因为情人走了。又过了好些时候，忽然一天晚上，在月光下边，无意中彼此相遇，彼此心里自然有说不出来的快活，但是一谈起别后凄凉景况，又免不了伤心，眼泪像长江一般地尽情倾泻出来。

这一部书虽然不是什么伟大精神活动的表现，总还算一本天真可爱的小书。很可惜的就是英文、德文的译本，都不能表现原文的美丽。英文是用韵文翻译的。汤姆斯既不是中文学者，又不是诗人，他的作品有许多缺点，然而他保持原文的风格比辜尔慈的散文译本还多一点。因为这一部书的精华，就在它的抒情诗，一翻译成散文，它的美丽就完全失掉了。

《今古奇观》也成书于明朝。印行的人根据了四部短篇小说集选辑出来的。第一部叫作《拍案惊奇》，第二部叫作《醒世恒言》，第三部叫《喻世明言》，第四部叫《警世通言》。除开《拍案惊奇》，大家常把其余三部书叫作"三言"。此外还有一部《今古奇闻》里面保存有《醒世恒言》的四篇小说，其余的书现在都完全失传了。[1]

这四部书里面总共包含有两百篇小说，现在流行的《今古奇观》却只存有四十篇。这部集子里边有好些在中国文学里最成功的短篇小说。它的内容很丰富，对于中国中等人家的思想、行动、生活风俗习惯，描写得尽情尽致。

第一次德文翻译的四篇小说，载在 1747 年杜哈尔德德译本《中国详志》中。1827 年，法国人德卫士把这杜哈尔德《中国详志》里已经翻译过的四篇，又重新从中文译成法文，再加上六篇共同出版，叫作《中国短篇小说集》。歌德曾经读的，就是这个译本。同年德国莱城（Leipsig）就出版了法文转译的改编本，这一个改编本非常之坏，因为改编的人不单是不懂中文，连法文都还没有闹清楚。德国第一个翻译《今古奇观》的重要的人，要算格锐塞巴黑（Eduard Griesebach）。他自己不懂中文，其大部分从伦敦博物馆东方部主任毕尔基（Samuel Birch）英文译本转译。1837 年，他写了一篇很有趣味的关于《庄子

---

[1] 《今古奇观》抱瓮老人序。

休鼓盆成大道》故事的起源，同他在世界文学史上传播的文章 Die treulose Witwe und ihre Wanderung durch dlie Weltliteratur，并且附带把这件事也翻译成德文。1880年他又出版了一部《今古奇观》，一共有四篇小说，《羊角哀舍命全交》《赵太君乔送黄柑子》《王娇鸾百年长恨》《庄子休鼓盆成大道》。1884年又出版了两本，其中有一本是《杜十娘怒沉百宝箱》。在他的注解里，他表示他很佩服《今古奇观》作者的道德，他拿西班牙最著名的小说家塞尔凡蒂来同他相比。塞尔凡蒂是很道学的。他曾经说："如果我的著作能够引起不道德的意志思想，我宁肯把我写文章的手砍掉，不肯把我的著作拿来发表。"格锐塞巴黑说："我们这位中国小说家也充满了同样的精神。"如果格锐塞巴黑知道，《拍案惊奇》在1868年因为有伤风化，被江苏总督明令禁止，恐怕他的意见，又不能不略为修改了。[1]

但是无论如何，格锐塞巴黑的心血并没有白费。他固然不懂中文，但是他自己的文章很好，而且对原文的风格有相当的领悟力，他翻译时很细心，他说他的翻译有"外交公文的准确"[2]。

还有许多《今古奇观》故事的翻译，散见在各本德文中国小说集中间。最有名的是屈勒尔（Paul kühnel）1902年的《滕令尹鬼断家私》《唐解元玩世出奇》两篇，[3] 1914年的《夸妙术丹客提金》《李太白醉写吓蛮书》《俞伯牙碎琴谢知音》等六篇。[4] 此外，还有1922年师左达（W·Strzoda）的《卖油郎独占花魁》和《赵太君乔送黄柑子》，[5] 1846年白特格（A·Böttger）的《王娇鸾百年长恨》[6]，1926年马

---

[1] 鲁迅：《中国小说史略》第232页。
[2] Griesebach: Kin Ku K'i Kuan, Literarische Notiz, Stuttgart 1880.
[3] Puul Kühnel: Das geheimnisvolle Bild und andere drei Novellen, Berin 1914.
[4] Puul Kühnel: Chinesische Novellen, München 1314.
[5] W. Strzoda: Derölhändler und die Blumenkönigin und die gelhenOrangen der Prinzessin Dschau, München 1922.
[6] Adolf Böttger: Die blutige Rache einer jungen Frau, Leipzig 1846.

锐客（Schiller Marmorecks）的《乔太守乱点鸳鸯谱》，[1] 1913 年格莱勒（Leo Greiner）的《灌园叟晚逢仙女》，[2] 孔（Franz Kuhn）翻译的《金玉奴棒打薄情郎》《滕令尹鬼断家私》《蒋兴哥重会珍珠衫》。[3]

屈勒尔的中文程度不高，他的翻译多少根据过伯魏（Theodre Pavie）[4] 和哈魏生登利（Le Marquis d'Hervey-Saint-Denys）[5] 的法文译本，还弄了许多的错误。汉堡大学汉文教授福尔克（A. Forke）曾经在一篇批评里边把法文、中文同德文对照，指出屈勒尔一些翻译的错误。[6] 但是屈勒尔对翻译的每篇东西都肯详细地介绍注解，总算卖了不少的气力。马锐客的书是从法人莫郎（G. Soulie de Morant）的法文本转译，白特格的是从英人师洛司（Sloth），真名是汤蒙（R. Thom）的英文本转译。格莱勒得了一位中国人邹秉书的帮助。孔同师左达都是从中文直接翻译，所以也比其他的稍好一点。

为什么大家喜欢翻译《今古奇观》，其中也有缘故。《今古奇观》的文字清楚，故事简单，题目也带普遍性，无论什么国家的人都可以读懂，它没有民族的界限，没有语言晦涩的困难。固然它里面故事移动的环境，是中国的环境，一切的风俗习惯是中国的风俗习惯，然而从根本人性方面来看，人与人的关系，无论世界各国都有共同的地方。《今古奇观》的作者不但在描写中国的事情，他还能超出中国环境、风俗习惯之上去表示人类普遍的关系。所以他的故事，不单是为中国人写的，也是为英国、法国、德国及其他世界一切民族写的。还有一个原因，就是《今古奇观》里边的故事都很短，翻译的人不费多少工夫

---

1 Schiler Marmorecks: Chinesisches Dekameron, Leipzig 1925.
2 Leo Greiner: Chinesische Abende, 1913.
3 Franz Kuhn: Das Perlenhemd, Chinesische Meister Novellen, Inselbücherei Leipzig.
4 T·Pavie: Choix de Contes et Nouvelles, Paris, 1839.
5 Le Marquis d'Hervey-Saint-Denys: Trois nouvlles chinoises, Paris 1885. Six Nouvelles, Paris 1892.
6 Ostasiat. Zeitschrift S. Jahrg. Okt.-Dez. 1914 S, 378–379.

就能够把它译完。因为这两层关系，所以德国翻译中国小说的人总不断地去重新选译《今古奇观》。我们希望有人能够把《今古奇观》里面四十篇故事完全译成西文，对中国民俗的研究，对于世界文学，都能够有很大的贡献。

《今古奇观》已经译成德文的短篇小说，最好的要算《乔太守乱点鸳鸯谱》《滕令尹鬼断家私》《卖油郎独占花魁》《俞伯牙碎琴谢知音》。《乔太守乱点鸳鸯谱》这个故事表现中国中等人家的心理生活，真是活灵活现。一对老夫妻有一儿一女，两人都已经同旁的人家的儿女订了婚。儿子病了，有性命的危险。老夫妇相信如果替他完婚，替他冲一冲喜，也许他的病就可以痊愈。但是他们的亲家母却知道了他们的计划。她当然不愿意把自己聪明美貌的女儿嫁给一个快死的丈夫，将来守活寡，但是女儿既然订了婚，就算是人家的人，人家一定要接，她也没有好法子推辞。后来她出了一个巧妙的方法：她把自己的已经同别人订了婚的儿子，男扮女装，代替他姐姐出嫁。他们两兄妹样子素来很相像，所以装扮起来，一点也不露形迹。他母亲的意思以为，如果她的女婿病好了，她随后可以再把真的女儿换过去，万一不幸她的女婿病死了，那么这个假新娘可以回来，她的真女儿始终没有出嫁，以后要再嫁别的门户也很容易。两家什么都预备好了，花轿把假新妇抬进门了，但是新郎病得起不来，没有人拜堂，怎么办呢？新郎的母亲忽然异想天开，把她自己的女儿叫去替她哥哥交拜，所以他们一男一女，居然双双地拜了堂。她母亲还恐怕美中不足，想做得更像一点，叫她的女儿晚上去陪新娘子过夜。

后来入洞房，一切的秘密都揭穿了。这一对小儿女，彼此性情相合，胶漆相投，他们一声不响快乐地过了十几天。到后来真正的新郎病忽然好了。假新娘看见事体不对，想立刻回去，但是又舍不得这位女子，女子也舍不得他。有一天他们两人在房间里伤心痛哭，被女子的母亲撞见。她母亲十几天以来，看见他们两人彼此的态度，已经觉得形迹可疑，现在又看见他们痛哭，心里才明白了一切，气得要命。假新娘连忙把女装改换，跑回家中。男家去告状，女家也到堂。同时已经同这一对小儿女订了婚的两家，听见这个消息，也到公堂告状，一定要退婚。他们凑巧遇到了一位贤明的太守，下了一个公平满意的判断，四对男女，都结了美满的婚姻。这个故事不但人物生动，情景逼真，而且充满了滑稽的趣味，新鲜的空气，最可称羡的，就是全部玲珑紧俏的结构。

《滕令尹鬼断家私》讲一个告休的官员。他家资富有，他的妻子早逝，只有一个儿子。他那时已经七十岁了，忽然对一位年轻的女子产生了爱情。他想要同她结婚，但是他的儿子反对，自然是因为后母或者兄弟将来会分他应该一人继承的遗产。这位七十岁的老翁明明知道他儿子不愿意，然而他自己太爱这位女子，结果还是同她结了婚。这一场父子间的冲突，读起来极悲惨动人。

《卖油郎独占花魁》是一个爱情的故事。中间描写一个极贫寒的卖油郎，因为他为人诚实可靠，百折不回，居然能够娶得最美丽的女子。《俞伯牙碎琴谢知音》讲两位最好的朋友，一位最会弹琴，一位最会听琴，后来听琴的人死了，弹琴的人把琴摔碎，因为世界上再找不出一个那样了解他的人。《今古奇观》还有好些美丽的故事，可惜还没有翻译成德文。

3 中国历史小说对于德国文学的影响

照严格的说法，中国人没有"史诗"，像希腊的《奥地塞》[1]，德国的

---

[1] 现通译为：《奥德赛》。——编者注

《里北龙恩》¹，中国从来就没有人写过。代替史诗的位置的，中国人只有许多的历史小说，或者叫"演义小说"。从上古起一直到现在，差不多每一个朝代，都有一部或许多部历史小说来代表它。中国历史小说最著名的自然要推《三国演义》。它讲中国3世纪历史上的事情。当时盗贼蜂起，群雄割据，汉家天下，被闹得乱七八糟。几年以后，分成三国，彼此差不多势均力敌，谁也不能灭掉谁。那个时候，是中国历史上最紊乱的时期，同时也是中国最出人才的时期。中国历史上，从来没有在同一个朝代，出了这样多的英雄，从来没有这样多的英雄，在一般的平民脑海里遗留下更深的印象。他们死去不久，民间就发生了许多的传说，这些传说，渐渐演绎成故事，以后编成戏文。三国历史上的人物，好些都被当成了神圣，立起庙宇，塑起神像来供奉。关于他们的故事剧本，也流传散布到全中国，到元末明初的时候，出了一位有天才的小说家，把这些零碎的材料，增加减少，写成一部不朽的演义。正如荷马把希腊以前关于英雄的零碎故事组织成两首伟大的史诗一样，罗贯中对中华民族也做了同样的工作。在国民心理影响上罗贯中同荷马是一样地伟大的。中国虽然没有史诗，《三国志演义》里的英雄在中国无人不知、无人不晓，就连没有读书识字的农人、工人，你同他们一谈起刘、关、张、诸葛亮，他们立刻就可以告诉你许多的故事。所以《三国演义》可以算我们的《伊利亚》《奥地塞》，罗贯中可以算我们的荷马。

1845年，法国人伯魏（Th. Pavie）把《三国演义》一部分翻成法文。²1925年，英国人泰罗（C. H. Brewtt Taylor）把《三国演义》全部翻成英文。德文里边，只有汝德伯格（Hans Rudelsberger）零碎地翻译了一些故事，但是错误遗漏甚多。³

1　现通译为：《尼伯龙根之歌》。——编者注
2　Th・Pavie: San Koue' Tchy, Histoire des trois royaumes, Paris, 1845.1.
3　Hans Rudelsberger: Chinesische Novellen Leipzig 1914.

另外还有一本历史小说是《东周列国演义》,没有《三国演义》写得那样好,但是里边也有许多饶有兴趣的故事。书里开头两章讲周幽王宠褒姒,把周家的天下几乎失掉了的事情。1875年,柏林东方语言研究院汉文教授亚林德(C.Arendt)把这个故事第一次翻成德文并命名为《褒国的美女》。亚林德精通中文,他的翻译,处处都不苟且。他把原文的意义了解清楚,翻译时每一个字都十分地斟酌。

在亚林德那里皮尔包(Otto Julius Bierbaum)学过一点汉文,因此他知道这个故事。他感觉很有兴趣,因此他把亚林德翻译薄薄的几页,演成了一本二百多页的长篇小说。此外还有两位零碎翻译《东周列国演义》的是格锐勒和孔。1913年,格锐勒翻译了《东周列国演义》里边七段,收在他出版的《中国夜谭》里边。七段故事是:孔子降生、吹笛的人、龙涎的女、重耳与姜、张仪、朋友、亡国之音。这些故事都缩短得很厉害。尤其是《龙涎的女》,就是亚林德翻译的《褒国的美女》,异常的不完全。孔在他出版的《中国短篇小说杰作集》里也翻译褒姒的事情,但取一个新名字,叫《不笑的女人》。格锐勒有中国人帮忙,孔却利用亚林德的翻译。头一首诗,两人的翻译完全一字不差,此外还有许多同样的字句。孔把这个故事也缩短了好些,里边两位官员召虎和赵叔带,孔把他们合并成赵叔带一人。他自己说,他不为"一打的同行专门家,乃是为多数受过教育的读者"翻译。[1] 他的翻译老是改窜遗漏,他常常想到他德国多数的读者,他希望他的翻译能够受一般人的欣赏,当然他的工作因此也就不能算学者的工作。

最有趣味的要算皮尔包改编的小说《褒国的美女》。她展示给我们一个从来没有到过中国、不知道多少中国文化的德国人,他想象中国是个什么样子。作者自己老实地承认他自己不知道多少中国东西,但他也不想努力去写一部真正能够代表中国文化的小说。他只想写一本

---

[1] Fraz Kuhn: Kin pin Mai, Nachwort S. 19, Leipzig 1930.

有趣味的书，借此可以随时随地开玩笑。我们一翻开书，看头一篇献文，就令人奇怪。作者极力想说俏皮话，但是装模作样地闹了大半天，结果一点也不俏皮。他的序文比较好一点，中间说了几句话很滑稽有趣。他说："褒国美女的故事在中国属于'野史'一类的文学。这一类的文学就是一种历史小说，中间真正历史的事情比我们习惯的历史小说，来得显明一些。……我曾经……很勤劳地、很快活地努力去把原来的'野史'还弄得更'野'一点。至于到底哪一些野事情是中文的，哪一些野事情是我创造的，这是一个专门考据汉文学者一个太美丽的博士论文题目，我在这里不应该预先泄漏了。"

这一个故事的题目，令我们回想到希腊的悲剧。周朝的运命在许多年前已经早就决定了，没有一个人可以救得了它。皇宫中的宫女看见龙涎，立刻就身怀有孕，四十年后生出一个女孩。皇帝听见民间小儿歌谣的警告，想法子去防止周室的倾覆，叫人把新生的女孩杀了。谁知女孩抛在水里，却被人救起来抚养，后来长得十分貌美，皇太子非常地喜欢她。登了基后把她升为皇后，眷恋美色，不理朝政，终于国破身亡。一切的事情，都照着许多年前定的运命一步步地实现。

像这样的材料，自然很可以改编成一部伟大的著作。如果遇着了一个真正有天才的文人，不愁不会有相当的成功！但是皮尔包却没有做到，也许他已经有了适当的才能，不过他却没有适当严重的态度。他处处想开玩笑，我们读他的献文序言，就可见一斑。这个题目根本就是一个悲剧的题目，作者应该写出上天前定的运命，同人类坚强意志的斗争，结果人类却悲惨地失败。这中间最不宜开玩笑，因为一开玩笑，立刻就会减少悲剧的力量，破坏了严肃的空气。皮尔包根本就没有认清题目，所以他把悲惨的事情变成他滑稽的工具，严重的问题变成调笑的文章。至于从全书形式来说，也不能表现中国的小说，只能算欧洲印象主义的代表。皮尔包描写的不是真正的中国，只是欧洲的人打起中国人的招牌。他常常努力去形容一件东西，谁知恰好写出相反的意义。如幽王的"幽"字，本来指一件黑暗的东西，因为周幽王生前昏乱无道，所以死后得了这样一个谥号，皮尔包在他的小说里却说："他自己取名叫作幽，'幽'的意思是'美'，但是如果一个朝廷政令不美，就算有美名字又有什么用处呢？"[1] 书里边的人，常常讲法文，[2] 常常像西洋人那样临行时用手掷吻[3]，晚上喜欢披发裸体在房里走来走去。皇帝把手腕给皇后，把她带到写字台前说："我亲爱的人，写中国字不是这样容易一回事。"[4] 最后的一幕，作者把皇后弄在高楼上站立，完全裸体，对着千万的兵士，这种景象在中国是绝对不可能的事情。

另外一部在德国文学产生过影响的中国历史小说是《水浒传》。这部小说是在14世纪罗贯中或者施耐庵集合许多流传的故事，增减组织，写成功的。《水浒传》在中国很流行，里面许多人物故事，一般平民都知道。这部书虽然平民化，仍然不失为第一流的小说。书里面写一百零八条好汉，各人有各人的身份、口吻、思想、行动。作者是一个极有天才的小说家，刻画人物的本事，最见长的，就是他常描写两个性格差不多相同的人，再去显出他们性格微细的分别。如武松和石秀要算全书里最精彩的个性比较刻画了。全书结构集中于中心题目"官逼民反"。这些好汉都有过人的本事，但是受贪官污吏的压迫，不能够替天子效力疆场。他们或者穷得没有饭吃，或者被人陷害，丢监充军，或者路见不平，拔刀相助，拖了官司东逃西走；还有其他种种原因，都一一地被强迫着走上了绿林的道路。他们做强盗同别人做强盗不同。他们最讲义气，最有良心，专门打富济贫，替天行道。他们的首领叫作宋江，宋江在历史上是真实的人物。他身材短小，论武艺还赶不上其他的弟兄们，但是他为人机变，懂得部下的心理，他知道

---

1 Bierbaum: Das schöne Mädchn von Pao, Stuttgart 1922 S. 44.
2 A.a.O.S.72 ff und S. 90.
3 A.a.O.S.79 und 206.
4 A.a.O.S.89.

怎样去驾驭他们，所以宋公明三字，就成了梁山泊好汉的象征。

《水浒传》还有一些零碎的翻译，载在汝德伯格的《中国短篇小说集》里边。他的翻译，照例都缩短遗漏了很多，完全失掉了原书本来的面目。1904年，客尔因（Maximilian Kern）出了一本书叫《鲁达上山始末记》，把《水浒传》里面关于鲁达的故事全数翻译出来，集成一册。鲁达是《水浒传》最有趣味的人物之一。他起初是一个军官，后来却变成了一个勇敢的强盗。他的性情激烈，见义勇为，最肯帮助受压迫的人。因为要救一个无辜的女子，他三拳打死了恶棍，逃走他方，改名换姓去当了和尚。他那样的性情，平平安安地出家，自然是办不到的事情，所以进庙以后，闹出许多的笑话。但是作者在这里不单是在讲笑话，而能在滑稽事情里边表示佛家深沉的哲理。他描写庙里的方丈真是一个最糊涂不过的人，同时也是一个最聪明不过的人。这种双管齐下的妙处，翻译的人似乎还没有看出来，所以他称《水浒传》为"滑稽的小说"，其实《水浒传》全书内容丰富，固不懂滑稽。至于翻译的人，说金圣叹曾经续了五十章《水浒传》更是凭空杜撰了。[1]

此外还有一本就《水浒传》里一部分故事改编成功的一本德文小说是额润斯苔茵（Ehrenstein）1927年出版的《强盗与兵》。如果客尔因只发现《水浒传》中滑稽的成分，额润斯苔茵却只发现它激烈反抗革命的成分。《水浒传》固然是一部反对政府的小说，但是作者是一个第一流的作家，他描写的不仅单单是一个革命的题目，他的书也绝对不是一本浅薄无聊、鼓吹社会主义的宣传册子。他对宇宙人生有深刻的了解，他的个性描写有奇妙的手段。虽然他的命题带激烈的色彩，他自己却时时保持客观镇静的态度，有这种态度所以他能观察人生，写出伟大的作品。额润斯苔茵完全没有看清原作者的天才。他以为《水浒传》不过是一些零碎的民间传说，中间也有些很好的材料，但是

---

[1] Maximilian Kern: Wie Lo Ta unter die Rebellen kam, Leipzig 1904, Einleitung.

这一些材料，还没有经过一位大手笔的文人淘汰配置，做成一件完美的艺术品。因为这个缘故，所以他在《水浒传》里随便找了一些故事出来，颠倒改窜，要想去重新创造。殊不知《水浒传》作者的本事本来就远在额润斯苔茵之上，《水浒传》已经是一本伟大的作品。额润斯苔茵用不高明的手腕，把一件成功的美术品打烂以后，想再去创造一件新的，所以结果可怜得完全失败。

额润斯苔茵自己不懂中文，他认识了一位中国学生，这位中国学生零零碎碎地从中国小说里翻译了一百多段故事，把译本交给他。额润斯苔茵从这些零碎片段里，知道了《水浒传》，至于《水浒传》全书，他从来没有机会读过，这就是他为什么误会把《水浒传》当成一集零碎的民间传说的原因。他说他努力去把原书的"情节激烈地变简单，把故事集中到一个中心人物，这样原书就有了原来没有的统一的结构"。[1]

额润斯苔茵小说的英雄是武松。书里面一切的故事都围绕着他发生，他应该是全书的中心人物。但是所谓真正艺术的统一联系，额润斯苔茵却完全没有达到，书里的情节同全局并没有密切结构，没有不可分离的重要，没有同主人翁精神发展有必需的关系。全书好像一本名人传记，作者只是一件一件事情地叙述，并没有把这些事情组织起来。其实要像这样替武松做一本传记，也就用不着额润斯苔茵的删节改窜，因为他只消把《水浒传》里边一切关于武松的事情，翻译出来，集合发表，已经就很够了。客尔因翻译《鲁达上山始末记》，就是用的这种方法。这样岂不是省事得多吗？额润斯苔茵又何必一定要那样"可怜无益费精神"呢？

但是额润斯苔茵做的事情还不止此。他把武松生平最精彩的部分，遗漏不讲，偏偏把几位其他梁山泊好汉的故事改名换姓，加在武松一人身上。

---

[1] Ehrenstein: Räuber und Soldaten, Herlin x.927, Nachwort.

武松是《水浒传》全书里最精彩的人物。他聪明、勇敢、正直、光明；他是中国男性理想的代表；他是一位处处不由不令人肃然起敬的豪杰。他不像鲁达、李逵那样简单，不像石秀那样阴险，不像林冲那样良善，他同梁山泊任何好汉的性格都不相同。他的一切言语、思想、行动，都表示一种特别的气概。所以武松打虎同李逵打虎迥然不同；武松杀嫂同石秀杀嫂也毫不一样。林冲充军可以受差人的虐待，后来如果不是花和尚从野猪林跳出来，早已经一命归阴，但是武松充军，押他的差人一点不敢惹他，简直对他没有办法。像这些深刻个性的描写，在额润斯苔茵的小说里，完全看不见了。他生拉活扯地把六七个好汉的故事，强派在武松一人身上，因为他想要得所谓"统一的结构"。

从个性鲜明的英雄变成与众相同的角色，从有血有肉的生人变成了人动亦动的木偶。并且把许多人的故事集到武松一身，武松因此有了许多矛盾的性格，无论在小说在实际人生中，都简直是一个不可能的人。如一个中国人简直不能想象，武松也会伤心痛哭，跪倒求命，被戴宗用神行法骗得苦口叫饶。尤其是不可能的，就是武松忽然会吟一首白居易的诗。[1] 武松为什么要吟诗，自然是因额润斯苔茵最喜欢白居易，曾经间接转译过许多白居易的诗，所以借这个机会，勉强拿一首来凑进去[2]，至于适不适合武松的性格，他却管不了许多。

我们如果去研究额润斯苔茵本人的性格，一切的情形，就都明白了。额润斯苔茵是一个曾经受过深沉刺激的人，他生性又富于激烈的情感，所以他对人类、社会、国家常常都怀恨与攻击。他寂寞悲哀，反对战争，反对政府，反对世界一切，甚至于反对自己。如《人类叫喊》云：[3]

---

[1] A.a.O.S, 287.
[2] 额润斯苔茵曾经就英法德文重译过许多白居易的诗 l'eGLo Tien 1923Pei Tschü-I 2924.
[3] 见 Soergel: Dichtung und Dichter der Zeit; Im Banne des Express-ionismus, Leipzig 1927 S.457ff.

> 哀哉我人类，
> 百链束其身，
> 周遭尽魑魅，
> 逼我入兽群。
> 对己痛诅咒，
> 胡来此世生！
> 天昏复地黯，
> 不见有光明。

又如《白的时间》：

> 万物皆真，
> 世界独幻。

最能表现他的态度的，莫过于《红的时间》：

> 对汝作誓言，
> 践踏此城市！
> 对汝作誓言，
> 摧陷各城市！
> 对汝作誓言，
> 机械捣如沙！
> 对汝作誓言，
> 毁坏汝国家！

额润斯苟茵没有《水浒传》作者那样冷静客观的本事，所以他自己的作品，只是一味地激烈叫喊。他在《水浒传》里只看见革命的成分，在改编的时候，只把革命成分放在小说中间，这当然是最自然不过的事情。他并不要个性十分深刻的人物，只要他是一个杀人不眨眼的强盗，劫富济贫的英雄，他已经就可以"借他人的酒杯，浇自己的块垒"了。我们读额润斯苔茵改编的《水浒传》，不由我们不联想到德国 17 世纪的戏剧家格锐甫渥斯（Andreas Gryphivs）改编莎士比亚的《仲夏夜之梦》。在 17 世纪的时候，德国人并不了解莎士比亚。格锐甫渥斯读《仲夏夜之梦》只赏识里边工人演戏一段，滑稽有趣，特别把这一段延长改编成一本戏剧叫《彼得师崐司》（Peter Squenz）。格锐甫渥斯当时自然很得意，因为他把莎士比亚没有写成功的东西补完美了，殊不知莎士比亚的本事远在他之上，他班门弄斧，只引起后人的笑话。额润斯苔茵的《强盗与兵》与格锐甫渥斯的《彼得师崐司》差不多也一样的，因为一个只认识《水浒传》革命的成分，一个只认识《仲夏夜之梦》滑稽的成分；两人都不了解原文，想去增进改良它；但是结果两人都同样地失败。

还有两本不甚重要的中国历史小说，翻译成德文的是《二度梅》《正德游江南全传》。前一部小说的作者，我们不知道，后一部小说的作者，我们只知道他别名梦梅。两本书的材料，都是明朝的历史，两本书在中国都很少有人注意。《二度梅》在 1880 年已经被法人毕锐（Theophile Piry）全部译成法文。[1] 全书共 40 章，法文译本约 670 页。孔的德译本，把它缩短成 24 章 317 页；[2] 法文本里边有极详细的注解，孔却完全没有。这本小说，严格说起来，实在没有多少价值。书里一切重要的情节都是不自然、不可能的，无论形式还是内容都没有多少可取的地方。里面的人物，活像木偶，没有生气。作者勉强地把书中的主要角色，弄去过一些不近情理的难关，结果却来一个大团圆。有时故事讲到了绝境，作者想不出办法，只有把观音菩萨请出来解决。

---

1 The'ophile Piry': Erh-Tou-Mai ou les Pruaiers Merteilleux, Paris 1880.
2 Franz Kuhn: Die Rache des jungen Mei, Leipzig.

1843年，《正德游江南全传》被一个中国人秦成翻译成英文。秦成是英国有名的汉文学者勒格（James Legge）的学生。勒格起初想叫他翻译《书经》，但是因为他中英文程度不够，所以先拿这一本小说出来叫他练习翻译。他越翻译越感觉兴趣，后来居然把全部翻完了。出版后的同一年，德人林岛（W. A. lindau）就根据英译本，把它译成德文。[1]

全书大部分讲正德时宦官专权、宦官同朝里正人君子的冲突，这固然是历史上的事情，但是这一本书鄙陋可笑，绝不能如勒格所说是当时"中国朝廷、皇帝地位的一幅写真的图画"。里面的人物，都是分类的角色，不是有鲜明性格的个人。里面的情节，多半都没有可能性。如丁勇同宦官争斗，触阶而死，他的公子、小姐听见，杀进宫廷，把执卫的人通通杀死，杀完以后，却安全地逃走他方。像这一种情节，就可以证明这一部书里有多少历史上的真事，值得勒格那样去推崇它。

最后还有一本讲中国近代事情的小说《上海繁华梦》，作者托名叫作"海上说梦人"。孔在1931年把它翻成德文，取名叫《张女士》。上海是全书的背景，从女主人翁身世的遭际，可以看见近代中国大体的变迁。

4 中国神怪小说的翻译

中国有一类的小说，专门讲神仙鬼怪。它们来源于民间的传说、佛教与道教的神话和作者的想象。这一类的小说，对了解中国平民的宗教和戏剧十分重要。它带领我们到超自然的境界，告诉我们奇妙的事情，引起我们丰富的幻想。它们的世界同儒家不语怪力乱神的光明

---

[1] W. A. Lindau: Streifereien des Kaisers Tsching-Tih, Leipzig 1843. each der englischen üherestzung von Tsin Schen.

世界完全两样。这类小说里最重要的有三部书：《封神演义》《西游记》《聊斋志异》。

《封神演义》的一半被德国汉文学者格汝柏翻译成德文，他死以后，他的弟子密勒（Herebrt Muller）在1912年替他校订出版。格汝柏是一个头脑最清醒的人，他还富于对不同文化的深入了解力，他对中国哲学、宗教、文学常常有惊人的见解。他《封神演义》的翻译，是德国中国学问界里边不朽的工作。只可惜他死得太早，没有把全书翻译完。

全书故事的背景，在基督纪元前1154到1121年。它讲商朝怎样灭亡，周朝怎样兴起。商朝最后的皇帝是一个暴君。为解除百姓的痛苦起见，武王兴兵去同他大战。因为那时中国的历史还是半神话，所以我们也不晓得究竟当时战事如何。不过无论如何，《封神演义》与其说是历史小说，不如说是神话小说，因为里边实在没有多少真正的历史。许多神仙鬼怪，都来加入两边打仗。不但在地上，连天空中都有激烈的战争。经过了许多困难以后，武王终究战胜了商朝，创造了周家八百年的天下。最后把在阵上交锋死了的英雄好汉，一齐由元始天尊下诏，命姜子牙封他们为神人，所以书名叫作《封神演义》。

虽然这一本书是由许多民间的传说、佛教与道教的神话改编串合，作者却能够有驾驭这复杂材料的本事。他凭他伟大的想象力，把一切的神仙鬼怪组织成一个有系统、有来源、头头是道的神话世界，自从这一个神话世界组织成功以后，差不多就成了中国定规的解释，对民间宗教信仰、风俗习惯、戏剧传说产生了伟大的影响势力。作者真是神话小说的能手，一切都很生动逼真，读者一点不觉得不自然，真实与超真实的界限，有时简直分不清楚。文章的风格也严重而有力量。

《封神演义》是道家神话的总汇，至于佛家神话的总汇却是《西游记》。这一本书讲唐玄奘到西天取经，路上遭了七十二难。但是因为他有三位道法高强的徒弟，所以沿途虽然有无数的妖魔鬼怪来侵犯他，他却处处都能够逢凶化吉，遇难成祥。他的大徒弟是一个猴精，二徒弟是一个猪精，三徒弟是一个水怪。书里头一部分讲孙猴子大闹天宫的事情，卫礼贤曾经把它译成德文，收在他《中国民间神话》里边。《西游记》确乎是一部奇妙的作品。作者的想象力真是惊人。书中固然也有从佛教、神话借来的材料，但是本书作者吴承恩（约 1500—1582 年）在材料方面也增加了不少，而且把全部的故事，熔铸成功一部伟大的作品。书中的人物虽然是神仙鬼怪，但是个个都带人性，作者常常借神仙鬼怪的遭际行动来嘲笑人类的弱点。

很可惜，不但在德国连在欧洲都还没有《西游记》完全的译本。英人李提摩太（Timothy Richard）写了一本提要。他极力想去证明，这部佛教、神话的作者吴承恩，是一个受了感化的基督教徒。他说："在这里我们有佛教里基督教兴起最浪漫的历史。"[1]

李提摩太这样牵强附会的结论，代表西洋汉文学者一个方向，却往往因此闹出大笑话来。也许要了解中国文化，我们用不着毫无根据地推想假设，我们最需要的乃是正确的翻译介绍。李提摩太的工作，对我们没有多大用处，但是卫礼贤的《中国神话集》倒可以算得一种有价值的贡献。他从许多小说、杂记、民间传说里选译了这一集神话。关于民间传说，有好些是他亲耳听见、亲笔记下来的。他所用的书籍有：《三国志演义》《聊斋志异》《西游记》《唐代丛书》《神仙传》《搜神记》《阅微草堂笔记》《今古奇观》《东周列国演义》《史记》《神异经》《明皇杂录》《封神演义》《穆天子传》及其他。就这些书名可以想见卫礼贤涉猎范围的宽广，同时也可以见到中国神怪小说内容的丰富。

关于鬼怪的故事，最重要的就是《聊斋志异》。作者蒲松龄生于 1640 年，山东淄川（今属淄博）人。他十九岁入学，文名就很大，连当时最著名的诗人王渔洋都称赞他。他的著作很多，但是最著名的还

---

[1] Timothy Richard: Si yii Ki, Shanghai 1913, Introduction.

是《聊斋志异》。稿成后，没有印行以前已经到处传诵，凡是读过的人莫不钦佩他。他死了许多年以后，他的孙子才在1740年把全部稿子刊行出来。希密忒（Erich Schmitt）在他译本序文里所讲关于蒲松龄生平的话，大半都是没有根据，凭空乱说。如他说："在满洲开基的时候，蒲松龄的名字从来没有人知道。"《聊斋志异》"只是稿本在少数的朋友间流行。他同时期的人好像都不重视他，或者简直不了解他"。其实蒲松龄早就有名誉，用不着等到1740年他的《聊斋志异》出版以后，像希密忒所说才"一下"知名。诚然，蒲松龄也曾经考过功名，但是并不能证明他"渴想地去争取势力名誉"，后来因为争不着因此"失望"甚至于"饮恨"，退回私人的生活。如果我们要读《磁州县志》，我们可以发现蒲松龄为人恰好同希密忒所说的相反。那时他虽然已经很有文名，他却退回来，想精研"古文"。"古文"比"八股文"自然自由得多，但是不作"八股文"就没有法子考科举。蒲松龄抛弃八股文，正是他无意功名的表示。他知道，如果要写小说，绝不能用八股文，不抛弃八股文的枷锁，没有法子做创造工作。

这部书的长处，第一在它精当美丽的文章，第二在它奇怪有趣的故事。它是用古文写成功的。古文在中国虽然有几千年的历史，蒲松龄却是第一个人很成功的用古文来写小说的人。凭他的天才，古文成了表情达意、描写事物纯熟完美的工具。他文章用字的精当，音节的和谐，含意的深远，值人吟味，后来许多仿效的人，都不能望其肩背。至于全书里四百多个故事的内容，就更丰富了。里面讲的都是很奇怪的事情，各种花草树木、飞禽走兽、妖精鬼怪都能变人形，能吐人言，同人发生种种关系。因为他们的情感、思想、行动同人类一模一样，所以读者也不觉得他们不自然，对于他们的喜怒悲哀，往往也不免发生极深挚的同感。自然和人类，阴间和阳间，中间差不多没有什么隔阂分别。

欧洲第一位翻译《聊斋志异》的重要的人是英国汉文学者介尔斯。

1909年他选译了许多故事，题名《中国书斋奇怪的故事》，以后欧洲翻译《聊斋志异》的人，多少总借重、依赖他这本翻译，并以此为蓝本。德文里收集得比较多一点的有两种译本：一种是布伯（Martni Buber）的《中国鬼怪爱情的故事》，1922年出版；一种是希密忒蒲松龄《聊斋志异》，1924年出版。此外，屈勒尔[1]、汝德格伯[2]、塌尔[3]还有其他许多人翻译出版的《中国短篇小说集》，里面选译有许多《聊斋志异》中的故事，但是大部分错误甚多，因此也不甚重要。汝德伯格同塌尔的翻译，尤其遗漏得厉害。

有一部叫《平鬼传》的小说，没有什么艺术上的价值，但是要了解中国平民相信的一位神祇，却非常重要的。从前同济大学的教授，德人锐芒（Du Bois-Reymond）曾经把这部小说，逐字逐句地细心翻译出来。他的翻译也不过一百多页，却花费了三年工夫。他想弄出一本一点没有错误的翻译本，所以他费尽了所有的气力。在序文里他说："我曾经竭力不仅去表示原文大概的意思，并且要表示原文每字每句的声音同它的形状。"他并没有说假话，他的译本，可以证明他曾经的确这样努过力。

《平鬼传》里面的主人翁叫钟馗，他是唐朝的一位文人。他卓越的文才同丑陋的面目，恰好成鲜明的对比。他丑陋简直到了十二万分，无论什么人看见了他，都要骇得伸舌头。科考的时候，他进京会试，考了头名状元。谁知到传见的时候，皇帝看见他丑陋的样子，几乎骇破了胆，因此想不点他做状元。他的气性可不小，把殿前侍卫官的刀抢过来，向咽喉一勒，立刻就没有了性命。他死了以后，皇帝叹息，但是懊悔已经来不及了。后来想出一个办法，封他为捉鬼的神圣，叫他把天下的鬼怪完全扫尽。从这个开场的故事以后，作者进而叙述钟馗同鬼打仗

---

[1] Paul kühnel: Chinesiche Novellen, München 1914.
[2] Hans Rudelisberger: Chinesische Novellen, leipzig 1914.
[3] Wilhelm Thal: Chinesische Novellen, Berlin, Eisenach, Leipzig 1900.

的情形，最末他高兴地告诉我们，从此以后世界上没有鬼了。

作者没有像《封神演义》《西游记》作者那样丰富的想象力，所以他不能把神话里面形像，灌进新鲜的生命，他描写了半天，结果还是几个空名字。这本书完全谈不上什么艺术上的价值。但是它却是一本解释平民信仰的重要的书。钟馗有捉鬼的本事，在中国是人人知道的。许多人家里，都供奉有他的画像，甚至于画钟馗都成了一套专门的技术。一般平民一有疾病就疑心有鬼捣乱，就去向钟馗祷告，许钟馗雄鸡猪头。这些迷信，我们如果不读这本小说，就不能清楚明了。从这一点来说，锐芒的翻译总算一种贡献。

5 《金瓶梅》《红楼梦》的介绍

中国小说里边写实的也不少，但是完全客观、科学、准确，有无顾忌的勇敢，如自然主义者左拉所写那样的作品，却不多见。中国的小说家，总是喜欢有一个教训，完全自然的仿效，他们以为没有意义。甚至于许多的淫词艳语，都逃不了劝善惩恶的意思，而且往往因为浓厚的道德观念，减轻了作者质直无饰的胆子。只有一部重要小说的作者，算是例外。中国本来就无所谓自然主义，如果要勉强加上中国这一个名词，那么《金瓶梅》的作者，很可以算是中国自然主义唯一有力量的代表。

书名《金瓶梅》系取自书中三位女角的名字拼凑而成，金是潘金莲，瓶是李瓶儿，梅是春梅。许多人都说这一部书是明朝王世贞（1526—1590年）作的，但是没有确切的证据。多年以前。德国的汉文学者嘉伯伦慈（Hans Conon Von der Gabelentz）就已经把《金瓶梅》全部从满洲文转译成德文，但是他的翻译，一直到现在，因为种种顾忌，还没有出版的机会。[1] 第二次翻译的人，是克巴忒（Arthur Kibat）。他在1928年翻译出版了十章《金瓶梅》，以后就中断了。他的翻译很仔细，很有科学的精神，可是他的中文程度，似乎还不十分高明，如柳下惠那样有名的人物，他却把他译成"柳下的惠君"，把"柳下"弄成地名、"惠"弄成人名就是明例。[2] 书里凡是淫亵的地方，他都留空，注明因为"风化"的关系，但是他在注解里详细告诉我们，他遗去了多少行数。最近翻译《金瓶梅》的人是孔，他在1930年把全书缩短删节，翻译了一半后印行出版。因为《金瓶梅》原文很长，所以孔的译本虽然才一半，已经有49章，950页。译者的勤勉颇值得人佩服。但是他的翻译，第一层不完全，第二层仍然不能表达原文的好处，而且他随处只要遇着艰难地方，就任意删节，以致原书本来面目因此大受损失。

翻《金瓶梅》之所以困难，是因为原书作者用字遣词太精当，翻译的时候，如果不能找出相当恰好的词句，意思就完全改变。每一个字，作者好像都曾经用天平来称过的，不轻不重，恰到妙处，又好像放在炼金的炉里炼过的，锋利绝伦，深刻无比。至于对话更字字逼真，语语传神，人物个个都形象生动，栩栩如生，一切大小情节同实际生活完全一样，甚至于在淫乱的情景，各人都能保持各人的性格，各人有各人的身份。因为个性描写既然有这样深刻，所以结果自然各人有各人的口吻，在翻译的时候，要找种种不同的讲话的形式，事实上当然是非常困难的。我们不知嘉伯伦慈究竟有多少把握，但他既然是转译满文，恐怕已经就有几分靠不住。克巴忒同孔的德文译本，还不能当作真正《金瓶梅》翻译的代表。

书里面的主人翁叫西门庆，他的名字早已经在《水浒传》里出现过。他同武大的妻子潘金莲勾搭，毒死亲夫的事情，《水浒传》也已经

1　Wilhelm Grube Geschte der. chinesichen Literatur.S.431.
2　Arthur Kibat Djin Pin Meh, Engelhard 1928.S.12.

讲过了,我们很奇怪《金瓶梅》的作者,那样有本事的一位小说家,却把《水浒传》里这几章书整个地借过来,做他自己小说的开场。照《水浒传》,武松回来,知道他哥哥武大被潘金莲西门庆毒死,立刻就把他们两人杀了,连牵线的王婆都没有活命。《金瓶梅》的作者却想法把他们三人的性命救起来,说武松到酒馆,没有找到西门庆却把一位不相干的人误杀了,因此拖了官司,充军到旁的地方去。

西门庆既然有了活命,也就安闲地同潘金莲继续生活,后来索性把她娶回家作第五房的姨太太。作者就开始描写西门庆家里的情形,同他在外边做的一切不正当的事业。

《金瓶梅》既然是自然主义的代表,所以书中的人物,大都不知道爱情,不知道友谊,不知道责任。他们眼里只认得金钱,心里只佩服势力,男女之间只讲究极端肉欲的快活。他们都不是人,而是一群禽兽,他们甚至比禽兽还要坏,因为他们没有禽兽那样天真。作者指示给我们人类一切的弱点,他领我们到人生最深邃黑暗的境界。他只是一味地客观描写,不杂丝毫主观的感情。他的头脑是冷静的,他的眼光是敏锐的。他看出人生的丑恶,他毫无顾忌地,像照相一般地把他所有看见的都一一记下来。固然他看见的也只是人生的一面,但是这一面我们不得不承认是真正的人生。作者有观察的能力、敏锐的眼光,他往往能够发现微小而实际上却是极重要的事物。他描写人类残酷的行为、下流的心理,纤毫毕现。但是这些一切,还不是这本书最大的长处,判断这本书最后的标准,就是它登峰造极、完美无缺的语言。作者对人生有精密深刻的观察,而同时又能用精密深刻的语言来表现它,《金瓶梅》之所以为《金瓶梅》就在这最后的一点。像这样的文字,如果把它删节涂改,随随便便翻成外国文字,当然不能令人满意。

比翻译《金瓶梅》还更困难一点的就是《红楼梦》。《红楼梦》是中国最伟大的小说,同时也是最长的小说。全书一共有一百二十章,平均每一章在七千字以上。里面的人物,除开不知名和历史的人物,男的一共有二百三十二人，女的有一百八十九人；[1]同时每一个人都有他的特性，说话、行动、思想都与别人不同，他们都是活生生的人，不是木偶；我们认识他们比认识我们最亲密的亲戚朋友还更清楚。全书的规模虽然这样大，却有统一的结构；无论写到什么地方，都是宾主分明；无论哪一件事情发生，都同全文有关系。它好像一座房子，互相牵连，互相倚赖，互相发明，缺一不可而千头万绪，到后来都滴滴归源，丝丝入扣。中国小说到了《红楼梦》，真是到了叹为观止的地步了。

全书的中心题目，就是人类向绝对自由的奋斗。人类在存在里没有自由，因为他之所以能够存在，全靠外界的事物，因此他的生活，也处处受外界事物的影响和支配。绝对的自由如果要达到，只有人类独立的时候，只有人同我的差别消除停止了的时候，只有到道家的虚无、佛家的涅槃的时候。因为要达到绝对的自由，所以世上的一切，功名、富贵、爱情、友谊，都要抛弃，因为它们都是人生的束缚，束缚不去，自由永远不能达到。

书中的主角自然是贾宝玉。他是一个贵族人家的儿子，从小就受家庭、亲戚、朋友极端地钟爱。但是他生性古怪，常常不满意他环境里面一般人的世界观。他的父亲是一个迂板的孔子信徒，为人性情正直严厉，死守几条道德的规律。他从来就不了解他儿子特异的性情，他总想把他抚养教训成为一个能够事君泽民、光宗耀祖的大官。宝玉道家、释家的人生观因此常常同他父亲孔子的人生观发生冲突。宝玉从小长大就不喜欢实际的生活。他全部的兴趣，集中到女子身上，因为他以为女子是水做的，男子是泥做的，所以女子是清，男子是浊，见了女子，他心里就喜欢。他对一切女子虽然都羡慕崇拜，但是他唯一爱的却只有一人，就是他的表妹林黛玉。后来因为种种关系，他家

---

[1] 明斋主人评论。

里的人反对他同表妹结婚。在他病了的时候，神经错乱，他家里的人，把他另外一位表姐薛宝钗嫁给他。林黛玉很早就有病，知道他们婚事不成，更病得厉害，正在宝玉同宝钗结婚行礼的时候，黛玉也就气落身亡。结婚以后，宝玉同宝钗共住了一年，但是宝玉此时对于人生一切，已无留恋。在下科场的时候，他趁机会逃去，同一僧一道，远走他方，以后大家再也不知道他的下落。

关于这一本书的作者，从前大家打过不知道多少笔墨官司。后来经胡适的考证，才把这个问题正式解决。作者是曹雪芹，他的家庭也仿佛贾宝玉家庭那样富贵。他把《红楼梦》全部拟就，但是只写成八十章，1764年他就死了。其余四十章是另外一个人高鹗续成的。高鹗的续本续得来同原文简直一模一样，而且前后脉络贯串，滴滴归源，所以我们尽可以把全书一百二十回，当成一部结构完善的长篇小说看。

孔的德文译本，出版于1932年。他说他翻译了原文六分之五，这是为书店作广告的话，因为经他删节改编，顶多也不到原文的一半。并且他的文笔不能如实表达原文，而还有许多翻译的错误。[1]

6 结论

我们到现在，已经把中国小说对德国文学的影响，同它演进大概的路线清理出来了。歌德凭他直觉的了解力，是第一个深入中国文化精华的人；从他读过的中国小说里，他发现了孔子哲学影响造成的中国人的人生观。从此以后，德国的学者、文人，都不断地努力去翻译并介绍中国的小说，他们想打好研究中国文化的基础。居然有德国小

---

1 参看作者德原文书附录：Chuan Chen Die chinesische schöne Literatur im deutschen Schrifttun Inaugul,Dissertation.kiel 1932。

说家想利用这些零碎的翻译材料，由着他自己意思来改编小说。他们并不想一字一句地翻译，他们想创造一点新东西。他们的意思虽然好，他们的知识能力却不够高。他们因此把中国文化的特点，中国人生的精义，反而弄得肤浅无味。他们还没有达到用中国精神来创造新文学的境界，他们只是利用中国材料来发挥他们自己对人生的见解。他们其实不能够从中国世界观的立场上去建筑一切，因为他们还缺少一个可以深探中国精神的先决条件。这一个先决条件，就是正确的知识，而正确知识的来源又全靠俯拾即是的翻译。德国对中国小说的翻译，还是一场材料同适当表示方法的激烈战争。这就是为什么这一百多年来，除了极少数而外，大部分还是停留在翻译时代，这一个时代，只能算预备的时代，而不应该是最后的止境。额润斯苔茵同皮尔包两人所做的工作，虽然做得不好，但是总算是朝着进步的方向在努力，所以总还算差强人意。所以翻译的工作，在德国现在还是非常重要，因为翻译工作的完成，就算第二时期的达到，第二时期，就是我所谓仿效时期。

第二章 戏剧

1 改编中国戏剧的困难

本章要讨论中国戏剧对德国文学的影响，我们第一个要解决的根本问题，就是究竟一本改编了的中国戏剧，能否一方面适合于德国剧台的表演，而一方面还能保持原来中国固有的精神。这个问题中又包含两个问题：第一个问题就是翻译的问题，要如何样才能够把原文的意思完全表达。第二个问题就是表演问题，看如何才能把书架上的剧本变成剧台上的动作。现在尽管还有人想把剧本同剧台分家，然而一本戏剧全部的价值，也只有在真正表演的时候，才能表现出来，因为戏剧虽然也有写来读的，而戏剧本来存在的意义，却是因为要写来演的，如果只读不演，那么它本来意义也就因此失掉了。中国的戏剧如果大家要真正地了解，也只有在剧台上去看它全部的生命。不过问题还不是我们能不能够把一本改编的中国戏搬到德国的戏台上，乃是"怎么样"让它在德国剧台上去表演，并且"一定"要怎么表演。在这里又有两个最大的困难，第一是改编的困难，第二是表演的困难。改编之所以困难，是因为中国同德国世界观不一样。

卫礼贤说："中国戏剧的基本宇宙观，是一个完全古代的宇宙观，同我们近代欧洲的完全不相同。歌德固然曾经在他的《伊非金丽》中把一本古代希腊的剧本，改编成一本德国的名剧，他用新时代的人性来复活古代的戏剧，可以算是成功的。但是我们要想到，歌德曾经同样地拿中国材料来改编，终究认为没有希望，把它抛弃了。理由大概是中国戏剧的宇宙观同我们近代的感情相去实在是太远了。中国戏剧根据的是一种严格的古代世界观，可以从两方面来看。戏剧里面英雄，并不是我们所谓的单独的个人，乃是各种各类人物的代表。他们的思想、行动、命运都是依照定律的，含代表性的。这就是为什么中国的听众毫无困难就可以了解，我们外国人却时时感觉到奇怪。第二点就是命运如何平均的方式。每一件不公平的事情都有调和。每一件不幸的事情立刻有一件随后就来的快乐的事情来救济。好人在起初虽然好像倒霉，不过结果越是倒霉得久，越是一定会胜利。这一种诗人公平的赏罚总是无条件的实现。从来没有遗留一件紧张没有解决的事情。中国戏台上的人物都是代表人物，他们从最初到末尾都只表现一贯的性格，一本剧中间性格变迁是不可能的事情。"[1]

第二个困难，我们已经说过，就是表演的困难。要在德国表演中国戏并不容易，因为中国戏表演的方法同德国完全两样。第一件要解释的重要事情，就是像欧洲那样的"戏剧"而中国并没有。在欧洲，大家所谈的中国戏剧，其实就是歌舞剧或者唱剧。中国戏剧虽然也有对话，但是最重要的是跳舞、音乐、歌唱，换言之，就是演员的艺术。在中国大家进戏园，并不是去看一本著名剧本的表演乃是去看一个著名演员的艺术。观众大部分的人都知道剧本，知道剧中重要的情节，至剧本里许多有名的词句，大家都会哼一两句。每个晚上，总是在七八本剧本里选出七八场戏来演，演全本是不常见的事情。剧本不重要，还有一件事实证明，大部分剧本作者的名字都没有人知道。只有元、明著名戏剧家的名姓我们才晓得，但是元、明的戏剧很久没有上演了。戏剧家在中国戏园生活的不重要，恰好同在德国相反。常常一本文人的剧本在中国经过许多的表演，演员因为没有受过教育，遇着文绉绉的地方就随意更改，用俗话来代替，所以结果往往原来的剧本就被完全改观。差不多有一千年，中国演员有决定剧本的自由，就好像近年来德国的导演一样。还有一个重要的分别，就是中国传统的

---

[1] Chinesiche Blatter fur Wissenschaft und Kunst Bd, I. Heft I.S.79ff.

剧台用不着布景，所以在中国传统戏曲表演时既没有导演，也没有布景的人。

中国戏剧的黄金时代在元朝（1271—1368年）。从来没有另外一个时代，中国第一流的文人对剧台发生那样浓厚的兴趣。在旁的时代，中国的戏剧大部分都是民间的产物，作者都不知名，在元朝的时候，作者都是伟大的诗人，他们的作品在文学上也有很高的价值。无论从量或者从质方面来说，元朝的戏剧所到的高度，其他的时代都没有达到过。尤其特别的，就是元朝的文人对戏剧发生那样大的兴趣，他们有时简直亲身出台去演戏。这种事实，值得令人惊异，因为中国的演员在社会上的地位是很低下的，大家都鄙视他们。这一种鄙视的心理，一直到最近都还没有多大改变。虽然元朝的戏剧家曾经写出了许多伟大的作品，曾经对剧台发生过浓厚的兴趣，但是他们对于剧台制度、组织、习惯，并没有什么改革。中国戏台一切的大权，至今还是在中国的演员手里。

元曲同平民戏剧不同的地方，就在它美丽的文字，通常一般流行的剧本不但鄙俗而且往往不通，元曲却不愧为伟大诗人的作品。但是除文字以外，讲到内容，它同民间戏剧完全没有什么分别。剧中的人物，仍然没有鲜明的个性，他们还是一群一类人的代表。他们的思想、行动、生活、命运都代表某种阶级、某种道德观念或者某种世界观。

至于命运的转变仍然是照传统的思想：善有善报，恶有恶报。至于他们戏剧中美丽的文字的唯一特点，一到剧台就渐渐失掉了。中国演员多半不怎么读书识字，文字稍为雅致，内容稍为深邃，他们就不懂，所以一演起戏来，他不知不觉地总想用鄙俚不通的词句来代替它，一直改窜到同通常民间剧本差不多一样，他们才算满意。元剧有一部分我们现在还能保存原文，但是它们早已经同剧台分了家，它们已经变成图书馆书架上的装饰，真正戏台不需要它们，因为它们太文绉绉了，太深了，演员们所需要的只是一些鄙俗不通的剧本。

严格地说,"戏剧"两个字,拿来应用到中国戏台剧本中,实在有些不妥当。一个德国人要判断中国的戏剧文学,他一定要先把所有在德国同"戏剧"相连的观念暂时抛弃。就算中国最伟大的戏剧,如像元朝的作品,从形式到内容方面来讲,都不合欧洲所谓"戏剧"的基本的条件,至于通常的民间剧本就更不用说了。中国戏剧之所以不能成为欧洲那样的戏剧,主要的原因就是中国的戏剧完全在演员手里,而演员又大都没有受过教育。戏剧既然让没有受过教育的演员去支配,当然他们极力抛去戏剧文学的价值,把全部精神向戏台表演本事方面去发展。所以在中国已往只有演员艺术,而没有戏剧文学。

有一位瑞士人加尔勒(Ed. Horst ron Tscharner)在北平(即北京)住了多年,专门研究中国戏剧。回欧洲后,在德国瑞士作了许多关于中国戏剧的演讲,发表了几篇文章。他说:"中国戏剧,拿我们的习惯来看,没有文学的价值,忽略了布景同导演的人。但是它却得了戏台的精义。他们演员表演的本事已经达到了一种高度,能够独立,所以连布景、导演的人都可以不要。他们的剧本在文学上没有什么价值,但是正好作为演员表演剧台本事的好基础。在一个中国戏园里,一个人感觉到,真正演员的艺术,得到了适当形式的发挥,至于它表示的方式,也好像音乐、图画、文学一样,艺术应该先要受过极彻底的技术训练。但是哪一个国家演员训练可以同中国演员所受的训练相比呢?在容易学习的童年时代,他们就到师父身边,七八年的工夫,天天早起晚睡地练习。声音、身体,完全改造,一切要准备要和谐、节奏。跳舞、舞剑、翻筋斗,自然在中国戏园里有一定的分量。它们最复杂、巧妙一直到最高点迅速动作的剧台冲突,许多中国剧本都有,我们的戏院简直没有法子效仿,因为我们的演员不能够受像中国演员所受的那种训练。"[1]

---

[1] Ed: Horst von Tcharner: Spielstil S.96.

在中国，戏园同戏剧的成功失败，完全看演员的作用。演员是最高的权威。在欧洲，现在大家都认为演员应该受导演员的支配："至少这是一般人的理想。戏剧成功的最高点就是使戏剧家同他的著作都成名，不管他的戏剧是一篇编成对话讲政治社会问题的报纸文章也好，或者日常生活里使人惊骇的新闻也好，只要有'戏剧'两个字，放在上面，就算成功。至于戏园所贡献的，观众所希望的只是一个这一本写成功了的剧本的明白表演。所以在我们戏园里我们崇拜——如果我们还有崇拜的时候——第一是作者，第二是导演，第三是布景的人，其余这样类推。如果有一个演员在顷刻间博得了观众的喝彩，只不过是一方面因为他自己心理的人格表现，另一方面因为他能够体贴入微地将要表演的角色变成了他自己——但是绝不是因为他作为演员的艺术，演员艺术只有极少数例外才能讲。艺术风格，我们可以在作者的著作、导演员的指挥、布景员画的挡子、布的景致、音乐的演奏中去发现。简单来说，就是在每一样旁的艺术中去寻求。所以我们现在的戏院，是一个艺术之神的庙子，里边什么艺术之神都虔诚供奉，只有一位神没有供奉，就是戏院自己的艺术之神——演员的艺术。"[1]

我们现在再重述一遍：改编中国剧本成德文，有两个大困难：第一，中国戏剧根据的世界观，同欧洲近代的全不相同；第二，中国演员的艺术训练，就是中国的戏剧。

2 歌德与中国戏剧

在 17 世纪末叶，欧洲人对中国已经发生了很大的兴趣，他们

---

[1] A.a.O.S.94-95.

的戏剧家动手在他们的作品里加进中国人。最初里有中国人的欧洲戏,大概是法国人锐格那(Regnard)1692年作的笑剧《中国人》(Lés Chinois)。1735年意大利人麦达斯达觉(Metastasio)又写了一本地点在中国的戏叫《中国女子》(Le Cinesi)。麦达斯达觉1729年到1782年也是维也纳宫廷诗人,那时他正在维也纳。宫廷里面人,大家共同来演这一本戏,玛丽忒锐夏(Maria Theresia)亲身扮演一个中国公主。在这一本戏里,一个中国人从欧洲回家去,告诉自己本国的人关于欧洲一切的情形。里面有三个中国女人表演欧洲戏里的片段,其余的人吃中国茶。但是除了吃中国茶以外,完全是欧洲的景象。原文是用韵文写成功的,以后又改编成了唱剧,加上了跳舞。[1]

在同一年(1735年)杜哈尔德的《中国详志》第一次出现了《赵氏孤儿》的法文译本。翻译的人是伯锐马(P.Preémare)。后来1749年杜哈尔德《中国详志》译成德文,当然德国人也因此第一次看见了一本中国的戏剧。

关于这一本戏,发行的人杜哈尔德说:"我们得到手一本中国的悲剧,伯锐马先生把它准确地翻译出来。但是我们不能在里边去寻求时间、地点、动作的'三一律',同其他的规律,只要它还整齐愉悦,已经就不错了。法国从前的戏剧艺术也是凌乱丑陋,进步到现在这样完美还不到一百年。"[2]

虽然这本戏不能满足杜哈尔德同当时德国古典主义派认为天经地义"三一律"的要求,对于欧洲文学却发生了很大的影响。在奥地利,麦达斯达觉因此写了他的《中国的英雄》(Eroe Cinese),1752年荏熏佰蕊(Schönhrun)将它搬上舞台排演。在法国,福禄特尔因此写了他《中国的孤儿》。[3]在德国,《赵氏孤儿》成了歌德《额尔彭罗》

---

1 参看:Alfred Forke: Der kreidekreis, Einleitung, Leipzig 1926.
2 Du Halde: deutsche Ubersetzung Bd. III, S. 418.
3 Voitaire: Oeuvres Comp, etes, Goths 1785 XVI 5.85.

（Elpenor）的重要原料。

在前一章里，我们已经说过歌德大概在1781年已经读过了杜哈尔德的《中国详志》，要不然他《日记》里"呵，文王！"的句子就没有法子让人理解。这个假设，再有进一步的证据，就是歌德在同年8月2日已经动手写他的《额尔彭罗》，不过他没有把这一本戏续完。他材料的来源，大概是取自杜哈尔德《中国详志》第三卷里《赵氏孤儿》和《今古奇观》。壁德芒（Biedermann）在他的《歌德研究》里曾经详细研究歌德《额尔彭罗》同这两篇中国作品的关系。[1]

歌德想用中国的思想去写一本戏剧，虽然写《额尔彭罗》的动机由于中国文学，但是《额尔彭罗》完全是一本欧洲的戏剧。歌德自己也许觉察到两种不同的世界观没有联系的可能，所以把他努力的工作中途抛弃了。

《赵氏孤儿》里边有许多情节，欧洲的观众看见一定觉得非常奇怪的。剧中的故事，发生于公纪元前5世纪，在我们现在认为不人道、残酷的行为，在当时应该是很自然的，如屠岸贾奉晋君的命令，把赵氏全家三百口，不分男女老幼全部斩首。到后来只剩下一对儿媳，媳妇就是公主，当然不能加刑，但为斩草除根起见，驸马也杀掉了。公主当时已经身怀有孕，幸亏有仆人搭救，才侥幸把公主生下的儿子救出来。屠岸贾的手段可算毒辣了，但是到后来屠岸贾倒了霉，晋君也下命令把他的全家一个不剩全部斩首。至于屠岸贾是拿一刀一刀地割，割到没有皮肉了，然后才杀死他。

像这样的情节，如果搬在近代欧洲剧台上去，用写实的方法来表演，一定会引起一般人的反感。在中国，大家不觉得这种行动十分残暴，第一层因为一般平民相信报应昭彰，善有善报，恶有恶报，好人虽然受害，儿孙自有翻身的时候，恶人因为做了恶事，所以应该受到

---

[1] Biedermann: Goethe-Forschungen, anderweite Folge S. 178. Leipzig 1899.

严重的惩罚，还应该绝子绝孙。所以残暴的行为，成了报应必须的事实。至于好人最后胜利，在戏还没有开演以前，一般观众早已经就断定了的。

还有一层，中国剧台表演的方法，可以使极残暴的事情令大家不觉得它残暴，因为中国剧台从来不知道自然派的表演。一切都是象征性的。四个兵代表千军万马；一张小桌子代表一座高山；来回几步路，就走了几千里；手里一根鞭子就算是骑在马上；一场你死我活的拼命仗，只是一些五花八门的跳舞。台上没有写实的布景，也没有自然派的道具。奏音乐的人就坐在戏台的一角，在表演的时候，台上打杂的人不断地替演员端茶，帮他换衣服、拿凳子。这些情形告诉我们，中国的剧台不知道欧洲剧台"幻景"的观念（Illusionsbegfriff）。"幻景"就是把一件不真实的事情，使大家某一个时间里把一切忘却，而认为它是真实。德国剧台的存在，大部分存在于"幻景"的观念上面。

所以自然主义运动最高涨的时候，德国剧台"幻景"的应用也进步到了最高点。中国的剧台却从来不想法去使一般观众幻想剧台上演的事情是真的，所以一切可以萦扰破坏幻想的东西，它都毫不顾忌。剧台所要表示的，不是平常的真实，乃是超真实的真实。一切都是象征，一切都是各种观念（Idee）的代表。如它表示给我们不仅是孝、悌、忠、信、礼、义、廉、耻的事情，这些还在其次，他要表示的，乃是孝、悌、忠、信、礼、义、廉、耻的观念。

所以欧洲的人看见一件残暴的事情，因为他习惯于"幻景"表演方式，所以只看见这件残暴的事实，当时甚至于想象到剧台某人残暴的行为。像这样美术的真实同人生的真实成了同一的事物，在一个中国人这却是不可能的事情。因为没有幻景，所以他对于剧台上的表演，常常有相当的距离。所以有许多事情，在中国剧台上可以表演，而在一个欧洲剧台要照样办，一定要使许多人失掉了他们镇静的态度。

《赵氏孤儿》能不能改编成《额尔彭罗》，仍然能有价值，还有一点，我们不能不特别注意。《赵氏孤儿》里边的人物并不是个人，只是团体的代表，屠岸贾是恶人的代表，程婴和公孙杵臼是忠实家臣的代表，其他皇帝、公主、文武官员，都是各种固定的代表人物。他们的个性从不成长变化，他们从最初到末尾都是一样的。至于这一本戏文学的价值，完全在它的辞藻，经伯锐马一翻译，其特色早就完全失掉了。

歌德对《赵氏孤儿》同《今古奇观》的故事产生兴趣，大概因为里面中国人极端看重后嗣，要儿子继承香火的宗教观念，给他留下了一个很深的印象。这点兴趣，在他 1817 年读英国人达魏士翻译的元曲《老生儿》的时候，又表现一番。《老生儿》讲一个老人没有儿子。他讨了一个小老婆，不久身怀有孕，他高兴得了不得，希望会生一个儿子承宗。他的女婿却恐怕有了儿子，便不能得到他的家产，因此同他妻子串通，把姨太太藏起来，告诉老头子说她被人拐走了。老头子正焦急等儿子降生的时候听见这个消息，呼天痛哭，因为他死了以后没有后人来替他扫墓，他们一家就算断了香火。到后来幸亏他女儿受了感动，把他的姨太太同新生的儿子，带来见他。

歌德 1817 年 9 月 4 日读了这个戏本，同年 10 月 9 日，他写信给克勒伯尔（Knebel）："我们一谈到远东，就不能不联想到最近新介绍来的中国戏剧。这里边描写一位没有香火后代不久就要死去的老人的情感，最深刻动人。固然正因为他不能不把最美丽的全国通行不可缺少拜扫的礼节，交给他的亲戚去管理。这不单是一个特别的，乃是一个带普遍性的宗族图画。它令我们联想到伊胡郎（Iffland）的《鳏夫》，不过在德国人那儿，一切动机都从性情或者从家庭社会环境的严酷中发生，在中国人那儿却除开这些动机而外，还有宗教礼节的影响，有福气的祖宗可以享受，我们这一位老人却因此无限痛苦，无限焦急，到最后才出现了早就轻轻预伏好了的转机，使全部的事情，得了快乐的结果。"[1]

---

[1] Goethe: Gesacmmte Werke, weimarsche Ansgabe, Aht. I. Bd. 42(2) S.72ff.

3 席勒《图郎多》[1]里的中国成分

席勒也曾经改编过一本大家叫作的"中国戏"。本来是温利斯戏剧家葛泽（Gozzi）作的，名叫《图郎多——中国的公主》。[2] 除了题名而外，同中国戏剧，实在没有什么关系。葛泽原戏的情节，是从一个阿拉伯神话《卡纳夫同中国公主的故事》取出来的。这一段神话，载在1710到1712年法国人克业（Fran Cois Petes de la Croix）翻译的《天方日谭》(Les Milleet un Fours, Conies Persans) 里边。神话中的女主人翁是一位很美丽但是很残暴的中国公主图郎多。凡是每一个求婚的人，她都要问三个问题，如果答得不对，她立刻把他拿去斩首。有一天来了一位王子，把三个问题全都答对了，满朝的大臣，都佩服他的聪明。但是王子看见公主失败了悲伤丧气的样子，心中不忍，自己提议，如果公主到明天早上不能够说出他的姓名，一定要嫁给他。公主有一个很狡猾的女奴，答应晚上去设法探听出王子的真实姓名。这位女奴心意老早就爱上了王子，她借名探听，其实就想引诱他，叫他同她一起逃走。她用最聪明的方法，居然把王子的真姓名探听出来，后来表示爱他的意思，再三劝他走和她一起逃走，王子却始终对公主图郎多忠实，拒绝她的要求。女奴生气了，跑回去把王子的秘密告诉公主。第二天早上公主出其不意地说出王子的姓名，更出其不意地说："王子，你最好承认，不要东拉西扯，你对图郎多的权利已经丧失了。我可以拒绝你的要求，让你痛苦，因为你没有成功。但是我要告诉你，我要公开地宣布：我对你已经有旁的计划；我的皇父对你的友谊同你自身

---

[1] 现通译为：《图兰朵》。——编者注
[2] 参看：Allzert Koester: Schiller als Dramaturg, Berlin 1891. 此书关于图郎多来源极详，以下多根据此书加以扩充。

的才能，使我决定选你做我的丈夫。"¹王子当然说不出来的高兴，但是爱他的那位女奴，也就立刻自尽了。

葛泽用这段材料在 1761 年写成一本戏剧，这样的戏剧，他叫作"神话"（Maerchen），《图郎多》是他作的神话的第四种。葛泽想借他这种新创的戏剧来抵制当时法国文学的影响。葛泽是温利斯人，是一个热心的爱国志士。他看见国家地位的降低同文学的堕落，心里非常悲愤。他认为法国文学的侵入是使他们本国文学堕落的最大原因，所以他也就极力反对。他最恨仿效法国的戏剧，什么地方都依着一定的规律，他恨极了法文诗的节奏，他尤其特别恨的，就是剧台表演日常的生活。他想找一种材料，可以引起丰富的想象，所以他往神话中去找，他自命他创作的戏剧为"神话"。²我们已经说过了。除了题目和一些名字而外，这一段神话同其他《天方日谭》的神话完全一样，没有一点真正关于中国的事情。葛泽编戏的时候，把情节集中，时间缩短，再介绍几个副角，但是主要的事情、主要的人物，他差不多从阿拉伯神话里一点不变地拿过来。1761 年 1 月 22 日，这本戏在温利斯上演，轰动一时，但是不久，也就随葛泽其他的神话，一样地归于忘记之境。意大利人尽把葛泽忘记，外国却把葛泽尊崇。"英国人看见葛泽的作品在剧台上表演，称他为莎士比亚，极力想法子去移植它。"³德国第一个介绍葛泽的人，就是韦尔式斯（Friedrich August Clemens Werthes）。1777 到 1779 年他把葛泽 1772 年出版的全集用散文翻译出版。1777 年，司密武（Johan Friedrich schmidt）第一次把葛泽的《图郎多》改编来适合于德国的剧台，取一个新名字叫《黑芒力德》。⁴

在他的改编本里，司密武把东方的故事搬到古代日耳曼民族的环

1　Tausend and ein Tag, Leipzig 1925 S. 300.

2　Albert koester: 5chiller als Dramaturg S. 156.

3　Theatralcsehe Werke von Carlo Cozzi, Bern 1777; uebersetzt von K.A.C. Werthes. Vorberieh S. VI.

4　Gozzi: Theatralische werke Bd I.224.

境。宫殿就在莱茵河旁边。主要的情节没有改变，只把过去的历史变得简单一点。22年后，1799年，郎巴黑又出了一本改编本——《三个谜》。郎巴黑戏剧中的一切人物、情节、名字、衣服、布景完全同葛泽一模一样，但是他把故事延长，意义变浅，所以反而不如原文。

席勒在1801年10月底，从坠士墩回来，动手把他早定好了改编《图郎多——中国的公主》的计划实行。这一年还没有完，在12月27日，他全部的工作已经告竣。席勒改编本有两特点：第一，他把戏中人物的心理描写更加深刻；第二，他极力去点染上中国的色彩。席勒立刻就认识，葛泽戏剧里边的人物像在线上移动的傀儡一般。1801年11月16日，席勒写信给他的朋友夔勒尔说："虽然我现在还不知道在情节方面应当有什么增减，我希望用一种诗意的后援，使它有较高的价值。作者有极大的才力，但是他缺少丰富的内容、诗意的生命。人物活像在线上移动的傀儡一般；全部为一种浮夸的生硬所管辖，这一定要想法子战胜的。"

席勒在他的改编剧本里，很成功地把结构从主要人物性格去引出。葛泽同其他席勒以前改编的人，都没有表现出公主的行动根据任何的动机。她的性情生来就是残酷，一直到剧完，她还不改她残酷的性情。至于她最后愿意同王子结婚，这完全是因为她一时的高兴。既没有外界的强迫，因为她已经猜出王子的姓名，同样也没有内心的强迫，因为她起初并没有爱上王子。席勒极力去把公主的举动，从心理方面深刻地去找动机：他想把图郎多弄来令大家能够相信，她并不残酷，并不是没有良心；她是一个骄傲的贵族女子，她不单是尊重她贵族的血统，她还尊重她自己是一个"人"；她认为一个女人也是人，一个女人也有灵肉自由的要求；人的光荣不应该只是男子才有的。在第二幕第四出，她对王子说道：

"上天知道，别人说我残酷无情，都是假话。我并不残酷。我只要生活自由。我不愿意做任何人的所有物；这一个权利，就是最低下的人从母胎里就已经带来了，我是个皇帝的女儿，我要保留我这个权利。我看见全亚洲的女人都受男子压迫，带上了奴隶的枷锁，我要为我们被压迫的女性，对别无所长、只知欺侮柔和女性的男子复仇。自然赐给我智力眼光作军器，以便保守我的自由。我不愿意同男子有什么关系，我恨他，我鄙弃他的骄傲和大胆。他把手伸出来，想抓一切的宝贝；什么东西只要他喜欢，他就想占据。如果自然生就我聪明、美貌——为什么生得好的的命运，就应该受人猎逐，生得坏的就要静默自藏呢？难道美一定要做一个人的劫掠品吗！它也像天上照得我们欢欣的太阳一般，它是光明的泉源，它是众人眼睛的快乐，但是它不是女奴，不是任何人的私有物。"

公主骄傲的态度遇着了爱情，登时就发生了剧烈的变化。一直到现在，她还没有看见一个男子，可以使她后悔她残酷的行为。忽然加那夫王子来了，他光明磊落的男性性格，使图郎多心灵上感觉到一种深沉的紊乱。她还不知道，她产生了爱情；就算她知道，她也不肯对王子表示。所以她坚持猜谜的办法。她当时完全因为她骄傲的性格，所以如此。其实她也未尝不能够以心示人，所以到后来她一经认识加那夫，她也就立刻答应他。爱情胜利了，骄傲没有了，她对王子说："我第一眼看见你的时候，我的心就好像火一样。"席勒将图郎多内心的冲突叫作"爱情与骄傲的战争"。

至于王子加那夫方面，也有过心理上的变迁。他是一个遭逢不幸的人。他的生命已经没有了价值。所以他愿意把他的性命拿去做一场赌博。他并不是因为爱上了一位残酷的人，也并不是因为崇拜她的美丽，他去赌博乃是因为他享受大胆冒险的快乐。他对着图郎多没有讲一句爱情，他明明告诉她，他来的动机，是因为危险刺激了他，就好像商人去冒风险，战士去赴疆场。在猜谜的时候，他变成人了。图郎多严厉的伟大，促进他内心的力量，唤醒他对于自身价值的认识。从一场冒险的游戏，变作了为爱情的竞争。

加那夫同图郎多的战争，经过这一番深刻的描画，席勒的戏剧也就远在葛泽同其他改编者之上。在葛泽一切都浮泛肤浅。王子第一次看见图郎多的照片，已经对她产生了爱情：他"惊骇地站立，渐渐增加动作，他对她发生了爱情"[1]。"爱情盲目了的人，自己不知道自己，只有一种神秘的力量引导他不知道到哪儿去。"[2] 王子一见图郎多，立刻就讲了一大堆爱恋她的话。[3] 葛泽从起首已经就把一切都固定了。只有席勒的天才才能够把一切的情节从心理上深沉的变迁引领出来。

席勒很早就想把一部中国小说《好逑传》就英文本改编成德文，因为他对慕尔1766年重译本不满意。1795年，他讲到这部小说；[4] 1800年8月29日同1801年4月7日，他对壅格尔（Unger）称赞《好逑传》；1803同1806年他把改编《好逑传》列入他的日历里边。[5] 至于他到底什么时候动手改编，我们不知道。他改编的头几页的草稿，现在还保存着，并且在葛得卡（Goedeke）刊行的《席勒全集》里面印出。[6] 席勒大概也读过杜哈尔德的《中国详志》，因为他的《图郎多——中国的公主》剧本里面，有好几个地方，是从杜哈尔德《中国详志》得来。

席勒改编本的中国色彩自然不深，因为席勒实在不知道多少中国的事情，但是他在图郎多里面极力想造成中国的空气，却是非常明白的事实。如祭祀牲畜的数目，葛泽是一百匹马，一百条牛等，[7] 席勒却把它改成三百。[8] 这种改变乃是因为席勒看了一些关于中国的书，知道三

1　A.a.O.Bd.I.s.242.

2　A.a.O.Bd.I.s.246.

3　Dresdener Schiler-Alburn 1861. No.15.

4　Schillers Kalender, herausgegeben von Emilie v. Gleichen-Russwurm; Stuttgart 1865. S. 180ff.

5　Schiller: Gesammte Werke, historisch-kritische Ausgabe Bd. 15 S. 372ff. Herausgegeben von Karl Goedeke, Stuttgurt 1876.

6　Gozzi: Theatralische werke, Bd. I. S. 241.

7　Schiller: Turandet, Zeile 763.

8　Gozzi: Bd,I. S. 227 and BdI. S. 341.

是中国最平常用的数目,而且往往包含有特别的意义。以同样的理由,他1795年、1799年先后作了两首诗叫作《孔子的格言》。头一首诗头一节是:

  时间共有三:
  将来何姗姗,
  现在疾如箭,
  过去永不迁。

  第二首诗的头一节是:

  空间亦有三:
  移动不流连。
  长度何辽远,
  阔度寥无限,
  深度坠无边。

  还有好些更改的地方,可以证明席勒加中国色彩的努力,他的改编本因此也就比较葛泽的原本的中国东西多一点。如葛泽原文向"可怕的孔子"祷告,中间有两个人简直叫出阿拉伯神祇的名字。[1] 席勒把它改成"天"同"伏羲"。[2] 在杜哈尔德《中国详志》一段注解说:"伏羲是中国第一个皇帝,他家里有七种禽兽,都可以拿来供祭天地之用。"[3] 再下几页我们读到:"中国第二派宗教比前一派更普通,更危险,大家认他是世界上唯一的上帝,叫作佛。"佛在中国指释迦牟尼,或者

---

1 Schiller: Turandot. Zeilen 764 and 8317.
2 Zusaetze zu Du Haldes Buch, Rostock 1756 A6t. 2. Ausschmti 3. S.290.
3 Gozzi Bd. I. S. 227.

指通常佛教里的神圣，或者得了道的和尚。佛有无边的法力，但是并不危险，他以慈悲为本。也许席勒听说释迦牟尼是一个印度人，因为要加上中国色彩，所以请了一位中国古代皇帝伏羲来代替他。

在葛泽书里有一个人讲"朋村"（Bonzen），¹ 席勒把他改成"喇嘛"。² 杜哈尔德《中国详志》有一段："喇嘛就是佛家的教师，西藏的喇嘛就是全国佛教最高的领袖。"³ 另外一处，他又告诉我们蒙古人怎样崇拜喇嘛。⁴ 慕尔《好逑传》注释有一条，说佛教的弟子"中国人叫和尚，蒙古人叫喇嘛，暹罗人叫'塔纳盘'（Tala-pan），日本人或者宁肯说欧洲人叫'朋村'"。⁵ 杜哈尔德在好些地方讲中国物产丰富，同蒙古荒凉贫弱恰好相反。席勒把这点继承下来，作为王子解谜的话。⁶

关于中国的万里长城，席勒在 1804 年也作了一个谜预备补入。⁷ 这个谜明明是根据慕尔《好逑传》的注解。慕尔说："这个伟大的工程，世界上是无与伦比的，它把中国自己围住。著名的秦始皇帝大约在公元前 220 年建筑的，中国想借此抵挡北方的异族。它经过……三大省，从北京外东海一个大石头的堡垒起……一共长约一千五百法里。我们很可以相信，因为有许多弯转的地方，还有许多高低不平的山谷。——河流从城弯经过，虽然经过两千多年的雨打风吹，还没有毁坏。"⁸ 这跟席勒的谜内容很相似：

  古屋立巍然，
  非庙亦非家。

1　Schiller: Turandot, Zeile 23.

2　Du Halde Bd. 1. 3. S. 447.

3　A. a. O.Bd.IV.S.111.

4　Murr: Die angenehme Geschichte des Haoh Kjo'h S. 152. Anmerkung.

5　Du Halde: Bd. f. S. 17 Bd II S. 163. Bd IV S. 21. Schiller: Turandot: 2. Anfzug 4. Anftritt.

6　Schiller: Gesammte Werke. histoiisch-kritische Ausgahe, Bd XI S 358.

7　Murr: Die angenehme Geschichte des Haoh Kyo'h S. 378.

8　Alfred Forke: Hui-Lan-Ki, der Kseidekreis, Leipzig 1926.

骑士驰百日,
尚不到天涯。
已历千百年,
依然无伤损。
胡马任纵横,
生命长避永。
仰望干云霄,
远游赴沧海。
黎民赖保障,
王土恃安泰。
世间无比伦,
人力昔作成。

谜解是:

此物果何物,
矗立逾千年,
中国古长城,
保障若屏藩。

4 龚彭柏《神笔》与江淹故事

1914 年龚彭柏(Hans von Gumppenberg)写了一本戏叫《神笔》(Der Pinsel Ying's),是一本三幕剧,一部分用伊利生(Adolf Ellisen)的谐诗。伊利生是一位文学史家、政客(1815—1872)。从 1849 年起,他做过好几次议员。他喜欢研究文学，翻译尤其用功。1840年，他出版了一部中国同新希腊的译诗集叫《茶与水仙》。龚彭柏剧中用的故事，同时又见于何蒲汾（Hans Hopfen）的谐诗《明的笔》(Der Pinsel Ming's)（1868）。因为伊利生同何蒲汾是同时代的人，所以我们不知道到底谁抄谁的，不过无论怎么样，龚彭柏把这个故事作为了他戏剧的蓝本。故事讲一位中国诗人，他作的诗干燥无味，无论谁听了立刻就要睡觉。有一天他走进山里，大声读他的诗，山里一条蛟龙听见了也立刻就睡得不省人事。忽然从蛟龙的嘴里跳出一个鬼怪，再三感谢诗人救命的恩典，因为他被蛟龙吞进去已经不知道多少年，今天蛟龙听诗睡着，他才侥幸逃了出来。因为要感谢诗人，他赠送他一管神笔，只要拿着这一管神笔，他立刻就可以作出好诗来。诗人带着笔回去，高声读他的诗。很奇怪！没有一个人睡觉，大家都惊异赞美，诗人的名誉也就传遍四方。但是世界上没有长久的福气，到期满的时候，诗人一定要把笔交还鬼怪。他尽管请求延长，鬼怪却不愿意延长，不客气地把笔拿走。笔一拿走，诗人也就完事。第二次他高声读诗的时候，一个个的听众，都鼾声大作。

中国《南史》载："梁江淹梦一丈夫，自称郭璞，谓曰：'吾有笔在卿处多年，可以见还。'淹乃从怀中取五色笔一以授之。尔后为诗，绝无美句，时人谓之才尽。"这一个故事，自然是伊利生同何蒲汾两人谐诗的来源。

龚彭柏在他的戏剧里，新添了好些人物，新想象了好些情节。绿郎是中国皇帝的女儿，爱上了诗人朱辅，他们恋爱的方式，同古代的中国习惯却不一样，他们讲爱情永远存在，他们握手接吻，他们做一切欧洲恋爱的人做的事情，他们讲一切欧洲观众希望他们讲的话。后来皇上开了一个殿试，考中了第一的人不单是要点头名状元，还可以得绿郎公主为妻。像这样好的奖赏，来赴考的却仅仅只有三位诗人。殿试的时候，一位又因病不到，还有一位，异常地客气，愿意牺牲他投考的权利，所以朱辅没有一个同他竞争的人。皇上叫他读自己写的诗。他不读不打紧，一读，皇帝、宰相、十位元老及满朝大小官员全都睡觉，甚至鼻息如雷。唯一没有睡的人，就是绿郎公主，看见朱辅那样不争气，悲痛恼怒，叫无聊的诗人赶快滚。朱辅走出朝廷，悲哀寂寞，独自走进山去。因为他心里太不快活，大声地把他的诗再读出来。山里面有一条蛟龙，听见他的诗，因为太干燥无味，也忍不住昏昏思睡，睡着以后，他嘴里跳出鬼怪来，送朱辅一管笔来感谢他救命之恩，但是他要求朱辅当天晚上就要把笔还他。朱辅跑回朝来，诵他新作的诗，娶了绿郎公主。很奇怪地，来了许多新闻记者，要请中国第一诗人，把他作的诗在各种报纸上发表。全中国的人都尊敬他们伟大的诗人，高声叫喊，表示他们的欢欣。朱辅晚上回家，想再作一首诗，刚到一半，鬼怪立刻就来要笔。朱辅想把这一首诗续完，鬼怪都不同意。第二天早上，他同绿郎公主坐车出去，街上的人们，一样地高声呼喊欢迎他。他新作的不完全的诗，也被新闻记者强迫索去在各报纸上发表。但是要作新诗，他再也不行了。第二次在朝廷读诗的时候，他的听众又全体睡觉。

我们到现在已经确切说明，歌德、席勒、龚彭柏的改编剧本，同中国戏剧的精神、形式都不相合。歌德曾经就中国材料得了一些主要的动机，但是他的戏剧完全是一本欧洲的戏剧。席勒的《图郎多——中国的公主》是一个阿拉伯的神话，同中国戏剧简直没有关系。他也曾经努力去加上浓厚的中国色彩，但是非常浅淡，因为这些色彩都不是从人物心理变化中产生出来。戏里面人物的成长变化，完全是照德国古典主义的方法刻画出来。龚彭柏的《神笔》是一种幻想，是一个文人的游戏。作者自己对他自己的作品就没有认真，我们当然用不着认真去评论它。他不过想闹闹小玩意儿，自然也不会有什么艺术上的成就。

最近德国一位有名的诗人，改编一本真正的中国戏，在德国开演，受一般人热烈的欢迎。诚然他改编本中有许多不合中国情形的地方，但是他总算证明给我们，一本真正的中国戏，如果"让步"改易，也有在德国剧台表演的可能性。克拉朋（Klabund）的《灰阑记》可以说是继续歌德想用中国精神来写德国戏的未竟之业，虽然不算"完全"成功，但总算有"相当"的成功。他的戏里有许多欧洲的成分同中国成分混在一起，中国的世界观同欧洲人对人生的感觉还时时矛盾和冲突。但是一直到现在的尝试里边，克拉朋要算第一个最能够把中国人的感情生活、中国戏剧的特点介绍给德国的人。

5 克拉朋的《灰阑记》

《灰阑记》是中国元朝的戏剧，现存臧晋叔的《元曲选百种》里边。关于作者李行道，除了名字之以外，我们什么都不知道。他在元曲里边，并不算是一位重要的诗人，拿他来同代表元代最高点的关汉卿、马致远、王实甫比较，相差甚远。法国的中国学者裘利安（Stanislas Julien）第一次把《灰阑记》翻译成法文。他1832年在伦敦出版的翻译本，总算一种很好的贡献。我们很惊异的就是裘利安自身并没有到过中国，当时在欧洲研究汉文的工具还异常简陋，他居然能够了解中国艰深的书籍，把它介绍给欧洲人。裘利安除了《灰阑记》而外，还译有《玉娇梨》《赵氏孤儿》《西厢记》《白蛇传》等书，都有很好的成绩。在德国方面，1876年方塞卡（Wollheim da Fonseca）把《灰阑记》改编成德文。在他自命为"自由改本"里，他还是多少以裘利安的译本来做根据的。不过原文韵文的地方，裘利安用散文翻译，方塞卡却改成韵文。格汝柏在他1902年出版的《中国文学史》里，也曾详细讨论过《灰阑记》，并且把一部分很好的篇章译成德文。克拉朋的《灰阑记》改编本，1925年第一次在德国戏台上表演。一年以后，汉堡大学汉文教授佛尔克（Alfred Forke）又把《灰阑记》全部从原文准确地翻译成德文。[1]如果一个欧洲人要知道《灰阑记》的本来面目，当然至少应该读裵利安同佛尔克的译本，至于克拉朋的改编本，因为他不懂汉文，所以我们不能拿准确的标准来衡量它，它的长处在他自己诗意的创造。克拉朋根本上讲不是学者，乃是诗人。

《灰阑记》里面的人物，也同旁的中国戏剧一样，不是带深沉特性的个人，乃是某群某类人的代表。从戏一开场，这些代表已经有了一定不变的代表性格，一直到剧终，他们都不会成长变化。席勒在他的《图郎多——中国的公主》剧本里，曾经努力把剧中人物一切的行为，加上心理变化的根据，把全局的结构作为他们个性自然表现的结果。克拉朋在他的《灰阑记》里做了同样的工作。如张海棠在中国戏里不过是一个平常的妓女，克拉朋把她变作纤尘不染的女儿，不过因为环境的逼迫，所以才卖唱。马员外也不过是一个极平常的财主，同一个妓女发生关系，他很喜欢她，因此想讨她为妾。克拉朋却把他描写成一个毫无心肝、专门剥削别人脂膏供自己挥霍的资本家。在中文里，马员外从来就没有任何性格的变迁，克拉朋却写他：本来是一个坏人，但是因为同海棠那样一位天真纯洁的女子接近，居然精神受了感化，痛改前非，成了一位好人。海棠的哥哥也带了政治的色彩。剧开场的时候，他是一个激烈反对资本主义的社会主义者，到剧终的时候，因为皇帝赏识，叫他做法官，他的社会主义因此也抛在九霄云外，变成了保皇党。在中国判案最有名的包文正（包拯），在克拉朋的改编本变成了一位王子。他是一位理想的君主，聪明、正直、仁爱、果断。此外，他还是一位最风流不过的花花公子。他有一天看见了海棠，他改扮平常人的装束，去同她讲爱情，晚上居然大胆跑进她寝室里去。

---

[1] Alfred Forke: Hui-Lan-Ki, Einelitung.

收场的时候，他当了中国的皇帝，替海棠伸冤。

从这一些改变，克拉朋自然把剧中人物的心理弄深刻了，但是同时也就是因为这些变迁，中国原来的精神也因此丧失。凡是深知中国情形的人，都明白克拉朋剧中人物，不合中国人的性情。至于全剧的情节结构，也受了西洋化的影响。佛尔克曾经指出了克拉朋剧本里许多不合中国情形的地方，[1]说："克拉朋在他剧本里描写了许多事情，完全不是中国的，在中国是不可能的。他把带花的女郎放在金笼坐着，这是他把日本同中国弄错。想着日本的Yoschimara。凡是熟悉中国情形的人听见说马员外常常按期上教堂的税，一定要微笑——也许上的是所得税百分之十吧——又如吃茶放糖，两个苦力得了一包淡巴菇作赏钱，也是好笑的事体。张不会是下等社会阶级（Caste），因为社会阶级的制度印度才有，中国没有。说'像祷告时叫阿门一样地稳定'的兵士，无论如何还没听过一次阿门。尤其是关于皇帝同法庭的描写，完全合于西洋的观念，对中国情形全不相合。一个中国的王子在一个妓馆里边，要买一个小老婆，却被一位商人多出钱夺去，这是不可想象的事情；至于选举皇帝，更是完全悬拟的故事。一个德国的民治主义者也许可以说：'写罢，皇帝哥哥'，在满清时候的中国人，这样的话绝不敢说出口。马太太想去见皇帝一定不会侥幸，因为中国皇帝从来不见平民，没有人敢放她进宫去。皇帝固然有特赦的权柄，但是从来不像萨罗摩那样亲自审案，尤其不会的，就是他让一个女人来宣布他的判决。朱祝在公堂上用早餐，看淫画，也是绝对不可能的事情。中国的官吏也许受贿，也许残酷，但是他们对于法庭的尊严还知道尊重，他们不能够把礼节威仪像好些欧洲人那样弃如敝履。……克拉朋让证人个个宣誓。中国法庭审案从来不宣誓，只有必要时用刑罚来拷打。"

虽然作者对原剧本有许多自由改窜的地方，全书故事的重要情节，

---

[1] Eckerrmann: Gespräche mit Goethe, den 31. Januar 1827.

总还算没有失掉。克拉朋对于中国文化一定有浓厚的兴趣，并且一定曾经费过好些工夫来研究它。他改译的中国抒情诗，同他文学史里边讲中国文学的一段，可以证明他对中国文化已经有相当的认识。他的《灰阑记》中虽然包含不少德国的成分，同时也保存了许多中国成分。拿克拉朋来同歌德、席勒、龚彭柏来比较，我们不能不承认克拉朋的戏剧是一直到现在表示中国人生活思想比较多的作品。德国的戏剧史，一直到现在，还没载得有比克拉朋《灰阑记》改编得更好的中国戏剧。

克拉朋《灰阑记》最成功的地方，倒是他的抒情诗，有时到了不容易企及的高度。中国的感情，中国的空气，中国人的人生观，有时活现于字里行间。歌德的话、诗是人类共同的产业，[1] 在这里克拉朋又给了我们一个证明。

至于外形方面，克拉朋也极力介绍了好些中国戏剧的习惯。如中国剧场，角色上台自己报告名姓、职业，克拉朋在他改编本里也采用这个办法。在表演的时候，德国的观众并不觉得十分地奇怪，德国剧台"幻景"的印象，也并不因此而扰乱。从这里，我们可以相信，还有好些中国剧台习惯，在相当情形之下，也许可以介绍采用。那么中国剧台同欧洲剧台界限的打破，也许只是一个导演的问题。有相当的技巧，就可以获得相当的成功。

6 洪德生的《西厢记》《琵琶记》

除克拉朋而外，改编中国戏剧的人，我们第一个要讲的就是洪德生（Vincenz Hundhausen），因为他把中国两本最有名的戏剧介绍到德

1　Franz Blei: Fräulein München 1921.

国。他在中国多年,他翻译的时候,常常得到中国学者的帮助,所以他对于中国文学鉴别的能力,远在许多德国翻译者之上。在德国翻译中国文学的人,常常都没有中国文学史的常识,一本书到手,他们不是把它捧得太高,就是把它抑得太低。至于哪一种文学应该翻译,哪一种文学不值得翻译,他们毫无选择的能力,因此有许多在中国文学并不占重要位置的书籍,大家兴高采烈,再三再四地去翻译,中国真正有价值的书籍,却埋没多年,没有人去过问。如《赵氏孤儿》《灰阑记》在德国文学上曾经产生过很大的影响,但并不能算中国第一流的戏剧。

至于歌德、克拉朋唯独想把这两本戏改编的原因,恐怕并不是因为他们欣赏原文艺术上的价值,乃是因为他们对中国文化、中国人的人生观产生了浓厚的兴趣。这两本戏,启示给他们一个不同的世界。里面的人物,他们的宗教信仰、风俗习惯、思想行动、社会组织,同欧洲全不一样。就是这一种不同的存在,一个欧洲人很想去明了它。所以文化上的兴趣,远过于艺术上的兴趣。在一个德国人眼光里,无论结构统一的或者零碎的,人物个性的或者具有代表性的,都没有什么关系;他们都很有趣味,因为他们是异邦的人,代表一种不同的文化。但是在这里很容易使我们忘记,一种文学作品,形式与内容缺一不可。如果只有形式没有内容,或者只有内容没有形式,都不能算文学的上品。

所以我们在批评一种文学作品的时候,不能不把两件事情分开来仔细考查,不然我们会把一种在道德或者旁的方面有价值的作品,认为是一种艺术上的贡献。像这样的危险,德国翻译中国戏剧的人常常不能避免。他们往往只是就内容方面来判断中国的戏剧,然而中国文化的真精神,这种平庸戏剧仍然不能代表。如一位中国人,从来没有一个对德国文化正确的观念,他们不去读歌德、席勒、克乃斯特(Kleist)的作品,却去读葛泽布(Kotzebue)、亨利芒(Heinrich

Mann)、黑尔凿（R. Herzog）、韦登布（Wildenbruch）的戏剧，他们对德国文化根本的精神，也永远不能了解。如果我们要借文学作品去了解一种不同的文化，我们一定要去研究代表这种文化第一流的作品，这种作品，一定要内容与形式都到了不可分离的程度，才能够完全表现一种根本的精神。中国文化根本的精神，只有在中国第一流的文学作品里面去发现，所以在德国人接近了真正中国伟大的文学的时候，才是他们开始了解中国文化的时候。

现在德国汉文学者最重要的工作，就是认识中国文学最伟大的著作，把它们忠实地翻译出来并介绍给德国人，这一种工作可以为后来的诗人开新路。如果翻译的人选择就不正确，那么仿效创作的人自然也没有法子去获得正确的知识。

洪德生是第一个介绍中国最重要的两本戏剧的人，这两本戏剧，就是《西厢记》《琵琶记》。

《西厢记》在中国也同旁的古代戏剧一样，早已经没有在戏台上表演，但是中国人个个都喜欢读它。这一本戏的前四出是王实甫写的，第五出有人说是关汉卿写的。两人都生在中国戏剧黄金时代的元朝。王实甫一共写了22本，关汉卿一共写了60本，他们写的大部分都要算元朝最好的戏剧。王实甫以辞藻富丽著名，关汉卿以气魄雄浑著名。

《西厢记》第五出说是关汉卿写的，我们不能不有点怀疑，因为第五出的文章远不及前四出，不但不及王实甫，就连和关汉卿自己其他的作品都相差很远。至于讲到命意、结构方面，也肤浅陈旧，无一可取。金圣叹曾经对《西厢记》的前四出全部详细批点，对第五出却尽情攻击，认为丑不可言。但是他也不知道第五出的作者到底是谁。无论如何，《西厢记》第五出不及前四出，是大家公认的事实，我们讲《西厢记》，通常只讲王实甫写的前四出。

《西厢记》的本事，系根据中国唐代著名诗人元稹作的《会真记》。这一段故事，相传有元稹实际经验做背景。说作者曾经恋爱过一个女人，后来却把她抛弃，同另外一个女人结婚。关于这件事情，元稹还作了一首长诗，得了许多友朋的唱和。1921年白奈（Franz Blei）把《会真记》译成德文，题名《崔小姐》。[1] 洪德生改编《西厢记》同时也把《会真记》翻出来作为附录。

《西厢记》的主人翁名叫张君瑞。他是一个勤勉的书生，一位有天才的诗人，一位照中国眼光看来挺漂亮的男子，这就是说他有一个俊俏得像女人的面孔，温柔的性情。有一天他进一个庙里去游玩，看见花园里有一位绝色的女子，同一个活泼的丫鬟。他问和尚这位女子的名姓，知道她名叫莺莺，是故去崔相国的女儿，她的丫鬟名叫红娘。崔家全家现住在寺庙的花园里，一直等到她们能够把崔相国的灵柩搬回家去。崔夫人还有一位公子，不过此时年纪还很小。张君瑞刚才第一眼看见莺莺，已经满心爱上了她，此时极力想要在寺庙里租一间房屋，他说庙里清净，他好用功。和尚把靠近花园的西厢房给他，他心里说不出来的高兴。他日夜想莺莺，但是怎么也找不着机会去见她。有一天他忽然看见红娘，因为红娘为着超度相国的事体去会长老。张君瑞大胆去同红娘讲话，但是他讲的话太笨了，红娘简直不愿意理他。他着急了。有一天晚上，月明如昼，他一个人在西厢寂寞无聊，在琴上弹出他悲哀的情绪。那时凑巧莺莺也在花园，她听见凄凉的调子，懂得弹琴的人凄凉的心情。红娘知道是张生弹的，也就顺便告诉莺莺她同张生的谈话。慢慢地张生得了红娘的同情，红娘看见他可怜，也就答应帮助他。有一次张生在花园里遇见莺莺，莺莺却给他一个硬钉子碰。在没有办法的时候，忽然有一群强盗看见莺莺美貌，要抢她去做压寨夫人。寺庙被强盗围住，看守寺庙的和尚已经抵挡不住，崔夫人为保全相府的名誉起见，允许无论谁能够退得贼兵，就把莺莺许配给他为妻。张立刻写信给他一位当军官的朋友，差一个猛勇的和尚突

---

[1] Vincenz Hundhausen: Das Westzimmer, Peking und Leipzig 1926.

围送去，果然他的朋友立刻带起兵来，把围解了。事情过了以后，崔夫人却改变态度，不愿意把莺莺嫁给张生为妻，说莺莺从小就已经许配了她的侄儿郑恒，此时不能重新许配。这一场失望未免太厉害了。张生不久就病得卧床不起。红娘看见他病势危急，答应替他从中转圜。几天以后，她把莺莺带进西厢，从此以后每天晚上，他们两人都偷着会面。一个多月以后，他们的事情被崔夫人发现了。崔夫人虽然心中大怒，但也没有法子不把莺莺许配给张生。于是她提一个苛刻的条件：张生要立刻进京会试，考上功名，他才可以回来娶莺莺。张生同莺莺虽然不愿意分别，但也终于分别了。在这里，《西厢记》前四出就算完结。第五出张生中了状元，回来同莺莺洞房花烛。这样的结局，固然合了中国戏剧通常团圆的条件，但是中国学者大都认为画蛇添足，索然无味。

　　这一本戏艺术的价值完全不在它的结构。无论拿欧洲戏剧或中国戏剧的标准来看，戏中的情节都很无聊。中间不自然的故事、无谓的感伤，都令人发笑。在中国近代剧台上，用完全改窜粗鄙的通俗本子更毫无文学价值，不过大家不觉得剧中情节可笑，因为中国戏台上最重要的是演员歌舞的本事，跟剧本好坏没有多大的关系。后来有一次，有人把《西厢记》排成电影，没有诗词，没有歌舞，只有戏中的情节，结果处处令人捧腹。《西厢记》的结构，虽然这样坏，但是中国戏剧的好处根本就不在结构，所以《西厢记》仍然不失为中国第一流的戏剧。

　　上文已经说过，中国戏剧家不是在写戏，是在作诗，所以《西厢记》艺术的价值，完全在作者作诗的本事。《西厢记》是一本抒情诗集，在中国抒情诗里面，它要占很高的位置。《西厢记》的作者有绝顶的聪明，无论描写什么景物，抒发什么感情，都能恰好找到美好适当的词句。我们读他的诗，处处惊异作者的天才。有好些地方，极华丽却极自然，真是神工鬼斧。至于音节，更和谐动人，好像美妙的琴声。无穷的想望，抑郁的痛苦，相见的快乐，分手的悲哀，没有一样感情没有得到充分诗意的表现。大家把王实甫比作"花间美人",这四个字很能够形容王实甫辞章华丽的风格。也就是因为他这一种诗的风格,《西厢记》成了不朽的著作。

《西厢记》最大的成功在于抒情,因为中国戏剧根本是抒情的,所以《西厢记》也成了中国的好戏。《西厢记》和谐的音节,最适宜于中国音乐的表演,因为中国的戏台所需要的不是对话剧的剧本,乃是歌唱剧同歌舞剧的剧本。歌唱剧同歌舞剧的剧本,最要紧的是由完美的语言,来仿效人类内心感情的迁变。在语言里,中国人基本的观念才可以图画般清楚明白地表现出来,所以抒情诗同中国戏剧仿效,根本就是一件事。《西厢记》其所以能够成为中国的好戏,就是因为它能够适应中国戏剧根本存在的需要。在这里我们可以进一步推论中国戏剧同德国戏剧不同的地方,再由这些不同的地方,去观察中国人同德国人根本上对人生不同的态度。

在德国戏剧,通常表现出一种战争的态度。里面事事都是相对的、冲突的、永远不能综合的。中国的戏剧表示出来的,却是一种静观的态度。所以在语言方面,它总是用"栉比"的排列法,来达到最高综合观察的图画。所以抒情成了中国戏剧主要的成分。德国戏剧里面的人物,是活动的个人。他的运命,就是他的战争。他是一种自觉的志愿,与人类上帝挺然相对。他与世界、与你、与我,都处处相反。中国戏剧里面的人,却表示一种被动的生存。他的内心,不是战争的。他让自身与世界相融合,他不进攻,他只等候。他是沉思的,他的象征,不是一把刀,是一张琴。他对人生的根本态度,不是由意志、行动、人格,却是由感受融合对宇宙全部的皈依来决定。席勒把世界分为永远不能综合的感觉与理性,赫伯尔把个人与理想,作为悲剧二元主义的基本。王实甫的出发点不是世界现象的二元论,却是世界全部统一的道理。人类与自然的势力不是冲突的,是融洽的;他觉得自己是宇宙万物的一部分,认为依照宇宙万物综理生活,是人类应当持有的态度。一个中国人只渴想内心的安静、情理的平衡、灵魂的和谐，消除自我，与大自然融合。这一种基本精神，在中国文学里，无处不发现它的影响，《西厢记》里的抒情诗，给这种精神以最高的表现。

固然像《西厢记》这样的诗，非常地难译。洪德生的译诗常常都很流利、明白、清楚，但是原文最精彩的部分，完美的语言，因此也丧失无余。如果我们把洪德生的风格，叫作"花间美人"，谁都觉得不是适当的比喻。很奇怪的，就是原书前四出与第五出的分别那样地显明，在洪德生的译文里却完全不见。如果好的、坏的、有价值的、没有价值的中国诗翻译出来，整个一样，我们还有什么方法，去赏识原文的美丽呢？洪德生是一个文人，他简单流利的风格与《西厢记》的作者王实甫华丽的风格，恰恰相反。并且他的翻译，信手自由，同原文往往全不相似。如系开场一词：

可正是人值残春蒲郡东，
门掩重关萧寺中。
花落水流红，
闲愁万种，
无语怨东风。

洪德生的译文：[1]

Letzter Tag der Frühlingszeit
In des Klosters Einsamkeit!
Vor des Südwinds heissen Hauch
Sinkt der Frühlinysschmuck Vom Strauch.

---

[1] 钱静方《小说丛考：上卷》，上海：商务印书馆，1918年，第43页。

Rot Von Blüten, rot wie Blut

Schimmert Schon des Büchleins Blut.

In dem herzen Leid and not,

Draussen alle Blüten tot!

Leid, in worte nicht zu fassen!

Südwind, o, ich muss dich hassen!

这是很自由的翻译。原文仅五行，三十一字，洪德生在他的译文里用了十行五十一字，并且增加许多原文没有的意思。最末一句里他把"东风"错译成"南风"，他不知道中国诗里边，东风同春景处处是关合的，南风只能用在夏天，不能用在春天。至于风格，完全是洪德生自己的风格：明白、清楚、流利、简单，差不多像民间歌谣；至于王实甫的风格色彩浓厚，比喻丰富、复杂，修饰充满了贵族的气味，两人风格恰恰相反。如果作为洪德生自己的诗读，固然有它本身的价值，但是我们绝不能说是中国的《西厢记》。

洪德生给我们一部根本精神已发生改变的中国剧本。我现在把开场一词忠实地译出，让大家好同洪德生的译文比较。

Spätfrühling ist's gerade im Osten der Präfektur P'u.

Das Tor ist geschlossen und doppelt verriegelt in dem ein samen Kloster.

Die Blüten fallen ab und färhen das Wasser rot.

(Befangen) in traurigen Gedanken tausendfacher Art

Spreche ich kein Wort und hasse von ostwind.

洪德生改编的第二本戏，就是《琵琶记》。原剧的作者高明，生在元朝末年。《西厢记》出于北方，《琵琶记》出于南方。戏中的故事是在公元 2 世纪的汉朝。戏中主人翁蔡邕是历史上的人物，但是戏中的故事，却是民间创造的传说。唐朝的时候就有故事，讲丞相强逼蔡邕同他的女儿结婚，后来却很侥幸，蔡邕的前妻同丞相的女儿彼此能够互相忍让，结果圆满。[1]高明把这一段故事，写成《琵琶记》，到现在大家仍推为中国南曲里最好的戏剧。至于高明写这一本戏的动机，有种种无稽的传说。有人说高明有一个朋友叫王四，贫穷的时候，曾经替别人种菜，后来得了不花丞相的赏识，做了大官。不花丞相要把女嫁给他。王四虽然已经结了婚，但是他却不讲话。高明知道他抛弃了的妻子，曾经常常帮助她。因此写了《琵琶记》，想借蔡邕不忘前妻的故事，来讽刺王四没有良心。有人甚至于说，明太祖即位，读《琵琶记》，把王四访出来，置于死命。[2]

像这样的传说，我们当然不能相信。但是高明作书的意思，却非常清楚。他想给人们一个道德教训，当然就是儒家的道德教训。孔门最大的德操，莫过于孝，《琵琶记》最重要的也就是孝。至于蔡伯喈是义夫，赵五娘是节妇，当然也是儒家五伦中应有的事情。不过《琵琶记》里面所讲的孝，不是一种自然而然发生的感情，乃是一种道德上的责任，因为赵五娘不是蔡老夫妇亲生的女儿，乃是他们娶来的媳妇。媳妇本来是外人，同翁姑根本就没有骨肉的关系，现在要叫她把翁姑看作亲生父母一样地孝敬，虽然在中国因为孔子哲学盛行了几千年，大家不觉是什么特异的事情，但一个欧洲人听见，却很不容易了解。赵五娘对她翁姑那一种孝行，在中国人人称颂，《琵琶记》的作者，就是想维持这一部纲常名教，也就是因为他有这一番美意，所以原书的价值因此也提高了不少。

书中的情节很简单。诗人蔡邕结婚刚两个月，他的父亲却命令他到京城去考试。新婚的夫妇，分离自然是不容易的事情，但是当儿子

---

[1] 钱静方《小说丛考：上卷》，上海：商务印书馆，1918 年，第 42 页。
[2] 洪德生尚译有《牡丹亭》一部分，载在 Sinica VI JahRgang Heft 5，因未全，故暂不计论。

的人，不能不顺从父亲的意思。蔡邕在京城考试中了状元，丞相要把才貌双全女儿嫁给他，蔡邕起初对媒人表示反对，后来丞相生了气，用话来威吓他，他看见事体不好，只有答应。结婚后，他的心里还时时刻刻忘不了他的前妻赵五娘。在这个时候，他的家里闹得一塌糊涂。天干，米价昂贵，蔡家弄得连饭都吃不上。最后双亲死了，赵五娘卖了头发来埋葬他们。她自己怀抱琵琶，历尽千辛万苦，赶到京城。她去见蔡邕，丞相小姐一点也不吃醋，准她进府，两人不分大小，同侍蔡邕，所以他们三人过上了美满的生活。

《琵琶记》里面有许多事实上绝对不可能的情节。如开场的时候，蔡邕的父母已经八十岁，那么蔡邕多大的年纪了呢？至少应该要四十或者五十岁才近情理，因为她的母亲绝不可能五十岁以后才生他。但是同时作者又告诉我们，蔡邕刚结婚两个月。为什么蔡邕结婚会那样迟呢？在中国，像四五十岁这样迟的婚姻，差不多是绝少的事情。如果蔡邕真正已经四五十岁，那么丞相绝对不会把自己的千金小姐来配给这样一位老头子。所以无论如何讲，都不近情理。在中国中了状元，虽然从前交通不便，至多在几个月里，全国总会知道他的名字，蔡邕自己至少总会设法告诉他的家庭，或者他的家庭会来找他，绝不会彼此音信杳无，让父母活活饿死，妻子去卖头发。并且这个故事是汉朝时候的事情，汉朝可以举孝廉方正、博士弟子，根本上就没有中状元的事情。作者更常常在剧中人口里，加上许多汉朝以后历史人物的名字，那更是莫名其妙了。

《琵琶记》同《西厢记》也是一样，它的长处，完全不在书中情节的结构，人物的刻画乃在它美丽的抒情诗。如果诗不好，《琵琶记》虽然讲尽了纲常名教，仍然不能成为中国的好文学。高明是当时一位出色的诗人，他懂得孝子的心情，他了解义夫节妇的苦衷，他有创造的本事，他能用美妙的诗句，把一切描写出来。赵五娘为双亲所受的痛苦，蔡邕对故乡的想望，都表现得尽情尽致。他表现的不单是赵五娘同蔡邕个人的感情，同时也是全中国人共同的感情。固然《琵琶记》里面的诗，不能像《西厢记》那样，首首写得贴切，但是实际上它比《西厢记》还重要，因为它包含文化上的意义。《西厢记》是一个爱情的故事，作者文章的本事，能够把这一个故事写得有声有色，它的美丽是一种形式上的美丽。《琵琶记》的内容，都要表示节孝，进一步表示人与人关系中间的纲常大道理。丞相小姐的宽仁大度，正表示中国人能够使人生避免冲突，达到融洽和谐。老子从静观中去消除人我，孔子从实际生活去推己及人，人我的界限一除，生活立刻就可以达到安静稳定、光明空阔的地步。所以《琵琶记》在描写中国文化表示出来的人生态度，特别是孔子哲学表示出来对人生的态度，是最重要不过的。

拿《西厢记》同《琵琶记》两本戏来同欧洲著名的戏剧比较，我们可以看出，中国同欧洲的分别。中国不要志愿的提高，不要英雄的道德，不要牺牲个人来降入自然，乃是化除人我来融合自然。[1]

7 卫礼贤的翻译

洪德生实际上不是翻译的人，是改编的人。我们所读的他的改编本，应当只认作洪德生的诗，不应当认作原作者的诗。从这一点看起来，我们认为他的改编本是有价值的作品，真正准确精美的翻译，还不多见。方塞卡的《灰阑记》，依据裘利安的法译本，还有不少的错误。汝德柏格出版的《古代中国爱情笑剧》[2]不过叙述五本元曲的内容，

1　Hans Rudelsberger: Altchinesische Liebes-komödien, Wien 1923.
2　Chinesische Blätter für Wissenschaft und Kunst. Bd 1 Heft 3. 参见卫礼贤对此二剧的注解，本文曾借鉴其一部分观点。

它既不能算翻译，也不能算改编。我们有个印象，好像汝德柏格听见别人谈过这五本戏里的故事，从记忆里错误遗漏地重述出来。唯一好的翻译，只是佛尔克的《灰阑记》。此外还值得称赞的就是卫礼贤的翻译，特别是他两本关于庄子的戏剧：《蝴蝶梦》同《劈棺》。

关于庄子，中国历来就有许多民间的传说。他生在公元前4世纪和前3世纪。他是继承老子哲学最著名的哲学家。他的著作不但对了解老子哲学很重要，同时对了解庄子同时代的哲学家也很重要。庄子的散文，在中国文学史上也要占特别的地位。它不像中国一般散文家那样明白清楚、平易浅近，它最奇特夭矫、变化万端。他这种带最丰富想象力的文章，也同他潇洒不羁的人生观相吻合。他个人的经验生活，变成高远深邃的哲理。如他有一次梦见了蝴蝶，他醒来以后，不知他梦到了蝴蝶，还是蝴蝶梦到了他。关于生死之间，真实之际，庄子同骷髅的问答，同他妻子死了以后，从他写成的"蝴蝶梦""骷髅问答""鼓盆"三个故事来作分析就可以看出。

庄子说是已经得了仙道，回家路上看见一个女人拿着扇子扇坟，庄子问她，她说是她新死丈夫的坟，因为她曾经允许她丈夫，要坟土干了，她才再嫁，但新坟不容易干，所以她天天来扇。庄子听说，不免点头嗟叹。用他的仙法，立刻把坟扇干，女人感激万分，拿扇子送他作为谢礼。庄子回家，把扇子给他妻子看，并且把故事告诉她。庄子的妻子听见，大骂女人没有廉耻，丈夫死了坟还没有干，就想嫁人，如果庄子死了，她一定永远不嫁。不久庄子果然病死了。丧事还没有完，来了一位楚王孙，要拜访庄子，听说他死了，请求庄子的妻子，让他住几天，好诵读庄子的遗书。庄子的妻子，看见楚王孙人才出众，已经心动，后来不多几日，两人情投意合，决定结婚。在结婚的晚上，忽然楚王孙头痛不起，他仆人说是旧疾复发，只有人脑髓才能医治，不然一会就要死。庄子的妻子着了急，问刚死不久的人脑髓可不可以，仆人说可以。庄子的妻子，立刻就拿斧头去劈开庄子的棺木，庄子却大笑而起，楚王孙及仆人也登时不见。庄子的妻子羞愧难当，悬梁自尽。

这段故事，当然有许多创造的情节。庄子究竟有没有妻子，已经是问题，但他的著作里讲到他的妻子。我们明明看得出不是真的经验，不过借想象的事情来阐明哲学上的道理。就算庄子有妻子，照他同惠子的谈话，他同他妻子的感情似乎并不坏。但是不管它真正情形怎么样。庄子试妻的故事，很早就流传民间。老子的哲学既然渐渐变成了平民的宗教，庄子也变成了道教里最重要的神仙。《今古奇观》里把这段故事增改成一篇很好的短篇小说《庄子休鼓盆成大道》，1749 年，德文版杜哈尔德的《中国详志》已经就介绍到德国。1873 年，格锐塞巴黑又作了一篇文章讲这篇故事在世界文学的流传，并且再把这篇小说，由英文翻成德文。有两本戏本，一名《蝴蝶梦》，一名《劈棺》，卫礼贤在 1926 年翻译发表。[1]

这两本戏的作者，我们不知道。《元曲选百种》里面也有《蝴蝶梦》一剧，但是只是名字相同，人物故事完全两样。除《元曲选百种》以外，还有几本戏，一部分与《蝴蝶梦》相同，但是《蝴蝶梦》的全剧，却载在 1924 年出版的《集中曲谱成集》。编者说这本戏出在 17 世纪中叶，原本错误甚多。调子是元末新兴昆腔的调子。第二本戏《劈棺》出现的时代更近。用的是清代从山西传来的梆子的调子。头一本戏差不多很早就没有演了，第二本戏现在在中国剧台上还不时表演。

两本书材料选择配置的方法，根本不同。《蝴蝶梦》以骷髅谈话起，以楚王孙来访终。作者令扇坟的寡妇在台上出现，而且详细地描写她。观音起初变骷髅，后来变少妇，极力设法来点悟庄子，她在此戏占很重要的位置。《劈棺》以庄子还家起，结尾庄子的妻子用斧劈棺，庄子从棺材里起来，一幕可怕的景象。扇坟的少妇，谈话的骷髅，指点的观音，都没有出现。

---

[1] Georg Jacob: Geschichte des Schattentheaters. Hannover,1925. 5.7.

两种材料不同的选择配置，也恰适宜两本戏不同的题目。《蝴蝶梦》的题目，是人生最后一关的打破。作者在开场就让我们知道，庄子已经明了人生的真理，对于一切功名富贵等外物，都已经看穿，只有人生的自身，人类命运依附牵连不能摆脱，庄子还没有彻底明了。所以观音努力帮忙，使他能够了解最后的真理。她先变成骷髅，同他在梦中谈话来指引他，后来又变成寡妇来警悟他。使他对自己的妻子怀疑，使他结果完全失望。但是正从这失望里，庄子看穿了人我的道理，辨清了真实和虚幻，最后心安理得，达到完全觉悟的境地。

庄子的故事，不但是对他自己一个人，对全人类的行动，都有一种象征的意义。它告诉我们，人类应当努力去寻求绝对的真理，宇宙的原则。世界的事物都是暂时的、虚幻的，寻求真正永久的意义，一定要摆脱外界一切虚幻暂时的现象。

《劈棺》却没有这样象征的意义。它仅仅是一个中等阶级的悲剧。庄子的妻子经不起丈夫的试验，她既然虚伪残酷，因此也应该受到严重的惩罚。《劈棺》一幕非常重要，因为没有这一幕，我们就不能定庄子妻子的罪名。庄子的妻子在《劈棺》里也占了极重要的位置，她是庄子最终失望的原因。骷髅一幕同本剧的题目没有关系，所以完全没有表现。寡妇扇坟一幕，只在庄子夫妻谈话里虚写。拿风格来说，简单写实，也合乎中等阶级悲剧的体裁。《蝴蝶梦》的作者却把故事升高到象征的程度，它可以算得上是文学。至于《劈棺》不过是一本有效果的剧台作品。

在发表两本戏的同一杂志里，卫礼贤还发表了一本中国的滑稽戏，叫《假新郎》。它是一本近代的剧台作品，现在还常常表演。刘员外有一个漂亮的女儿，他想把她许配给一个书生。但是他派去接书生来成亲的仆人，却把人认错，把一个强盗头目小霸王接回家来。小霸王周通强迫刘员外把女儿给他做压寨夫人，刘员外没有法子，只好暂时应允他。小霸王立刻回山寨去预备一切，晚上再来接新娘子。后来书生赶到，听见说，就自己男扮女装，代替新娘子去到山寨去。谁知正要结婚的时候，忽然有敌人带兵来攻打山寨，小霸王必须立刻带人马前去交锋。他把新娘子交给他美貌的妹妹看管，说定某天回来结婚。到结婚那一天，他还没有回来，他的妹妹异想天开，自己替她哥哥拜堂。到晚上入洞房以后，这位书生才把一切情形告诉她，他们两人也就情投意合。后来小霸王回来，他妹妹告诉他一切，小霸王也只好允许他们的婚姻，他们成了一对快乐的夫妇。这是全剧的故事，卫礼贤只译了原文的一半。

这本戏很明显的，一部分取材于《水浒传》"花和尚大闹桃花山"一章，一部分取材于《今古奇观》"乔太守乱点鸳鸯谱"。不过在《水浒传》里边，小霸王周通，去强迫娶亲，被花和尚假扮的新娘子，在洞房毒打一顿。在《今古奇观》里玉郎代表妹子，假扮新娘子过去，同他妹夫的妹妹慧娘弄假成真。把两个故事，一处取一半，凑合起来，就成了《假新郎》这一本戏剧。

8 德国学者对于中国灯影戏的研究

中国还有一种特别的戏剧表演，就是灯影戏。关于这一项，德国学者已经动手研究，并且很有根据地说中国是"灯影戏发源的地方"[1]。顶奇怪的，就是中国学者，对于这种艺术，从来不肯留心。倒是还靠德国同美国学者刊行了一些剧本，收集了一些材料，大家才略微知道了中国灯影戏的大概。最近德国方面，对中国灯影戏渐渐产生了兴趣，1932年，德国克尔文学戏剧专门研究院表演了两本中国灯影戏，居然

---

[1] Kieler Neuste Nachrichten d. 13. Juli 1932 Kieler Zeitung vom selben Tage, Hamburge Fremdenblatt d. 25. Juli 1932.

得了社会上很好的批评。[1]

中国最初关于灯影戏的记载,在 11 世纪出版一本书《谈薮》里边:"宋仁宗时市人有能谈三国事者。或采其说,加缘饰,作影人,始为魏、吴、蜀三分战争之象。"[2]

1748 年,德国出版的杜哈尔德《中国详志》已经有关于中国灯影戏的记载。[3]1767 年以后,德国才出现"中国灯影"(Ombres chinoises)这个专有名词。德国也有灯影,但是恐怕不是从中国直接学来的,因为中国灯影传到德国以前一百多年,德国已经在演灯影了。[4]第一次取自中国灯影剧本、叙述它的内容的人,是王子庐伯希 (Prinz Rupprecht von Bayern)。在他的《亚洲旅程回忆录》中,[5] 他说:"在北京我没有进戏园,但是有一天晚上,公使馆却教人演灯影戏,戏里面用的人物同装饰,异常地精巧美丽,大家不仅能够看见外形,连内部的纹路,都纤毫毕现。剧本是从一个神话里取材,讲一个人的故事。他一天忽然发现他的妻子是一个妖怪,用妖术要危害他。为保护自己,他跑到一个道士那里去求救。他的妻子变了许多的形状,到后来终于逼迫流放在一个石岛。她悔恨地过她寂寞的生活,一直等到她的儿子得了最高的文名,可怜她,用船来接她。"从这一段内容的叙述,我们可以断定庐伯希所看的是《白蛇记》。不过照《白蛇记》,白蛇的丈夫没有去找道士,乃是去找和尚,白蛇不是放逐在石岛,是压在雷峰塔下面,这当然是庐伯希误解的缘故。

1901 年,劳斐尔 (Berthold Laufer) 从一群北京的灯影演员手里,得了十九册中国灯影剧本,差不多一千个灯影,陈列在纽约美国博物馆。因为中国灯影戏是唱剧,所以把一部分歌唱制成留声机片。德国

---

1 《图书集成》第 17 部,第 805 卷,第 2 页。
2 Deutsche übersetzung 2, Teil; Rostock1748 S: 116.
3 参看: Georg Jacob: Geschichte des Schattentheaters S.7 ff.
4 Prinz Rupprechvon Bayern: Reiseeriunerungen nus Asien münchen 1906 S, 252 ff.
5 参看: Georg Jacob: Cseschichte des Schattentheaters S.14 ff.

学者格汝柏担任翻译的工作。1908年，格汝柏去世，他的两位弟子克锐布士(Krebs)同劳斐尔，继续他的工作。[1] 1915年全部翻译告成，一共68本，由摆扬皇家科学研究会出版。中文的原本也同时在中国山东兖州由克锐布士主持印行。这一部丰富的集子，包含佛教、道教历史戏，还有滑稽戏、独唱戏笑剧等，不一而足。这是德国学者辛勤的表现，是后来研究中国灯影戏的基础。德文的翻译，大体都很正确、细心，并且在译文里，译者还有时故意仿效中国的文体，让表达的感情不太激烈，要含蓄。此外还有一本灯影戏由克尔大学教授燕生(Hans Jensen)翻译成德文，名《盘丝洞》，1933年出版。

1930年，利生(Carl Niessen)为科龙戏剧专门研究院买了大批乾隆宫里出来的灯影人物。根据这一批和其他材料，克尔大学教授亚可布作了科学的研究。他想把灯影的起源、人物、剧台同民俗学的关系，各方面有系统地考究出源流线索。

拿文学艺术的眼光看，中国的灯影剧本，当然不能占什么位置，因为中国灯影的精彩，也是不在剧本，而在他人物精美绝伦的雕刻，鲜明的色彩，同演灯影的人奇妙灵活的手术。但是这一些灯影剧本同时也很重要，因为它们描写中国人的社会生活，代表他们的人生观，要了解中国文化的外国学者，自然更能得到很大的帮助。劳斐尔在他印行格汝柏翻译的序文里说："这（中国）民族用他自己的语言，亲自对我们讲话，把他们的感情思想，质直无饰地表现出来。"

9 结论

我们在研究的起首，就提出中国戏剧对德国文学影响的重要问题：

1　G·Jacob und Hans Jensen: Das chinesische Schattentheater, Stuttgart. 1933.

究竟改编中国戏剧来适合德国剧台同时保持原来的精神形式，能够有多少的成功？我们的结论是：改编中国戏剧比改编中国小说更难成功，因为戏剧不单是翻译，还要表演，然而表演在习惯不同的德国剧台上，更是十分的困难。困难的原因，一方面由于中国的戏剧根据一种特别的人生观；另一方面，中国演员的艺术，实际上就是中国的戏剧。这就是为什么，一直到现在，差不多所有的尝试，想拿中国戏搬上德国的剧台，都通通失败。

我们曾经进一步去研究德国改编中国戏剧历史上的成绩。我们发现，歌德根据一些中国材料的动机，想用中国精神来创造一本西洋的戏剧，结果失败。席勒想把他的戏剧，染上中国色彩，也一样没有成功。龚彭柏的《神笔》，精神与形式两方面都同中国没有关系。只有克拉朋才第一次把一本真正的中国戏改编，在德国剧台上获得了一般观众的喝彩，但是也就因为他改编的结果，把剧中中国的人物，加上了西洋的精神，他的戏，不是中国戏乃是西洋戏。

洪德生最大的贡献，是第一次介绍了中国最伟大的两部戏剧——《西厢记》和《琵琶记》。很可惜，他的改编本太自由，失掉了原文的本来面目。关于中国戏剧和剧本的翻译，卫礼贤、佛尔克、格汝柏的工伟，都很有成绩。他们奠定了后来研究中国戏剧的人才的基础。

如果中国的戏剧，绝对不能"完全无缺"地在德国剧台上获得成功，但是如果细心地体贴努力，也可以把中国的气息，中国剧台的艺术，介绍到"相当的"程度。这一种可能性，克拉朋的《灰阑记》的表演已经证明。并且忠实的中国剧本翻译，时时可以使德国文学内容更丰富。我们很可惜的，做这种工作的人还不很多，大部分选择都不适当。德国的诗人像歌德、克拉朋只能读到中国第二流甚至第三流的戏剧，对中国戏剧不能有精深的了解，这实在是一件很不幸的事情。为预防将来再有这种弊病起见，仍不能不靠翻译。在翻译时期完成的时候，才是中国戏剧在德国发芽滋长的时候。

第三章 抒情诗

1 歌德与中国抒情诗

我们一直到现在，曾经将德国翻译改编的中国小说和戏剧进行分析研究，我们发现翻译工作异常困难，因为中国语言、中国人的人生观与德国太不一样。这一种困难，到了抒情诗，可以算到最高点了。有许多人都认为中国抒情诗根本上就不能翻成德文。除了直接读中国文字，绝对不能赏识中国抒情诗的美丽。但是德国方面，尤其是在近代，总不断有人去努力移植中国抒情诗到德国。这一种工作开始于歌德，继续于雷克特（Friedrich Rückert），完成于司乔士（Viktor von Strauss），大规模努力于近代许多德国的文人。

赫尔德将翻译的人分为两种："一种把原文按字翻译，并且能够办得到的时候，把每字的声音都仿效过来。这一种我们叫作翻译的人，我们叫的时候，把'翻'字特别念得重。另外一种，只去表现原作者的意思，就好像他自己用他自己的话向我们表示意思一样。这一种是男性的翻译：因为无论如何正确，无论为旁的目的，有多少用处，你总不能达到目的，因为你不能把一种语言变成另外一种。"这一种主张，当然有讨论的余地，但是如果我们把它认为是说明歌德翻译仿效中国的抒情诗，那么我们一定要说歌德属于第二种翻译。

究竟歌德为什么对中国抒情诗产生了兴趣，这很不容易找到满意解释。我们也不知道，歌德在1781年到底读了杜哈尔德《中国详志》里的中国诗没有。不过无论如何，这本书里面翻译的中国诗非常糟，对歌德没有产生任何的影响。我们只能猜想，因为自从1827年1月31日以后，歌德在日记里也没有写下任何价值的批评，只写出他诵读工作的事实：

星期三，1月31日，艾克芒博士。后来和他讨论过许多事情。关于中国诗的性质。

星期五，2月2日，研究中国诗。

2月3日，《花笺记》。晚上自修，续读《花笺记》。

2月4日，晚上，读《中国的诗》。

2月5日，同约翰讨论《中国女诗人》。

2月6日，抄写《中国女诗人》。

2月11日，晚上和艾宽芒博士，向他读中国诗。

从歌德日记的记载，我们可以知道他用的本子，是英国汤姆斯1824年英译小说《花笺记》，此书附录载有英文译诗几十首。我们还知道歌德就汤姆斯译诗，重译了五首诗成德文。起初他题为《中国的诗》，后来改题为《中国女诗人》。

至于歌德的译诗同汤姆斯原本有多少出入，歌德根据原文了多少，自己凭空想象了多少，我们可以把两人译文同注解参考比较：

汤姆斯： 下面女人传记简单的笔记，系由《百美新咏》抄出，前面几种笔记，也出于此书。原书在乾隆三十二年出版。

歌　德： 下面从一本传记的书《百美新咏》摘录出来的笔记和诗，使我们相信，虽然在这一个奇怪、特别的国家有种种的限制，一般人仍然不断地生活、爱恋、吟咏。

从歌德增加的几句话，我们可以略窥见歌德对中国了解的程度，同时我们知道，歌德对中国抒情诗产生了兴趣，居然去重译它，是因为"虽然在这个奇怪、特别的国家有种种的限制，一般人仍然不断地生活、爱恋、吟咏"。歌德同莱布尼兹、里格尔一样地相信一种共同的人性，世界的人类靠它可以互相联结起来，人性表现的一种就是诗，照歌德的意思，诗是人类共同的产业。从这一个信仰，歌德在他 1827 年 1 月 31 日与艾克芒的谈话里，预言一个世界文学的新时代。他说："我看诗是人类共同的产业，无论什么地方，什么时候，都有千千万万的人出来。这一个人比那一个稍好一点，这进行得稍远一点，也就不过如此。马蒂生先生不应当自命为他是唯一的诗人，我也不能自命为唯一的诗人，我可以讲，他有诗才并不是特异的事情，没有人因作了一首好诗就敢因此目空一切。但是当然，如果我们德国人不愿意自己把眼光放远一点，我们一定会有这样孤陋的思想。所以我很喜欢研究旁的民族，我要忠告别人也这样做。民族文学从现在起没有多少可说了，世界文学的时代已经到了，每人都应该努力来促进这一个新时代。"

对于人类共同公有，不分国界的人性，是歌德寻求的目标，这也是歌德最浓厚的兴趣。因为自己是诗人，所以他在世界民族文学方面，已经成功熔铸了他们的世界观、人生观，并在这种世界观和人生观的指导下去寻求。顶有趣味的，就是当歌德去体贴、了解、介绍旁的民族的精神思想的时候，他自己的创造力也借此机会发展出来。对旧有的材料，他又给它以新的内容形式。我们可以把歌德同汤姆斯翻译，两相比较。

汤姆斯：薛瑶英夫人为容泽爱妾。貌美，工舞，能诗。有人听见她唱歌，看见她跳舞，作了下列一首诗送她。

When dancing you appear unable to sustain your garments, studded with gems.

Your countenance resembles the flower of new-blown peach.

We are certain, that the Emperor Woo of Han dynasty, erected a screen lest the wind should waft the fair Fe-lin.

歌　德：薛瑶英女士，貌美能诗，人称慕她为最轻灵的

舞女。有一个羡慕他的人,作诗称赞她如下:

> Du tanzt leicht bei PfirsichFlor
> Am lustigen Frühlingsort:
> Der Wind, stellt man den Schirm nicht vor,
> Bläs't euch zusammen fort.
> Auf Wasserlilien hupftestdu
> Wohl in den bunters Teich,
> Dein winziger Fuss, dein zarter Schuh
> Sind selbst der Lilie gleich:
> Die anderen binden Fuß für Fuss,
> Und wenn sie ruhig stehen,
> Gelingt wohl sie noch ein holder Gruss,
> Dochkönnen sie nicht gehen.

歌德的诗,虽然不及汤姆斯对原文那样接近,但文学的价值比他高尚十倍,这自然不成问题。歌德的翻译,正是赫尔德所说的"男性的翻译"。歌德本来就是诗人,不是学者。他并不想求科学翻译的正确,他要求艺术价值的增高。他要进行一种新的创造,汤姆斯的翻译,不过是引起他创造的活动。他的想象力,不能仅仅靠忠实地翻译来满足,它还要借此机会创造出新的东西。其实这样也未尝不好。因为如果歌德仅仅把汤姆斯的译文一字不差地重译,对我们倒是一点意义没有,因为汤姆斯的翻译,本来就没有多少价值。歌德增加的两首诗和一段注解,讲薛瑶英的金莲,特别令我们奇异。歌德在注解里说:"关于她穿金色袜子的小脚,相传诗人称金莲为美,并且说因为她这种长处,使宫里其他的女人都把脚用布缠小,如果不能同她一样,至少可以同她相像。他们说,这一个习惯后来风行全国。"歌德从哪儿知道这一段故事呢？汤姆斯译的《花笺记》里边有两处讲金莲：

> Her golden Lilies (her small feet) do not measure three inches. (S. 29.)
>
> When, as they walk along, the golden lilies lighly trod on the green moss. (S. 84.)

关于头一句，汤姆斯有详细的注解，讲中国小脚的起源。但是这并不是薛瑶英乃是潘妃的事情。想来歌德曾经读过这一段注解，到作诗的时候，已经记不十分清楚，所以把姓名弄错了。

歌德翻译的第二首诗，是关于梅妃的事情。梅妃是唐明皇最宠幸的妃子，诗才敏捷，容貌美丽，但是后来杨太真（杨玉环）进宫以后，唐明皇就把梅妃居于别宫，置之不理。有一天，外国进宝珠，唐明皇忽然想起梅妃，命人把宝珠赠她，她却把宝珠退还，作一首诗寄明皇。这一首诗，除了歌德、汤姆斯而外，卫礼贤也有德文翻译。[1] 我们把原文列出来比较他们三人翻译的特点。

梅妃：
> 柳叶娥眉久不描，
> 残妆和泪湿红绡。
> 长门尽日无梳洗，
> 何必珍珠慰寂寥。

卫礼贤：
> Die Kassiabältter-Augenbrauen babe ich lange nicht gemalt.
> Schminkreste und Tränen feuchten die rote Seide.

---

[1] Münchner Neuste Nachrichten vom 3. Febr 1926. Die Einkehr no, 10.

Den ganzen Tag wasche and kämme ich mich nicht.

Warum sollen nun Perlen and Edelsteine meine Einsamkeit trösten?

汤姆斯：

The eyes of the Kwei flower, have been long unadorned:

Being forsaken my girdle has been wet with tears of regret.

Since residing in other apartments, I have refused to dress,

How think by a present of pearls, to restore peace to my mind?

歌　德：

Du sendest Schätze, mich zu schmücken!

Den Spiegel hah' ich längst nicht angeblickt:

Seif ich entfernt von deinen Blicken,

Weiß ich nicht mehr, was ziert and schmückt.

卫礼贤的翻译，一点没有走失原文的意思，不愧学者的工作。他极力去保持中国诗原来的色彩。中国女人妆饰用的东西，他都一一写出。但是就是因为这个缘故，他这一首诗，在德国话语里，显得生硬不自然。歌德把凡是德国人不亲切的字眼，淘汰罄尽，完全用德文里最纯熟的词句。他不描写任何的装饰，只形容梅妃精神上的状态。他只顾内心的经验，不管外形的渲染。自然这样一来，这一首诗，也就由中国的变成德国的了。汤姆斯既不是学者，又不是诗人，所以他的翻译，没有什么可取的地方。

还有开元宫人的诗，歌德也译的很好，颇带滑稽的趣味。例如，有一首诗大意是：有一次，皇帝出征边庭，皇帝叫人运大批冬衣，赠给军士。大部分的冬衣，都是宫女手做的。有一个军士，在衣袋里发现了一首诗，立刻报告长官，长官报告皇上，皇上传旨叫作诗的宫女自行出首。有一个宫女说诗是她作的，她应该万死。皇上很可怜她，命她嫁给得诗的军士，皇上说，我现在给你们结今生的缘。

汤姆斯：

> While in the field of battle contending with the enemy,
> And unable to sleep from intense cold.
> I make you this garment,
> Though I know not who will wear it.
> Being anxious for your preservation, I added a few extra stitches.
> And quilt it with a double portion of wadding.
> Though in this life we are unable to dwell together,
> I desire we may be wedded in a future state.

歌　德：

> Aufruhr an der Cränzezu bestrafer.
> Fechtest wacker, aber nachts zu schlafen.
> Hindert dich die strenge Kälte beissig,
> Dieses Kriegerkleid, ich naht'es fleissig,
> Wenn ich schon nicht weib's tragen sollte;
> Dbppelt hab'ich es wattiert, and sorglich wollte
> Meine Nadel such die Stiche mehren
> Zur Erhaltung eines Mannes der Ehreri.
> Werden hier uns nicht zusammen finden.
> Mög'ein Zustand droben uns verbinden!

关于冯小怜的一首诗，歌德的翻译同汤姆斯的英文完全不一样，我们简直可以说是歌德自己创作的一首诗。冯小怜本来侍奉一位君主，后来君主国破身亡，冯小怜被俘虏去侍奉新主，但是她仍然不能忘记旧主的恩情。

汤姆斯：

Though I thank you for the kindness which you daily manifest,

Yet, When I remember the love of a former day;

If desirous of knowing whether my heart be broken,

It is only for you to look at the strings of my e-pa.

歌　　德：

Bei geselligem Adendbroth,

Das uns Lied und Frende bot,

"Wie betrübte mich Seline!

Wie sie, sich begleitend, sang,

Und ihr eine Saite sgrang,

Fuhr sie fort mit edler Miene:

Haltet mich nicht froh and frei;

Ob men Herz gesprungensei—

Schaut nur auf die Mandoline."

  中国诗对歌德作品最有成绩的影响，要算他的《中德季日钟景》。这里我们仍然发现汤姆斯英译的《花笺记》的来源。但是从一首诗到一首诗，《花笺记》的色彩慢慢变淡，老年成熟的歌德渐渐出来，他的观感、他的思想，都得了艺术形式的表现。在这种地方，我们用不着逐字逐句地去作一篇索隐，像彼德芒那样，说歌德某字某句是从《花笺记》某处来的，结果不但穿凿附会，而且把原诗的美丽摧毁无余。[1]歌德从他自己的世界观里，把中国的材料重新改变创造，把它弄成一种艺术品。他绝不会一字一句地，像直译家一样地翻译。如果我们像彼德芒那样，一定要去证明歌德第一首诗里边的两位官员，一定是《花笺记》里边的梁大人、刘大人，或者歌德第六首诗富于象征意义的

1　Woldemar Freiherr von Biedermann: Goethe-Forschungeu, neue Folqe, Leipzig 1&86 S, 426 ff.

一句话"永远停留我的东方",解释作"那儿可以看见他的爱人:梁生第一次在他姑母花园里,正向东方走的时候,看见耀仙",那未免太笑话了,歌德的诗,要真是如此还有什么意义呢?

所以我们研究一首诗,不应该太注意外形相互的影响,而应当考察精神一贯的关系。我们要看怎么样中国的精神,同这一位世界诗人的精神根本相同。歌德从《花笺记》中所得来实际上中国的印象,本来就是模糊不定的,他把这些浅淡的印象,用他的想象和他创造的本事,独立形成。不过顶有趣味,顶奇怪的,就是歌德越是从自身出发来写诗,他同中国的人性接触越近,因为他能够从他个人到世界的全体。如他第十一首诗,讲宇宙上的万事万物,时时刻刻都在变化,但是在一切变化中又有不变化者存在。我们看见世界上所有的东西都风驰云卷地飞去,我们忍不住害怕,但是我们一想到变化是宇宙的基本原理,事物可变,宇宙的基本原理不变,那么我们又未尝不可以自慰。歌德对宇宙人生这种深刻的认识同中国孔子、老子有许多共鸣的地方。孔子平生最用功夫的书,就是《易经》,《易经》中间所讲的道理,同歌德这一首诗中所讲的道理主要的地方完全一样。因为易与不易,相生相成,不变的地方正要在变中表现。有一次孔子站在川上,说:"逝者如斯夫,不舍昼夜!"在老子的《道德经》里边,也有无数的地方讲到同一个道理。第十三首诗,令我们想到李太白咏酒的诗,因为诗里大意说:"你要萦扰我清静的快乐吗?让我对着我的酒杯。同别人在一块儿,别人可以教导助益我,但是真正快乐的时候还是只有独自一个人。"最末一首诗,教人在当时此地努力,与孔子实践道德的教训也很相同。歌德这一集诗里最美的一首,要算第八首:不但写情写景到了登峰造极的地步,而且全诗充满了中国的精神。卫礼贤对这一首诗,曾经有最中肯的称誉,他说:"德国诗同中国诗联结的地方,就是静的情状完全解除,变成动的情状。一点没有描写,一切都是预备,动作经过,这一种精神上最细致的动作,我们在中国画和中国空间里可以看见。这里我们在他的影响里听见世界上看不见的，无为的，然而永远影响的意义。"[1]

2 雷克特写司乔士

我们对中国文学的兴趣从歌德的谈话翻译著作中，第一次看到其才华在德国文学上得到艺术的表现。几年以后，德国又有两位诗人，也做了同样的工作：第一是司提格力慈（Heinrich Stieglitz）1831年出版的诗集《东方的图画》，第二是夏迷朔（Chami-sso）1833年作的一首诗叫《尼怨》。司提格力慈很有野心，他作了一百多首诗，想把整个中国的人情世故都描写一遍。他诗里边什么人都有，君主、乞丐、官僚、军人、商人、小贩、学生、卖茶叶的、卖字画的、卖书的、思想家、艺术家，无所不包、无所不有，而顶奇怪的就是他把德国戏台上最受欢迎的丑角 Hanswu-rst 也介绍进去。里面还有许多中国历史上人物的名字，如像李太白[2]、老子[3]。还有一首诗讲中国的灯影戏[4]。他这一百多首诗的来源，当然是当时传教士等人的中国游记和一些谈中国人情风俗的书籍，但是大部分还靠他自己诗意的想象。司提格力慈对中国文化确乎有极浓厚的兴趣，对于当时出版谈中国的书籍，大概也下过不少的功夫，但是他诗里边讲到中国的事情都不相像，许多事情，简直绝对不可能。拿艺术眼光来说，他的诗也没有多少价值，大部分都简单、平淡而无意味，有时鄙俗不堪。我们对他的作品还感觉有点兴

---

1 Münchner Neuste Nachrichten vom 3.Febr.1926 Die Einkehr no.10.
2 Heinrich Stiegiitz: Silder des Orients. 4 Bde.Leigzig 1831. S. 94.
3 A. s. O. S. und. S. 109.
4 A. a. O. S. 115.

趣，就是因为他的野心，他想把整个中国人的生活都要表现出来，而且实际也写成功了惊人的数目，但是除此以外，他又没有什么了。

德国从 18 世纪以来对中国文化的兴趣，从这个时候起又渐渐衰落下去了，到最后简直受一般人否定和排斥。1836 年，库尔慈把《花笺记》翻成德文，在序文他已经极力在解除一般人对于中华民族的偏见，他说："就像一切的偏见，都由不明了的事实产生，再逐渐地发展传播，所以对于中国和中华民族由于历史上和哲学上的原因的偏见——这就是说用没有证明的假设来判断，不愿意费气力去研究这一个民族，和它同我们迥异的政治、宗教、文艺的历史这样养成的偏见——所以有人说中国人没有文学，因为照他们特别教育的方法，诗意的感发是不可能的事情。"[1] 这一种看不起中华民族的观念在 1840 年鸦片战争以后更加厉害。从这个时候以后，德国研究中国文学的工作只落在极少数的专家手里，一般的德国人，大多数的作者，对于中国文学不发生什么关系。还是在 20 世纪初年，特别是在第一次世界大战以后，对中国的兴趣，才又重新提高。每年都出版有中国文学作品的翻译和改编。中德精神的关系一天天地密切，并且从研究中国文学，进而研究中国政治、社会、哲学、宗教、艺术各方面，以求彻底了解中国文化。

在 19 世纪最初的三十年，德国人对中国文学的兴趣是很高的。歌德努力探讨中国文学和他们对人生根本的精神。到司提格力慈，兴趣方向又稍为转变了，他不注意中国文学的精神和形式，他所最感兴趣的，不过是中国生活中奇奇怪怪的事情，他的诗集里，也尽量把这些事情堆积上去。夏迷朔的《尼怨》同他也相差不远。他在诗题下面写"照中文原本改译"是不确切的，因为这首诗完全是一首欧洲人作的诗。诗里面讲的是尼姑思凡。夏迷朔感兴趣的只是中国有尼姑，并且

---

[1] Heinrich Kurz: Das Blumenblatt. St. Gallen 1836 S. VI Einleitung.

中国尼姑也有像西洋那样内心的冲突。这个动机在中国文学里常常应用，特别在戏剧小说方面，尤其不少。所以他只利用这个动机来自己创造，结果他当然只作了一首德国诗。我们读这首诗，觉得里面好些地方，对一个中国尼姑而言是不可能的事情。如结尾，夏迷朔用了一些基督教的名词故事，一个中国尼姑，当然不会那样说。

司提格力慈同夏迷朔并没像歌德那样真正地欣赏中国抒情诗的本身，他们不过借中国文学的动机色彩，来渲染他们自己的创造。歌德用他的翻译改作的工作来开的一条新路，一直到雷克特（Friedrich Rückert）才算得着真正继续的人。这位伟大的东方学者，在1833年将全部《诗经》里三百多首诗，改作成德文出版。因为他自己不懂中文，所以他的翻译根据纳嘉谟（Lacharme）的拉丁翻译而作，1830年由莫尔（Julius Mohl）出版的本子。

《诗经》是中国最初的抒情诗集。里边305首诗歌，都是在纪元前12世纪到公元前7世纪的作品，分为风、雅、颂三种。风多半是民间的歌谣，雅多半讲朝廷的政事，颂乃是祭神时的赞语；颂里边有一部分叫《商颂》是纪元前1752年到1112年的作品，要算中国文学很老的成绩了。

照司马迁的说法，《诗经》原来有三千多首，孔子却只选了这305首，因为在《左传》引过的209首诗名，中间有13首不在《诗经》里，所以我们总可以相信，中国当时产生的诗歌，现在留下来的《诗经》不过是其中的一部分。[1]

要了解《诗经》在中国文学史里的意义，我们要先了解中国文学发展大概的情形。中国人的人生观，从中国人的人生观产生出来的中国文学，在汉武帝"罢黜百家，独尊儒术"以前和以后是很不相同的。我们很惊异，库尔慈在1836年写《花笺记》译文序文的时候，已经明

---

[1] 比较 Wilhelm Cyruhe; Geschichte der chinesischen Literatur S. 48.

白地发现了这一点。

他说："在孔子以前，中国有一切诗的元素，民间有丰富的历史，同时也就是丰富的神话。因为孔子的教训行为惊人的结果，把中国民族诗的天才如果没有连根拔除，至少也大加压迫。中国之前是封建制度，很像德国那个样子；我们很容易看出当时的诸侯君王，都有骑士的精神；人民都相信一种从崇拜星宿养成的宗教，并且也有一切同宗教相关的诗的元素。当时的妇女似乎不但不像现在这样，同男子完全隔绝地生活，反而她们柔和女性的精神，处处反映在善于协和男性的生活，供给诗意的人生观以各种激发和陶冶；现在这一种精神，因为女子受压迫，入了睡眠状态，除非有绝大的诗才，否则很不容易惊醒它。那一些封建的诸侯，古代的英雄，还生活在有生命的传统风俗制度下，大家也不像现在只是把他们当成模范的统治者，一般人在当时把他们当成有宗教的灵感，而且为宗教目的而行动的人，他们同神不但间接，简直直接发生关系。

"孔子出来，他的道德哲学深入人心以后，中国的人生就完全两样了。封建制度一天天地崩溃，在纪元以前，无数的小诸侯都被征服并统一成了一个伟大的帝国。古代的宗教不要了，代替它的只是空虚的、散文式的思想；人类对另一更好世界的渴想没有了，只生活在一个嫉妒的、自满的、不进步的生活。国家成了支配一切的东西；官僚同在行政方面的人代表一切；一个贵族同一位学者是一样的，正人君子不受尊敬，只受鄙弃。政治势力是唯一到达荣华富贵的道路，只有做官的人，才受当时后世的尊敬与敬畏。用一句话来说，全部的生活变得这样的散文，这样的一律；变得这样恐惧，无精彩，成为误解的生活；一切的诗意元素，都这样留心地压迫，能够忽然有一个天才——中国也同世界任何地方一样——认识了自己，这真是很不容易的幸运。总括起来说，我们必定要分清孔子以前成绩和近代的诗，如果上面的意见，对孔子以后的文学成立的话，那么对于孔子以前古代的文学，就会完全错误。"[1]

库尔慈对孔子这样激烈的攻击是否合理,是另一个问题,不过无论如何,库尔慈的主要理论是很有道理的;中国人的人生观和中国文学,在孔道盛行前后,是有显然区别的。

孔子以前,中国最重要的文艺记录莫过于《诗经》,《诗经》给我们一个中国古代明晰活动的图画。一般人民内心同外形的生活态度,他们的思想、感情,他们的喜怒哀乐,他们的风俗习惯,他们政治、宗教的状况:这一切都明晰、清楚地像图画一般经过我们的眼前。这一部书,不单是有文艺的价值,同时还有文化史的价值。

雷克特明白认识了这一部书的价值,所以他把它完全翻译成德文。他用纳嘉谟的拉丁译本;纳嘉谟的翻译往往是随手意译,不十分切合原文,但是一个法国人在当时能够完成这样的工作,已经是很不容易的成绩了。尤其令我们惊异的,就是雷克特的改译。他有时能够心领神会,对原文的形式、意义如此地切合,如果你不知道雷克特不懂汉文,他的翻译是根据拉丁文本子,恐怕你一定以为他直接从原文翻译出来呢!如像《桃之夭夭》一章,他翻译得多么自然简单,对原文的形式,是何等的切合:[2]

>桃之夭夭,Wie Glänzt der Pfirsichbaum,
>灼灼其华。Wie strahlet seine Blüte!
>之子于归,Wie wirddie edle Braut
>宜其室家。Erfreuen des Mannes Gemüthe.
>桃之夭夭,Wie Glänzt der Pfirsichbaum.
>有蕡其实。Wie reich ist seine Frucht!
>之子于归,Wie wird die edle Braut

1　Heinrich Kurz: Das Blumenblatt, Einleitung S. VI1I.ff.
2　Friedrich Rückert: Schi-King, altona 1833. S. 8.

宜其家室。Walten mit Fleiss und Zucht.
桃之夭夭，Wie Glänzt der Pfirsichbaum.
其叶蓁蓁。Wie frisch von Luft und Schatten!
之子于归，Wie wird die edle Braut
宜其家人。Erquicken ihren Gatten.

雷克特这个翻译，除了几点不十分切合原文的意义而外，却能够很好地保存原诗的形式。《诗经·国风》大半都是民歌，民歌常常几首只换一句或者几个字，其余都是一样，这一点雷克特很用心地保存。还有，这首诗第一行第三行不押韵，第二行、第四行押韵，译者也照样改作。原文每章四行，每行四字，译诗的字数也非常简短。这些地方都可以看得见雷克特尽最大努力去遵循原文的苦心，以及他自己驾驭德国文字的本事。为与雷克特的翻译比较起见，我把原诗改译如下：

Der pfirsichbaum steht in Jugendschöne

Und lässt seine Blüten glänzen

Die junge Frau Zieht zur Hochzeit

Und passt sich dem (neuen) Hause ein.

Der pfirsichbaum steht in Jugendschöne

Und ist überreich an Früchten.

Die junge Frau Zieht zur Hochzeit

Und passt sick dem (nouen) Hause ein.

Der pfirsichbaum steht in Jugendschöne.

Und seine Blätter spriessen üppig.

Die junge Frau Zieht zur Hochzeit.

Und passt sich dem Hausgesinde ein.

固然雷克特并不常常都是这样精确地翻译。有时候他让他的想象力自由活动，增加许多原文没有的东西。好像《采采卷耳》一章，他加了很多的东西进去，我们差不多不能再认识原文了。[1]

Von ihrer Eltern Hause gieng,

Die junge Frau ins Thal;

Wie zierlich ihr am Arme hieng,

Das körbchen lang und schmal!

So zierlich ihr am Arme hieng,

Das körbchen lang und schmal,

Darein sie an zu lesen fieng,

Blumen und Kraut im Thal.

Das Körhchen war zur Hälfte voll

Als eine Thräne lief,

Die Brust von einem Seufzer schwoll,

Die Jungvermählte rief:

Es kommt mir Jemand in den Sinn,

Der mir bewegt das Herz.

Sie warf am Weg die Blumen hin:

Fahr' wohl, du Mädchenscherz!

Ihr Mägde, blicket mir, o seht,

O dort hebt sich kein Staub

Ein Staub von meinem Gatten geht

Mir über Gras und Laub.

Hat sie nicht den Fels erstiegen,

---

[1] Friedrich Rückert: Schi-King S.11.

Späht sie nicht entgegen mir?

Ach, was muss mein Ross erliegen.

Das mich tragen soll zu ihr!

Einzuwiegen meine Sorgen,

Trink' ich eins aus goldnen Flsachen

Statt dich heut zu überraschen,

Soll ich erst dich grüssen morgen.

Ist sie auf den Berg gestiegen,

Späht sie dort herab nach mir?

Ach, wos kann mein Ross nicht fliegen!

Keine Sehnsucht spornt das Thier.

Zu besiegen meine Schmerzen,

Leer'ich dir die goldne Schale,

Siehst du's nicht im Abendstrahle,

O so fühl's in deinem Herzen.

Hat sie. nicht: das Dach bestiegen,

Um noch eimmal ihn zu sahen?

Schlummernde Gefährten liegen.

Und die müden Rosse stehen,

Könnt' ich fliegen, meine Wonne,

Mit dem Nachtwind durch die Strecken!

Schlafe wohl, ich will dich wecken,

Morgen mit dem Strahl der Sonne.

我们最好把雷克特对原文的翻译同司乔士德文的翻译[1]排列比较,

---

[1] Viktoe von Strauss: Schi-King; Heidelberg 1880.

就知道雷克特到底增加了多少自己的意思进去：

采采卷耳，	Ich pflückte, pflückte Klettenkraut,
不盈顷筐。	Noch füllt es nicht des Korbes Bord,
嗟我怀人，	Da, dacht' ich seufzend, ach, an ihn—
置彼周行。	Und auf den Heerweg warf ich's fort.
陟彼崔嵬，	Ich fuhr auf jene Felsnzinnen
我马虺隤。	Kaum von den Rossen zu gewinnen
我姑酌彼金罍，	Da liess ich mir den Trunk aus jenem Nashornbecher trinken,
维以不永怀。	Um nur in Gram nicht endlos zu versinken.
陟彼高冈，	Ich fuhr auf jenen Klippenlang
我马玄黄。	Bis jedes Ross entkräftet sank,
我姑酌彼兕觥，	Bis alle meine Diener krank—
维以不永伤。	O weh, wie seufz, ich schon so lang!

雷克特最大的贡献，第一，就是把中国诗用最完美的德国语言翻译出来，所以他的翻译同歌德的翻译一样，本身就是最好的文艺作品。第二，他是第一个人把《诗经》三百多首诗全部翻译出来的人，从而使德国人对中国诗能够有一个比较正确的观念。歌德生前对中国诗接触太少，他所读到的不过是《花笺记》《百美新咏》，都是第二流、第三流的东西。雷克特第一次才把中国真正第一流的作品介绍到德国。

我们觉得很奇怪而且觉得十分可惜的，就是刚好雷克特把《诗经》介绍到德国来，德国一般人已经开始失掉了他们对中国一切事物的兴趣的时候，从1840年中国因为禁止鸦片，第一次同欧洲一个国家打了一个败仗以后，欧洲人更看不起中国，一直到19世纪末叶，欧洲人对中国文化的兴趣差不多等于零，雷克特的工作虽然做得巧妙，但却也没有多大影响了。他以后还间或有一些翻译，但是都是汉文科学家做的，没有什么文学价值，至于其他连汉文都懂不清楚的，就更不用说了。即如爱利生（Adolf Ellissen）1840年出版了一部书叫《茶杏集》，可是里边除了饮茶赏花而外，实在没有多少中国东西。有一位汉文学者克郎麦（Kramer）1844年出版了一部《诗经》的翻译，无论从哪一方面说，都远不及雷克特的工作。还有一位汉文学者肖特（Wihelm Schott）1857年作了一篇文章，讲中国声韵的艺术，因此里边翻译了一些中国诗。[1] 这一篇文章还算确切，里边的翻译单从原文意义方面来说是有价值的。那个时候，顶重要的工作，要算斐慈迈尔（Prizmaier）翻译屈原的《离骚》和《九歌》。[2]

屈原生活在纪元前4世纪，是中国第一个伟大的抒情诗人。他的诗同《诗经》里边的诗刚好相反：《诗经》产生在北方，屈原的家却在南方；《诗经》包含大部分都是民歌，是代表一般平民心灵直接的表示，屈原的诗却发泄个人的感情，表现艺术的想象；《诗经》的风格简单、明了、平民化，屈原诗的风格复杂、丰富、晦涩、贵族化。两种诗歌，都有它们本身的价值，都是中国古代文学最重要的作品。

要翻译屈原作品非常困难，因为他的诗极不容易懂。《诗经》一切都简单自然，屈原的作品却处处有神话的背景、晦涩的比喻，一个中国学者读起来已经困难，要叫一位外国人来了解，当然更不容易。比较好懂一点的，还是屈原把他自己比作香草、美人，但是有好些时候他的比喻变得这样地复杂、模糊，我们简直很难猜出作者本来的意义。一个外国人，如果他对于中国文学还没有达到很高深的程度，读了屈原的作品，一定会感到莫名其妙。我们差不多不能想象，怎样翻译可以不失掉原文的意义。所以并不奇怪，斐慈迈尔的翻译给德国人并没有留下什么深刻的印象，就是近代好些屈原作品的翻译，也很少有人读，没有什么

---

1 Wilhelm Sohott: Über die chinesische Versekunst, Berlin 1857.
2 August Pfizmaier: Das Li-Sao und die neun Gesänge, Wien 1852.

人重视它们。但是如果大家能够肯虚心努力地去探讨，那么在晦涩语言的外表之下，仍然可以发现艺术的魅力和作者伟大的灵魂。印度的诗人泰戈尔读了英译本屈原的《离骚》并发了一些中肯的议论。[1]

真正十分满意的对屈原作品的翻译，当然是永远也不可能的事情，至于《诗经》却是刚好相反。因为《诗经》的形式简单，内容平民化，所以翻译起来并不十分吃力。这就是为什么1880年《诗经》一到司乔士手里，对其翻译差不多到了最完美的形式。格汝柏在他的《中国文学史》里，说《诗经》"对于德国人还有一种特别的兴趣，就是因为司乔士是不可超越的翻译，成了我们最完美的翻译文学中的宝藏"。[2]

司乔士是一位精通中国学问的人。他老子《道德经》的翻译，一直到现在，都是欧洲文学里最好的一部。但是他翻译最好的成绩，却仍然要算《诗经》。这部翻译最大的价值在于他对中文原本彻底的了解，对中国民族精神深切的认识，还有他用完美无缺的德国文字来尽量表示出原文的形式和内容。司乔士的翻译没有一点不自然，没有一点是勉强杂凑。中国民族灵魂的感觉思想，译者能够亲切地体会，又能够用适当的形式表示出来。他的翻译不单是忠实的翻译，同时也是艺术的作品。中国抒情诗简单的格调、真挚的感情，在《式微》一首诗里，司乔士表示得最好：[3]

式微，式微，	Mit uns ist's aus! mit uns ist's aus!
胡不归？	Warum geht's nichtnach Haus?—
微君之故，	War's nicht Für unsres Fürsten. Sachen,
胡为乎中露！	Was hätten wir in diesem Thau zu machen?
式微，式微，	Mit uns ist's aus! mit uns ists's aus!

1　Tin Boon Kcng: The Li Sao, Shanghai 1929, introduction.
2　Wilhelm Grube: Geschichte der Chinesischen Literatur S. 47.
3　Viktor von Strauss: Schi-King S.106.

胡不归？	Warum geht's nicht nach Haus?—
微君之躬，	Wär's nicht dem Fürsten selbst zu Nutze,
胡为乎泥中？	Was hätten wir zu thun in diesem Schmutze?

在《出自北门》一首诗里司乔士不单想表达原文的意义，并且想把原诗的节奏，都照样地在德文里表示出来。[1]

出自北门，	Durch's Nordthor bin ich fort gerannt,
忧心殷殷。	Von Gram im Herzen übermann,
终窭且贫，	In Noth. und Elend stets gebannt,
莫知我艰。	Und keinem ist mein Leid bekannt.
已焉哉！	Genug davon! denn oh,
天实为之，	Des Himmels Fügung macht' es so;
谓之何哉！	Was ist davon zu sagen, oh?
王事适我，	Des Königs Dienste schicken mich,
政事一埤益我。	Die Staatsdienst', all' auf mich gehäufs ersticken mich
我入自外，	Und kehr' ich dann von aussen heim,
室人交徧谪我。	Steh'n meine Hausgenossen rings und zwicken mich.
已焉哉！	Genug, davon! denn oh,
天实为之，	Des Himmels Fügen macht' es so;
谓之何哉！	Was ist davon zu sagen, oh?
王事敦我，	Des Königs Dienste jagen mich,
政事一埤我。	Die Staatsdienst', all' auf mich gehäuft,

---

[1] A.a O:S. 111.

	zerschlagen mich;
我入自外，	Und kehr'ich dann von aussen heim,
室人交徧摧我。	Steh'n meine Hausgenossen rings und plagen mich.
已焉哉！	Genug davon! denn oh,
天实为之，	Des Himmels Fügen macht' es so;
谓之何哉！	Was ist davon zu sagen, oh?

我们看见在第一章里一样地押韵，第二、第三章里照样地三次以"我"连述，甚至于每章里第五同最末一行的"哉"字，司乔士也用"oh"字来代替，模仿体贴原文到了这种地步，真是叹为观止了！同时他字词的选择也非常小心，节奏也同原文一样。司乔士实际上已经把一个好翻译所有必要的元素，完全考虑并加以利用，使它同中国原本一模一样。

3 中国抒情诗与近代德国作家

在司乔士1880年翻译并出版《诗经》的时候，德国还没有准备接受这一部伟大著作文化上的意义和它艺术上、精神上的价值。那个时候，德国人精神生活和中国文化未能发生深切的关系。还是在19世纪末20世纪初的时候，德国人对中国的文化才渐渐又发生起兴趣来。19世纪，特别19世纪的后半叶，历史进展最鲜明的特点，谁都知道是机械世界的进步。人类的视线一天天地转移到有形的生活和确切的事实。人类有限的存在超过了绝对的存在。不合理智的世界现象都归纳成科学的谜团，都深信它们的解决只不过是时间问题。艺术，特别是文学，也受这一种潮流的影响。灵魂成了心理学上的分析的对象，精神成了脑髓的功用，整个世界只是物理力量因果的规律"自然主义"结果，就是这一种宇宙观的影响的最高点。

20世纪的初叶，反动发生了。大家都想去追求物质后面的意义，去疑问绝对存在是什么东西，去考察内心的原素。灵魂同精神，又重新发现了，对上帝和另外世界的渴想，也死灰复燃。人类都想回复到"整个的经验"，回复到物质与精神全部的观察。人类想向前推进到世界的中心。就在这条路上，他撞着了他自己，他认识"整个"就包藏在他的内心，他认识他自己，不仅是物质问题就算完事。到宇宙中心的路，就是到自己的路，因为他自己就是宇宙的中心。在这个向心的路途上，欧洲人环顾左右，想得到一点帮助，想找几位同行的人：在这儿他们遇着了老子和他"道"的教训。老子的哲学刚好切合欧洲现代人的向心运动，所以东方同西方现在又第二次会面携手了。"《道德经》成了现代的到东方的桥梁。自从这个世纪开始以来，在德国至少已经有了八种翻译。在老子看来，'道'表示无与静：得道的人，回到物的根本，深降到它永远安静的根本元素，也就是世界的根本元素。谁现在经过这机械世界一切喧嚷萦绕以后，需要回复本元，老子教他在道里边，克服表面的世界。我们时代生活返本的呼声，在那儿得了一个解答。"[1]来希费因此很有道理地说："东亚无论哪一方面说，在欧洲历史上第二次（第一次在18世纪对欧洲宣告了一个精神上的关系）同西方又发生了形而上的接触。"[2]

对老子哲学产生兴趣，同时对中国文学也产生了兴趣，特别是对中国抒情诗，不但少数专门致力于汉文的学者极力去翻译介绍，就是许多对中文一点不懂的德国人，也要根据别种译本来充时髦、出风头。佛郎克说得对："一会儿又是好些形式上多少有点相像的诗，自称为

---

[1] Adalf Reichwein: China und.Europa, Berlin 1923, S: 10.
[2] A. a. 0. S. 9.

'中国抒情诗',一会儿又是深邃的观察,自命为中国学者的著作,一会儿又是几本笨拙的戏文,算是某位中国戏剧家的东西;差不多这些都是'翻译家'闹出来的东西,可是这些翻译家连一个中国字都不懂,至于中国文学的精华和全部的中国文化,他们也同一般读者一样地莫名其妙,一般读者的莫名其妙自然是在他们意料之中。他们大部分的翻译都根据英文或法文的译本,这些译本也是一样地乌七八糟。"[1]

就算这一些翻译文学错误穿凿,它们至少可以证明,德国人对中国文学有极浓厚的兴趣。有一些德文的中国抒情诗集,虽然它们同原文不很相合,却大受一般德国读者的欢迎,甚至于还谱成音乐。[2] 老子是近代欧洲最受欢迎的中国哲学家,李太白(李白)是最有名最受人称赏的中国抒情诗人。卫礼贤说:"在唐代诗人里边,欧洲大家最知道的是李太白,至于在中国,他的位置,同杜甫却常常发生问题。理由是李太白同历史关系没有杜甫那样密切,所以在译本里他的诗似乎容易接近一点。所以他比杜甫容易落在翻译者的手里。这并不是说,他在欧洲更受一般人的了解,因为大部分的翻译都充满了误会。我们要注意的事实,就是李太白并不是一位原始的诗人,他的诗后边有很长的历史,供给它典故,使它的情状得以丰富,使它的形式更加美丽,这就是唐诗大体的特点,也就是翻译成欧洲文字时的最大障碍,因为一种只顾意义的翻译,背景似乎太平淡了。"[3] 同样地,叶格尔说:"我们只消把查赫最近在《大亚细亚》发表的《杜甫》《李太白》,意义方面一丝不漏地翻译,来读一读,就知道这些大部分被典故堆满了的诗,对于我们的嗜好,是怎样地没有意思。从这里不会发对中国的兴趣的。"[4]

---

[1] Otto Franke: Besprechung von Budelsberger: Chinesische Novellen, Ostasiatische Zeitschrift Bd. 5, S 184 ff.
[2] Mahler: Das Lied der Erde, Text aus Hans Bethge: Chihesische: Flöte entnommen.
[3] Richard Wilhelm: Besprechung Über Florence Ayrcough: Tu Fu Sinica Bd. 5 S.15.
[4] P·Jager. Besprechung von Hans; Böhm: Lieder aus China. Ostasitische Run dschau: 1939. s.330.

叶格尔说的话似乎太过火。我们不能不承认李太白确乎得到了许多德国人的了解，不过对他的了解程度不能像叶格尔所想象的那样高就是了。像克拉朋、伯特格等人的翻译，里边有许多根据译本翻译的错误，甚至于自己还加进去许多，然而他们大体来说，对原文的精神也有相当的认识。不管它怎么样，李太白是现在德国最时髦、其作品被翻译最多的中国诗人。每一本德文的中国抒情诗集里边，都有几首李太白的诗。差不多受同样欢迎的，就是《诗经》。大家现在已经认识《诗经》文化上同文学上的价值，常常喜欢读它，还有一个最大的原因，就是《诗经》里面的诗歌形式和内容都很简单，很容易了解和翻译。顶令人惊异的就是司乔士那样好的翻译，至今还没有得大多数人的赏识，许多的人还不断地就原文或者就英法文译本去重新翻译，比起司乔士的工作，差得不知道多么远。

除了李太白的诗、《诗经》而外，最受欢迎的要算白居易和陶渊明的诗。瓦奇（L. Woitsch）1908年出版的《白居易诗选》和1925年的《中国诗人饮者歌集》，是按字按句的直译，额润斯苔茵1923年的《白乐天》却是他自由的改作。白居易生在唐朝中晚期，当时人民受尽了战争的痛苦。白居易常常描写当时的民生疾苦，揭露政府的摧残压迫。这一种反对战争的态度，大合额润斯苔茵的口味，因为他素来就痛恨战争。但是额润斯苔茵只看到了白居易的一方面，因为白居易不单是一位和平主义者，同时他还是一位伟大的诗人，就是他的诗，也不见得篇篇都像额润斯苔茵那样单调地狂呼乱叫。他还有写自然、写友谊、写爱情、写人生的诗，也同样地美丽和重要。他抒情诗的作风，比较其他唐代作家，要简单明白一点。有人说他作完一首诗，先读给他的老妈子听，如果听不懂，他再修改。这一个故事，当然不一定靠得住，因为白居易集子里边有许多诗，不要说一个没有受过教育的老妈子，就是读过了许多书的人，还不见得能够彻底了解呢。我们只可以说，白居易的诗，大体来说，都清楚明白，带平民文学的色彩。所以在他还活着的时候,他的名誉,在一般平民方面已经很高,他的诗歌到处传诵。有一次有人招一位歌妓,歌妓要很多的报酬,因为她能够唱白居易的诗,这是白居易写给他的朋友元稹之一封信里边的话。

陶渊明(365—427)比白居易生得早,他是中国最伟大的抒情诗人之一。他的诗以咏哲理写自然著名。他喜欢自然,他能使自己融入自然中间。他自己种菊饮酒过无忧无虑的生活;自然他这种生活,同他做官的职务要发生冲突。有一次上司来,同僚要叫他去参见,他不高兴,他说他不能够为五斗米折腰,然后把官辞掉,回乡间去了。德文里边白哈蒂有一本翻译得很细心的《陶渊明的生平及其诗歌》,1912年出版。她还同查赫两人共同作了一本介绍性的书,叫《陶渊明》,1915年出版。此外还有洪德生1928年的抒情诗集《陶渊明》,与其他散见于各种中国抒情诗集陶渊明的诗。

以上所讲的几位诗人,是现在德国最常谈到的,此外还不知道有多少,特别是唐代的中国诗人的作品,已经翻译成德文。我们可以说,在抒情诗方面,翻译比小说、戏剧更有标准,这当然因为选择抒情诗比较上容易得多。所以对于戏剧小说来说,选择书籍还是一个问题,而对抒情诗来说,问题却在翻译的本身了。中国抒情诗形式与内容往往成了分不开的东西,往往没有某种字句,简直没有法子可以表示某种内容,就算表示出来,读者也只能心领神会,不能按字按句地去解释。要用一种外国文来翻译中国诗真是比什么都困难,因为许多字句,外国文里边根本就没有,但是纵有这些字句,没有把这些字放在某一种特别的形式中,也无从表示。这样严格讲起来,许多中国诗绝对不能翻译了。

德文里面,翻译的中国抒情诗,大体可以分成三种:(一)学者式的翻译,(二)就其他欧洲语言的改译,(三)自由的改作。头一种翻译,根据原文,译者了解中国语言文学,努力把原文的意思尽量地表现出来。这一类的译者,最重要的要算查赫、瓦奇、卫礼贤、佛尔克、伯哈蒂、康亚蒂。查赫深通中国文学，对汉文的了解尤令人惊异。他翻译的《李白》《杜甫》《韩愈》，把原文的意义彻底表现了出来。但是音乐同形式完全丧失则不成其为诗。瓦奇翻译的《白居易》，伯哈蒂翻译的《李太白》《陶渊明》，也犯了同样的毛病。康亚蒂翻译屈原的《天问》（1931年出版），只能算是一种科学贡献，不能算是艺术的作品。比较有系统的选译，要算佛尔克的《汉六朝诗选》（1899年出版）和《唐宋诗选》（1929年出版）。一部很有趣的诗集是卫礼贤的《中德季日即景》（1922年出版），在里边有中国诗人对四季的感情变化的分类介绍。卫礼贤在这一本集子里边，也收集了一些散文，翻成德文诗的体裁，如陶渊明的《桃花源记》，周子（即周敦颐）的《爱莲说》，苏东坡的《前赤壁赋》《后赤壁赋》。佛尔克同卫礼贤的翻译，已经比查赫、伯哈蒂的自由得多。此外还有无数在报纸、杂志、书籍上的翻译，我们也不能详细讨论了。

第二种翻译，就是从其他欧洲语言改译出来的，大半是那一些既不懂中文，又没有诗才的作者闹出来的。这类的翻译异常之多，它们的价值却很小，虽然他们常常自称根据原文，其实他们往往还不懂一打的中国字。有时他们讲他们是自由改译，但是实际上只是他们对原文可笑的误解，或者把其他一种翻译，改得更糟。这一类著作，当然不值得我们仔细研究。它们的意义，只在它大量的数目，可以证明德国人对中国文学有很高的兴趣。

顶有趣味的翻译，还是第三种自由的改译，它们多半是近代德国诗人的作品。他们也不懂中文，他们根据的本子，多半是英文、法文或拉丁文，或者其他德文的译本。他们同第二种翻译家不同的地方，就是他们都有诗人的天才，他们不过借别种译本，得一点灵感，放手来进行自己的创造。他们的诗，因此往往不合中国的精神，但是他们的工作并不算白费。他们创造了新的格调、新的内容，有时成为很美丽的艺术品。

改译中国抒情诗最有名的，要推克拉朋。他译了两集中国抒情诗。一集叫《鼓锣集》，描写关于中国战争的诗，还有一部《李太白诗选》。在头一本书的跋文里，克拉朋列举他参考的书籍，里面没有一本中文，都是英、法、德文的译本与文学史。不过克拉朋确有一点中文知识，在他的《一小时的世界文学史》里边，他讲中文的特点，也还讲得有相当的道理。[1]

在他的译诗里，克拉朋极力去表达中国文字的特点。如李太白《清平调》的头一首，克拉朋译成这个样子：[2]

云想衣裳花想容，	Wolken Kleid, Und Blume ihr Gesicht.
春风拂槛露华浓。	Wohlgerüche wehn,
	Verliebter Frülhling!
若非群玉山头见，	Wird sie auf dem Berge stehen,
	Wage ich den Aufstieg nicht.
	Wem sie sich dem Monde weiht,
会向瑶台月下逢。	Bin ich weit, Verliebter Frühling.

他的翻译意义上完全错误，凡是懂德文的人读了这首诗，再读原文，一定觉得完全是两件事。我们再把洪德生的翻译，抄在后面：[3]

In den Wolken, die da ziehen,
Sehe ich ihr helles Kleid:
In den Blumen, die da blühen,
Ihrer Wangen Lieblichkeit,

---

1 Klabund: Geschichte der Weltlitezatur in einer Sturncle, 1923 Leipzig S. 15 ff.
2 Klabund: Gesammelte Nachdichtungess, Wien 1930 S. 39 in deutscher Sprache.
3 Vincenz Hundhausen: Chinesische Dichter192fi Peking and Leipzig.

An die Marmorbrüstung hängen,

Frühlingswinde blanken Tau.

Dass die perlen dicht sich drängen,

Wie im Schmuck der schönen Frau.

Kühne Menschenträume träumen

Von Altanen aus Nephrit,

In des Himmels hohen Räumen,

Die kein sterblich Auge sieht.

Aber meine Augen sieht.

Den demantenen Altan.

Wo der schönen Füsse gehen,

In des Mondlichts Silberbahn.

洪德生的译文，跟原文比较就近一点，但是克拉朋却有意把他的译文弄得那样简练，以求适合中国文字的图画似的、象征式的特性，他在另一首诗里，也做同样的试验。[1]

Sieben Schimmel

Traben

Uber Berg und Himmel.

Blütenwind muss Sporen Haben

vor der Schenke wacht

Eine alte Vettel.

Sieben Herren beugen sich ouf ihre silberweissen Sättel

Sieben sind bedacht:

---

[1] Klabund: Gesammelte Nachdichtungess, Wien 1930 S. 44.

Frühling, junge Mädchen, guter Wein—
Siehen treten ein.

像这样一首诗，经过克拉朋的随意改窜，简直很难找出原文是哪一首了，不过他努力把德文锤炼来像中文的动机，是很显然的。虽然意义错误，形式也不过只学到了一点中国文字的皮毛，但是克拉朋始终是一位诗人，他的作品自有他新鲜的意境。又如下列一首[1]，拿艺术眼光来看，也很成功。

Der Strom-floss.
Der Mond vergoss,
Der Mond vergass sein Lieht-und ich vergass
Beim Weine.
Die Vögel waren weit,
Das Leid war weit,
Und Menschen gab es keine
Die Bestaudizeu
Alle Wolken gingen
Uber See
Unk kei Vögel schwingen
Wie Gelächter über fernen Land
Nur King—
 Ting,
 Der spitzes Berg.
 Und der Zwerg,

---

1 A. a. O. 33 und 45.

Li-Tai-Pei.

Sind beständig stehen, ragen unverwandt.—

唐朝的诗最成功的体裁，要算绝句。一首诗只有四行，每行只有七个字，或者五个字。在二十八或二十个字当中，唐代的诗人却有这种本事，描写某种风景，抒发某种感情，到最高妙完美的地步。这样集中的体裁当然中国文字最适合，因为中文里许多地方的主词、动词、前置词通通可以取消。一件事情中文用几个字可以表达的，用起德文来要增加许多。克拉朋知道这一点，所以在他的改译里，拼命把字弄得简练紧凑，有些时候他也成功，但是拿精神来说，他的诗完全是一位德国人的诗，没有多少中国味。克拉朋最崇拜李太白，称他是"顶艺术的中国抒情诗人"[1]。但是实际上他懂得多少李太白，我们比较上面所引的诗，已经很清楚克拉朋的诗不是中国的，乃是德国的抒情诗，是一位德国诗人自由的创造。

第二个改作的诗人，他的作品在德国也风行一时的，是伯特格（Hares Bethge）。他最著名的中国抒情诗改作集，名叫《中国的笛子》，1929年出版。他的头一集《中国的桃花》，虽然在1922年已经出版，却没有《中国的笛子》那样著名。要了解伯特格改作中国诗的态度和方法，我们最好把一首司乔士、雷克特翻译的《诗经》来同伯特格的改编比较着参看。

司乔士的译文是：

将仲子兮，	Ich bitte, Tschung Tse, höre mich!
无逾我里，	Steig nicht unser Dörfchen her,
无折我树杞。	Zerbrich nicht unsere Weidenpflanzyen mehr!

---

[1] Klabund: Geschichte der Weltliteratur in einer Stunde S 17.

岂敢爱之，	Wie wagt ich es und liebte dich?—
畏我父母。	Vor meinen Eltern furcht ich mich
仲可怀也，	Du, Tschung, magst mir im Sinne sein;
父母之言，	Doch vor der beiden Eltern Reden
亦可畏也。	Darf ich der Furcht wohl inne sein!
将仲子兮，	Ich bitte, Tschung Tse, höre mich!
无逾我墙，	Streig über unsern Wall nicht wieder,
无折我树桑。	Brich nicht die Maulbeerpflanzyen nieder!
岂敢爱之，	Wie wagt ich es und liebte dich?
畏我诸兄。	Ich fürchte meiner ältern Brüder Reden.
仲可怀也，	Du, Tschung, masgst mir im Sinne sein;
诸兄之言，	Doch vor der ältern Brüder Reden.
亦可畏也。	Darf ich der Fucht wohl inne sein.
将仲子兮，	Ich bitte, Tschung Tse, höre mich!
无逾我园，	Steig nich durch unsern Gartenzaun
无折我树檀。	Brich nicht die Sandelpflanzen, die wir baun!
岂敢爱之，	Wie wagt ich es und liebte dich?
畏人之多言。	Der Leute Reden fürcht ich, die es schaun.
仲可怀也，	Du, Tschung, masgst mir im Sinne sein;
人之多言，	Doch vor der Leute vielen Reden,
亦可畏也。	Darf ich der Furcht wohl im Sinne sein.

译文中间，有一个错误，原文中的"岂敢爱之"是讲"树桑""树檀""杞"一类的东西，她劝她的爱人，不要爬过墙来，把这些树子，都损坏了，她并不是爱惜这些树子，只是因为她怕她的父兄和旁边人讲话。司乔士误会了原文的意思，把"岂敢爱之"译成："我怎么敢爱你哟？"（Wie wage ich es und liebte dich？）不过除了这一点错误以外，

司乔士把原文每字每句的意义，忠实地表现出来。

雷克特的译文：

Empfehlung der Behutsamkeit,

Tschong-Tse, was ich dich bitte:

Geh nicht so frey durch unseres Dorfes Mitte,

Den Zaun von Weiden nicht zerbrich!

Wie durfte dich

Denn lieben ich?

Die Eltern muss ich scheüen;

Tschang-Tse, bedenke dasin Treuen!

Der Eltern Worte schrecken mich.

Tschong-Tse, was ich dish bitte:

Steig auf die Mauer nicht mit kühnem Schritte,

Die Maulbeerzweige nicht zerdritch!

Wie duüfte, sprich,

Dich lieben ich?

Die Brüder mussich scheuen;

Tschong-Tse, bedenke dasin Trenen!

Der Bruder Drohung schrecket mich.

Tschong-Tse, was ich dich bitte:

Den Garten lass, verletze nicht die Sitte,

Die zarten Ranken nicht zerbrich!

Wie dürftich dich

Wohl lieben, sprich?

Den Leumund muss ich scheüen;

Tschong-Tse, bedenke das in Treuen!

Der Leute Reden schrecken mich.

比较起司乔士,雷克特已经随便得多,但是上面所说司乔士的错误,雷克特也没有免去。但是大体上来说,司乔士同雷克特两人还能保持原诗的意义风格。伯特格的改作,使原文的意义完全改变,中国的风味一点也没有。

Des Mädchens Klage
Freund, ich beschwöre dich, kömm nicht durch unser Dorf,
Besteige nicht den Weidenbaum, der unter meinen
Händen gedeiht! Ich darf dir ja main Herz nicht schenken,
Ich muss mich beugen meiner Eltern Machtgebot.
O du! Es drängt mich, define Liebe zu erfahren,
Aber den vorwurfsvollen Worten meiner Eltern
Muss ich mich beugen, Freund, in Ehrfurcht and in Scheu
Freund, ich beschwöre dich, besteige nicht die Mauer
Unseres Hofes! Brich nicht die jungen Blätter
Des Maulbeerbaums, den meine Hände einst gepflanzt!
Ich darf dir ja main Herz nicht schenken? Dem Verlangen
Der ältern Bruder mussich folgen, Demutvoll
Muss ich gehorchen ihrem unglückseligen Rat.
Freund, ich beschwöre dich, durchorich das Gitter nicht
IJnd reisse meinen lieben Sandelbaum nicht nieder!
Ich dartf dir ja mein Herz nicht schenken! Weh mir!
Der Menschen Lasterzungen sind gemein and niedrig—
Wic gern wollt'ich von dir geliebt sein. süsser Freund,
Doch fürchteich der Menschen Zungen wie deu Tod?

Freund, ich beschwöre dich vergissmich armes Weih!

  我想，每一个知道中国传统社会里的女子心理的人，读到"甜蜜的朋友"（Süsser Freud）这类的叫喊，如果不发笑，至少也会觉着肉麻。这样的称呼，在西洋女子看来很自然，在中国女子看来却很特别。中国诗里边，固然也有表示热烈的情感的地方，但是表示的方法是含蓄的，不是直率的；是温柔的，不是粗暴的；是忠厚的，不是激烈的。西洋人有感情，愿意全说；中国人有感情，往往不愿意说，或者只说一半。西洋人有眼泪，喜欢当着人流；中国人有眼泪，喜欢背着人流。还有西洋人有眼泪，很自然地向外边流；中国人有眼泪，大部分往往不向外边流，而向里边流。几千年以来，中华民族受了孔家哲学的熏陶束缚，现在要叫一位中国人像一位西洋人那样直率地表情达意，真是一件不容易的事情。中国抒情诗表现中国人对人生的态度，所以也不像西洋诗那样坦白。如果一位翻译中国诗的德国人不懂这种心理，那他一定不能正确表现原文的意义。伯特格的错处就在这里。所以他的改作虽然美，但始终是德国诗，不是中国诗。

  克拉朋同伯特格两人都不懂中文。翻译也是就旁的译本重译，洪德生同他们却大不相同，虽然他自己中文不高明，但却常常有中国学者做他的顾问，直接从原文改译。他 1926 年出版的德文的《中国诗人》和 1927 年出版的《陶渊明诗选》，都选择得很有品位，而且翻译得很流畅。这些改作的诗，比他译的《西厢记》《琵琶记》都好；自然是因为在这里他比较自由得多，他喜欢的他才译，至于翻译整本的戏剧，他却不能不写出许多勉强的文章了。他翻译得很成功的，要算苏东坡《春宵》一首：

春宵一刻值千金， Frühlingsnacht! Ein Augenblick
          Ist mit Gold nicht aufzuwiegen.

花有清香月有阴。	Klare Düfte schweben, Schatten,
	Seh ich auf dem Monde liegen.
歌管楼台声细细，	Vom Altane Flötenklang.
	Leise, leise Liebeslieder!
秋千院落夜沉沉。	Wo dei Gartenschaukel schwang,
	Senkt die Nacht sich dunkel nieder

因为是改作的诗，我们尽可以不必按字按句地去同原文追究比较。大体来说，意思不差，译文也很美丽。但是就从这一首小小的诗中，我们已经可以发现苏东坡和洪德生根本不同的地方，这一个不同的地方，我们在洪德生的翻译里无时无地不发现：中国的诗人是客观的，洪德生是主观的。中国诗人静观自然，消除自我；洪德生凭借自然，表现自我。所以中国诗里"我"字没有用，洪德生加上"我"字，诗里边所表现出的整个情绪就完全变了。

还有许多从事中国诗的德国作家。如伯蒙（Hans Bohm），他的《中国抒情诗》（1929年出版），是从英国汉文学者瓦勒（Arthur Waley）的散文翻译本改译的。[1] 额润斯苔茵根据雷克特的《诗经》，自己也改作了一集《诗经选》（1922年出版）。这部书没有什么价值，同他的《白乐天》（1923年出版）、《中国埋怨》（1924年出版）狂呼乱叫，不相上下，同中国精神根本不同。此外还有值得说的诗人：海尔曼（Hans Heilmann）《从12世纪到现在的中国抒情诗》（1905年出版）；豪色（Otto Hauses）《中国诗》（1908年出版）、《李太白》（1911年出版）、《唐宋的中国诗》（1917年出版）；豪士曼（Konrad Hausmann）《兰露及其他三千年的中国诗》（1920年出版）；佛来歇（Max Fleisches）《磁亭》（1927年出版）；海门丁额（Oehter Heimdinger）《女人的心》；吴夫刚

---

[1] Arthur Waley: The Temple and Other Poems, London 1923. A Hundred and Seventy Chinese Poems, London 1923.

（Otto Wolfgang）《磁塔》（1921年出版）。有一些是从原文翻译出来的，有许多都是从其他文字改译的。还有许多在报章杂志上零碎发表的中国诗歌，在这里也无暇细数了。

4 结论

我们再回头看一看全部进展的程序：歌德由他的翻译改作，第一次引起德国人对中国抒情诗的注意；雷克特用同样的精神继续他的工作；司乔士的翻译居然达到了现在一般人还没有达到的高度；在近代，更有许多的作家，把这种工作的范围努力扩大。他们最喜欢翻译的是《诗经》、李太白、白居易、陶渊明和其他唐朝人的诗。他们喜欢的诗，倒确是中国第一流的好诗。因为在抒情诗方面，选择倒比在戏剧方面正确得多，所以中国抒情诗对德国文学的影响，也比戏剧、小说大。大部分的翻译自然是错误的多。比较正确的要算查赫、瓦奇、卫礼贤、佛尔克、伯哈蒂、康亚蒂；他们的翻译为其他改作的人提供了科学翻译的基础。至于其他从旁的语言转译出来的诗，没有科学和文学的价值。自由改作比较最有价值的，要算克拉朋、伯特格、洪德生的工作。它们同歌德的《中德季日即景》，雷克特、司乔士的《诗经》翻译，是中国抒情诗对德国文学影响最伟大的贡献。总括起来说，中国抒情诗对于德国文学的影响，根本上还没有超过翻译时期，但是比较起戏剧小说，已经要算有满意的成绩，也许是在抒情诗里边，中国人的情感态度表示得比较真挚亲切，因此也容易了解一点。

总论

德国人第一次同中国纯文学接触,是由于杜哈尔德的《中国详志》。从这个时候到现在,差不多已经快两百年了。在这两百年中间,德国方面总是不断地努力去探讨中国纯文学的美丽。但是他们所见到的图画,始终还是不清晰、不稳定,除非他们更有忍耐,更卖气力,很不容易抓住中国纯文学的精华。

在这一篇研究中,我们曾经一步一步地去表明中国纯文学对于德国文学的影响。我们在开始就说明,一种不同文学的介绍,往往要经过三个时期:翻译时期、仿效时期和创造时期。我们研究的结果认为德国方面的成绩,始终还没有超过翻译时期。

德国对中国文化兴趣最大的时候是在18世纪。但是那时候的兴趣只是单方面的,因为当时一般人只知道孔子的哲学和中国的美术品,对于中国的纯文学,他们并没有留心。中国纯文学第一次的介绍是杜哈尔德《中国详志》(法文1736,德文1747—1749),中间的翻译,包含一本戏、四篇短篇小说和一些抒情诗。慕尔是第一个介绍中国长篇小说的人:1766年他把英译的《好逑传》转译成德文。这一些翻译都没有什么艺术上的价值。歌德同席勒第一次才从他们诗人的立场上,不但看出中国文学的材料,而且发现中国文学的美丽。两人都曾经卖气力,想把中国文字用德国文字艺术的形式去表现出来。席勒想改作《好逑传》,在他的剧《图郎多》里,他极力想去造成中国的空气。比席勒所受的影响还要大的乃是歌德。歌德曾经读过中国的小说,把中文诗译成德文;他写《额彭罗》和《中德季日即景》的动机,都是因为看了中国文学才引起的。他对中国文学发表的意见,告诉我们他了解儒家形成的中国人生观。以后雷克特继续歌德的工作，1833年他把全部《诗经》从拉丁文翻译成中文。

从这个时候起，德国人从18世纪以来对中国文化的兴趣一落千丈，一方面固然是因为德国与中国本身思想不相融洽；它一方面，中国当时政治、军事上的失败，也有令人瞧不起的地方。对于中国文字的研究并没有停止，但是，几位专门的汉文学者，也只有一本最重要的翻译——司乔士的《诗经》。

在20世纪起初的时候，德国人对中国文化的兴趣又重新浓厚起来，对中国人的宇宙观渐渐有了一种新的认识。顶重要的，就是欧战以后，欧洲人对于单是物质方面的进步感觉不足，想向内心方面求解脱，所以他们回首看东方，有没有什么可以替他们开一条新路的思想。老子的无为哲学，因此在欧洲一天天地时髦起来。中国的纯文学也受到许多人的尊敬和喜爱；每年都出版许多翻译和改编作品。但是，不单是向内心的人生观，大家还发现革命的元素和英雄的行动，如额润斯苔茵就是明例。大家都把中国的材料，以自己精神上的态度来随意介绍。严格的汉文学者，当然都反对这类作品，因为它们不科学、不准确，因为介绍的人一个汉文字都不懂；但是对于一般读者，就是这些作品能够得到极大的欢迎，克拉朋居然能够把一本自由窜改的中国戏，博得了德国剧台上很大的胜利。

在小说方面，译成德文的作品，大部分都选择得不适当。真正有价值的书籍，还等着有人来翻译。最重要的翻译是：格汝柏的《封神演义》、孔的《金瓶梅》《红楼梦》和其他许多人零碎选译的《今古奇观》《聊斋志异》。讲到中国的戏剧，一直到现在只有克拉朋的《灰阑记》、洪德生的《西厢记》《琵琶记》占有重要位置。克拉朋的《灰阑记》是第一部在德国剧台上表演成功的中国戏。洪德生翻译的两本中国戏，是中国最著名的剧本。抒情诗方面，选择大体还算不差。最常翻译的是《诗经》、陶渊明的诗，以及李太白、白居易和其他唐人的诗。比较正确的翻译家是：查赫、康亚蒂、瓦奇、白哈蒂、佛尔克、卫礼贤；自由改作比较有成绩的是：克拉朋、伯特格、洪德生。

德国人对中国文化兴趣的高下，同他们自己精神生活互相关联。18世纪是德国光明运动的最高点。光明运动的哲学家莱布尼茨、渥尔夫都相信普通的人性和普遍有效的理性规律。人类应该遵守规律，他自己本身就是大宇宙中的一个小宇宙。世界为人类提供了存在的环境；人类自己的责任，就是依照理性行事，使世界照着"预定的和谐"向前进展。这一种宇宙观同孔子的教训有许多相同的地方，因为他的道德注重实际生活，而且建筑在普通人性上面。他告诉我们，"道"就在本身，本身可以与天地参，一切都要从本身做起，先修身然后才能齐家、治国、平天下。所以，在孔子那里，世界对人类也是一种责任，尽这种责任是最高尚的事情。因此我们可以明白，为什么在18世纪的时候，德国人那样喜欢孔子。

在狂飙运动中只有浪漫主义，这种兴趣没有了，因为那时候的人生观，同孔子合理主义的人生观，根本是两件事情。只有普遍的精神，世界的诗人歌德，他相信世界文学的时期将到时，才能够发现中国文学的美丽。

在19世纪30年代，德国精神转了一个大弯，工业技术的势力一天一天地膨胀，世界也失掉了它的神秘，合理主义、帝国主义、资本主义成了绝对的伟大。在科学同哲学方面，实验哲学统治了全部；在文学方面，自然主义风行文坛。世界没有形而上的意义了，它不过是一种理智运用的材料，使人类能够驾驭管理。尼采说，上帝已经死了。但是世界的开展，同时也就是人类的隔绝。人类失掉了他自己内心与全部外界的关系，只剩下了孤独的自己。这一种隔绝，结果就养成了极端的个人主义；因为人类在很短的时间里能够驾驭自然界许多的事情，他相信他可以完全征服自然界，所以个人自尊自大的心理也愈来愈高，从这一方面来说，尼采的超人就是极端的代表。这一种精神的态度，当然同中国的世界观根本不同，因为中国的世界观总是倾向超出个人，并让个人与宇宙之间变得和谐，从来不愿意使自己内心和宇宙的关系隔绝。从外表方面来说，还有一点，那个时候德国在科学、军事方面在全世界占最优胜的地位，对于政治、军事失败得一塌糊涂的中国，当然不会有什么敬仰。所以在那时德国人对中国文化的兴趣，差不多完全消失了。

但是失望并没等多久。人类靠技术，在许多方面确是征服了自然，但是征服的胜利，换去了他内心的本质。人类失掉控制他自己出产东西的能力，他自己变成了技术的奴隶。他的感觉变成机械，他失掉生命的全体。自然的破坏就是人类自己精神的破坏。结果这一种进步反而把人类弄得肤浅，最后演出空前未有的悲剧——世界大战。现在人类的内心又渐渐活泛起来了，自己想找到自己，自己再发现自己的灵魂，自己同形而上存在的关系，又想重新继续。人类打算再回复到他全部的经验上去；他在自身里，又重新发现了自己。因为这一种关系，许多德国人感觉到老子哲学意义的深厚。人类要站在世界的中心观察全体，再以观察全体的经验作为他个人生活的经验。因此"《道德经》变成了现代人到东方的桥梁"。[1] 因为认识老子，大家渐渐开始去认识全体的东方文化，所以中国纯文学翻译和介绍的工作非常活跃。这一种兴趣到底能够维持多久，当然要看德国的精神生活以后向什么方向活动。无论如何，我们可以相信这种浓厚的兴趣，可以使翻译时期快一点完成。因此中国纯文学真正的美丽，中国文化真正的特点，可以明了，中国同德国的关系可以更加密切。同时这一个进步可以带领我们去了解与全人类相关的世界文学。我们希望，以后的进展能够符合我们的愿望。

---

[1] Adolf Reichwein：China und Europa, 5.10.

参考书目

Arendt. Carl: Das schöne Madchen von Pao, Jokohama 1875.

d'Arcy, G: Hao-Khieou-tschouan, ou la femme accomplie, Paris 1842.

Bazin, M: Le Pi-Pa. Ki ou l'Histoire du Luth, Paris 1841.

Bernhardi, Anna: Tau-Yüan-Ming, Leben und Dichtung, Berlin und T'ientsin 1912.

Li-T'ai-Po, Mitt. des Sem, f. Orient. Sprachen, Oatasiat. Studien Jhg. XIX S. 106–138. Berlin 1916.

Bethge, Hans: Pfirsichblüten aus China, Berlin 1922.

—Die chinesische Flöte, Leipzig 1929.

Biallos, F. Kühn: Yüan Yüan-yu (Fahrt in die Ferne), Leipzig 1931.

Bierhaum, Otto Julius: Das schöne Madchen von Pao, Stuttgart 1922.

Biedermann, Woldemar Freiherr von: Coethe-Forschungen, neue Folge, Leipzig 7.886, anderweite Folge. Loipzig 1899.

Blei, Franz: Fräulein Ts'ui und Fräulein Li, München 1921.

Bohm, Gottfried: Chinesische Lieder aus dem Livre de lade von Judith Mendes in das Deutsche übertragen, München 1873.

Böhm, Hans: Lieder aus China, München 1929.

Böttger, Adolf: Die blutige Rache einer jungen Frau, nach der in Canton 7.839 erschiienen Ausgabe von Sloth übersetzt, Leipzig 1846.

Bowring, Sir John: Hwa Ts'ien Ki. The Flowery Schroll, London 1868.

Brewitt-Taylor, C H: San kuo or Romance of the Three Kingdoms, Shanghai, Honkong, Singapore 192%.

Buber, Martin: Chinesische Geister und Liebesgeschichten, Frankfurt a.M. 1922.

—Tschang-Tse: Reden und Gleichnisse in deutscher Auswahl, Leipzig 1930.

Das Buch in China und das Buch über China, Buchausstellung im China-Institut, Frankfurt a. M. 1828.

Buss, Kate: Studies in the Chinese Drama, Boston 1922.

Chamisso: Die Nonne, ein Gedicht nach dem Chinesischen 1833.

Chang Wu:105 interessante chinesische Erzählungen, Weisheit und Tugend in

Ernst und Scherz, Berlin 1915.

Chavannes, Edouard, Les mémoires historiques de Se-Ma Ts'ien, Paris 1895.

Cohen-Portheim, Paul: Cheng Tcheng: Meine Mutter, Berlin 1929.

Conrady, August und E Erkes: Küh-Yüan: Tien Wen, Leipzig 1931.

Cordier H: Bibliotheca Sinica. 1906–1907.

—Histoire générale de la Chine et de ses relations avec pays étrangers 4, Vol., Paris 1920.

Davis, Sir J F: Laou-Sen4-Urh or a Hair in His Old Age, London 1817.

—The Fortunate Union, London 1829.

Davis, Thoms: Comes Chinois, Paris 1827.

Doblin A: Die drei Sprünge des Wang-lun, Berlin 1915.

Du Bois-Raymond: Dschung-Kuei, Bezwinger der Teufel, Potsdam 1923.

Du Halde I B: Description géographique, historique, chronologique, politique et physique de l'Empire de la Chine et de la Tartarie chinoise 4 Vols. La Haye 1736.

—Deuetsche Übersetzung. Ausführliche Beschreibungen des chinesischen Reiches und der grossen Tartarey, 4 Bde., Rostock 1747–49. Zusätze Rostock 1756.

Ehrenstein, Albert: Schi-King, das Liederbuch Chinas naeh Friedrich Rückert, Leipzig 1922.

—Pe-Lo-Th'ien, Berlin 1923.

—China klagt, Berlin 1924.

—Räuber und Soldaten, Berlin 1927.

Eckermann, Johan Peter: Gespräche mit Goethe

Ellissen, Adolf: Tee-und Asphodelosblüten, 1840.

Fischer, Otto: China und Deutschland, Münster: Aschendorff 1927.

Foerster-Streffleur S: Was Li Pao-Ting erzählt, Wien 1924.

Fleischer, Max: Der Porzellanpavillon. Berlin, Wien, Leipzig 1927.

Florenz C A: Beiträge zur chinesischen Poesie,

Mittt.z.Natur und Völkerkunde, Ostasiens Tokio.

Heft 42, S. 43–68. Juli 1889.

Forke, Alfred: Dichtung der Tang-und Sung-Zeit aus dem Chinesischen, Hamburg 1929

—Blüten Chinesischer Dichtung aus der Zeit der Han-und Sechs Dynastie, zweites Jahrhundert vor Christus bis zum sechsten Jahrhundert nach Christus, Magdeburg 1899.

Die Vergeltung, Schauspiel in vies Akten von Yu-Chih, Der Ferne Osten Bb.1,Heft 1 S. 24–38.

—Der Kreidekreis, Philipp Reclam, Leipzig, No: 768:

Frankc, Otto: Besprechung uber Rüdelsberger: Chinesische Novellen. Ostasiat, Zeitschrift Bd. 5, S. 184 ff.

Fonseca, Wollheim da: Der Kreidekreis, Philipp Reclam, Leipzig 1876.

Gablentz, Hans Canon v d: Kin Pin Meh, ungedruckt

Gast, Gustav: Märcben-Bilder aus dem Reich der Mitte, Leipzig 1901.

—So War es! Chinesische Märchen und Geschichten für Jung und Alt,Berlin 1902.

Giles, Herbert A: Strange Stories from a Chinese Studo, London 1909.

—Chinese Biograph

—History of Chinese Literature

Goethe: Tagebücher, Briefe, Elpenor, Chinesisches, Chinesisch-Deutsche Jahres- und Tageszeitten.

Gottschall: Das Theater und Drama der Chinesen Breslau 1887.

Gozzi, Carlo: Gesammte dramatische Werke, übers, von Werthes, Bern 1795.

Griesebach E: Chinesische Novellen, Berlin 1886.

—Die treulose Witwe, eine Chinesische Novelle und ihre Wanderung durch die Weltliteratur, Wien 1873.

—Kin Ku K'i Kuan, neue und alte Novell. der Chinesischen 10.01. Nacht Stuitgart 1880.

—Chinesische Novellen, Leipzig 1884.

Grube: Wilhelm: Chinesische, Schattenspiele, Leipzig 1915.

—Feng-Schen-Yen-I, die Metamorphosen der Götter. Leiden 1912.

—Geschichte der chinesischen Literatur, Berlin 1908.

—Moderne chinesische Lyrik, Deutsche Rundschau 1905. S. 100–106.

Gutzkow, Karl: Maha Guru, Geschichte eines Gottes 1833.

Hauser, Otto: Die chinesische Dichtung, Berlin 1908.

—Li-Tai-Po, Berlin 1911.

—Chinesische Dichtung aus der Tang-Und sung-Zeit, Weimar 1917.

—Die chinesische Dichtung, Berlin 1921.

Hauamann, Conrad: Im Tau der Orchideen und andere chinesische Lieder aus drei Jahrtausenden, München 1920.

Hazelton, George und Benrimo: die gelbe jacke, ein chinesisches Schauspiel in drei

Akten, Berlin 1913.

Heilmann, Hans: Chinesische Lyrik, vom 12. Jahrhundert vor Chr. bis zur Gegenwart, München und Leipzig 1205.

Honninghäus, A: Der herzlose Gatte, Der Ferne Osten Bd. I Heft 2, Shanghai 1900.

d'Hervey-Saint-Dennys, le Marquis: Six nouvelles, Paris, 1892.

—Trois nouvelles chinoises. Paris 1885.

—Trois nouvelles chinoises, Paris 1889.

Hirth, Fr: Chinesische Studien, Leipzig 1890.

Hu Shih: Gesamte Aufsätze, 4.Bde. Shanghai (Chinesisch.)

Hundhausen, Vincenz. Das Westzimmer, Peking, Leipzig 1926.

—Tau Yüan Ming, Peking und Leipzig 1928.

—Chinesische Dichter in deutscher Sprache, Peking u. Leipzig 1926.

—Mou-Dan-Ting6. Aufzug die Aufmunterung der Bauern Sinica VI. Jhg. Heft 5 S. 246–255. 1931.

—Der Ölhändler und das Freudenmädchen, Peking und Leipzig 1926

Jacob, Georg: Geschichte des Schattentheaters im Morgen-und Abendland; Hannover 1926. und H Jensen Das chin. Schattentheatre, 33.

—Chinesische Schattenspiele, 1933

Jäger, F: Besprechung über Hans Böhm: Lieder aus China, Ostasiat. Rundschau 1903 S. 330.

Joly, H Bencraft: Hung lou meng or The Dream of the Red Chamber, Honkong und Shanghai 1892:

Julien, Stanislas: Yu-Kiao-Li ou Les .doux Cousines, Paris ,1884.

—Hoei-Lan, Ki ou l'histoire du cercle, London 1832.

—Tchao-Chi-Kou-Eul ou l'orphelin de la Chine, Paris 1834.

—Si-Siang-Ki ou l'histoire du pavillon d'occident, Geneve 1872–80.

Kern, Maximilian: Wie Lo-Ta unter die Rebellen kam, Leipzig 1904. Reclam No. 4546.

Kibat, Otto und Arthur; Djin Ping Meh, Gotha 1928.

Kin Schen T'an: Si Siang Ki (Chinsisch.)

Klabund: Dumpfe Trommel und berauschtes Gong, Nachdichtungen chinesischer Kriegslyrik, Inselbücherei, Leipzig.

—Li-Tai-Pe, Inselbücherei, Leipzig.

—Kreibekreis, Berlin 1925.

—Geschichte der Weltiteratur in einer Stunde, Leipzig 1923.

—Gesamte Nachdichtungen, wien 1930.

Köster, Albert: Schiller als Dramaturg, Berlin 1891.

Kramer, Schi-King 1844.

Kühnel, Paul: Das geheimnisvolle Bild andere drei Novellen, Berlin 1902.

—Chinesische Novellen, München 1914.

Kuhn, Franz: Eisherz und Edeljaspis oder die Geschichte einer glücklichen Gattenwahl, Leipzig 1926.

Chinesische Meisternovellen. Inselbücherei, Leipzig.

—Das Perlenhemd. eine chinesische Liebesgeschte. Inselbizcherei, Leipzig.

—Hai Schang Schuo Mong Jen: Fräulein Tschang. ein chinesisches Mädchen von heute, Wien 1931.

—Die Rache des jungen Meh oder das Wunder der zweiten Pllaumenblüte, Leipzig.

—Kin ping Meh oker die abenteuerliche Geschichte von Hsi Men und seinen sechs Frauen Leipzig 1930.

—Hung Lou Mong, ein Kapitel aus dem Roman, Sinica VI Jhg. Heft 5 1932.

—Hung Lou Mong oder der Traum der roten Kammer, Leipzig 1932.

Kurz, Heinrich: Das Blumenblatt, St. Gallen 1836.

Leibniz: Novissima Sinica 1697.

Lindau, W A: Streifereien des Kaisers Thing-Tih von Meng Mei, nach der englischen Übersetzung des Tkin Schen, Leipzig 1843.

Lin-Tsiu-Sen:-Bu GüI: Ewige Sehnsucht, Chines-Deutsch. Alme-nach f. d. Jahr 1931, Frankfurt a. M. 1930. S. 33—36.

Lin Boon Keng: The Li Sao by Ch'ü Yüan, Shanghai 1929.

Lu-Hsiin: Geschichte der chinesischen Erzählungsliteratur, Shanghai 1927 (Chinesisch).

Mahler: Das Lied der Erde, Text aus Hans Bethges "Chinesische Flöte".

Marmorek, Schiller: Der chinesische Dekameron aus dem Französischen von Soulie de Morant, Wien, Leipzig 1925.

Merkel, Franz R: Leibniz Und dio Chinamission, Leipzig 1920.

Murr, Christoph Gottlieb von: Haoh Kjo'h Tschwen, d, i. Die angenehme Geschichte des Haoh Kjo'h Leipzig 1766.

Oehter-Heimerdinger: Das Frauenherz. chinesische Liedr aus drei Jahrtausenden, Stuttgart, Berlin, Leipzig.

Pao-Un-Lao-Jen: Kin Ku K'i Kuan (Chinesisch).

Pavie, Th:Choix de contes et nouvelles, Paris 1839.

Percy, Thomas: Hau Kiou Choan or the Pleasing History London 1761.

Ffizmaier, August: Das Li-Sao und die neun Gesänge, Wien 1852.

Piry, T: Erh-Tou-Mei ou les pruniers merveilleux, Paris 1880.

Reichwein, Adolf: China und Europa, Berlin 1923.

Remusat, Abel: Ju-Kiao-Li ou les deux causines, Paris 1926.

Deutsche Ubersetzung, Stgttgart 1827.

Kichard, Timothy: Hsi-Yu-Chi, A Mission to Heaven, Shanghai 1918.

Rheden P: Chinesisch-Deutishe Dedichte, Leipzig 1903.

Rückert Friedrich: Schi-King, Chinesisches Liederbuch, Altona 1833.

Rudelsberger, Hans: Chinesische Schwänke, München 1920.

—Chinesische Tovellen, Leipzig 1914.

Rupprecht von Basern: Reiseerinrunfen aus Assen, München 1906.

Salzmann, Frich von: Zeitgenosse Fo springt über den Schildkrötenstesn, Berlin 1927.

—Yü-Fong der Nephrit Phönix, chinesischer Revolutions-Roman, Stuttgart, Berlin und Leipzig 1926.

—Das Geheimnis des Nashornbechers, Roman aus heutigen China, München 1929.

Schiller: Turandot, Spüche des Konfuzius, Briefe.

Schmitt, Eriuh: P'u Sung-x.ing, Seltsame Geschichten aus dem Liao Chai. Berlin 1924.

Schott, W: Uber die chinesische Verskunst.aus den Abhandlungen der Königlichen Akademie der Wissenschaften zu Berlin, Berlin 1857.

—Werke des schinesischen Weisen Kung-fu-dsö und Schüler, zum erstenmal aus der Ursprache ins Deutsche übersetzt Anmerkungen begleitet. 1. Theil Lün-yü Halle 1828.

Sian-Mux-Tsin Hotsang: Liader der Ferne und Weishheit, chinesische Lyrik aus 300 Gedichten der T'ang-Dynastie, Bremen 1923.

Soergel, Albert: Dichtung und Dichter der Zeit, neue Folge, lm Banne des Expressionimus, Leipzig 1927.

Stieglitz, Heinrich: Bilder des Orients, 4 Bde. Leipzig 1831.

Stolzenburg, Wilhelm: Östlicher Divan, Nachdichtungen chinesischer Lyrik, 1925.

Strauss, Viktor von: Schi-king, das kanonische Buch der Chinesen,Heidelberg 1880.

Lao-Tses Tao Te King, Leipzig 1924.

Strzoda Walter: Der Olhändler und die Blumenkönigin, München.

—Die gelben Orangen der Prinzessin Dschau, München 1922.

Tausend und ein Tag, Leipzig 1925.

Thal, Wilhelm: Chinesische Novellen, Leipzig 1900.

Thoms, Peter Perring: Chinese Courtship, London 1824.

—The Alfecti nate Pair or the History of Sung-Kin, a Chinese Tale, London 1820.

Tieh und Pinsing, ein chiriesischer Famillen-Roman in fünf Büchern von Haoh Kjöh Bremen 1869.

Tschang-Tse: Gesamte Werke (Chinesisch).

Tscharner, Ed. Horst von:

—Chinesische Schauspielkunst. Sinica VII. Ihg. Heft 3.

—Chinesische Gedichte in deutscher Sprache, Prohleme der Übersetzungskunst, Ostasiat Zeitschrift, neue Folge VTII Heft 4–5.

Ts'ien Tsi-Fang: Untersuchungen zur chinesischen Erzählungsliteratur, Shanghai 1918 (Chinesisch).

Voltaire: Oeuvres Compietes Poems. London 1923.

Gotha 1785.

Waley, Arthur: The and Other

—A Hundred and Seventy Chinese Poems, London 1923.

Wang chi-Chen: Dream of the Red Chamber, London 1929.

Wilhelm, Richard: Chinesisch-Deutsche Jahres-und Tageszeiten, Jena 1922.

—Die chinesische Literatur, Wildpark-Potsdam 1930.

—Chinesische Volksmärchen, Jena 1914.

—DerSchmettcrlingstraum, der gespaltene Sarg, derverwechselte Bräutigam, Chinesische Blätter für Wissenschaft und Kunst, Bd. Heft 3–4.

—Goethe und die chinesische Kultur. Münchner Neueste Nachrichten vom 3 Febr. 1926, Die Einkehr. Nr 10.

Besprechung über Florence Ayrcough: Tu Fu, sinica Bd. V. S.15.

I Ging: Das Buck: der Wandlungen, Jena, 1924.

—Li-Gi: Das Buch der Sitte des älteren und jüngeren Dai, Jena 1930.

Kungfutse: Gespräche (Lun Yü), Jena 1910.

—Laotse: Das Such des alters vom Sinn and Leben, Jena 1923.

Lao-Tse und der Taoismus Stuttgart 1925.

Wolff, Christian: De Sinarum Pltilosophia Practica, Frankfurt a M. 1726.

Wolfang, Otto: Die Parzellanpagoda, Nachdiehtungen chinesischer Lyrik, Wien 1921.

Woitsch, L: Aus den Gedichten Po-Chü-I's, Peking 1908.

—Lieder eines chinesischen Dishters und 'I'rinkers, Leipzig 1925.

Wuttke-Billex, Emma; Ju-Kiao-Li, ein chinesischer Familien-Roman, Reclam Nr. 6356 Leipzig 1922.

Zach, Ed. von: Lit ′aipo′s archaistische Allegorien (Ges. Werke Buch II) AsiaMajor I. S. 491-520

—Lit ′aipo′s lyrische Gedichte (Ges. Wexke Buch II) Asia Ma jar I. S. 521-544, (Buck IV) III S.49-71 (Buch I) III. S 422-466, (Such IX) V. S. 41-77 (Both XX) V. S77-104.

TuFu's langstes Gedicht Asia Major II. S. 153-162.

Gedichte von Tu-Fu Ostasiat Zeitschrift April-Sept. 1920-21 S. 1-9.

本文为陈铨在德国基尔大学的博士论文，曾以《中国纯文学对德国文学的影响》为题连载于武汉大学《文哲季刊》第 3 卷第 2 号（1934 年 2 月）、第 3 卷第 3 号（1934 年 3 月）、第 4 卷第 1 号（1935 年 1 月）和第 4 卷第 3 号（1935 年 3 月）。1936 年 4 月由上海商务印书馆出单行本，题目改为《中德文学研究》。

编后记

　　陈铨先生的文名多来自他的文学创作领域以及他作为民国思想史上"战国策派"代表的身份，其实，陈铨先生本人还是现代中国德语文学研究和比较文学研究的奠基者之一。他的学术任职历经清华大学、西南联大、同济大学和南京大学等国内主要大学的外文系，除了开设德语文学相关课程、培育德国文学研究的后辈力量之外，同时也发表了一批水准相当之高的德语文学研究论文，不仅在民国时期的德国文学研究领域有开风气之先的价值，而且其中部分论文直到今天也没有被后来者超越。这也是我们希望能将这些论文整理成书、以飨读者的原因。

　　本书所揆集的陈铨有关德国文学研究的文字，含涉了以下几个领域：首先是关于德国文学史上两位大作家即歌德与席勒的研究，其次是关于德语戏剧的研究以及德国文学批评理论的引介，再有即是作者的两篇书评以及与德国文学相关的其他一些短评，最后本书还收录了陈铨正式出版的博士学位论文。

　　在所有这些文章中，需要说明的是，其中的一篇《迦茵·奥士丁作品中的笑剧元素》讨论的是简·奥斯丁的小说，按照常理本不应该收入德语文学研究之列。一方面，因为这篇论文是陈铨在清华大学任教期间发表在《清华学报》上的一系列高水准研究之一，今天仍有相当高的参考价值，编者不忍其"流离失所"，故而破例收入本书。另一方面，从陈铨先生的立场来看，德国戏剧、德国文学是在自觉到德国的民族特性、民族精神的基础上，才发展出了优秀的创作和有力的批评，而这种自觉其实又是从德、法和德、英民族性的对比中得来的，陈铨先生本人即追随莱辛而认为，德国民族性近英国而远法国。因此，考虑到英国文学作为德国文学的近邻和对照，将简·奥斯丁的研究纳入这个系列，也可勉强成一说吧。

说到民族性，当然不可不提陈铨先生关于中国民族性和中国文化的判断。晚清民国以来对中国文化种种反思里，陈铨大概是最为独特的一位，他一眼断定儒家并非启蒙的对立面而是和启蒙运动所提倡的理性主义有内在的一致性，因此他曾放言，"五四运动的领袖，尽管在反对儒家，他们对人生宇宙的根本精神，同儒家并没有分别"。这真是石破天惊的判断，而陈铨之所以作出这样的判断，其实和他的德国文学研究大有关系。读者若有兴趣，不妨到本书中寻找答案。

本书的编辑工作得到了孔刘辉先生的大力帮助，如果没有他的鼎力相助，我们这样的非专业人士要完成全书的资料收集、整理工作，几乎是不可能的。此外，全书的文字录入整理是由蒋力行、于江云、祝宏、朱健等同学相助完成的，我的爱人在编辑方面提供的专业性建议也是本书得以完成的一个条件，在此一并向他们表示感谢。